*elefanti bestseller*

Della stessa autrice in edizione Garzanti:
*All'ombra della cattedrale*

Nerea Riesco

# La ragazza e l'inquisitore

*Garzanti*

Prima edizione: gennaio 2008
Prima ristampa: marzo 2008
Prima edizione negli Elefanti Bestseller: febbraio 2009
Prima ristampa: maggio 2009
Seconda ristampa: luglio 2009
Terza ristampa: maggio 2010
Quarta ristampa: agosto 2010

*Visita* www.InfiniteStorie.it
*Il grande portale del romanzo*

Traduzione dallo spagnolo di
Stefania Cherchi

Titolo originale dell'opera:
*Ars Magica*



ISBN 978-88-11-68125-0



Printed in Italy

www.garzantilibri.it

# LA RAGAZZA E L'INQUISITORE

*Per Antonio, che cammina con me*

La magia è saggezza, è l'impiego consapevole delle forze spirituali al fine di ottenere fenomeni visibili o tangibili, reali o illusori; è l'uso benefico della forza della volontà, dell'amore e dell'immaginazione. È la forza più potente dello spirito umano impiegata a fin di bene. La magia non è stregoneria.

Paracelso

## A mo' di prologo

*Plaza de Santiago, Logroño, domenica 7 novembre 1610*

Undici persone condannate a morte per stregoneria venivano condotte al patibolo in una fila penosa e vacillante che avanzava tra due ali di folla esaltata. Cinque di loro – María de Echalecu, Estevanía de Petrisancena, Juanes de Odia, Juanes de Echegui e María de Zozaya – avevano lasciato il mondo dei vivi già da qualche tempo, ma il Sant'Uffizio non aveva permesso all'insignificante dettaglio della morte di interferire con i suoi piani, e la loro effigie lignea a grandezza naturale, opera di un certo Cosme de Arellano, stava per ricevere la purificazione del fuoco insieme agli altri. Cosme si era stupito molto che l'Inquisizione lo avesse scelto per quell'incarico: più volte infatti gli uomini di chiesa avevano rifiutato le sue sculture perché l'esaltato realismo con cui rappresentavano lo strazio mortale dell'Addolorata o i segni delle frustate sul corpo dell'Ecce Homo provocava anche nelle beghine meno dotate d'immaginazione mancamenti e brutti sogni. Per questo Cosme era stato nervoso al momento di accettare l'incarico. Ma era la sua grande opportunità. Finalmente tutti i concittadini, più una folla di forestieri giunti per l'occasione, avrebbero potuto ammirare la sua opera. Nemmeno nei suoi sogni più favolosi aveva osato immaginare di poter avere, un giorno, un pubblico così nutrito. Si era messo al lavoro con tutta l'anima. Si era recato anche nelle segrete, e aveva interrogato il carceriere e i compagni di cella dei deceduti: voleva sapere che occhi avessero da vivi, come fossero i loro capelli, la corporatura, l'espressione che avevano al momento del trapasso... Non voleva che le sue statue fossero semplici simulacri, e più volte l'alba l'aveva sorpreso intento a conferire alle figure intagliate tutto il tragico realismo che l'occasione sembrava richiedere. Aveva scolpito espressioni contrite, teste scarmigliate, occhi fuori dalle orbite che fissavano il vuoto e mani con dita ricurve come artigli levate al cielo in invasati gesti di supplica, fino a ottenere un effetto spaventoso che faceva pensare alle anime in pena nel giorno di Ognissanti. Cosme era entusiasta di questo raccapricciante risultato, ma con suo grande dispiacere aveva dovuto tenere le sue sculture nascoste sotto un telo per tutto il tempo che erano rimaste in bottega perché sua moglie, quando vagabondava sovrappensiero nella casa in penombra e all'improvviso si trovava davanti lo spettacolo di quel legno contorto, sentiva che il cuore le si stringeva in petto come un chicco d'uva passa, gettava un grido di terrore e lasciava cadere ciò che aveva in mano con un fracasso di pentole e tegami. Nonostante ciò dimostrasse l'alta qualità del suo lavoro, Cosme aveva provato una punta di delusione nell'apprendere che sarebbe stato un pittore professionista a occuparsi della policromia, in modo da evitare almeno la chiassosità della sua tavolozza, famosa soprattutto per i suoi sanguinolenti vermigli e per i suoi indaci rabbiosi. Il Sant'Uffizio voleva che i rei deceduti fossero rappresentati con severità, ma senza cadere nel ridicolo. Per il suo lavoro Cosme aveva guadagnato in tutto 142 *reales.*

La necessità di scolpire delle effigi da bruciare al posto di cinque dei condannati era stata imputata a una misteriosa epidemia di febbre accompagnata da dolori addominali che, qualche mese prima dell'auto da fe, aveva colpito le segrete della Santa Inquisizione portandosi via molti dei detenuti. Un'infermità che dava anche delirio e agitazione, rendendo impossibili gli interrogatori. Di tanto in tanto il malessere sembrava concedere una tregua; un mattino i prigionieri si svegliavano improvvisamente lucidi, con le gote colorite e un vigoroso appetito; ma poi, non appena gli inquisitori andavano nella loro cella, si verificava una ricaduta, i detenuti deperivano rapidamente, ricominciavano a comportarsi in modo strano, presentavano vuoti di memoria e febbre, e tutti i progetti inquisitoriali concepiti per la giornata andavano a farsi benedire. Particolare che aveva insospettito non poco i funzionari del tribunale.

Il giorno dell'auto da fe, l'effigie che apriva la fila dei condannati rappresentava la vedova María de Echalecu, lavandaia, di quarant'anni, originaria di Urdax. Fino alla morte del marito, María era stata canterina e svagata. Quando nessuno la vedeva le piaceva staccare dalla parete scaglie di calce e infilarsele in bocca con ansia infantile per scioglierle sulla lingua. Ingeriva anche la terra, e si mangiava le unghie, sempre di nascosto. Aveva vissuto tutta la vita nella stessa casa, una fattoria appartenente alla sua famiglia e che lei, in quanto primogenita, aveva ereditato, secondo la tradizione ancestrale dei navarresi. La sua vicina era da sempre anche la sua migliore amica, quasi una sorella: le due avevano attraversato insieme le stupefacenti scoperte dell'infanzia e il tempo della prima mestruazione, avevano affrontato con commossa rassegnazione la morte dei rispettivi genitori sostenendosi l'un l'altra e avevano goduto insieme dei momenti buoni. Le due donne si erano amate come il cielo ama il sole, come gli alberi amano la terra. Ma i vicini avevano guardato con diffidenza questo loro affetto, poco disposti a credere alle amicizie incondizionate. Per far tacere le malelingue entrambe avevano finito con l'accettare un marito. I due uomini, che pure in un primo tempo sembravano andare d'accordo, a poco a poco avevano cominciato a guardarsi con diffidenza e a sentirsi minacciati dall'amicizia delle mogli, fino a proibir loro di vedersi. Le liti erano cessate solo con la morte del marito di María; ma poi il marito dell'amica l'aveva accusata davanti al Sant'Uffizio di aver gettato il malocchio sulle sue vacche perché dessero latte acido e di aver provocato la grandine che gli aveva rovinato il raccolto di quell'anno. Quando María, nelle segrete dell'Inquisizione, si era ammalata, i medici le avevano diagnosticato un disturbo provocato dalla perdita del ritmo lavorativo, dalla mancanza dell'aria fresca del mattino e dall'impossibilità di avere la sua razione quotidiana di latte appena munto. Ciononostante essi stessi non si sentivano di escludere che quella malattia potesse avere qualcosa di sovrannaturale, perché nei suoi ultimi istanti, come per magia e senza aver avuto il tempo di confessare le sue colpe, María si era alzata con estrema fatica dal suo giaciglio e aveva camminato barcollando fino al raggio di sole che entrava dal lucernario tagliando la penombra della cella.

«Ecco: è maggio fuori dalla finestra. Maggio... Mayo, è qui...» aveva detto, fissando il soffitto con occhi vitrei. «Eccomi, arrivo... arrivo...»

Si era quasi alla fine di agosto e le sue parole erano state attribuite al delirio della febbre. Poi l'inquisitore Becerra aveva voluto a tutti i costi avvicinarle alle labbra un crocefisso, ma María lo aveva guardato con occhi carichi di disprezzo, gli aveva voltato le spalle e un attimo dopo si era accasciata a terra per non rialzarsi mai più, senza che l'angosciato inquisitore l'avesse riconciliata.

La seconda effigie aveva un cartello appeso al collo con il nome di Estevanía de Petrisancena. Mateo Ruiz, l'artista che aveva colorato e vestito le statue, aveva esaltato la sua naturale bellezza dando ai suoi capelli ondulati un bel tono ramato. Estevanía aveva vissuto fino all'età di trentasette anni ed era sposata con il contadino Juanes de Azpilcueta. Quando i gendarmi erano andati ad arrestarla, suo marito aveva pensato che fosse uno sciagurato errore perché la sua Estevanía era candida come un'agnella, dolce come il miele e non faceva nemmeno un passo senza di lui. Più tardi gli avevano detto che ogni notte il diavolo gli rubava la sposa per portarla all'*akelarre*, il sabba, dove molti compaesani l'avevano vista commettere infami malefici e abbandonarsi a lussuriosi amplessi con incubi dagli occhi di brace e dal pene freddo come il ghiaccio. Perché lui non si accorgesse di nulla, gli avevano spiegato, il maligno gli metteva nel letto un fantoccio identico a Estevanía, capace di sprigionare il suo stesso profumo di verzura silvestre e il suo stesso calore umano. Estevanía era morta con la stessa gonna marrone che indossava al momento dell'arresto; e aveva negato fino all'ultimo di essere una strega.

«Juanes de Odia» era scritto sul cartello appeso al collo della terza effigie. Sessantenne, era anch'egli originario di Urdax dove esercitava la professione di carbonaio e stracciaiolo. Fra i detenuti era stato indubbiamente il più colto. Tutti lo conoscevano, perché cercava di convincere i suoi compaesani che tutte le sventure che affliggevano la regione erano dovute alla pressione che sovrani e signori esercitavano sulla povera gente. Gli abitanti di Urdax infatti erano servi della gleba e lavoravano le terre del monastero, mentre i loro vicini di Zugarramurdi erano liberi contadini e pastori che lavoravano solo per sé. Juanes sosteneva che bisognava assolutamente distruggere i rapporti di proprietà esistenti e ridistribuire fra i poveri la ricchezza della chiesa e dello stato. Amava circondarsi di bambini, e raccontava loro la storia di alcuni topi intelligentissimi che erano riusciti ad avere la meglio sul gatto di casa perché avevano capito di costituire la maggioranza, e di essere in grado di sconfiggerlo se solo fossero rimasti uniti. Riteneva che il modo migliore per rimediare alla disastrosa situazione in cui versava il paese fosse quello di influenzare la mente delle giovani generazioni. Si era addirittura impegnato a addestrare militarmente un gruppo di giovani contadini, ignorando il fatto che nessuno possedeva la benché minima arma e che quei ragazzi erano piuttosto facili alla paura e pochissimo bellicosi. Alla fine, grazie alla sua parlantina allenata, Juanes era riuscito a convincerli che il Signore gli era apparso in sogno promettendogli la vittoria. Ma la battaglia non aveva mai avuto luogo, perché un sabato mattina Juanes era stato arrestato. Mentre lo immobilizzavano lui gridava, scalciava, sputava sui gendarmi e si agitava come un pazzo, giurando di non aver mai fatto niente di male in vita sua. I gendarmi avevano dichiarato che sicuramente era posseduto dal demonio. Era morto sei mesi dopo, di notte, ribadendo con un filo di voce la sua innocenza.

La quarta effigie era quella di Juanes de Echegui, che in vita era stato pallido, magro e amante della caccia. Tutti gli sforzi che gli inquisitori avevano fatto per salvare la sua anima peccatrice si erano dimostrati vani. Juanes aveva sessantotto anni, un podere e venti pecore. Quando gli uomini del Sant'Uffizio lo avevano raggiunto si stava arrampicando su un colle alla ricerca dei migliori fiori di camomilla per farsi una tisana contro certi bruciori di stomaco che lo tormentavano da anni. L'emozione più intensa della sua vita l'aveva provata il giorno in cui era nata sua figlia, quando la levatrice gliel'aveva messa in braccio. Gli sarebbe piaciuto provare subito per quella creaturina una tenerezza infinita, un amore irrazionale fatto di avi in comune e di sangue condiviso; ma la prima cosa che aveva pensato era che quell'alito di vita appena intrapresa, che lottava per restare al mondo, da un momento all'altro avrebbe potuto estinguersi senza che niente e nessuno potesse evitarlo. Quel disgraziato pensiero non l'aveva più lasciato e aveva acquistato la forza di una premonizione quando in carcere si era ammalato e aveva capito che sarebbe morto senza sapere niente di quella figlia che, come lui, era stata arrestata per stregoneria.

La quinta effigie rappresentava María de Zozaya. Che non solo era stata accusata di stregoneria da tutto il villaggio, ma che aveva ammesso lei stessa di essere una strega raccontando per filo e per segno le molte malefatte in cui era stata coinvolta. L'effigie scolpita da Cosme, con un viso simile a una pergamena cosparsa di verruche, dovette pazientare cinque ore prima di essere purificata dal fuoco: tanto durò la lettura ad alta voce delle sue terribili confessioni, che rimbombarono da un capo all'altro di plaza de Santiago fra le smorfie di terrore, le urla disgustate e gli svenimenti della folla. Qualche tempo dopo l'umanista Pedro de Valencia avrebbe scritto per l'inquisitore generale Bernardo de Sandoval y Rojas un libello erudito intitolato *Acerca de los cuentos de las brujas*, nel quale, fra le altre cose, si afferma che il recitare pubblicamente e con oratoria sfrenata l'elenco dei crimini commessi da streghe e stregoni fosse stato un errore gravissimo. Suggerire alla cittadinanza l'idea di nuove depravazioni infatti può sovrastimolare la fantasia di anime candide che fino a quel momento non immaginavano nemmeno l'esistenza di simili perversioni. María de Zozaya, dunque, era stata la più perduta di tutte le arrestate. Aveva ottant'anni quando si era ammalata dell'infezione carceraria, ed era originaria di Rentería. Tutti sapevano che era una strega impenitente da moltissimo tempo. Lei stessa aveva ammesso di aver cominciato all'età di dieci anni, e aveva raccontato di essere andata mille volte all'*akelarre* volando a velocità vertiginosa grazie a un unguento magico che aveva promesso di procurare agli inquisitori, ma che nessuno seppe se avesse consegnato davvero. Da molti anni s'intrufolava nelle case del villaggio per fare del male ai bambini piccoli non appena la madre li lasciava un attimo soli; aveva convertito alla stregoneria un totale di venti persone, e davanti al tribunale si era vantata di aver incantato, nei molti anni in cui aveva avuto commercio con il demonio, ben otto persone, due delle quali ne erano morte. Una volta aveva incaricato la modista di Rentería di confezionarle una gonna ma poi, siccome il capo non era riuscito di suo gradimento, e nonostante la sarta si fosse offerta di sistemarlo si era molto arrabbiata e aveva dato alla giovane una mela avvelenata che, sei mesi dopo, aveva finito con l'ucciderla.

Perfino il giovane parroco era stato danneggiato dai poteri magici di María Zozaya, che gli gettava un incantesimo ogni volta che usciva per andare a caccia.

«Ehi, signor parroco! Acchiappate molte lepri, che poi facciamo un bell'arrosto per tutti i vicini!» gli diceva con un mezzo sorrisetto affacciandosi alla finestra.

Durante il processo aveva ammesso lei stessa che quando lo vedeva uscire per andare a caccia, tutto in ghingheri con il suo cane e quelle arie da astuto cacciatore, beveva un filtro e si trasformava in lepre; dopo di che gli correva davanti agli occhi tutto il giorno senza che i suoi segugi riuscissero ad acchiapparla. Alla fine il parroco si arrendeva e se ne tornava a casa stanco morto, con la vergogna del fallimento attorcigliata alle gambe.

María Zozaya aveva confessato anche di aver avuto rapporti carnali con il diavolo, immancabilmente ogni lunedì, mercoledì e venerdì.

«Per le parti ordinarie e per quelle posteriori... e per quelle davanti traendone lo stesso piacere che avrei provato con un uomo normale, ma anche un certo dolore perché il suo membro è più grosso e più duro.»

Questa frase aveva provocato grande scandalo tra i signori inquisitori, che avevano abbassato gli occhi facendosi due volte il segno della croce.

A un certo punto la gente del villaggio aveva cominciato a tirarle sassi per la strada, e una banda di mocciosi temerari, per nulla intimoriti dalla sua familiarità con il diavolo, si era messa a inseguirla cantilenando la parola «strega». Tenendo in conto i molti, terribili elementi di prova, nonché le ripercussioni che i suoi atti avevano avuto sulla vita della comunità, si era deciso che María dovesse essere messa a morte, unica fra i rei confessi a essere condannata al rogo nonostante la politica inquisitoriale imponesse chiaramente di riammettere il *confitente* in seno a santa madre chiesa. I delitti di María erano davvero troppo gravi per essere perdonati. L'epidemia l'aveva strappata a questo mondo tre mesi prima dell'auto da fe.

Più tardi gli inquisitori Becerra e Salazar avrebbero dichiarato che probabilmente il demonio aveva qualcosa a che vedere con quella misteriosa malattia, dato che nemmeno i medici più sapienti avevano saputo riconoscerla e curarla. Niente di particolarmente strano, secondo gli inquisitori: molte streghe infatti avevano dichiarato che, nonostante la segretezza del luogo di detenzione, il diavolo le raggiungeva anche laggiù per accoppiarsi con loro. Era chiaro che il maligno aveva lanciato loro un sortilegio tale da ucciderle prima che potessero confessare qualcosa di pericoloso per la sua setta. Per questo i rei deceduti erano stati ugualmente giudicati e condannati *in absentia*, e le loro spoglie mortali pietosamente conservate fino al giorno dell'auto da fe, quando sfilarono racchiuse in apposite bare dietro le rispettive effigi e furono gettate nel fuoco insieme a esse. Per quel giorno l'Inquisizione aveva ordinato tredici partite di legna per un costo totale di 397 *reales*.

I sei condannati a morte per stregoneria sopravvissuti alla malefica potenza dell'epidemia furono portati nella piazza di Logroño con il giudizio di *negativos*. María de Arburu e María Baztán, rispettivamente di settanta e sessantotto anni, cognate, originarie di Zugarramurdi, prima di essere arrestate passavano quasi tutto il tempo sulla soglia di casa a spettegolare e a rammendare, a mondare lenticchie o a sgusciare piselli. I loro figli, Pedro de Arburu, frate, e Juan de la Borda, sacerdote, furono anch'essi sottoposti a giudizio. I due religiosi avevano avuto salva la vita, ma il tribunale aveva stabilito che dovessero comunque pagare il loro debito subendo una punizione altrettanto esemplare: anni dopo la celebrazione dell'auto da fe sarebbero stati ancora nei guai, fra prigioni e castighi vari. Quanto alle loro madri, fino all'ultimissimo momento avevano negato di aver mai fatto parte della setta diabolica.

La notte prima dell'auto da fe, quando le avevano notificato la condanna a morte, Gracia Xerra aveva stentato a crederci. Ormai era in quella prigione da così tanti giorni che non si ricordava nemmeno più della sua vita in libertà, si era abituata alla penombra e all'umidità della cella e pensava che il suo destino fosse di rimanere lì per sempre. I suoi capelli, prima castano scuro, in poche ore erano diventati bianchi come la neve, il viso le si era avvizzito come quello di una vecchia; allora si era inginocchiata e aveva cercato di concentrarsi sul Dio dei cristiani per vedere se aveva pietà di lei.

María de Echachute invece era scoppiata a ridere: le sembrava divertente la severità protocollare con cui i funzionari del tribunale le comunicavano la notizia dopo i mille maltrattamenti che aveva subìto in carcere. Aveva riso in faccia anche al sacerdote che vegliava accanto a lei nella speranza di ricevere una sua confessione dell'ultima ora, e aveva dovuto soffocare un'altra risata al pensiero che non poteva attraversare quei maledetti muri della prigione e scapparsene volando come invece durante gli interrogatori tutti i suoi vicini di casa avevano giurato di averle visto fare un mucchio di volte.

Domingo de Subildegui invece non si era stupito affatto della sentenza perché la conosceva già. Aveva ribadito per l'ennesima volta, nonostante le prove schiaccianti a suo carico, di non essere uno stregone, ed era rimasto su tale posizione con una testarda impavidità e con una smorfia stizzita che non cambiarono di una virgola nemmeno quando si trovò davanti all'impressionante catasta di legna preparata per il rogo.

Il frate che accompagnò al patibolo Petri de Juangorena continuava a ripetere parole come pentimento, dolore, mondare, colpa... aspettando fiduciosamente una confessione, convinto com'era delle sue doti di persuasore. Petri invece non fece che lanciare sonori miagolii, prontamente imitato dalla gente che si accalcava nella piazza e che gli faceva il verso tra risa sguaiate. Una delle prove più decisive che avevano portato al suo arresto e alla successiva condanna diceva proprio che era in grado di trasformarsi in felino a proprio piacimento.

Il vescovo di Pamplona, Antonio Venegas de Figueroa, non assistette all'auto da fe di Logroño, ribadendo la sua convinzione che la setta diabolica fosse soltanto una sorta di allucinazione collettiva originata da sogni e bugie. Il re invece motivò la propria assenza con l'adesione alla linea politica prevalente in quel momento, che si rifaceva alla teoria di san Tommaso secondo la quale la virtù più importante di un re è la giustizia, che si divide in punizione del colpevole e ricompensa dell'innocente. Era stato il suo braccio destro, il plenipotenziario duca di Lerma, a consigliargli di non andare: perché il castigo, anche quando pienamente meritato, può suscitare nel popolo odio e paura in quanto rivela la presenza di un'autorità basata sull'uso della forza. Dunque era molto meglio che il sovrano non si facesse vedere alla cerimonia, lasciando a giudici e ministri il compito di distribuire le pene e cercando di mostrarsi ai sudditi come una sorta di novello Salomone che, pur riconoscendo la necessità di applicare la legge, non gioisce del castigo.

L'assenza del vescovo e la scusa addotta da Filippo III per la propria assenza appannarono un po' il prestigio dell'evento, al quale assistettero comunque più di trentamila spettatori provenienti da ogni angolo del regno e anche dall'estero. La folla che si ammassò nelle strade di Logroño era così immensa che la città non poté accoglierla tutta, e molti dovettero cercare alloggio nei villaggi vicini o addirittura dormire all'aperto. Il costo totale dell'auto da fe ammontò a 2541 *reales*: una cifra non troppo elevata, se si considera ciò che altri tribunali solevano sborsare per celebrazioni analoghe.

Dei trentuno processati i cui verbali furono letti ad alta voce quel 7 novembre in plaza de Santiago solo diciotto erano sopravvissuti fino ad ascoltare il verdetto della corte. Eppure, nonostante l'auto da fe e l'esecuzione della sentenza, il sospetto che la setta diabolica non fosse stata completamente sradicata dalle terre del Nord rimase latente nella popolazione per parecchio tempo ancora; e la Suprema continuò a tenere d'occhio la regione basco-navarrese. Dopo l'auto da fe furono arrestate ancora centodue persone, e per mesi le segrete dell'Inquisizione continuarono a chiudersi sui sospettati. Gli interrogatori sarebbero andati avanti finché quei disgraziati non avessero confessato fino all'ultimo dettaglio le loro diaboliche nefandezze. Per tutto quel tempo familiari e parenti non avrebbero ricevuto nessuna informazione sul luogo in cui erano tenuti prigionieri.

Fra gli arrestati c'era anche una donna che tutti chiamavano Ederra – «bella» in basco – per la sua straordinaria bellezza, e che andava di villaggio in villaggio offrendo le sue abilità terapeutiche di guaritrice, erborista, aggiustaossa e profumiera in cambio di abiti, vitto o alloggio. Esperta conoscitrice del potere curativo delle piante, Ederra era abile anche nella preparazione di pozioni, sciroppi, pillole e pomate, sapeva come combinarli fra loro e in quale momento dell'anno fosse opportuno utilizzarli affinché sviluppassero al meglio i loro benefici effetti. Dominava perfettamente conoscenze tramandate di generazione in generazione. L'avevano arrestata a Zugarramurdi, su denuncia di un medico che se ne sentiva minacciato perché sapeva guarire l'impotenza maschile ed eliminare i dolori del parto molto meglio di lui. Come disse agli inquisitori, tutto ciò andava evidentemente contro la legge di Dio, che al riguardo era chiarissima: se già nel libro della Genesi è scritto che la donna deve partorire con dolore, chi si credeva di essere quella fattucchiera per contraddire il Signore?

Dal momento in cui Ederra era stata arrestata, la ragazza timida che viaggiava con lei, una certa Mayo de Labastide d'Armagnac, aveva cominciato a cercarla affannosamente. Perché senza Ederra si sentiva perduta, non sapeva come interpretare la vita, perché non conosceva nessuno più abile di lei nell'identificare la forma di cose e di animali in nuvole e rocce. E poi, senza Ederra, non aveva nessuno con cui ballare, nuda, a occhi chiusi, nelle notti di luna piena. Doveva assolutamente ritrovarla. Era questione di vita o di morte.

Mayo de Labastide era in plaza de Santiago il giorno dell'auto da fe di Logroño, intenta a scrutare le facce della gente nella speranza di individuare lo splendore di Ederra sotto la mitra e il sambenito dei condannati. Ma non la trovò: e non avrebbe saputo dire con certezza se fosse un bene o un male. Poteva essere ancora fra i sospettati, chiusa in una segreta dell'Inquisizione, ma poteva anche essere morta dell'epidemia carceraria di cui aveva sentito parlare. A quell'eventualità, però, Mayo non voleva pensare. Ederra non poteva essere morta, lei l'avrebbe avvertito... o forse no. Forse non poteva averne alcun presentimento perché, nonostante tutti i segni che avevano accompagnato la sua nascita, Mayo non era una vera strega. I suoi incantesimi funzionavano solo a metà, e di solito le sue premonizioni non si avveravano.

La tristezza di non aver ritrovato Ederra in plaza de Santiago le gorgogliava in gola, dandole una sensazione che conosceva fin troppo bene. Dapprima il cuore le si stringeva in un nodo, poi sentiva che, proprio in fondo alla gola, le si formava come un groppo di lana ruvida e pelosa che per quanto ci provasse non riusciva a mandar giù. Poi la bocca le si riempiva di una saliva densa e amara che le mozzava il respiro. Ederra le aveva spiegato che è proprio quando si provano quelle sensazioni che la maggior parte dei mortali secerne dagli occhi uno sgocciolio acquoso. Mayo però non aveva mai pianto nemmeno una volta in vita sua, né quando era piccolissima, né quando Ederra si era impegnata a risolvere il problema narrandole terrificanti storie di paura piene di bambini innocenti che degli esseri crudeli rapivano e cucinavano a fuoco lento insieme a un'erba che rendeva le loro ossa morbide come cavoli bolliti, né quando per mesi le aveva applicato sugli occhi un unguento puzzolente e urticante... mai, nemmeno una volta, era riuscita a far sì che le sue guance fossero rigate da qualcosa di simile a una lacrima.

Nessuno si sarebbe preoccupato della bella Ederra, nessuno avrebbe sentito la sua mancanza se Mayo de Labastide e l'uomo-asino Beltrán, vittima di un incantesimo, non si fossero impegnati con testardaggine davvero prodigiosa a cercare i suoi lineamenti tra la folla sin dal giorno in cui venne celebrato il memorabile auto da fe delle streghe. Mayo de Labastide era dell'idea che fintanto che c'è vita c'è speranza. E lei di speranza ne aveva tanta... tutta, e il tempo non le mancava. Era nata quindici anni prima, sotto i peggiori auspici, ma senza alcuna predisposizione per lo scoramento.

# I

*Di come pregare affinché le streghe non strappino i bambini dai loro letti e di come metterle in fuga*

Il sole cominciava appena a riscuotere la campagna dalla pigrizia notturna quando Juana de Sauri avvertì un freddo così intenso da svegliarla e farla rabbrividire, costringendola ad alzarsi per accendere il fuoco. Ma prima ancora di raggiungere il focolare ebbe un brutto presentimento, voltò cautamente la testa e li vide. Erano lì, in silenzio, che la fissavano con gli occhi spalancati e le si avvicinavano con fare languido, con infernale cerimoniosità. Stupefatta, una mano appoggiata al bordo del tavolo, sollevò lentamente l'attizzatoio, più timorosa che aggressiva. Juana era assolutamente certa che il suo disgraziato destino stesse per compiersi, come aveva predetto molto tempo prima, senza che né sua figlia né il parroco le prestassero la benché minima attenzione. Era il logico contrappasso per le sue dichiarazioni contro le streghe che aveva reso l'anno prima al tribunale dell'Inquisizione. Da quando era tornata da Logroño la sua coscienza non le aveva più fatto dormire sonni tranquilli. Nel bel mezzo della notte vedeva i fantasmi dei suoi compaesani avvolti dalle fiamme che con voce cupa chiedevano vendetta e le promettevano sofferenze eterne come punizione per le sue menzogne. Quelle visioni le provocavano le palpitazioni, si svegliava di soprassalto senza più riuscire a prendere sonno. La cosa andava avanti da mesi. L'angoscia le stringeva dolorosamente il petto, trasformando la sua quotidianità in un'inquietudine costante: il parroco però non aveva dato troppa importanza al suo turbamento, assicurandole che tutto ciò che aveva fatto era giustificato in quanto teso a meglio servire Iddio.

Eppure in quel momento Juana era assolutamente certa che Dio non fosse lì a proteggerla. Era la fine. Uscì di casa, barcollando e incespicando, senza voltarsi indietro e senza chiudere la porta: sapeva che non poteva fare nulla per rinchiudere la perfida forza che l'inseguiva. Corse attraverso i campi che si stendevano davanti a casa sua con tutto l'impeto che il suo vecchio corpo ancora le permetteva. Poi inciampò, cadde lunga distesa per terra e rimase lì un momento, ansimante, con il profumo dell'erba appena sveglia che le saliva nelle narici. Per un attimo quell'odore la fece sentire un po' meglio; ma un rumore di passi vicini la riportò bruscamente alla realtà.

«Non ci sfuggirai!»

Juana sollevò lentamente la testa, e il consolante profumo d'erba si dissolse in un pestilenziale tanfo di zolfo. Lo riconobbe subito, pur non avendolo mai sentito prima: era l'odore del demonio, dell'inferno, della condanna eterna, l'odore che pervade gli *akelarres*, l'odore che lei stessa un anno prima aveva descritto davanti alla corte di Logroño. Adesso sì che lo sentiva. All'improvviso non provava più rimorso per aver dichiarato sotto giuramento cose di cui non era affatto sicura e che potevano rovinare i suoi vicini. Il parroco aveva ragione, quelle persone erano reali, maligne, diaboliche: erano streghe. Si palpò il collo in cerca della croce di legno cui era solita raccomandarsi e la strinse con forza, sentendo lacerarsi la pelle.

«Dammi coraggio... non abbandonarmi, Padre», mormorò.

Alzò lo sguardo e vide proprio lì, davanti a lei, lo zoccolo fesso del diavolo, tale e quale lo rappresentavano le Sacre Scritture. Due sudicie zampe di caprone che arrivavano fino alle anche di un enorme essere per metà animale e per metà uomo, completamente coperto di un ispido pelo nero e con cinque corni in testa.

«Tutti devono sapere che siamo ancora qui», disse una voce femminile proveniente da dietro la bestia. «E non c'è niente che possano fare, il potere di Satana si impadronirà comunque del villaggio... del regno... di tutto il mondo!» E scoppiò in una risata teatrale apparentemente svogliata.

Ancora a quattro zampe, Juana guardò da sotto il braccio e vide quel ragazzetto straccione, con lisci capelli color paglia e un occhio biancastro nel quale, sfumato, si intuiva il contorno vago e azzurrino di una pupilla inesistente. Il ragazzo la guardava con espressione sciocca, mostrando in una smorfia i denti guasti. Accanto a lui ridevano divertite due donne con i capelli raccolti in un'enorme crocchia a forma di mitra. Juana si mise a tremare, poi, all'improvviso, senza sapere nemmeno lei dove avesse trovato la forza, saltò su e ricominciò a correre come una lepre, inseguita dalle risa dei quattro personaggi diabolici. Arrivò incespicando sino al fiume, salì al centro del piccolo ponte di pietra e si mise a cavalcioni dell'ampia spalletta, con un'agilità davvero insospettabile per la sua età. Lì vicino, legata a una corda, c'era una grossa pietra che sembrava preparata da tempo per qualche scopo imprecisato. Juana cominciò a legarsi la fune a una caviglia; solo allora i quattro demoni smisero di ridere e corsero verso di lei.

Tremante di paura, Juana riuscì comunque ad alzarsi in piedi sulla spalletta del ponte e a farsi il segno della croce. Dal pugno in cui stringeva la croce di legno colava un filo di sangue che le rigava l'avambraccio mentre, a occhi chiusi, mormorava una preghiera. Doveva raccogliere tutto il suo coraggio per fare ciò che intendeva fare, e gli indemoniati le erano ormai addosso.

«Fermatevi, maledetti!» gridò Juana brandendo la croce davanti a sé come uno scudo.

«Non fare la stupida, non sarà questo a fermar...»

Ma senza dare alla bestia il tempo di finire la frase Juana chiuse gli occhi e si protese verso il vuoto. Il caprone riuscì ad afferrarla per il polso, ma la forza d'inerzia fu più forte di lui e si ritrovò in mano solo la croce, mentre la donna precipitava dal ponte e spariva con gran fracasso nell'acqua del fiume.

«E plunfete!» gridò il ragazzo con l'occhio biancastro, cercando di capire se la situazione imponesse una risata o un'espressione di circostanza.

«E adesso che si fa? Non si era parlato di morti», fece notare la più anziana delle donne.

I quattro guardarono a lungo giù dal ponte, sconcertati, sperando di intravedere Juana tra i flutti; ma evidentemente era stata trascinata a fondo dalla pietra che si era legata alla caviglia. Allora il caprone, stizzito, gettò a terra la croce insanguinata e si pulì la mano sulle pietre del ponte.

«Andiamo via», sputò fuori, con una smorfia di disgusto. «E in fretta.»

La mattina in cui il corpo di Juana de Sauri riemerse a faccia in giù dalle acque del fiume, l'inquisitore Alonso de Salazar y Frías si trovava a Santesteban già da undici giorni. Egli stesso, quella sera, l'avrebbe annotato con mano ferma nel registro del viaggio di Visita, senza immaginare che quelle parole, prima di essere lette da qualcuno, avrebbero dovuto aspettare chiuse in un sotterraneo per ben due secoli, finché la Santa Inquisizione non fosse stata abolita. Già da tempo, ormai, Salazar si interrogava quasi su tutto; ma l'imperturbabilità e la riservatezza che lo contraddistinguevano avevano fatto sì che nessuno se ne accorgesse, cosicché godeva ancora della piena fiducia delle alte sfere inquisitoriali. Per questo la Suprema, senza dubitare di lui, l'aveva mandato in Visita nelle province settentrionali di Navarra e Guipúzcoa dove il fenomeno delle streghe non era del tutto scomparso nemmeno dopo l'auto da fe di Logroño. Dopo lungo cavillare si era deciso che l'unico modo di metter fine a quell'abominevole setta satanica era mandare laggiù un inquisitore: e chi meglio di Alonso de Salazar y Frías, sempre così sicuro e padrone di sé in ogni situazione? Impressionavano la sua formidabile statura, il mento ardito, le grandi, lunghe ossa che gli ampliavano la schiena e gli allungavano gambe e braccia, estendendo più del normale anche le dita delle mani, sottili e leggermente più larghe all'altezza delle unghie. Salazar camminava a grandi falcate, con ritmo marziale, seguito dalla tonaca che fluttuava in aria come una stella filante; in quei momenti chi voleva parlare con lui doveva seguirlo al trotto, perché Salazar non era disposto a rallentare il passo per nessuna ragione. Guardava sempre dritto davanti a sé, consapevole che niente e nessuno avrebbe mai potuto coglierlo in fallo e fargli abbassare gli occhi. La parola «inquisitore» gli calzava a pennello: cercava sempre le risposte sino in fondo, ponendosi infinite volte ogni domanda e trovando sempre un particolare, un dettaglio, un dato o una circostanza tale da fargli dubitare di tutto, finanche della propria esistenza. Per questo l'inquisitore generale aveva pensato che sarebbe stato il più adatto a chiarire quel che stava accadendo.

Gli inquietanti avvenimenti che negli ultimi tempi avevano tolto il sonno agli abitanti delle regioni del Nord, infatti, erano tali da far rizzare i capelli in testa agli amministratori del regno. I raccolti andavano in malora: dove un tempo c'era stato un florido campo di asparagi ora si poteva a malapena distinguere qualche radice stopposa e mezzo marcia, definitivamente rovinata dalla grandine. Fenomeni meteorologici avversi terrorizzavano la popolazione con fulmini e scintille che, nessuno ne dubitava, non potevano che provenire dalle forge stesse dell'inferno. Anche gli animali delle fattorie, da un po' di tempo, si comportavano in modo strano: le galline erano diventate ribelli e deponevano uova sterili, e quando i padroni riuscivano a prenderle e ad aprirle ne usciva un muco vischioso e nerastro, puzzolente di morte. I cani non difendevano più la casa, erano diventati paurosi, correvano a nascondersi sotto il letto per qualsiasi sciocchezza e se li costringevano a uscire di là se la facevano addosso. I gatti restavano a lungo con lo sguardo fisso nel vuoto, poi, apparentemente senza motivo, miagolavano di spavento, arruffavano il pelo e tiravano fuori gli artigli, inarcando la schiena. Alcune mucche avevano cominciato a dare un latte acido, inutilizzabile.

I genitori chiedevano urgentemente aiuto perché i bambini, in preda al terrore, raccontavano che di notte, mentre essi dormivano tranquillamente nei loro lettini, le streghe entravano in camera attraverso la finestra e li rapivano per portarli all'*akelarre*; una volta là, essi ricevevano dagli adoratori del demonio un piccolo bastone con cui pascolare un gregge di rospi vestiti da principi, ai quali tutti facevano la riverenza quasi fossero angeli custodi. Terrorizzate, le famiglie passavano notti insonni a vegliare sui bambini stregati, cercando in ogni modo di tenerli svegli; ma le streghe li aspettavano al varco e, prima che facesse giorno, non appena gli adulti abbassavano la guardia e ai bambini cadeva la testa sul petto, tornavano a rubarli. In cerca di assistenza spirituale, la popolazione si era rivolta agli uomini di chiesa: ma in breve quella calamità aveva raggiunto dimensioni ciclopiche, molto superiori alla capacità dei preti di rasserenare il loro gregge.

Allora il parroco di Vera aveva scritto una lettera al tribunale di Logroño supplicandolo ardentemente di mandare rinforzi: già tre volte, infatti, aveva dovuto chiudere in chiesa i genitori infuriati per impedirgli di lapidare i presunti stregoni o di dar fuoco alle case con loro dentro. Nella lettera il sacerdote riportava uno scongiuro di sua invenzione per tenere gli esseri diabolici lontani dai bambini, e chiedeva al tribunale di riconoscerlo pubblicamente come valido strumento di difesa contro il potere del maligno:

*Iesus + Nazarenus + Rex + Iudeorum*
*Verbum caro factum est*
*Iesus, Maria, Joseph*

Per essere efficace, la formula andava scritta su un pezzo di carta e messa insieme a una candela di cera, a determinate erbe, a un pezzo di pane e a un po' di acqua benedetta nella stanza dei bambini, che prima di dormire e subito dopo il risveglio dovevano farsi il segno della croce mentre i genitori gli posavano il crocefisso sul cuore recitando con mistica partecipazione:

*Iesus propitius esto mihi peccatori*

Stando così le cose l'inquisitore generale, Bernardo de Sandoval y Rojas, aveva preso in considerazione l'idea di trasferire in via provvisoria il tribunale a Pamplona, per essere più vicino alla regione dove le streghe infuriavano di più. Pur essendo tendenzialmente convinto che buona parte delle accuse di stregoneria fosse dovuta a rivalità di vicinato, non poteva permettere che tutto il regno spettegolasse sul fatto che in Navarra l'anticristo e i suoi scagnozzi scorrazzavano in libertà mentre l'inquisitore generale non muoveva un dito per impedirlo. Poi aveva scritto quattro lettere alle persone che riteneva più preparate in tema di sette diaboliche, chiedendo consiglio sulle misure più efficaci da adottare: la prima ai tre inquisitori di Logroño perché lo illuminassero su quella delicata materia; la seconda all'umanista Pedro de Valencia, vera celebrità nazionale, apprezzato anche da Filippo III per il suo pacato buonsenso; la terza a suo nipote il duca di Lerma, per domandargli fino a che punto la crisi provocata dalle sette sataniche avrebbe potuto indebolire il potere del trono; l'ultima lettera l'aveva indirizzata al vescovo di Pamplona, Antonio Venegas de Figueroa, che negli ultimi tempi si era conquistato la fama di miscredente per aver dichiarato in pubblico che, in quella faccenda delle streghe, la sua personale esperienza lo induceva a credere che ci fossero molte menzogne e molta fantasia.

L'inquisitore generale aveva atteso pazientemente le risposte, poi aveva preso una decisione cruciale: aveva promulgato un editto di grazia della durata di sei mesi in base al quale tutte le streghe e gli stregoni che si fossero pentiti abiurando *de levi* avrebbero ricevuto il perdono della chiesa senza alcun tipo di rappresaglia, compresi quelli già rinchiusi nel carcere dell'Inquisizione. Era proibito inoltre esercitare sui sospettati di stregoneria qualsiasi pressione tesa a strappar loro una confessione, così come non doveva subire minacce chi si presentava spontaneamente a testimoniare. A questo punto mancava solo una persona assolutamente seria e affidabile cui delegare il compito di divulgare l'editto nelle zone interessate; e l'inquisitore generale aveva deciso che nessuno poteva essere più preparato per quell'importante missione del suo pupillo Alonso de Salazar y Frías.

La comparsa del cadavere di Juana non stupì troppo Francisco Borrego Solano, parroco di Santesteban. Dall'arrivo dell'inquisitore Salazar, quasi due settimane prima, la notizia dell'editto di grazia si era diffusa in tutti i paesi vicini e Santesteban si era riempita di streghe e stregoni in cerca di perdono. La gran folla dei penitenti, accalcata davanti alla residenza di Salazar in un tumulto rumoroso e disordinato, aveva finito con il togliere alla popolazione locale il poco senno rimastole. L'inquisitore, stupito al vedere una simile ressa, aveva dovuto assumere degli assistenti da mandare nei villaggi circostanti per confessare tutti coloro che non potevano viaggiare. E così la comitiva iniziale, formata da due segretari dell'Inquisizione e da due interpreti di basco che, oltre a tradurre gli interrogatori, dovevano pronunciare il sermone con cui si proclamava l'editto di grazia e assistere agli atti di riconciliazione, si era allargata e organizzata in quattro squadre. Un decreto regio obbligava gli abitanti di Santesteban a dare alloggio a tutti i penitenti forestieri, e ben presto in paese non era rimasta una sola casa dove non risiedesse una strega o uno stregone pentito. La cosa non era piaciuta affatto al parroco Borrego Solano, perché l'obbligo di ospitare i penitenti in casa della gente perbene suscitava viva apprensione tra le sue pecorelle. Girava infatti voce che molti stregoni non fossero affatto pentiti, e che in seguito alle procedure stesse dell'editto di grazia la piaga stregonesca si stesse diffondendo di villaggio in villaggio come un'epidemia.

Era già da qualche giorno che il parroco Borrego Solano faceva del suo meglio per alleviare l'inquietudine dei parrocchiani celando a tutti il suo stesso malessere. Ma ormai la sua agitazione era così palpabile da rendere vano ogni tentativo di dissimularla. Fin dalle prime ore della tragica mattina in cui gli fu comunicato il ritrovamento del cadavere di Juana, il parroco aveva avuto il presentimento che presto la disgrazia si sarebbe abbattuta su di loro. Il suo gallo, di solito puntualissimo, aveva cantato con una voce carica d'angoscia, stonato e in ritardo. Un comportamento che, lui lo sapeva bene, provava senza ombra di dubbio la presenza di streghe nelle vicinanze. Nonostante tutti gli arresti, le torture, gli auto da fe, le promesse di castigo eterno e il perdono per chi si pentiva, l'Inquisizione non era riuscita a eliminare i discepoli del maligno. E gli adepti di Satana sarebbero sicuramente tornati per vendicarsi.

Borrego Solano si vestì in fretta, facendosi il segno della croce e mormorando una sfilza di suppliche e di preghiere. Prima di varcare la soglia di casa gettò un pugno di sale nel fuoco, nella speranza di placare in parte il potere malefico delle streghe. La fiamma sfrigolò rabbiosa, con un rumore di fuochi fatui che gli fece venire la pelle d'oca: un altro chiaro presagio di disgrazia. Senza perdere altro tempo il parroco si incamminò lungo la riva del fiume. Arrivò sul luogo del ritrovamento senza fiato, più per l'angoscia che per la camminata. Il corpo senza vita della donna, bianchiccio, riposava sull'erba. Riconobbe subito la sua parrocchiana Juana de Sauri, e al vedere il suo aspetto da pesce arenato gli si rizzarono i capelli.

«Santo Iddio! Ma che cosa le hanno fatto, a questa povera donna?» balbettò facendosi il segno della croce. «Avvisate subito l'inquisitore Salazar, presto!»

## II

### *Di come confezionare potenti talismani di protezione, di come rendersi invisibili*

Salazar stava ancora dormendo quando bussarono alla sua porta per comunicargli che al villaggio di Santesteban c'erano le prime avvisaglie delle bibliche disgrazie profetizzate nel libro dell'Apocalisse. Udì i colpi ancora immerso nelle nebbie del sonno, dopo una notte passata a riordinare le trascrizioni degli interrogatori del giorno prima. Per quanto impegno ci mettesse, non riusciva a capire sino in fondo se le stranezze che uscivano dalla bocca di streghe e stregoni pentiti fossero la realtà o le allucinazioni di semplici mitomani. Fin dal momento in cui aveva messo piede a Santesteban, lunghe file di penitenti si erano formate davanti al tavolo cui sedeva insieme ai suoi assistenti, e ciascuno aveva aspettato pazientemente il proprio turno per raccontargli i sacrilegi di cui si era macchiato e ricevere un perdono capace di ridare sia la pace dell'anima sia la rispettabilità sociale.

Per organizzare le cose nel modo migliore Salazar aveva ammodernato un vecchio questionario dell'Inquisizione, composto da quindici domande a trabocchetto a risposte multiple. In un secondo tempo, in base ai dati così ottenuti e dopo accurata riflessione e analisi, le confessioni venivano classificate in varie categorie: allucinazioni diurne, sogni notturni, convinzioni spirituali e realtà fisiche. A lui interessavano soprattutto le realtà fisiche, ma fino a quel momento, con sua gran delusione, non era riuscito a dimostrare con certezza l'effettiva presenza del diavolo nella regione. Come prima cosa cercava sempre nell'archivio del processo se la strega in questione avesse già testimoniato in una precedente occasione, e in caso affermativo riscontrava le vecchie dichiarazioni con le nuove. Avrebbe voluto possedere un vademecum il più preciso possibile per valutare le confessioni, lasciandosi definitivamente alle spalle il metodo inquisitoriale fin lì utilizzato che in sintesi si limitava a condannare a morte in base a semplici sospetti.

«Vossignoria si accompagnava con qualcuno quando andava all'*akelarre* o ne tornava?» domandava Salazar, e poi aspettava che il suo assistente, il giovane novizio Íñigo de Maestu, traducesse le sue parole in basco.

«Non ricordo di aver incontrato nessuno di mia conoscenza...» diceva con espressione dubbiosa Ana de Labayen, arrivata a piedi da Zubieta insieme ad altre dodici persone per ottenere la grazia dell'editto. «Ma sono sicura che, se dovessi incontrare di nuovo le persone che vidi laggiù, le riconoscerei subito: e guai a loro se osassero negarlo! Perché a me non mi contraddice nessuno, ci mancherebbe altro!» aggiungeva la donna in tono più sicuro, annuendo e piantandosi le mani sui fianchi.

«E ricordate forse se, andando o tornando di là, vi capitò mai di sentire il latrato di un cane... le campane...» Il novizio continuava a tradurre, ma la donna sembrava sempre più sconcertata. «Il canto di un gallo... che so... qualche altro rumore?» Salazar disegnava dei cerchi in aria con la mano, lasciando sempre più spazio fra un'ipotesi e l'altra in attesa che la donna lo interrompesse per confermarne una.

«Hmm... No.»

«E se per caso, durante l'*akelarre*, si mettesse a piovere, credete che le persone colà riunite si bagnerebbero?»

«La signora dice», traduceva Íñigo de Maestu con voce sempre più flebile, accorgendosi della delusione di Salazar, «che suppone che... sì, se piovesse, probabilmente si bagnerebbero.»

I colpi alla porta risuonarono con maggior urgenza svegliando del tutto l'inquisitore, che con un sospiro rassegnato si alzò lentamente dal letto cercando di abituare gli occhi alla luce del giorno appena iniziato.

«Chi è?»

«Sono Íñigo, mio signore: perdonatemi, mio signore ma il parroco Borrego Solano richiede urgentemente la presenza di vossignoria sulla riva del fiume.»

Salazar, ormai in piedi, si presentò alla porta con un'espressione perplessa.

«Vuole che scenda al fiume? Adesso?»

«Immediatamente, signore. Pare che le streghe abbiano attaccato di nuovo.» E Íñigo si strinse nelle spalle.

L'umidità della notte aveva lasciato il posto a un sottile velo di rugiada verdastra, che il luminoso sole del mattino cominciava a dissolvere, quando l'inquisitore Alonso de Salazar y Frías arrivò sul posto in compagnia dei suoi assistenti; mentre si avvicinavano, i tre ebbero modo di notare l'intensa commozione e il sentimento di impotenza con cui il parroco guardava il corpo senza vita di Juana. Quando vide l'inquisitore, il sacerdote si rilassò un poco. Lo conosceva di fama sin da prima che mettesse piede a Santesteban: la voce secondo cui era stato il più severo e crudele dei tre inquisitori di Logroño l'aveva preceduto. L'espressione dura del suo volto durante gli interrogatori, quando inarcava scetticamente il sopracciglio sinistro ed emetteva un sospiro scandalosamente sarcastico, aveva colmato di terrore gli accusati e di ammirazione e rispetto i segretari incaricati di redigere gli atti. Anche quando gli altri due inquisitori, Valle e Becerra, si dichiaravano soddisfatti della confessione strappata a un detenuto, lui continuava a mostrarsi diffidente e puntiglioso ed esigeva l'applicazione di nuove torture per spingere gli accusati a confessare sino in fondo la loro perversione. Pareva che gli anni di studio presso la moderna e liberale Università di Salamanca gli avessero dato un buon occhio clinico, e che i frequenti viaggi a Roma gli avessero tolto la capacità di meravigliarsi di alcunché.

I due assistenti che lo accompagnavano quel luttuoso mattino non avevano mai visto prima un morto annegato.

«Che ne pensate?» domandò Alonso de Salazar ai due giovani, indicando con lo sguardo il corpo senza vita della donna.

«È... è morta», esitò frate Domingo, turbato.

«Dunque... effettivamente sì, parrebbe proprio di sì. Chi l'avrebbe mai detto...» fece il novizio Íñigo de Maestu massaggiandosi il mento con studiata espressione di rigore erudito, guardando di sottecchi il suo collega e abbozzando un sorrisetto.

«Per favore, Maestu, non è il momento, non è proprio il momento», lo sgridò Salazar. Poi si rivolse a Borrego Solano e domandò: «Chi l'ha trovata?».

«I bambini», rispose il parroco, indicando un gruppetto di mocciosi che li fissavano con diffidenza tenendosi seminascosti fra gli alberi. «Stavano giocando qui sulla spiaggetta e a un certo punto hanno visto la corrente trascinare un grosso involto che galleggiava a pelo d'acqua. Poi il corpo si è incastrato nell'ansa del fiume, proprio qui, in questo punto. I vestiti si erano impigliati in quei rami.»

«Si sa chi è?»

«Oh, sì... Juana de Sauri, sì, una delle nostre pecorelle più devote. Juana... sì, sì.»

«Dev'essere morta da almeno due giorni.» Salazar cercava di esprimersi con il maggior tatto possibile. «Un corpo umano, nei primi momenti dopo l'annegamento, va a fondo, ma dopo un certo tempo l'acqua lo identifica come oggetto estraneo e lo restituisce.» L'inquisitore guardò il parroco e domandò ancora: «Sapete se avesse qualche problema tale da spingerla a un atto disperato?».

«Cosa intendete dire?» replicò il sacerdote, indignato. «Juana sarà sepolta in terra consacrata: come vi ho detto, era una delle mie parrocchiane più devote. Se davvero volete scoprire cosa l'abbia portata alla morte, innanzitutto dovete tener conto del fatto che era un'ottima cristiana e che un anno fa aveva denunciato al vostro tribunale... a vossignoria, tutte quelle streghe malvagie che turbavano la vita della parrocchia minacciando di distruggere l'integrità della fede. Se volete davvero scoprire la verità, cercatela fra quella gentaglia che si è impadronita del villaggio per ottenere il perdono promesso dalla Suprema: sicuramente la stragrande maggioranza di loro fa solo finta, mente... sono certo che molti facciano ancora parte della setta diabolica. Credete davvero che tutta quella gente sia qui perché ha deciso di cambiar vita? È evidente che in giro ci sono molte più streghe di quelle che il tribunale ha giudicato; addirittura di più di quante se ne sono radunate qui da noi. Sono dappertutto, ormai hanno occupato quasi tutta l'Europa. Ogni giorno varcano la frontiera francese volando sulle loro scope infami. Sono di nuovo fra noi, decise a vendicarsi. Di notte dovrò di nuovo accogliere i bambini in chiesa, dove le streghe non possono rapirli per portarli ai loro ripugnanti *akelarres* dove il maligno li costringe ad alzargli la coda puzzolente e a baciarlo nelle parti vergognose... dove streghe e stregoni giacciono assieme senza far caso né al sesso né ai vincoli di parentela.»

«State parlando d'incesto, padre?» domandò Íñigo, sempre pronto a lasciarsi sbalordire dalla descrizione di un rito diabolico.

«Ma certo! Uomini con uomini, donne con donne, fratelli con le sorelle, madri con i figli... Incubi con un sesso lungo e grosso come il serpente che ispirò il peccato originale, e che si introduce negli orifizi femminili fino a...»

«Íñigo, Íñigo...» Salazar cominciava a spazientirsi. «Íñigo!»

«Sì?»

«Va' fino a quei cespugli, strappa un po' di foglie e portamele qui», ordinò Salazar rimboccandosi le maniche.

L'inquisitore prese le foglie e le strofinò con forza, estraendone qualche goccia di una sostanza verdastra che si frizionò sul labbro superiore proprio sotto il naso. Poi, sotto lo sguardo attonito del parroco Borrego Solano, di Íñigo e di frate Domingo, si chinò sul corpo senza vita di Juana, già circondato dalle mosche. Tolse le foglie marce che le nascondevano il viso, e gli parve di riconoscere una delle donne che l'anno precedente avevano reso testimonianza davanti al tribunale di Logroño; ma non ne era del tutto sicuro. Si faceva un vanto di non scordare mai la faccia di una persona che aveva interrogato, ma i lineamenti della defunta erano gonfi e deformi. Le frugò tra i vestiti, le palpò il collo e la testa come chi controlla la maturità di un melone; e mentre il parroco, tutto rosso in faccia, stava per perdere il controllo dei nervi, arrivò a esaminare la mano destra: proprio al centro del palmo c'era il segno di una ferita recente, profonda, quasi fino all'osso.

«Le stimmate!» sussurrò Solano. «Santo Iddio!» E si fece tre volte il segno della croce con gesto teatrale.

«No... non credo», disse Salazar, cercando di minimizzare. «Sembra piuttosto che la defunta, prima di morire, abbia stretto con forza qualcosa.»

«Ma... come fate a dire che quella lacerazione non è stata prodotta da un ramo mentre il cadavere scendeva con la corrente?» domandò frate Domingo.

«Il sangue è coagulato: questo significa che era ancora viva quando si è ferita. Inoltre non sembra un graffio casuale: è un taglio profondo, come se la defunta avesse stretto forte un oggetto. E poi il segno è troppo... definito. Che forma ha questa ferita?» domandò Salazar ai suoi discepoli, allontanando un po' la mano di Juana come chi osserva un'opera d'arte cercando la prospettiva migliore.

«Una croce! Mi pare proprio che la ferita abbia la forma di una croce», disse Íñigo, cercando di dare alla sua frase un tono serio.

«Con che cosa può essersela provocata?» mormorò Salazar fra sé e sé.

«Povera donna!» disse il parroco, commosso. «Non capisco proprio perché diate tanta importanza a un piccolo segno sulla mano. La cosa principale... la cosa più significativa è che evidentemente il diavolo ci sta ancora addosso, e ha deciso di infierire su di lei.»

«Non ne sarei tanto sicuro, padre. Dagli indizi che circondano i cadaveri si possono capire molte cose», precisò Salazar in tono misterioso. «Le persone morte in circostanze poco chiare sono come dei grandi indovinelli che bisogna saper sciogliere. Sono come dei libri aperti, ma scritti in codice: e se nessuno riesce a decifrarli finiscono sottoterra senza trasmettere il loro ultimo messaggio che, forse, potrebbe dare un senso alla loro intera esistenza. In questo caso particolare, poi, quel messaggio potrebbe dare un senso anche alla nostra», sentenziò l'inquisitore, meditabondo. Quindi si alzò, si spolverò la tonaca e aggiunse con studiata indifferenza: «Vorrei che il corpo fosse portato nel mio alloggio, in modo da poterlo studiare più attentamente».

«Ma per l'amor di Dio, cosa volete fare?» protestò Borrego Solano, scandalizzato. «Non metto in dubbio i metodi che la Santa Inquisizione decide di impiegare nel raggiungimento della verità, e non nego che in altre circostanze i vostri sistemi possano svelare gli intricati sentieri che hanno portato alla morte di una persona, ma in questo caso mi sembra che tutto sia già perfettamente chiaro. Le streghe si sono vendicate di Juana perché lei, l'anno scorso, ha testimoniato contro di loro; e la ferita cruciforme sulla sua mano è uno stimma che il Signore ha voluto imporle affinché tutti noi riconoscessimo la sua profonda devozione cristiana. È questo il significato della ferita e di tutto il vostro macabro, repellente indovinello Cosa penserà la figlia di Juana se vossignoria trattiene il corpo, rimandando il momento in cui potremo dargli cristiana sepoltura?»

«Aveva una figlia? Dove abitava?» domandò Salazar, improvvisamente interessato.

«La casa di Juana è più a monte, a un'ora di distanza da qui, se si cammina di buon passo. Da quando la figlia si era sposata viveva sola, ma andava comunque a trovarla un paio di volte la settimana... voglio dire, la figlia andava a trovare la madre due volte la settimana.» Poi il parroco abbassò gli occhi, scrollò la testa e mormorò: «Povera Juana, povera Juana...».

«Ho bisogno di parlare con sua figlia», concluse Salazar.

Quella mattina, alla comparsa dei bambini, sulla riva del fiume c'era anche Mayo de Labastide, e aveva avuto a malapena il tempo di nascondersi fra i giunchi. Li aveva visti arrivare giocando a rincorrersi tra allegri spintoni, li aveva osservati cercare sotto le umide pietre i lombrichi che poi avrebbero attaccato come esche alle loro rudimentali canne da pesca, aveva udito le loro esclamazioni stupite quando avevano trovato il cadavere, gli strilli con cui l'avevano trascinato sulla spiaggetta, aveva visto la loro sorpresa iniziale trasformarsi in curiosità mentre lo punzecchiavano con i bastoni e lo spingevano con la punta degli stivali per voltarlo. E aveva visto anche che, senza il minimo rispetto, gli guardavano sotto la gonna, finché uno di loro non si era deciso a scendere di corsa al villaggio per avvisare gli adulti. I bambini invece non si erano accorti della sua presenza, perché Mayo aveva sempre avuto il dono di passare inosservata.

Grazie a quella sua peculiarità aveva potuto assistere anche allo strano rituale funebre messo in atto da Salazar. In quel difficile momento l'inquisitore rappresentava per lei l'unica speranza di ritrovare Ederra. Senza la convinzione che, seguendo passo passo Salazar, alla fine l'avrebbe ritrovata, senza quell'esile filo a cui aggrapparsi per non perdere l'ottimismo, forse si sarebbe limitata ad aspettare pazientemente che il fato si decidesse a rimediare al caos in cui, nello spazio di pochi mesi, aveva gettato la sua vita. O forse, con una decisione più drastica, si sarebbe lasciata cadere ai piedi di un albero e avrebbe aspettato che la morte la ghermisse, placando per sempre il suo aspro dolore. Risolvere un problema qualsiasi, anche il più insignificante, senza il saggio consiglio di Ederra era un compito superiore alle forze del suo insignificante corpicino. Mayo non aveva mai fatto nulla da sola: per questo aveva pensato che, seguendo Salazar, forse le sarebbe stato meno difficile rintracciare Ederra. E non avrebbe permesso a streghe, demoni, lamie o altri esseri maligni di fargli del male, almeno per quanto era in suo potere.

Si mise dunque a preparare per lui un talismano di protezione come quelli che aveva visto fare da Ederra in circostanze simili, che richiedevano una cura particolare. I talismani, diceva sempre la Bella, devono essere preparati con estrema attenzione. La loro funzione consiste nel proteggere chi li porta dal malocchio e dalla vendetta, nell'allontanare le avversità e nell'attirare come una calamita fortuna, felicità e saggezza. Perché sia efficace, il talismano dev'essere preparato da una persona esperta; ma chi non abbia un animo puro e buone intenzioni non deve azzardarsi a pronunciare le formule magiche necessarie, perché se i desideri con cui si prepara il talismano sono impuri o malvagi l'incantesimo tende a ritorcersi contro chi lo fa. Dopo questo semplice esame di coscienza, quando si è proprio sicuri che ciò che si vuole ottenere con il talismano è giusto e onesto, il passo seguente è procurarsi:

un pezzo di carta
una grafite
uno scampolo di seta

Nelle bisacce di Beltrán c'era già un bel pezzo di carta fatto da Mayo stessa qualche mese prima: per evitare ogni rischio di fallimento, infatti, è importante che sia la stessa persona impegnata nella creazione del talismano a fare anche la carta, avendo sempre cura di non lasciarsi sviare dai pensieri assurdi che spesso si intrufolano nella mente delle fattucchiere mentre manipolano i componenti magici. Mayo era contenta che fosse lunedì e che ci fosse la luna piena, perché i talismani preparati sotto l'influsso della luna difendono dalle epidemie, tengono lontani gli spiriti maligni e proteggono durante i viaggi. Il fatto che la carta fosse stata preparata prima, in un altro giorno della settimana, non avrebbe influito in alcun modo sul risultato ultimo. Su un angolo del foglio di carta, quando era ancora umido, aveva impresso la magica figura del *lauburu*, e l'aveva fatto tenendo il foglio piegato in modo che il disegno si ripetesse più volte su tutta la sua superficie.

Mayo fece la punta alla grafite con un coltellino e disegnò sulla carta un ottagramma.

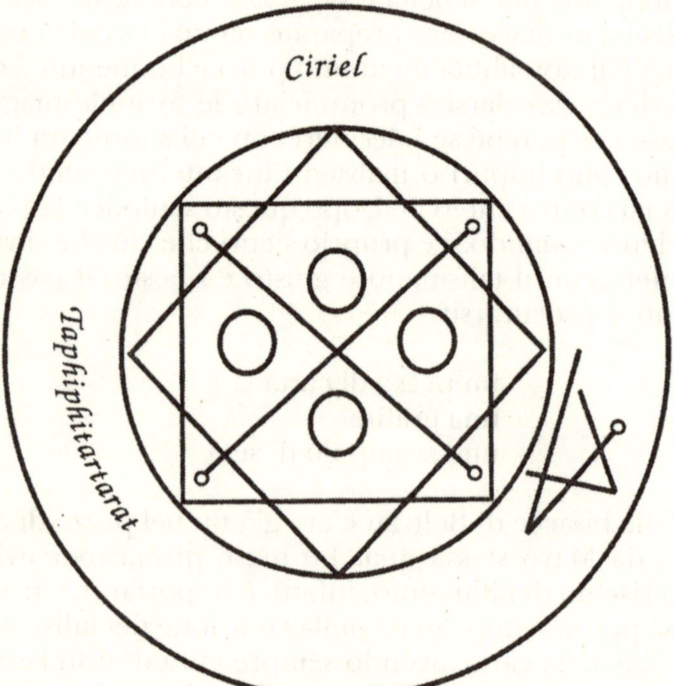


OTTAGRAMMA

Il potere degli ottagrammi, come tutti sanno, appartiene più all'ordine della fede che a quello del ragionamento logico; e come ogni altra cerimonia magica anche gli ottagrammi vanno realizzati con molta precisione, perché i prodigi che possono derivarne dipendono in buona misura dalla cura con cui sono stati tracciati. L'ottagramma è utilissimo quando si parte per un viaggio, perché in sua presenza gli spiriti maligni che vorrebbero sviare il viaggiatore si accorgono, impotenti, che i loro maneggi sono del tutto inutili. L'ottagramma è utile anche ai pescatori, che ne portano sempre uno con sé per assicurarsi una buona pesca.

Mayo, che era cresciuta osservando Ederra bollire fiori, erbe e tuberi per estrarne l'essenza balsamica e che aveva assimilato il suo modo di preparare i talismani adeguandoli di volta in volta alle necessità e ai desideri di ciascuno, conosceva a menadito sia le virtù dei trentacinque pentacoli sia i simboli e le parole da cui erano composti. E pur non sapendo né leggere né scrivere era capace di riprodurli tutti senza il minimo errore. Ederra era convinta che tutti gli esseri umani, senza eccezione, abbiano dentro di sé, innate, le virtù necessarie a preparare filtri, pomate e pozioni; a maggior ragione Mayo, che oltre a essere fattucchiera per nascita passava giornate intere a guardarla lavorare. Ciononostante, fino a quel momento la ragazza aveva brillato solo per la sua inettitudine; in quest'occasione, però, mise tutto il suo impegno nel realizzare un talismano assolutamente preciso in ogni minimo particolare. Stavolta non avrebbe fallito.

Finito il disegno dell'ottagramma, Mayo frugò ancora nella bisaccia per estrarne uno scampolo di seta color avorio; ne avvolse con cura il disegno, legò il tutto con una treccina fatta con i crini di Beltrán e si preparò a purificare il talismano così ottenuto con un'invocazione alla luna, come impone il rituale di ogni consacrazione.

*Ti saluto e ti invoco, bella luna, stella lucente,*
*brillante luce che nella mano io tengo,*
*per l'aria che respiro,*
*per l'aria che è dentro me,*
*per la terra che tocco;*
*io vi invoco in nome di tutti gli spiriti,*
*principi che a voi presiedono.*

Poi ci soffiò sopra tre volte, sonoramente, mettendoci tutta la fede di cui era capace e pregando che per una volta almeno un talismano fatto da lei senza l'aiuto di Ederra potesse risultare efficace.

All'ora di cena Mayo raggiunse il palazzo che ospitava Salazar e la sua comitiva. Ci era già stata la notte prima per dare un'occhiata, e aveva individuato una finestra dietro la quale il lume vacillante della candela restava acceso fino alle ore piccole. Era riuscita a intravedere sul soffitto l'ombra di Salazar: l'inquisitore camminava avanti e indietro per la stanza. Contò le finestre, ricostruendo mentalmente la pianta dell'edificio; era convinta che, se solo fosse riuscita a entrare, non avrebbe avuto difficoltà a trovare la stanza da letto dell'inquisitore. Controllò attentamente il percorso che la guardia notturna faceva attorno alla casa, e approfittò del momento in cui svoltava l'angolo per correre in punta di piedi fino al portone principale. In tasca aveva delle pietruzze colorate rubate nei nidi dell'upupa, che hanno la virtù di rendere invisibile chi le porta; ma pensò fosse meglio assicurarsi di non incontrare comunque nessuno.

Camminò silenziosamente lungo i corridoi deserti, attenta al tintinnio di stoviglie proveniente dalla sala da pranzo e aspirando l'aroma piccante e dolciastro di porri bolliti che saliva dalla cucina mescolandosi all'odore di paura emanato dal suo stesso corpo. Non le fu difficile trovare la stanza da letto di Salazar; prima di entrare appoggiò l'orecchio al legno della porta, e quando fu sicura che dentro non c'era nessuno deglutì con forza il groppo d'inquietudine che le chiudeva la gola e spinse piano il battente, mordendosi il labbro inferiore. Avanzò in punta di piedi fino al letto, quindi si stese per terra e allungò il più possibile il braccio per mettere il sacchettino magico contenente il talismano proprio sotto il cuscino dove Salazar avrebbe posato il capo durante il riposo notturno.

«Avrai fortuna se sei giusto, e se le tue intenzioni sono pure; avrai fortuna, e i tuoi passi mi guideranno dalla mia nutrice Ederra», mormorò Mayo, con gli occhi socchiusi e un'espressione solenne.

Poi, prendendo le stesse precauzioni dell'andata, uscì dall'edificio. Beltrán la stava aspettando in fondo alla via. Lo prese per le redini e imboccò il sentiero per il bosco, senza notare la presenza di due sagome tenebrose che spiavano il palazzo dal vano di un portone.

I due uomini guardarono attentamente da una parte e dall'altra per assicurarsi di avere via libera, poi attraversarono la strada e girarono attorno alla residenza di Salazar. Uno dei due, con un occhio biancastro che brillava nel buio, cominciò ad arrampicarsi lungo il muro, mentre l'altro rimaneva in attesa sotto la finestra strofinandosi con la mano la folta barba e scrutando ansiosamente nel buio. Ma, proprio nel momento in cui quello che si arrampicava stava per raggiungere il davanzale, la finestra si chiuse di colpo, schiacciandogli le dita e obbligandolo a mollare la presa. L'uomo precipitò sulla strada a peso morto, come un fantoccio, emettendo un gemito che il barbuto cercò di smorzare con la mano.

«Chi è là?» domandò subito una voce dal portone principale.

L'uomo caduto ricominciò a gemere, mentre l'altro lo aiutava a rialzarsi reggendolo sotto le ascelle e gli metteva un braccio attorno alle spalle per rassicurarlo. A tiri e spintoni i due tornarono nel vano di un portone e, nascosti nel buio, attesero che le acque si calmassero. Il soldato si affacciò da dietro l'angolo, aguzzò le orecchie e scrutò la notte a occhi socchiusi, con un'espressione diffidente stampata sul viso: ma vide soltanto un gatto dagli occhi verdi, fosforescenti, che miagolò piano voltandogli altezzosamente le spalle.

«Via di qui, bestiaccia!» gli gridò dietro la guardia tirandogli un sasso.

Da quando si era avuta conferma che le streghe si stavano impadronendo di tutta Europa con ogni mezzo a loro disposizione, era corsa voce che nelle loro diaboliche fila reclutassero non solo esseri umani, ma anche alcuni animali. Si diceva che certe fattucchiere sapessero trasformarsi in gatto in un batter d'occhio, e sempre allo scopo di tormentare i vicini con le loro malefatte senza attirare il sospetto su di sé. Alcune persone erano state profondamente impressionate dalla notizia: i più diffidenti uccidevano addirittura i cuccioli di gatto, e nonostante la comprovata capacità di far strage di roditori, rettili e insetti avesse fatto del gatto uno degli animali domestici più benvoluti nelle case, molte famiglie avevano cominciato a cacciarli a sassate. Chi riusciva a catturarne uno vivo lo vestiva con mitre e sambeniti confezionati su misura e lo condannava al rogo, con un rituale che riproduceva fin nei minimi dettagli quelli della Santa Inquisizione. Correva voce che, se di notte si prendeva a legnate un gatto randagio, il giorno dopo una donna del villaggio sospettata di stregoneria compariva con un livido in testa, o zoppicante, o lamentandosi del mal di schiena.

I poveri gatti uscirono decimati da quelle persecuzioni; e i roditori, liberati finalmente dei loro predatori naturali, scorrazzavano a proprio piacimento nelle case e per le strade di villaggi e città, ingrassavano fino a diventare grossi come lepri e a volte arrivavano a mordere i bambini nel loro stesso letto, trasmettendo terribili malattie a ogni creatura vivente che gli capitasse a tiro. Topi e ratti diventarono talmente forti e vigorosi da non avere più paura di niente. A questo punto le autorità, preoccupate, emisero un'ordinanza esposta in tutte le piazze, che i banditori recitarono per le strade e i parroci dovettero leggere ad alta voce alla fine della messa: in tale ordinanza si proibiva alla cittadinanza di infierire ulteriormente sui gatti, poiché non era stato in alcun modo dimostrato con prove attendibili che avessero legami con la setta diabolica.

Ciononostante il custode notturno del palazzo di Salazar diffidava ancora di loro, e seguì il suo gatto con uno sguardo carico di sospetto finché non ebbe girato l'angolo; poi sbadigliò rumorosamente e tornò al suo posto, davanti al portone principale. In quel momento due corpi scuri e barcollanti si staccarono dal buio di un portone abbracciati come due ubriachi, e si allontanarono in direzione del bosco.

## III

*Di come fermare un attacco d'asma, di come purificare il latte appena munto, di come curare le distorsioni, di come guarire catarri ed erisipele*

Quel mattino Mayo de Labastide condusse Beltrán al fiume nella speranza che, immergendovisi, fosse finalmente sciolto dall'incantesimo, evento che lei e Ederra aspettavano ormai da molti anni. In quel momento avrebbe avuto più che mai bisogno di vederlo tornare al suo originario aspetto umano. Ma come al solito non accadde nulla. Mentre asciugava le grandi orecchie dell'asino le tornarono in mente il momento preciso in cui aveva capito di aver perduto Ederra e le sensazioni fisiche che aveva provato. Il cuore le aveva colpito il petto con forza fragorosa minacciando di uscirle dalla bocca, un calore soffocante accompagnato da un sudore freddo le era salito dall'osso sacro fino alla punta dei capelli e aveva cominciato a respirare affannosamente come un colibrì in agonia, primo sintomo di quella malattia asfissiante che, le aveva spiegato Ederra, si era buscata per essere rimasta esposta, neonata, per molte ore di seguito alle intemperie. A quanto pare quelle sue prime disavventure le avevano lasciato i polmoni raggrinziti come uva passa e tutti pieni di catarro. Di tanto in tanto quel malessere ricompariva: soprattutto in primavera, quando l'aria era piena del fastidioso pulviscolo bianco prodotto dai fiori. A volte le capitava anche nei giorni di nebbia, o quando un avvenimento inopportuno interferiva con il suo equilibrio vitale. In quei momenti, per quanto si impegnasse con tutte le forze ad allargare la cassa toracica, non riusciva a riempire d'aria i polmoni. La faccia deformata per lo sforzo, Mayo si contorceva spasmodicamente emettendo piccoli fischi angosciati, boccheggiando come un pesce fuor d'acqua. Allora Ederra le dava da bere un po' d'acqua in cui aveva bollito un limone tagliato in quattro e poi, quando vedeva che il suo petto ricominciava a muoversi a un ritmo più regolare, la abbracciava, le faceva appoggiare la testa sul suo cuore e le diceva di concentrarsi su quel suono e cercare di ritmare la propria respirazione sulla sua. Nel frattempo le massaggiava leggermente la schiena perché i polmoni avvertissero il calore delle sue carezze e la baciava dietro le orecchie, sul naso e sul collo perché, a suo dire, era ampiamente dimostrato che le coccole delle persone che ci vogliono bene sono l'unico rimedio in grado di dare veramente sollievo in questo genere di malanni. Ma nel terribile istante in cui aveva saputo dell'arresto di Ederra, Mayo non aveva accanto nessuno che potesse accarezzarla. Era rimasta lì, boccheggiante e semisvenuta, a mormorare fra sé e sé: «Non ci eravamo mai separate... Non dovevamo separarci mai».

Ripensò a come e perché erano arrivate a Zugarramurdi. Il posto l'avevano scelto per puro caso: era così che facevano, di solito. Ederra diceva sempre che non ha nessuna importanza quale strada si prenda, perché la Provvidenza è sempre lì ad aspettarci alla fine del cammino. Il sistema funzionava, e capitavano sempre in un villaggio che aveva urgente bisogno dei loro servigi. Di solito cercavano di non prendere in cura malati già seguiti da un medico: Ederra sapeva che i dottori laureati erano gelosi della sua abilità di curatrice e aggiustaossa, e la consideravano una pericolosa concorrente. Lo studio della medicina era riservato a pochi privilegiati senza problemi economici, e a volte erano gli stessi consigli municipali a tirar fuori i soldi necessari per mandare all'università il giovane più promettente del paese in modo da avere sul posto almeno un dottore. Per questo i medici si strappavano i capelli quando sentivano dire che una guaritrice da quattro soldi era capace di curare un ammalato di rabbia tracciandogli con la saliva una croce sulla fronte e borbottando un paio di preghiere alla luce della luna. Famosi dottori difendevano a spada tratta la teoria concepita da alcuni filosofi molto in voga secondo cui la donna, nella scala della natura, sarebbe a metà strada fra l'uomo e la bestia: se nel corso della storia le femmine avessero mai dimostrato un minimo d'intelligenza a nessuno sarebbe venuto in mente di bandirle dall'università, ci mancherebbe altro!

Per questo Ederra era sempre molto attenta a non interferire con il lavoro dei medici, a meno che non fosse assolutamente necessario. E poi, diceva, ogni male ha il suo curatore: alcune malattie possono essere guarite solo dal medico, altre dal sacerdote, altre ancora ricadono obbligatoriamente nel dominio delle guaritrici; e la gente è abbastanza intelligente da capire da sé a chi rivolgersi nelle varie circostanze. Lei e Mayo non si fermavano mai in un villaggio per più di un mese, tempo che si era sempre rivelato abbastanza lungo per risolvere quei problemi che medici e preti ritenevano ormai insolubili, ma abbastanza breve da evitare di entrare troppo in confidenza con la popolazione locale. In cambio delle loro prestazioni accettavano denaro, cibo e indumenti, e scambiavano le loro prodigiose conoscenze con quelle delle fattucchiere locali. A volte era proprio il consiglio municipale di un villaggio senza medico residente a richiedere i loro servigi; allora le due guaritrici chiedevano un quartino per cavare un dente guasto, due *reales* per un salasso e cinque *reales* d'argento per l'eliminazione di una malattia dei raccolti o delle bestie. Ma ciò che dava più soddisfazione a Ederra era la certezza che tutte le persone che avrebbero recuperato la salute, la bellezza o la tranquillità d'animo grazie ai suoi incantesimi avrebbero contratto per ciò stesso l'obbligo morale di restituire il bene ricevuto a un'altra persona.

«È come una palla di neve, Mayo», le diceva Ederra. «Alla fine ogni persona sarà tenuta a fare del bene al suo prossimo in cambio del bene che noi abbiamo fatto a lei. E il nostro fare del bene continuerà a espandersi, diventerà sempre più grande, e tutti saranno beneficiati da quel primo bene che abbiamo fatto. Non ti sembra una cosa straordinaria? È la legge del mutuo sostegno della dea Mari.»

«Perché Mari lo vede, quello che facciamo?»

«Certo: e ci condannerà se mentiamo, se rubiamo, se pecchiamo d'orgoglio o di iattanza o veniamo meno alla parola data. Mari sa tutto.»

Fino ad allora non avevano mai avuto problemi; ma poi, poco prima di arrivare a Zugarramurdi, tutto aveva preso una brutta piega; perché Ederra aveva perso l'equilibrio ed era caduta facendosi male a una caviglia. Il suo piede, da bianco e delicato che era, si era trasformato in una specie di botticella verdastra che più tardi aveva assunto toni azzurrini e poi neri. Seguendo alla lettera le sue istruzioni Mayo aveva messo a scaldare in un recipiente olio, vino e sale in uguali quantità, aveva immerso nella soluzione un panno bianco e lo aveva avvolto intorno all'articolazione danneggiata, fissando bene il tutto con una benda. Poi aveva premurosamente aiutato Ederra a salire in groppa a Beltrán, e insieme avevano deciso di fermarsi nel primo villaggio che avessero incontrato.

I dintorni di Zugarramurdi sfolgoravano di un bel verde brillante. L'influsso di un prodigioso sole primaverile aveva completamente trasfigurato il paesaggio: le nevi si erano sciolte andando a ingrossare le acque del ruscello; gli insetti, affascinati dai fiori appena sbocciati, trasportavano qua e là il polline destinato a far ingrossare le mele, con cui gli uomini avrebbero preparato il sidro per scaldarsi il sangue e resistere alle nevicate nel successivo inverno.

Mentre aspettavano che Ederra si riprendesse dalle conseguenze della caduta, Mayo aveva avuto modo di notare la diffidenza che regnava tra i vicini. Zugarramurdi era inquieta. Da settimane ormai le streghe non davano pace alle persone per bene, sconvolgendo loro la vita per pura malvagità. L'inquisitore Valle, che molti consideravano un vero e proprio santo e che aveva visitato la regione un anno prima, l'aveva detto chiaramente tramite un editto che era stato letto dal pulpito di tutte le chiese della valle del Baztán: nella notte di San Giovanni i seguaci del demonio erano penetrati nella chiesa di Zugarramurdi suonando il tamburo e cantando canzonacce dal contenuto osceno e ballando come pazzi. Le streghe avevano sollevato le gonne con gesti lascivi, avevano gettato a terra i crocefissi e li avevano calpestati ridendo sguaiatamente, mentre il demonio le aspettava tranquillamente fuori dalla chiesa scacciando le falene con la sua coda puzzolente. Per questo ora la gente guardava con timore ai forestieri, e mormorava al loro passaggio. Spaventata, Mayo si era fatta promettere da Ederra che sarebbero andate via non appena fosse riuscita ad appoggiarsi sulla gamba malata. Intanto ne avrebbero approfittato per guarire un paio di infiammazioni gengivali, per offrire qualche rimedio contro i dolori mestruali e far bollire qualche litro di latte e cipolle da somministrare prima di andare a letto, bello caldo, contro il raffreddore. Poi però le cose si erano ulteriormente ingarbugliate. L'erisipela, una grave infezione della pelle, minacciava di mandare all'altro mondo uno degli abitanti del villaggio, e la famiglia aveva fatto chiamare Ederra; la quale, fedele come sempre al principio di aiutare il prossimo, si era trasferita con Mayo e Beltrán sotto la tettoia di quella casa. Per curare il malato c'era bisogno di:

un rametto d'alloro benedetto
rosmarino
finocchio
malva
assenzio
un ramo di noce
margheritone di tanaceto

malvavischio
crocosmia (tritonia)
rose
ireos
gigli bianchi

Tutti gli ingredienti dovevano essere messi a bollire in un coccio che poi, appena raggiunto il bollore, andava capovolto, con il suo contenuto dentro, in una casseruola. A questo punto bisognava mettere sul fondo del coccio, in croce, una forbice e un pettine, e sopra ancora un ago con una gugliata di filo. Il malato poi doveva coprirsi la testa con una coperta e inalare il vapore finché tutta l'acqua della casseruola non fosse passata dentro al coccio. Il trattamento andava ripetuto quotidianamente per nove giorni di seguito, sempre all'ora di andare a letto. Purtroppo però, degli ingredienti necessari a preparare la formula Ederra aveva solo l'alloro e le margheritone.

«Devi andare a cercare le altre cose che ci occorrono», aveva detto a Mayo, in tono affettuoso ma fermo. «Io non posso farlo, e se aspettiamo che la mia caviglia guarisca quell'uomo morirà; tu non vuoi che questo accada, vero?» E le puntava addosso quegli occhi di miele che avrebbero conquistato anche la persona più vile. «Non ti ci vorranno più di tre giorni: sai perfettamente dove trovare ogni cosa. Ormai sei grande, non devi comportarti da egoista. Andrai con Beltrán, lui non permetterà che ti accada niente. Intanto questa gente si prenderà cura di me. Va' tranquilla.»

Mayo non era di natura particolarmente intuitiva e non aveva alcuna capacità profetica, ma in quel momento lo aveva saputo con assoluta certezza: non avrebbero dovuto separarsi. E l'aveva anche detto, con la paura dipinta sul viso, a Ederra, che la spingeva delicatamente verso la porta sorridendo e parlandole con la condiscendenza che si usa con i bambini piccoli quando fanno un brutto sogno.

«No, credo proprio che non dovremmo separarci»,

aveva brontolato Mayo, opponendo resistenza e mettendo il broncio.

E aveva continuato a ripeterlo lungo tutta la strada che aveva dovuto percorrere per cercare le preziose erbe medicinali di Ederra. E aveva continuato a mormorarlo mentre tornava. Aveva camminato svelta, quasi non aveva dormito, e aveva strappato alla montagna le erbe magiche cercando di battere il tempo sul tempo. Era tornata prima che fossero passati due giorni, ma Ederra già non c'era più.

Fra le molte disgrazie che fin da piccola aveva immaginato nei suoi sogni a occhi chiusi o aperti, mai aveva neanche lontanamente preso in considerazione la possibilità che la vita potesse separarla da Ederra. A volte l'assalivano senza pietà pensieri tormentosi, che non esprimeva ad alta voce per non attirare la mala sorte, ma anche perché non sarebbe stata in grado di descriverli bene con le parole. Erano sensazioni insondabili, che emergevano dal fondo più fondo della sua anima quasi vi fossero state sepolte da prima della sua nascita, da prima che un qualsiasi essere umano comparisse sulla faccia della terra, addirittura da prima che il mondo fosse creato. Nessun'altra sensazione poteva farla rabbrividire di paura come quando si interrogava sulla sua origine, sulla ragione di quella sua semplicità e fragilità di rondine, sulla sua esistenza clandestina rubata alla morte. Perfino i lupi che avrebbero potuto mangiarsela in un sol boccone quando, neonata, era stata abbandonata nel bosco, avevano ignorato la sua insignificante presenza. Né con il trascorrere degli anni la sua condizione era in alcun modo migliorata. Crescendo in altezza si era fatta in compenso sempre più esile, e i suoi difetti erano ulteriormente sottolineati dalla continua presenza, accanto a lei, dell'indescrivibile bellezza di Ederra. Che eclissava completamente la piccola Mayo. Che eclissava ogni altra cosa, a dire il vero.

Si spostavano insieme di villaggio in villaggio attraversando pascoli, valli e montagne, varcando le frontiere tra i vari regni iberici in punti in cui non c'era nessuno che potesse interrogarle sulla loro provenienza; e ovunque andassero Ederra si materializzava agli occhi della gente come un'apparizione uscita da un racconto del bosco, come se tutte le grazie di madre natura congiurassero per ornare ulteriormente la sua già insultante perfezione. Il vento sembrava mettersi d'impegno per soffiarle attorno al solo scopo di ondularle i capelli e farli somigliare a una cascata scarlatta che le scorreva sinuosa giù dalle spalle La brezza approfittava di ogni movimento del suo corpo per rubarle il suo aroma di muschio umido e diffonderlo attorno a lei in un raggio di cinque passi. Il sole brillava con uno splendore d'allucinazione riflettendosi ingenuamente sulla sua pelle da neonata, una pelle diafana, sotto la quale si distinguevano facilmente il ritmico palpitare delle vene azzurrastre e le volute madreperlacee delle articolazioni. E quando anche la pioggia voleva fare atto di presenza, ogni goccia sembrava disegnare sulla geografia del suo corpo una mappa di fiumi e lagune incontaminati. Le sue labbra erano fragili, di un rosso acceso, e circondavano deliziosamente una fila di denti perlacei che si affacciavano, perfetti, quando abbozzava quel suo sorriso di campanellini. Se avesse avuto un paio di diafane ali sarebbe stata una fata: e invece il sordido dettaglio di viaggiare in compagnia di un asino grigio-dispiacere e di una ragazzina magra con grandi occhi neri e orecchie a punta la calava nel prosaico mondo degli esseri terrestri.

Sarebbe stato assurdo voler competere con una simile bellezza; per questo Mayo non si stupiva che la gente non si accorgesse di lei. Aveva sempre vissuto così: impalpabile, impercettibile, tenue, leggera... Da anni ormai aveva imparato a scivolare lungo i muri come un'ombra, a introdursi furtivamente negli orti altrui, ad ascoltare anche le conversazioni più scabrose, ma senza premeditazione, solo perché nessuno aveva notato la sua presenza. Questa invisibilità agli occhi degli uomini le aveva apportato solo benefici. È così che Mayo si spiegava il fatto che Dio non si fosse accorto che era ancora in vita. Lei, la figlia che il demonio aveva concepito fornicando con un'umana, come certificato da tutti gli indizi precedenti la sua nascita, era ancora in vita. Le forze del bene e del male, nella loro eterna battaglia, erano assolutamente alla pari; ma lei, Mayo, ne era uscita vincitrice sfuggendo alla morte grazie a Ederra. Sicuramente Dio le aveva iscritte entrambe nel suo libro nero, dato che si erano ribellate ai suoi disegni. E un giorno le avrebbe scovate. Nel frattempo Mayo continuava a interrogarsi su quale fosse la sua sorte... In realtà non era molto sicura se fosse una rigida predestinazione a guidare gli uomini, o se piuttosto il destino di ciascuno si modificasse a ogni loro mossa. Che anche quei cambiamenti fossero già scritti nei piani della Provvidenza? Era Dio a deciderli? Eppure, in tutto questo doloroso rimuginare che le turbinava in testa senza far intravedere il benché minimo filo di luce, lasciandola stremata e pronta a cedere al sonno, mai nemmeno una volta le si era presentata la possibilità che un giorno Ederra potesse non essere più accanto a lei. Aveva sempre immaginato che qualsiasi disgrazia si fosse abbattuta su di loro l'avrebbero vissuta insieme, poiché si erano promesse di non separarsi mai e di spirare nello stesso giorno. Mayo almeno non aveva alcun desiderio di sopravvivere a Ederra, che per lei era tutto. Più che una semplice devozione, la sua era una vera e propria dipendenza. Dipendenza dagli occhi di Ederra che decidevano anche per lei cosa si dovesse guardare, dalle espressioni del suo viso che inconsapevolmente imitava, dalla sua saggezza che conosceva già la risposta a tutte le domande del mondo, dal calore del suo corpo al calar della notte, dalle sue parole dolci come da quelle aspre, dipendenza dal suo coraggio nel prendere le decisioni, dipendenza da lei per mangiare, per bere, per respirare. Quella di Mayo era una resa totale: dipendeva completamente da Ederra. Per questo la sua assenza l'aveva lasciata bloccata, incodardita, con gli occhi fissi sull'orizzonte senza vederlo e nel cuore un unico desiderio, svegliarsi al più presto da quell'incubo angoscioso.

La contadina che le aveva raccontato di come l'Inquisizione si fosse portata via la sua Ederra verso destinazione ignota, aveva dovuto ripetere tre volte ogni frase perché Mayo comprendesse appieno le dimensioni della sua impotenza. Dopo di che la ragazza aveva cominciato a barcollare come ubriaca, respirando con difficoltà, l'aria intrappolata in fondo alla gola; e aveva dovuto mettersi a quattro zampe e incurvare la schiena, perché solo quella posizione le permetteva di svuotare i polmoni e di farci entrare aria nuova. Vedendola in quello stato, la donna aveva avuto pietà di lei e l'aveva fatta entrare in casa. Aveva preso un paio di pietre dal focolare, le aveva pulite dalla cenere soffiandoci sopra e le aveva infilate nel secchio del latte appena munto. Quindi aveva accompagnato Mayo a una sedia e gliene aveva dato un bicchiere per vedere se le sue guance ritrovavano un po' di colore. E Mayo era rimasta lì, sconfitta dalla realtà, silenziosa, aggrappata a un bicchiere di latte tiepido.

«Fra Urdax e Zugarramurdi hanno arrestato altre nove persone. Hanno chiesto a Sebastián de Odia, detto il Pelotas, di trasportarle con il suo carro», aveva detto accarezzandole una guancia. «Perché non aspetti il suo ritorno? Forse saprà dirti dove le hanno portate.»

«Ci eravamo promesse di restare sempre insieme. Non dovevamo separarci mai...» aveva mormorato Mayo, rassegnata, fissando la pellicola di panna che si andava formando sul suo latte.

Il Pelotas era tornato a Zugarramurdi due settimane dopo. La gente di quelle parti lo conosceva con questo soprannome da una famosa sera di cinque anni prima in cui gli era capitata una stranissima avventura. Era stato una domenica di Pasqua. Sebastián, per la disperazione di sua moglie e del parroco, non rispettava nemmeno le più solenni festività religiose e aveva trascorso la vigilia e l'intera nottata alla taverna a bere. Non era tornato a casa nemmeno per dormire: ubriaco fradicio, era caduto lungo disteso in un campo e si era addormentato di botto, a pancia in giù, circostanza che gli salvò la vita, altrimenti sarebbe morto soffocato dal suo stesso vomito. Il mattino dopo era stato svegliato dai raggi del sole che gli battevano sulla pelata. Grande e grosso com'era si era alzato a fatica e, inciampando nei suoi stessi passi, era arrivato alle prime case del paese senza rendersi conto che, durante la notte, qualcuno gli aveva portato via la bisaccia, le scarpe di tela che portava ai piedi e tutti i vestiti. Si era presentato così davanti all'immagine della Vergine dei Dolori, nudo come mamma l'aveva fatto, intonando una canzonaccia delle più pagane e facendola seguire da una delle sue solite perorazioni; perché, anche quando era sobrio, aveva la tendenza a inanellare frasi contorte che i più non riuscivano a capire. Qualche giorno dopo sua moglie si era incaricata di diffondere personalmente, casa per casa, la notizia che era stato il diavolo a farlo ubriacare e a rubargli i vestiti. E poiché le circostanze del furto erano effettivamente poco chiare, la fandonia aveva attecchito. Ma tutti avevano ugualmente cominciato a chiamare Sebastián «il Pelotas»; e la moglie non se ne dava pace, anche perché era evidente che quel disgraziato nomignolo sarebbe rimasto appiccicato pure ai suoi poveri figli, che non avevano colpa alcuna della scempiaggine del padre.

Mayo dunque aveva deciso di aspettare pazientemente il ritorno di Sebastián per domandargli dove esattamente avesse portato Ederra. E per non attirare ulteriormente i sospetti su di sé, senza farsi vedere da nessuno era andata ad accamparsi in una delle grotte di Zugarramurdi, ritenute da tempo immemorabile un luogo sacro in quanto dimora della dea Mari. Come tutti sanno Mari, madre del sole e della luna, ama risiedere in luoghi vicini alle viscere della terra; così, chi vuole accostarsi a lei e parlarle deve approfittare di quelle aperture naturali che sono le grotte. Molti abitanti di Zugarramurdi avevano visto la bella dea, elegantemente vestita e a cavallo di un montone, pettinarsi i lunghi capelli biondi con un pettine d'oro vicino all'entrata di una grotta. E chi, trovandosi in gravi difficoltà, voleva chiederle aiuto o consiglio, non doveva far altro che andare in una di quelle grotte con cuore puro e seguire alcune semplici regole: rivolgerle la parola dandole del tu, non sedersi in sua presenza e alla fine del colloquio uscire dalla grotta camminando all'indietro, senza darle le spalle. Gli oracoli della dea erano sempre veritieri e beneauguranti; e chi in una notte di plenilunio andava a ballare davanti alla sua dimora ne otteneva in cambio la protezione del raccolto dalla grandine per tutta la stagione seguente. La sua presenza era sempre stata benefica: per questo gli abitanti di Zugarramurdi non avevano paura delle grotte. Negli ultimi tempi però gli inquisitori avevano detto chiaramente che tutte le divinità non cristiane sono nemiche di Gesù Cristo, e che tutti coloro che le adorano si pongono in conflitto diretto con Dio perché quelle divinità altro non sono che Satana in persona, camuffato per trarre in inganno le creature mortali con la stessa identica tattica utilizzata per perdere la povera Eva, come si narra nel libro della Genesi. Per questo ogni pratica che comportasse offerte o inni di lode in onore della dea Mari o di altre divinità silvestri doveva essere considerata segno di stregoneria. Un anno prima, per meglio controllare la situazione, l'inquisitore Valle aveva visitato personalmente la regione: le sue accurate indagini, la vena palpitante sulla sua fronte e i suoi occhi iniettati di sangue erano stati più che sufficienti a convincere la popolazione delle disgrazie che avrebbe patito se avesse continuato ad andare alle grotte. Così quei luoghi erano diventati assai solitari, e Mayo poté approfittare di questa paura generale per installarsi nella parte alta di una grotta, dove la parete rocciosa si apriva in una piccola feritoia, quasi una finestrella; proprio nel punto in cui, secondo tutti gli indizi inquisitoriali, si trovava la cattedra da cui il diavolo dirigeva l'*akelarre* delle streghe. Pur essendo naturalmente apprensiva, Mayo non temeva di incontrare numi o demoni perché sapeva perfettamente come trattare con loro. Le facevano molta più paura i suoi simili, soprattutto da quando si diceva che avessero preso l'abitudine di gettare in un burrone tutte le persone sospettate di stregoneria al grido di: «Buttiamoli giù tutti: ci penserà il Signore a riconoscere i suoi!».

Di giorno, dunque, Mayo dormiva nascosta in una grotta, e al calar della notte approfittava dell'oscurità per cercare qualcosa da mangiare, per raccogliere l'acqua di una fonte poco lontana e per far pascolare Beltrán. La routine dei suoi orari era completamente cambiata, e così aveva tutto il tempo di analizzare passo passo gli ultimi momenti trascorsi in compagnia di Ederra per vedere se, così facendo, riusciva a far tornare indietro il tempo rimediando a quella catastrofe che ancora non riusciva ad accettare.

La notte prima di parlare con il Pelotas aveva fatto uno di quei sogni tormentosi che si impadroniscono dell'animo assumendo un credibilissimo aspetto di realtà. Aveva sognato che Ederra non esisteva, non era mai esistita, che tutta la sua vita precedente l'aveva solo immaginata, che in realtà lei era una bambina abbandonata che vagava per i sentieri del mondo senza che nessuno si curasse di lei, a parte un uomo trasformato in asino il quale, considerata la sua miserevole condizione, si comportava tutto sommato in modo abbastanza ragionevole ma a volte, per colpa della sua componente asinina, sapeva essere terribilmente cocciuto. Si era svegliata poco prima dell'alba, in un bagno di sudore e di angoscia, e subito si era affannata a cercare nelle bisacce di Beltrán una prova della reale esistenza di Ederra.

Sebastián de Odia, detto il Pelotas, aveva intrapreso il viaggio di ritorno per Zugarramurdi trascinandosi dietro la sua tristezza al ritmo degli zoccoli dei suoi due ronzini.

Si sentiva oppresso da un assurdo senso di colpa che gli aveva colmato l'anima senza più dargli tregua nel momento stesso in cui aveva consegnato i prigionieri. All'improvviso, la presenza di un ostacolo in mezzo alla strada lo aveva strappato alle sue elucubrazioni.

«Aiutatemi, signore!» aveva gridato quella strana ragazza bloccando il passo al suo carro. «Vi prego, aiutatemi!»

Prima ancora di vedere bene di cosa si trattasse, il Pelotas aveva dato uno strattone alle redini, sentendosi stringere il cuore. E aveva impiegato qualche secondo a scoprire che dietro quell'aspetto selvatico si nascondeva una ragazzina alta appena dieci spanne. Infine si era tranquillizzato del tutto notando che quell'esserino con la voce da passero afono poteva essere messo fuori gioco con un solo schiaffone.

«Per Dio, signora! Siete fortunata che la vita mi abbia portato lungo le rotte della gentilezza e della cavalleria, perché se mi foste capitata fra i piedi all'epoca in cui avevo i nervi e i pugni più pronti vi avrei fatta fuori con una randellata.»

A quelle parole Mayo aveva girato la testa da una parte e dall'altra per capire a chi si stesse rivolgendo il carrettiere, perché fino a quel momento nessuno aveva mai usato la parola «signora» o altri appellativi analoghi per riferir si a lei.

«Vossignoria è Sebastián de Odia, detto il Pelotas?» L'uomo aveva fatto una smorfia: non gli piaceva affatto essere chiamato così. Mayo però, sicurissima della sua identità, non aveva perso tempo ad aspettare la risposta: «Mi hanno detto che vossignoria è stato incaricato di portar via alcune prigioniere accusate di stregoneria». Faceva del suo meglio per sembrare serena, ma l'agitazione si stava lentamente impadronendo delle sue membra. «Vi prego, devo assolutamente sapere dove le avete portate! Ederra era con loro? Per favore, ditemelo! Dov'è? Dov'è? Dov'è?» E si era messa a pestare i piedi, perdendo tutta la sua iniziale dignità e diventando rossa dalla rabbia.

«Ecco... vediamo un po'», aveva replicato il Pelotas; visto come andavano le cose negli ultimi tempi, non si sentiva più sicuro di niente. «Vossignoria è un'apparizione o una persona in carne e ossa?»

«Una persona in carne e ossa... si capisce!» aveva mormorato la ragazza, un po' preoccupata dal fatto che la cosa potesse non risultare ovvia. «Mi chiamo Mayo de Labastide d'Armagnac, e mi hanno detto che il carrettiere Sebastián de Odia era l'unica persona in grado di dirmi dov'è la mia nutrice. E vossignoria è il Pelotas, vero? Vero? Dov'è Ederra?»

«Sì, sono Sebastián de Odia; ed è vero, so dove si trova ora la Bella. L'ho fatta salire sul mio carro a Zugarramurdi insieme ad altre cinque persone; e prima eravamo stati a Urdax, dove ne avevamo arrestate altre quattro.» Poi Sebastián aveva sospirato, aveva alzato gli occhi al cielo, si era grattato la pelata per poi aggiungere: «Voglio mettere subito in chiaro una cosa, cara signora: la questione delle riunioni demoniache mi turba assai. In famiglia nessuno ha mai voluto avere niente a che fare con questi insolenti che attentano alla tranquillità del paese e alla stabilità emotiva dei focolari; cosicché, quando sono venuti a offrirmi il lavoro di trasportare le streghe con il mio carro, io ho risposto neanche per sogno. Perché vedete, non me l'ha mica ordinato il medico di ficcare il naso in cose che non mi riguardano... dico io. Non la pensate anche voi come me, signora?». E senza aspettare la risposta di Mayo aveva ripreso il suo monologo: «Perché lo sanno tutti che le streghe hanno poteri che non sono di questo mondo, e che nascono dal loro rapporto di familiarità, a tu per tu, con il Leviatano. Perché sapete, ne ho sentite raccontare di cose, io, per non parlare di quelle che già sapevo...» aveva precisato, fissando Mayo con espressione saccente. «...Che sanno volare, che possono trasformarti in gallina, o in toporagno, o in spaventapasseri. Potrebbero addirittura farmi un incantesimo al carro...» E qui aveva fatto una pausa, ma poi aveva riattaccato, senza lasciare a Mayo il tempo di dire alcunché: «...o lanciare una maledizione alle mie bestie, o spaccare la testa ai miei figli, o fare del male a mia moglie... Be', ecco, lei forse saprebbe come tenergli testa, perché è molto intelligente e non so se le streghe riuscirebbero... Di fatto è stata proprio lei, mia moglie – signora e padrona del mio cuore nonché del resto della mia persona... Dio mi guardi dal dire il contrario! – la prima a dire che non era affatto il caso di trasportare per le strade del buon Dio, o del diavolo, in questo caso, quella banda di servitori di Satana, perché la cosa avrebbe potuto farci passare le pene del purgatorio. Ma poi i signori inquisitori ci hanno offerto dei bei soldoni e così lei mi ha detto...» e qui il Pelotas si era messo a parlare con un tono di vòce più acuto, femminile, «"quelle streghe non saranno poi tanto pericolose se lì vicino ci saranno gli inquisitori a tenerle d'occhio; e comunque, poniamo il caso che in un momento di disattenzione dei santi padri ti trasformino in toporagno, mi impegno fin d'ora a trovare chi saprà restituirti le tue fattezze umane grazie ai soldi che ci pagherà il Sant'Uffizio. E a ogni modo tu sei un buono a nulla, e anche così non servi a niente"».

«Non crediate sia cosa facile ridare forma umana a chi è vittima di un incantesimo», aveva interloquito a questo punto Mayo, lanciando un'occhiata di compassione al povero Beltrán. Ma il Pelotas seguiva il filo dei suoi pensieri.

«Fatto sta che le streghe che ho trasportato non mi hanno fatto alcun incantesimo. Qualcuno potrebbe esclamare: fantastico!, e a buon diritto. E invece no... proprio questa è la cosa peggiore. Che non mi hanno fatto niente, capite, signora? Niente di niente, di niente, di niente...» Ed era andato avanti un bel pezzo a ripetere «niente», sventolando le mani e con gli occhi chiusi.

«Capisco», aveva mormorato Mayo facendo qualche

passo indietro, perché ormai cominciava a pensare che quell'uomo non fosse del tutto a posto con la testa.

«In realtà si sono comportate come persone in tutto e per tutto normali. Hanno mangiato, hanno bevuto, hanno dovuto fare i loro bisogni... sì, insomma, mi capite... come ogni altro figlio di cristiano. E le ho viste piangere, capite? Piangere di paura per ciò cui andavano incontro. Nemmeno una di loro è fuggita volando, o si è trasformata in gatto per scappare con il favore delle tenebre, né il diavolo è venuto a prendersele in quanto sue fedeli servitrici. Le ho viste pregare: non il diavolo, badate bene, bensì quello stesso Signore onnipotente che, stando a quel che si dice, avrebbero rinnegato.» Sebastián aveva guardato in terra, e aveva aggiunto in un sussurro: «Non so... mi sento confuso».

Allora Mayo aveva provato molta compassione per lui. Le sembrava di sentire l'odore salmastro dei rimorsi che gli suppuravano dalla pelle.

«Non fraintendete, mi è solo entrato un moscerino nell'occhio», aveva precisato il Pelotas asciugandosi le palpebre. «Comunque, prima che ci separassimo mi hanno consegnato alcuni oggetti personali da far pervenire ai loro familiari.» Così dicendo l'uomo era sceso dal carro e si era messo a rovistare nel retro. Poi aveva tirato fuori una cassettina di legno con gli angoli rinforzati in metallo, l'aveva aperta e aveva cominciato a estrarne degli oggetti che commentava ad alta voce: «Queste due Bibbie appartengono a María de Arburu e María Baztán, due cognate di qui, del villaggio; vorrebbero farle arrivare ai loro figli, due sacerdoti arrestati come loro. Io però non lo so dove li tengono rinchiusi». Poi aveva preso in mano un ricciolo di capelli biondi legato con un nastrino verde: «Questo è di Estevanía de Petrisancena, di Urdax, che lo manda a suo marito», e poi, in tono dispiaciuto: «Ma se volete proprio tutta la verità, io non me la sento di affrontare quell'uomo». E aveva richiuso di colpo la cassetta, fissando Mayo. «Sapete cosa vi dico? In realtà non me la sento di affrontare proprio nessuno, né di tener fede all'impegno di distribuire queste povere cose. Se si accorge che le ho portato in casa questi uccellacci del malaugurio, mia moglie mi ammazza! Avevo pensato di gettarli in un fosso e di non ripensarci più, ma poi mi è venuto un groppo in gola e...»

«Dove avete portato gli arrestati? Ederra dov'è?» Mayo aveva formulato la domanda con la voce più dolce che era riuscita a improvvisare, intuendo che non era proprio il caso di strapazzare ulteriormente l'anima di quel poveraccio.

«Li ho consegnati a Logroño. Alla sede inquisitoriale di Logroño.»

«E l'ultima volta che l'avete vista...» aveva esitato Mayo. «Ederra... stava bene?»

«Be', ecco, zoppicava un po', aveva una caviglia fasciata; ma era lei a far coraggio a tutti gli altri, me compreso», aveva risposto il Pelotas sorridendo. «La donna più bella del mondo... Per vostra tranquillità vi dirò che la Bella non è mai stata sola, nemmeno per un minuto. Ha fatto subito amicizia con un'altra detenuta, una vedova di Urdax, una certa María de Echalecu. Ma è anche vero che...» Incerto se raccontare o meno la cosa, Sebastián aveva esitato un momento, ma in realtà aveva bisogno di sentirselo dire: «Effettivamente è successo qualcosa di strano, quando siamo andati ad arrestare quella vedova. Mentre María de Echalecu stava per salire sul carro la sua vicina... quella del casolare accanto, è uscita di casa correndo e l'ha abbracciata a lungo. Quando abbiamo cercato di separarle hanno opposto resistenza, hanno lottato. Poi la vicina ha chiesto alla vedova di perdonarla, e l'altra le ha risposto di non preoccuparsi, che la capiva. Poi l'abbiamo fatta salire sul carro, e per un bel pezzo non ha fatto altro che piangere. Forse è per questo che Ederra ha avuto compassione di lei e non si è più allontanata dal suo fianco per tutto il resto del viaggio». Dopo di che gli occhi di Sebastián erano piombati a terra e lui aveva aggiunto: «Non so, non so proprio se ho fatto una cosa buona».

«E Ederra, non vi ha dato niente per me?»

«No, mi dispiace», aveva mormorato il Pelotas.

«Lo farò io: consegnerò io quegli oggetti al posto vostro. Così vi sentirete la coscienza più leggera.» E Mayo aveva teso le mani con una determinazione di cui non si credeva capace, in attesa che il carrettiere le consegnasse la cassettina di legno.

Sebastián de Odia l'aveva squadrata dall'alto in basso. Ora che la guardava con maggior attenzione non gli sembrava più tanto sgraziata. Aveva esitato un momento, poi aveva allungato a sua volta il braccio per consegnarle la cassettina. Infine si era arrampicato di nuovo sul carro, si era messo comodo e aveva afferrato le redini con gesto deciso. Né lui né Mayo avevano detto altro, perché non c'era nient'altro da dire; il Pelotas le aveva fatto l'occhiolino a mo' di congedo e le aveva detto: «Buona fortuna, signora. Ne avrete bisogno».

Dopo di che aveva spronato i cavalli. Mayo l'aveva seguito con lo sguardo finché non era sparito all'orizzonte.

Quella mattina Mayo eseguì il rituale del bagno ripensando all'incontro con Sebastián de Odia, poi guardò Beltrán con evidente dispiacere. Nemmeno le acque di quella fonte l'avevano liberato dall'incantesimo. Cominciò a rimettergli le briglie e, mentre gli sistemava le bisacce sulla groppa, sentì la forma spigolosa della cassettina contenente gli oggetti personali delle streghe: fin dal primo istante in cui l'aveva avuta fra le mani Mayo aveva sentito con assoluta certezza di avere finalmente trovato un capo del filo che doveva seguire per raggiungere, all'altro estremo, la sua Ederra. Dentro quella cassettina di legno c'era la ragione principale che la spingeva a non abbandonare la lotta, a continuare a credere che la sua vita era una cosa reale e non un sogno, che qualcuno al mondo le voleva bene, che non era una bambina abbandonata costretta a vagare per il mondo con l'unica compagnia di un asino incantato.

Mayo prese in mano la cassetta, ne accarezzò il coperchio e si lasciò sfuggire un profondo sospiro pensando che ciascuno di quegli oggetti in attesa di raggiungere i loro legittimi proprietari la faceva sentire un po' più vicina a Ederra. Senza la responsabilità di consegnare quegli oggetti, e senza l'urgente necessità di rintracciare Ederra, non avrebbe saputo che fare della sua esistenza. E aveva deciso che la cosa peggiore era aver paura della paura, cominciare a soffrire per timore della sofferenza e sentirsi talmente svuotata da non aver più bisogno di nessuno.

## IV

*Di come evitare che le streghe anneghino i neonati,*
*di come tenerle fuori di casa*

Il tribunale inquisitoriale di Logroño aveva sede in plaza de Santiago. Era un edificio solido, a pianta rettangolare, fatto di pietroni squadrati color del burro che attorno a porte e finestre perdevano le loro precise linee rette per avvitarsi, slegarsi e attorcigliarsi in forme impossibili che movimentavano un po' la severità dell'insieme. Per completare la decorazione della facciata i costruttori vi avevano collocato le statue di un'infinità di santi, discepoli, angeli e arcangeli fra i quali spiccava un san Michele, comandante delle armate celesti, con la sua spada minacciosa. Quei personaggi se ne stavano appostati tra i fregi ornamentali allo scopo di sconfiggere il male, rappresentato per simboli in tutti i suoi abominevoli aspetti: con una sola occhiata al palazzo della Santa Inquisizione, anche il popolo analfabeta poteva ripassare tutta quanta la storia sacra.

Affacciandosi da fuori all'immenso portone d'ingresso si potevano vedere i porticati del patio interno e l'edera rampicante aggrappata alle colonne con una sinuosità svergognata che non poteva non richiamare alla mente il movimento serpentino del male così com'è rappresentato nella Genesi, il misfatto di Eva con la famosa mela, le tentazioni della carne e la debolezza femminile, colpevole di aver messo nei guai l'intero genere umano.

Qualche giorno prima alla sede del tribunale era stata recapitata una colossale fontana di pietra, dono del Vaticano, che un gruppo di operai, con molta fatica e assai scarsi risultati, stava ancora lottando per collocare nel centro del patio. Nella lettera di accompagnamento, scritta di proprio pugno dal Santo Padre, si assicurava ai destinatari del dono che la canora fluidità dell'acqua cristallina di quella fontana avrebbe allietato la quiete delle stanze inquisitoriali, rinfrescandole nei caldi pomeriggi estivi; ma per il momento, nonostante gli sforzi profusi dal personale, dalle bocche degli stupefatti pesci di pietra era schizzata fuori solo una pappetta fangosa color cioccolato piena di lombrichi, che aveva spaventato le rondini e sporcato le pareti del patio. Gli inquisitori Valle e Becerra stavano appunto discutendo con gli operai le cause del pessimo funzionamento della fontana quando, del tutto inatteso, si presentò Rodrigo Calderón.

Il segretario del plenipotenziario del re arrivò solo, con un rullio di zoccoli che riecheggiò per tutto il patio del palazzo inquisitoriale, e scese di sella con agilità da saltimbanco prima ancora che il cavallo fosse fermo, ostentando la sua eccellente forma fisica. Il palazzo lo conosceva come le sue tasche; quindi entrò senza alcuna formalità, sfilandosi con disinvoltura i guanti di pelle nera e incamminandosi a grandi falcate verso la sala delle udienze, che si apriva alla destra della fontana. In quel preciso istante nelle viscere del sistema di tubature si produsse un rumore di colica intestinale che esplose in un nuovo scaracchio fan goso, inzaccherando l'ospite da capo a piedi. Agli inquisitori Valle e Becerra quasi si fermò il cuore dallo spavento quando i domestici andarono ad avvisarli dell'incidente.

«Per l'amor di Dio, eccellenza, come mai non ci avete avvisato della vostra visita?» dissero, mentre cercavano di ripulirgli il viso dal fango scoprendo la sua espressione irritata.

Le buone e le male lingue giuravano che Calderón era di umili natali, e che la cosa lo mandava su tutte le furie. Originario di Valladolid, era stato paggio del padre del duca di Lerma, e grazie a questo primo rapporto di lavoro aveva saputo conquistarsi la fiducia della famiglia; finché il duca stesso non aveva deciso di nominarlo segretario della camera del re in segno di apprezzamento. Poi aveva conquistato uno a uno altri gradini della scala gerarchica, diventando infine recettore dei memoriali e delle lettere indirizzate al re o al suo plenipotenziario. In questo nuovo incarico pareva mandasse avanti e mediasse profittevolmente le pratiche di chi era in grado di compensarlo con maggior generosità, e correva voce che proprio a ciò fosse dovuto il lievitare del suo patrimonio. Il duca di Lerma, da uomo intelligente qual era, si faceva rappresentare da lui alle udienze in cui le petizioni venivano respinte. Molte persone dunque avevano cominciato a nutrire una pericolosa animosità nei suoi confronti, e ben presto Rodrigo Calderón era diventato famoso come il più intrigante, orgoglioso e antipatico di tutti i cortigiani. A un certo punto, grazie a un matrimonio di convenienza, aveva assunto il titolo di marchese di Sieteiglesias. Perfino Quevedo si faceva pubblicamente beffe di lui e del suo desiderio di diventare nobile, dicendo a chiunque avesse voglia di ascoltarlo che il segretario del duca di Lerma raccontava un mucchio di frottole sulle proprie origini. Rodrigo Calderón infatti giurava che, da alcuni documenti ritrovati nelle Fiandre, risultava senza possibilità di dubbio che la sua nascita fosse dovuta a un'avventura carnale di don Fernando Álvarez, il vecchio duca d'Alba: evidentemente preferiva rovinare la reputazione di sua madre piuttosto che accettare di essere il figlio legittimo di un semplice capitano delle truppe spagnole di stanza nelle Fiandre.

Gli inquisitori Valle e Becerra ci misero un bel po' a ripulirlo dal fango e a fargli passare il cattivo umore; quindi lo presero gentilmente per il gomito e lo allontanarono dalla fontana, che continuava a brontolare minacciosamente. I tre uomini si diressero quindi verso la sala delle udienze, un immenso locale con modanature di legno istoriate e piastrelle rosse in stile castigliano, abitualmente utilizzato per ricevere le persone importanti; qui l'ospite fu invitato a sedersi e a rinfrescarsi con una coppa di vino locale.

«Sono venuto senza preavviso perché devo parlarvi di una questione della massima gravità e urgenza», spiegò Calderón, ancora un po' irritato. «Le streghe!» sbottò, alzandosi bruscamente dalla sedia e sferrando sul tavolo un pugno sonoro che fece tremare le coppe e sussultare i due inquisitori. «So bene che le vostre reverenze stanno facendo il possibile per eliminare questa piaga, ma a quanto pare i metodi non risultano particolarmente fruttuosi.» Calderón camminava avanti e indietro lungo la diagonale del salone con le mani dietro la schiena, e i tacchi dei suoi stivali colpivano il pavimento con un ritmo cadenzato, regolare come quello delle lancette di un orologio: cosa che, come non aveva mancato di notare, dava sommamente sui nervi ai suoi interlocutori. «Purtroppo devo dire che le conseguenze di tutto ciò stanno gettando nel caos buona parte del regno, e preoccupano in sommo grado il duca e sua maestà che hanno dedicato tutta la loro vita alla nobile causa di essere i primi paladini del cattolicesimo in Europa.»

«Comprendiamo, ovviamente comprendiamo», replicò Becerra con espressione preoccupata. «Immaginavo che la notizia dello spiacevole incidente sarebbe arrivata alle orecchie della corte, ma proprio in questo momento un nostro collega, Salazar, è andato sul posto per investigare e possiamo assicurarvi che...»

«Incidente?» lo interruppe Calderón, bloccandosi di colpo. Poi girò sulla punta dei piedi con eleganza da ballerino e fissò Becerra negli occhi. «Di quale incidente state parlando?»

«Non siete venuto per quello?» Valle sembrava sorpreso. Di solito le cattive notizie si diffondevano rapidissime in tutto il regno. «Una donna che l'anno scorso ci aiutò a far condannare alcune streghe è stata ripescata dal fiume di Santesteban, annegata in circostanze poco chiare. Molti indizi sembrano indicare che Satana abbia voluto vendicarsi di lei.»

«Una morta...» mormorò Calderón, pensieroso. «No, in realtà non ne sapevo nulla. Se sono venuto è perché volevo parlare con le signorie vostre dell'atteggiamento che l'inquisitore Salazar sta tenendo in questa indagine, e che mi sembra un po' troppo morbido. Pare che il vostro collega non sia abbastanza... come dire... determinato. Le vostre reverenze dovrebbero tener conto della fase storica, del fatto che il Signore nostro Iddio ha scelto Filippo III e il suo plenipotenziario, il duca di Lerma, come suoi fedeli paladini, come difensori del cattolicesimo... insomma, i marrani stanno per essere cacciati via da tutte le terre spagnole, e non è che l'inizio.»

«Ne siamo più che consapevoli, signore», lo interruppe Becerra. «Abbiamo letto anche noi le cronache dove si accenna all'incarico che Dio ha affidato al nostro re. L'impresa è paragonabile a quella realizzata dai grandi liberatori biblici: Mosè, Giosuè, Saul, Davide, Salomone...»

«Proprio come quei famosi personaggi il re nostro signore, e di conseguenza tutti noi, suoi fedeli servitori, siamo tenuti non solo a liberare il regno dai nemici, ma anche a isolarlo e a proteggerlo da ogni contatto con l'orrido paganesimo», sentenziò Calderón. «I piani di Nostro Signore su questo punto sono estremamente chiari e precisi.» Il visitatore fece una pausa, poi riprese: «Eppure mi consta che, proprio in un momento così delicato, dalle regioni del Nord arriva la preoccupante notizia che orde di diavoli sovversivi si starebbero spostando dalla Francia in Spagna per sottrarsi alle persecuzioni di un valido inquisitore che opera nella regione di Bordeaux: un certo Pierre de Lancre, che pare abbia già fatto arrestare più di tremila persone».

Due anni prima Pierre de Lancre aveva seminato il caos nella provincia di Lapurdi. Noto per il suo carattere veemente ed esaltato, aveva rinnegato con fervore le sue origini navarresi e per un qualche strano trauma provava la più viva repulsione per tutto ciò che avesse a che fare con la corona spagnola. Fattosi domenicano nella città di Torino, qualche tempo dopo, grazie alle sue amicizie, era stato nominato consigliere del parlamento di Bordeaux. Subito dopo aveva dimostrato grandissimo interesse per il mondo delle streghe: voleva sapere tutto di loro, dei trucchi e degli artifici che usavano, dei loro voli notturni, dei loro balli indecorosi. Si divertiva ad analizzare passo per passo i rituali magici grazie ai quali una donna poteva arrivare a copulare con un puzzolente caprone, baciandolo addirittura sotto la coda. Aborrire le streghe con tutta l'anima gli procurava un inconfessabile piacere: aveva bisogno di saperne sempre di più, di trovare sempre nuove ragioni per disprezzarle, alimentando dentro di sé un risentimento morboso che si allargava in un circolo senza fine. Profondamente misogino, era fermamente convinto che fra le donne ci fossero più adoratori del diavolo che fra gli uomini, e godeva nel leggere tutti i libri che confermavano la sua teoria.

L'occasione di mettere in pratica ciò che aveva imparato dal *Malleus maleficarum*, un manuale scritto da due domenicani tedeschi e contenente precise istruzioni su come intrappolare le streghe e costringerle a confessare, gli si era presentata quando Enrico IV l'aveva invitato a fare da mediatore nel secolare conflitto fra gli Urtubia e gli abitanti di San Juan de la Luz in merito ai diritti di passaggio su un certo ponte. Le due parti si lanciavano reciprocamente moltissime accuse, e a un certo punto una querelante aveva dichiarato che i villici l'avevano costretta a bere una pozione magica: tanto era bastato perché Pierre de Lancre ne deducesse l'esistenza di una trama diabolica meritevole di maggior attenzione. In meno di quattro mesi l'investigatore era riuscito a smascherare tremila fra streghe e stregoni, uomini e donne ma anche bambini e sacerdoti. Nel tentativo di capire come tutto ciò fosse potuto accadere, de Lancre era arrivato alla conclusione che fosse tutta colpa delle missioni cattoliche spagnole inviate nelle Indie e in Giappone, le quali, pur avendo liberato quelle terre da molte creature malefiche, non avevano saputo impedire che demoni e streghe andassero a rifugiarsi nel paese dei baschi. Secondo il suo avveduto parere era stata proprio l'Inquisizione, troppo permissiva, a lasciare a tutti quegli spaventosi demoni la libertà di aggirarsi a loro piacimento per il paese e di varcare le frontiere per dilagare anche in Francia senza che nessuno osasse impedirglielo. Di fronte a tanta criminale inettitudine de Lancre si era autoproclamato salvatore della disgraziata patria francese, messa a repentaglio dall'innata malvagità dei baschi. E approfittando del fatto che la maggior parte della popolazione maschile era lontana da casa per la stagione della pesca al merluzzo nei remoti mari di Terranova, senza por tempo in mezzo aveva fatto bruciare sul rogo almeno seicento persone, fra cui moltissime bambine in tenera età che tutti gli indizi segnalavano come portatrici dei germi di un terribile pericolo. Ne era risultata una carneficina senza precedenti, che avrebbe potuto degenerare ulteriormente se a un certo punto i pescatori non fossero tornati. Quando erano venuti a sapere ciò che quell'uomo aveva fatto alle loro famiglie, per poco non lo avevano fatto a pezzi. De Lancre era dovuto scappare da Lapurdi di gran carriera, con il favore delle tenebre, camuffato da vecchietta, dopo che una soffiata l'aveva informato che la popolazione locale meditava seriamente di spaccargli la testa.

Dopo tali fatti l'inquisitore francese aveva preso dimora a Bordeaux, dove si era occupato soprattutto della stesura di un libro intitolato *Quadro dell'incostanza di demoni e angeli malvagi, ove si tratta ampiamente di stregoni e stregoneria*, che sperava sarebbe diventato un testo imprescindibile per tutti i futuri inquisitori.

«Non vorremo essere da meno dei francesi!» protestò Calderón, e una vena palpitante gli si gonfiò sulla fronte. «I nostri informatori sostengono che alcune streghe, dopo essere riuscite a sottrarsi al giusto castigo in Francia, si sono rifugiate qui da noi. Bisogna avvisare la gente, a cominciare dai villaggi vicini alla frontiera.»

«Sì, ecco... però», cominciò a balbettare Valle, «così facendo potremmo creare allarme tra la popolazione, spaventarla più di quanto non lo sia già, e questo...»

«Ovvio che devono mettersi in allarme! La questione è estremamente, estremamente seria», sottolineò Calderón.

«Certo, certo... estremamente seria.»

Per un instante lungo un'eternità Calderón fissò Valle negli occhi, e piano piano il tono scarlatto del suo viso si schiarì e lui sembrò rilassarsi. Tornò a sedersi, tastò l'aria alla cieca fino a trovare la coppa che aveva lasciato sul tavolo, finì il vino in un sol sorso e sospirò con indulgenza.

«In tutto ciò non vi lasceremo soli», aggiunse poi in tono paterno. «Io stesso sto per andare a Bordeaux per parlare con Lancre, il quale, a quanto pare, ha trovato prove definitive della reale esistenza di streghe e demoni, prove tali da cancellare definitivamente la sciocca idea di chi pensa che tutti questi orridi crimini siano solo allucinazione e pazzia. Gli chiederò di mostrarmele, e mi farò dare un elenco con tutti i nomi delle streghe scappate dalla Francia per rifugiarsi nel regno di Castiglia.»

«Ignoravo che i nostri rapporti con i francesi fossero così amichevoli da permettere simili scambi di favori» puntualizzò Becerra.

«Con i nostri vicini siamo in un periodo di... quiete, per così dire», spiegò Calderón. «Anche se non ci lasceremo certo ingannare da tanta apparente placidità. Sappiamo fin troppo bene che i francesi sarebbero contentissimi di liberarsi delle loro streghe cacciandole in casa nostra! Ma noi faremo in modo che ciò non accada, dico bene?» e guardò in tralice i due inquisitori, che fecero energicamente di no con la testa. «Il cristianesimo si diffonde ormai in tutto il mondo, come esige la legge di Dio... eppure all'interno delle nostre stesse frontiere sopravvivono ancora credenze idolatre, manifestazioni pagane che devono essere sradicate con fermezza. Sicuramente questo Enrico IV (che Dio l'abbia dove gli sembra meglio averlo) riderebbe sotto i baffi se le manifestazioni blasfeme dei villaggi di frontiera finissero con l'avvelenare tutto il nostro pio regno. Perché allora diventerebbe lui il più eminente sovrano cattolico d'Europa», borbottò fra sé, abbassando la voce fino a un bisbiglio impercettibile. «Non gli basta essere salito al trono grazie a noi, che con la pace di Vervins gli abbiamo ceduto tutta una serie di territori francesi che, legalmente, ci appartenevano.»

Calderón sospirò, lo sguardo fisso sulla coppa vuota che Becerra si affrettò a riempire di nuovo. Il segretario del duca di Lerma la tenne un momento in mano reggendola delicatamente alla base, poi la sollevò per ammirare in controluce il colore vermiglio del vino come chi osserva una pietra preziosa, e infine la fece oscillare lentamente, l'avvicinò al naso e aspirò a fondo, lasciandosi inondare dall'aroma di legno nobile che sapeva individuare fra gli altri effluvi sprigionati dal vino. Chiuse gli occhi e bevve, assaporando il vino come se del primo bicchiere non si fosse nemmeno accorto.

«Un'ultima cosa», disse poi, senza riaprire gli occhi. «Vorrei vedere i piani di viaggio del vostro collega Salazar, sapere quali luoghi intende visitare e quando. Desidero sapere dove si trova in ogni istante.»

«Subito, eccellenza!» rispose Valle.

Prima di prendere congedo, sotto le arcate del patio centrale, tenendosi a prudente distanza dai pesci di pietra della fontana che insistevano a sputacchiare fango, Calderón promise agli inquisitori una generosa ricompensa in cambio di una soddisfacente soluzione del problema delle streghe. Valle e Becerra sorrisero con modestia e gli esposero dettagliatamente i piani di viaggio del loro collega Alonso de Salazar y Frías, assicurandogli che lo avrebbero informato tempestivamente in caso di cambiamenti dell'ultima ora.

«Ma perché mai vorrà sapere con tanta precisione dove va Salazar?» domandò Becerra a Valle osservando dal portone l'ospite che si allontanava al gran galoppo.
«Non ne ho la più pallida idea.»

Calderón galoppò verso nord per più di due ore, fermandosi ogni tanto per consultare la mappa che portava arrotolata sotto la giubba, disegnata su un vecchio pezzo di pergamena giallastra. Poi imboccò uno stretto sentiero sabbioso seminascosto tra le fronde di una pineta e proseguì ancora per un buon tratto: era sicurissimo che senza possedere le indicazioni precise che aveva lui ben poche persone avrebbero potuto scoprire il luogo appartato che aveva scelto. E la cosa lo riempiva di soddisfazione. Era quasi buio e in lontananza si vedeva brillare la piccola luce vacillante che indicava la presenza di una locanda.

Sulla porta della casupola sgangherata era appeso un ramo di fiori di cardo, a riprova del fatto che i proprietari, da poco benedetti dall'arrivo di un bimbo, cercavano di proteggerlo dalle streghe. Secondo una leggenda locale infatti quelle malvagie creature amano trasformarsi in mosche o in formiche per infilarsi nella bocca dei neonati e soffocarli: l'unico modo per scongiurare tale pericolo è attaccare un cardo sulla porta di casa, perché la legge delle streghe impone loro di contarne tutte le piumette viola, una per una e senza mai perdere il conto, prima di varcare la soglia. Nel buio della notte, e nell'ansia di contare senza far rumore, le streghe si sbagliano più e più volte e devono ricominciare tutto daccapo, sprecando in tale assurda attività il tempo che le separa dallo spuntare dell'alba; allora sono costrette a ritirarsi, perché se non riprendono forma umana prima del sorgere del sole si trasformano in statue di pietra.

Il padrone della locanda sentì gli zoccoli del cavallo e uscì incontro all'ospite. Era un omaccione dalle spalle larghe: afferrò le redini della bestia, aspettò che Calderón scendesse di sella e l'invitò a entrare. La locanda era molto piccola: una sola stanza, con il pavimento e le pareti di assi e sei tavoli adorni di un vasetto di coccio con fiori silvestri. Una porta separava il locale dalla cucina, e una finestra con le tende a quadretti bianchi e azzurri dava sul sentiero. Il confortevole calore sprigionato da un camino posto al centro della stanza donava alle pareti danzanti riflessi dorati.

«Accomodatevi pure dove più vi aggrada. Mia moglie ha fatto lo stufato, ve ne porto subito un piatto», disse l'oste. Poi si chinò sul fuoco e aggiunse un po' di ruta alla legna da ardere prima di gettarla sulle fiamme insieme a una pelle di riccio.

Era un altro modo per tenere lontane le streghe. Calderón sorrise fra sé: la paura aveva messo radici anche in quel luogo remoto. Prese posto a uno dei tavoli più appartati e rimase in silenzio, chiuso in sé stesso, nascondendosi la faccia con la mano e buttando giù uno dopo l'altro i bocconi di carne filacciosa senza far caso al sapore giacché in tutta la giornata non aveva toccato cibo. Finì lo stufato e pulì con cura il piatto, dimentico delle formalità di cui solitamente si ammantava. Si sentiva decisamente meglio. Poi fece un profondo sospiro e si dispose all'attesa, godendosi l'aroma di legno vecchio del vino.

Un gran baccano di urla e risate annunciò l'arrivo del gruppetto molto prima che si aprisse la porta della locanda. Il ragazzo dall'occhio biancastro entrò per primo e andò a sbattere contro lo stipite della porta, perché aveva la tendenza a camminare guardando con l'unico occhio sano in tutte le direzioni meno che di fronte a sé.

«Siete in ritardo», li salutò Calderón con espressione irritata, rallegrandosi che nessuno dei suoi conoscenti potesse vederlo mentre parlava con quei balordi.

«Perdonateci, signore», disse il più alto, un uomo con i capelli lunghi e la folta barba, stringendo il berretto fra le mani e senza alzare gli occhi. «Abbiamo avuto un piccolo contrattempo... niente di importante.»

«Niente di importante», mormorò Calderón, sfoggiando il suo più ampio sorriso; i quattro personaggi lo imitarono divertiti, guardandosi l'un l'altro di sottecchi. «Niente di importante...» ripeté, senza più sorridere. Infine, corrugando la fronte e quasi urlando: «Niente di importante? Una donna è morta, e voi lo definite un piccolo contrattempo? Si può sapere perché non mi avete avvisato?».

Allarmato dalle grida, l'oste uscì dalla cucina asciugandosi le mani nei pantaloni. Calderón gli lanciò uno sguardo severo e ordinò un altro fiasco di vino e quattro bicchieri.

«Ma, signore, noi non volevamo mica ammazzarla», balbettò l'uomo con la barba non appena l'oste fu nuovamente scomparso dietro la porta. «È stata lei, che si è spaventata e si è buttata in acqua... allora noi... io...›

«Non importa», lo bloccò Calderón, «le vostre spiegazioni non mi interessano. Solo una cosa voglio sapere: sarebbe stato così difficile informarmi? Da voi esigo semplicemente che mi teniate al corrente di ciò che accade: dove siete, cosa fa l'inquisitore... Siete in quattro, per l'amor di Dio: in una giornata a cavallo uno di voi può raggiungermi ovunque mi trovi. È per questo che vi ho dato i cavalli e il carro. È troppo difficile da capire, per voi? Devo cercarmi qualcun altro?»

«No, no... siamo perfettamente in grado di farlo. E l'incidente con quella donna... stavamo giusto per dirvelo.»

L'oste tornò dalla cucina, posò sul tavolo fiasco e bicchieri e guardò in tralice i bizzarri personaggi venuti a turbare la tranquillità del suo focolare. I cinque forestieri rimasero in silenzio finché non sparì di nuovo dietro la porta della cucina.

«Stiamo lavorando tantissimo, eccellenza», disse la più anziana delle donne, prendendo la parola con apparente sicurezza. «Non perdiamo mai di vista l'inquisitore, come ci avete ordinato, e abbiamo raccolto tutte le informazioni che ci avevate chiesto.»

«Allora cominciate a riferire», grugnì Calderón versando il vino.

«Da quando è arrivato a Santesteban, Salazar non ha fatto altro che ricevere gente.» Era di nuovo l'uomo con la barba a parlare. «Tutti quelli che vanno da lui entrano con espressione contrita, per poi uscirsene dopo un po' contenti e sollevati. Pare che la gente si senta meglio dopo che lui l'ha confessata, soprattutto perché sa che non ci sarà castigo, né pena, né lacrime. Tutti escono da lì allegri e contenti, anche se sua eccellenza Salazar ha sempre una faccia davvero poco amichevole.»

«Sì, sì... poco amichevole, sì», rise il ragazzo dall'occhio biancastro guardando il fondo del suo bicchiere. Ma nessuno lo assecondò.

«E cosa fa esattamente quando ascolta le dichiarazioni? Cosa dice ai penitenti?» domandò Calderón.

«Questo non lo sappiamo.»

«Non lo sapete?» urlò Calderón picchiando il pugno chiuso sul tavolo. «È così che non lo perdete mai di vista e che raccogliete tutte le informazioni utili? Si può sapere perché non lo sapete?»

«Le udienze avvengono a porte chiuse e può entrarvi solo chi aspira a ottenere la grazia dell'editto, e...»

«E allora che uno di voi si faccia passare per penitente!» Per un po' Calderón rimase in silenzio, domandandosi se fosse stata davvero una buona idea reclutare quei quattro idioti. «I documenti almeno li avete presi?»

«Ci abbiamo provato, signore, ma il palazzo è sorvegliato giorno e notte, ed è difficilissimo entrarvi senza farsi vedere, e poi...»

«Siete un branco di inetti! L'unica cosa positiva che siete riusciti a fare è stata uccidere quella donna, e anche questo per pura casualità!»

«Ce la faremo, signore, ve lo assicuro, ve lo giuro, vi do la mia parola...» disse l'uomo con la barba, producendosi in inchini sempre più profondi.

«Ci conto... altrimenti il Patrono non vi farà avere la

paga che abbiamo concordato. Per il momento non avrete nient'altro che questi», e lanciò sulla tavola quattro monete. «Non meritate di più, dato che il lavoro ho dovuto farlo tutto da me. E ora eccovi gli intrugli di cui vi ho parlato.» E consegnò ai quattro un fagottino che essi cominciarono subito a svolgere, mentre Calderón spiegava: «Perché faccia effetto, l'unguento dev'essere spalmato sulla pianta dei piedi, sotto le ascelle e sull'inguine. Nel fazzoletto c'è un tubo di vetro con una polvere che il medico mi ha assicurato essere un narcotico molto potente: basta metterne un pizzico in bocca e si va avanti a dormire per ore. Vi farò sapere quando e come dovrete utilizzarli».

Calderón bevve un lungo sorso di vino, quindi gettò sul tavolo le mappe e i piani di viaggio di Salazar ottenuti qualche ora prima da Valle e Becerra.

«Ecco qui: è la tabella di marcia della squadra inquisitoriale, dettagliata punto per punto», precisò Calderón. «Adesso tornate subito a Santesteban e badate bene di non farvelo scappare: voglio che mi informiate di tutti i suoi movimenti, ma per davvero questa volta. Quando il Patrono saprà dei vostri scarsi risultati...» e fece una pausa, scuotendo la testa. «Non so... non so proprio. Ma ora basta. Ci incontreremo di nuovo qui fra due settimane: e spero proprio che allora avrete da darmi qualcosa di meglio.»

Quella notte i quattro personaggi reduci dall'incontro con Calderón non riuscirono a chiudere occhio. Alla luce del fuoco del loro accampamento, nel bel mezzo del bosco, la più anziana delle due donne dispiegò i documenti che il segretario di Lerma aveva consegnato loro. Li studiarono con la massima attenzione, ma senza capirci assolutamente niente. Per quanto si sforzassero, aguzzando la vista e rivoltando le carte da una parte e dall'altra, l'unica cosa che riuscivano a discernere era un groviglio di linee e scarabocchi del tutto incomprensibile.

«Si può sapere cosa significa?» domandò infine la donna.

«Io che ne so...» rispose l'uomo con la barba. «Saranno figurazioni. Mi sembra che questi tratti stiano a indicare il percorso che seguirà la comitiva di Salazar...»

«L'intero percorso?» domandò il ragazzo dall'occhio biancastro fissando il foglio di carta e voltandolo di qua e di là, incapace di credere che tutto il suo mondo potesse rientrare in due palmi di carta.

«Perché non te lo sei fatto spiegare meglio?» grugnì la donna rivolgendosi all'uomo con la barba.

«Perché mi sembrava che fosse già abbastanza arrabbiato senza che per giunta gli dicessimo che non sappiamo decifrare i suoi scritti. Ci limiteremo a seguire la comitiva ovunque vada, tutto qui. Domanderemo, ci informeremo su dove intendono recarsi... non so, qualcosa ci verrà in mente.»

«Sono sicura che non andrà così liscia. Ne sono certa», replicò la donna, lasciando cadere le mappe con disprezzo.

«Be', se non riusciamo a ottenere le informazioni possiamo sempre ammazzare qualcuno», disse il ragazzo dall'occhio biancastro esplodendo in una risata sguaiata simile a un raglio d'asino. «A quanto pare il Patrono ne è stato contentissimo!»

«Chiudi la bocca, idiota!»

# V

*Di come acquisire poteri stregoneschi, di come preparare un unguento per gli occhi, di come impedire all'Inguma di saltarci addosso nel sonno*

«Dove lo mettiamo?» domandarono i due giovanotti ansimanti che portavano il corpo di Juana quasi fosse un sacco di legumi.

Salazar fece correre lo sguardo per l'ampia sala e disse a Domingo di sgombrare da carte, penne e calamai il lungo tavolo al quale sedevano per annotare le dichiarazioni degli stregoni pentiti; quindi fece segno ai due giovani di posarci sopra il corpo. Casualmente era presente anche il parroco di Santesteban, Francisco Borrego Solano, il quale si era recato da Salazar per dirgli che il nome di Juana de Sauri era nell'elenco degli abitanti del villaggio che ospitavano stregoni pentiti in attesa del perdono inquisitoriale Da più di una settimana infatti Juana aveva accolto quattro persone che, dopo la sua morte, erano scomparse senza lasciar traccia. Pareva fossero due uomini e due donne.

«Scomparsi... e senza aspettare la grazia dell'editto» mormorò Salazar.

«Evidentemente non la consideravano una priorità irrinunciabile! Perché il loro vero scopo era tutt'altro: la vendetta!» sbottò il parroco, a meno di un palmo dalla faccia dell'inquisitore. «Il diavolo si tiene stretti i suoi seguaci. Nella mente di quei barbari non c'è spazio per l'idea di pentimento. Dilagano in tutto il regno, ormai sono dappertutto! E come se non bastasse, quel benedetto decreto obbliga i miei parrocchiani ad accoglierli in casa!» A ogni nuova esclamazione, Borrego Solano alzava il tono della voce; alla fine i suoi occhi sprizzavano scintille. «Siamo stati noi stessi a farli entrare in casa nostra!»

«Bisogna andarci molto cauti con affermazioni del genere.» Salazar parlava a bassa voce, nella speranza di placare un po' gli animi. Temeva che, in un momento di eccessivo fervore, il parroco potesse gridare dal pulpito della sua chiesa che tutte le streghe e gli stregoni pentiti erano dei pericolosi assassini, e che la giornata si chiudesse con un linciaggio di massa per le vie di Santesteban. «Ancora non sappiamo niente di certo: la morte di Juana potrebbe essere stata accidentale. Forse quelle quattro persone, venute a conoscenza della sua morte, se ne sono andate proprio nel timore di essere accusate di qualcosa... date le circostanze, non mi stupirebbe affatto.»

«Ma per Dio, non volete proprio vedere cosa sta succedendo?» Mentre parlava, Borrego Solano continuava a camminare in cerchio attorno all'inquisitore, gesticolando affannosamente e stringendosi nelle spalle. E quando gli passava dietro, Salazar avvertiva un lieve disagio. «Quei quattro erano sicuramente sicari del demonio, venuti fin qui in cerca di vendetta. Il marchio cruciforme sulla mano di Juana non può che essere una croce capovolta: gli adoratori del diavolo si servono spesso di questo tipo di allegorie. Si fanno il segno della croce alla rovescia, fanno la comunione con ostie nere... Celebrano le loro messe sataniche a mezzanotte, di lunedì, mercoledì e venerdì, nonché la vigilia delle festività cristiane. E Juana è stata ritrovata morta proprio di giovedì mattina: tutto sembrerebbe indicare che...»

«Ancora non sappiamo quanto tempo sia passato fra la morte e il ritrovamento del cadavere», lo interruppe Salazar. «Il decesso potrebbe risalire a qualche giorno fa.»

Ma il parroco sembrava non ascoltarlo e andò avanti nella sua ricostruzione impostando la voce come un guitto e stringendo gli occhi per ottenere un effetto più lugubre.

«...Le loro riunioni cominciano sempre nel cuore della notte, e finiscono prima del canto del gallo. Spesso lasciano due galline nere ai crocicchi, perché è così che acquisiscono i loro poteri stregoneschi. E prima di uscir di casa per andare all'*akelarre* si spalmano su tutto il corpo un puzzolente unguento verde e dicono...» e qui si schiarì la voce per pronunciare la formula: «"Io sono il Demonio, da questo momento in poi sarò una cosa sola con il Demonio. Devo essere il Demonio, e non avrò più niente a che fare con Dio". E volano via a cavallo delle loro scope. Le ho viste io stesso», certificò. «Prima della messa nera confessano i loro peccati, cioè tutte le buone azioni che hanno commesso e quelle cattive che si sono dimenticati di commettere. Poi il diavolo si veste di nero da capo a piedi, con abiti sporchi e maleodoranti, mentre i suoi accoliti con voce terrificante cantano inni di lode al potere di Satana. Nel suo sermone il diavolo esorta tutti a essere saldi nella fede e a non ricercare altro dio all'infuori di lui, perché nessun altro può dar loro più di quanto gli darà lui. E tutti fanno la comunione con un'ostia nera che sembra una suola di scarpa sulla quale è impressa l'immagine di Satana. Il demonio la alza e dice: "Questo è il mio corpo", e tutti gli stregoni si inginocchiano davanti a lui e rispondono: "*Aquerragoiti, aquerrabeiti*"...» A questo punto Salazar rivolse uno sguardo interrogativo al novizio Íñigo de Maestu, perché traducesse le parole.

«Viva il caprone, abbasso il caprone!» mormorò il ragazzo. Intanto il parroco andava avanti, senza far caso a nulla.

«...E il vino della messa, quando scorre loro in gola, invece di consolarli fa provare loro un freddo intenso fino in fondo al cuore e trasforma la loro anima in brina, rendendoli insensibili alla compassione.» E concludendo la sua esposizione, Borrego Solano precisò con fermezza: «Sono sicuro che quei miscredenti hanno ucciso la povera Juana nel corso di uno dei loro riti e poi l'hanno gettata nel fiume. La croce impressa sulla sua mano è sicuramente una croce capovolta, non c'è dubbio».

«Bene...» Salazar aveva già sentito descrivere mille volte una messa nera, ma preferì lasciar sfogare il parroco sino in fondo. Borrego Solano sembrava averne davvero bisogno. Dopo di che l'inquisitore si avvicinò al tavolo dove giaceva il corpo di Juana e disse: «Su ciò che può o non può essere accaduto potremmo andare avanti a discutere per ore. L'unica persona in grado di sciogliere tutti i nostri dubbi è Juana».

E senza aggiungere altro si chinò con un coltellino in mano sul fagotto contenente i miseri resti della donna e tagliò di netto le corde che chiudevano il sudario di lino. La tela si aprì delicatamente scoprendo il viso della morta, sul quale era rimasta dipinta un'espressione malinconica che faceva pensare a quella di un maiale il giorno di San Martino. Tanto bastò perché il parroco di Santesteban cominciasse a retrocedere verso l'uscita segnandosi freneticamente. Nella fretta di allontanarsi andò a sbattere contro lo stipite della porta. Ma prima di uscire, paonazzo dalla rabbia, ebbe ancora il tempo di gridare: «Dio ci perdoni!».

«Di sicuro lo farà», rispose Salazar a mo' di saluto, senza tradire alcun sentimento.

Aveva perso la fede già da molto tempo, ma nessuno se n'era accorto. Il dubbio l'aveva assalito proprio nel momento in cui la vita sembrava sorridergli, quando chiunque avrebbe scommesso che possedeva una formula magica per ottenere tutto ciò che si prefiggeva. Un bel giorno, senza preavviso, gli si era intrufolata in testa una piccolissima incertezza che, senza farsene accorgere, era penetrata sempre più a fondo, inquinando tutti i concetti che aveva assimilato fin dall'infanzia. Salazar stesso non avrebbe saputo dare un nome a ciò che provava. Era una specie di presentimento, un vuoto spirituale, un senso di solitudine assoluta, di abbandono universale, che inizialmente gli si era affacciato nei sogni notturni ma poi si era esteso anche alle riflessioni dell'alba, si era impadronito della sua mente all'ora di pranzo e nel dopopranzo fino a rapprendersi, forte e saldo, su tutta la sua giornata, monopolizzando ogni suo pensiero. All'inizio aveva pensato che fosse una reazione del tutto normale alla lunga, costante battaglia che negli ultimi anni aveva dovuto combattere, concentrando tutte le sue energie e la sua intera volontà ai fini della carriera. Ma poi, ripensandoci meglio, aveva capito che fino a quel momento non aveva fatto altro che guardare il proprio ombelico, come se un paravento invisibile l'avesse tenuto al margine di ciò che accadeva nel mondo. Certo, anche prima aveva avuto coscienza del dolore, della sciagura, della miseria, delle infinite sofferenze umane, che però gli arrivavano come setacciate, filtrate, lontane ed estranee... Ora invece era come se fosse stato folgorato da un'intuizione e improvvisamente un fiotto di luce gli avesse reso visibile tutta una parte dell'esistenza che fino a quel momento gli era rimasta ignota. Era come se all'improvviso avesse aperto gli occhi e l'umano patire fosse diventato più intenso, bruciante, fetido; e lui aveva paura a domandarsi con quali piani Dio intendesse porvi rimedio.

Sicuramente anche la situazione generale in cui versava il regno aveva influito sul suo stato d'animo. Le regioni del Nord erano devastate dalla peste. Ratti pulciosi scorrazzavano per le strade, fame e desolazione calavano sui villaggi. Famiglie intere erano costrette a lasciare le proprie case per sottrarsi al contagio e a fuggire abbandonando tutti i propri beni. Animali e raccolti andavano in malora, e quei disgraziati si trascinavano di strada in strada con le proprie sofferenze e si affollavano davanti al portone delle chiese per chiedere aiuto, un pezzo di pane per carità, un po' di latte per il bambino o un lavoro per il capofamiglia. Con un aspetto famelico da rondine tisica, non trovando come guadagnarsi il pane i genitori erano costretti a chiedere l'elemosina. Le città erano piene di mendicanti e di bambini dalle agili mani che imparavano a circondare la vittima prescelta in una gran confusione di strilli e di spintoni per derubarla: i meno svegli non capivano nemmeno cosa stesse accadendo finché non era troppo tardi per reagire. La gente cominciava ad aver paura di uscire in strada e chiedeva a gran voce che si facesse qualcosa per la sua sicurezza: ma i governanti erano troppo occupati a decidere se le feste reali dovessero aver luogo tutte alla corte di Madrid o se alcune potessero essere trasferite a Valladolid.

Come se ciò non bastasse, poi, l'inverno si era presentato nella sua veste più rigida e calamitosa. Mentre i benestanti ammiravano da dietro le finestre il paesaggio color del latte e si divertivano a fare pupazzi di neve nel giardino di casa, i diseredati tremavano di freddo e al mattino i loro figli si svegliavano con le labbra bluastre. E ancora si potevano considerare fortunati, poiché perlomeno il freddo li aveva liberati dalla terribile epidemia di peste che si era già portata via mezzo milione di persone. Nelle regioni del Paese Basco e della Navarra la gente moriva contorcendosi per il mal di testa e i crampi muscolari, con una sensazione di freddo glaciale nelle viscere che cresceva fino a trasformarsi in fuoco e lava ardente, vomitando l'anima dalla bocca ed esibendo una quantità di bubboni rosa dapprima sull'inguine e poi sulle ascelle e sul collo. La malattia, cominciata come un normale contrattempo della vita rurale, a poco a poco aveva assunto le proporzioni di una vera e propria piaga biblica. Dal pulpito i sacerdoti declamavano sermoni infuocati sulla collera di Dio e sui castighi divini che gli esseri umani si erano tirati addosso per i loro eccessi nel bere, nel mangiare e nei peccati della carne. Aberrazioni che erano andate a sommarsi all'assoluta mancanza di fede delle popolazioni del Nord, le quali si intestardivano a adorare di nascosto una divinità pagana chiamata Mari e una miriade di spiritelli del bosco che in realtà potevano essere solo figli del demonio. L'antico movimento dei flagellanti, già proibito dal papa durante la peste del Trecento, si era ripreso le strade riempiendole di uomini dal volto addolorato, nudi fino alla cintola, che si fustigavano sotto gli occhi orripilati dei passanti per i peccati commessi dai loro fratelli.

Salazar non aveva paura della peste, eppure era spaventato. I dogmi fondamentali su cui fino a quel momento si basava la sua morale erano stati attaccati dal dubbio nel momento in cui si era reso conto che i princìpi esposti da Gesù Cristo gli erano arrivati attraverso lo sguardo e l'intelletto di altre persone. Gli venne da pensare alle rondini, così deboli e fragili in confronto all'uomo, ma forti e potenti agli occhi di un verme. Gli sorse il dubbio di non sapere come fosse davvero una rondine. O come fosse realmente Dio. Era giunto alla conclusione che l'essere umano può cogliere solo le apparenze, e che, nonostante l'essenza fondamentale di tutte le cose non possa ridursi a ciò che si vede, sia le cose fisiche sia quelle spirituali sono come ciascuno le vede. E aveva cominciato a diffidare praticamente di tutto: del cielo, dell'inferno, delle Sacre Scritture e degli scrittori ispirati dei quali si dice che possono aiutarci a ottenere la vita eterna. Dubitava di tutte le percezioni umane. Quando incontrava una persona pia e devota non poteva fare a meno di domandarsi se lo sarebbe stata ugualmente senza la minaccia del fuoco eterno che attende i malvagi. Perfino la bontà, per Salazar, si era trasformata in una forma di ipocrisia, di vanità, in qualcosa di riprovevole.

Con il passare del tempo quei dubbi avevano assunto la forma e la struttura del suo stesso corpo, e da un certo punto in poi non era più riuscito a ricordare le motivazioni che, in gioventù, l'avevano convinto dell'esistenza di un Essere superiore creatore del mondo e di tutti i suoi abitanti. Pensava che quell'Onnipotente, se davvero esisteva, doveva essere assai crudele: una sorta di bambino troppo cresciuto che si diverte a giocare con il mondo come fosse una casa di bambole. Si tormentava nel tentativo di discernere la linea, del tutto soggettiva, che divide ciò che è bene da ciò che viene giudicato male. Non è forse scritto che entrare nel regno dei cieli è più facile per il povero che per il ricco? Vale anche se il povero abiura la vera fede per colpa della sua disgrazia, se piange maledicendo la sua abominevole vita, se ruba una gallina per avere qualcosa da mettere sotto i denti? Queste azioni criminose trovano clemenza agli occhi del Signore se il ladro è un padre in difficoltà, che non ha di che nutrire i figli affamati? Non rubare, recita la legge di Dio: ma scegliendo di non rubare quel padre condanna tutta la sua famiglia a morire di fame, e siccome tale esito è una specie di suicidio, quel padre commette peccato qualunque cosa faccia. Come potrà, Dio, giudicare i vivi e i morti nel giorno del giudizio, se nella corsa per la vita non tutti partono con la stessa dotazione? C'è chi viene alla luce in un fosso, senza niente da mettere in bocca, senza abiti decenti con cui affrontare la vita, e tira avanti sotto lo sguardo sprezzante di chi invece possiede tutte queste cose, senza possibilità alcuna di ricevere una formazione tale da aprirgli la mente e per giunta con l'assoluta certezza che ogni ulteriore evoluzione della propria disgrazia non potrà che spingerlo a violare leggi e ordinanze pur di sopravvivere. Come può, Dio, giudicare quelle persone con lo stesso metro che usa per quei nobili e quei sovrani che, insieme al sangue dei loro padri, ereditano anche un ingente patrimonio, e che proprio per questo possono permettersi di essere buoni e generosi con i poveri una volta al mese, per zittire la coscienza e farsi belli davanti ai cortigiani? Salazar era arrivato alla conclusione che è molto più facile comportarsi da persona per bene e andare in paradiso se la vita non ci tratta con eccessiva durezza.

Ma aveva celato a tutti il suo scoramento perché in quegli anni lavorava come braccio destro di Bernardo de Sandoval y Rojas, che era già arcivescovo di Toledo, e si rendeva conto che il suo protettore, nonostante fossero in ottimi rapporti, non avrebbe potuto capire quei suoi pensieri sacrileghi. E poi Salazar ammirava moltissimo Bernardo de Sandoval y Rojas, che era amabile, caritatevole e dotato di un senso della giustizia tale da rianimare la sua traballante fiducia negli esseri umani. L'arcivescovo era un uomo profondamente buono, che si impegnava per la cultura del suo paese accogliendo fra i suoi protetti molti poeti e scrittori: per esempio un certo Miguel de Cervantes, che all'epoca andava rovistando nel senso delle parole traendone più fatica che gloria. Se mai gli fosse saltato in testa di turbare l'arcivescovo con i suoi problemi, non se lo sarebbe mai perdonato: per questo aveva taciuto, fingendo di seguire con immutata devozione la messa, fingendo di sentirsi sollevato dall'assoluzione che riceveva pur non avendo confessato tutta la verità, fingendo di trovare ancora consolazione nella Parola di Dio: in definitiva, fingendo. Aveva finto con tanto impegno da convincere perfino sé stesso. E a un certo punto aveva smesso di soffrire.

Salazar osservò il corpo senza vita di Juana disteso sul tavolo con lo stesso sguardo che aveva quando prendeva appunti durante gli interrogatori. Gli era bastata un'occhiata per capire che quella donna era morta in circostanze quantomeno insolite. Sicuramente non si era trattato di un incidente, ma non se la sentiva nemmeno di giurare che fosse stato un assassinio, come diceva il parroco Borrego Solano; e per trovare risposta a tutte le sue domande non aveva che quei miseri resti umani. Salazar si faceva guidare dalle regole di un'etica molto particolare, una miscela tutta sua di ragionamenti umanistici, e non credeva in nulla che non si potesse vedere, toccare, annusare, ascoltare o gustare. E anche in quei casi conservava molti dubbi.

Tempo prima, quando ancora si disperava di non riuscire più a incontrare Dio in ogni cosa e in ogni istante della vita, aveva deciso di non perdere del tutto la speranza e di cercare ancora qualche indizio della Sua esistenza almeno nella morte. Per questo si era recato a Valencia, allora all'avanguardia nelle tecniche di indagine anatomica, per seguire un corso di dissezione presso l'Ospedale Generale. Quei seminari erano frequentati non solo da medici ed esperti di anatomia, ma anche da un discreto numero di artisti, sia pittori sia scultori, curiosi di osservare da vicino l'interno del corpo umano per fare delle proprie opere una più vivida riproduzione del reale. Prima che i corsi di anatomia pratica fossero aperti a tutti pare che anche artisti eccelsi come Leonardo da Vinci fossero costretti a intrufolarsi con il favore delle tenebre nei cimiteri per saccheggiare le sepolture recenti e portar via i cadaveri. Poi, una volta tornati alla loro bottega, aprivano il corpo trafugato, lo giravano da una parte e dall'altra, gli toglievano la pelle e potevano così osservare con quale precisione i muscoli dorsali si incrocino per sostenere lo scheletro, o come la flessione dei gemelli permetta di camminare con disinvoltura.

Ciononostante, nel drappello di bizzarri personaggi che popolava la classe di anatomia dell'Ospedale Generale di Valencia l'alunno più particolare era proprio Salazar. Il fatto che un uomo di chiesa si interessasse a quel tipo di indagine suscitava più di uno sguardo interrogativo. Di quel corso Salazar conservava la conoscenza precisa delle tecniche di dissezione: quelle che ora intendeva applicare al cadavere di Juana. Chiese dunque a Íñigo e a Domingo di seguirlo nelle sue stanze, dove li fece aspettare in piedi mentre lui, in ginocchio, frugava nel pesante baule d'ebano che si era intestardito a trascinarsi dietro fin da Logroño lungo quelle strade dimenticate da Dio a dispetto di tutte le scomodità del viaggio, e che era pieno zeppo di in folio, penne, calamai e libroni.

«Questo baule contiene moltissima sapienza», disse Salazar, con la testa affondata tra gli scartafacci.

«E poi dicono che il sapere non occupa spazio...» commentò ironicamente Íñigo.

«Ero certo che prima o poi ne avremmo avuto bisogno. Ecco, Domingo, prendi questi», disse ancora l'inquisitore, porgendo al ragazzo una tonaca delle teresiane e un volume sulla cui copertina si poteva leggere il titolo *Quaderni di anatomia*, di Leonardo da Vinci. «Adesso possiamo cominciare.»

«Cominciare cosa?» domandò frate Domingo, spaventato.

«Questo libro è una specie di manuale», rispose Salazar indicando il volume. «Leonardo da Vinci vi ha lasciato testimonianza dei più reconditi segreti della morfologia umana. Nel corso della sua vita l'artista ha realizzato più di settecento disegni anatomici, ritraendo in modo assolutamente corretto le arterie coronarie, le valvole sigmoidea e aortica e tutti gli altri particolari del muscolo cardiaco: per studiare il flusso sanguigno all'interno dell'aorta si era costruito addirittura un cuore di vetro, con piccole membrane al posto delle valvole. È stato grazie alle sue esperienze personali nella dissezione del corpo umano che ha potuto disegnare gli organi interni con tanta impressionante chiarezza. Sezionava le viscere per piani consecutivi, tracciandone poi le prospettive topografiche.» L'ammirazione dell'inquisitore per quel libro era più che evidente. «Sarà questo volume a dirci dove tagliare.»

«Tagliare? Perché, cosa dobbiamo tagliare?»

«Per l'amor di Dio, Domingo, devi proprio essere così bacchettone?» borbottò Salazar, irritato.

«Ma... non... non...» balbettò Íñigo, esitando; e guardò in faccia l'inquisitore domandandosi se fosse il caso di concludere la frase. «Il Signore non ha forse detto a Mosè: "Non vi contaminerete con i cadaveri degli altri uomini"?»

In quel momento Salazar si ricordò che il giovane novizio cercava sempre di trovare nel testo della Sacra Bibbia la risposta a tutte le domande che giorno dopo giorno gli venivano alla mente. L'inquisitore però non aveva né il tempo né la voglia di discutere se quella frase del Levitico fosse o meno applicabile alle circostanze dell'indagine.

«Se mi trovi il punto esatto delle Scritture in cui Dio proibisce di sezionare un cadavere per verificare le circostanze della morte, soprattutto quando la cosa si presenta in modo tanto scabroso, mostrarmelo: altrimenti tieni la bocca chiusa. Il vostro bigottismo mi fa sbadigliare per la noia.» Salazar vide la confusione dipingersi sul viso dei suoi assistenti e capì che la sua risposta era stata troppo brusca. Quindi cercò di dire qualcosa che potesse tranquillizzarli: «Anche Vesalio, un ricercatore che seguì da presso le orme di Leonardo da Vinci e che fu medico dell'imperatore Carlo V, si arrovellava sui vostri stessi dubbi: per questo andò a consultare i teologi dell'Università di Salamanca, i quali gli dissero che se la dissezione è utile, è senz'altro anche lecita. La presenza del Signore è diffusa in tutto il creato, e non c'è niente di male nel volerla osservare», concluse.

Poi prese tre fazzoletti sui quali lasciò cadere qualche goccia di essenza di Cipro: uno se lo legò sulla faccia in modo da coprire naso e bocca, gli altri due li diede ai suoi assistenti, sollecitandoli a fare altrettanto. Poi diede a Íñigo un candeliere e ordinò a Domingo di sedersi allo scrittoio per mettere tutto quanto a verbale. Salazar sapeva che quanto si accingeva a fare avrebbe turbato gravemente i due giovani; ma il momento era arduo, lui aveva bisogno d'aiuto e non c'era nessun altro di cui potesse fidarsi. Né gli altri collaboratori del tribunale né la gente del villaggio dovevano sapere ciò che sarebbe accaduto lì dentro, perché difficilmente sarebbero riusciti a capire come mai un uomo di chiesa, per interpretare i piani del Signore, fosse tenuto a sbudellare una buona cristiana. Per questo Salazar chiuse la porta della sala a doppia mandata e tirò i pesanti tendoni alle finestre. La sala sprofondò nella penombra, illuminata solo dalla fievole luce delle candele.

Domingo preferiva non guardare: aveva già abbastanza da fare a tenere a bada i lugubri pensieri che la sua mente andava elaborando al solo intravedere l'ombra gigantesca di Salazar riflessa sulla parete, simile a una mostruosa creatura vibrante. Gli sembrava incredibile che un inquisitore tanto serio e posato volesse utilizzare un metodo così poco ortodosso per smascherare le streghe. Íñigo, per parte sua, era troppo sconvolto dalla realtà che aveva sotto gli occhi per porgere orecchio agli scrupoli della sua coscienza. Il corpo nudo e senza vita di quell'anziana donna e il coltellaccio da macellaio che Salazar aveva posato lì accanto, chiaro indizio dell'intenzione di sezionarlo, lo soggiogavano completamente.

«Prendi nota, Domingo.» La voce di Salazar riscosse il frate dalla sua catalessi. «Ferita a forma di croce, penetrante e coagulata, sulla mano destra, più marcata agli estremi. Sicuramente non capovolta. Hai scritto tutto?»

«Sì... sì, signore.»

«Abrasione alla caviglia destra.» Salazar studiò la caviglia di Juana con la lente d'ingrandimento, e servendosi di una pinzetta ne estrasse qualche fibra rimasta intrappolata dal gonfiore della pelle. «Apparentemente provocata dalla frizione di una corda di sparto.» Poi osservò con cura i polsi e i polpastrelli della defunta, mise un foglio di carta sotto le mani e passò uno stecchino di legno sotto le unghie. «Come immaginavo», mormorò poi. «È stata lei stessa a legarsi la corda alla caviglia.»

«Perché?» esclamò frate Domingo, allibito.

«Dal segno lasciato dalla corda si può dedurre che all'altro capo ci fosse un oggetto piuttosto pesante, che alla fine deve aver staccato la corda dalla caviglia e che, ovviamente, non è tornato a galla insieme al corpo. Probabilmente una pietra.»

«Si era legata una pietra alla caviglia?...» Più che domandare, frate Domingo sembrava pensare a voce alta.

«... Per essere sicura di andare a fondo», concluse Íñigo.

«L'avevo capito», lo rimbeccò Domingo, irritato da quella precisazione. «Intendo dire che la cosa non quadra con il ritratto di donna profondamente religiosa che ci ha fatto Borrego Solano. A me sembra più credibile l'ipotesi avanzata dal parroco: forse sono state davvero le streghe ad ammazzarla nel corso di un qualche rito satanico. Ciò spiegherebbe la ferita a forma di croce sulla mano: sicuramente l'hanno trucidata e poi, per disfarsi del cadavere, le hanno legato un pietrone alla caviglia e l'hanno gettata nel fiume.»

«Mio caro frate Domingo», disse Salazar, senza staccare gli occhi dal cadavere, «mi piace sentire che prendi in esame varie possibilità, ma non si può prescindere dal buonsenso. Quando si vuole che un cadavere vada a fondo, in un fiume, in un lago o in qualsiasi altra profondità acquea, e si decide di utilizzare a tal fine una pietra, la cosa più logica è legarla a tutte e due le gambe. Dai nostri indizi invece sembra che la pietra, o il masso, fosse legata solo alla caviglia destra. Potresti ribattere che non è una regola infallibile: questo è vero... però, se ci atteniamo agli indizi che abbiamo qui su questo tavolo, non possiamo che arrivare alla conclusione che è stata Juana stessa a legarsi la pietra alla gamba: ci sono delle fibre della stessa corda nella ferita della caviglia e sotto le unghie.» E Salazar mostrò al frate il foglio di carta su cui aveva raccolto le fibre recuperate grattando sotto le unghie di Juana e quelle estratte dalla ferita. «Vedete? Sono le stesse identiche fibre. Allora...» Ormai l'inquisitore sembrava aver intavolato una conversazione con sé stesso. «La domanda successiva sarà: perché l'ha fatto? Procediamo con ordine. Juana può dirci ancora molte altre cose sulle circostanze della propria morte.»

A frate Domingo tutte queste confidenze con la defunta sembravano di cattivo gusto. Salazar si allontanò un momento dal cadavere e chiese a Íñigo di illuminare alcune pagine del libro di Leonardo che mostravano persone a tutta figura, in piedi, sorridenti e apparentemente in ottima salute, eppure aperte dall'alto in basso quasi la loro pelle fosse un rivestimento rigido con tanto di cerniere e serratura. A Íñigo l'interno del corpo umano sembrò davvero orripilante. Salazar tornò sulla defunta, prese il coltello e, come per prova, lo fece scorrere a mezz'aria dal petto all'ombelico. Poi, con una decisione che lasciò i suoi assistenti senza fiato, incise effettivamente la pelle con un taglio preciso dalla base del collo all'inizio del pube, esponendo le viscere di Juana alla luce delle candele. Íñigo fece un profondo sospiro: allora anche Domingo, involontariamente, alzò gli occhi dal verbale, e vide il corpo disteso sul tavolo che lui di solito usava come scrittoio. La testa di Juana era voltata dalla sua parte, e per un momento ebbe l'impressione che la morta avesse aperto gli occhi e lo guardasse con espressione costernata, come in una muta implorazione di rispetto. Domingo strinse i denti, sfregò forte la penna d'oca fra le dita sudaticce e cominciò a mormorare una sfilza di preghiere chiedendo a Dio di non fargli odiare Salazar per ciò che stava facendo.

«Prendi nota, Domingo: polmoni pieni d'acqua.» Frate Domingo ebbe l'impressione che Salazar lo guardasse con sufficienza mentre aggiungeva: «Era ancora viva quando è caduta nel fiume. È morta per annegamento».

«Ma quante costole ha?» esclamò Íñigo sorpreso, confrontando il corpo di Juana con i disegni del libro di Leonardo.

«Uomini e donne hanno lo stesso identico numero di costole: e adesso smettila di ricapitolare la Genesi, è una vera ossessione, la tua! Vediamo un po' cosa abbiamo qui... Aha! Nello stomaco non c'è niente... niente di niente.»

«E questo cosa significa?» Íñigo cominciava a interessarsi al procedere della dissezione.

«Le spiegazioni possibili sono due: o questa donna non aveva mangiato niente in tutto il giorno, oppure è morta la mattina presto, subito dopo il risveglio. Quest'ultima mi sembra la spiegazione più probabile: e con ciò possiamo buttare nella spazzatura l'ipotesi che sia stata assassinata durante un rito satanico celebrato attorno alla mezzanotte. Il fatto che il cadavere sia stato rinvenuto giovedì mattina, come dicevo al parroco, non significa che sia morta proprio il giorno prima. È impossibile sapere quanto tempo abbia impiegato la corda a sciogliersi dalla caviglia lasciando riemergere il corpo, o quanto tempo ci abbia messo il corpo stesso a scendere con la corrente fino al punto in cui i bambini l'hanno trovato; ma dallo stato di decomposizione in cui si trova direi che dev'essere morta da almeno tre giorni.»

Salazar rimise disordinatamente le budella nella cavità da cui le aveva estratte, innaffiò l'interno del corpo con aceto di mele e richiuse il taglio cucendolo con un ago ricurvo da materassaio, abile e preciso come una sarta rifinita. Quindi si lavò bene le mani e gli avambracci fino ai gomiti, mentre Íñigo puliva la defunta e la rivestiva con la tonaca delle teresiane che l'inquisitore aveva preso dal proprio baule. Alla fine Juana non mostrava più alcun segno di ciò che le era stato fatto; eppure Domingo si fece il segno della croce notando che Íñigo, pur avendo gli occhi pieni di compassione, era ancora coperto di schizzi di sangue dalla testa ai piedi. Fortunatamente ci pensò Salazar a ridestare il ragazzo dai suoi foschi pensieri.

«Tu, Íñigo, domani stesso andrai a casa di questa povera donna, e una volta sul posto esaminerai con la massima cura sia gli interni dell'abitazione sia la zona tutt'attorno, in cerca di indizi. Cercherai soprattutto corde, croci, carte, simboli... o magari un biglietto d'addio, qualsiasi cosa possa aiutarci a capire le tragiche circostanze che possono aver indotto una donna tanto religiosa a togliersi la vita.»

«Lo farò, vostra eccellenza.»

Mentre a palazzo i tre uomini cercavano la verità nel cadavere di Juana, Mayo si riposava appoggiata al tronco di un albero, il petto oppresso da un dolore troppo pesante per la sua fragile costituzione. In grembo aveva la cassettina di legno con gli oggetti personali delle streghe arrestate. Continuava ad aprirla e a richiuderla, domandandosi cosa possa passare per la testa di una persona nel momento in cui si separa da una Bibbia o da una ciocca di capelli legati con un nastrino verde per mandarle ai suoi cari come ultimo ricordo. Forse era proprio per questo che Ederra non aveva dato niente per lei al carrettiere, perché sapeva che né Mayo né Beltrán avevano bisogno di un pretesto materiale per ricordarsi di lei. Sentì che la bocca le si riempiva del sapore amaro del pianto, reazione che nel suo caso era del tutto sterile: e solo allora capì perché Ederra si fosse tanto intestardita a toglierle quell'anomalia che le impediva di piangere. In quel momento infatti capiva che solo il singhiozzare come una bambina piccola avrebbe potuto alleviare un po' la solitudine che le stringeva l'anima.

Da quando l'aveva presa con sé, appena nata, Ederra le aveva sempre parlato senza quei vezzeggiativi e quei diminutivi che di solito si usano con i bambini. Se davvero era figlia del demonio, infatti, probabilmente Mayo aveva già una sofisticata istruzione in merito alle cose terrene, divine e umane, e quindi con lei non c'era bisogno di bamboleggiare o di fare le vocine che si usano con chi ancora non è in grado di capire il linguaggio normale. Non aveva ancora messo tutti i denti e già Mayo non strillava mai, non piagnucolava, non faceva capricci. Era capace di intrattenersi da sola per ore con un ceppo di legno informe, camminava a gattoni appoggiandosi sulla pianta di mani e piedi, e dai suoi occhi non era mai sgorgata nemmeno una singola lacrima. In principio Ederra non ci aveva fatto troppo caso; ma poi, con il passare del tempo, aveva deciso che la cosa non era normale e si era messa d'impegno a cercare di farla piangere.

«Troveremo il rimedio giusto anche per questo», le diceva indicando i suoi occhi, seriamente contrariata. «Fa bene, ogni tanto, singhiozzare un po'.»

Le aveva provate tutte. Aveva mescolato in un mortaio un'oncia di cadmia, una misura di sterco di lucertola e un sassolino di zucchero, e con l'emulsione così ottenuta le aveva strofinato gli occhi, a digiuno, due ore prima di pranzo e due ore prima di cena. Poi, quando questo rimedio si era rivelato inutile, aveva bruciato la cadmia in un crogiolo per nove volte, l'aveva messa in acqua di rose disinfettata all'aria, aveva macinato il composto, l'aveva passato per un setaccio finissimo e glielo aveva applicato sugli occhi. Non era riuscita a farne zampillare le lacrime, ma le iridi della bambina erano diventate d'ambra nera, brillanti ed enormi come le conchiglie di certi molluschi, e non erano più tornate come prima. Di fatto, negli occhi di Mayo era quasi impossibile distinguere una sottile strisciolina di bianco. Il lucore vetroso del suo sguardo scuro, combinandosi con il viso minuto, le orecchie a punta e le gambe lunghe e magre, aveva finito con il farla somigliare a un cerbiatto appena nato.

A un certo punto quei tentativi di farla piangere erano diventati un supplizio per entrambe. Ogni volta che vedeva Ederra avvicinarsi con uno dei suoi alambicchi la bambina si metteva a strillare come un'ossessa e si faceva prendere da spasmi e convulsioni. Commossa, Ederra aveva capito che insistendo avrebbe ottenuto soltanto di farsi odiare; e aveva deciso di abbandonare gli unguenti per gli occhi e di tentare l'alternativa di spaventarla con le raccapriccianti storie dell'Inguma che, a quanto dicono, afferra per il collo i bambini addormentati e li soffoca. Ma nemmeno quella nuova strategia era riuscita a far piangere Mayo, che in compenso aveva cominciato a soffrire d'insonnia. Per una settimana intera, terrorizzata dall'Inguma, aveva dormito solo a brevi intervalli; finché Ederra non si era arresa al fatto che quegli esperimenti, invece di strapparle una modesta quantità di lacrime, rischiavano di rovinarla per sempre; e poi, se le lacrime non le uscivano spontaneamente dagli occhi forse significava che non ne aveva bisogno. Per tranquillizzarla, allora, le aveva insegnato una preghiera che avrebbe impedito sia all'Inguma sia a tutte le altre creature maligne che si divertono a turbare il sonno dei bambini di arrivare fino a lei per soffocarla:

*Inguma, enauk ire bildur*
*Jinkoa et Andre Maria*
*Artzentiat lagun;*
*Zeruan izar, lurrean, belar, Kostan hare*

*Hek guziak Kondatu arte*
*Ehadiela nereganat ager.*

Eppure, anche se ormai non aveva più paura dell'Inguma, o del buio, o del fatto che al suo diabolico padre, un giorno, potesse venire in mente di andarla a cercare per portarsela via, o degli intrugli brucianti di Ederra... in quel momento a Mayo faceva talmente male l'anima che non le sarebbe dispiaciuto poter piangere calde lacrime fino all'alba.

## VI

*Di come raccogliere la mandragora senza rischiare di morirne, di come preparare un rimedio per annullare un maleficio tossico*

Íñigo de Maestu si incamminò di buon'ora verso la casa di Juana. Era il più giovane degli assistenti di Salazar, con il suo aspetto imberbe da cherubino adolescente e con l'atteggiamento fiducioso e confusionario di chi ancora non ha assaggiato i colpi della vita. I capelli color del grano, quasi cenere, tanto lisci e disciplinati quanto trascurati, gli ricadevano sulla fronte come un folto cappuccio, mentre la pelle immacolata e i celestiali occhi azzurri circondati da lunghe ciglia arcuate da piccolo l'avevano fatto scambiare per una femmina. Apparteneva a un'agiata famiglia di un villaggio della provincia di Álava che aveva scelto per lui, l'ultimo dei figlioli, la carriera ecclesiastica, concedendogli al tempo stesso una considerevole dote che gli aveva permesso di scegliere liberamente la propria strada. Ma anche se tutto ciò poteva far nascere il sospetto che la vocazione gli fosse stata imposta, il ragazzo si era dedicato anima e corpo alla missione di rendersi gradito a Dio prendendosi amorevolmente cura anche della più piccola delle Sue creature. Si impegnava con tutte le forze a individuare un ordine divino che fosse davvero indiscutibile, tale da costringere finalmente l'umanità a farsi carico dei fratelli più disagiati; e a tal fine frugava continuamente tra i brani del Nuovo Testamento alla ricerca di un versetto, di una parola o di una frase su cui basare le proprie certezze. Lo si vedeva spesso seduto in un angolo, con il libro sacro stretto fra le mani, intento a mandare a memoria qualche passo o a mormorare fra sé delle preghiere in latino. Salazar ammirava quella sua tensione, anche se ogni tanto, per provocarlo, gli diceva di non perder tempo a cercare nei libri il modo di porre rimedio al caos del mondo, perché chi vuole davvero trovare una soluzione deve piuttosto scendere nelle cloache e sporcarsi fino alla punta dei capelli.

«E io sono pronto a farlo», rispondeva Íñigo in tutta sincerità, perché era di natura coraggiosa. «Ma prima di scendere nei luoghi in cui si trova tutta l'immondizia di cui parlate vorrei almeno disporre dei primi rudimenti dell'arte di pulire.»

Nonostante tutto, però, Íñigo de Maestu non rientrava nella categoria dei religiosi contemplativi, anche perché quasi ogni giorno le sue urgenze giovanili scrollavano fino alle fondamenta le sue migliori intenzioni. Aveva un carattere ansioso e un ottimismo che poteva risultare quasi offensivo: a volte il serio inquisitore Salazar doveva soffocare una risata al vedere come frate Domingo de Sardo perdeva le staffe davanti alle sue uscite meno ortodosse. Assai spesso infatti le vivide descrizioni del cielo e dell'inferno predicate dal pulpito annoiavano mortalmente il giovane novizio, che solo con un terribile sforzo riusciva a non sbadigliare a tutta bocca e a non cadere addormentato. Poi, pentendosi di non essere stato attento, Íñigo si autoimponeva dei castighi assurdi che poi si dimenticava di espiare, obbligandosi così a darsi una nuova punizione per saldare la nuova colpa, finché non si ritrovava invischiato in così tante penitenze da non ricordarsi nemmeno più di cosa stesse chiedendo perdono. Moltissime cose lo facevano ridere, ma poteva anche commuoversi fino alle lacrime ascoltando un *Te Deum*. Non aveva ancora imparato a addomesticare i suoi sentimenti, e a volte la sua estrema sensibilità gli costava cara. Ogni mattina faceva dei buoni proponimenti: pregare di più, ascoltare con maggior attenzione il suo maestro, reprimere la fascinazione che sentiva nei confronti delle storie strampalate delle persone che si recavano a palazzo per chiedere la grazia dell'editto... ma poi, pur facendo del suo meglio, di solito cedeva ai propri istinti. A volte Salazar doveva dargli un calcio sotto il tavolo perché, mentre ascoltava a bocca aperta e a occhi spalancati la storia voluttuosa di una donna che raccontava per filo e per segno i suoi impudichi contatti con Satana, si dimenticava di tradurre. Non era passato molto tempo da che l'inquisitore l'aveva preso a lavorare con sé: eppure Salazar aveva imparato a riconoscere i devastanti effetti che le parole di quella gente potevano produrre sulla sua mente. Dopo gli interrogatori lo si vedeva camminare avanti e indietro per i corridoi, rimuginando sui suoi pensieri con intensità tale che il suo mentore, con poco sforzo, poteva quasi leggerglieli in testa.

Gli piaceva mordicchiare i germogli d'erba, ed era un esperto catalogatore di uccelli. Fin da bambino suo padre l'aveva addestrato nell'arte della caccia, e grazie al tempo che aveva trascorso nei boschi sapeva riconoscere anche impronte assai precise. Da vari altri segni capiva se appartenevano a un esemplare giovane o vecchio, se camminava o se correva, se si spostava in branco o da solo. Seguendo le sue indicazioni si riusciva sempre a trovare l'animale braccato: ma poi, quando vedeva suo padre sollevare l'archibugio per sparare, Íñigo si metteva a fare un gran chiasso e urlava e strepitava alla bestia di andarsene, di fuggire, di mettersi in salvo. E supplicava il padre di non assassinare una creatura di Dio solo per la sua pelliccia o per le sue carni: non ucciderla, padre, ti prego, non ucciderla! O smetterò di respirare, lo giuro, soffocherò e morirò... e piantava un tale capriccio da farsi venire la febbre, con la frangetta zuppa di sudore e le guance in fiamme, e la giornata finiva con lui che guardava di sottecchi il padre che, arrabbiatissimo, era costretto a cenare solo con una zuppetta di rafano senza carne. Era stato in una di quelle sere che i suoi genitori, comprendendo che il ragazzo aveva un animo troppo impressionabile per sopportare le violenze del mondo, avevano deciso di indirizzarlo alla vita religiosa.

A Salazar quel novizio piaceva molto. Gli sembrava che da lui emanasse un qualcosa di speciale, di inspiegabile, che lo spingeva a ricercare la sua compagnia, anche perché Íñigo aveva il potere di ammorbidire il suo pessimismo e di farlo ridere. Inoltre parlava perfettamente sia il castigliano sia il basco, il che lo rendeva imprescindibile durante gli interrogatori dei penitenti.

Quel mattino il novizio si alzò prima dell'alba, quando il blu zaffiro della notte splendeva ancora all'orizzonte. Seguendo alla lettera le indicazioni che gli aveva dato Borrego Solano, ben presto trovò il sentiero che portava alla casa di Juana de Sauri. Al rumore dei suoi passi un cane magro, pulcioso e spelacchiato sollevò un orecchio, si stirò lentamente, lo lasciò passare e subito dopo gli andò dietro abbaiando con furia tenendolo d'occhio per tutto il sentiero; a un tratto Íñigo si voltò ad affrontarlo, mormorandogli qualche parola gentile nel tono pacifico che si usa per tranquillizzare le bestie e accucciandosi vicino a lui per grattarlo dietro l'orecchio. Poi, vedendo che il novizio, pochissimo turbato dalla sua offensiva, riprendeva senza fretta il cammino, il cane sbadigliò di noia, si lasciò cadere a terra e tornò a grattarsi placidamente le pulci.

Íñigo uscì dunque dal villaggio addentrandosi poco dopo in un folto boschetto di pini. Di tanto in tanto guardava a destra e a sinistra, assumeva un'aria sospettosa, socchiudeva gli occhi azzurri e scrutava l'orizzonte con un'espressione da cane da punta: gli sembrava di avvertire una presenza intangibile, si sentiva costantemente sotto assedio fin da quando si era messo in viaggio con l'inquisitore. Domingo diceva che potevano essere solo le streghe, che li pedinavano per non perdersi nemmeno una virgola di ciò che andavano tramando ai loro danni. E Íñigo si sentiva rizzare i capelli in testa. Camminò per una mezz'ora seguendo le curve del sentiero, contento che non piovesse perché alle prime gocce d'acqua quella finissima terra bruciata dal sole si sarebbe trasformata in un pantano. Spesso si fermava per frugare sotto gli alberi e attorno alle rocce alla ricerca dei *perretxikos*, funghi dal sapore delicatissimo che spuntano soltanto in primavera e solo nel folto dei boschi più dimenticati dall'uomo. Ne trovò qualcuno e lo ripose con cura nella bisaccia.

L'umidità notturna cominciava appena a sollevarsi dal terreno, formando una sottile bruma che sfumava i contorni di alberi e cespugli; a Íñigo sembrava di galleggiare su una nuvola. E di tanto in tanto percepiva ancora quella vaga presenza. Qualcuno lo stava seguendo, lo spiava, gli stava alle calcagna: ma per quanto si voltasse all'improvviso, aguzzasse le orecchie e cercasse di respirare senza far rumore non riusciva a scorgerlo. Per un po' prese in considerazione l'ipotesi che l'anima di suo nonno, morto qualche mese prima, avesse deciso di apparirgli; ma poi lo giudicò impossibile dato che il vecchio, negli ultimi mesi che aveva passato su questa terra, non riconosceva più nemmeno i suoi figli, e dei nipoti non si era curato granché nemmeno nel resto della sua vita. E poi il sesto senso gli diceva che si trattava di una presenza femminile, che aveva la facoltà di dissolversi ogni volta che i suoi occhi stavano per sfiorarla. Questo pensiero gli dava i brividi: doveva cercare di controllarsi, o quell'agitazione l'avrebbe fatto uscire di senno.

Quando all'orizzonte, dopo un'ultima svolta del sentiero, apparve il tetto della casa di Juana, Íñigo cominciò a sentirsi più sollevato. Si avvicinò e, nei pressi della porta, vide il *lauburu*, l'antico talismano cruciforme della tradizione basca, intagliato nella viva pietra. Osservò con attenzione tutt'attorno alla casa. C'erano delle impronte di zoccoli di cavallo, anche se non c'era traccia di una stalla o anche solo di una tettoia, di una mangiatoia o di qualche altro elemento che confermasse la presenza stabile di animali. Senza uscire troppo allo scoperto cercò di farsi un'idea generale del posto, camminando sul margine del sentiero per non calpestare le altre impronte che vedeva cominciare dalla soglia di casa e avanzare in direzione di un piccolo ponte di pietra sul fiume. Andò da quella parte e notò che, pur trattandosi di un affluente, nei giorni precedenti il corso d'acqua si era gonfiato di pioggia quanto basta per inghiottire una persona. La terra del sentiero era piena di impronte umane, ma ce n'erano altre che sembravano lasciate dall'unghia fessa di un caprone; la cosa strana, però, era che l'animale sembrava aver camminato su due zampe. Íñigo calcolò che le impronte umane appartenevano a tre donne e due uomini, e presto fu in grado di distinguere quelle di Juana dalle altre: il giorno prima, quando Salazar l'aveva incaricato di recarsi a casa della defunta, si era appuntato la misura dei suoi piedi. Un po' più in là, fra l'erba, trovò una piccola croce di legno appesa a un cordino di cuoio, con tracce di sangue rappreso.

«La croce!» esclamò sorridendo. E se la mise al collo.

Poi tornò indietro fino alla casa di Juana, andò alla porta e la spinse. Era solo accostata, e cedette subito. Il cuore gli batteva all'impazzata.

«C'è nessuno?» gridò rimanendo sulla soglia, nella speranza di non ricevere risposta per non cadere svenuto dalla paura. «Vengo in pace! Ecco, adesso entro!» strillò ancora, muovendo con precauzione qualche passo

Tutto taceva. Íñigo avanzò con cautela, abituando gradatamente gli occhi alla flebile luce che entrava dall'apertura a forma di croce intagliata nelle imposte. In breve tempo cominciò a distinguere i contorni dei mobili. Era un'umile casa contadina, con il pavimento di terra battuta e la porta d'ingresso che dava direttamente in cucina; quest'ultima sembrava essere la stanza principale della casa. Da dove si trovava Íñigo vedeva due porte, che immaginò conducessero nelle stanze da letto. Al centro della cucina c'era un piccolo tavolo con due rustiche sedie di legno non piallato. Anche se si capiva che la padrona di casa si era sforzata di tenerla pulita, le pareti erano annerite dal fumo del focolare e sprigionavano un odore come di pesce affumicato. Sul muro era appesa una padella di ferro mezzo arrugginita, e nel camino c'era una casseruola con dei resti di zuppa nella quale si era già formata una fitta ragnatela. Íñigo si avvicinò per dare un'occhiata: la cenere del focolare era ancora lì, evidentemente la figlia non era venuta a dare una ripulita. Il novizio aveva l'inquietante sensazione di frugare nell'intimità di una persona sconosciuta. Il pensiero di essere il primo a entrare in quella casa dopo che la proprietaria ne era uscita in tragiche circostanze gli diede un brutto presentimento. Entrò in una delle stanze da letto, e un forte odore di selvatico lo fece rabbrividire dalla testa ai piedi: era l'odore rabbioso e silvestre del caprone. Un attimo dopo vide una zampa di quella bestia abbandonata in un angolo: la prese con due dita e l'infilò nella bisaccia non senza una smorfia di disgusto. Ma proprio mentre stava per passare nell'altra stanza percepì dietro di sé una presenza estranea, e si spaventò per l'improvvisa certezza che stavolta fosse qualcuno in carne e ossa, e per giunta molto vicino. Non ebbe nemmeno il tempo di voltarsi: sentì un rumore secco, e un attimo dopo provò un vago dolore nella parte alta della testa. Poi tutto divenne buio vibrante e silenzio assoluto.

Riprese coscienza con la stranissima sensazione che il corpo gli si stesse rattrappendo, ma solo di dentro. Era come se la sua pelle fosse diventata troppo grande per lui, mentre il suo organismo rimpiccioliva sempre più. Poi uscì dal suo rivestimento epiteliale attraverso la bocca; abbassando gli occhi per guardarsi il ventre distinse chiaramente la trama delle costole e, dietro, la forma rosea e arrotondata dei polmoni, la macchia scura del fegato, il ritmico palpitare del cuore, il groviglio degli intestini: tutto esattamente come nelle tavole di Leonardo che Salazar gli aveva mostrato il giorno prima. E vide la sua pelle abbandonata sul pavimento di terra battuta, senza vita, molle e raggrinzita come un sacco vuoto. Ebbe paura che andasse perduta, che qualcuno potesse inavvertitamente calpestarla, che si sciupasse; avrebbe voluto raccoglierla, piegarla per bene e riporla nella bisaccia, ma non ci riuscì perché la bisaccia era troppo piccola. All'improvviso sentì che le natiche lo tiravano verso l'alto sollevandolo da terra, poi lo facevano dondolare e lo trascinavano fuori dalla casa mentre il resto del corpo andava a sbattere contro gli stipiti delle porte. Quando la luce esterna gli ferì gli occhi, Íñigo perse completamente il senso del tempo e dello spazio. Volava, saliva verso il cielo a una velocità inimmaginabile, lo stomaco travolto da un'ondata di vertigini. Per un momento vide la casetta che aveva appena lasciato come un puntolino lontano ed ebbe la netta impressione di essere salito troppo in alto, che presto si sarebbe bruciato andando a sbattere contro quel sole che già gli scottava gli occhi. Cercò di proteggerseli con un braccio ma non ci riuscì, il sole lo accecava; strinse forte le palpebre, aveva paura, e intanto continuava a salire, a salire...

Un ritmico scalpiccio di zoccoli lo riportò sulla terra. Socchiuse gli occhi, e notò che tutto il bosco era avvolto da una nebbiolina azzurra. Davanti a lui, lo vedeva chiaramente, c'era il muso vellutato di un gagliardo destriero che gli sfiorava la fronte scompigliandogli i capelli. Quando riuscì a mettere a fuoco l'immagine si rese conto che l'animale non aveva propriamente la statura di un cavallo, ma in compenso possedeva un'argentea criniera che arrivava quasi all'articolazione della zampa e un corno a spirale in mezzo alla fronte. Aveva già visto quegli animali mitologici nel *Libro dei sogni*; ma l'esemplare che aveva davanti sfoggiava anche un bel paio di ali piumate simili a quelle degli angeli. Era la cosa più bella che avesse mai visto, più bello ancora del monastero di San Silvestro con il suo retablo in foglia d'oro policroma, più bello del libro proibito *De praestigiis daemonum et incantationibus* che Salazar teneva nascosto in fondo al baule d'ebano, in cui il medico Johan Weyer sosteneva che gli stregoni altro non erano che malati di mente. L'inquisitore gli aveva permesso di sfogliare quel libro solo una volta, a patto che non ne facesse parola con nessuno, altrimenti si sarebbero trovati entrambi in guai molto seri.

Alzò gli occhi, e sull'unicorno c'era una bella fanciulla che sembrava fatta di un materiale diafano e luminoso, leggermente coperta da un velo di seta che occultava deliziosamente le zone peccaminose del suo corpo nudo. Era assolutamente identica alle donne che, a volte, gli apparivano in certi sogni notturni di scandalosa carnalità che lo lasciavano sfinito, abbandonato sul bordo del letto come una medusa sulla spiaggia. Sogni che non confessava mai a nessuno, perché la vergogna era più forte del bisogno di perdono. I contorni della dama erano vaghi e indefiniti, fluttuanti, come se la sua sagoma fosse avvolta da un fuoco azzurrino. I suoi lunghi capelli ondeggiavano al vento, raggruppandosi in ciocche che si avvolgevano in fluide spirali e poi si srotolavano creando come una corona attorno al volto sereno, nel quale brillavano due luminose iridi nere appena circondate da un filo di bianco.

La deliziosa creatura scese dall'unicorno e avanzò soavemente verso di lui nell'umida boscaglia; e per un momento Íñigo ebbe l'impressione che la terra sotto di lei emettesse un gemito d'angoscia e d'abbandono ogni volta che il suo piede delicato se ne staccava per fare il passo successivo. Quando ella si chinò su di lui, Íñigo de Maestu poté osservare meglio i suoi capelli color indaco, le sue ciglia celesti, la tinta azzurrina della sua pelle e la graziosa curva delle sue labbra vermiglie; ma notò pure che attraverso il suo corpo traslucido si vedevano gli alberi. Le sorrise dolcemente, e la fanciulla azzurra rispose al suo sorriso con un'espressione di sereno consenso e avvicinò la mano al suo viso stremato lasciandogli percepire l'aroma della sua pelle, un tenero profumo d'acqua di zagare e di erbe appena nate che gli ricordava le mani di sua madre.

La fanciulla gli tolse i sandali e le calze e gli massaggiò dolcemente i piedi, poi lo accarezzò sotto le ascelle, gli sollevò la testa per fargli il solletico dietro le orecchie e gli fece scivolare delicatamente la mano sul petto, definendo pollice dopo pollice la sua anatomia. Íñigo la lasciò fare perché gli sembrava di aver già vissuto quella scena in precedenza, che tutto ciò fosse la ripetizione di un sogno delizioso di cui aveva già goduto molto tempo prima e che sapeva da sé come andare avanti. Poi, con infinita delicatezza, la fanciulla gli sfiorò l'inguine; e quell'inebriante momento gli si fece di miele sotto il palato. Non c'era ragione di aver paura. E Íñigo si addormentò.

Quella mattina Mayo e Beltrán si erano incamminati dietro l'assistente di Salazar tenendosi a prudente distanza, ma di tanto in tanto avevano dovuto nascondersi perché il novizio continuava a voltarsi e a scrutare dietro di sé con occhi sospettosi. Lui sì, evidentemente, riusciva a cogliere anche da lontano la presenza di Mayo. Gli erano stati alle calcagna per più di un'ora, lungo un sentiero che le erbacce sembravano voler testardamente cancellare, pieno di grossi sassi, di cespugli, di rovi e di ingannevoli biforcazioni che il ragazzo seguiva per un po' per poi tornare sui propri passi e scegliere un'altra direzione. Alla fine avevano visto spuntare qualcosa che in passato doveva essere uno steccato di recinzione, ridotto ormai a quattro pali storti e verdi di muschio sul lato rivolto a nord. Da lì si intravedeva il casolare, che a quella distanza, con i suoi muri di ciottoli colorati e tutt'attorno la foschia mattutina che ancora non aveva finito di dissiparsi, sembrava una casetta delle fate

Nascosti dietro un cespuglio, Mayo e Beltrán erano rimasti a osservare il giovane mentre, piantato sulle gambe, immobile, guardava la casa. Poi lo avevano visto aggirarsi a lungo lì attorno, toccando i muri e palpando il suolo, e seguire le impronte di uomini e animali che avevano tracciato quasi un sentiero nell'erba fino a un ponticello di pietra sul fiume. L'aveva percorso in una direzione e nell'altra, poi si era fermato al centro di esso, aveva guardato la corrente, si era grattato la testa, aveva studiato e palpeggiato la spalletta, era tornato sul sentiero e si era chinato a raccogliere qualcosa da terra. Infine l'avevano visto riavvicinarsi alla casa, aprire la porta con cautela, quasi avesse avuto intenzione di saccheggiarla, e l'avevano sentito gridare: «C'è nessuno? Vengo in pace! Ecco, adesso entro!» Ed era entrato.

Proprio in quel momento Mayo aveva sentito avvicinarsi dei passi furtivi, si era fatta piccola piccola dietro un cespuglio per non essere scoperta e aveva visto una creatura enorme, completamente coperta di peli dalla testa ai piedi, avanzare verso la casa con in mano un grosso bastone. In un primo momento aveva pensato che fosse il Baxajaun, un genio che abita nel folto del bosco e che di notte dorme nelle grotte. In molti ritenevano che il Baxajaun fosse stato il primo agricoltore e che fosse stato lui a istruire gli esseri umani in tutto ciò che riguarda la coltivazione dei cereali.

Dopo i primi istanti di sconcerto, però, la ragazza aveva visto che il gigante peloso era in compagnia di una goffa creatura che sembrava inciampare nei propri piedi; e questo dettaglio l'aveva convinta definitivamente che non poteva trattarsi del Baxajaun, perché quel genio dei boschi, come tutti sanno, è di indole solitaria. E poi né lui né il suo compagno sembravano possedere la naturale eleganza tipica delle divinità silvestri. Ne dedusse che si trattasse più semplicemente di due esseri umani, anche se non era del tutto chiaro cosa ci facessero lì. Quello che Mayo aveva scambiato per il Baxajaun era il più corpulento, e aveva una lunga chioma che gli arrivava fino alle spalle ricollegandosi alla folta barba lunga quasi fino alle ginocchia. L'altro, molto più giovane, alto, magro e con i capelli color paglia, da come camminava sembrava avesse un qualche difetto agli occhi. Entrambi indossavano una pelliccia di coniglio grigio piombo che li copriva dalla testa ai piedi e che non permetteva di distinguere né le giunture delle maniche né i pantaloni, probabilmente fissati al corpo con bretelle di cuoio. Mayo non aveva mai visto niente di più bizzarro.

A un certo punto quello che sembrava il capo aveva fatto un cenno e i due erano entrati in casa, ma senza chiudere la porta: così Mayo aveva visto le loro ombre colpire alla testa il novizio, e quest'ultimo cadere a terra privo di sensi. Poi i due gli avevano tolto tonaca e scarpe, l'avevano scrollato come una stuoia voltandolo da una parte e dall'altra e gli avevano spalmato qualcosa sotto le ascelle, dietro le orecchie, sotto la pianta dei piedi e sul basso ventre, con la stessa energia che lei usava per massaggiare i malati con la pomata contro il mal d'ossa. Infine li aveva visti uscire trascinando a faccia in giù il novizio per i polsi e per le caviglie, portarlo in una radura un po' più avanti nel bosco, rubargli la bisaccia e rimettergli la tonaca e le scarpe. Infine i due se n'erano andati come se niente fosse, facendo cagnara fra loro, prendendosi a spintoni e continuando a incespicare con la loro solita goffaggine; ma stavolta senza prendere precauzioni, anzi, ridendo sguaiatamente, sicuri com'erano che la loro vittima non si sarebbe svegliata ancora per un bel pezzo.

Per un po' Mayo non si era mossa. Aveva aspettato finché i due uomini pelosi non erano diventati due puntolini sfumati dalla lontananza, e poi ancora un altro po', finché i puntolini non erano scomparsi del tutto. Poi aveva aspettato per vedere se Íñigo era davvero svenuto, e solo quando era stata perfettamente sicura che nessun essere umano normale avrebbe potuto sopportare tanti colpi senza perdere i sensi aveva osato avvicinarsi. I sospiri che il giovane emetteva a occhi chiusi, scuotendo la testa e mormorando una litania incomprensibile, l'avevano convinta che il poveretto era sballottato da un oceano di sogni provocati dall'impiastro che gli avevano spalmato addosso. Sempre in groppa a Beltrán, Mayo gli si era dunque avvicinata con l'intenzione di provare a toccarlo, ma pronta a darsi alla fuga se si fosse svegliato all'improvviso. Poi l'asino gli aveva dato una lieve musata, e il ragazzo in catalessi aveva socchiuso gli occhi e gli aveva sorriso con sguardo acquoso.

Così Mayo era smontata, si era accucciata vicino al giovane, l'aveva preso per il mento per immobilizzargli la testa e gli aveva dato un sonoro schiaffone per vedere se si riprendeva: ma l'unica reazione del novizio era stata quella di aprire nuovamente una fessura d'occhi e di emettere un gemito pastoso. Allora Mayo si era avvicinata ancora di più per annusarlo: emanava un leggero aroma di sapone di Cipro, coperto dal puzzo appiccicoso della sostanza con cui i due uomini villosi l'avevano spalmato. La ragazza riconobbe subito l'odore inconfondibile della mandragora: evidentemente quei due sapevano il fatto loro. Mayo per parte sua aveva appreso che la mandragora è difficilissima da trovare e che, per raccoglierla senza rischi, bisogna legarla alla coda di un cane mentre ha ancora le radici saldamente piantate nel terreno; infine si spaventa il cane con un forte rumore per farlo scappare in modo che sia lui a sradicarla, perché i suoi patetici urli di strega esasperata possono uccidere chiunque sia presente.

Mayo si alzò, cercò nelle bisacce di Beltrán un pezzo di panno pulito, lo inumidì nel fiume e si accinse a togliere l'unguento verdastro dalla pelle del novizio. Lo spogliò, gli sfregò per bene la pianta dei piedi, le ascelle, le orecchie davanti e di dietro, fino a lasciargliele di un bel rosso brillante, e poi, con estrema cura e senza timidezza, gli sciacquò bene l'inguine. Poi tornò alle bisacce dell'asino e ne trasse gli elementi necessari per preparare un

*Rimedio per annullare un maleficio tossico*

un sacchettino color celeste pallido
due scampoli di seta pura, piccoli e quadrati
un ago da cucire rotto in sette pezzi
un bottone appartenente all'avvelenato da almeno tre anni
un pezzetto dell'unghia del pollice sinistro dell'avvelenato

Mayo mise nel sacchettino celeste pallido i due pezzetti di seta quadrati e l'ago rotto, quindi strappò un bottone dalla camicia di Íñigo nella speranza che lui l'avesse portata per i tre anni richiesti dall'incantesimo. Poi prese il pollice della sua mano sinistra, se lo portò alla bocca e con un piccolo morso preciso ne staccò un pezzo d'unghia a forma di mezzaluna. Íñigo emise un breve sospiro e mormorò qualcosa su predestinazione, sogni e incontri; Mayo però non ci fece caso. Infine prese un filo rosa e lo usò per chiudere il sacchettino celeste, glielo passò su tutta la faccia e lo mise sotto il suo corpo.

«Credi che possa funzionare?» domandò rivolta all'asino.

Beltrán ragliò in segno di assenso.

«Allora andiamo, prima che si svegli.»

Mayo prese le redini di Beltrán e si allontanò canticchiando.

## VII

*Di come evitare che la luna ci rubi la luce degli occhi,*
*di come impedire alle streghe di aggredirci nel sonno,*
*di come far sì che i nostri nemici*
*vedano in sogno centinaia di diavoli*

Prima di cominciare a seguire passo passo Salazar e la sua comitiva, anzi, prima ancora di sapere dell'esistenza stessa di Salazar, prima di aver compreso davvero cosa significasse cadere anche lei nella rete inquisitoriale che aveva inghiottito la sua adorata Ederra, nel momento in cui il Pelotas le aveva consegnato la cassettina con gli oggetti delle streghe arrestate ed era sparito all'orizzonte, era stato allora che Mayo si era sentita più sola. Era rimasta lì, in silenzio, seduta su un sasso, con la cassettina sulle ginocchia, ad ascoltare il respiro di Beltrán mescolarsi al suo. Era molto spaventata. Era la prima volta che si vedeva costretta ad affrontare la vita con l'unica compagnia di Beltrán, il quale, per colpa dell'incantesimo che l'aveva trasformato in asino, a volte sembrava del tutto incapace di un ragionamento lucido, per non parlare di una conversazione civile. Fin da piccola Mayo aveva viaggiato moltissimo, percorrendo infinite strade e sentieri; ma distrattamente, perché era Ederra a occuparsi di tutte le questioni materiali, compresa quella di intuire quale rotta il destino indicasse loro. Era Ederra a scegliere il luogo in cui avrebbero trascorso la notte e a decidere quale villaggio avrebbe tratto beneficio dai loro potenti sortilegi. Nel frattempo Mayo era libera di sognare a occhi aperti osservando il paesaggio e canticchiando le melodie che le risuonavano in testa, convinta com'era di non avere ancora abbastanza percezioni o saggezza per dire la sua in cose di tale trascendenza. E così in quell'istante, mentre per la prima volta in vita sua sentiva di essere completamente sola, immersa in un doloroso silenzio, le era bastato guardarsi attorno per sentirsi terribilmente inetta. L'unica sua consolazione era stata il pensiero che, perlomeno, sapeva con certezza dove andare: a Logroño, il luogo in cui Ederra era stata vista per l'ultima volta. Così aveva fissato la cicatrice di terra che i carri avevano aperto nell'erba proprio accanto ai suoi piedi, e voltando la testa verso destra aveva visto come quel solco si allungava fino a perdersi dietro una bassa collina: era quella la strada che il Pelotas aveva percorso per tornare da Logroño. E all'improvviso aveva deciso di cancellare, come con un tratto di penna, la sensazione d'orfanezza che le serrava la gola. Era saltata su e, senza staccare gli occhi dalla strada, mordicchiandosi nervosamente il labbro inferiore, aveva riposto la cassettina di legno con gli oggetti appartenuti alle streghe in una delle bisacce di Beltrán.

«Da quella parte», aveva detto all'asino, con un cenno del mento.

Più tardi avrebbe avuto tutto il tempo per sentirsi sola e abbandonata: ora la cosa più importante era percorrere quella strada fino a trovare, all'estremo opposto, la città di Logroño.

Aveva deciso di viaggiare soprattutto di notte, perché la dispettosa crudeltà dei genietti notturni le sembrava meno pericolosa della diurna repulsione dei villici per i forestieri. E poi Mayo era abituata a incontrare senza alcun preavviso, nel bosco, divinità cristalline, serpi a cinque teste o anche piccole mucche rosse che muggivano su una melodia ritmata e contagiosa che bisognava evitare di canticchiare se non si voleva diventare muti. L'umidità della notte le penetrava fin nelle ossa, e a volte, quando la solitudine si faceva più pesante, sembrava inzupparle anche l'anima. Per proteggersi Mayo si avvolgeva in un mantello e cavalcava avvinghiata al collo di Beltrán, mormorandogli all'orecchio favole di sua invenzione e ricordandogli di non guardare direttamente la luna perché, come tutti sanno, la luna può rubare la luce degli occhi.

Viaggiando di notte non incontrava molta gente, ma riusciva ugualmente a leggere i segni inequivocabili della paura che attanagliava la popolazione locale. I parroci non riuscivano a benedire tutto l'alloro che i fedeli volevano mettere a capo del letto, unico sistema per impedire alle streghe di aggredirli nel sonno. Si mormorava che le streghe diventassero ogni giorno più sfacciate, e s'infilassero sotto le finestre per spalmare sulla faccia delle vittime sangue d'upupa, che provocava incubi pieni di centinaia di diavoli danzanti. A volte, allo spuntare del giorno, Mayo udiva quei gridi capaci di trapassare le montagne che la gente chiama *irrintxis* e che i pastori si scambiano fra loro per non sentirsi troppo soli mentre vanno al lavoro; ma risuonavano tremuli, interrotti da lunghe pause, senza il solito brio, perché si diceva che, se la voce che rispondeva all'*irrintxi* era quella di una strega, sul pastore cadeva un malocchio irrimediabile per tutto il resto della sua vita.

Mayo era arrivata a Logroño un mercoledì mattina, due settimane prima dell'auto da fe delle streghe. Le prime luci dell'alba fendevano il cielo e scivolavano sui tetti strappando riflessi ramati e trasformando le foglie degli alberi, ancora coperte di perle di rugiada, in piccole luci scintillanti che le facevano somigliare a grossi gioielli preziosi. Confusa e stupita, Mayo aveva percorso le viuzze strette e buie del centro fino a sbucare in plaza de Santiago, che le si era spalancata davanti nella sua immensa prospettiva facendola sentire piccola e insignificante. Poi, alla vista del palazzo in cui aveva sede il tribunale inquisitoriale, aveva avuto un sussulto perché per un attimo la facciata le era sembrata il muso di un mostro enorme, un volto intagliato nella pietra burrosa, con le finestre al posto degli occhi e l'entrata come una grande bocca pronta a mangiarsela in un sol boccone. Aggrappandosi forte alle redini di Beltrán e tenendosi seminascosta nell'ombra di un androne, Mayo aveva assistito al risveglio della città. A poco a poco le strade si erano riempite delle consuete attività quotidiane: i commercianti aprivano le serrande dei negozi, le barberie accoglievano i primi clienti, le donne si caricavano sulle spalle grossi cesti pieni di panni sporchi e s'incamminavano verso il lavatoio; il forno, già in funzione da un paio d'ore, diffondeva nell'aria il profumo inconfondibile del pane appena sfornato.

«Tranquillo... devi stare tranquillo. In questo posto abita moltissima gente: vedrai che nessuno farà caso a noi», aveva detto a Beltrán per confortarlo, perché da quando avevano messo piede in città non faceva che ragliare d'angoscia.

La sede del tribunale conteneva sale per le udienze, archivi, una biblioteca e una cappella, oltre naturalmente agli appartamenti degli inquisitori con i loro studi privati. Correva voce che i sospettati, dopo aver varcato il pesante portone d'ingresso, si perdessero in un labirinto di celle segrete e burocrazia da cui era difficilissimo uscire indenni. Bastava che una persona denunciasse il proprio vicino di casa per una bestemmia, o per una confidenza che implicasse una qualche critica al dogma, perché il malcapitato fosse arrestato dal Sant'Uffizio. I detenuti non venivano mai informati delle accuse formulate contro di loro: gli inquisitori si limitavano a consigliarli di confessare ogni peccato che avessero commesso contro la fede. I poveretti si lambiccavano il cervello per capire di cosa potevano essere stati accusati, e in quel tormento finivano con il confessare le più fantasiose aberrazioni nella speranza di essere finalmente lasciati in pace. I denunciati sparivano nel nulla per un anno o due, a seconda della durata del processo; e finché tutto non era finito e la sentenza emessa contro di loro non veniva letta nel corso di un auto da fe, l'Inquisizione non aveva alcun obbligo di rendere pubblico il nome delle persone detenute nelle sue segrete e men che meno di comunicare ad altri se fossero vive o morte.

Per tutte queste ragioni Mayo non aveva osato avvicinarsi alla guardia che piantonava l'ingresso del tribunale per chiedere notizie di Ederra. Si era installata invece all'altro estremo della piazza, sotto i portici, proprio di fronte al portone di ferro battuto del palazzo inquisitoriale: un buon punto d'osservazione, che le permetteva di tenere sotto controllo gli andirivieni del soldato incaricato della sorveglianza e i maneggi dei giardinieri che si sforzavano di addomesticare la vegetazione ribelle attorcigliata alle colonne del patio centrale. Mayo avrebbe tanto voluto saper penetrare con lo sguardo le pietre squadrate della facciata per vedere cosa accadeva all'interno del palazzo.

Aveva passato tre giorni interi senza allontanarsi dalla sua postazione, prendendo mentalmente nota delle persone che entravano e uscivano dall'edificio e buttando là qualche domanda ai passanti: i quali però, vedendola un po' troppo interessata agli affari dell'Inquisizione, la guardavano spaventati e le sussurravano all'orecchio: «Con la Santa Inquisizione, zitti e mosca!».

Nonostante quelle reticenze, però, Mayo aveva scoperto che fra le persone che entravano e uscivano dal palazzo c'erano carcerieri, segretari, medici, cappellani, ufficiali giudiziari e un folto drappello di collaboratori laici, i cosiddetti «famigli», disposti a denunciare i propri vicini e addirittura a offrire le proprie case come prigione pur di sottrarsi alla giurisdizione ordinaria e avere il diritto di scolpire sulla porta il blasone dell'Inquisizione: cosa che, secondo alcuni, conferiva un lustro tutto particolare al loro nome.

Il terzo giorno dall'edificio era uscito un uomo con una tromba da banditore appesa al collo, uno scartafaccio sotto l'ascella e un secchio con dentro una pennellessa. L'uomo aveva percorso tutte le strade attorno alla piazza spennellando di colla i muri delle case e appiccicandoci sopra manifesti. E intanto fischiettava.

«Buongiorno, eccellenza», l'aveva apostrofato Mayo con un sorriso leggermente ipocrita, perché non era abituata a dare confidenza agli sconosciuti. «Potrebbe dirmi vossignoria cosa c'è scritto su quel foglio di carta?»

L'uomo l'aveva guardata dall'alto in basso, con la stessa espressione schifata di chi pesta inavvertitamente una cacca di cavallo; Mayo però non aveva mutato la sua espressione amichevole, anzi, aveva cercato di mostrarsi il più seducente possibile protestando dentro di sé contro la natura che non le aveva donato nemmeno un quarto della bellezza di Ederra con cui influenzare la coscienza degli uomini.

«Annuncia l'auto da fe delle streghe», le aveva risposto l'uomo, riprendendo subito ad appiccicare i manifesti. «Sarà domenica prossima, il sette di questo mese. E speriamo che ce ne siano anche altri dopo questo, perché è uno spettacolo che attira molti forestieri e che giova moltissimo alla città. Erano undici anni che i signori inquisitori non organizzavano un auto da fe di queste dimensioni nella nostra piazza.»

«Bene, molto bene...» aveva replicato Mayo, fingendo che le questioni relative alle infrastrutture inquisitoriali e alle loro ripercussioni sulla sfera pubblica fossero per lei del massimo interesse. «Lo sanno tutti che non può esservi città più adatta di Logroño per questo genere di avvenimenti. Voglio dire, la città è invidiata da tutti per quanto riguarda la celebrazione degli auto da fe... perché quanto a bellezza, Logroño è una bellissima città e ha tutto ciò che serve per tali eventi... Nessun'altra può starle alla pari, dico io. Ecco, e mi dica...» aveva riattaccato Mayo, dopo aver dato un paio di colpi di tosse, «saprebbe dirmi vossignoria chi sono i condannati?»

«...e stando a quel che dicono, nientepopodimeno che il duca di Lerma in persona ha domandato al tribunale in quale data si sarebbe celebrato l'auto da fe.» Il banditore non l'aveva nemmeno sentita. «Perché in questo momento il re si trova proprio a Lerma, sapete? A meno di una giornata di viaggio da qui. Lasciate che ve lo dica: tutto sembra indicare che Filippo III ci onorerà della sua presenza. Perché un auto da fe di queste dimensioni dà moltissimo prestigio alla città che lo ospita. Sono attesi ben trentamila forestieri!»

«Accipicchia!» A Mayo sembrava di essersi ormai guadagnata la fiducia dell'uomo, che per ben due volte aveva posato a terra la sua attrezzatura al solo scopo di parlarle con maggior libertà di movimento. «Questo sì che apporterà grossi benefici alla città... certo, come no. E mi dica... il nome dei condannati, si conosce?»

Il banditore le aveva lanciato uno sguardo d'intesa, e per sussurrarle la risposta aveva avvicinato così tanto la faccia alla sua che Mayo aveva visto distintamente sia i molti buchi della sua dentatura sia i pochi denti che gli erano rimasti, e che non sembravano destinati a restarvi ancora a lungo. L'alito paludoso dell'uomo le aveva sfiorato il viso.

«I nomi non li sa nessuno... Pare che i processati fossero in tutto trentuno, undici condannati al rogo di cui però cinque sono passati a miglior vita.» E l'uomo si era allontanato per riprendere ad attaccare i manifesti. «Tanto meglio per loro, perché il rogo dev'essere... assai caldo.» Ed era scoppiato in una risata che aveva scoperto le parti vuote delle sue gengive e la disperazione della ragazza.

«Dove sono?»

«Chi?»

«I condannati... voglio dire... da qualche parte devono pur tenerli.»

Il banditore, diffidente, aveva corrugato la fronte, e Mayo aveva sbattuto le ciglia nella maniera più seducente che aveva saputo inventarsi.

«Sono cose che non dovrebbero interessarvi, sapete? Ma dato che ormai lo sanno tutti...» Il banditore aveva guardato bene a destra e a sinistra prima di sussurrarle: «Negli ultimi tempi i carnefici entrano ed escono dal palazzo come se fosse casa loro, portandosi dietro gli attrezzi del mestiere... e spessissimo arrivano carri pieni di uomini e di donne che nessuno vede mai andar via. La gente non è mica stupida, sapete?». L'uomo le aveva fatto l'occhiolino schioccando la lingua sul palato, poi aveva proseguito, sorridendo: «I sotterranei del palazzo sono pieni di detenuti».

Così Mayo era venuta a sapere che, forse, Ederra era ancora rinchiusa nei sotterranei della sede inquisitoriale; e aveva cominciato a lavorare a un piano per tirarla fuori di lì. Aveva studiato palmo a palmo la pianta dell'edificio, scoprendo alla base dei muri alcune feritoie con le sbarre che, forse, servivano a dar aria alle celle. Era evidente però che non tutte le segrete potevano affacciarsi sulla strada: altre dovevano aprirsi sul patio interno. Dopo molto indagare aveva scoperto che la cella dei religiosi di Zugarramurdi accusati di praticare la stregoneria dava sul retro del palazzo, e che stringendosi contro la feritoia che si apriva a filo del selciato era possibile parlare con loro. Dopo aver atteso il calar delle tenebre, Mayo aveva tirato fuori dalla cassettina di legno le due Bibbie che le madri dei religiosi mandavano ai figli e si era accinta a mantenere la promessa fatta al Pelotas.

La cella era piccola, fredda, umida e buia, rischiarata solo dalla finestrella sulla strada che si apriva altissima sulla testa dei detenuti. Per uno strano effetto ottico, i due religiosi vedevano l'immagine dei passanti riflessa sul soffitto e riuscivano a distinguere addirittura il colore dei loro abiti. Era l'unica distrazione che potevano concedersi. La cella era stata pensata per una sola persona, ma poi il processo aveva assunto proporzioni eccezionali e i detenuti erano diventati così tanti che il tribunale si era visto costretto a adeguare le proprie strutture e a redistribuire i prigionieri, dapprima a coppie, poi quattro per ogni cella. Per i due sacerdoti, la reciproca compagnia era di sollievo e d'aiuto nel sopportare la pena.

«Pst! Pst! Padre Juan de la Borda? Padre Pedro de Arburu? Siete là sotto?» Sdraiata a terra, Mayo aveva messo le mani a imbuto attorno alla bocca per dirigere con precisione la voce verso l'interno della cella e non inquietare i vicini.

I due religiosi avevano lasciato passare un po' di tempo prima di rispondere.

«Padri, mi sentite?»

«Sì, siamo qui. Chi è?» aveva osato mormorare infine Pedro de Arburu.

«Non ha importanza: ho qui qualcosa per le signorie vostre che dovrebbe far loro tenerezza, rendendo più sopportabile questo difficile momento. È un dono da parte delle loro madri. Mettetevi sotto la finestrella, che ve lo faccio arrivare.»

Mayo aveva tolto dalla cassettina le due Bibbie, le aveva avvolte in un panno per proteggerle dalla caduta e le aveva fatte scivolare giù per lo sguincio che, dal piano stradale, attraversava lo spesso muro del palazzo fino alla cella. Poi aveva sentito il rumore dell'involto che cadeva, e aveva sperato che i libri sacri mettessero i due religiosi in una buona disposizione d'animo.

«Dio mio! Grazie, grazie!» li aveva sentiti dire. «È senza dubbio un miracolo, dovete essere il nostro angelo custode che veglia su di noi in questi momenti disgraziati.»

«Oh, no, no... nessun prodigio, niente mani celestiali: sono anch'io una creatura terrena», aveva precisato Mayo. «E poi, in cambio della consegna delle Bibbie vorrei chiedervi un piccolo favore. Ho bisogno di sapere se, fra i carcerati, c'è una donna di nome Ederra... la Bella.»

«Quanto ci dispiace non potervi essere di nessun aiuto su questo punto!» aveva risposto subito Pedro de Arburu. «Qui dentro uomini e donne sono tenuti separati: a noi non hanno concesso nemmeno la grazia di parlare con le nostre madri. Sappiamo solo che nelle segrete c'è stata un'epidemia, e che molti detenuti sono morti. Abbiamo temuto che pure le nostre madri avessero fatto una brutta fine, sono tanto anziane... ma ora questa divina consegna ci induce a sperare che siano ancora in vita. Ve ne siamo molto grati.»

«Vi trattano bene, lì dentro?»

«A volte; ma gli inquisitori sono terribilmente severi. Uno poi è davvero tremendo: si chiama Alonso de Salazar y Frías, e ci impone sempre torture e castighi. È un uomo spaventoso.»

«Alonso de Salazar y Frías... Non lo dimenticherò.»

Era stata quella la prima volta che Mayo aveva sentito pronunciare il nome dell'inquisitore che stava pedinando, e che si era trasformato nella sua unica speranza. All'udire le parole dei due religiosi prigionieri, nella sua mente si era formata un'immagine sinistra, un miscuglio d'odio e di timore, che dentro di lei era andato maturando insieme al piano di fuga per il giorno dell'auto da fe. Se Ederra fosse stata tra i condannati, tutto era pronto. Quando la Bella avesse percorso in processione le vie di Logroño con il sambenito, la tiara e la candela, lei l'avrebbe raggiunta al galoppo con Beltrán, l'avrebbe afferrata al volo e portata via veloce come il lampo, senza lasciare agli altri nemmeno il tempo di capire cosa stava accadendo. Mancava ancora qualche dettaglio, e Beltrán aveva bisogno di un po' d'allenamento, ma Mayo aveva buone speranze di riuscire.

I giorni che ancora mancavano all'auto da fe li aveva trascorsi assistendo terrorizzata ai preparativi della cerimonia. Erano stati eretti un palcoscenico, delle tribune e una predella per le autorità, e il tutto era stato pavesato di bandiere... poi erano arrivati i carichi di legna per le varie pire. Mayo era nervosa, non mangiava quasi e dormiva appallottolata nel vano dei portoni che davano sulla piazza per non allontanarsi da lì nemmeno un minuto, per non perdersi i movimenti all'interno del palazzo inquisitoriale e stamparsi bene in testa i lineamenti di tutti coloro che ne entravano e ne uscivano, compresi quelli del famoso Salazar.

Ciononostante, la mattina dell'auto da fe tutta la fiducia con cui aveva costruito il suo piano di fuga si era dissolta come nebbia al sole, e Mayo era stata presa da un panico atroce che le pervadeva tutto il corpo. Perché aveva capito che c'era troppa gente, e che la sua bassa statura le avrebbe impedito di vedere la fila dei condannati; e come se non bastasse, quel giorno Beltrán sembrava più stupido e cocciuto che mai.

«Sei una disgrazia!» gli aveva sussurrato all'orecchio. Ma poi, vedendolo dispiaciuto, si era pentita di quelle parole dure: «Lo so, non è colpa tua. Vedrai, qualcosa ci verrà in mente... adesso sta' tranquillo».

Ma tutti i suoi motivi d'angoscia erano passati immediatamente in secondo piano quando si era resa conto che Ederra, in piazza, non c'era. Negli ultimi giorni aveva preso in considerazione centinaia di idee, mille possibilità diverse, e si era commossa al pensiero del loro prossimo incontro: ma mai, nemmeno per un istante aveva immaginato che la sua adorata potesse non esserci. Quella constatazione, in parte, l'aveva rallegrata, perché significava che non l'avrebbe vista soffrire: ma dopo ciò che aveva sentito raccontare dai due religiosi sull'epidemia in carcere l'aveva anche riempita di atroci dubbi.

Aveva visto i tre inquisitori presiedere alla cerimonia dalla tribuna loro riservata, più in alto dei comuni mortali: sembravano divinità in trono mentre leggevano ad alta voce le aberrazioni che avevano meritato ai condannati la morte sul rogo. Ed era stato allora che aveva notato per la prima volta Salazar. L'aveva riconosciuto subito, per quell'espressione di severa superiorità che confermava la prima impressione che si era formata sul suo conto. Salazar era alto e asciutto, tutto d'un pezzo, solenne, orgoglioso, con quegli occhi seri, grigio scuro, e le mani dalle dita allungate che finivano con delle unghie immense. E incuteva paura. Mayo temeva che, nonostante la distanza e la gran folla che li separava, l'inquisitore potesse intuire la sua natura diabolica, leggere nei suoi pensieri e prevenire i suoi piani. Per questo si era allontanata dalla piazza prima che Salazar potesse ordinare ai suoi uomini di arrestarla.

L'auto da fe era durato due giorni, e ce n'erano voluti altri due per soffocare la violenza dei roghi purificatori e perché la città si svuotasse dei forestieri. Un tempo più che sufficiente perché Mayo si rendesse pienamente conto che l'esile filo che aveva seguito da quando il Pelotas le aveva detto di aver lasciato Ederra alla sede del tribunale di Logroño si era spezzato. Era rimasta con un pugno di mosche; anzi, con più preoccupazioni di prima, perché non sapeva nemmeno se Ederra fosse morta in prigione vittima dell'epidemia o se fosse ancora in vita rinchiusa in qualche cella. Aveva smarrito la sua unica pista: per questo aveva deciso di armarsi di coraggio, attraversare plaza de Santiago e affrontare a viso aperto il piantone di guardia alla porta del tribunale. Non sapeva nemmeno lei da dove tirar fuori l'audacia che le serviva. Fino a quel momento, di tutte le questioni che richiedessero anche solo un minimo di coraggio si era sempre occupata Ederra: purtroppo però non c'era alternativa. Mayo era arrivata alla conclusione che, se c'era una persona al mondo che poteva sapere se Ederra avesse o meno varcato quella porta, viva o morta che fosse, quella persona era il piantone del tribunale.

E così si era staccata dalla penombra di un portone, aveva attraversato silenziosamente la piazza con Beltrán che le trotterellava accanto e si era piantata davanti alla guardia, che l'aveva guardata di sottecchi con espressione poco amichevole.

«Dov'è Ederra?» era sbottata con pochissima diplomazia, perché ormai non le importava più niente di niente, con le labbra e i pugni stretti e gli occhi fissi a terra, senza osare alzarli in faccia al soldato.

«E tu chi sei?» aveva domandato la guardia di rimando, con voce carica di disprezzo.

«So che l'hanno portata qui, qualche mese fa... ma all'auto da fe non c'era, e adesso non so dove sia, e non ho idea di dove andare a cercarla», aveva aggiunto Mayo corrugando la fronte, con il labbro inferiore tremante. Il piantone aveva gettato un'occhiata furtiva a destra e a sinistra per assicurarsi che nessuno lo vedesse parlare con un essere tanto meschino.

«Alcuni prigionieri si sono ammalati e sono morti», aveva sussurrato poi, guardando fisso davanti a sé.

A questo punto la ragazzina, decidendo di sfogare un po' la pena che aveva dentro ormai da tanto tempo, aveva cominciato a pestare selvaggiamente i piedi, stringendo i pugni e grugnendo come un animale selvatico.

«Va bene, va bene, adesso smettila... sta' zitta una buona volta!» le aveva detto la guardia, molto più preoccupata dell'eventuale scandalo che non del dolore della ragazza. «Come hai detto che si chiama, la persona che stai cercando?»

«Ederra: la chiamano così per via della sua bellezza», aveva risposto lei, cercando di riprendere fiato. «La Bella.»

L'uomo non aveva avuto bisogno di controllare nessun registro: si ricordava perfettamente di lei. Bella come un respiro di Dio, capace di riempire un salone intero con la sua grazia, di impregnare l'aria con il suo profumo di foresta verde... Ma subito i fragorosi gemiti di quella ragazzina stracciona l'avevano riscosso dai suoi ricordi.

«Piantala di berciare!» l'aveva sgridata, un po' perché il suo comportamento cominciava ad attirare l'attenzione dei passanti, ma anche perché quelle grida gli stavano perforando i timpani. «La Bella non è più qui: l'hanno liberata. Non avevano prove sufficienti contro di lei, e così hanno dovuto lasciarla andare. È rimasta in prigione solo un paio di settimane.»

«Ne siete proprio sicuro, mio signore?»

«Come potrei dimenticarlo? Ero di guardia quando se n'è andata. Mi avevano detto che la prigione era infestata dai pidocchi, e che quindi era stato necessario tagliare i capelli a tutti i prigionieri: per questo è andata via con la testa rapata, coperta solo da uno scialletto di lana. Suppongo che per civetteria non volesse farsi vedere pelata come un melone. Un vero peccato, perché quei suoi capelli ramati erano come...»

«Stava bene?» l'aveva interrotto Mayo vedendolo alzare gli occhi al cielo al ricordo delle chiome di Ederra.

«Aveva un piede fasciato, e zoppicava leggermente. Ma è andata via di corsa... senza degnarmi di uno sguardo», aveva aggiunto l'uomo con un filo di rammarico.

«E per caso avete visto che direzione ha preso?»

Mentre la guardia le indicava con il dito verso nord, da dentro il palazzo si era sentito un forte rumore, il portone della sede inquisitoriale si era spalancato e ne era uscito un gruppo di carrozze. La guardia aveva avuto appena il tempo di dare uno spintone a Mayo e la poveretta era finita con il sedere in terra. Si era rialzata subito per cercare di vedere chi viaggiava in quelle carrozze: ma le tendine di velluto cremisi erano chiuse, e Mayo non era riuscita a scorgerne i passeggeri. E la carovana era scomparsa nella strada in fondo alla piazza.

«Chi c'era in quelle carrozze?» aveva domandato al piantone, scrollandosi via la polvere dai vestiti.

«Sei ancora qui?»

«Sì.»

«Prima o poi ti capiterà un bel guaio se continui a ficcare il naso in faccende che non ti riguardano. Anzi, adesso che ci penso potrei gettarti in prigione io stesso, così la pianteresti una buona volta di infastidirmi.»

«E sicuramente vostra signoria avrebbe tutte le ragioni e il diritto di farlo, su questo non c'è dubbio, perché a me non deve assolutamente importare di chi c'era o non c'era dentro quelle carrozze. Per esempio poteva essere, che so...» Mayo non riusciva a nascondere la sua felicità: Ederra era libera, fuori dalle segrete dell'Inquisizione, ora bisognava soltanto trovare un altro filo per arrivare a lei. «...Poteva essere un indiziato appena prosciolto, oppure un qualche pezzo grosso. O magari quelle carrozze erano vuote, mandate a prendere qualcuno, o forse...»

«Alonso de Salazar y Frías, inquisitore di Logroño», aveva sputato fuori la guardia, nella speranza che quella fastidiosa creatura si decidesse finalmente a chiudere la bocca. «C'era lui dentro quella benedetta carrozza: è partito per il Nord, perché lassù pare ci siano ancora molte pericolose streghe da catturare. E adesso togliti dai piedi, prima che ci ripensi e decida di spedirti in cella con un bel calcione in quel tuo sedere striminzito.»

«Alonso de Salazar y Frías...» aveva ripetuto Mayo in un sussurro, allontanandosi dal portone con espressione raggiante. «Ancora lui.»

E aveva affrettato il passo. Con un salto era salita in groppa a Beltrán, decisa a seguire l'inquisitore ovunque andasse. Conoscendo Ederra sapeva che, se era informata che la caccia alle streghe del Nord era il primo pensiero del Sant'Uffizio, doveva essere preoccupatissima per lei e Beltrán: la figlia bastarda del demonio e un uomo trasformato in asino erano fenomeni degni di un nuovo auto da fe. Sicuramente Ederra, pur di proteggerli, non avrebbe perso d'occhio la comitiva inquisitoriale: ed è proprio così che Mayo l'avrebbe ritrovata. All'improvviso il terribile Salazar e la sua spedizione erano diventati il suo obiettivo, la sua unica pista. Da quel momento in poi non le sarebbe importato più nulla della crudeltà e della pericolosità di Salazar: lui e i suoi uomini erano il filo che le avrebbe permesso di ricongiungersi alla sua amata Ederra.

Eppure, nelle settimane in cui l'aveva pedinato con tutta la costanza di cui era capace, il comportamento poco ortodosso dell'inquisitore l'aveva davvero sconcertata. Nel suo lavoro quotidiano, che in teoria consisteva nel concedere la grazia dell'editto a chi confessava di aver avuto rapporti illeciti con il demonio, Salazar sembrava intestardirsi piuttosto nel dimostrare ai penitenti che nessuno di loro aveva mai visto né Satana né i suoi accoliti, e che si erano lasciati ingannare da una troppo fervida immaginazione. Una volta l'aveva visto coccolare un bimbo di cinque anni, in lacrime perché i suoi genitori l'avevano costretto a giurare di essere un seguace del demonio: l'inquisitore gli aveva dato un bacio in fronte e gli aveva regalato una mela candita, dopo di che aveva detto ai genitori che se avessero osato spaventare ancora il figlio con quelle assurdità li avrebbe fatti incarcerare, così avrebbero imparato a loro spese cosa significhi la paura.

Mayo non ricordava più il momento preciso in cui era cominciato: sapeva solo che ormai Salazar le piaceva, e che dopo averlo seguito da presso per tante settimane non ne aveva più paura

Íñigo tornò in sé che il sole stava ormai tramontando. Si alzò in piedi, barcollante e con un feroce mal di testa, e subito dovette appoggiarsi con entrambe le mani all'albero che per varie ore gli aveva fatto da schienale. Gli costò non poca fatica e concentrazione ricordarsi chi era, dove si trovava e cosa ci faceva in quella foresta. Trovò il sentiero del ritorno più per istinto che lucidità, e cadendo e rialzandosi infinite volte riuscì a tornare a Santesteban, al palazzo dove risiedeva Salazar con il suo seguito. Una squadra di uomini, preoccupati dalla sua lunga assenza, si accingeva ad andarlo a cercare.

«Ho visto un angelo azzurro...» fu tutto ciò che riuscì a mormorare, sorridendo con espressione ebete, prima di cadere svenuto fra le braccia di Salazar.

Non riuscì ad articolare una storia neanche vagamente comprensibile se non dopo aver dormito quattordici ore filate e aver fatto colazione con uova strapazzate, pancetta, una fetta di torta di mele e un bel sorso di vino invecchiato. Quanto a frate Domingo, disse che proprio la sua eccessiva dedizione a tale bevanda doveva aver provocato tutta quella farsa.

«Non essere villano, io non bevo!» protestò Íñigo.

«Ah no? E allora come si chiama ciò che hai appena fatto? Eh? Eh? Eh?» lo rimbeccò frate Domingo, irritato dal generale clima di aspettativa creatosi attorno al novizio.

«Ne ho bevuto un goccetto solo per recuperare più in fretta le forze! Ti rode che un angelo possa scegliere proprio me per manifestarsi, invece che te. Sei invidioso!»

«Bene, adesso basta!» disse Salazar, irritato dal battibecco fra i due giovani. «Fareste perdere la pazienza a Giobbe in persona. Íñigo, dimmi subito cos'hai scoperto.»

«Impronte. Di cavallo e di cinque persone diverse. Quelle lasciate da Juana si distinguevano chiaramente: indicavano che è uscita di casa, poco dopo è inciampata e caduta, poi si è rialzata e ha proseguito in direzione del ponte. Probabilmente aveva un difetto al piede destro, forse era zoppa o qualcosa del genere, perché ogni due o tre passi quel piede lo metteva giù male, tutto di lato.»

«E le altre impronte?» lo incalzò frate Domingo. «Forse appartengono ai quattro stregoni pentiti che aveva accolto in casa sua... Potrebbero essere stati proprio loro ad aggredirla, poi le sono corsi dietro, l'hanno afferrata, le hanno legato la pietra alla caviglia e l'hanno gettata nel fiume...»

«Non ho finito», lo interruppe Íñigo. «C'erano anche le impronte lasciate dalle zampe posteriori di un caprone.»

«Impronte di caprone?» ripeté Salazar, stupito.

«Il caprone...» mormorò Domingo de Sardo con voce lugubre. «Questa è la prova definitiva: è stato Satana ad ammazzare Juana de Sauri.»

«Però erano strane», aggiunse Íñigo cercando di spiegarsi meglio, dopo aver visto le facce sconcertate di Salazar e di Domingo. «Voglio dire... le orme del caprone non erano impresse nel modo giusto. Sembrava che l'animale le avesse lasciate precise e intere solo quando non era in movimento, mentre nel camminare... era come se le trascinasse. E poi avanzavano in modo perfettamente parallelo a una coppia di impronte umane, le più grandi di tutte. Ah, e dentro casa ho trovato una zampa di caprone.»

«Segni satanici, segni satanici... non c'è alcun dubbio. Li riconosco», disse Domingo de Sardo, camminando su e giù per la stanza con espressione preoccupata.

«L'ho presa, dev'essere nella bisaccia...»

«Quando sei ricomparso non avevi alcuna bisaccia», lo rimbeccò Domingo, irritato. «L'avrai perduta.»

«No che non l'ho perduta!» ribatté Íñigo, e si mise a riflettere. «Forse l'ha presa l'angelo azzurro.»

«Cosa pensi che se ne faccia, un angelo, della tua bisaccia?» lo rimbeccò Domingo, sempre più arrabbiato.

«Be', non saprei... forse l'ha presa per metterci le sue cose... non so.»

«Per metterci cosa? L'aureola che si toglie quando scende sulla terra per farsi vedere da te? Credi davvero che gli angeli non abbiano niente di meglio da fare che rubare a noi mortali le nostre bisacce?»

«Siete davvero insopportabili», disse Salazar. «Hai un bernoccolo enorme sulla testa, Íñigo: ricordi come te lo sei procurato?»

«No», rispose il novizio, portandosi la mano alla testa con una smorfia di dolore.

«E i tuoi vestiti sono impregnati di una sostanza grassa: sai almeno di che si tratta?»

«No.»

A ogni risposta negativa del ragazzo, frate Domingo storceva la bocca.

«Non preoccuparti», aggiunse Salazar per calmare un po' le acque. «Li ho mandati al farmacista, che sicuramente saprà identificare quella strana sostanza.»

«La croce!» si ricordò Íñigo all'improvviso. «Quella non l'avevo messa nella bisaccia!» E si toccò il collo fino a trovare il laccetto di cuoio, poi lo tirò e mostrò a tutti la piccola croce di legno. «Eccola qui, eccola! La croce!» continuava a strillare, ridendo nervosamente. «L'ho trovata per terra, vicino al ponte.»

Salazar l'afferrò senza lasciargli nemmeno il tempo di togliersela dal collo o di alzarsi dalla sedia: se lo trascinò semplicemente dietro, quasi di peso, fino alla stanza in cui era in corso la veglia funebre di Juana. E lì, davanti a tutti e sotto lo sguardo costernato di Borrego Solano, prese la mano della defunta e confrontò la ferita con la piccola croce ancora legata al collo del suo assistente. Coincidevano: proprio come aveva immaginato.

# VIII

*Di come preparare un unguento per volare,*
*di come far sì che la gente parli bene di noi*
*quando non ci siamo, di come sapere se si è una strega*

Ormai la maggioranza degli abitanti di Santesteban aveva cominciato a guardare con sospetto ai bizzarri metodi di Salazar; quando poi lo videro entrare come una furia, interrompendo la veglia di Juana de Sauri, tutti si convinsero definitivamente che quell'uomo non era del tutto in sé. La scena si svolse davanti a tutto il villaggio riunito. Il corpo della defunta era stato esposto in casa di sua figlia, e una processione di amici, parenti e vicini, nonché di molte persone che quando era in vita non l'avevano quasi conosciuta, si era presentata a renderle omaggio. Gli uomini facevano capannello fuori dalla porta con facce di circostanza, e bisbigliavano fra loro del fatto che ormai non si sentivano più in grado di proteggere le loro madri, mogli e figlie da un simile pericolo. A un certo punto uno propose di organizzare delle ronde notturne: gruppi di uomini giovani e robusti armati di torce, randelli e picconi, che si impegnassero a tenere lontane le persone malvagie e a vendicare la povera Juana. Così, anche se forse non sarebbero riusciti ad acchiappare le streghe, si sarebbero sentiti un po' meno inetti e avrebbero sfogato in parte la loro collera. Tutti si dissero d'accordo.

Le donne, vestite di nero dalla testa ai piedi, sembravano uno stormo di corvi. Avevano messo delle sedie attorno alla bara di pino, con quattro ceri agli angoli, e se ne stavano lì per ore e ore, un po' recitando il rosario, un po' piangendo, perché molte di loro approfittavano della veglia funebre per sfogare dispiaceri personali che nulla avevano a che fare con la morte di Juana o con la minaccia delle streghe. La figlia della defunta, invece, era fredda e silenziosa, con lo sguardo perso nel vuoto, e se ne stava rigida sulla sua sedia senza né piangere né sospirare; non reagì nemmeno quando il parroco Borrego Solano andò a farle le condoglianze, la prese per il braccio costringendola ad alzarsi e l'accompagnò sulla porta a prendere una boccata d'aria, cercando di farla rilassare un po' e mormorandole all'orecchio che sua madre si trovava ormai alla presenza del Signore. Per fortuna erano entrambi fuori quando Salazar fece irruzione nella stanza trascinandosi dietro il povero Íñigo, e non videro l'inquisitore afferrare la mano della morta, confrontarla con una piccola croce di legno, e poi girare sui tacchi e andarsene con l'espressione più soddisfatta del mondo.

Dopo tutti questi avvenimenti la povera Juana fu innalzata quasi alla dignità di martire, e dal giorno in cui fu sepolta le sue qualità non fecero che moltiplicarsi: i vicini dimenticarono completamente le umane debolezze che l'avevano caratterizzata in vita, e ben presto le venne tributato un vero e proprio culto. I compaesani, non contenti di portare il lutto stretto, per un'intera settimana addobbarono di crespo nero porte e balconi in segno di duolo cittadino, si fecero degli scapolari con brandelli dei suoi vestiti e le accesero dei ceri supplicandola di intercedere per loro, poveri mortali, costretti a restare ancora su questa terra esposti alla collera di Satana.

Salazar doveva affrontare ogni giorno un parroco esaltato e una popolazione inquieta, la quale ormai non credeva più che lui e i suoi metodi potessero liberarla dal malefico influsso del demonio. In paese si mormorava che l'inquisitore era di tutt'altra pasta del suo collega che aveva visitato la regione un paio d'anni prima e che indubbiamente corrispondeva più di lui all'immagine sanguinaria che la gente si era fatta del lavoro inquisitoriale. A un certo punto, senza consultarsi con nessuno, gli abitanti del villaggio cominciarono a cacciar via dalle proprie case tutti i forestieri venuti per chiedere la grazia dell'editto, nella convinzione che fra loro si nascondessero i responsabili sia della morte di Juana sia di tutte le altre disgrazie che avevano funestato il circondario. Del decreto regio che imponeva di accoglierli, ormai, non importava più nulla a nessuno. E così streghe e stregoni pentiti dovettero accamparsi fuori dal villaggio, e qualche giorno dopo furono costretti a cercare riparo nelle grotte perché, mentre aspettavano l'atto ufficiale di riconciliazione, arrivarono le piogge. La cosa finì con l'esasperare ancor più la popolazione, che nel buio della notte vedeva brillare tra gli alberi le lucine tremolanti dei falò e fantasticava sull'*akelarre* che le streghe stavano celebrando a pochi passi dall'abitato. Agitati com'erano, i vicini cominciarono ad accumulare croci, immaginette e reliquie, e la notte tornarono a portare i bambini in chiesa, finendo con lo sconvolgere del tutto il fragile equilibrio del parroco Borrego Solano.

«È solo una perdita di tempo voler sapere com'è morta Juana de Sauri», disse frate Domingo a Salazar. «È morta, e questo fatto nessuno lo può cambiare. Faremmo meglio a cercare di catturare le streghe che l'hanno assassinata, e che devono avere l'anima più sporca della coda puzzolente del demonio. Perché sul fatto che siano state le streghe non possono esserci dubbi. Di fatto la gente le ha viste, e tutti da queste parti hanno sentito raccontare vicende non molto diverse. Io stesso riconosco le loro pratiche, so di cosa sono capaci.»

Frate Domingo de Sardo, infatti, non era del tutto nuovo al tema delle sette sataniche, avendo già accompagnato l'inquisitore Valle nella sua precedente visita in quelle regioni e avendo predicato contro le streghe per tutto l'inverno davanti a chiunque avesse i nervi abbastanza saldi da sopportare le sue terrificanti descrizioni. Il francescano non era un tipo molto amichevole. Perdeva facilmente le staffe, e per controllarsi si sottoponeva alla tirannia quotidiana di mille piccole cerimonie che eseguiva in gran segreto: non poteva passare sotto un portone senza mormorare un «amen», non andava a letto se prima non aveva spruzzato d'acqua benedetta lenzuola e coperte e non masticava mai il pane prima di ingoiarlo perché, benedetto o no, lo riteneva sempre e comunque il corpo di Cristo. Se per una causa estranea alla sua volontà saltava uno di questi suoi rituali ne soffriva indicibilmente, e si convinceva che qualcosa di terribile stesse per accadere a lui stesso o al resto del mondo. Il suo corpo paffuto, l'incipiente calvizie e l'espressione di perenne ansietà lo facevano sembrare più anziano di quanto non fosse. Salazar gli incuteva grande rispetto: aveva sentito parlare di lui prima ancora di conoscerlo, e se l'era immaginato impressionante, forte e solenne, tale quale l'immagine che si era fatto del Signore onnipotente. Eppure a volte gli costava uno sforzo immenso comprendere e accettare le ragioni che lo spingevano ad azioni o affermazioni per lui del tutto inconcepibili.

«Mio caro Domingo», disse Salazar scandendo bene le parole. «Nella vicenda della morte di Juana c'è qualcosa che non quadra. Pur essendo arrivato alla conclusione che la poveretta non era sola nei suoi ultimi istanti di vita, ho ragione di ritenere che sia stata lei stessa a buttarsi nel fiume, senza che nessuno ve l'abbia spinta.» E dopo una pausa precisò meglio il suo pensiero: «O almeno, non materialmente. Escludo anche la caduta accidentale. Conoscere le circostanze della sua morte e scoprire chi abbia lasciato le orme che Íñigo ha visto sul ponte insieme alle sue è dunque della massima importanza, e non è affatto una perdita di tempo».

Per un attimo il faccione di frate Domingo diventò rosso di collera, ma quando parlò cercò di non lasciar trasparire i suoi sentimenti dal tono della voce.

«E di chi potrebbero essere, quelle benedette impronte, se non delle streghe? Sono state loro a spingerla giù dal ponte. Attorno alla casa c'erano addirittura delle orme di caprone: di quali altre prove avete bisogno? Io non ho idea di cosa vogliate dimostrare, ma credo che nemmeno voi siate convinto sino in fondo dei vostri ragionamenti, perché se foste davvero sicuro di ciò che affermate... se fosse vero che la pia Juana de Sauri si è gettata nel fiume di sua spontanea volontà... se è stata lei stessa a togliersi la vita, insomma, allora uno come vostra signoria...» disse frate Domingo lanciando un'occhiata carica di significato all'abbigliamento inquisitoriale di Salazar, «sicuramente non lascerebbe che venga seppellita, di qui a due ore, in terra consacrata.»

«Uno come me... uno come me...» mormorò Salazar con voce carica di tristezza. «Chi sono io, se non uno che vive per cercare di dare un senso alla vita altrui? Sta a me convincere gli altri che esiste una vita eterna, per quanti avranno saputo conformarsi alla legge divina; sono io il garante del fatto che ci sarà un premio per i giusti e un castigo per i malvagi. Eppure anch'io sono un uomo, solamente un uomo... nient'altro che questo. E a volte questa mia condizione cozza con il destino che mi sono scelto: un destino spesso doloroso, perché sono io ad avere la responsabilità di lenire con un qualche balsamo la sofferenza di chi, dopo troppo pensare, arriva alla conclusione che nasciamo solo per morire... Sta a me convincere la gente che invece siamo immortali. Credi davvero, Domingo, che sarebbe giusto togliere alla famiglia di Juana la consolante aspettativa dell'immortalità e del ricongiungimento futuro? No, non lo farò, Domingo... non io.»

Detto ciò, Salazar girò lentamente sui tacchi e si allontanò dal suo sbalordito assistente. E mentre camminava ripensò al perché aveva accettato quel lavoro. Anni prima, quando il dubbio aveva cominciato a rodergli l'anima, aveva letto molte opere di filosofia e si era trovato d'accordo con Socrate nel dire che è impossibile essere felici se si agisce contro le proprie convinzioni. Allora si era concentrato sull'obiettivo di liberarsi dei pregiudizi in cui era stato allevato fin da bambino per arrivare un giorno a leggere dentro di sé quali fossero le sue vere convinzioni. Si era accanito a cercare nella saggezza degli antichi pensatori la risposta alle eterne domande dell'uomo, ma senza ritrovare in ciò che riusciva a comprendere quella luce, quella pace, quella serenità in cui ricordava di aver vissuto prima che il dubbio si impadronisse della sua anima. In quella fase aveva letto anche molti libri che non avrebbe dovuto leggere: testi di uomini di lettere che su tali argomenti avevano un po' troppo cavillato, e che per ciò stesso erano stati condannati all'ostracismo o addirittura a morte insieme alle loro opere. Si era procurato quei volumi lottando con la paura di essere scoperto, vinto dalla terribile curiosità che lo attanagliava. Ben presto però si era reso conto che più leggeva, più scopriva nuovi dubbi e nuove domande. Il mondo non gli bastava più per spiegare l'inconsistenza dell'essere umano in un universo infinito nel quale lui stesso non era che un puntolino insignificante. Cosa c'era prima che esistesse il mondo, quanto era durata quella fase, e che cosa faceva allora Dio? Si era spinto all'indietro fino all'inizio dei tempi, fino all'inizio di Dio, l'essere divino che aveva creato tutte le cose e che, in un determinato istante, doveva pur essere stato a sua volta creato. Questa riflessione l'aveva sconvolto: era entrato in una fase grigia, dominata dalla convinzione che, se l'universo è indeterminato, gli esseri umani sono assolutamente liberi di scegliere la propria strada, l'uomo è soltanto ciò che decide di fare di sé e il mondo comincia e finisce con la nascita e con la morte di ciascuno. Questa conclusione l'aveva talmente addolorato che aveva deciso di non porsi ulteriori domande sulla natura di Dio e di concentrare piuttosto i suoi sforzi su quella del diavolo: Lucifero, «colui che porta la luce», l'angelo più amato da Dio, quello che alla fine era stato scacciato dalla Sua presenza per essersi posto troppe domande, come un giorno o l'altro sarebbe toccato anche a lui. Dal momento in cui Dio l'aveva allontanato da sé, l'angelo si era trasformato in Satana, «l'Avversario». A Salazar sembrava di potersi identificare meglio in quell'antagonista pieno di dubbi che non in un Dio dal quale non riceveva più alcun segnale. Era stato allora che l'inquisitore generale, Bernardo de Sandoval y

Rojas, gli aveva parlato della situazione in cui si trovavano Valle e Becerra, mostrandogli le lettere disperate in cui parlavano della setta satanica che stava seminando morte e distruzione nella loro zona e che riempiva di terrore la popolazione locale. Allora, venuto a conoscenza di ciò che il demonio stava facendo in quelle terre – pestilenze, carestie, grandine, tempeste di mare che scagliavano sulle rocce le barche dei pescatori... –, Salazar aveva pensato che, forse, per lui c'era ancora una speranza. Se non era più capace di trovare Dio, poteva tentare di incontrare il demonio. Se quell'essere di assoluta perversità esisteva sul serio, se c'era davvero il suo maligno potere dietro tutto il dolore del mondo, se era vero che nel plurisecolare, feroce scontro fra il bene e il male Satana stava risultando vittorioso, allora c'era ancora una possibilità di consolazione: perché se il diavolo esiste è perché esiste Dio; e se Dio esiste, allora lui avrebbe potuto reimparare a credere e ad accettare i Suoi imperscrutabili disegni senza porsi troppe domande, anzi, diventando uno dei suoi capitani nella lotta contro il male. Di questo Salazar era assolutamente sicuro.

Fino a quel momento, però, l'unica conclusione cui fosse arrivato era che la stragrande maggioranza delle persone vede esattamente ciò che vuole vedere, o tutt'al più ciò che gli altri vogliono farle vedere. Cercare la verità è pericoloso soprattutto perché, se la si cerca con sufficiente perseveranza, si rischia di trovarla. Salazar era più che mai intenzionato a portare avanti le sue indagini, indipendentemente da ciò che avrebbe scoperto; ma in quel momento sentiva non solo di non essere riuscito a chiarire un bel niente, ma che i suoi dubbi si stavano incistando sempre di più. Quella notte l'inquisitore si ritirò nei suoi appartamenti con la sensazione che, per sentirsi veramente sconsolati, non c'è come cercare di capirne la ragione.

Il giorno dopo Salazar decise di recarsi in visita dalla figlia di Juana. Per puro caso, scartabellando i verbali degli interrogatori alla ricerca dei nomi dei quattro sospettati, aveva scoperto che una settimana prima della sua tragica morte Juana de Sauri aveva chiesto un incontro con lui, e che il colloquio era stato fissato proprio per il giorno della sua scomparsa. Il segretario che aveva preso nota dell'appuntamento non ricordava che la donna gli avesse accennato al tema dell'incontro, e Salazar si era incuriosito. Juana de Sauri non era sospettata di stregoneria, tutt'altro. Pertanto il colloquio che aveva richiesto non poteva avere per oggetto la concessione del perdono promesso dall'editto di grazia.

Bussò un paio di volte alla porta, ma senza ottenere risposta. Poi vide le tendine alle finestre muoversi leggermente, lasciando intravedere un'ombra che lo guardava sospettosa attraverso i vetri.

«Non è bene per una buona cristiana lasciar fuori dalla porta un rappresentante della Santa Inquisizione», la rimproverò Salazar ad alta voce. «Lo sapete, no?»

La donna, magra e sulla quarantina, andò ad aprire, e senza nemmeno salutare gli fece strada fino alla tavola e gli indicò una sedia. Lei prese posto davanti all'inquisitore.

«Sono state le streghe a uccidere mia madre», attaccò subito.

«Buongiorno», la salutò Salazar, non senza una vena di ironia. «Vi sono vicino nel vostro grave dolore.»

«Desiderate bere qualcosa?» disse la donna, abbassando un po' la guardia.

«No, desidero delle risposte.»

«Un anno fa mia madre testimoniò contro le streghe, e da quel momento la sua vita è diventata un lungo incubo.»

«Sapete perché voleva parlarmi?»

«No, non ne so niente.»

«Aveva chiesto di incontrarmi il giorno seguente al mio arrivo a Santesteban. E ci saremmo visti, se il Signore non l'avesse richiamata a sé senza dargliene il tempo. Sapete forse di cosa voleva parlarmi?»

«No».
«Mi state mentendo?»
La donna rimase in silenzio, gli occhi fissi a terra, quasi non avesse sentito la domanda.
«No», mormorò poi.
«Apparteneva a vostra madre, questa croce?»
E Salazar posò sul tavolo la piccola croce di legno che Íñigo aveva trovato accanto al ponte. Voleva sapere se era della defunta o se potevano essere stati i suoi presunti assassini a dargliela e a fargliela stringere in mano, magari a scopo rituale. La donna la guardò, e subito gli occhi le si riempirono di lacrime.
«Sì, la portava sempre al collo», mormorò.
«Se può esservi di consolazione... crediamo che l'abbia stretta forte nei suoi ultimi istanti di vita.» La donna nascose il viso tra le mani, singhiozzando come una bambina. Salazar, che capiva le ragioni del suo dolore, cercò dentro di sé qualche frase di circostanza: «Vostra madre si è raccomandata al Signore onnipotente. Tutto ci verrà perdonato, se nell'attimo estremo ci pentiamo sinceramente dei nostri peccati». Sospirò. «Ora è con Lui nella Sua gloria. Non siate triste.»
Poi si alzò e si avviò verso l'uscita; ma prima di aprire la porta si voltò ancora verso la donna per farle un'ultima domanda
«Ancora una cosa: vostra madre aveva forse qualche problema alle gambe?»
«Non capisco»...
«Che so, un difetto congenito, trascinava il piede destro, un incidente l'aveva lasciata leggermente zoppa?»
«Mia madre camminava perfettamente, eccellenza.»
L'inquisitore se ne andò senza i chiarimenti che stava cercando, ma ancora più convinto che quella donna gli stesse nascondendo qualcosa. Si avviò per tornare a palazzo, deluso. Casualmente, sulla porta della residenza inquisitoriale lo attendeva il farmacista di Santesteban incaricato di analizzare la sostanza oleosa ritrovata sugli abiti

di Íñigo de Maestu. I risultati dell'analisi erano tali da confermare i peggiori sospetti dell'inquisitore. Il rapporto del farmacista era dettagliatissimo: sugli abiti del novizio si erano trovati resti di

cicuta
mandragora
ruta
erba mora
giusquiamo
grasso di maiale

«Tutte erbe appartenenti alla famiglia delle solanacee, che, se applicate con cognizione di causa, possono provocare confusione mentale, perdita della memoria, sensazione di mancanza di peso e miraggi», concluse il farmacista. «Sugli abiti del novizio ce n'era abbastanza da stordire un bue.»

«E il grasso di maiale?» domandò Salazar.

«Quello serve solo a rendere spalmabile il preparato. Piante come il giusquiamo, lo stramonio o la mandragora si usano anche per intontire l'ammalato prima di un intervento doloroso. Quando l'effetto svanisce, i pazienti raccontano spesso delle storie stranissime: dicono di essere volati fin sulla luna, di aver ballato fino all'alba, anche se in realtà non si sono mai mossi dal loro letto», aggiunse il farmacista sorridendo. «È sufficiente far bollire le piante, tritarle, mescolarle al grasso di maiale e spalmare il composto sulla pelle. Tutto qui. Il corpo assorbe le sostanze attive e la persona perde completamente il senso della realtà.»

«In quanti sono al corrente degli effetti prodotti da questo tipo di piante?»

«Dunque, vediamo: i medici... i farmacisti come me... i guaritori, gli aggiustaossa... non è certo un segreto.»

«Interessante!»

Nonostante tutte le profezie rovesciate su di lei prima, durante e dopo la sua nascita certificassero che era figlia illegittima del diavolo, Mayo non aveva mai dimostrato la benché minima predisposizione per incantesimi, sortilegi o tecniche di cura.

«Avrai preso da tua madre», diceva Ederra, osservandola con un po' di delusione. «È un vero peccato, dato il mestiere che facciamo.»

Se avesse avuto una qualche abilità speciale, se fosse stata una brava saltimbanca o cartomante, avrebbe potuto guadagnare qualcosa nelle fiere di paese. Ma la cosa più magica che avesse fatto in vita sua era mandare a memoria e riprodurre con assoluta precisione le ricette di Ederra contro il raffreddore, i dolori di schiena o il mal di denti, per cicatrizzare le ferite infette, migliorare l'aspetto delle donne bruttine o indurre la gente a parlare bene di una determinata persona in sua assenza. Quest'ultimo anzi era uno dei suoi incantesimi preferiti. Era facilissimo: bastava raccogliere una calendula nella prima metà di settembre, unirla a una foglia di alloro e a un dente di lupo raccolto un venerdì all'alba e impacchettare il tutto in un pezzo di taffetà verde per portarlo sempre con sé. Lei stessa aveva in tasca da anni il suo involtino di taffetà verde, anche se in realtà la gente non parlava mai di lei, né bene né male. Perché Mayo era una cosina talmente piccola, insignificante, invisibile e inoffensiva che, a volte, lei stessa veniva presa dal dubbio e si domandava se poteva davvero essere la figlia del fragoroso, bellicoso Satana, come Ederra le andava ripetendo da sempre. A volte si metteva alla prova da sola: andava a messa e si sedeva in un banco delle ultime file, seminascosta dal buio, e con le mani umide di sudore freddo aspettava con lo sguardo inchiodato a terra la fine della funzione. Quando il sacerdote se ne andava, lasciando sull'altare il messale aperto in modo da intrappolare un'eventuale strega che si fosse intrufolata nel tempio e non lasciarla più uscire, si avvicinava alla porta tremando, avanzava il piede destro con circospezione, trascinando la gamba, le anche... finché non riusciva a estrarre dalla chiesa tutto il suo minuscolo corpicino, verificando che nessuna forza ultraterrena la stava trattenendo. Nonostante tutto, però, Ederra insisteva che non poteva esserci il minimo dubbio: lei era figlia del diavolo. Le aveva narrato infinite volte la storia della sua nascita, con tutti i terribili presagi che l'avevano accompagnata.

Pare fosse stata la madre stessa di Mayo, una ragazza giovanissima, la prima a dirlo con assoluta certezza, non appena il ventre le si era gonfiato e lei aveva dovuto confessare ai genitori e ai compaesani di quella volta che Satana si era appostato nel bosco vicino al villaggio di Labastide d'Armagnac e, una sera in cui si era addentrata fra gli alberi per far legna, l'aveva violentata. Qualche tempo dopo la giovane si era scoperta incinta, e per tutta la gravidanza aveva avuto degli incubi spaventosi e delle allucinazioni che la lasciavano madida di sudore e nei quali udiva la perfida creatura nel suo grembo conversare con il suo diabolico genitore. I due parlavano delle terribili disgrazie che avrebbero attirato sul villaggio, della zizzania che avrebbero seminato in seno alle famiglie, delle fonti che avrebbero avvelenato, delle bestie e dei raccolti che avrebbero mandato in malora. La ragazza aveva detto anche di essere assolutamente certa che la creatura che stava crescendo nel suo ventre fosse una femmina, perché aveva sentito più volte la sua vocetta acuta giurare ridendo che una di loro due non sarebbe sopravvissuta al parto. E come se non bastasse, ogni volta che riusciva a mettersi un po' tranquilla la bimba le sferrava da dentro dei calci terribili, così, per il puro piacere di tormentarla.

La cosa aveva provocato moltissimo turbamento. I compaesani avevano formato un comitato per discutere sul da farsi, e l'assemblea aveva deciso che il diabolico esserino doveva essere soppresso subito dopo la nascita, in modo da impedirgli di realizzare tutte le cattive azioni che aveva in programma. E si era stabilito di approfittare della presenza di Ederra, che si trovava da quelle parti per vendere i suoi balsami e le sue pozioni, per convincerla ad assistere la partoriente e a sbarazzarsi della neonata.

A Ederra non era mai capitato niente di simile. Aveva assistito a moltissimi parti, dai più normali ai più complicati, sia umani sia animali, e aveva anche cercato di salvare alcune donne che, affidandosi a fattucchiere ignoranti, si erano lasciate infilare tra le gambe dell'aceto di mele per risolvere il problema di portare in grembo una creatura senza essere passate dalla chiesa. Donne che preferivano andare all'altro mondo piuttosto che affrontare il disonore di un figlio senza padre, e a tal fine ricorrevano a rimedi che rubavano loro la vita in un fiume di sangue senza che Ederra, il più delle volte, potesse farci niente. Ma mai si era trovata ad affrontare un dilemma etico di quelle dimensioni. Eppure, anche quella volta la Bella aveva pensato di potercela fare. Aveva guardato fisso negli occhi quella ragazzina terrorizzata che implorava il suo aiuto e cercava sollievo spirituale mormorando una sfilza di preghiere da straziare l'anima, ed era arrivata a convincersi della sua sincerità, e del fatto che davvero bisognava eliminare la creaturina diabolica che portava in grembo annegandola in un'ansa del fiume non appena avesse emesso il primo vagito.

E così, quando il parto era ormai imminente, Ederra era pronta a fare quel che doveva. La giovane madre si contorceva in preda alle doglie, sudata, urlando... ma la nascitura opponeva resistenza, non voleva uscire. Sembrava che qualcuno l'avesse avvertita di ciò che si stava tramando alle sue spalle, e si affannava ad avvinghiarsi alle viscere di sua madre e a prenderla a calci nelle costole finché, con un gorgoglio acquoso, il perineo non si era lacerato. Ma nemmeno allora la bimba aveva voluto affacciarsi al mondo: indubbiamente li stava sfidando. Le donne facevano del loro meglio per spremere e schiacciare la pancia alla povera madre, che ululava per il dolore: la nascitura si teneva saldamente aggrappata ai suoi organi interni, lacerandola dal di dentro.

«Si presenta di sedere», aveva detto Ederra, asciugandosi con il dorso della mano il sudore che le scorreva lungo il viso. «La cosa si fa complicata.»

Così dicendo si era spalmata la mano di grasso di maiale, l'aveva spinta fra le cosce della ragazza e aveva palpeggiato la bimba fino ad afferrarla per un piede: dopo di che l'aveva tirata fuori a forza. La piccola era sbucata fuori tutta rossa, senza piangere, con il cordone ombelicale attorcigliato al collo: indizio, disse qualcuno, che il suo destino era proprio quello di morire annegata.

Tutti i presenti avevano commentato l'evento con un mormorio represso, che aveva attraversato le pareti di casa e si era diffuso rapidamente di strada in strada fino agli ultimi edifici del villaggio. Tutti dicevano che sulla testolina della neonata si potevano già distinguere due piccoli corni diabolici, che aveva le mani e i piedi coperti da squame di rettile e gli occhi rossi come il fuoco. Ederra invece aveva visto solo che aveva la schiena coperta da una folta peluria nera, che la faceva somigliare più a un cucciolo di porcospino che a un piccolo essere umano. La bimba non le era sembrata particolarmente diabolica, ma nemmeno bella. Ederra l'aveva presa per le caviglie e l'aveva portata fuori a testa in giù, come un pesce appena pescato, senza guardarla e senza darle il leggero sculaccione con cui di solito i neonati danno inizio alla loro battaglia per la vita. L'aveva portata dritta all'ansa del fiume; ma poi, proprio mentre stava per abbandonare quell'esserino diabolico alla corrente, con la coda dell'occhio aveva colto un suo lieve movimento. Aveva delle manine piccolissime, e a ogni manina dei ditini minuscoli con delle unghie microscopiche. Ederra le aveva sfiorato la bocca con la punta di un dito, e subito la piccola si era messa a succhiare con delicatezza infinita: e in quel momento una stretta al cuore aveva mandato a monte tutte le sue precedenti intenzioni. Subito si era allontanata dal fiume e aveva portato la neonata in un boschetto poco lontano, l'aveva avvolta con cura nel suo scialle rosso e l'aveva deposta sotto un albero, perché ci pensasse la natura a finire il lavoro che lei non si sentiva più di portare a termine. Dopo di che era tornata alla casa: ma la puerpera era morta, trascinata nel più profondo dell'inferno fra orribili sofferenze come lei stessa aveva predetto.

Scesa la notte, Ederra non era riuscita a prender sonno. Continuava a pensare al Dio dei cristiani, alla storia di quel concepimento diabolico e al potere di Satana. Era arrivata alla conclusione che, se il diavolo esiste, è solo nella misura in cui Dio lo permette: e che Lui e Lui soltanto è responsabile di tutte le cose contenute nella Sua creazione. E se è stato Dio stesso a voler creare un contendente con cui potersi scontrare, non le sembrava affatto giusto che fossero gli uomini a dover combattere quella battaglia al posto Suo. Lei, tanto per cominciare, non avrebbe fatto il lavoro sporco al posto dell'Onnipotente. Non appena era riuscita a mettere un certo ordine nei suoi pensieri, si era precipitata nel luogo in cui aveva lasciato la neonata. Aveva corso con il cuore paralizzato dall'angoscia, terrorizzata all'idea di ciò che avrebbe trovato. Lungo il tragitto aveva pensato che la piccola non poteva essere sopravvissuta ai lupi, al freddo e alla fame, e aveva cercato di consolarsi pensando che in fondo era pur sempre figlia del demonio, e dunque quello era il suo destino. Ma non appena aveva intravisto il colore rossastro del suo scialle e i piccoli movimenti della neonata si era affrettata a prenderla in braccio, e le si erano riempiti gli occhi di lacrime.

«Grazie, grazie, grazie...» mormorava.

Trattenendo il respiro aveva aperto lo scialle: la piccola era ancora calda. Aveva avvicinato il naso per sentire il suo odore, le aveva accarezzato il visetto ancora sporco e la piccola, intuendo la vicinanza di un altro essere umano, aveva cominciato a gemere piano, senza lacrime. In quel momento Ederra aveva sentito che appartenevano l'una all'altra, e che erano del tutto sole in un mondo che, sapendole diverse, le respingeva. Nessuno ha voglia di misurarsi con esseri davvero eccezionali. Aveva riavvolto bene la piccola ed era salita su Beltrán per lasciare definitivamente quel posto e non farvi mai più ritorno.

«Ti ho chiamata Mayo perché sei nata in maggio, e di cognome ti ho messo Labastide d'Armagnac perché sei originaria di quel paese», le ricordava a volte Ederra. «Così non ti capiterà quello che è capitato a me, che non so né da dove vengo, né quando compio gli anni. Tu non dimenticherai mai né le tue origini né il tuo compleanno.»

Quanto a Mayo, sapeva solo che fin da piccola aveva sempre chiamato Ederra la sua nutrice per la sua bellezza di animale selvatico, per i suoi capelli ramati e per quella pelle madreperlacea che, se non bastava a fare di lei una creatura del tutto celeste, era solo per via dell'agitazione che le sue curve da Madonna voluttuosa non mancavano mai di provocare.

«La bellezza esteriore non vale niente», diceva Ederra. «Con balsami e unguenti ogni donna può diventare più bella e profumata delle altre... è sempre possibile abbellire questo sacco mortale che ci avvolge. Ma dentro siamo tutti bruttissimi, Mayo, nient'altro che sangue e ossa. Sono le belle azioni a rendere belle le persone: e per questo non ci sono né balsami né unguenti. Per guadagnare la vera bellezza bisogna lottare, perché a volte la vita è così complicata che diventa difficilissimo non sporcarsi almeno un po' le mani. Molta gente si accontenta di "essere": ma non basta. Perché vedi, Mayo, bisogna "essere umani". È una specie di dovere. Tutti noi siamo come barche con le vele in fiamme, che non vanno da nessuna parte. Un giorno non ci saremo più, e di noi resteranno solo le nostre azioni. Alcuni non ne tengono conto, e sono persone cattive, che si divertono a fare del male agli altri: per questo bisogna fare molta attenzione. Non devi fidarti di nessuno, piccola mia.» Ma poi, vedendola spaventata, si affrettava ad aggiungere per tranquillizzarla: «Ma non preoccuparti: ci sono qui io, non permetterò che ti facciano del male. Io so come prendermi cura di te... e sarò sempre qui per difenderti. Io e te abbiamo un nome segreto, un nome tutto nostro, che conosciamo soltanto noi. Questo ci proteggerà. Fintanto che ignoreranno il nostro vero nome, i nostri nemici non potranno maledirci né arrecarci alcun danno». Poi la baciava sulla fronte e concludeva: «Tutte le persone che ti vorranno davvero bene sceglieranno per te un nuovo nome. Lo faranno perché desidereranno ardentemente poterti chiamare, e che tu risponda. Ti daranno un nome perché sarai per loro la cosa più importante».

Anche per questo Mayo doveva assolutamente ritrovare Ederra. Perché Ederra era l'unica che sapesse come prendersi cura di lei, l'unica a conoscere il suo vero nome, l'unica persona al mondo che avesse davvero a cuore la sua impercettibile esistenza.

## IX

*Di come fare un incantesimo di protezione prima di un viaggio, di come esorcizzare un uomo-asino, di come trasformarsi temporaneamente in animale*

«Questo significa che è stata solo un'allucinazione provocata da un unguento puzzolente?» Íñigo non riusciva a credere a ciò che Salazar aveva appena tentato di spiegargli. «Non è possibile. Ho visto il mio corpo rimpicciolire, l'ho visto volare, ho quasi toccato il cielo... e poi un angelo azzurro è venuto ad accarezzarmi. Ricordo tutto perfettamente.» Il novizio spalancò gli occhi e alzò la voce per ribadire: «Era proprio un angelo azzurro!».

«Certo, certo, Íñigo caro», lo interruppe frate Domingo senza riuscire a nascondere un sorrisetto di trionfo. «Ma devi ammettere che è una storia davvero... come dire... prodigiosa.» Íñigo lo guardava contrariato. «Comunque dovresti essere contento: a quanto pare sei così puro e innocente che anche durante un'allucinazione sai produrre solo pensieri bianchi e angelicali.»

Domingo sorrideva, ma Íñigo arrossì all'idea che gli altri potessero intuire quanta poca purezza ci fosse stata nel suo incontro con l'angelo. Almeno nei suoi più intimi desideri.

«E non è tutto», aggiunse Salazar. «La tua avventura è servita anche a dimostrare che le streghe utilizzano spesso degli unguenti magici che provocano una sensazione di mancanza di peso e allucinazioni varie... Il che spiegherebbe come mai la maggior parte di loro è convinta di poter rimpicciolire abbastanza da uscire attraverso il camino e di poter raggiungere il luogo del sabba volando. Proprio come Íñigo è convinto di aver visto un angelo azzurro, quelle persone si persuadono di essere state alla presenza del diavolo incarnato in un caprone, anche se per tutta la notte non hanno messo il naso fuori di casa. Ma c'è di più», continuò l'inquisitore, scaldandosi. «Forse anche quando certe persone accusano un vicino, un amico, un familiare di aver partecipato all'*akelarre*... anche allora quelle persone possono aver avuto delle visioni per effetto di un unguento.»

Íñigo e Domingo, zitti, fissavano l'inquisitore con espressione stupefatta. Non l'avevano mai visto così eccitato. Se l'inammissibile congettura che aveva appena formulato era esatta, tutte le prove su cui fino a quel momento si erano basati i processi per stregoneria dovevano essere riviste. Le accuse, gli arresti, gli interrogatori, le torture, gli auto da fe, perfino la loro missione per portare l'editto di grazia nelle terre del Nord... niente avrebbe più avuto senso!

«Ma è assurdo, eccellenza!» protestò frate Domingo. «È impossibile dubitare dell'effettiva esistenza della setta diabolica. Dovreste aver visto anche voi quello che ho visto io due anni fa: tutte le aberrazioni che la Bibbia attribuisce al diavolo, e molte altre ancora che ci vorrebbero settimane a raccontare. Cose che ho visto io con i miei occhi, e senza bisogno di unguenti allucinatori... con le palpebre ben aperte. Donne con zampe d'anatra, diavoli che avvisano le streghe loro amiche prima di scatenare una tempesta, in modo che possano mettere al riparo il loro bestiame mentre quello dei vicini muore... Ho visto una strega trasformarsi in una statua di pietra perché la luce del sole l'aveva sorpresa con addosso gli attributi del suo malefico mestiere...»

Per frate Domingo era inconcepibile che un chimerico unguento potesse spiegare i molteplici e devastanti effetti che la calamità satanica stava producendo in tutto il regno. Per il nervosismo, la palpebra dell'occhio sinistro prese a pulsargli fastidiosamente. Che l'onorato inquisitore Salazar stesse cercando di mettere in dubbio l'esistenza stessa del maligno?

«Sapete perché i convegni delle streghe sono chiamati sabba?» domandò a questo punto Salazar in tono neutro. Íñigo e Domingo lo fissavano senza capire. «La parola "sabba" ha a che fare con le riunioni familiari celebrate dagli ebrei la vigilia del sabato. Da secoli noi cristiani adoperiamo termini ebraici per denotare le cose più abominevoli, per nominare i nostri timori più profondi e le nostre miserie più intime... quelle che non oseremmo mai confessare a nessuno. Adesso la parola è cambiata, e i convegni di streghe vengono chiamati *akelarres*: ma anche questo termine ha una spiegazione. La sua storia è recente: è stato coniato due anni fa, durante l'ultima visita nella regione basco-navarrese del mio collega Valle, che avete già avuto il piacere di conoscere», precisò Salazar guardando in particolare frate Domingo. «Potresti dirci cosa significa la parola *akelarre*, Íñigo?»

«Prato del caprone.»

E Salazar spiegò ai suoi assistenti che la tradizionale identificazione del diavolo con quell'animale era da ricollegarsi alla demonizzazione degli antichi culti pagani da parte della chiesa cattolica. Un certo numero di divinità precristiane, legate soprattutto ai culti di fecondità, veniva infatti rappresentato con gli attributi tipici del caprone: per esempio il dio Pan degli antichi greci.

«Ma c'è di più», proseguì Salazar. «Mai sentito l'espressione "capro espiatorio"?» I due assistenti annuirono. «Bene, questo modo di dire reca traccia di un antico rituale ebraico nel quale si utilizzavano due capre, una pura e l'altra impura: la prima veniva sacrificata a Dio, mentre l'altra veniva mandata tutta sola nel deserto a morire di fame e di sete in espiazione dei peccati degli uomini.»

«Ma Lucifero... Lucifero ha proprio la forma di un caprone», lo interruppe Íñigo. «Lo dicono le Scritture.»

«Tutt'altro, Íñigo caro. Storicamente, e per moltissimo tempo, Lucifero è stato rappresentato come il più bello degli angeli... bello come un'alba, come un sole splendente. In latino "Lucifero" significa "colui che porta la luce". Ma durante il concilio di Toledo, attorno all'anno 400, fu deciso che bisognava dare ai credenti una qualche descrizione fisica del diavolo e si arrivò alla conclusione che, dati il suo carattere malvagio e le sue azioni immorali, il maligno dovesse avere un aspetto e un odore ripugnanti: e si decise di rappresentarlo con le corna e l'unghia fessa, e sempre circondato da un tanfo di zolfo. Il nome Lucifero, inoltre, non ha sempre denotato il demonio. Il nesso è stato stabilito solo nel V secolo», precisò Salazar, «e per colpa di un errore di traduzione dal greco al latino da parte di san Gerolamo.»

«Da ciò che avete detto... perdonatemi, eccellenza», disse frate Domingo senza osar guardare in faccia l'inquisitore, «parrebbe che voi non desideriate affatto trovare il diavolo in queste terre.»

«Al contrario: mi auguro di tutto cuore di incontrarlo faccia a faccia, prima o poi, mio caro Domingo.» Salazar abbassò gli occhi, e la sua voce suonò malinconica. «Lo desidero molto. Lo cerco giorno dopo giorno, anelo a vederlo, toccarlo, annusarlo... a essere testimone della sua poderosa malvagità. Non puoi nemmeno immaginare quanto, Domingo. Un simile incontro farebbe di me l'uomo più felice della terra.»

Due colpi alla porta annunciarono l'arrivo della posta, mettendo fine a una conversazione che aveva lasciato Íñigo e Domingo completamente sconcertati. Salazar infatti chiese loro di essere lasciato solo a leggere le sue lettere. Il suo protettore, l'inquisitore generale Bernardo de Sandoval y Rojas, gli scriveva che approvava la sua idea di mandare in avanscoperta nei vari villaggi qualche collaboratore incaricato di fare tutti i preparativi necessari alla confessione degli stregoni pentiti. In tal modo Salazar si riproponeva di evitare le lunghissime file di penitenti che si erano formate a Santesteban e che avevano rallentato la missione. Con il nuovo sistema, appena arrivato in un villaggio, l'inquisitore avrebbe potuto passare direttamente agli interrogatori dei penitenti senza ulteriori perdite di tempo. L'inquisitore generale approvava il progetto, riconfermando la piena fiducia che aveva sempre avuto in Salazar e nelle sue sagge disposizioni.

Era arrivata anche una lettera di Valle e Becerra, i due inquisitori del tribunale di Logroño, che lo informavano dell'incontro avuto con Rodrigo Calderón e del desiderio del duca di Lerma e dello stesso augusto sovrano che Pierre de Lancre, l'inquisitore francese protagonista di un famoso processo per stregoneria, potesse condividere con lui le prove analizzate nel suo trattato sulla stregoneria nel Paese Basco. Queste ultime sembrava dimostrassero al di là di ogni ragionevole dubbio la reale e fisica esistenza di streghe e demoni. In seconda istanza Rodrigo Calderón avrebbe chiesto all'inquisitore francese di mandargli un elenco con i nomi di tutte le streghe e gli stregoni che, fuggendo dalle sue persecuzioni, avevano finito con il rifugiarsi al di qua delle frontiere spagnole.

Di solito Salazar cercava di non giudicare le persone senza averle viste personalmente in faccia almeno una volta; ma nel caso di Pierre de Lancre bastava la sua fama. Suo nonno era stato un famoso viticoltore della Bassa Navarra emigrato a Bordeaux, il quale, nella sua nuova patria, aveva rinunciato al suo nome per firmarsi con quello di Lancre. Il nipote era convinto che la chiesa si macchiasse di un grave crimine scegliendo di non bruciare tutte le streghe, e pensava di essere la persona giusta per risolvere correttamente il problema. Erano ormai due anni che si dedicava anima e corpo a quel compito. Il suo processo era stato commentato in tutta Europa: Lancre aveva fatto arrestare tremila persone e ne aveva bruciate sul rogo almeno seicento, compresi molti bambini.

Irritato, Salazar mise da parte la lettera; e solo allora ne notò un'altra che spiccava nel mucchio. La riconosceva sempre, senza bisogno di guardare il sigillo, e un ribollire dell'anima gli risvegliò bruscamente tutti i sensi. Per controllare il bruciante desiderio di leggere subito le sue lettere non appena le aveva tra le mani, si era autoimposto una rigida disciplina. Si sforzava di far caso alla temperatura della stanza nel momento in cui individuava la lettera, di percepire con il tatto se la busta era liscia o ruvida, di aspirare l'impercettibile aroma che le mani avevano lasciato sulla carta. Provava un piacere dolceamaro nel reprimere l'ansia costringendosi a rimandare la lettura alla sera, quando il silenzio circostante gli avrebbe permesso di ascoltare meglio i propri pensieri, quando i problemi della quotidianità sarebbero sfumati tra le brume notturne e la luce delle stelle avrebbe confuso sogno e realtà. Erano quelle infatti le condizioni ideali per assaporare senza fretta ogni voluta delle lettere da lei vergate.

Ripensò alla prima volta che aveva ricevuto una lettera di quella dama. Erano passati ormai più di dieci anni, ma la sua memoria ne conservava gelosamente il ricordo come quello del momento più emozionante di tutta la sua vita. Solo una lettera... un foglio di carta con dei ghirigori d'inchiostro, una cosa semplicissima, eppure sufficiente. In quel preciso istante la sua vita era cambiata per sempre. La vita, ma anche la vita dopo la vita. Lo ricordava con tanta precisione anche perché quell'episodio era accaduto proprio al tempo dei suoi dubbi più dolorosi, quando, a soli trentacinque anni, poteva già vantarsi di avere un curriculum di tutto rispetto e un futuro assicurato. Aveva lavorato molto duramente per raggiungere i suoi obiettivi. A soli quindici anni era andato via da casa per studiare a Salamanca, dove aveva conseguito il baccellierato in Diritto canonico. Mentre la maggior parte dei suoi coetanei si occupava di cose molto più terrene, e anche più divertenti, lui si era isolato nel tranquillo paese di Burgos per preparare la tesi. Le poche volte che si concedeva una pausa dallo studio e dalle altre sue occupazioni, una fitta di rimorso lo avvertiva che stava sprecando il suo tempo e subito si affrettava a riprendere il lavoro. Amici non ne aveva, ma non ci badava, perché in realtà non ne aveva bisogno. Non era particolarmente socievole, e aveva una decisa propensione per l'intransigenza: il più delle volte gli bastava un'occhiata per inquadrare una persona, e se l'interlocutore non presentava i requisiti minimi d'intelletto che gli sembravano necessari smetteva immediatamente di prestargli attenzione, perché le persone mediocri gli risultavano soporifere. Sapeva di peccare di superbia, e in più di un'occasione aveva cercato invano di correggersi.

Poi era entrato al servizio del vescovo di Jaén, che un anno dopo l'aveva fatto canonico e poi ispettore generale, affidandogli il compito di visitare regolarmente le chiese della sua diocesi. In seguito aveva continuato a passare da una carica all'altra, sempre più in alto: vicario generale, esecutore testamentario del vescovo dopo la sua morte... A trentun anni era già considerato un promettente principe del foro ecclesiastico, e in una lettera del nunzio pontificio al capitolo di Jaén si poteva leggere che era efficiente, diplomatico e perseverante: le virtù tipiche di un grande uomo di chiesa.

La persona scelta per sostituire il defunto vescovo di Jaén era stata Bernardo de Sandoval y Rojas, che pur rimanendo presso la diocesi per pochissimo tempo aveva concepito per Salazar un affetto molto forte, una fraterna amicizia che prometteva di durare per sempre. Grazie all'intercessione di suo nipote, il duca di Lerma, ben presto Bernardo de Sandoval y Rojas era stato nominato arcivescovo di Toledo; e aveva scelto Salazar come suo ufficiale giudiziario e procuratore generale di tutti i vescovi di Castiglia presso la corte di Madrid. Salazar aveva assunto da meno di una settimana il suo nuovo incarico presso la corte, proprio allora in procinto di trasferirsi da Madrid a Valladolid per volontà del duca di Lerma, quando aveva ricevuto la sua prima lettera.

«Vi prego di far pervenire questa busta all'arcivescovo Sandoval», gli aveva detto una donna misteriosa, con il viso celato da un fitto velo, che dopo averlo intenzionalmente urtato per strada gli aveva messo in mano una busta non indirizzata. «È molto urgente. Consegnategliela, per favore.» Salazar non aveva avuto nemmeno il tempo di reagire che l'ombra del vestito verde della dama era sparita dietro un angolo.

In quel momento era lui a occuparsi della corrispondenza fra l'arcivescovo e la corte: per questo, senza troppo riflettere, aveva aperto la busta. Dentro la prima busta, in bianco, ce n'era un'altra su cui spiccava la tinta vermiglia di un sigillo con lo stemma reale... Salazar l'aveva aperta con cura e ne aveva estratto un foglio di carta di un bianco inconfondibile, che proclamava a gran voce l'elevato lignaggio del mittente. I fogli di carta utilizzati dalla casa reale e dal Sant'Uffizio erano sottoposti a un trattamento speciale che li rendeva immacolati come la santità stessa. Per un attimo, mentre teneva in mano quel foglio, Salazar aveva avuto la sensazione che quelle lettere racchiudessero l'essenza stessa della sua missione nel mondo.

La lettera era scritta di suo pugno dalla regina Margherita. Salazar aveva visto per la prima volta la sovrana il giorno stesso in cui era arrivata dall'Austria per sposare il re. L'aveva vista da lontano, riuscendo a malapena a distinguerne la figura. La ricordava giovane, troppo giovane. Tenendo la sua lettera fra le mani aveva cercato di ricordare, di richiamare alla memoria la prima impressione che la regina aveva lasciato in lui: e non trovando quasi nulla su cui basarsi aveva deciso di farsi un'idea di lei dalle sue stesse parole. Leggendo, era rimasto profondamente commosso: più per la grazia di quella grafia tondeggiante, ricca di reminiscenze monastiche, che non per la confidenza terribile di cui erano portatrici. La regina infatti supplicava l'arcivescovo di voler intercedere per lei e fare da mediatore presso il duca di Lerma, dal quale si sentiva defraudata. Il duca le aveva eretto attorno una barriera di silenzio, isolandola completamente dalle persone che amava e dai suoi stessi amici. Il suo intuito di donna le suggeriva che i memoriali scritti, i libelli e i diari erano censurati o distrutti prima che il re o lei stessa potessero vederli affinché restassero all'oscuro dei maneggi del duca.

Pur avendo ricevuto l'incarico di occuparsi della sua corrispondenza proprio dall'arcivescovo, in quella particolare occasione Salazar si era sentito un intruso. La regina aveva aperto il suo cuore solo e soltanto a Bernardo de Sandoval y Rojas, e la sua intromissione era del tutto ingiustificata. Rendendosi conto che una lettera scritta di suo pugno dalla sovrana avrebbe dovuto essere aperta solo dall'arcivescovo in persona, Salazar era partito per Toledo allo scopo di rimettere nelle sue mani la missiva.

«Dovrò parlare con mio nipote, il duca di Lerma», gli aveva detto Sandoval, meditabondo, dopo aver letto la lettera.

«Scriverete alla regina, per tranquillizzarla?» aveva domandato Salazar, preoccupato soprattutto per l'inquietudine della dama.

«Non sarà necessario correre questo rischio, mio caro Alonso.»

E immediatamente gli aveva dettato una lettera per il duca di Lerma nella quale diceva di aver avuto sentore che la regina era scontenta delle sue continue intromissioni e gli raccomandava di non immischiarsi in rapporti e decisioni di carattere privato che rischiavano di ledere l'intimità di una dama di delicato sentire; perché la sovrana, ne garantiva lui personalmente, non poteva né doveva essere considerata alla stregua di un nemico. Poi aveva firmato, aveva sigillato la lettera e l'aveva affidata a Salazar, raccomandandogli di consegnarla lui stesso al plenipotenziario del re. E così era stato.

Eseguita la commissione, però, Salazar si era preso una libertà. Anche se l'arcivescovo aveva detto che non era necessario rispondere direttamente alla regina, sentiva di dover fare qualcosa per ridarle la serenità dopo che lei aveva corso il rischio di aprire il suo cuore. Salazar, che conosceva bene le pene dell'animo, immaginava che si sentisse triste, sola e abbandonata... e si era autoeletto suo consigliere spirituale. Ma spacciandosi per l'arcivescovo. Non voleva che la regina scoprisse che il suo segreto era stato violato dagli occhi di uno sconosciuto. Per questo aveva risposto alla sua lettera, convinto com'era di poter ritrovare per lei tutte quelle espressioni di conforto e di sostegno spirituale che aveva appreso nei suoi anni di seminario; ma poi, trascinato dall'emozione, le aveva parlato anche dell'insignificante numero di anni che dura la nostra vita, della solitudine di ciascuno, e poi della giustizia divina e di quella umana... e dell'ingiustizia umana e divina. Dal suo armamentario sentimentale era venuto fuori tutto un groviglio di pensieri e di sensazioni che mai avrebbe immaginato di poter condividere con qualcuno, e che non c'entravano niente con i maneggi del duca di Lerma. Aveva confidato a una perfetta estranea i suoi più intimi segreti, facendosi scudo dell'identità di un altro. E aveva chiuso la lettera mettendosi al servizio di sua maestà per ogni suo bisogno, sia materiale sia spirituale, importante o meno che fosse. Aveva firmato con il nome dell'arcivescovo di Toledo, e sulla firma aveva impresso il suo stemma come sempre faceva con le missive di carattere burocratico. E per un momento si era sentito alleggerito del peso tremendo che da tanto tempo gli gravava sull'anima. Infine aveva copiato in calce alla lettera della regina la sua replica, perché gli piaceva tenere memoria delle missive che inviava, e l'aveva riposta con cura. Da quel giorno lontano erano passati dieci anni. Tutte le lettere che lui e Margherita si erano scambiati erano nel baule d'ebano che l'inquisitore portava sempre con sé, e dal quale non si sarebbe separato sino alla fine dei suoi giorni.

Dopo la prima lettera, Salazar aveva approfittato del suo incarico presso la corte per stare il più vicino possibile alla regina. Non avrebbe saputo spiegarlo a parole, ma da quando aveva letto la lettera di Margherita, in qualche modo, il suo spirito esacerbato soffriva un po' meno. Assumersi la responsabilità di alleviare il dolore altrui, forse, lo aiutava a sentirsi meglio. Avrebbe voluto proteggerla dalle tenebre. Indagando un po' aveva scoperto che la regina aveva tutte le ragioni di lamentarsi, perché il duca di Lerma controllava davvero la vita dei sovrani in ogni dettaglio: le loro amicizie, le loro letture, perfino i loro rapporti coniugali... e cacciava in malo modo i cortigiani che non gli erano assolutamente fedeli. Un giorno uno dei confessori del re, frate Diego Mardones, aveva spaventato lui e Filippo dicendo che all'inferno c'era un posto speciale riservato ai re che trascuravano i propri doveri e ai vassalli che usurpavano gli attributi reali; colpito, il duca era precipitato in una cupa depressione e qualche tempo dopo il padre confessore era stato sostituito da frate Jerónimo de Javierra, un religioso dalle esternazioni molto meno energiche e per ciò stesso meno pericoloso per la salute emotiva di Lerma stesso.

Approfittando del vuoto spirituale tra un confessore e un altro Salazar era riuscito a diventare il recettore degli sfoghi della regina. Dapprima l'aveva ascoltata nascosto dietro i paramenti del confessionale, senza osare guardarla nemmeno da dietro la grata nel timore che la sovrana, attraverso i forellini di ferro battuto, potesse percepire il tremulo turbamento di cui era preda. Poi, poco alla volta, aveva cominciato a guardarla, notando come i suoi verdi occhi s'illuminavano quando descriveva l'allegria e diventavano opachi per raccontare la tristezza. A un certo punto non avevano più avuto bisogno del confessionale, né della formula «Ave Maria purissima»; ormai potevano fare le loro chiacchierate mistiche faccia a faccia, perché non avevano più vergogna l'uno dell'altra e perché comunque tutto ciò che si dicevano era protetto dal segreto della confessione. La regina pensava che Salazar fosse un santo, e glielo diceva apertamente.

Quelle confidenze serali gli avevano permesso di conoscere a fondo l'animo di Margherita, ed era arrivato alla conclusione che fosse davvero una donna fuori dal comune. La sua intensa religiosità trapelava da ogni piega degli abiti, dal suo modo di guardare, di camminare, dalla delicatezza con cui le sue mani bianchissime accarezzavano l'aria quando cercava le parole più adatte a esprimere un pensiero. Per lei la morte era solo il passaggio benedetto attraverso il quale l'uomo può raggiungere la piena felicità; Margherita leggeva e rileggeva la biografia dei personaggi più virtuosi della storia per cercare di trarne ispirazione e provare a emularli. Passava le serate a cucire insieme alle monache vestitini per i piccoli dell'orfanotrofio, e collezionava con passione reliquie di santi. Faceva dire più di mille messe all'anno per l'anima dei defunti che penavano in purgatorio, e si preoccupava molto per la sorte dei mutilati di guerra che, non ricevendo alcuna pensione, finivano con il vivere nella più spaventosa miseria; tanto più che, per pura cocciutaggine, non volevano accettare l'aiuto offerto loro dall'Ordine di San Giovanni di Dio. Salazar l'aveva aiutata a trovare e a risistemare un edificio che potesse proteggere e salvare quel che restava della loro dignità. La misericordia della regina era talmente eccelsa che, dopo un po', Salazar aveva cominciato a ritenersi indegno della sua confidenza: sentiva di ingannarla, perché lui non era affatto l'essere intangibile che lei si figurava e, per quanto si sforzasse, non riusciva a credere nelle cose in cui credeva lei.

Quando la corte si era trasferita a Valladolid, Salazar l'aveva seguita. Nelle cerchie dei pettegoli le manipolazioni del duca di Lerma erano ampiamente commentate: si diceva che avesse voluto quel trasloco per avere Filippo III sulle sue terre, che il re non vedeva e non ascoltava se non attraverso i suoi occhi e le sue orecchie e non aveva pensieri che non fossero concepiti dalla testa del suo favorito, che l'intera corte veniva spostata da un luogo all'altro secondo il capriccio del duca di Lerma, il quale ora la voleva a Valladolid perché così avrebbe potuto arricchire ancora di più la propria famiglia. Più tardi Salazar aveva capito che un'altra delle ragioni per cui Lerma aveva voluto allontanare la corte da Madrid era proprio la regina: il plenipotenziario del re era geloso dei rapporti fra Margherita e l'imperatrice Maria d'Austria, sorella di Filippo II, che risiedeva nella capitale presso il convento delle carmelitane scalze. Le due donne erano diventate ottime amiche, e la giovane regina trascorreva molte ore in compagnia di quella più anziana. Margherita si recava spesso da lei per chiacchierare in tedesco, cosa che Lerma non sopportava perché nessuna delle sue spie era in grado di capire cosa si dicessero. Nonostante le avesse messo accanto una vera folla di dame di compagnia e segretarie che non la lasciavano mai sola, il favorito del re si sentiva escluso dai bisbigli e dalle risatine delle due donne che interpretava sempre e soltanto come rivolti contro di lui. Quelle conversazioni erano una palese violazione alla sua politica, secondo la quale niente doveva sfuggire al suo controllo personale.

Il trasferimento della corte a Valladolid aveva comportato un notevole afflusso di denaro nelle casse private del duca che, giocando d'anticipo, già un paio d'anni prima aveva cominciato a comprare case e terreni nella città sul Pisuerga, compreso un grande immobile davanti al monastero di San Paolo che, a fronte del pagamento di un affitto astronomico, era stato destinato ad alloggio della famiglia reale e a sede amministrativa della corte. Lerma inoltre si era fatto costruire una lussuosa residenza sulla riva destra del fiume, poco lontano dal Puente Mayor, e aveva suggerito alla municipalità che sarebbe stato opportuno offrire al sovrano tutte le comodità e le attrattive paesaggistiche del luogo facendogli dono di orti rivieraschi, vigne e frutteti. Grazie a Lerma la città aveva vissuto una fase di splendore mai vista prima ed era stata modernizzata e abbellita da cima a fondo, dal selciato delle strade, interamente rifatto, alla piantumazione di parchi e giardini al rifornimento di acqua potabile grazie alla fontana di Argales. Era stata realizzata anche una rete di passaggi sotterranei che collegavano gli appartamenti reali ad alcune chiese e monasteri, e che avevano trasformato il sottosuolo della città in una sorta di gruviera: la regina se ne serviva più volte al giorno per andare e tornare dai suoi conventi preferiti. Margherita infatti non aveva perso la pia abitudine di cucire ogni giorno insieme alle monache, e si divertiva a vestire le sue bambole come religiose del monastero di San Quirce.

Valladolid aveva visto quintuplicare la sua popolazione, e le sue strade si erano riempite di ministri, badesse, ammiragli, scrivani, artisti, guardie, domestici, menestrelli, dame, maggiordomi, priori, paggi, prostitute e trafficanti di schiavi. Lerma faceva di tutto perché il re non fosse nemmeno sfiorato dall'idea che il trasferimento della corte potesse essere un errore, e organizzava per lui recite di commedianti famosi che declamavano le più belle opere di Lope de Vega e Tirso de Molina sullo sfondo del palazzo reale o all'ombra della Huerta del Rey. C'erano continuamente spettacolari feste in maschera durante le quali venivano serviti lucidi maialini arrosto con una mela in bocca e vitelli ripieni di uccelli a loro volta ripieni di uva passa: i festeggiamenti reali duravano sempre dall'alba al tramonto. Le mattinate erano rallegrate da quartetti d'archi strategicamente collocati fra i cespugli del giardino in modo da rendere più gradevoli le passeggiate degli invitati. Dopo pranzo c'erano i combattimenti dei tori, con grande dispiacere della regina Margherita la quale, la prima volta che aveva assistito a una corrida, per colpa dell'odore di selvatico e di morte che sempre avvolge questo genere di spettacoli si era sentita male. Per quante volte glielo spiegassero, la regina non riusciva proprio a capire cosa ci fosse di tanto piacevole nel veder torturare un povero animale fino alla morte per dissanguamento. Di notte, infine, fuochi d'artificio illuminavano tutto il cielo; e i miserabili sudditi del regno, pigiati al di là delle inferriate del palazzo reale, guardavano a bocca aperta quelle scintille fosforescenti che sparivano in pochi secondi domandandosi quanto potessero costare e quante famiglie avrebbero potuto mangiare a sazietà con quella somma.

Lerma era felice che tutto ciò avvenisse sui suoi possedimenti. In poco tempo aveva accumulato un immenso patrimonio personale fatto di tenute, terre e altre proprietà, e aveva stretto rapporti con alcune delle più prestigiose famiglie della zona, fra cui gli Enríquez. Era senz'ombra di dubbio la fase più prospera della sua intera esistenza.

Madrid, invece, era in pieno declino. Gli effetti demografici provocati dalla partenza della corte erano impressionanti. La perdita della qualifica di capitale aveva innescato una grave depressione economica, che si era tradotta in uno spettacolare crollo dei prezzi di case e terreni. Il duca di Lerma, ancora lui, ne aveva approfittato per comprare un gran numero di lotti nei quartieri più prestigiosi della ex capitale, zone destinate a un brillante futuro urbanistico come il Prado de Antocha e il Prado de San Jerónimo. Ma a questo punto le cose avevano preso una brutta piega. Lerma aveva fatto del suo meglio per mettere fine alla guerra che, ormai da anni, vedeva il coinvolgimento della Spagna: non tanto per amore della pace, quanto perché sapeva benissimo che le casse reali erano vuote e che lo stato non poteva permettersi ulteriori spese belliche. Proprio per questo il duca aveva forzato la mano alla diplomazia perché si arrivasse alla firma di un trattato di pace con l'Olanda. Aveva studiato le cause della crisi economica e del crollo della popolazione, ma non sapeva proprio cosa farci. Si rifiutava di riconoscere che una buona fetta delle finanze della corona venisse sperperata per pagare profumatamente persone che lui riteneva avrebbero potuto essergli utili, nonché per comprare terre e titoli per i numerosi membri della sua famiglia. Quello era uno dei suoi vizi più gravi.

Ben presto la popolazione aveva cominciato a mormorare che, ormai, nemmeno tutto l'oro delle Americhe sarebbe bastato a coprire le spese del regno, e che mantenere la casa reale era diventato troppo caro. Qualcuno sosteneva che bisognava imporre più tasse: ma da quel punto di vista la Castiglia era già stata spremuta al massimo e non poteva dare di più. Allora il duca aveva cominciato a studiare la possibilità di mungere altre zone: ma i regni di Navarra e di Portogallo avevano un loro bilancio separato e nessun interesse a fonderlo con quello personale di Lerma.

Dapprima tutto questo mormorare attorno alle vere ragioni per cui il duca aveva voluto trasferire la corte a Valladolid non aveva coinvolto più di tanto Salazar. Non gli era dispiaciuto trasferirsi in quella città: la sua famiglia materna era di quelle parti, e comunque lui avrebbe seguito la corte anche in capo al mondo, in primo luogo perché era ancora al servizio di Bernardo de Sandoval y Rojas, ma soprattutto perché ci teneva a restare il più vicino possibile a Margherita. In fondo lo faceva per puro egoismo: sentire accanto a sé la presenza della sovrana bastava a calmarlo, a smussare i suoi spigoli. Lo addolciva sapere che Margherita respirava la stessa aria che entrava nei suoi polmoni, la vicinanza fisica di quella dama gli regalava la felicità di poterle dire ogni tanto qualche parola o di offrirsi come confessore per i suoi peccati. Cercava sempre di ricavare il massimo da ciascuno di quei momenti, scoprendosi completamente e trascurando il significato delle parole per godersi il suono marino della sua voce. A un certo punto, però, Salazar aveva smesso di restare indifferente ai segreti che la regina gli sussurrava.

«Non ho paura delle rappresaglie», gli aveva confessato un giorno Margherita. «Ho deciso di farmi paladina della giustizia. Mi aiuterete?»

«Farò qualsiasi cosa mi chiederete», aveva risposto.

Allora Salazar aveva compreso che, se davvero voleva rendersi utile a quella donna eccezionale, doveva offrirle qualcosa di più delle solite frasi fatte sul paradiso promesso ai buoni cristiani e sui castighi infernali che attendono i malvagi. Era il momento di passare all'azione, e Salazar aveva cominciato a guardarsi attorno per individuare le persone che avrebbero potuto appoggiare la causa della regina. A tal fine era andato a parlare anche con l'esimio giurista Gregorio López Madera, che a sua volta l'aveva messo in contatto con un certo Juara, vero conoscitore ed esperto dei più oscuri segreti del duca di Lerma in quanto suo segretario. I piani della regina per smascherare il favorito del re cominciavano a concretizzarsi.

Il coraggio di Margherita lo sbalordiva. Restava per ore con gli occhi fissi sui suoi ritratti, concentrandosi solo sul viso perché l'ostentazione della moda regale, sovraccarica di fiocchi e di pietre preziose, secondo lui non corrispondeva affatto alla qualità eccelsa del suo spirito. Se l'abbigliamento avesse potuto rispecchiare la coscienza, Margherita avrebbe indossato solo ampie tuniche bianche e avrebbe portato i capelli sciolti sulle spalle, senza la pesante corona, e le sue mani sarebbero state libere da quegli anelli elaborati. La sua immagine dolce, delicata e innocente contrastava di netto con la sua forza interiore, del tutto sproporzionata rispetto al suo fisico di bambina. Salazar era orgogliosissimo di lei: ed era stato per avvicinarsi un po' alle vette della sua virtù che aveva accettato di diventare il terzo inquisitore del tribunale di Logroño. Quando il suo protettore Bernardo de Sandoval y Rojas gli aveva offerto quel posto, infatti, pur avendolo tanto a lungo desiderato aveva esitato, perché ormai voleva solo restare vicino a Margherita per poterla aiutare in caso di necessità. Ma non sarebbe stato onesto continuare nella finzione. In fondo al suo cuore anelava a che il sollievo spirituale che ogni giorno offriva alla regina lenisse anche i suoi stessi tormenti. Margherita si stava sforzando di migliorare il mondo, mentre lui restava inattivo e si limitava a guardarla senza muovere un dito. In quel momento sentiva che, in un mondo in cui esisteva Margherita, doveva assolutamente esserci un Dio misericordioso: e lui l'avrebbe cercato. Per quanto potesse sembrare contraddittorio credeva fermamente di poterlo trovare solo quando avesse finalmente visto con i propri occhi il demonio. Si era congedato dalla regina giurando solennemente di scriverle spesso, e ottenendo da Margherita la medesima promessa. Durante il loro ultimo incontro Salazar aveva dovuto ricorrere a tutta la sua severità ecclesiastica, si era ammantato del suo famoso cipiglio chiuso e riservato e non aveva dato segno di afflizione, come sempre faceva quando era in sua compagnia: ma non appena le aveva voltato le spalle e non aveva più potuto vederla in viso aveva avvertito come una stretta al cuore, un presentimento di disgrazia. In quel momento l'aveva attribuito al dolore della separazione imminente: solo più tardi avrebbe capito che in realtà quella stretta significava che non l'avrebbe più rivista.

Il sole stava per tramontare su Santesteban, e l'ansia di sapere cosa gli avesse scritto la regina cominciava a logorargli i nervi. Deciso a dominarsi ancora un poco, Salazar andò a cercare Íñigo e Domingo per dar loro le ultime istruzioni necessarie a completare, il giorno dopo, le operazioni relative all'editto di grazia. Poi ordinò ad altri quattro assistenti di partire di buon'ora per Elizondo e cominciarvi subito le confessioni, in modo da portare avanti il lavoro. E senza aggiungere altro augurò a tutti la buonanotte.

S'incamminò verso la sua stanza con la piacevole sensazione di aver fatto il suo dovere sino in fondo. Si versò una coppa di vino invecchiato, ne aspirò l'aroma dolciastro, sospirò e andò a sedersi allo scrittoio. Tagliò la busta gentilizia con un sorso di quel liquido ambrato ancora in bocca, godendo del suono della carta lacerata, del contatto fra i polpastrelli e quella superficie vellutata, di ogni minimo piacere che si potesse ricavare da ciascuno di quei minuscoli dettagli. E diede inizio alla lettura.

Alcune parole gli risultarono leggermente difficili da decifrare: nonostante i molti anni che aveva trascorso in Spagna, la regina aveva ancora qualche problema con la lingua. Ma la sostanza del messaggio era chiarissima. La sovrana era di nuovo incinta, e il rampollo era atteso per il mese di settembre. Margherita scriveva che per un po' si sarebbe dedicata esclusivamente al piccolo, poiché desiderava accudirlo di persona come aveva fatto con gli altri, ma gli assicurava di non avere alcuna intenzione di abbandonare la battaglia contro il duca di Lerma, il segretario Calderón e i loro maneggi. Diceva di non voler più essere madre solo dei figli che venivano dal suo ventre, che si sentiva madre anche dei suoi sudditi, madre della giustizia.

«Supplico dunque vostra eminenza, che sicuramente è più vicina a Dio di questa Sua umile serva, di pregare per me»: così la regina concludeva la sua lettera.

Subito Salazar s'inginocchiò accanto al letto, davanti al crocefisso, e lo guardò con espressione implorante, quasi temesse di sentirsi rinfacciare qualcosa. Intrecciò le dita, appoggiò la fronte sulle mani giunte, chiuse gli occhi e pregò per la regina e per la creaturina di sangue reale che le cresceva nel ventre: lo fece con tutta la fede di cui era capace, nonostante il demonio non gli avesse ancora offerto la consolazione della propria presenza.

Mayo sapeva che Salazar e il suo seguito avevano ormai finito gli interrogatori, e che nel giro di qualche giorno le procedure relative all'editto di grazia si sarebbero concluse. Presto la comitiva inquisitoriale sarebbe partita da Santesteban, e lei si preparava a seguirla. Cercò dunque un'erba chiamata artemisia e la intrecciò a formare una lunga corda che si legò ai fianchi a mo' di cintura: avrebbe dovuto portarla per due giorni e poi, una volta che l'artemisia avesse assorbito gli umori del suo corpo, metterla a bollire. Con quell'acqua infine si sarebbe lavata i piedi, che non avrebbero più sentito la fatica del cammino. Fatto ciò prese le redini di Beltrán e lo condusse sulla riva di un affluente che passava poco lontano da Santesteban: non bisognava trascurare nessuna fonte d'acqua, se si voleva che l'asino riprendesse un giorno le sue originarie fattezze umane.

Per quanto andasse indietro con la memoria, Beltrán aveva sempre avuto l'aspetto di quell'animale zuccone che tanto poco corrispondeva alla sua vera personalità. Ogni volta che arrivavano in un villaggio nuovo, per prima cosa lei e Ederra cercavano i fiumi, i laghi e i ruscelli di quelle parti per immergervi Beltrán, che opponeva sempre una fiera resistenza, perché, di tutte le caratteristiche proprie degli asini, quella che gli si era consolidata di più era proprio la testardaggine. Per Ederra ciò significava che, anche in forma umana, Beltrán sarebbe stato cocciuto e ostinato.

«Come la maggior parte degli uomini, d'altronde», aggiungeva.

Mayo e Ederra lo spingevano dunque in acqua finché non ne spuntava solo la testa: eppure mai, nemmeno per un istante erano riuscite a rompere l'incantesimo e a ridargli il suo aspetto originale.

Ederra le aveva raccontato mille volte la storia di quella trasformazione. Beltrán era nato come un qualsiasi essere umano, per vent'anni era vissuto e cresciuto in modo assolutamente normale, era diventato giullare e aveva viaggiato di villaggio in villaggio guadagnandosi da vivere con le sue storie e le sue canzoni: finché una brutta notte il destino non aveva messo sulla sua strada una locanda gestita da due vecchie sdentate che, per cena, gli avevano offerto del formaggio. Beltrán non aveva fatto in tempo ad assaggiarlo che era stato colto da debolezza e dalla sensazione che le pareti della stanza girassero vorticosamente attorno a lui: era uscito dalla locanda barcollando, e appena fuori era stramazzato a terra come colpito da un fulmine. Il mattino dopo, svegliandosi, aveva fatto per stiracchiarsi, ma invece di uno sbadiglio gli era uscito un raglio; subito dopo aveva provato il desiderio irrefrenabile di masticare del fieno. Le due megere gli avevano fatto un terribile sortilegio, con il quale erano solite trasformare in bestie da soma gli ospiti più robusti che capitavano alla locanda; lasciando intatte le loro capacità intellettive, ma togliendogli la parola. Dopo di che le due streghe avevano ricavato da lui ottimi guadagni, portandoselo dietro di fiera in fiera e costringendolo a esibirsi in vari giochetti. Mentre una delle due suonava il tamburello, l'altra chiedeva al pubblico di scegliere due numeri a caso dall'uno al nove: Beltrán li avrebbe sommati battendo a terra lo zoccolo. L'asino non sbagliava mai, e il pubblico si spellava le mani di applausi.

Con Beltrán trasformato in asino le due fattucchiere avevano guadagnato molti soldi e ottenuto molti vantaggi, finché un ricco vicino, venuto a sapere delle sue eccezionali virtù, non si era offerto di comprarlo per una bella sommetta; contente dell'affare, le due vecchie gli avevano spiegato che, se si voleva mantenere Beltrán sotto incantesimo ancora per molto, moltissimo tempo, bisognava assolutamente evitare che si bagnasse. Poi, per qualche inspiegabile manovra del destino, Ederra era stata chiamata per curare la moglie di quell'uomo, gravemente ammalata; e in pagamento dei suoi servigi aveva ricevuto proprio l'asino prodigioso, insieme al racconto della sua storia e alla spiegazione delle sue straordinarie virtù. Naturalmente Ederra aveva provato compassione per il povero Beltrán, e subito l'aveva fatto immergere nella prima laguna che aveva incontrato lungo il cammino: ma non era successo niente. Ederra conosceva la formula magica che permette a una persona di tramutarsi a suo piacimento in un animale, anche se per un periodo di tempo limitato: bisogna spogliarsi completamente, mettere due grani d'incenso in una lampada e raccomandarsi alla luna ripetendo tre volte «*aker, aker, aker*» mentre ci si friziona tutto il corpo, dalla radice dei capelli alla punta degli alluci, con un unguento oleoso a base di cicuta. Fatto ciò, ti spuntano un becco nero da far spavento e due grandi ali e puoi volartene via gracchiando.

Ederra però aveva capito subito che la magia utilizzata dalle due vecchie su Beltrán era molto più potente. Evidentemente quelle fattucchiere conoscevano dei sortilegi più efficaci dei suoi: non per nulla si tenevano sempre in contatto con il demonio. Ne aveva dedotto che non bastava un'acqua qualsiasi per disfare l'incantesimo, e che tutto stava nel trovare quella giusta: per questo lei e Mayo non mancavano mai di far entrare Beltrán in ogni fiume, stagno o laguna che incontrassero nei loro viaggi, nella speranza di trovare un giorno o l'altro l'acqua miracolosa capace di ritrasformarlo in giullare.

Eppure Beltrán non sembrava troppo scontento del suo stato: l'unico inconveniente era che si intestardiva ancora in quella mania di sommare picchiando lo zoccolo in terra ogni volta che sentiva due numeri in fila. Grazie a lui anche Mayo era diventata abilissima nel calcolo, e fin da piccola aveva imparato a fare le somme con grande disinvoltura.

## X

*Di come liberarsi dei sogni voluttuosi, di come sapere prima del parto se il nascituro sarà maschio o femmina, di come guarire il viso dall'acne e dar colore alle guance, di come eliminare per sempre i peli del corpo, di come ottenere che gli spiriti del bosco ci rendano più saggi*

Era passata ormai una settimana da quando Juana de Sauri aveva ricevuto cristiana sepoltura, ma Salazar sentiva che per gli abitanti di Santesteban, contagiati dall'esasperazione del parroco Borrego Solano, la vicenda non era ancora conclusa. A furia di parlarne, le circostanze della morte di Juana cominciarono a deragliare acquisendo sfumature decisamente assurde. Nessun pettegolo degno di questo nome si tratteneva dal toccare l'argomento, anche in presenza dei bambini... anzi, meglio per loro se capivano fin da subito quanto potessero essere cattive le streghe, così non si sarebbero fatti cogliere impreparati. Ognuno aveva una sua versione personale della disgrazia, ed era sempre pronto a raccontarla a chiunque avesse voglia di starlo a sentire, vale a dire a tutto il resto della popolazione. Si discuteva sull'identità dell'assassino, su come la poveretta era stata ritrovata, sui segni diabolici scoperti vicino a casa sua, sulle sempiterne vendette che, a detta di alcuni, incombevano sulla comunità.

Pedro il falegname raccontava che qualche tempo prima Juana gli aveva parlato di orde di streghe trasformate in lupi che, di notte, circondavano casa sua ululando come ossessi: ma nessuno le aveva dato retta, poverina, chissà quante ne avrà passate. Diego l'arrotino, invece, giurava che i quattro stregoni sedicenti pentiti che si erano installati in casa di Juana in attesa della grazia dell'editto gli avevano dato da affilare un coltellaccio davvero enorme con il quale, a suo dire, avevano poi inferto alla disgraziata almeno una dozzina di ferite. Era del tutto inutile puntualizzare che Juana era morta per annegamento: nessuno ci vedeva contraddizione alcuna con la versione diffusa da Diego. Ma la storia più contorta era quella imbastita da Madalen la sarta, che diceva di aver visto Juana, il giorno prima della morte, sorvolare il villaggio a cavallo di una scopa accanto a una strega che la teneva per i capelli e che, non appena erano state sopra il fiume, senza tanti complimenti l'aveva buttata di sotto, per poi volarsene via disegnando piroette nel cielo.

Gli uomini più giovani e robusti, quelli che il giorno della veglia funebre di Juana avevano organizzato le ronde di vicinato, ogni notte pattugliavano le strade a gruppetti di tre, armati di legni e forconi. Il riflesso delle torce baluginava attraverso gli scuri delle finestre e quella luce, insieme ai fischi con cui gli uomini, a intervalli regolari, si avvisavano l'un l'altro che tutto era a posto, tranquillizzava un po' i più paurosi. Salazar invece temeva che prima o poi uno dei forestieri in attesa della grazia dell'editto potesse incappare nella ronda, e che uno sguardo bastasse a scatenare un uragano di vendette destinato a finire in un bagno di sangue. Per questo, dopo aver verificato che tutte le persone dei suoi elenchi fossero state interrogate, decise di fissare al più presto la data dell'atto di riconciliazione. Ma nel suo cuore sapeva di aver fallito. La prima tappa del suo viaggio poteva dirsi conclusa, e lui non era riuscito a dimostrare un bel niente.

Nelle cinque settimane in cui era rimasto a Santesteban, Salazar aveva scritto più di cento pagine annotando con dovizia di particolari tutto ciò che accadeva minuto per minuto. Aveva redatto quel verbale con puntigliosa minuziosità, registrando ogni domanda, ogni risposta, ogni espressione dei penitenti, compreso l'atteggiamento del parroco che reputava decisamente intollerante: ma da quegli appunti non emergeva alcuna certezza capace di dimostrare al di là di ogni ragionevole dubbio l'esistenza reale e tangibile della setta satanica. Ed è questo che Salazar scrisse sia all'inquisitore generale che ai suoi colleghi di Logroño.

Tale conclusione, che pure a un primo sguardo poteva sembrare positiva, lo infastidiva invece profondamente. Sarebbe stato più contento se avesse visto con i propri occhi una persona trasformarsi in corvo, maiale, gatto o un'altra bestia qualsiasi, se avesse scorto nel cielo notturno una donna a cavalcioni di una scopa, se avesse potuto studiare uno di quei rospi diabolici di cui tutti parlavano e che spiano i cristiani, vestiti di minuscoli abiti principeschi fatti su misura per il loro corpo deforme... e invece niente. Il diavolo non aveva dato il benché minimo segno della propria presenza, e lui non aveva ancora visto la sua pellaccia villosa né colto il suo alito solforoso. Una bella delusione: lui, in fondo, era lì per questo.

Il giorno fissato per l'atto di riconciliazione cominciò con una mattinata radiosa. Un sole caldo finì di disperdere le ultime nubi lasciate da un temporale, e il tepore tirò fuori di casa gli abitanti del villaggio come chiocciole che sbucano negli orti all'inizio della primavera. Si era stabilito che il posto più adatto alla cerimonia era la sala del consiglio municipale, perché ci voleva un posto abbastanza grande e sobrio da accogliere, oltre a Salazar e ai suoi collaboratori, le autorità locali, la folla dei curiosi, i religiosi venuti dai paesi limitrofi e le persone che avrebbero ricevuto il perdono della chiesa.

Prima ancora che il cielo fosse rischiarato dalle prime luci dell'alba l'inquisitore ordinò a un gruppo di robusti giovanotti di portare al municipio la grande croce di legno e tutte le panche della chiesa. I ragazzi le trasportarono una in fila all'altra, con la croce in testa alla processione, mentre i vicini si affacciavano alle finestre quasi fosse stata la statua del santo a essere portata di strada in strada. Íñigo e Domingo misero dei ceri ai quattro angoli della sala e improvvisarono un altare con il lungo tavolo di rovere massiccio che aveva fatto da scrittoio durante gli interrogatori e da tavolo operatorio quando Salazar aveva deciso di sbudellare Juana. Ci misero sopra un panno bianco abbastanza lungo da coprire le gambe, una candela in ciascun angolo e un bel vaso con delle margherite gialle al centro.

Due ore prima della cerimonia le panche erano già piene di gente, e le molte persone rimaste in piedi si affollavano nelle corsie laterali e in fondo alla sala; i ritardatari invece dovettero accontentarsi di far capannello fuori dal portone, aspettando pazientemente che il brusio viaggiasse di bocca in bocca fino a loro per informarli di ciò che accadeva in sala. I penitenti occupavano le prime file, e al di là di un corridoio centrale sedevano le autorità. Salazar chiese silenzio e cominciò il suo discorso ringraziando i responsabili della comunità non solo per la loro presenza, ma anche per l'attenta e puntuale collaborazione offertagli nelle settimane precedenti.

«Dopo l'atto di riconciliazione che celebreremo oggi», assicurò, «tutti i mali che hanno afflitto questo villaggio spariranno per sempre. Il male persiste solo se noi lavoriamo affinché persista», concluse infine, in modo un po' enigmatico.

Poi frate Domingo de Sardo celebrò la messa, e Salazar ordinò ai penitenti di alzarsi in piedi man mano che sentivano chiamare il proprio nome. L'inquisitore lesse ad alta voce ciascuna confessione, lasciando al suo autore qualche istante per confermarla o smentirla. Tutti confermarono e dichiararono di essersi presentati lì di propria spontanea volontà, senza coazione alcuna, spinti unicamente dal desiderio di essere perdonati da santa madre chiesa. Salazar fece scorrere lo sguardo sul pubblico sollecitando tutti a seguire l'esempio di quegli uomini e di quelle donne e a confessare se per caso non avessero denunciato ingiustamente qualcuno dei propri vicini. Il parroco Borrego Solano, a disagio, si agitò sulla sedia, ma nessuno si alzò a parlare. Seguì la cerimonia di riconciliazione vera e propria, durante la quale streghe e stregoni abiurarono ai propri errori davanti a tutta la comunità riunita e l'inquisitore annullò la scomunica emessa contro di essi. Infine Salazar diede lettura delle pene.

«Uomini e donne che oggi tornate all'ovile di Nostro Signore, Padre onnipotente», esordì solennemente, «per la Sua divina misericordia siete stati perdonati; come penitenza vi impongo di recitare dieci Padre Nostro e dieci Ave Maria al giorno per nove mesi, e di digiunare ogni venerdì pregando il Signore per il perdono dei vostri molti peccati.»

Infine i penitenti furono severamente ammoniti che, in caso di recidiva, non avrebbero più incontrato alcuna pietà, ma solo l'applicazione estrema e rigorosa della legge contro le loro persone e i loro beni.

«E ciò significa...» qui Salazar lasciò un attimo la frase in sospeso, facendo scorrere gli occhi stretti come fessure sul pubblico riunito in sala. I presenti trattennero il fiato; dal fondo della sala qualcuno diede un colpo di tosse e un bambino scoppiò a piangere. «...Il rogo!» concluse bruscamente, facendo sussultare tutti coloro che, per non incontrare il suo sguardo, avevano tenuto gli occhi fissi sul pavimento. «Le fiamme espiatorie! Nonché, ovviamente, la confisca di tutti i beni terreni.»

I vari tribunali dell'Inquisizione infatti si autofinanziavano proprio con i beni sequestrati ai condannati: proprio per questo un tempo la persecuzione dei convertiti più abbienti era stata addirittura una priorità per il Sant'Uffizio, la ragione per cui ogni discendente di ebreo o di musulmano era stato automaticamente sospettato di eresia. Ormai però gli appartenenti a quelle categorie scarseggiavano, e si perseguitavano soprattutto bigami, visionari e luterani, oltre ovviamente alle streghe. Ogni accusato era tenuto a consegnare al tribunale tutto ciò che aveva, nonché a rimborsare le spese del proprio mantenimento nelle carceri del Sant'Uffizio.

Salazar prese un aspersorio d'argento e spruzzò d'acqua benedetta i figlioli prodighi, la gente del villaggio, le autorità locali e il parroco Borrego Solano, seduto in prima fila con gli altri, che ne ricevette una goccia proprio in un occhio e ne provò un bruciore come se al posto dell'acqua santa ci fosse stato dell'aceto. Salazar percorse tutto il corridoio fra le panche aspergendo a destra e a sinistra, raggiunse il portone, uscì dalla chiesa e proseguì per tutte le vie principali di Santesteban, con frate Domingo che gli trotterellava dietro portando un recipiente pieno d'acqua purificatrice. Grazie a quel semplice gesto tutti sarebbero stati protetti dalle aggressioni del demonio, mondati di ogni colpa e riammessi in seno a santa madre chiesa, come l'inquisitore stesso si premurò di spiegare alla fine della passeggiata. L'Onnipotente aveva vinto la sua battaglia, figlioli prodighi e peccatori avevano fatto ritorno all'ovile. Che la pace del Signore sia sempre con loro.

Ormai era ufficiale: il diavolo era stato definitivamente espulso da Santesteban, con grande soddisfazione di tutti.

«Credo di essere stato piuttosto convincente... mi sembra che la gente ne sia rimasta contenta, non vi pare?» commentò quella sera Salazar, orgoglioso della sua prestazione. E si ritirò nei suoi appartamenti senza aspettare la risposta di Íñigo e di Domingo. «Potete cominciare a preparare i bagagli: fra un paio di giorni ce ne andiamo.»

Ma Íñigo non si addormentò. Non riusciva a togliersi dalla testa il suo angelo azzurro, avvertiva ancora la sua presenza lì vicino. Nonostante Salazar gli avesse spiegato più volte che era stata solo una chimera prodotta da alcune piante ipnotiche bollite, tritate e mescolate con lardo di maiale, al ragazzo sembrava un'inaccettabile volgarità spiegare con il grasso di un animale tanto rozzo quello che per lui era stato un vero e proprio miracolo. Da quando in qua il grasso di maiale è in grado di trasportare una persona così vicino al cielo? Sulla retina aveva ancora impressa l'immagine di quell'angelo etereo: la curva dei suoi fianchi, dei suoi polpacci, del suo mento... Se si concentrava riusciva ancora a percepire la setosità dei capelli che gli avevano sfiorato il braccio, il tepore delle sue mani, l'umidità fruttata di quella bocca che aveva respirato a poca distanza dal suo viso. Sensazioni che gli davano un prurito al basso ventre, che gli facevano nascere fra le gambe un calore arroventato, che gli seccavano la gola: Íñigo boccheggiava come un pesce fuor d'acqua. Le lenzuola si trasformavano in grandi, sussurranti carezze che lui avvertiva su ogni centimetro della sua pelle e che avvolgevano il suo corpo per abbracciarlo, cullarlo e sottometterlo ancora una volta, complice l'oscurità, alla tirannia di quelle manipolazioni calmanti che, già lo sapeva, alle prime luci del giorno l'avrebbero fatto vergognare. Allora, pentito fino al midollo per aver ceduto alla lussuria, il novizio avrebbe giurato per l'ennesima volta di non farlo mai più.

Gli tornò in mente un vecchio rimedio che sua nonna applicava a lui e ai suoi fratelli affinché non facessero sogni voluttuosi. Perché, come lei stessa non mancava di sottolineare, quelle pratiche potevano renderli ciechi, appestati o entrambe le cose; per non parlare della condanna eterna che avrebbero meritato se avessero perseverato nel vizio. La nonna prendeva dunque una sottile lamina di piombo, vi disegnava sopra una croce, la ritagliava e gliela metteva sul petto; così i ragazzi potevano dormire abbracciati a quel sacro simbolo raccomandando l'anima a Dio. In quel momento, però, Íñigo non aveva nessuna croce di piombo con cui scacciare i sogni lascivi; e poi non stava affatto dormendo. Il suo travaglio era pungentemente reale.

Si alzò dal letto e andò ad aprire gli scuri della finestra. Era notte fonda. Le ronde di vicinato avevano smesso di aggirarsi per le strade con le loro torce e i loro fischi: i forestieri che quella mattina erano stati riammessi in seno alla chiesa avevano preso la via del ritorno, e nel bosco non baluginavano più i fuochi degli accampamenti. Salazar aveva ragione: la popolazione si era calmata, tutti erano tranquilli e soddisfatti. L'esatto contrario di come si sentiva lui.

L'agitazione di cui era preda lo spinse a spalancare la finestra; la brezza notturna gli morse le guance, ma non riuscì a smorzare il fuoco che lo bruciava. Decise di uscire per fare due passi e cercare di liberarsi di quei pensieri peccaminosi su entità celesti. Sgusciò dal palazzo in punta di piedi e prese una strada che conduceva fuori dal villaggio, verso la montagna. La luce argentata della luna colava attraverso le chiome degli alberi come cera, riempiendo il bosco di un chiarore spettrale che forse, in altre circostanze, gli avrebbe fatto una strana impressione: ma non quella notte. Il novizio camminava senza una meta precisa, lasciandosi guidare dall'istinto del cacciatore che suo padre gli aveva trasmesso fin dall'infanzia, posando i piedi sulle foglie ancora umide dopo i temporali dei giorni precedenti e respirando quell'odore di foresta e di muschio che, di notte, diventa di un verde cupo.

Dapprima non se ne accorse; ma poi, quando l'udito gli si fu abituato al silenzio, sentì il canto dei grilli, il verso delle civette, i passettini impercettibili dei roditori in cerca di noci e pinoli... e improvvisamente percepì anche un suono umano, una sorta di melodia, un canto senza parole che gli arrivava ovattato, mitigato dalla vegetazione. Avanzò cauto, nascondendosi dietro il tronco degli alberi, con il cuore che gli batteva forte, timoroso di scoprire che le streghe non avevano abbandonato la zona, che celebravano ancora i loro *akelarres* e che proprio in quel momento se ne stava svolgendo uno. E allora la vide. Non era stata una semplice allucinazione provocata da un unguento maligno, come diceva Salazar: eccolo lì il suo angelo azzurro, reale e completamente nudo, che faceva ondeggiare il suo diafano corpo alla luce della luna alzando le braccia al cielo, e piroettava mormorando una melodia leggera, a occhi chiusi, sotto lo sguardo attento della sua mitologica cavalcatura. Tale quale come se lo ricordava.

Mentre le altre bambine della sua età imparavano a filare, a cucinare e a servire un futuro marito, Mayo si esercitava a riconoscere e a chiamare per nome i geni del bosco e a distinguere i vari poteri della luna, che in alcuni luoghi chiamano «luce dei morti» e che Ederra teneva in grande considerazione, essendo un elemento fondamentale in moltissimi incantesimi.

«È la luna a illuminare i morti», spiegava a Mayo. «Quando una persona muore con la luna crescente, è indizio inequivocabile del fatto che, anche se nell'aldiqua era un povero disgraziato, la vita nell'aldilà gli sarà propizia.»

Ederra sapeva anche indovinare il sesso di cuccioli e bambini prima della loro nascita dalla fase lunare in cui erano stati concepiti: luna crescente, maschio; luna calante, femmina. L'infanzia di Mayo era stata piena di segnali tracciati nel cielo che potevano essere fruttuosamente impiegati sulla terra. Loro due e Beltrán alternavano i lunghi vagabondaggi sui sentieri del mondo in cerca di sventure da alleviare e di malattie da curare ai tranquilli giorni di riposo in questo o quell'altro villaggio; dove però non si fermavano mai abbastanza perché Mayo potesse affezionarsi davvero a qualcuno. Gli unici esseri al mondo cui volesse bene erano Ederra e Beltrán. Non aveva mai provato niente di particolare per nessun altro. Nemmeno le molte sofferenze delle persone che avevano incontrato e curato l'avevano mai commossa più di tanto. Ederra e Beltrán erano le sue figure parentali; ma questa stranezza, che qualcuno potrebbe forse trovare seducente, a volte la faceva sentire dolorosamente esclusa dal mondo dei suoi simili; soprattutto quando vedeva i bambini della sua età giocare e ridere tutti assieme nelle pozze di un fiume, o dormire nei loro lettini, o quando vedeva un padre baciare il suo bambino o anche punirlo. Ederra però non le permetteva di cedere allo sconforto.

«I genitori sono solo un impiccio», le spiegava. «Il più delle volte ti costringono a fare della tua vita ciò che non sono riusciti a fare della loro; oppure ti fanno sentire talmente in colpa per qualsiasi cosa che perfino respirare ti provoca dolore. C'è chi fa i figli semplicemente perché vuole che qualcuno si occupi di lui quando sarà vecchio. Non dubitarne, piccola mia, è molto meglio essere liberi... liberi di scegliere il nostro cammino. E noi lo siamo.»

E così, a poco a poco, Ederra era riuscita a cancellare dalla sua mente l'idea che i genitori possano essere di qualche beneficio per i figli, o che per una ragazzina avere degli amici della stessa età sia un bisogno imprescindibile.

Solo raramente mettevano piede in una chiesa. Ederra riteneva che le divinità e i geni davvero utili agli esseri umani siano quelli che vivono nel folto dei boschi, sulle montagne, nelle grotte, quelli che il cristianesimo aveva spaventato e quasi condannato all'oblio. Le raccontava che gli spiriti che avevano dominato il mondo fin dalla notte dei tempi dopo la costruzione dei nuovi templi avevano dovuto scappare e andare a nascondersi nelle profondità della terra perché non sopportavano il suono stridulo e fastidioso delle campane. Ciononostante, per salvare le apparenze, ogni tanto a messa ci dovevano pur andare: e allora Mayo rimaneva affascinata dal suono dell'organo, dall'immensità delle pareti di pietra, dalla luce fievole e tremolante delle candele, dall'odore dolciastro dell'incenso, dalla severità del prete e dall'immagine di quel crocefisso che patisce in eterno per scontare le colpe di noi vili peccatori. Le piacevano soprattutto le funzioni cui assistevano anche le monache di clausura, nascoste in fondo alla navata dietro una grata romanica di ferro battuto talmente fitta che a malapena si riuscivano a intravedere le loro pie ombre. Mayo trovava molto seducente l'idea di donare la propria vita a Dio in cambio del perdono per i peccati del mondo. Vedeva il prete passare l'ostia consacrata alle monache attraverso una fessura, le vedeva silenziose, protette da ogni male, e si sentiva pervadere da un afflato mistico, invidiosa di quella reclusione e di quel dono di sé che la commuovevano sino in fondo all'anima. Era assolutamente certa che, se i pronostici cristiani attorno alla fine del mondo erano esatti, quelle monache sarebbero state le prime a entrare nel regno dei cieli. Se in quei momenti Ederra non l'avesse trattenuta per il braccio non le sarebbe dispiaciuto unirsi a loro e dedicare la sua vita alla meditazione, più per il senso di pace che emanavano che non per una vera vocazione religiosa.

«Non dire sciocchezze!» la sgridava allora Ederra, indignata. «L'unico obbligo che abbiamo in questa vita è di lasciare il mondo migliore di come l'abbiamo trovato: e non credo proprio che quelle donne facciano granché per migliorarlo, chiuse là dentro. Ognuno cerca il modo di soddisfare necessità che sono solo sue. Essendo fondamentalmente egoisti, tutti tendiamo a conquistare la felicità anche a discapito di quella degli altri; ed evidentemente la felicità di quelle gazze consiste nello starsene tutto il giorno a sfornare biscotti, con le mani in mano e la coscienza tranquilla. Peccano d'orgoglio, sai, Mayo? Credono di valere più di noi, che invece ci spezziamo la schiena a lavorare ogni santo giorno. Amano farsi i comodi loro, come quasi tutti. Si accontentano di cose volgari e passano la vita a guardarsi l'ombelico, senza sforzarsi di diventare migliori. Cosa che a noi non accadrà mai, piccola mia, perché la nostra vita avrà un senso.»

Mayo era sempre stata sicura che, senza l'influenza di Ederra, anche lei si sarebbe impigrita nella mollezza della volgarità. In fondo anche la vita transumante che conduceva, per lei, non era altro che un accomodarsi all'esistenza nomade e vagabonda che un'altra persona aveva scelto per sé. E fino al momento in cui Ederra era stata arrestata, fino a quando la sua protettrice non era scomparsa negli intricati labirinti del Sant'Uffizio, finché non era stata costretta ad affrontare da sola il proprio destino, non si era mai sentita in grado di decidere per conto proprio alcunché.

Era entrata nell'adolescenza di colpo, senza preavviso. Sapendo così poco dei suoi genitori non aveva potuto confrontare il suo nuovo, esile giro vita o la sua timidezza con quelli di sua madre. Non le restava che nascondersi fra i cespugli per spiare gli *akelarres* aguzzando gli occhi nel tentativo di scorgere il diavolo che, secondo tutti gli indizi, doveva essere suo padre, e benché egli l'avesse sempre ignorata, si confrontava con lui alla ricerca di una qualche somiglianza. E non ne trovava alcuna: lei era così insignificante.

Poi, un giorno, aveva avuto le prime mestruazioni. Una cosa terribile, sporca e dolorosa, ma che avrebbe dovuto sopportare tutta la vita perché, come molte altre cose importanti, erano anch'esse legate alle fasi della luna. Ederra le aveva spiegato che a partire da quel momento, per una settimana al mese, il suo carattere sarebbe diventato lagnoso e irritabile, i seni si sarebbero gonfiati, le sarebbero spuntati foruncoli sul viso e lei si sarebbe trovata più che mai esposta all'umana cattiveria, fonte di ogni peccato e lussuria.

«Bella sfortuna!» aveva protestato Mayo.

«D'ora in avanti dovrai fare molta attenzione con gli uomini», aveva aggiunto Ederra. «Perché se ti toccheranno ti gonfierai come un palloncino e avrai un figlio.»

Mayo non aveva avuto bisogno di farselo ripetere due volte: era già abbastanza scioccata dal fatto che la sua venuta al mondo avesse ucciso sua madre, nonché dal ricordo della lunga teoria di donne che aveva visto contorcersi nelle doglie del parto. Da quel giorno aveva cominciato a passare vicino agli uomini senza nemmeno guardarli, ed era stata molto contenta di notare che anche loro sembravano non vederla. Mayo non era certo precoce o esuberante; eppure, con il passare del tempo, le forme femminili avevano cominciato a farle scoppiare le cuciture dei vestiti. Finché Ederra non aveva deciso di farle cucire un nuovo abito. Dopo di che le aveva raccolto i capelli in una crocchia, aveva fatto una faccia da madre orgogliosa e con gli occhi lucidi le aveva dato un bacio in fronte.

«Te li tolgo io, questi foruncoletti. Ti farò diventare bellissima, vedrai», aveva detto, ingoiando una lacrima.

Era cominciato così un nuovo rito quotidiano, che aveva luogo nelle prime ore del mattino e per il quale c'era bisogno di:

un limone
sale
zenzero in polvere

Bisognava tagliar via al limone i due estremi e metterlo a bollire in acqua salata finché non diventava tenero: con quell'acqua Mayo doveva lavarsi il viso, poi asciugarlo bene e spolverarlo con lo zenzero.

Nello sforzo di farla diventare più bella, Ederra le strofinava le guance con la soda per dare un po' di colore alla sua carnagione giallastra, e aveva ripescato dagli annali delle guaritrici un trucco per eliminare definitivamente i peli superflui che si preparava con:

il succo di due limoni
una chiara d'uovo
cera d'api
zenzero in polvere

Aveva sbattuto la chiara d'uovo con il succo di limone, poi aveva strappato i peli dalle gambe di Mayo con la cera d'api e gliele aveva massaggiate con l'emulsione, completando il trattamento con una spolverata di zenzero. Il rito era stato ripetuto tre volte, con grande disperazione della ragazza che soffriva terribilmente quando Ederra le strappava i peli; ma aveva funzionato, e ormai le gambe di Mayo erano morbide e lustre come legno brunito.

Certo non era diventata splendida come Ederra, ma tutti quegli incantesimi e quelle ricette di bellezza avevano fatto di lei una creatura strana, delicata, con i capelli sottili come fili di seta fra i quali spuntava la sommità delle sue orecchie aguzze, il viso piccolo, il nasino all'insù e due straordinari occhi neri che, per quanto incapaci di versare una lacrima, erano pur sempre la più incantevole delle sue grazie. Suo padre doveva essersi fatto di lei un'immagine molto più aggressiva, il giorno in cui aveva deciso di concepirla. A sedici anni il suo corpo da rondine la faceva somigliare più a un'entità dei boschi che non a un essere umano; oltretutto quando parlava emetteva una sorta di gorgheggio acquoso, quasi impercettibile, perché era di natura schiva e la voce, come ogni strumento musicale, a non usarla si guasta. Con un aspetto così bizzarro è difficile reggere i duri colpi del mondo: per questo, dopo la scomparsa di Ederra, Mayo aveva cercato di tenersi alla larga dai centri abitati. Non voleva destare sospetti.

Anche lei, quella notte, non riusciva ad addormentarsi. Si sentiva terribilmente sola: le mancavano le coccole, gli abbracci e i baci di Ederra, le mancava l'amabile contatto con un altro essere umano da stringere a sé... le mancava la sua nutrice. Ripensava ai piccoli riti della notte che la Bella celebrava prima di coricarsi e che lei, fin da piccola, aveva spiato da sotto le coperte, al caldo. Ederra si dava sempre cento colpi di spazzola ai capelli, e a ogni passata sembrava che un'onda invisibile animasse quella chioma rosso fiamma incendiandola come un gran falò scintillante. E mentre si spazzolava guardava il cielo a occhi socchiusi, ascoltando la brezza notturna e perdendosi in un lungo sogno a occhi aperti. Mayo sapeva che spesso, in quei momenti, cadeva preda della malinconia, e per distrarla le chiedeva di raccontarle ancora dell'immensità della terra, una storia che le incuteva sempre tanto timore.

«Perché è certo come il fatto che tu e io siamo qui in questo momento», cominciava Ederra, che aveva il talento di una grande narratrice, «che la superficie della terra non ha limiti, sicché è assurdo mettersi in testa di raggiungerne i confini.»

«Nemmeno se camminassimo per tutta la vita?» domandava la bimba stupita.

«Nemmeno se camminassimo per tre vite consecutive. Neanche il sole riesce a toccare gli estremi confini della terra, quando lo vediamo tuffarsi nel mare al calar della notte. Ti domanderai: ma allora dove va, il sole?» Mayo annuiva. «Ebbene, quando è là sotto compie un lungo viaggio nelle viscere di sua madre, perché la terra è la madre del sole e della luna, fino a un paese dove la gente batte con dei pali sulle rocce per spingerlo a uscire fuori la mattina dopo. Perché è un pigrone, il sole.»

«E cosa vede, il sole, quando è sottoterra?»

«Oh... questa sì che è una cosa bellissima, Mayo... Chiudi gli occhi.» La bimba obbediva. «Devi dimenticare tutto il resto per immaginarla, e anche così non ci riuscirai mai del tutto. Sotto la terra che ci sorregge ci sono regioni immense attraversate da fiumi di latte, dove vivono le tormente e i nuvoloni neri che poi vengono a oscurare il cielo, carichi di pioggia; e i campi sono pieni di fiori bellissimi con cui si può curare ogni malattia, e gli arcobaleni sono così frequenti che la gente non si volta nemmeno più a guardarli. Tutte queste cose si trovano sotto i nostri piedi: riesci a vederle?» Mayo annuiva, con gli occhi ancora chiusi e un gran sorriso sulla faccia.

Dopo il rito della spazzola Ederra taceva, si avvicinava con il suo passo cadenzato al punto in cui Mayo aveva disteso le coperte e s'infilava accanto a lei. Si sdraiava e, nell'oscurità, le cercava la mano; allora Mayo infilava il naso fra i suoi capelli e aspirava forte, lasciandosi inondare dal suo profumo arboreo. A volte, nelle notti d'estate, prima di dormire ballavano insieme, nude, sotto la luna, per divertire i saggi spiriti del bosco e ottenerne in cambio saggezza e preveggenza.

Quella notte, ripensando a tutti i dolci particolari della sua vita passata, Mayo riuscì a rilassarsi e chiuse gli occhi. Poi, quasi senza accorgersene, si alzò e cominciò a canticchiare con la sua vocetta da passero una melodia che non conosceva. Si sfilò la camicia, sciolse i legacci della gonna e la lasciò cadere a terra, godendo della sua lieve carezza lungo le gambe. E senza nemmeno raccogliere i suoi indumenti si mise a danzare canticchiando fra gli alberi, sotto le stelle, mentre la luce della luna le lambiva le spalle e accoglieva in un'impercettibile carezza la curva delle sue natiche. E proprio allora sentì che qualcuno la stava osservando. Lo percepì con una sicurezza così sconvolgente che in un attimo il terrore le seccò la gola. Corse a raccogliere i vestiti, mentre Beltrán, inquieto, si agitava.

«Chi va là?» domandò tutta tremante.

Nessuna risposta. La ragazza prese un coltello e avanzò lentamente fra gli alberi, senza fare rumore, con il cuore che le batteva talmente forte da saltarle quasi fuori dalla bocca. Finché non vide un'ombra fuggire a gambe levate in direzione del villaggio.

E decise di cercarsi un luogo più sicuro dove passare la notte.

Íñigo arrivò a palazzo senza fiato, mentre le prime luci dell'alba cominciavano a squarciare il cielo. Per fortuna nessuno si era accorto della sua assenza. Chiuse a chiave la porta della sua cella e si buttò sul paglericcio a pancia in giù, nascondendo il viso fra le braccia. Allora non era stata una visione... lei era reale! Il suo angelo esisteva per davvero, e lui non poteva dirlo a nessuno.

In quel momento, prima di cedere al sonno, ricordò un versetto biblico, Numeri 22,31, laddove è scritto:

> Allora il Signore aprì gli occhi a Balaam ed egli vide l'angelo del Signore, che stava sulla strada con la spada sguainata... e si prostrò con la faccia a terra.

## XI

*Di come preparare un unguento per impedire a una donna di innamorarsi di un altro, di come far litigare gli amanti*

Rodrigo Calderón fece una seconda visita a Valle e Becerra presso la sede inquisitoriale di Logroño in una calda mattina d'inizio luglio. Si presentò senza preavviso, i piedi infilati in un paio di stivali di pelle marrone che arrivavano fin sopra le ginocchia, il viso nascosto dall'ampia tesa del cappello e un corteo di uomini talmente in ghingheri da sembrare parte di una scenografia teatrale. Aveva un'espressione assai poco amichevole, e i due inquisitori capirono subito che era per via delle ultime notizie, corse di bocca in bocca così velocemente che se n'era già udita l'eco di ritorno: voci che parlavano delle errate previsioni del governo e dei problemi economici in cui il paese continuava ad annaspare, nonostante il favorito del re cercasse di nasconderli con schiamazzi da commediante e feste eleganti.

Qualche giorno prima, all'Escorial, le Juntas si erano riunite sotto la presidenza del duca di Lerma per veder di sistemare un bilancio statale che faceva acqua da tutte le parti. Pareva fosse stata la regina in persona a suggerire al sovrano di chieder conto al suo plenipotenziario della gestione delle finanze reali. Margherita, ottenuto il permesso di presenziare alla seduta, aveva assistito senza proferir verbo alla pantomima del duca che era entrato nella sala delle udienze del palazzo reale con un sorriso pacioso, centinaia di scartafacci sotto il braccio e un puntatore di legno con un gessetto in fondo, che brandiva quasi fosse un bastone vescovile. Accanto a lui c'era il suo segretario personale, Rodrigo Calderón, con una grande lavagna che era andato a mettere in mezzo alla sala.

Senza smettere un secondo di parlare, Lerma aveva frettolosamente scarabocchiato sulla lavagna una montagna di cifre da far venire il mal di mare, parlando dapprima di migliaia, poi di milioni, sommando, sottraendo, moltiplicando, dividendo, voltando e rivoltando i numeri da una parte e dall'altra fino a ottenere una cifra che gli era sembrata soddisfacente e che aveva scritto a caratteri cubitali al centro della lavagna, circolettandola e sottolineandola con due segnacci mentre la ripeteva ad alta voce, esultante, masticando con piacere ogni sillaba. Secondo quei calcoli, Filippo III poteva contare su un bilancio magnificamente in attivo e non aveva motivo di preoccuparsi. A quel punto però la regina si era alzata in piedi e aveva pronunciato un discorso che, qualche tempo dopo, sarebbe stato citato in tribunale per spiegare come mai il duca di Lerma e Rodrigo Calderón la odiassero tanto da volerla morta.

«Mi spiace dovervi contraddire, signore. Ma i ventiquattro milioni di entrate di cui state parlando sono già completamente impegnati», aveva detto la regina senza scomporsi. «E dunque anche l'attivo di quattordici milioni in realtà non esiste.»

Per poco il duca non aveva avuto un colpo apoplettico: dove diamine voleva arrivare, quella donna, con quell'esternazione personale che nessuno le aveva chiesto? E cosa ci faceva lì? Chi le aveva dato il permesso di assistere a una riunione nella quale si trattavano importanti affari di stato? Cosa ne sapeva, lei, di quella materia? Erano cose da uomini. Chi l'aveva lasciata entrare? Lerma aveva fatto tre respiri profondi, cercando di non lasciar trapelare all'esterno il suo sbigottimento; dopo di che aveva ribadito cocciutamente la sua posizione

«Non è affatto un'opinione personale, bensì un dato inconfutabile», l'aveva rimbeccato la regina senza scomporsi. «Perché troverei stranissimo, e lo giudicherei un'incomprensibile follia, se il nostro regno, pur avendo, come vossignoria ci ha testé assicurato, un'entrata di ventiquattro milioni di ducati, più un credito di altri quaranta milioni, ciononostante continuasse a sottoscrivere nuovi prestiti come nei fatti sta accadendo. Prestiti che senza alcun dubbio ci metteranno in gravi difficoltà, riducendoci alla mercé di banchieri e speculatori senza scrupoli.»

E per la prima volta da che era al servizio della corona, al duca di Lerma era sembrato di cogliere nello sguardo del re un'ombra di sfiducia.

Allora il plenipotenziario aveva immediatamente cercato nella sua testa a chi attribuire tutti gli eventuali errori amministrativi, in modo da sviare i sospetti dalla propria persona. E aveva avanzato l'ipotesi che, forse, la gestione del consiglio e della giunta del Tesoro reale poteva non essere stata del tutto pulita. La reazione del consiglio non si era fatta attendere: tutti i suoi membri si erano detti personalmente offesi dalle insinuazioni del duca e avevano proclamato a gran voce di non avere niente da nascondere, che la loro gestione era sempre stata la quintessenza della limpidezza e che nessuno poteva pensare di risolvere i problemi del regno incolpando altri degli errori eventualmente commessi o aumentando la già eccessiva pressione fiscale sul martoriato regno di Castiglia. Piuttosto sarebbe stato utile ridurre l'immenso sperpero di risorse rappresentato dai capricci della corte, che il più delle volte sconfinavano abbondantemente nell'eccesso e nella smodatezza. Il consiglio dunque sollecitava che fosse stabilito un tetto massimo annuale per le spese della casa reale.

Lerma però si era detto totalmente contrario. Il re, la sua famiglia e la corte non potevano sottostare a basse e prosaiche questioni di denaro: essi rappresentavano il regno e non si poteva assolutamente permettere che perdessero quel fasto e quello splendore che, da secoli, avevano fatto della Spagna il primo paese d'Europa, lasciando sbalordite tutte le altre nazioni. E aveva proposto che, invece di tagliare le spese della corte, si aumentasse la pressione fiscale: non sul regno di Castiglia, ovvio, già troppo spremuto dall'approvazione di altri diciassette milioni di ducati in imposte da versarsi entro l'anno 1617, in aggiunta alle spese ordinarie e straordinarie di cui già si faceva carico. Era venuto il momento di trovare soluzioni di portata strategica: di convincere cioè gli altri regni a contribuire alla salvezza fiscale della monarchia. E l'intervento doveva essere attuato in tempi rapidi, perché la crisi strutturale stava ormai danneggiando tutti i settori della società: le zone rurali si spopolavano, i nobili si rovinavano contraendo più debiti di quanti ne avessero accumulati in tutta la loro storia e il clero era costretto ad assistere impotente al degrado di chiese e monasteri.

Uno scribacchino svelto di penna aveva subito fatto stampare dei volantini affissi in tutte le strade della capitale nei quali si diceva che la situazione della Castiglia dimostrava al di là di ogni dubbio che la monarchia iberica era un gigante con la testa d'oro, il tronco d'argento e i piedi d'argilla, e che di lì a quarant'anni sarebbe andata completamente in rovina. Due settimane più tardi lo scribacchino profeta di sventure era stato trovato morto in fondo a un vicolo, pugnalato alle spalle: e naturalmente nessuno aveva visto niente. Secondo la versione ufficiale era stato aggredito da alcuni malviventi, i quali però, guarda caso, non gli avevano rubato nemmeno uno dei ducati che aveva nella borsa.

Allora molte persone, che già criticavano Lerma, avevano cominciato a prendere di mira anche il suo segretario Calderón. Francisco de Mendoza per esempio, ammiraglio d'Aragona, lo accusava di distrazione di fondi, di aver accettato denaro sottobanco e di perseguitare tutti coloro che si opponevano al suo ruolo nel governo del regno. I commenti sovversivi però non erano durati a lungo, perché qualche tempo dopo l'ammiraglio era finito in carcere con l'accusa di alto tradimento. A questo punto le critiche si erano ridotte a un sussurro, dato che la gente dotata di un minimo di cervello aveva capito che chiunque si azzardasse a criticare il plenipotenziario del re o il suo braccio destro finiva agli arresti, con la reputazione rovinata o pugnalato alle spalle in un vicolo. Si mormorava addirittura che la regina Margherita avesse formato un gruppo clandestino d'opposizione a Calderón, del quale facevano parte i suoi amici più fidati e molti nemici del segretario. Per strada la gente cominciava a scommettere su chi, fra la squisita regina e il segretario ciarlatano, sarebbe stato costretto a sloggiare.

A tanto si era arrivati il giorno in cui Valle e Becerra ricevettero Rodrigo Calderón nella sala della giunta.

«Come vanno i nostri progetti, eminenze?» li salutò il segretario di Lerma alzando sussiegosamente un sopracciglio.

«Non risparmiamo gli sforzi per dimostrare che tutto ciò che ha a che vedere con il tema delle streghe è effettivamente reale e non sogno o fantasticheria», rispose Valle. «Ma vossignoria deve sapere che è difficile portare avanti con entusiasmo l'opera onerosa avendo, come abbiamo, l'assoluta certezza che l'inquisitore generale in persona ci metta i bastoni fra le ruote. Alonso de Salazar y Frías è un suo protetto, e Sandoval crede ciecamente in tutto ciò che dice; a ogni prova che gli forniamo ribatte con una delle assurde argomentazioni del nostro collega, il quale ci contraddice continuamente minando la nostra reputazione. È come dare testate contro un muro.»

«Lasciate perdere l'inquisitore generale», replicò Calderón grattandosi la barba. «Al momento ci sono questioni molto più urgenti da risolvere. Il vostro collega ora non è qui, e tale circostanza dovrebbe permettervi di muovere le vostre pedine in modo da anticiparlo. Mi pare di aver capito che la sua visita nelle regioni colpite dalla stregoneria si prolungherà, perché la missione è in ritardo sui tempi stabiliti.» Valle e Becerra annuirono. «Bene... questo significa che le signorie vostre, nel loro ruolo di inquisitori, non possono indugiare oltre di fronte alle perversioni che si stanno verificando, e che ormai ci assediano da presso. Dico bene?» aggiunse Calderón con un enigmatico sorriso.

«Non sono sicuro di aver compreso il vostro pensiero», disse Becerra

«Mi sembra di capire che la comitiva inquisitoriale non arriverà prima di qualche mese in posti come Vitoria o i dintorni di Logroño... tanto per fare un paio di esempi», disse il segretario: ma ancora i due inquisitori non capivano dove volesse andare a parare. «Un tempo più che sufficiente perché i seguaci del diavolo attacchino e distruggano la città, non è vero? Aspettare l'arrivo di Salazar e dei suoi senza intervenire potrebbe avere delle conseguenze irreparabili.»

«Scusate», lo interruppe a questo punto Becerra, «ma se si accorge che ci immischiamo nel lavoro che è stato affidato a lui personalmente, di certo Salazar andrà a dirlo all'inquisitore generale, il quale...»

«Il vostro collega non ha ragione di andare in collera o di sentirsi minacciato... in fondo le eminenze vostre l'avranno fatto solo per portare avanti il lavoro e permettergli di rispettare i tempi.» Calderón parlava con un caldo tono d'interessamento paterno. «Datemi retta: scrivete subito a Salazar che comincerete a investigare nei luoghi che lui non ha ancora toccato e che, visto il prolungarsi della sua missione, non potrà raggiungere se non fra parecchio tempo. Ditegli che, visto il crescente numero di streghe e stregoni che minacciano l'integrità religiosa della zona di Álava, siete costretti a pubblicare l'editto in quella regione senza ulteriori dilazioni e senza di lui, o la popolazione correrà rischi terribili.»

«Spiacente di dover insistere, ma tutto ciò non contraddice gli ordini che abbiamo ricevuto dall'inquisitore generale? Sandoval ha detto chiaramente che solo e soltanto Salazar doveva occuparsi di questa missione e pubblicare l'editto di grazia nelle varie città.» Becerra esitava ancora.

«Questo, signori miei, si chiama prendere l'iniziativa, collaborare, facilitare il lavoro a un collega. E comunque...» Calderón cominciava a non poterne più, e aveva alzato un po' il tono della voce. «Non sono inquisitori anche le signorie vostre? E allora comportatevi come tali, impedite alla malvagità diabolica di corrompere queste terre, perseguitate il maligno e i suoi seguaci... fate giustizia, per Dio!» Poi il segretario di Lerma si rilassò un poco e aggiunse: «Non preoccupatevi per l'inquisitore generale: vedrete che non ci troverà nulla di male».

«Ma come potremmo fare?» domandò Valle. «Allontanarci da Logroño non ci è permesso: come faremo a catturare le streghe per interrogarle?»

«C'è qui una persona che voglio presentarvi.»

Calderón si alzò, andò alla porta, l'aprì e sussurrò qualcosa a uno dei suoi uomini rimasto di guardia in corridoio, che subito si allontanò con passo deciso. Mentre aspettavano, Rodrigo Calderón approfittò del fatto che i due inquisitori pendevano ormai dalle sue labbra per raccontare che era appena tornato dalla città di Bordeaux dove, proprio come aveva anticipato nella sua visita precedente, aveva avuto occasione di parlare con Pierre de Lancre, il quale si era detto pronto ad aiutarli. Lancre gli aveva riferito che, alla notizia del suo arrivo in quella regione, una gran moltitudine di streghe aveva deciso di varcare la frontiera e dilagare nella penisola iberica, funestando l'Alta e la Bassa Navarra. Gli aveva confidato inoltre che moltissime streghe e stregoni fingevano di essere pellegrini diretti ai santuari di Montserrat e di Santiago. Numerosi bastimenti inglesi e scozzesi arrivati a Bordeaux per caricare partite di vino giuravano di aver visto, nelle loro peregrinazioni, grandi eserciti di demoni in fattezze di uomini spaventosi, passare dalla Spagna alla Francia e viceversa, volando come se niente fosse e facendosi beffe delle guardie di frontiera.

«Ma è terribile», si indignò Becerra.

«Certo... certo che lo è», confermò Calderón, facendo la faccia di circostanza. «Probabilmente dovremo fronteggiare qualcosa di molto più grande di noi, un fenomeno al quale non siamo assolutamente preparati. E che richiede competenze da specialisti.»

Gli inquisitori Valle e Becerra si guardarono l'un l'altro senza capire. In quel preciso momento si sentì bussare alla porta. Calderón andò ad aprire e fece entrare due persone.

«Reverendissimi padri, eccoli qui!» annunciò poi in tono magniloquente. «Ecco i vostri nuovi collaboratori: vi presento il parroco Pedro Ruiz de Eguino e la signorina Morguy. Sono qui per aiutarvi.»

Due figure silenziose entrarono nella stanza e si fecero avanti a capo chino. L'uomo era un religioso magro, scuro di capelli e di carnagione, di mezz'età, con lo sguardo celato da un paio di occhialini tondi. La donna, a prima vista, sembrava una ragazza qualsiasi, non ancora ventenne; ma guardandola meglio si poteva leggere nei suoi enigmatici occhi color del rame la saggezza di una centenaria.

«Vorrei cominciare informandovi dell'eccezionale efficienza di questa donna. Sempre prima le signore...» disse Calderón facendo l'occhiolino a Morguy, che non reagì con nessuna particolare espressione del viso. «Ce l'ha prestata Pierre de Lancre: pare sappia riconoscere, sul corpo di streghe e stregoni, un marchio particolare che il demonio vi lascia quando ne prende possesso, dico bene?»

«Sì: il maligno li marchia come noi marchiamo il bestiame», bisbigliò Morguy senza alzare gli occhi dal pavimento. «Sono il suo gregge terreno. È lo *stigma diaboli*: se una persona ce l'ha è senza dubbio cattiva e merita la purificazione del fuoco», concluse.

Pierre de Lancre aveva detto a Calderón che, all'inizio delle sue indagini nella provincia di Lapurdi, per trovare e identificare quel marchio si era fatto aiutare da un chirurgo di Bayonne: ma la persona che si era dimostrata più affidabile era proprio quella ragazza di diciassette anni, originaria delle terre a nord del fiume Bidasoa. La sua precoce conoscenza del male sembrava fosse dovuta al fatto che per moltissimi anni, contro la sua volontà, una strega cattiva l'aveva trascinata all'*akelarre*. Poi, non appena era riuscita a sottrarsi a quel malefico influsso, la ragazza aveva deciso di dedicarsi ad aiutare le persone che ancora venivano costrette a vivere quell'esperienza terribile. Morguy era capace di riconoscere una persona che il demonio avesse unto con il suo crisma anche solo dal colore della pelle o guardandola negli occhi. Perfino nei casi in cui il diavolo aveva marchiato un suo seguace in un posto particolarmente occulto, lei era capace di scovare un segno, anche piccolissimo. E una volta che l'aveva trovato lo cancellava infilzandolo con dei lunghi aghi proprio nel centro, e senza che l'accusato provasse dolore alcuno.

«Non negherete che i servigi di questa giovane potranno esservi utilissimi», concluse Calderón sorridendo. E aggiunse: «Quanto a Pedro Ruiz de Eguino», e indicò con lo sguardo il religioso, che rimase in silenzio, «vi dirò solo che ha dimostrato il massimo interesse a offrire le sue conoscenze per risolvere questa penosa situazione».

«Ho già in mente un centinaio di sospetti», precisò Pedro Ruiz de Eguino, come riscuotendosi da una lunga trance, «che dovrebbero già essere chiusi nelle segrete di questa santa casa invece di andarsene in giro smantellando la cristianità. Fra di loro ci sono almeno dieci uomini di chiesa che stanno ostacolando l'opera del Sant'Uffizio con la minaccia di orribili castighi per le streghe delle loro parrocchie che osassero abbandonare la setta del demonio. Ce n'è uno in particolare», continuò il sacerdote, alzando un dito e fissando Valle e Becerra con l'occhio sinistro semichiuso, «davvero pericolosissimo: è un prete di novantacinque anni, Diego de Basurto, famoso per la sua indole lasciva e per i suoi impudichi commerci con Satana. Le eminenze vostre non possono nemmeno immaginare le aberrazioni cui è arrivato.» Qui abbassò la voce in tono confidenziale: «Pare che abbia messo incinta più di una parrocchiana, e dicono che, quando si incapriccia di una bella ragazza, per farsi amare da lei e impedirle di guardare gli altri uomini prenda dell'escremento di caprone, lo mescoli con farina di frumento, lo faccia seccare e poi sminuzzi il composto mettendolo sul fuoco con un po' d'olio: infine ci si unge il prepuzio prima della copula, e la donna diventa sua per sempre».

«A novantacinque anni?» domandò Valle, sbalordito.

«È evidente che dev'esserci sotto un patto con il diavolo», disse Becerra in tono frivolo. «Suvvia... a novantacinque anni.»

«E non crediate che si accontenti di una», proseguì Pedro Ruiz de Eguino, animandosi. «O che si limiti alle ragazze nubili... tutt'altro. Se desidera una giovane già promessa utilizza un'erba chiamata verbena: la fa seccare e ne ricava una polverina che sparge fra i due innamorati, i quali finiscono con il lasciarsi.»

«Noi non permetteremo che questa situazione si protragga oltre senza fare niente per impedirlo, dico bene?» Calderón si rivolgeva ai due inquisitori nel tono condiscendente che si usa con i bambini. «Scrivete, scrivete pure al vostro collega: ditegli che comincerete a investigare per conto vostro, e che lo terrete informato.»

«Lasciate tutto nelle mie mani.» Pedro Ruiz de Eguino, che sembrava già a suo agio con i due inquisitori, mostrava ora il suo lato più rassicurante. «Batterò ogni strada, visiterò città e villaggi, catturerò gli adepti del maligno e ogni settimana vi consegnerò un carico di streghe e stregoni davanti alla porta di questa santa casa, bene impacchettati e pronti a confessare. Quanto al resto», e qui fece una pausa, come esitando, «per me sarebbe un vero onore se, in cambio dei miei servigi, potessi ottenere il posto di commissario inquisitoriale.»

«Non c'è problema!» esclamò Calderón. «Dico bene, reverendissimi padri?»

«Faremo quanto è in nostro potere», risposero Valle e Becerra.

Salazar sentiva che al suo assistente Íñigo de Maestu stava succedendo qualcosa di importante. Per tutta la mattina non aveva fatto che camminare avanti e indietro per la galleria del patio, a testa bassa, guardando ogni tanto oltre il portone, fuori dal palazzo, sospirando pensosamente e tenendosi stretta al petto la Bibbia come un'ancora di salvezza. A un certo punto l'aveva visto sedersi su una delle panche della galleria, sotto una croce di rovere con un pallido Gesù Cristo d'avorio, dov'era poi rimasto per ore leggiucchiando nel libro sacro e mormorandone alcuni paragrafi tra i denti, con gli occhi fissi nel vuoto come se li stesse mandando a memoria.

Durante il pasto l'inquisitore si era sforzato di riassumere ciò che avevano fatto sino a quel momento, più che altro per vedere se riusciva a riscuoterlo dalle sue riflessioni. Aveva parlato delle lettere che riceveva dai suoi colleghi di Logroño, e che gli sembravano leggermente acide, di quelle dell'inquisitore generale, che lo appoggiava sempre in tutto ciò che faceva, per fortuna, perché se non fosse stato per lui... Valle e Becerra, che in teoria avrebbero dovuto aiutarlo, in realtà sembrava volessero boicottare la sua missione informando in modo volutamente impreciso i commissari delle varie città, chissà cosa avevano in mente.

A questo punto Salazar aveva smesso di parlare, guardando di sottecchi il novizio per vedere se si interessava alla conversazione e se aveva qualche domanda. Gli avrebbe perdonato volentieri anche una delle sue battute di spirito; e invece niente. Íñigo era stato zitto per tutta la durata del pasto, limitandosi a contare i ceci che aveva nel piatto uno a uno, poi due a due, poi tre a tre e di nuovo daccapo, finché non aveva chiesto il permesso di ritirarsi senza aver mangiato niente. Salazar, ormai esperto nel riconoscere i sintomi provocati dai dubbi dell'anima, gli andò subito dietro bloccandolo in corridoio.

«Íñigo!»

«Dite pure, signore.»

«Immagino avrai già preparato tutto per la partenza...»

«Sì, signore.» Íñigo tacque, e Salazar indicò con lo sguardo la Bibbia che teneva sotto il braccio.

«Hai trovato la risposta che stavi cercando?»

«Non sempre cerco risposte», rispose il novizio. «A volte vorrei solo trovare una frase, una parola, un pensiero che mi aiutasse a non sentirmi tanto solo, magari dimostrandomi che già qualcun altro prima di me, in un istante qualsiasi del tempo, ha provato quello che provo io. A volte non so proprio come descrivere ciò che mi accade, e leggere la Bibbia mi è d'aiuto.»

«È una buona pratica, Íñigo. I sentimenti non sono proprietà esclusiva di nessuno: amore, odio, piacere, dolore... sicuramente hanno commosso infinite altre anime prima ancora che noi venissimo al mondo. Ebbene», proseguì Salazar, guardando la Bibbia di Íñigo, «hai trovato dove si parla di qualcuno che ha provato ciò che provi tu?»

Íñigo inspirò tristemente, aprì il libro e cercò la pagina; ma quando l'ebbe davanti non la lesse, la recitò a memoria, senza sentimento, guardando Salazar negli occhi.

«Lettera ai Romani 7, 23-24», precisò prima di cominciare. «"Ma nelle mie membra vedo un'altra legge, che muove guerra alla legge della mia mente e mi rende schiavo della legge del peccato che è nelle mie membra. Sono uno sventurato! Chi mi libererà da questo corpo votato alla morte?"»

«Mio caro Íñigo, l'animo umano è fragile... delicato. L'angelo più bello del Signore, il suo preferito, un giorno arrivò a scontrarsi con Lui in modo così irreparabile che oggi non è più alla Sua presenza. E se un angelo può cadere, come pensare che noi, debole carne umana, si possa andare avanti nel cammino senza mai vacillare? Non preoccuparti: la cosa davvero importante non è che il corpo abbia un attimo di debolezza, ma che l'anima continui a lottare. Non tormentarti, Íñigo: ho bisogno che tu sia sereno e riposato per aiutarmi nella mia ricerca.» E l'inquisitore gli accarezzò la guancia imberbe, guardandolo con indulgenza paterna.

Salazar trovava che Íñigo, pur essendo molto più socievole e affabile di lui, gli somigliasse parecchio, e desiderava con tutto il cuore che i colpi della vita non finissero con l'amareggiarlo com'era capitato a lui.

La loro conversazione però fu bruscamente interrotta da un domestico che si avvicinò a Salazar per dirgli che una persona chiedeva urgentemente di lui. Era la figlia della defunta Juana de Sauri, che non aveva voluto entrare nella sala degli interrogatori e lo aspettava seminascosta nell'angolo buio fra il grande portone d'entrata e il luminoso patio interno del palazzo. In lutto stretto, con un velo nero sui capelli, la donna si nascondeva la bocca con la sciarpa lasciando scoperti solo gli occhi.

«Cosa desiderate?» Salazar era sorpreso.

«Lei... mia madre, aveva paura», disse subito la donna senza nemmeno salutare. «E ho paura anch'io.»

Raccontò dunque all'inquisitore che sua madre era ciò che in quelle terre si chiama una *serora*, una specie di sacrestana che si occupa della chiesa e dell'abitazione personale del parroco. L'anno prima, quando la piaga demoniaca aveva cominciato a imperversare in tutta la regione, Borrego Solano le aveva detto che anche lei poteva contribuire a risolvere quella raccapricciante situazione andando alla sede del Sant'Uffizio per deporre contro alcuni compaesani che da molto tempo avevano fama di essere streghe e stregoni. Per quanto poco convinta, insieme ad altri buoni parrocchiani del villaggio, Juana aveva accettato. E così la poveretta, che era di natura facile allo spavento, aveva ascoltato le aberrazioni di cui erano accusate persone che vivevano a pochi metri da casa sua, e pur non avendo alcuna prova concreta si era lasciata convincere a confermare quelle accuse, fiduciosa com'era che il parroco non le avrebbe mai chiesto di fare qualcosa che andasse contro la legge di Dio.

«Ma mia madre, signore, era davvero una brava persona, e ben presto si pentì di ciò che aveva fatto», disse la figlia di Juana, scoppiando in lacrime. «Solo che ormai era troppo tardi. Le sentenze erano state lette sulla pubblica piazza e... be', il resto lo sapete. Mia madre ci perse il sonno: ogni notte le sembrava di sentire le grida dei condannati al rogo, li vedeva puntarle contro il dito urlando: "È colpa tua, è tutta colpa tua!". Era tormentata dai rimorsi... Chiese consiglio a Borrego Solano, ma lui le disse che andava tutto bene, che aveva fatto la cosa giusta, e per rassicurarla aggiunse che non aveva ragione di dubitare della parola del suo parroco. Eppure... niente, non riusciva a convincersene. Da ultimo si era messa in testa di ritrattare la sua dichiarazione. È per questo che aveva chiesto di parlare con vossignoria... per questo aveva chiesto il colloquio. Voleva dirvi che tutto ciò che aveva dichiarato l'anno prima era una menzogna, che lei non aveva mai visto una strega in vita sua e men che meno Satana. Voleva l'assoluzione di vostra signoria per poter finalmente riposare, perché i condannati e la sua coscienza la lasciassero dormire almeno cinque ore filate per notte.»

«Perché non me ne avete parlato l'altro giorno, quando sono venuto da voi?» domandò Salazar.

«Perché avevo paura. Se aveste pensato che lei, che il suo tormento interiore... forse, aveva potuto spingerla a... mi capite... a togliersi la vita... Io però non lo credo: mia madre non l'avrebbe mai fatto... Non può essere, devono essere state loro...»

«Loro chi?» domandò Salazar.

«Le streghe, per vendicarsi di lei, come dice Borrego Solano.» La donna si fece il segno della croce, poi si frugò nella tasca del grembiule: «Mia madre ha lasciato qualcosa per vostra signoria. Ne ho parlato con il parroco, e lui mi ha consigliato di non darvela. In un primo momento ho pensato di fare come diceva lui e di distruggerla, ma poi... non so, ho pensato che se ve la davo, forse, lei avrebbe potuto riposare in pace, in un posto migliore». E così dicendo gli tese un pezzo di pergamena color della cera sulla cui parte superiore era scritto: «Da consegnare ad Alonso Salazar y Frías».

«Sua madre sapeva scrivere?»

«Sì, il parroco l'aveva insegnato sia a lei che a me.»

«Ma qui non c'è scritto altro che il mio nome», disse Salazar, voltando la pergamena da una parte e dall'altra. A parte il suo nome, tracciato a chiare lettere nella parte alta del foglio, sulla pergamena sembrava non ci fosse altro da leggere. Tutto il resto era in bianco. «Siete proprio sicura che non ci fosse altro?»

«Sicurissima.»

Detto ciò, la donna s'incamminò verso l'uscita. Era ormai sulla soglia quando Salazar la richiamò.

«Scusate se ve lo domando ancora: davvero vostra madre non aveva alcun difetto alle gambe?»

«No, ve lo assicuro, stavolta non vi sto nascondendo niente. Vi ho detto tutto ciò che sapevo.»

Quando la donna se ne fu andata, Salazar provò un fortissimo desiderio di condividere con qualcuno ciò che era successo e decise di scrivere al suo mentore, l'inquisitore generale. Fino a quel momento Bernardo de Sandoval y Rojas gli aveva sempre dato completa fiducia e appoggio, e lui gliene era grato. Scrisse che il tempo sembrava lavorare contro la sua missione: da quando aveva lasciato Logroño erano passati già due mesi e la grazia dell'editto aveva potuto concretizzarsi solo nel villaggio di Santesteban, nonostante lui stesso non si fosse risparmiato e avesse messo a dura prova la resistenza dei suoi collaboratori. Se le cose procedevano a quel ritmo, sei mesi non sarebbero bastati a percorrere tutta la zona colpita. Salazar continuava dicendo che, fino a quel momento, le indagini non gli permettevano di confermare l'effettiva esistenza di streghe e demoni, ma nemmeno di escluderla con assoluta certezza.

> Ho tra le mani un indizio importante che, forse, potrà aiutarci a scoprire la verità. Oggi la figlia della defunta Juana de Sauri è venuta da me e mi ha parlato degli affanni della sua genitrice. Pare che la defunta soffrisse di rimorsi di coscienza per le dichiarazioni che aveva reso l'anno scorso al tribunale di Logroño, durante il processo delle streghe. Sua figlia mi ha confidato che, su istigazione del parroco Borrego Solano, in quell'occasione Juana de Sauri aveva mentito, e da allora era stata tormentata dai rimorsi e dal desiderio di farsi perdonare per la sua falsa testimonianza. E mi ha consegnato una lettera della defunta: a quanto mi sembra di intuire, in quella lettera si cela un indizio cruciale per capire davvero cosa stia accadendo in queste terre. Ma dove? So che il segreto è celato in questa pergamena vuota, ma le mie facoltà ancora non mi permettono di coglierlo.

In chiusura Salazar assicurava all'inquisitore generale che non si sarebbe dato pace finché non avesse trovato risposta a tutte le sue domande. L'inquisitore piegò il foglio, lo infilò in una busta, vi applicò il suo sigillo e consegnò la lettera a un messo.

«Parti subito: questa lettera deve arrivare a destinazione il più presto possibile», gli ordinò.

## XII

*Di come mitigare gli effetti negativi di un veleno e accrescere la saggezza*

«E come stanno gli inquisitori Valle e Becerra?»

«Be', ecco... mi sono sembrati un po' confusi. Non avevano chiaro come procedere. Per fortuna c'ero lì io per aiutarli a "prendere decisioni azzeccate".»

Rodrigo Calderón fece una risatina vanitosa, tronfio del suo dominio dell'arte oratoria. Staccò un chicco d'uva dalla fruttiera che aveva davanti, lo lanciò in aria e lo fece ricadere direttamente in bocca, come una scimmietta alla fiera. Poi appoggiò comodamente le spalle allo schienale, allungò con disinvoltura i piedi sul tavolo e andò avanti a parlare sotto lo sguardo sprezzante del suo interlocutore.

«Mi sono permesso di presentare a quei signori una ragazza di nome Morguy che, a quanto dicono, sa individuare lo *stigma diaboli*; nonché un cacciatore di streghe di nome Pedro Ruiz de Eguino che aspira a un posto di commissario inquisitoriale. Entrambi seguono con dedizione la nostra causa, e daranno una bella scrollatina alle zone in cui Salazar e la sua comitiva ancora non hanno messo piede. Vedrete, Patrono...» Calderón pronunciò l'ultima parola con espressione sorniona. «Vedrete quante streghe e stregoni riempiranno le segrete nel giro di un paio di settimane. La gente ne sarà terrorizzata.»

«E cosa sapete della missione di Salazar?»

«A dirla tutta», replicò Calderón, guardando l'altro con irriverenza, «ne so parecchio... non per nulla ho sul posto degli informatori che lavorano giorno e notte, indefessamente. Ma se c'è qualcuno che conosce per filo e per segno come prosegue la missione, quel qualcuno dev'essere vostra grazia.»

«Vedo che tutto ciò che ho sentito dire di voi è vero: siete gradasso, vanitoso, prepotente e incapace di tenere a freno la vostra lingua arrogante...»

Rodrigo Calderón non disse nulla, ma prese un altro acino d'uva con espressione di falsa modestia.

«Guardate che non è un complimento», precisò il Patrono

«Già: è un vero peccato che io sia di tanto aiuto alla corona, *n'est-ce pas?*» E fece un sorriso sornione.

Il suo interlocutore lo fissava con freddezza: non voleva tradire con nessun movimento del viso di aver capito benissimo che la frase in francese alludeva alle voci secondo cui la morte di Enrico IV, assassinato un anno prima a Parigi da un certo Ravaillac, fosse stata il frutto di un complotto ordito nel cuore stesso della corte spagnola. Con la morte del re di Francia, infatti, erano andati a monte tutti i suoi piani per costruire un'alleanza con il duca di Savoia e attaccare insieme a lui Milano, centro di potere della monarchia iberica in Italia e punto di collegamento fra la Spagna e i Paesi Bassi. Nessuno aveva potuto dimostrarlo, ma correva voce che anche i gesuiti fossero coinvolti nell'intrigo e che fosse stato proprio Lerma, insieme al suo cane da guardia Calderón, a progettare il regicidio. Anche se la monarchia spagnola l'aveva ufficialmente condannato, infatti, il favorito del re aveva organizzato una delle sue famose feste con porcellini arrosto, pavoni e vino della Rioja, brindando senza troppi convenevoli al nuovo futuro dei vicini di Gallia.

«Allora», sospirò infine il Patrono, «vogliamo giocare ancora un po' con le parole o vostra grazia intende raccontarmi ciò che sa?»

Calderón tirò giù i piedi dal tavolo, appoggiò i gomiti sulle ginocchia e fece la faccia seria.

«In verità, l'atteggiamento di Salazar mi preoccupa parecchio. Vorrei proprio sapere come si è arrivati a scegliere proprio lui per il viaggio di Visita invece di Valle o Becerra, che sono molto meno scomodi e più facili da maneggiare... per così dire. Questo Salazar ha creato una gran confusione nella testa della gente: ha uno stranissimo modo di condurre le indagini, impiega metodi assurdi che portano a conclusioni ancora più assurde. La gente non lo capisce... ma lo considera una sorta di semidio, e prende le sue decisioni come oro colato. In un attimo, con una parola, Salazar risolve ogni cosa, e non resta più niente da dire.» Calderón sospirò, come se si sentisse oppresso. «Non so, non mi pare fosse questo l'effetto che volevamo ottenere.»

«Ma sì, Calderón, invece è proprio questo», disse il Patrono, alzandosi in piedi e mettendosi a camminare avanti e indietro per la stanza. «Il nostro obiettivo è far sì che la gente veda in noi la risposta a tutti i suoi mali. Il popolo deve essere pieno di gratitudine per ciò che facciamo. Deve sentirsi protetto perché ci sono degli esseri superiori che vegliano sul suo equilibrio spirituale. Non dimenticate che l'unica cosa che mi sta veramente a cuore è l'unità religiosa.»

«Molto bene», lo interruppe Calderón. «In questa faccenda ciascuno ha il suo tornaconto. Ma al di là di tutto non credo che questa calma piatta sia una buona cosa. Dovremmo sollevare più scandalo, far sì che il male provocato dalle streghe sia più visibile, almeno mentre Salazar è in un determinato luogo. Se anche lui si spaventasse un po', forse sarebbe meno sicuro di sé. Non è cosa da poco... la gente ne sarebbe scossa.»

«Cosa avete in mente di preciso?»

«Gli interrogatori, per esempio... le sale delle udienze sono sempre piene di penitenti piagnucolosi che supplicano: "Per favore, perdonatemi, perdonatemi perché ho peccato... credo in Dio nostro Signore...".» Con una vocetta acuta e beffarda, Calderón cercava di imitare le streghe confesse. «Mi sembra un po' troppo facile... non abbastanza "impressionante". Pensavo che potrei infiltrare fra i penitenti una delle mie informatrici, per fare un po' di scena. Una confessione come si deve, una confessione "come Satana comanda".» E Calderón rise del suo gioco di parole. Era evidente che si trovava irresistibile.

«Lascio la cosa nelle vostre mani. Però», disse il Patrono guardandolo con occhi severi, «cercate di controllarvi, Calderón: non voglio che un'altra "disgrazia" come quella di Juana de Sauri rischi di infangarci. Non bisogna esagerare. La cosa non deve sfuggirci di mano.» E rimase in silenzio per un po'. Poi tornò a sedersi e cambiando bruscamente argomento aggiunse: «Mi è giunta notizia che la defunta avrebbe lasciato una lettera per Salazar... nella quale, forse, gli dice qualcosa che potrebbe incriminarci».

«Incriminarci? Nessuno potrà mai risalire da quella donna a noi, su questo punto potete stare tranquillo», disse Calderón guardando l'altro negli occhi. «Innanzitutto i miei informatori giurano di non aver avuto niente a che fare con la morte di Juana de Sauri: è stato solo uno spiacevole incidente, e nemmeno con i suoi metodi grotteschi Salazar riuscirà a risalire da quel piccolo contrattempo fino a noi. Quanto alla lettera... lo ammetto, non ne sapevo niente. Possibile che una come Juana sapesse scrivere?»

«Pare proprio di sì. Sembra che l'abbia ritrovata la figlia, e che fosse indirizzata proprio a Salazar. Al momento lui ne è entrato in possesso ma, a quanto mi riferiscono, ancora non è riuscito a interpretarne il senso.»

«Ebbene, se la lettera è in mano all'inquisitore vi garantisco fin d'ora che i miei informatori gliela prenderanno e la distruggeranno. Non dovete preoccuparvi di nulla», assicurò Calderón.

Sui due uomini calò un imbarazzante silenzio.

«I vostri informatori... non conoscono la mia identità, vero, Calderón?»

«Per chi mi prendete? Da anni mi occupo personalmente degli affari più scabrosi del regno e nessuno ha mai potuto rimproverarmi alcunché. Sono la discrezione in persona. I miei collaboratori sanno solo che gli incarichi ci vengono dati da una persona che, fra noi, chiamiamo sempre il Patrono.»

«E così dovrà essere anche in futuro. Non ve ne dimenticate, Calderón. Così dovrà essere sempre.»

Dopo l'atto di riconciliazione la comitiva di Salazar si trattenne a Santesteban ancora un paio di giorni: bisognava raccogliere tutto, organizzare in fascicoli i fogli delle testimonianze, sistemare le prove raccolte e caricare i cassoni sui carri. Mentre gli addetti andavano avanti e indietro portando utensili e scartafacci, il novizio Íñigo de Maestu vagava qua e là con la faccia di uno che non ha dormito, facendo commissioni, guardando senza vedere e mormorando risposte quasi inudibili a chi gli rivolgeva direttamente la parola. Tutti segnali che cominciavano a preoccupare seriamente Salazar. Le poche parole che il giorno prima era riuscito a scambiare con lui, evidentemente, non erano servite a nulla. L'inquisitore sapeva bene che, a quell'età, un eccesso di riflessione può essere corrosivo quanto la ruggine per il ferro, e che è meglio non ascoltare troppo i propri pensieri quando si fanno impertinenti. Al calar della notte, quindi, si avviò verso la camera di Íñigo con tutta l'intenzione, se non gli fosse riuscito di rasserenarlo, di provare almeno a distrarlo. E poi doveva assolutamente parlare con qualcuno della lettera di Juana, che ancora non era riuscito a decifrare: quattro occhi vedono meglio di due, e forse il novizio, esperto lettore di tracce del bosco, avrebbe potuto aiutarlo a chiarire il mistero di quel foglio bianco.

Bussò due volte alla porta e aprì subito, senza aspettare risposta. Íñigo era disteso sul letto, con la Bibbia aperta in mano, avvolto da una penombra azzurrina interrotta solo dal cerchio di luce dorata della candela sul comodino. Rileggeva il Cantico dei Cantici, riflettendo sulla possibilità che i profeti che l'avevano composto si fossero ispirati alla presenza viva e tangibile di un angelo come il suo; o forse proprio del «suo» angelo, perché come Íñigo sapeva bene gli angeli non hanno età e la loro essenza è immortale

Stupito di vedere l'inquisitore in camera sua, a quell'ora di notte, che gli si avvicinava con espressione a un tempo ansiosa e confidente e un foglio di pergamena fra le mani, il novizio si alzò subito dal letto.

«Íñigo, ho bisogno del tuo aiuto.»

Il desiderio di non deludere Salazar lo riscosse un po'. Il novizio posò la Bibbia sul comodino e guardò con curiosità la pergamena.

«Come puoi vedere dall'intestazione», disse l'inquisitore mostrandogli il foglio in bianco, «si tratta di una lettera indirizzata a me personalmente. Me l'ha portata la figlia di Juana: pare l'avesse scritta di suo pugno la defunta. Ma in realtà non c'è nessuna lettera, e a quanto pare io non ho abbastanza ingegno da capire cosa significa... Eppure ho la sensazione che sia una cosa importante.»

«Una lettera in bianco... Aha...» replicò Íñigo, atteggiandosi a erudito. Guardò il foglio al dritto e al rovescio, poi di nuovo al dritto, poi controluce, cercando di individuare la traccia di un qualche impercettibile segnale; poi, non avendo trovato proprio nulla, prese a formulare ipotesi, nella convinzione che qualsiasi cosa avesse detto sarebbe pur sempre stata meglio di un silenzio tale da sottolineare vergognosamente la sua ignoranza. «Ecco, non saprei... forse Juana aveva solo cominciato a scriverla e qualcosa l'ha interrotta subito dopo l'intestazione: "Da consegnare ad Alonso de Salazar y Frías". Chissà, forse era un biglietto... d'addio», buttò lì, esitando.

«Quando si scrive un biglietto d'addio di solito lo si indirizza a una persona cara, perché si tiene a spiegarle le ragioni della propria volontaria dipartita. Suvvia: non credo proprio che qualcuno possa essere tanto sciocco da sprecare i suoi ultimi momenti di vita scrivendo lettere a un perfetto sconosciuto, non ti pare?»

«Be', io non lo so: l'idea di scrivere una di "quelle" lettere non mi ha mai nemmeno sfiorato. E poi...» disse Íñigo, abbassando gli occhi sul foglio di pergamena, «potrebbe trattarsi di un messaggio in codice, di una specie di simbolo.» E sollevando il sopracciglio destro si lanciò nella speculazione: «Forse la defunta intendeva dire che, in quel momento della sua vita, si sentiva vuota... vuota come questo foglio vuoto».

Salazar gli lanciò un'occhiata carica di scetticismo.

«Cosa ti fa pensare che una donna del popolo come Juana dominasse con tanta maestria l'arte della figurazione simbolica?» L'inquisitore sospirò di stanchezza: forse non sarebbe mai venuto a capo di quella lettera misteriosa. «Non so, Íñigo, forse hai ragione tu... Ma mi inquieta il pensiero che fra poco ce ne andremo da Santesteban senza avere scoperto cos'è realmente successo alla povera Juana de Sauri. Non mi piace lasciare le cose a metà. Ricordi quando mi hai detto che, dalle impronte di Juana sul sentiero, si poteva dedurre senz'ombra di dubbio che zoppicava?» Íñigo annuì. «Bene, l'ho domandato ancora una volta a sua figlia e mi ha ripetuto che sua madre non aveva alcun problema alle gambe o ai piedi.»

«Vedete, signore, io non ho molte conoscenze su quasi nulla, o forse ne ho troppe su troppe cose... ma di piccola entità, il che fa sì che non possa ritenermi un vero esperto in nessuna materia», puntualizzò Íñigo. «L'unica cosa in cui penso di essere davvero abile è sviscerare il significato delle orme: e vi assicuro, signore, che Juana stava correndo e zoppicava. Ciò che invece non posso dirvi è perché lo facesse, così come non ho elementi per dire se si trattasse di un'infermità che Juana aveva fin dalla nascita. Anzi, in realtà poteva aver avuto un incidente quel giorno stesso, che so... e in tal caso sua figlia potrebbe non esserne al corrente.»

«Aspetta, aspetta!» A Salazar sembrava di intravedere finalmente una lucina in fondo al tunnel. «Forse non zoppicava... forse lo strano movimento del piede destro aveva un'altra causa. Puoi descrivermi esattamente com'erano, le impronte lasciate da Juana?»

Íñigo cominciò a percorrere il pavimento della stanza a grandi falcate, appoggiando ogni tre o quattro passi il piede destro tutto da un lato, sbilanciando il resto del corpo.

«Ci sono! Sei un genio, Íñigo!»

«Dite sul serio, signore?»

«Juana non aveva un difetto al piede!»

«No?»

«Certo che no! È solo che, ogni tre o quattro passi, si voltava per guardarsi alle spalle: è per questo che l'impronta del piede destro risulta laterale.» Salazar sorrideva. «E quand'è che una persona corre a gambe levate guardando spesso dietro di sé?»

«Ma certo! Si guardava alle spalle perché qualcuno la stava inseguendo!» esclamò Íñigo, sbalordito.

«Esatto!»

«Ma allora è vero che sono state le streghe in combutta con il demonio ad ammazzarla?» Ora il novizio, un po' spaventato, parlava più lentamente.

«Se non loro, perlomeno qualcuno che a loro somigliava. Non dicevi che le altre impronte, quelle del presunto caprone... quelle con l'unghia fessa, sembravano come strascicate, e avanzavano in parallelo rispetto a una coppia di impronte umane?»

«Sì.»

«Ci ho riflettuto a lungo: com'è possibile che un animale come il caprone, che normalmente si regge su tutte e quattro le zampe, riesca a camminare senza difficoltà sulle sole zampe posteriori? E perché ogni tanto dovrebbe trascinarle?»

«Non saprei...»

«Sono arrivato alla conclusione che qualcuno potrebbe essersi attaccato un paio di zampe da caprone davanti al corpo: così, come una specie di grembiule fatto con la pelle dell'animale e legato attorno ai fianchi. Ciò spiegherebbe come mai, in un angolo della casa di Juana, tu abbia ritrovato una singola zampa: probabilmente quella persona si era liberata delle zampe anteriori perché la impicciavano nei movimenti.»

«Un travestimento... ma certo! Quelle impronte non significano che ci fosse un caprone che camminava sulle zampe posteriori, bensì...»

«...che quella persona, mentre camminava», disse Salazar completando la frase del novizio, «lasciava in terra il segno delle zampe un po' strascicato, mentre quando si fermava lo lasciava chiaro e intero. Se immaginiamo che fosse in preda al panico, la povera Juana può essere stata indotta dalla sua stessa paura a crederlo un diavolo vero.»

«Pensate che sia stata la persona travestita da diavolo a buttarla nel fiume?»

«No... o almeno, non materialmente. Penso che, negli ultimi tempi, Juana fosse in uno stato d'animo assai vulnerabile. Probabilmente aveva preparato lei stessa la pietra con la corda vicino al ponte, in previsione del momento in cui non avrebbe più sopportato i rimorsi di coscienza. In realtà però non sono stati i sensi di colpa, bensì una macabra pagliacciata a spingerla ad abbandonare spontaneamente questo mondo», sentenziò Salazar. «È stata la paura a portare Juana in fondo al fiume. Adesso dobbiamo assolutamente scoprire chi sono questi commedianti che si divertono a travestirsi da caprone per far saltare i nervi alla gente, e soprattutto perché lo fanno.»

E Salazar uscì dalla stanza di Íñigo tutto sorridente, augurandogli la buona notte. Senza accorgersi di aver lasciato la lettera di Juana sul suo letto.

Da sempre, streghe e stregoni suscitavano in Mayo sentimenti contrastanti. Una parte di lei ne aveva paura: una paura esacerbata, che la spingeva a stringersi a Ederra nelle notti in cui avvertiva la loro presenza. Ma al tempo stesso non riusciva a toglierseli dalla testa, e provava un malsano desiderio di scoprire dove si sarebbero riuniti e di spiarli accoccolata dietro un cespuglio. Ederra le aveva spiegato mille volte che erano persone radicalmente diverse da loro

«Il nostro potere viene dalla natura. Noi ci serviamo dell'aria, dell'acqua e della terra, delle piante e dei fiori, e all'occorrenza facciamo ricorso all'aiuto di un genio dei boschi, che ci dà una mano per pura gentilezza», diceva sempre la Bella. «Le streghe invece, piccola mia, traggono i loro poteri dal fondo più fondo dell'inferno. È il demonio a concederli in cambio della loro anima immortale. Stringono un patto con il maligno e così, in un batter d'occhio», Ederra schioccava le dita, «restano senz'anima.»

Mayo però si domandava se il diavolo, in quanto suo padre, non fosse già padrone e signore della sua anima fin dall'inizio, senza bisogno di ulteriori patti. Perché a volte, mentre osservava gli strani maneggi delle streghe, sentiva di essere fatta della loro stessa essenza. Questo però a Ederra non l'aveva mai detto, per non preoccuparla.

Le aveva viste, la notte di San Giovanni, celebrare i loro raduni e mangiare, ballare, cantare, danzare in cerchio, ma tutte rivolte verso l'esterno in modo da non vedersi in faccia per non dover morire di vergogna, il giorno dopo, quando si fossero incontrate per la strada. Mayo ne percepiva la presenza, ne sentiva l'odore, riconosceva le impronte dei loro piedi e il loro modo di fare. Poteva intuire la presenza di una strega a molte leghe di distanza, quasi avesse un sesto senso. Proprio per questo era sicura che i due uomini pelosi che avevano aggredito il giovane assistente di Salazar non fossero affatto stregoni: al massimo potevano rientrare nella categoria dei saltimbanchi. Eppure eccoli di nuovo appostati nei pressi dell'edificio che ospitava la comitiva di Salazar: anche loro, evidentemente, seguivano l'inquisitore, benché Mayo non riuscisse a figurarsene il motivo. La ragazza andò quindi a nascondersi a pochi passi da loro per ascoltare cosa dicevano

«Il Patrono vuole che andiamo là dentro a rubare una lettera.»

«Una lettera», ripeté quello con l'occhio biancastro mordicchiandosi svogliatamente un'unghia.

«Non ripetere sempre l'ultima cosa che dico come se fossi un idiota. Lo sai, no, cos'è una lettera?»

«Un foglio di carta.»

«Esatto... ma un foglio di carta speciale. Indirizzato all'inquisitore Salazar.»

«Come farò a riconoscerlo?»

«Abbassa la voce», grugnì l'uomo con la barba. «Prendi tutto ciò che troverai sulla sua scrivania, così non potrai sbagliare. Ma non dimenticare: prima di tutto devi mettergli in bocca questa polverina mentre dorme.» E l'uomo con la barba passò all'altro un sacchettino confezionato con un fazzoletto di tela sottile, dentro il quale sembrava esserci un piccolo recipiente che Mayo non poté vedere. «Così non si sveglierà e potrai lavorare in pace. Sta' attento però a non dargliene più del necessario, o lo manderai dritto all'altro mondo.»

«All'altro mondo», ripeté il ragazzo.

Poi i due si affacciarono da dietro l'angolo per vedere se le finestre del palazzo fossero ancora illuminate. Ne rimaneva accesa soltanto una.

«La stanza dev'essere quella: l'inquisitore sta sempre alzato fino a tardi. Aspetteremo ancora un po', finché non avrà spento la luce e non si sarà addormentato.»

Mayo si spaventò: non poteva permettere a quei due di fare del male all'unica pista che potesse condurla fino a Ederra. Frugò dunque nelle bisacce di Beltrán in cerca di un rimedio contro gli avvelenamenti, si mise in tasca le pietruzze colorate che rendono invisibili e rimase in attesa. Il ragazzo dall'occhio biancastro continuò a fissare la finestra finché la luce non si spense e poi, dopo aver aspettato ancora un po', si arrampicò agilmente sulla facciata dell'edificio, raggiunse il davanzale, vi rimase per un attimo appollaiato e infine saltò dentro.

Subito Mayo corse verso il portone principale del palazzo, sfiorando appena il suolo con i piedi per non fare rumore e stringendo forte le pietruzze dell'invisibilità. Oltrepassò il portone senza incidenti, perché di guardia non c'era nessuno. Percorse con il fiato sospeso i corridoi, contando mentalmente per essere sicura di entrare nella stanza giusta; ma quando fu davanti alla porta capì che quella non era affatto la camera da letto dell'inquisitore. Il ragazzo dall'occhio biancastro si era sbagliato.

Spinse silenziosamente la porta fino ad aprire una sottile fessura, guardò dentro e al tenue chiarore della luna vide il ragazzo introdurre una polverina ocra nella bocca della persona sdraiata nel letto. Poi, quando fu sicuro che l'intruglio avesse fatto effetto, il misterioso personaggio accese la candela sul comodino e si avvicinò alla scrivania. Rimase fermo un momento, grattandosi il mento e cercando di decidere cosa portar via: sul ripiano c'erano libri, fogli volanti, penne, disegni, un calamaio... Il ragazzo sembrava in difficoltà. Mise da parte i libri, il calamaio, i disegni e le penne e si risolse a prendere tutti i fogli volanti, affastellandoli in modo disordinato e infilandoseli nella cintura. Infine si voltò per assicurarsi che la sua vittima stesse ancora dormendo e se ne andò per la stessa via da cui era entrato.

Per un momento Mayo temette che il suo antidoto non fosse sufficiente a contrastare gli effetti di quella sostanza sconosciuta. Con il cuore che le batteva forte in petto si avvicinò al letto del dormiente, e con suo grande stupore riconobbe nell'avvelenato il giovane novizio che aveva già soccorso una volta.

«Poverino... com'è sfortunato», mormorò fra sé.

Il veleno doveva aver cominciato a fare effetto perché il ragazzo respirava in modo profondo e irregolare, inspirando l'aria con difficoltà come succedeva a lei in uno dei suoi attacchi. Senza perder tempo Mayo gli chiuse il naso con due dita, e quando Íñigo boccheggiò in cerca d'ossigeno gli versò in gola il succo di una dozzina di quadrifogli, pianta che ha il potere di mitigare gli effetti negativi dei veleni e di accrescere la sapienza.

Poi sedette accanto a lui sul bordo del letto. Non aveva mai visto un uomo tanto bello, ed era stupita di non essersene accorta prima. Avvicinò il naso al collo del giovane e annusò a fondo il suo profumo di sapone di Cipro. Osservò senza pudore i suoi capelli scompigliati e dorati, la graziosa curva del mento e le labbra carnose, come di seta. Un desiderio infantile e irresistibile la spinse a sfiorare quelle labbra con il polpastrello del suo minuscolo indice: a quel contatto il giovane socchiuse le labbra e sospirò. Mayo vide i suoi denti perfetti, allineati a protezione di una lingua rosea, lucida, umida, rintanata in fondo a quella cavità che, inspiegabilmente, le risvegliava dentro una golosità sconosciuta, una fame di lui che le riempiva la bocca di saliva quasi avesse avuto davanti uno squisito manicaretto. Mayo avvicinò la bocca a quella del ragazzo, senza sfiorarla, solo per condividere con lui l'aria cerulea di quella stanzetta rischiarata da una minuscola fiamma. Dopo qualche espirazione, senza quasi avere coscienza di ciò che stava facendo, Mayo mosse leggermente la lingua per assaggiare quelle labbra, come un gattino con un piatto di latte, lentamente, da sinistra a destra, lungo i bordi, negli angoli; finché, sazia di labbra, non decise di passare oltre. Gli sfiorò i denti, accarezzò la morbida pelle dell'interno della bocca e unì la sua lingua a quella del novizio, scoprendone la consistenza umida e vellutata: una cosa della quale, fino a un momento prima, non aveva consapevolezza, una sensazione che avrebbe riprovato poi sempre, negli anni a venire, ogni volta che avesse ricordato quel momento. Quella carezza intima, interminabile, la lasciò estenuata, con un terribile dolore intrappolato nel petto e un bisogno di calore umano più forte di qualsiasi altra cosa avesse provato in vita sua. Ma si costrinse a fermarsi, per paura che l'agitazione e la mancanza d'aria culminassero in uno dei suoi attacchi d'asma.

Appoggiò i gomiti alle ginocchia e si prese la testa fra le mani, cercando di riprendere fiato. Poi lo guardò ancora, sempre profondamente addormentato, e la sua ansia si trasformò in tenerezza. Molto lentamente Mayo allungò il suo corpicino da rondine accanto a quello del novizio, con cautela, e rimase così per qualche minuto, con il sangue che le pulsava alle tempie, notando come il suo corpo si adattasse armoniosamente a quello del giovane. Gli posò delicatamente la mano sottile sul petto: sentiva il vibrante palpitare del suo cuore, e senza sapere bene il perché provò l'urgente necessità di sussurrargli all'orecchio la storia della sua vita, dal momento in cui il diavolo l'aveva concepita nel corpo di sua madre a quello in cui aveva perso Ederra. Gli raccontò delle sue paure e dei suoi dubbi, gli disse che ancora non aveva trovato l'acqua per disincantare Beltrán e che per questo si sentiva una fallita, che possedeva una cassettina di legno con gli angoli di metallo contenente alcuni oggetti che erano appartenuti a persone ormai morte e che era stata affidata a un carrettiere al quale avevano affibbiato un soprannome ridicolo per colpa di un momento di stupidità. Gli raccontò che li seguiva ormai da settimane, lui e l'inquisitore, e che li seguivano anche due tipi stranissimi. Ma lui non doveva preoccuparsi di nulla, perché anche se Ederra diceva sempre che gli uomini di chiesa non sono altro che un branco di arroganti, mangiapane a sbafo e buoni a nulla, lei era sicura che lui e Salazar non erano così e avrebbe continuato a vegliare su di loro. Gli confidò anche di non saper versare nemmeno una lacrima e che curiosamente quel fatto faceva di lei la persona più triste del mondo, perché per esempio in quel momento avrebbe tanto voluto piangere e piangere fino al mattino. E concluse dicendo che a volte il fatto di essere figlia del demonio la faceva sentire indegna, ma che una persona le aveva detto che pure mago Merlino era figlio di un incubo e di una religiosa, eppure, se aveva capito bene, non era cattivo, semmai un tantino pittoresco. Chissà, forse nemmeno lei era del tutto cattiva.

Non smise di parlare finché non si rese conto che ormai mancava pochissimo all'alba, e che in nessun momento la respirazione di Íñigo aveva perso il suo ritmo regolare. A quel punto non poteva accadergli più nulla di male. Sempre con la stessa delicatezza tolse la mano dal suo petto e sospirò di sollievo.

«Grazie per avermi ascoltato», mormorò.

Alzandosi dal letto, però, vide che da sotto il corpo del giovane spuntava l'angolo di un foglio di pergamena. Probabilmente Íñigo lo aveva in mano al momento di addormentarsi. Lo afferrò e lo tirò piano, facendo attenzione a non svegliarlo, poi lo avvicinò alla candela per guardarlo meglio: era in bianco, con solo poche parole scritte nella parte alta.

«Forse è proprio questa la lettera che volevano rubare», mormorò fra sé.

Mentre guardava la pergamena, il calore della fiamma fece apparire alcune lettere prima invisibili, che Mayo non poté decifrare perché non sapeva leggere. Chi aveva vergato quelle parole, evidentemente, ci teneva molto a che occhi estranei non potessero scoprirle; e Mayo fu molto contenta che i due sconosciuti non l'avessero trovata. Tenendo la pergamena vicino alla candela, fece comparire una a una tutte le righe del messaggio, poi posò il foglio sul comodino.

«Spero che ti possa servire», sussurrò all'orecchio del novizio.

Con un soffio spense la candela e lasciò il palazzo, la mano infilata in tasca e le pietruzze colorate dell'invisibilità strette nel pugno. Ed effettivamente nessuno la vide uscire.

## XIII

*Di come scrivere e decodificare messaggi segreti, di come rovinare il raccolto dei vicini, di come raggirare le streghe affinché facciano per noi i lavori di casa*

Quando Salazar ebbe letto le parole che Juana aveva voluto fargli pervenire, all'improvviso tutta la sua missione sembrò assumere un nuovo significato. Da settimane ormai, insieme ai suoi assistenti, non faceva che aggirare ostacoli e grattare la vernice delle apparenze per scoprire la verità, lavorando all'infinito su ipotesi ed elucubrazioni solo perché il signor inquisitore generale si era messo in testa di sconfiggere il pregiudizio. Ora finalmente aveva sotto gli occhi le dichiarazioni di una persona che aveva conosciuto personalmente il lato oscuro. Era come un sussurro che, dall'aldilà, offrisse risposta alle inquietudini dell'aldiqua: ma il messaggio, forse per l'evanescenza tipica degli spiriti, arrivava alquanto confuso. Salazar guardò ancora una volta il foglio che aveva in mano, incapace di credere sino in fondo ai propri occhi.

«Ma come hai fatto a far apparire le lettere?»

«Vi ripeto che io non ho fatto niente di niente, signore», protestò Íñigo. «È stata lei.»

«Lei chi?» domandò frate Domingo, sornione.

«L'angelo azzurro», precisò il novizio per la centesima volta.

«Tanto per cominciare gli angeli non hanno sesso», mormorò Domingo, acido.

«E invece sì che ce l'hanno; o almeno, questo ce l'ha», disse Íñigo arrossendo. «È stato l'angelo azzurro, ne sono sicuro.»

«Forse comincio a capire cosa può essere successo», farfugliò Salazar, alzando la voce man mano che le idee gli si chiarivano in testa. «Juana deve aver scritto la lettera con il succo di un qualche agrume: limone o arancia... vanno bene entrambi per questo genere di trucchetti. Quando il succo si asciuga, le lettere diventano invisibili.»

E l'inquisitore raccontò che lui e i suoi fratelli avevano usato spesso quello stratagemma per scambiarsi messaggi segreti. Il destinatario, per leggerli, non doveva far altro che avvicinare la carta a una fiamma e le lettere diventavano visibili come per magia.

«Avevi lasciato la lettera vicino alla candela, dico bene, Íñigo?» E senza aspettare la risposta del novizio, Salazar riprese a parlare fra sé e sé. «Come ho fatto a non pensarci? Ma chi l'avrebbe immaginato, che una donna così semplice fosse in grado di utilizzare un trucco del genere per...»

«No, non ce l'ho lasciata... no, non io.» Íñigo sembrava indeciso; ma poi gli venne in mente che c'era qualcos'altro da aggiungere alle sue scoperte della mattina. «Stanotte qualcuno è entrato in camera mia: ne sono sicuro, non è stata un'allucinazione... perché, oltre a questo, sono sparite alcune carte che ieri sera erano sulla scrivania. Appunti, niente di importante: fatto sta che sono spariti. Qualcuno deve avermeli rubati.»

«Ahimè, caro ragazzo...» lo punzecchiò frate Domingo. «A quanto pare questo tuo angelo allunga un po' troppo le mani: prima la bisaccia, adesso le carte...»

«Ora basta con il sarcasmo», lo sgridò Salazar. «Un furto non è cosa da prendersi alla leggera. Se è vero che qualcuno può intrufolarsi impunemente nei nostri appartamenti, nel cuore della notte, senza essere scoperto, significa che siamo in una situazione molto complicata e potenzialmente pericolosa.»

«Quei benedetti documenti scomparsi saranno finiti per errore in una delle casse che abbiamo già caricato», disse frate Domingo, cercando di minimizzare l'accaduto. «Con tutti questi preparativi, anche in camera mia regna una gran confusione.»

«Può essere che tu abbia ragione», disse Salazar, pensieroso. «Ma ora la cosa che mi preme di più è capire il significato della lettera. A dirla tutta, l'enigmatica frase che Juana ha scritto nei suoi ultimi istanti di vita mi fa venire la pelle d'oca.»

E i tre religiosi abbassarono nuovamente gli occhi sul messaggio della defunta:

Il resto dell'umanità che non perì a causa di questi flagelli, non rinunziò alle opere delle sue mani; non cessò di prestar culto ai demòni e agli idoli d'oro, d'argento, di bronzo, di pietra e di legno, che non possono né vedere, né udire, né camminare; non rinunziò nemmeno agli omicidi, né alle stregonerie, né alla fornicazione, né alle ruberie.

«Quella povera donna doveva avere un'indole assai particolare, o forse voleva soltanto che ci occupassimo un po' di lei», disse Íñigo. «Perché se con questa lettera pensava di aver chiarito il come e il perché della sua morte...»

«E allora facciamolo: occupiamoci un po' di lei, com'era suo desiderio», ordinò Salazar. «Per domani mattina voglio che ognuno di voi elabori un'ipotesi sul significato di queste parole.»

Beltrán era rimasto per tutta la notte sotto le finestre del palazzo ad aspettare Mayo; e quando la vide avanzare lentamente verso di lui, armoniosa come una brezza estiva, capì subito che le era successo qualcosa di importante. La ragazza gli prese il muso fra le mani, si guardò teneramente riflessa nei suoi occhi di giaietto e sospirò. Poi gli montò in groppa, gli appoggiò il petto sul collo infilando il naso nell'odore familiare della sua criniera e gli sussurrò all'orecchio di avviarsi in direzione del bosco. L'immagine del novizio era rimasta scolpita nei suoi pensieri; le sembrava di sentire ancora accanto a sé la sua tiepida umidità... le sembrava che al mondo non potesse esistere materia più preziosa di quella di cui erano fatti i suoi capelli, la sua pelle, le sue unghie, le sue ciglia. Avrebbe voluto impadronirsi della totalità di quel corpo, dei suoi pensieri, desiderava sapere tutto di lui, quale fosse il suo colore preferito, chi fossero i suoi genitori, dove fosse cresciuto, voleva conoscere il suo nome perché era sicura che, pronunciandolo ad alta voce, si sarebbe impadronita di un pezzetto della sua anima. Avrebbe avuto bisogno di qualcuno con cui parlare di ciò che provava, qualcuno per cui rivestire di parole quelle che erano soltanto emozioni, qualcuno che sapesse spiegarle ciò che stava vivendo: il suo pensiero andò spontaneamente a Ederra, la sua confidente. Era lei il suo obiettivo, eppure, per un momento, le sembrava di averlo perso di vista. Fu percorsa da un lungo brivido. Aveva sentito parlare dell'amore e del suo potere di fascinazione, ma non avrebbe mai immaginato che potesse arrivare a tanto.

Si tirò su, inspirò con forza e lasciò uscire l'aria a poco a poco, cercando di cacciar fuori anche quel turbamento; poi tornò a concentrarsi sui suoi piani. Il giorno prima era venuta a sapere che la comitiva stava per partire alla volta di Elizondo: facendo due calcoli era arrivata alla conclusione che ci avrebbe messo abbastanza da lasciarle il tempo di andare fino a Urdax, mantenere la promessa fatta al Pelotas di consegnare gli oggetti personali delle streghe e tornare indietro per rimettersi sulle loro tracce. Non aveva ancora perso la speranza che tra i familiari dei condannati ci fosse qualcuno in grado di fornirle una pista, un dato, un'informazione anche insignificante, ma tale da rimetterla sulle tracce di Ederra. Afferrò le redini di Beltrán e lo spronò.

«Forza, Beltrán, abbiamo molte cose da fare. Per di là», disse, indicando un piccolo sentiero sulla sinistra della strada principale.

Mayo capiva che il tempo passato in solitudine stava facendo di lei una persona molto più coraggiosa e perspicace. Aveva cominciato a notare i piccoli segnali che le indicavano quale posto occupasse nel mondo, gli indizi che segnalavano dove fosse il Nord, quelli che permettevano di prevedere che tempo avrebbe fatto o dove si potevano trovare frutti selvatici o buone grotte in cui ripararsi. Stava diventando sempre più sveglia: Ederra sarebbe stata orgogliosa di lei.

La casa in cui la defunta Estevanía de Petrisancena aveva vissuto con il marito sorgeva appena fuori Urdax. Era una costruzione tranquilla e luminosa, tutta fatta di pietra bianca, con le finestre verdi, posta su una collinetta accanto a un enorme salice centenario che gettava la sua ombra proprio davanti alla porta principale. Tutt'attorno si notavano ancora i segni inequivocabili di una presenza femminile che, qualche tempo prima, doveva aver seminato lavanda e viole del pensiero nelle fioriere del giardino; ma nei mesi di assenza della donna molte erbacce erano cresciute a sciupare l'equilibrio dell'insieme. La porta era suddivisa orizzontalmente in due metà, entrambe chiuse e sprangate. Mayo bussò piano con le nocche e aspettò un momento, battendo leggermente il piede in terra e avvertendo una certa tensione nervosa nel ventre; poi bussò ancora, stavolta più forte. Non ottenendo risposta, Mayo avvicinò il naso alla finestra e facendosi schermo con le mani per cancellare ogni riflesso cercò di spingere lo sguardo dentro la casa, nella penombra, per cogliere un qualche segno di vita.

«Se cerchi Estevanía, arrivi troppo tardi», disse una voce rauca alle sue spalle. «L'abbiamo persa.»

Mayo capì subito che era il marito perché indossava l'eterna divisa dei vedovi inconsolabili: nero assoluto dal cappello sino in fondo all'anima. L'unico tocco di colore nella sua figura erano gli zoccoli tostati dal sole e il fazzoletto a quadri azzurri che portava al collo. Era un omone corpulento, sui quarant'anni, con le mani secche e robuste. Ederra diceva sempre che si può indovinare il mestiere di una persona guardandole le mani; Mayo invece preferiva affidarsi all'olfatto, perché le risultava più facile intuire le principali occupazioni dei suoi simili dall'odore che emanavano. Quell'uomo sapeva di terra umida, di spinaci freschi e di semi.

«Cosa vuoi?» disse l'uomo scrutandola dall'alto in basso.

«Una persona che è stata accanto a vostra moglie nei suoi ultimi istanti mi ha incaricato di darvi una cosa.» E Mayo si affrettò a tirar fuori dalle bisacce di Beltrán la cassettina di legno con i rinforzi metallici. Juanes la guardava con curiosità, storcendo un po' il naso. «Ecco! Questa ve la manda Estevanía», disse la ragazza, tendendogli la ciocca di capelli legata con un nastrino verde.

Juanes la prese con delicatezza infinita, se l'appoggiò al centro del palmo calloso e l'accarezzò a lungo, finché due grosse lacrime non gli inumidirono le guance. Mayo gliele invidiò profondamente e pensò che, se ne fosse stata capace, avrebbe voluto piangere insieme a lui rendendolo partecipe della sua pena e della sua solitudine. Allora sì che avrebbe potuto dirgli che capiva perfettamente come si sentisse perché anche lei, come lui, aveva subìto una grave perdita, e che era stato tutto un terribile malinteso, una grossolana ingiustizia, perché con tanta gente cattiva che c'è al mondo e che va avanti a fare del male come se niente fosse guarda un po' cosa ci è toccato subire. E sarebbe rimasta accanto a quell'uomo a piangere e a maledire la creazione per tutta la mattinata, il pomeriggio e la notte, o anche fino allo spuntare del giorno dopo, o magari sino alla fine dei tempi. E invece restò in silenzio, senza interrompere quel lungo momento perché non era affatto sicura che un perfetto sconosciuto si sarebbe interessato davvero a ciò che provava lei.

«La mia Estevanía aveva dei capelli bellissimi», disse improvvisamente l'omaccione, tirando su con il naso e pulendoselo con la manica della camicia. «Grazie per avermene portati un po'. Entra un momento, ti offro un *txacolí.*»

«No, no... grazie.»

«Entra e chiudi la porta.»

Mayo, che non voleva contrariarlo in un momento tanto doloroso, decise di seguirlo dentro casa.

«E così dici che mia moglie ha lasciato questi capelli per me?» domandò Juanes posando sul tavolo della cucina due bicchieri di vino.

«Sì: li ha dati all'uomo che l'ha portata a Logroño, e lui mi ha incaricata di portarveli», rispose Mayo osservando di sottecchi la casa. Le sembrava di percepire, negli angoli della stanza, la lieve presenza del fantasma di Estevanía, che sorrideva e la ringraziava di ciò che stava facendo.

«Siediti», disse Juanes, indicandole una sedia e osservandola con la coda dell'occhio mentre vi prendeva posto. «Si sa, la gente è cattiva, cattiva, molto cattiva. C'è molta invidia, proprio così, molta, sissignore», disse ancora il marito di Estevanía, con la faccia di uno che sa di cosa sta parlando. «La gente non te la perdona, quando le cose ti vanno bene: non sei d'accordo anche tu?» Mayo annuì, ma non era molto sicura di aver afferrato la domanda. E l'uomo continuò: «Io questo non lo capisco proprio, sai? Io, quando a qualcuno che conosco le cose gli vanno bene, me ne rallegro per lui. Mi viene da pensare che se a quella tal persona va tutto per il verso giusto, non c'è ragione perché non debba andar bene anche a me. La maggior parte della gente, invece, non ragiona così. Molti sono convinti che, se riescono a far sì che le cose ti vadano male, forse andranno meglio a loro». E ingollò il suo vino tutto d'un fiato; poi chinò il mento sul petto e la guardò di sottecchi, sfiorando il bordo del bicchiere con il polpastrello dell'indice. «Sicuramente ti hanno già raccontato tutto, vero?»

«A essere sincera... di solito la gente non parla molto con me.»

«Non devi credere a quello che ti dicono: mentono tutti!»

Juanes non sembrava far caso a ciò che Mayo aveva af fermato e andava avanti per la sua strada.

«A mia moglie piaceva accompagnarsi, a volte... solo a volte, con María de Echalecu e Gracia de Iturralde. Erano sempre state amiche, fin da bambine. Ma poi Gracia sposò quel brutto bestione, e gli schizzi di merda hanno inzaccherato tutti quanti. Si è pienamente meritato tutto ciò che gli è successo, quello svergognato!» Juanes fece una faccia schifata e si versò un altro bicchiere di vino. «Bevi!» le ordinò, e aspettò con la bottiglia inclinata da un lato che avesse vuotato il bicchiere per riempirglielo di nuovo.

Mayo si rovesciò il liquido in gola tutto in una volta: un ordine perentorio le toglieva sempre qualsiasi capacità di reazione. Ma subito dovette chiudersi la bocca con due dita, perché le venne la nausea. Fece uno sforzo, deglutì il vino, e un bruciore accompagnato da un lungo brivido le fece tremare le budella.

«Adesso alla gente piace dire in giro che erano streghe», continuò Juanes. «Tutte e tre. Quel che è certo è che amavano stare insieme, chiacchierare delle loro cose, farsi belle e roba del genere. Io non ci vedevo niente di male... E comunque Estevanía non andava a trovarle così spesso, sai? Solo ogni tanto, la sera, per distrarsi un po'... io non sono di quelli che pensano che una donna, una volta sposata, debba starsene sempre chiusa in casa, capisci? Ma quel tipo no, non è come me.» E subito chiarì: «Il marito di Gracia. Finché era in vita il marito di María de Echalecu non si era azzardato, ma poi cominciò a infastidire tutti quanti...».

A Mayo tornò in mente una cosa che le aveva detto il Pelotas: che Ederra, durante il viaggio fino al carcere di Logroño, aveva fatto amicizia con una vedova originaria di Urdax che si chiamava proprio María de Echalecu. Chissà, forse la sua vicina avrebbe potuto dirle qualcosa di utile.

«Dove posso trovare la casa di María de Echalecu?»

«...e che María aveva bruciato un covone di fieno per fargli andare a male il raccolto...» continuava intanto

Juanes. «E che verso sera lasciava qualcosa da mangiare alle streghe così loro, in cambio, le avrebbero fatto i lavori domestici; e che di notte andava all'*akelarre* di Zugarramurdi volando come le streghe. Perché per lui non erano nient'altro che questo, delle streghe... E che quelle cose non le avevano fatte una volta sola, nossignore, perché, stando a quel che dissero, all'*akelarre* ci andavano tutti i lunedì, i mercoledì e i venerdì, senza saltare un giorno, e hanno detto anche che la mia Estevanía, all'*akelarre*, mi tradiva con Satana in persona... pare che un mucchio di gente li abbia visti mentre lo facevano. Anche se, in tutta sincerità, io non mi sono mai accorto che non fosse lì, accanto a me, nel nostro letto. E adesso vengono a dirmi che era perché il diavolo faceva non so quale incantesimo e al suo posto metteva un fantoccio uguale identico a lei. Credi davvero che io non sappia distinguere fra mia moglie e un fantoccio, dopo quindici anni di matrimonio?» E Juanes indicò di nuovo con il mento il bicchiere di Mayo mentre vuotava il suo tutto d'un fiato. «Bevi!» disse, e aspettò di vederla portare il bicchiere alle labbra. «E così il ventisette di agosto sono venuti a dirmi che mia moglie era morta continuando a negare... e cioè che si era rifiutata fino all'ultimo di dichiararsi una strega, dopo che nelle segrete del Sant'Uffizio si era propagata non so quale epidemia. E che essendo stata tanto peccatrice in vita dobbiamo pensare che sia andata dritta all'inferno, senza perdono, e...» aggiunse ancora, con gli occhi pieni di lacrime, «ti dico che ormai non so più nemmeno io se voglio essere una persona buona o cattiva, perché se mi comporto come dice il parroco quando morirò andrò in cielo e non potrò ricongiungermi con la mia Estevanía. Intanto ho smesso di andare a messa, e staremo a vedere se prima o poi non ne combino una davvero grossa, di quelle che non si possono perdonare, così sarò cacciato insieme a lei agli estremi confini dell'inferno dove almeno potremo passare insieme il resto dell'eternità.»

Juanes fece una lunga pausa, e il silenzio si allargò fino a riempire tutta la stanza. Mayo lo guardava con compassione, pensando che era proprio il momento di dire qualcosa di significativo, una parola buona per mitigare un po' il suo dolore... ma non le venne in mente niente. E Juanes ricominciò a parlare.

«E poi vengo a sapere che all'auto da fe hanno bruciato, in effigie, anche la mia Estevanía... Io sono rimasto solo, e le galline non fanno più uova né la vacca dà più latte», puntualizzò. «Chissà, forse in realtà i miei compaesani sono solo dei tipi molto svegli che sanno prevedere le disgrazie», aggiunse, guardando fuori dalla finestra con un sospiro. «Ma tu volevi sapere dove abitava María de Echalecu, non è vero?»

Mayo annuì: «Sì, perché durante il viaggio lei e la mia nutrice sono diventate molto amiche. Il carrettiere che le ha portate a Logroño mi ha raccontato che la vicina di casa di María uscì di corsa a salutarla, e che le due piansero insieme, abbracciate, finché qualcuno non andò a separarle».

«Certo, era sicuramente Gracia. Ma è difficile credere che suo marito le avesse dato il permesso di uscire di casa per dire addio all'amica.»

«Perché, non avrebbe dovuto farlo?»

«Come ti dicevo, il marito di Gracia è una brutta bestia... uno di quelli di cui stavamo parlando: gente cattiva, che ti invidia perfino il fatto di avere un naso per respirare. Aveva proibito a sua moglie di parlare con María. Non accettava che Gracia potesse voler bene a qualcuno oltre che a lui. Così erano costrette a vedersi di nascosto. Erano amiche fin dall'infanzia, capisci? Come due sorelle. Erano vissute sempre insieme. A volte il paese spettegolava... sai a cosa mi riferisco...» Mayo fece segno di no con la testa. «Ma sì, via, certo che mi capisci: due donne che stanno sempre insieme... Che spesso dormono insieme... Basta. I genitori di María de Echalecu avevano lasciato a lei, che era la primogenita, il governo della casa; e Gracia andava a trovarla talmente spesso che a un certo punto si fidanzò con il figlio dei vicini. Poi anche María si sposò, e le due amiche si ritrovarono vicine di casa. Sempre insieme, giorno e notte. Dopo, nessuno sa esattamente cosa accadde: fatto sta che a un certo punto le due coppie smisero di parlarsi. Pare che tutto fosse cominciato per una questione di confini, qualche metro di terra conteso fra le due famiglie. Un giorno uno dei due uomini abbatteva la recinzione che l'altro aveva costruito il giorno prima, e il giorno dopo la recinzione ricompariva due metri più in là. Un vero disastro. Ormai sembrava che vivessero solo per darsi addosso l'un l'altro. La lite andò avanti fino a quando il marito di María non morì in circostanze poco chiare: subito quello di Gracia, Mariano de Aitajorena, fece di tutto per impossessarsi dei suoi campi, prima offrendosi di comprarli, poi con le minacce... pare sia stato proprio lui a denunciare María de Echalecu. E adesso quelle terre sono sue... l'Inquisizione le ha espropriate e gliele ha rivendute per quattro soldi.»

«Dove sono, quei campi?»

«Là, in cima alla collina», disse Juanes indicando l'altro estremo del paese. «Ma non ti consiglio di andarci... e men che meno sola. Quell'uomo ha il diavolo addosso.»

«Mi spiace, ma non sono arrivata fin qui per fermarmi all'ultimo metro», disse la ragazza, guardandolo in faccia con i suoi grandi occhi neri da cerbiatta.

E si alzò goffamente, appoggiandosi subito al bordo del tavolo perché il vino cominciava a farle effetto: le sembrava di sentire i due bicchieri che aveva bevuto scendere in calde ondate dalle viscere giù nelle gambe. Uscì dalla casa di Juanes, prese le briglie di Beltrán e imboccò il sentiero che l'uomo le aveva indicato dalla finestra. Aveva l'impressione di camminare su un tappeto di nubi. Si voltò un paio di volte: il marito di Estevanía si era seduto su una panca appoggiata al tronco del salice, e se ne stava lì con la testa bassa e la bottiglia di *txacolí* tra le mani. A Mayo sembrò che stesse piangendo: forse pensava alle parole crudeli che avevano dipinto sua moglie come una bestia senza sentimenti, capace di avere rapporti carnali con il demonio mentre suo marito, ignaro, dormiva il sonno dei giusti. Pensò che qualcuno avrebbe dovuto alleviargli un po' il dolore, e soprattutto togliergli dalla testa quell'idea sconclusionata di comportarsi come l'orco cattivo per raggiungere un giorno sua moglie all'inferno. Mayo era sicura che fosse un brav'uomo.

Capì di essere ormai vicina alla casa di Mariano de Aitajorena perché, trovandosi sottovento, la brezza le portò alle narici un inconfondibile odore d'intrigante. Poco dopo vide ritagliarsi la sagoma di un uomo grosso, con la testa schiacciata, il mento pronunciato e la fronte sfuggente. Guardando i campi si capiva facilmente che un tempo dovevano esser stati divisi da una staccionata che sembrava tolta da poco. La presenza di due case confermava che lì erano vissute due famiglie. Ora invece apparteneva tutto a una sola persona, che però non sembrava utilizzarne al meglio le risorse. La vecchia casa dove María de Echalecu era vissuta con il marito sembrava abbandonata, come un cane senza padrone, con i vetri rotti e le erbacce che crescevano liberamente tutt'attorno. Juanes aveva ragione: Mariano era come un bambino che vuole a tutti i costi il pezzo di pane di suo fratello, e piange, e scalcia e fa i capricci finché non glielo danno; ma non appena l'ha avuto non lo vuole più e lo butta ai maiali. L'uomo osservò la ragazza avvicinarsi da sotto le folte sopracciglia e fece una faccia pochissimo amichevole.

«Chi o che cosa sei?» la interpellò senza troppi complimenti. Mayo deglutì due volte per reprimere il sospiro che avrebbe tradito il suo nervosismo.

«Mi chiamo Mayo de Labastide d'Armagnac e... sono qui per offrire a lorsignori i miei servigi professionali. So cavare i denti, curare il vaiolo, aggiustare ossa rotte, aiutare le vacche a partorire...» Poi, notando l'espressione seccata dell'uomo, cambiò tono e proseguì più lentamente. «...Posso offrire a sua moglie dei prodotti di bellezza...»

«Vattene, non ci serve niente.»

«Potrei parlare con la signora? Forse a lei interessa...»

Mariano le si avvicinò a grandi falcate, roteando la zappa e corrugando la fronte, e andò a fermarsi a meno di un palmo dalla sua faccia. Per un riflesso istintivo Mayo chiuse gli occhi e insaccò la testa fra le spalle.

«Mia moglie è morta», sibilò l'uomo accentuando l'ultima parola, con una frenesia che gli lasciò tracce di saliva biancastra agli angoli della bocca. «È laggiù», e indicò un punto lontano, dove Mayo immaginò dovesse trovarsi il cimitero. «Morta e sepolta: e se dovessi rivederla da queste parti le spaccherei volentieri la testa con le mie mani, rispedendola dritta all'inferno. Quella depravata, quell'adultera... Quindi vattene e non tornare mai più a darmi fastidio. So benissimo chi sei e che cosa fai, e so anche come liberarmi degli scherzi della natura come te. Va', va' via se non vuoi che ti spezzi le gambe: così vedremo se sei brava come dici ad aggiustare le ossa rotte.»

Così dicendo Mariano alzò la zappa sopra la testa di Mayo. Le sue intenzioni erano fin troppo chiare: quell'uomo maneggiava la zappa con tale destrezza che veniva da pensare non avesse fatto altro che usarla per minacciare la gente fin da quando aveva imparato a camminare. Mayo pensò che era più prudente andarsene e afferrò in tutta fretta le redini di Beltrán, sgridandolo per essersi distratto a mordicchiare un ciuffo di denti di leone invece di seguire lo scambio di battute con il marito di Gracia. Ma mentre si allontanava da quell'uomo e dai suoi campi non riusciva a scacciare l'idea che forse, in un'altra occasione, quell'energumeno poteva aver usato la zappa per qualcos'altro che non fossero i lavori dei campi. Il suo comportamento e le cose che aveva sentito sul suo conto suggerivano che la povera Gracia potesse non essere morta di morte naturale. Mayo fu presa dall'inquietudine: Mariano de Aitajorena poteva aver denunciato María de Echalecu e assassinato sua moglie per liberarsi di entrambe e mettere finalmente le mani sui terreni che bramava. No, Gracia non era morta di morte naturale. Di questo era assolutamente sicura.

## XIV

*Di come far sì che tutto ciò che si trova in una stanza sembri nero, di come far sì che una stanza sembri piena di serpenti*

La notte prima di partire per Elizondo Salazar dormì poco e male, e quando si addormentò sognò la regina Margherita. Era raro che si ricordasse un sogno. Solo ogni tanto, appena alzato, prima ancora di rivolgere la parola ad alcuno, si ritrovava nelle pupille immagini che non avrebbe saputo descrivere a parole e in cuore una sensazione di disagio che non lo abbandonava per tutto il resto della giornata. I suoi sogni non erano mai sereni, erano sovraccarichi di ornamenti chiassosi che gli davano fitte d'angoscia, e lui sapeva solo che si era visto percorrere sentieri stretti e tortuosi, umidi, pieni di ortiche. Al risveglio era dolorosamente convinto che quegli incubi annunciassero solo grattacapi. Cosa che accadde puntualmente anche quel giorno.

In sogno aveva visto la regina con addosso solo un finissimo camicione di lino che ricordava vagamente un sudario. Aveva i capelli sciolti e camminava, scalza, lungo un sentiero cosparso di ciottoli aguzzi che le ferivano i piedi; ma non sembrava provare dolore. Avanzava tenendo le braccia dritte lungo il corpo e il palmo delle mani in avanti a mostrare due stigmate cruciformi dalle quali gocciolava un filo di sangue turchino, segno del suo lignaggio reale. Dietro di lei lungo tutto il cammino che aveva percorso si formava un rigagnolo azzurro, e in lontananza, alle sue spalle, l'esile scia liquida si allargava in un gran paradiso acqueo fatto di laghi, mari e cascate in cui annaspavano migliaia di persone, agitando freneticamente le braccia e chiedendo aiuto, fino ad annegare. A un certo punto la regina lo raggiungeva, serena, il viso privo d'espressione, e gli avvicinava le labbra all'orecchio; Salazar sentiva la carezza del suo respiro sulla pelle del collo Ma poi, invece di sussurrare, la regina gridava con tutte le sue forze: «Il demonio è a palazzo!».

L'inquisitore si svegliò di soprassalto, due secondi prima che qualcuno bussasse alla porta per annunciargli l'arrivo del messo con la posta. Andò ad aprire oppresso dall'angoscia, strappò le lettere di mano al messo e richiuse senza dire una parola, sbattendo la porta, in gola il sapore acre delle premonizioni. Non si sbagliava: una delle lettere veniva dalla regina.

Pensando che non potesse trattarsi di un caso, decise di infrangere la regola di aprire le lettere di Margherita solo alla fine della giornata. Era assolutamente sicuro che la regina avesse bisogno di lui: gli indizi erano chiari. L'aveva contattato in sogno, e poi, casomai quei metodi sibillini non fossero sufficienti, si era servita anche della posta ordinaria: meno extrasensoriale, ma più affidabile. E in entrambi i casi Salazar aveva percepito forte e chiara la sua ansia. Spezzò dunque subito il sigillo di ceralacca che chiudeva la busta, spiegò i fogli sul ripiano della scrivania e per non perdere altro tempo si negò perfino il piacere di annusarli. La regina cominciava la sua missiva con le solite formule di cortesia cui l'aveva abituato, ma a Salazar parve che la grafia fosse più nervosa, quasi un preambolo alle avversità che stava per narrargli. Margherita scriveva che il tempo le aveva ampiamente dimostrato che in lui avrebbe sempre trovato un amico dalla fedeltà inossidabile, ma aggiungeva subito che, in quell'occasione particolare, non era solo per amicizia che aveva deciso di aprirsi a lui confidandogli un segreto. Sua maestà riteneva infatti che la sua competenza di inquisitore, maturata in un momento così delicato per il regno, forse avrebbe potuto esserle di consiglio indicandole fino a che punto dovesse preoccuparsi per ciò che le stava accadendo. Sospettava infatti che una persona a lei vicina stesse cercando di farle del male tramite i poteri della magia nera.

Una settimana prima, mentre era in camera a ricamare, era stata raggiunta da una dama di compagnia entrata per accendere la lampada. Ma non appena la giovane si era allontanata, improvvisamente ogni cosa attorno a lei era diventata nera. La regina non era più riuscita a distinguere il disegno che stava ricamando perché la tela, i fili, l'ago, perfino le pareti della stanza erano diventate nere come la notte più fonda e senza luna. Dallo spavento era svenuta, e riprendendosi aveva trovato accanto a sé il marito il quale le aveva assicurato che la luce delle candele non era mancata mai, nemmeno per un istante, in nessuna stanza del palazzo. Quella sera, sfinita, la regina aveva preferito non presentarsi a cena; un grave errore, perché mentre era sola nei suoi appartamenti si era verificato un altro fatto drammatico e oscuro. Scostando le lenzuola per coricarsi, infatti, aveva trovato il letto pieno di serpenti, che subito erano scivolati giù dalle coperte e in pochi istanti avevano occupato l'intera superficie del pavimento. La regina non poteva più muovere un passo senza avvertire sulle caviglie l'orribile contatto viscido dei rettili. Aveva gridato, ma all'arrivo dei soccorsi i serpenti erano spariti.

Il re si era ostinato a far chiamare un medico, pensando che quelle allucinazioni potessero dipendere dalla gravidanza. Lei però non aveva voluto saperne di farsi visitare: non pensava che un dottore fosse la persona più giusta da convocare in una circostanza del genere, perché non si era trattato di fantasie della mente, come tutti sembravano credere, bensì di una reale e concreta aggressione da parte di forze sovrannaturali. Per questo Margherita era sicura di aver bisogno di un aiuto di tutt'altro tipo.

La regina confessava poi di essersi rivolta a un famoso astrologo e cabalista, già noto alla corte per le sagge lezioni che aveva tenuto all'Università di Valladolid. L'uomo l'aveva ascoltata, aveva studiato il caso e poi aveva confermato che era stata vittima di un sortilegio, pare abbastanza semplice, che consiste nell'impregnare lo stoppino di una lampada di schiuma di mare battuta a neve per indurre in una persona l'allucinazione che tutto sia diventato nero. Quanto ai serpenti, probabilmente qualcuno aveva preso del grasso di vipera, ci aveva aggiunto del sale e aveva impregnato con tale miscuglio quattro pezzi di sudario funebre annodati quattro volte che poi, bagnati nell'aceto e messi ciascuno in una lampada nuova, erano stati posti ai quattro angoli della stanza da letto della sovrana: una volta accesi, gli stoppini così trattati potevano provocare l'allucinazione dei serpenti. L'astrologo le aveva detto anche di stare molto attenta, perché l'*Ars magica* è riservata ai sapienti e si divide in due rami: uno benefico, nato dalla magia naturale, che è una scienza pura da cui, secondo il suo parere, avrebbe avuto origine anche la fisica moderna, e un altro che, in sostanza, deve tutti i suoi poteri al diavolo. Il confine fra i due settori è talmente labile che alcuni saggi eruditi venivano presi per fattucchieri, mentre alcuni malvagi fattucchieri potevano spacciarsi per eruditi. I sortilegi di cui era stata vittima la regina, a quanto pare, rientravano nell'àmbito di competenza della magia nera; e chi realizza quel tipo di incantesimi di solito è un malfattore assolutamente privo di scrupoli e indubbiamente pericoloso.

«Cercate fra le persone che vi sono nemiche, maestà, e troverete il colpevole. Per il resto non dovete preoccuparvi, giacché la magia nera tende a rivolgersi contro chi la pratica. Prima o poi tutti finiscono per pagare il fio dei loro misfatti», aveva concluso l'astrologo.

Margherita d'Austria non ignorava certo di avere parecchi nemici a palazzo, ma non avrebbe mai immaginato che fossero capaci di ordire contro di lei un piano tanto diabolico. Aveva paura, per sé e per il nascituro. Quelle aggressioni, così al di fuori delle umane capacità, la facevano sentire inerme. Nell'ultima settimana aveva evitato con cura di incontrare il duca di Lerma e il suo perfido braccio destro, Rodrigo Calderón: non appena li vedeva arrivare si ritirava nei suoi appartamenti, e se entravano in sala da pranzo simulava uno dei malesseri tipici del suo stato per non dover restare con loro. Schivava i loro saluti, si sottraeva ai loro sguardi, eppure non riusciva a dissipare la sgradevole sensazione di essere esposta e vulnerabile anche in casa propria. Concludendo la lettera, la regina rivolgeva a Salazar una supplica: se le fosse accaduto qualcosa di male, lui stesso avrebbe dovuto comunicare i suoi sospetti alle persone in grado di fare qualcosa al riguardo. Perché era sicurissima che fosse stato don Rodrigo Calderón, il segretario personale del duca di Lerma, a ordire gli incantesimi, e per ordine del favorito stesso del re.

Salazar non riusciva a credere ai propri occhi. La regina non gli era mai sembrata una persona incline alle fascinazioni esoteriche, ma i fatti di cui parlava nella lettera potevano avere solo due spiegazioni: o la gravidanza le provocava delle allucinazioni, come sembrava credere il re, oppure c'erano davvero delle persone capaci di stringere accordi con il diavolo affinché un po' di spuma di mare ben sbattuta e messa sullo stoppino di una lampada a olio si trasformasse in uno strumento atto a nuocere.

L'inquisitore aprì frettolosamente una seconda lettera, proveniente da Logroño. I suoi colleghi Valle e Becerra lo informavano che, viste le straordinarie dimensioni che il male stava assumendo nella regione, ritenevano di non potersene più stare con le mani in mano. Risultava infatti che, proprio a causa della lentezza con cui avanzava la missione di Salazar, streghe e stregoni avessero preso più confidenza e stessero consolidando le posizioni, al punto che la loro condizione sociale si era ormai innalzata al livello di cittadini di prima categoria. Gli accoliti del male si stavano impadronendo della regione di Álava con impressionante disinvoltura, programmando immancabilmente ogni lunedì, mercoledì e venerdì un *akelarre* in cui si ballava, si cantava, si suonavano strumenti musicali e si mangiava e beveva fino alle prime luci dell'alba, riempiendo di terrore le persone per bene che, ormai, dopo il tramonto non osavano mettere il naso fuori di casa.

Secondo Valle e Becerra questo dilagare del male era stato favorito dalla pusillanimità dimostrata negli ultimi tempi dal Sant'Uffizio, e soprattutto dall'eccessiva indulgenza di un editto di grazia che si incaponiva a perdonare come se nulla fosse chiunque avesse avuto contatti con il demonio, quasi la stregoneria fosse solo un peccatuccio veniale dal quale ci si può emendare con un paio di Padre Nostro e di Ave Maria. Streghe e stregoni ormai non avevano più paura di niente; e quando i vicini di casa, terrorizzati, minacciavano di denunciarli al Sant'Uffizio, si limitavano a ridergli in faccia. Per questo gli inquisitori di Logroño informavano Salazar di aver avviato un'indagine parallela con tanto di arresti e interrogatori, e di voler rendere pubblico personalmente l'editto di grazia nei luoghi che la missione di Salazar avrebbe toccato per ultimi. Era ora di fare un po' di pulizia spirituale, e con mano ferma. I due sacerdoti dicevano di aver già compilato un elenco di più di cento persone sospettate di stregoneria, fra le quali c'erano nientemeno che dieci uomini di chiesa, compreso un certo Diego de Basurto, pericolosissimo. Per scovare e arrestare tutte quelle persone si sarebbero giovati dell'aiuto di Pedro Ruiz de Eguino, un cacciatore di streghe di grande esperienza, e di una ragazza di nome Morguy, esperta nello scoprire il marchio che il diavolo imprime sulla pelle dei suoi accoliti.

Salazar strinse i pugni dalla rabbia: i suoi colleghi avevano deciso di batterlo sul tempo, togliendogli di mano l'amministrazione della giustizia e scagliandosi alla cieca contro dei poveri vecchi lunatici e solitari come già l'anno prima durante il processo. Gli tornarono alla memoria immagini dolorose che aveva deciso di cancellare dalla mente. Quante volte si era rimproverato di non aver agito con maggiore fermezza, e di non aver denunciato esplicitamente la condotta dei suoi colleghi di fronte all'inquisitore generale? Se non l'aveva fatto era stato per pura vigliaccheria: lui era l'ultimo arrivato al tribunale di Logroño, il più giovane, e aveva pensato che se avesse parlato con Bernardo de Sandoval y Rojas delle irregolarità commesse nel processo contro le streghe gli altri lo avrebbero trattato da spione. Di fatto, però, Valle e Becerra avevano omesso intenzionalmente di registrare la dichiarazione di una guardia del carcere segreto, un certo Martín Igoarzábal, il quale aveva detto di aver sentito, origliando da fuori una cella, due accusate consigliarsi reciprocamente di dichiararsi streghe, così finalmente le avrebbero lasciate andare. Valle e Becerra si erano rifiutati di considerarla una prova a discarico, e non ne avevano fatto menzione nel verbale conclusivo del processo. Né avevano tenuto conto delle evidenti contraddizioni in cui erano caduti gli accusatori dei due religiosi, Juan de la Borda e Pedro de Arburu, e delle loro anziane madri. Bisognava essere ciechi per non accorgersi dell'inconcludenza delle prove addotte contro di loro; ciononostante i due inquisitori li avevano sottoposti a un interrogatorio serrato senza riuscire a strappar loro una confessione. Tutto ciò l'aveva profondamente angosciato. Il consiglio supremo dell'Inquisizione si atteneva fermamente alla linea di condannare a morte tutti coloro che insistevano nella negazione: e anche i due uomini di chiesa, negando di aver avuto rapporti con il demonio, rischiavano di finire sul rogo. Allora Salazar aveva concepito un piano per evitare quel tragico epilogo che, ormai, sembrava ineluttabile. E quando il tribunale, composto dai tre inquisitori più cinque consulenti, fra i quali c'era anche il procuratore del vescovo, aveva votato la condanna al rogo per tutti coloro che negavano la propria colpevolezza, era stato l'unico a votare contro.

«Non abbiamo prove sufficienti per condannarli», aveva detto. «Le accuse formulate dai testimoni presentano gravi lacune. In generale abbiamo solo informazioni confuse, che possono dar luogo a interpretazioni errate.» E aveva tirato fuori le annotazioni che aveva preparato per sostenere le sue argomentazioni. «I testimoni, per esempio, non hanno saputo dire in quale notte gli accusati sarebbero stati iniziati alla setta satanica, e alcuni di loro su questo punto fondamentale si sono contraddetti. Fino all'ultimo, poi, hanno trascurato di nominare padre Juan de la Borda e frate Pedro de Arburu fra gli appartenenti alla setta del demonio. Bisogna ammettere che è una cosa piuttosto strana, perché altre streghe hanno dichiarato che i due erano elementi di spicco dei loro raduni, e che anzi il diavolo aveva per loro una gran deferenza, e se li teneva sempre accanto e li autorizzava ad assistere alle messe nere. Non vi sembra strano che, se i due uomini di chiesa occupavano una posizione di tanto rilievo negli *akelarres*, alcune streghe li abbiano notati e altre no?»

Il voto contrario di Salazar aveva irritato moltissimo l'inquisitore Valle che, furente, gli aveva puntato contro il suo artritico indice gridando: «Non osate mai più contraddirmi...». Il labbro inferiore gli tremava dalla collera. «Potete star sicuro che non vi concederò più un'ora di tregua se non vi allineate al voto di tutti gli altri.»

Con il suo voto contrario Salazar aveva ottenuto solamente che ai due religiosi fosse applicata la tortura. E aveva pensato che, non resistendo al dolore, avrebbero finito con il confessare.

Lo strumento di tortura scelto dal tribunale di Logroño era il cavalletto: il reo veniva messo lungo disteso su una panca, poi con una serie di corde gli si legavano le membra in vari punti e infine le corde venivano strette sempre di più per mezzo di una garrota, fino a segare la carne. Secondo il regolamento inquisitoriale l'applicazione della tortura richiedeva la presenza di tutti e tre gli inquisitori, più il magistrato del vescovo. Ogni passo della procedura veniva poi messo a verbale.

I due sacerdoti dunque erano stati condotti nella sala delle torture per vedere se quella stanza quadrata con le sue sinistre corde e catene, con tutti quegli attrezzi di legno di varie forme e misure che promettevano dolorosissime punizioni, era sufficiente a curarli della loro testardaggine. Ma Juan de la Borda e Pedro de Arburu avevano continuato a negare di aver mai fatto parte della setta. Così era stato necessario ricorrere agli estremi rimedi.

Frate Pedro, non appena aveva sentito sulla pelle la pressione delle corde, subito aveva gridato di essere pronto a confessare: ma poi, quando il carnefice aveva interrotto la tortura, era tornato a irrigidirsi sulla sua precedente posizione limitandosi a supplicare i signori inquisitori di lasciarlo andare per carità.

«Ma certo che ti lasceremo andare», gli aveva sussurrato Valle in tono quasi paterno. «Noialtri siamo comprensivi, capiamo benissimo che ci sono debolezze umane difficili da controllare. Vogliamo solo la tua piena confessione: vedrai che dopo ti sentirai molto meglio. Allora tutto diventerà facile, e non ci sarà altro dolore. Sii ragionevole, confessa.»

Frate Pedro era rimasto un momento in silenzio, a occhi chiusi, quasi riflettesse seriamente sulle parole dell'inquisitore. Poi aveva aperto la bocca come per prendere aria.

«No.»

E subito aveva cominciato a gridare e a scalciare come un pazzo, scuotendosi tutto, con la schiuma alla bocca, ed era caduto in uno stato di incoscienza tale che gli inquisitori avevano ritenuto del tutto inutile proseguire nella seduta di tortura.

Quando era stato il turno di suo cugino, Juan de la Borda, la cosa era andata in modo ancor più deludente. Al primo giro di garrota il sacerdote aveva provato un dolore terribile che, mescolandosi alla paura che già aveva, in pochi secondi gli aveva fatto vedere tutto nero. Il carnefice si era avvicinato per sollevargli le palpebre, poi si era voltato verso i tre inquisitori scuotendo la testa: proseguire non sarebbe servito a niente perché il reo ci avrebbe comunque messo un bel po' a tornare in sé.

A questo punto il tribunale aveva comunicato alla Suprema che sul caso dei due religiosi ci sarebbe stata una seconda votazione, visto e considerato che molti dei testimoni che li accusavano erano caduti in contraddizione. E si era deciso all'unanimità che avrebbero avuto salva la vita, ma subendo comunque un castigo di entità paragonabile alla pena di morte: il giorno dell'auto da fe si sarebbero presentati sulla pubblica piazza con il sambenito, avrebbero ascoltato sino in fondo la lettura delle sentenze, avrebbero abiurato davanti a tutti alla loro eresia, quindi sarebbero stati spogliati dell'abito religioso e condannati ai lavori forzati come rematori senza salario sulle galere di Sua Maestà. E nel caso fossero sopravvissuti alle galere sarebbero stati rinchiusi in un mo nastero sino alla fine dei loro giorni.

Salazar era stato abbastanza contento di aver salvato due vite umane, anche se per ottenere quel risultato aveva dovuto ricorrere a inganni e sotterfugi; quindi aveva deciso di applicare una tattica analoga per salvare dal rogo anche le madri dei due religiosi che, proprio come i loro figli, si ostinavano a dichiararsi innocenti. Salazar dunque aveva accettato che fossero sottoposte a tortura come mezzo per salvar loro la vita, pensando che quelle due vecchierelle di sicuro non avrebbero sopportato il dolore e avrebbero preferito confessare. Era l'unico modo per salvarle. Così, la notte prima della seduta di tortura era sceso nei sotterranei del palazzo inquisitoriale e si era avvicinato alla loro cella.

«Iddio non vuole martiri, care signore; preferisce i fedeli vivi», disse loro. «Il peccato della menzogna è meno grave di quello dell'accettazione volontaria della morte Avete capito?»

Una delle due vecchie però aveva risposto che, ormai, niente di ciò che avrebbero potuto confessare sarebbe servito a farle star meglio, perché ammettendo di aver avuto rapporti con il demonio magari avrebbero salvato il loro corpo, ma avrebbero perso per sempre la loro anima immortale. Ed entrambe avevano aggiunto di non sentirsi poi tanto sventurate, perché ormai si erano liberate di quel nodo di paura e d'angoscia che, in alcuni momenti, le aveva strette alla gola. Quelle due vecchierelle non provavano più compassione per sé stesse: a ispirar loro misericordia erano soprattutto le persone che avevano confessato per salvarsi la vita.

«Anche vostra grazia, eminenza, ci ispira pietà, perché sappiamo che ci sopravviverà con il rimorso perenne di pensare che è stata commessa un'ingiustizia.»

Salazar non l'avrebbe mai più dimenticato: sapeva che quelle parole si sarebbero avverate, come una specie di sentenza. Le due donne erano andate incontro al supplizio a testa alta, l'avevano sopportato meglio di tanti uomini giovani e forti ed erano morte sul rogo, continuando a proclamare la propria innocenza e alimentando la leggenda di un Salazar crudele e spietato che godeva nel torturare le vecchiette.

Salazar stringeva nella mano la lettera di Valle e Becerra. I colleghi gli scrivevano solo per informarlo a cose fatte, dopo aver dato il via agli arresti, agli interrogatori e alle torture: evidentemente consideravano il suo parere del tutto irrilevante. Stavano approfittando della sua assenza per fare di testa propria. Tutto ciò lo mise di pessimo umore. Gettò con disprezzo la lettera sul tavolo, poi cominciò a camminare avanti e indietro per la stanza come un animale in gabbia. Doveva assolutamente fare qualcosa. Stavolta non sarebbe rimasto a guardarli mentre stravolgevano il suo lavoro. Ormai non gli importava più niente di cosa avrebbero detto di lui, ora poteva contare sui rapporti fraterni che lo legavano all'inquisitore generale per trascinare alla sbarra i suoi colleghi. Scrisse dunque a Bernardo de Sandoval y Rojas per informarlo della cospirazione ordita da Valle e Becerra contro di lui, per chiedergli di non lasciarsi abbagliare dalle prove che quei due gli avrebbero sottoposto e per comunicargli che si sarebbe occupato lui stesso di convocare e interrogare quel presunto cacciatore di streghe, Pedro Ruiz de Eguino, con ogni probabilità solo un poco di buono interessato unicamente a mettere le mani sul posto di commissario inquisitoriale.

Poi chiamò il portalettere e gli ordinò di far partire subito la missiva, che era da considerarsi della massima urgenza. A questo punto, affacciandosi alla finestra, vide che tutto era pronto per la partenza. Mancava solo lui. Finì di raccogliere gli ultimi oggetti personali che ancora giacevano sparsi in giro per la stanza, uscì e chiuse la porta senza voltarsi indietro: aveva messo il punto finale alla prima tappa del suo viaggio di Visita. Salì in carrozza insieme a Íñigo e a Domingo e si accomodò sul sedile di velluto viola, cercando di scacciare tutti i cattivi pensieri; chiuse gli occhi per conciliare il sonno e si concentrò sulla propria respirazione. Ma in bocca gli era rimasto un sapore amaro, ed era molto irrequieto. Si sentiva solo, circondato dalle tenebre, impegnato in una battaglia all'ultimo sangue contro una corrente di idee che sembrava aver impregnato tutte le coscienze tranne la sua. La sensazione di essere rimasto il solo in grado di vedere con chiarezza la realtà lo faceva sentire come una vedetta: gli sembrava di sporgersi nel vuoto, sferzato dal vento, dalla pioggia, dalla desolazione; e improvvisamente avvertì nella nuca una leggera punta d'inquietudine. Forse si stava intestardendo troppo a negare l'esistenza del diavolo, a smontare una dopo l'altra tutte le prove che gridavano a gran voce la realtà della sua maligna presenza nel mondo. Perfino la sua adorata regina credeva al potere della magia nera: che si fosse legato lui stesso, con le proprie mani, una benda nera sugli occhi che gli impediva di vedere ciò che tutti gli altri vedevano chiaramente? Era ancora così orgoglioso da non poter ammettere i propri errori?

Aprì gli occhi. Fuori dai finestrini della carrozza il paesaggio era come un immenso tappeto verde senza confini. I colori della campagna, l'odore dell'estate, la tenue carezza del sole: come poteva quel mondo meraviglioso essere semplicemente frutto del caso? Infilò una mano nella tasca in cui teneva la strana lettera che Juana de Sauri gli aveva scritto prima di morire. Prima di leggere quelle parole era stato sicuro che fosse morta in seguito ai rimorsi di coscienza per aver testimoniato il falso contro i suoi vicini. Era arrivato alla conclusione che qualcuno doveva essersi travestito da caprone al solo fine di spaventarla, e ne aveva convinto anche Íñigo de Maestu, che aveva accettato la sua ipotesi. Guardò il ragazzo seduto di fronte a lui, immerso nella contemplazione del paesaggio, e si sentì in colpa: stava facendo il possibile per seminare nella mente di un futuro sacerdote l'idea che le streghe non esistono, e nemmeno il diavolo, e che tutti i mali che affliggono la terra hanno origine esclusivamente dall'uomo. Voleva forse che Íñigo diventasse come lui: senza fede, senza più speranza?

Tirò fuori la lettera di Juana e rilesse ancora una volta le frasi che la donna aveva celato con tanta cura:

non cessò di prestar culto ai demòni... non rinunziò nemmeno agli omicidi, né alle stregonerie...

Sembrava chiarissimo. Quelle parole testimoniavano dell'esistenza delle streghe, persone malvagie che non si pentivano affatto delle loro brutte azioni e rimanevano attaccate alle loro abitudini immorali. Che quelle parole significassero che tutte le streghe e gli stregoni accorsi per ricevere la grazia dell'editto erano dei mentitori? Possibile che nessuno di loro avesse davvero abbandonato i suoi traffici diabolici? Il sospetto che la risposta a quelle domande potesse essere affermativa gli gorgogliava in fondo allo stomaco. Forse c'era ancora una piccola speranza che esistesse davvero un essere superiore, diabolico, impegnato in una battaglia per la conquista dell'anima immortale degli esseri umani.

Eppure, nonostante tutto, il mistero che circondava la morte di Juana non era stato chiarito. Ora più che mai Salazar sentiva di dover trovare i quattro penitenti che avevano alloggiato in casa sua nei giorni precedenti l'arrivo della comitiva inquisitoriale. Era sicuro che possedessero la chiave della sua morte.

Seguendo i suoi sospetti, Mayo raggiunse la piccola chiesa di Urdax. Il cimitero era lì accanto. Il cielo era plumbeo e minaccioso, ma la ragazza sembrava non farci caso e camminava fra le tombe insieme a Beltrán studiando i picchetti di pietra, i rettangoli di marmo e le statue di angioletti alla ricerca di un indizio che le rivelasse in quale di quelle sepolture giacesse il corpo di Gracia. Non ci mise molto a rendersi conto che quegli allungati caratteri gotici le erano del tutto incomprensibili: quindi si armò di coraggio, lasciò Beltrán accanto alla porta ed entrò in chiesa.

«Posso fare qualcosa per te, figliola?»

Un parroco basso e tutto rugoso emerse dalla penombra e le andò incontro con espressione bigotta, le mani giunte all'altezza del petto.

«Gracia de Iturralde», disse subito Mayo ansimando, «non è morta per cause naturali. L'ha uccisa il marito a colpi di zappa.»

«Ma ragazza mia, calmati, non capisco nemmeno di cosa stai parlando. Gracia non è affatto morta: a meno che tu non ti riferisca alla morte spirituale, quella che la colpirà per non aver mantenuto la promessa fatta a suo marito il giorno delle nozze. Perché sta scritto...» disse il parroco, alzando gli occhi al cielo: «"in salute e in malattia, in ricchezza e in povertà... fino a che morte non vi separi".» E abbassò nuovamente gli occhi su Mayo, puntandole contro un indice ossuto: «E lei invece cosa fa? Se ne va, parte, si separa da lui prima che ci pensi la morte. No, cara mia, no: così non va. È un peccato grave, gravissimo. Quella donna ha fatto fare a Mariano la figura dell'idiota davanti a tutto il paese. Perché poi alla gente piace chiacchierare e inventarsi delle storie; lo sai, no, com'è fatta la gente?».

«Sì, me l'hanno detto.»

«Gracia si arrabbiò moltissimo con suo marito e con me quando seppe che Mariano aveva denunciato la sua amica presso di me e che io stesso avevo redatto il rapporto sulle persone di Urdax sospettate di stregoneria», spiegò il parroco. «Se la prese anche con me e per vendetta non mise più piede in chiesa. Che Dio la perdoni!»

Il parroco le raccontò che quando gli uomini del Sant'Uffizio avevano portato via María de Echalecu, Gracia ne aveva provato un dolore terribile e si era convinta di aver contribuito a rovinare la sua amica. Non dormiva più, era diventata pelle e ossa e non la finiva più di piangere.

«Il marito venne a dirmi che non la sopportava oltre; così un giorno decisi di andare da lei per cercare di farla ragionare. Le raccomandai di dedicarsi con il massimo impegno alle faccende domestiche e a servire il marito, ma lei non mi degnò nemmeno di uno sguardo, mi voltò le spalle e continuò a fare quel che stava facendo come se in casa non ci fosse nessuno. Così me ne andai.»

Dal giorno dell'arresto delle streghe, moglie e marito non si erano più rivolti la parola. Mariano andava in chiesa un giorno sì e uno no per informarsi sull'auto da fe e domandare al parroco se l'amica di sua moglie fosse stata condannata al rogo purificatore. Poi, tornato a casa, raccontava a Gracia tutti i dettagli più scabrosi della vicenda e non la smetteva finché non riusciva a farla piangere.

«Dopo un po' venimmo a sapere che María de Echalecu era morta in carcere, prima dell'auto da fe, per colpa di un'epidemia», concluse il parroco. «Allora Mariano si mise in contatto con il Sant'Uffizio per comprare le terre confinanti con le sue.»

Comprati quei campi, l'uomo iniziò ad ararli con una frenesia tutta particolare, come se per anni avesse covato il desiderio di profanare quel suolo, lasciandosi dietro una devastazione di terra rivoltata e buche profonde del tutto inservibile senza prendersi la briga di seminarci nemmeno una carota. Nel frattempo, a casa sua, le pareti chiedevano a gran voce di essere imbiancate, le tegole cadevano dal tetto mostrando la paglia sottostante e la cucina era ridotta a un porcile.

Poi, un bel giorno, approfittando dell'assenza del marito, recatosi a Zugarramurdi per comprare semi e fertilizzante, Gracia se n'era andata. Tornato a casa, l'uomo si era stupito al vedere che, pur essendo ora di cena, dal camino non si levava nemmeno un filo di fumo, alle finestre non brillava la luce delle candele e nessuno rispondeva al suo richiamo. Ed era stato colto da un brutto presentimento. Aperta la porta con un calcio aveva guardato nel letto per vedere se la moglie fosse caduta ammalata, e anche sotto il letto, nel caso avesse deciso di giocare a nascondino; poi era andato a dare un'occhiata nella casa di fronte, vuoi mai che le fosse venuto un attacco di nostalgia della sua amica e si fosse trincerata là dentro.

«Dimmi dove sei o quando ti trovo ti sbudello!» gridava Mariano de Aitajorena mentre percorreva a grandi falcate la distanza fra le due case.

Ma Gracia non era nemmeno là. Allora si era piantato saldamente in mezzo al campo e aveva gridato con tutte le forze il suo nome, finché le galline non erano scappate via dalla paura e lui stesso non era rimasto senza voce. Alla fine era rientrato in casa ed era andato dritto alla cassetta in cui custodivano i loro risparmi, solo per scoprire che non vi era rimasto null'altro che un ragno dalle zampe lunghe e sottili come fili che passeggiava in quello spazio angusto senza incontrare ostacoli. A quel punto era diventato paonazzo dalla collera: Gracia era sparita con tutti i loro soldi, e andando nella stalla aveva scoperto che si era presa anche il loro unico cavallo, un normanno sgraziato e con le zampe storte, ma che lei amava moltissimo perché le era stato regalato da piccola. Mariano, per farle dispetto, si era intestardito a usarlo come bestia da soma. Quando finalmente si era reso conto che la moglie lo aveva abbandonato, i vicini avevano dovuto legarlo perché dalla rabbia minacciava di prendere a zappate l'intero villaggio.

«E si sa dove sia andata, Gracia?» domandò Mayo al parroco.

«Be', saperlo nel senso di esserne certi, questo no. Ma la gente parla... sai com'è, la gente.»

«Sì, sì, lo so... la gente, la gente», annuì Mayo.

«Pare avesse dei parenti a Rentería, e potrebbe essere andata da loro», disse il parroco rassegnato, alzando di nuovo gli occhi al cielo e atteggiando il volto alla candida innocenza con cui aveva iniziato la conversazione. «Possa il Signore Iddio perdonare quella pecorella traviata.»

«Grazie, padre», si accomiatò Mayo, prendendo le redini di Beltrán e facendo il gesto di avviarsi. Poi però le tornò in mente qualcosa e si voltò di nuovo verso il prete: «Scusatemi, padre, potrei chiedervi un ultimo favore?».

«Se è in mio potere...»

«Più che altro sarà nel vostro pollaio», precisò Mayo. «Avete per caso una gallina o qualche altro volatile con le penne bianche?»

«Certo, sono nel cortile sul retro: quattro galline, un gallo e un'oca... ma non ti consiglio di avvicinarti troppo all'oca, perché ha la cattiva abitudine di prendere gli sconosciuti a beccate nel fondoschiena.»

Meno di un'ora dopo la partenza di Mayo, Mariano de Aitajorena entrò nella cucina della canonica come un uragano.

«Padre, le streghe sono tornate!» gridò.

«Ma figliolo, cosa dici?»

«Una di loro è venuta stamattina a casa mia. Era terribile: viaggiava in compagnia di un demone a forma di asino.» Mariano inciampava continuamente nelle parole. «Voleva parlare con mia moglie, offrirle i suoi incantesimi.»

«Una strega?» chiese il parroco, preoccupato. «È stata anche qui, ma mi è sembrata una ragazzetta come tante...»

«È stata qui?» lo interruppe Mariano, stupito. «E cosa voleva?»

«Cercava la tomba di tua moglie. Credeva fosse morta e...»

«È ancora più grave di quanto avessi immaginato», gemette Mariano, lasciandosi cadere su una panca e nascondendo la faccia tra le mani. «Vogliono farci del male, vendicarsi di noi! Perché ci perseguitano? Credevo ci fossimo liberati di loro una volta per tutte, denunciando María de Echalecu al Sant'Uffizio. E invece eccole di nuovo!» Mariano tornò a guardare il parroco e domandò: «Cosa vi ha detto?».

«Mi ha chiesto dove fosse la tomba di Gracia, e io le ho detto che non era ancora morta, e allora lei mi ha chiesto delle penne, e io...»

«Delle penne?»

«...L'ho lasciata entrare nel pollaio», ammise il prete abbassando lo sguardo.

«Siamo perduti, perduti, perduti!» Mariano de Aitajorena era talmente sconvolto che anche il sacerdote fu contagiato dalla sua agitazione.

«Perduti...» mormorò.

«Userà quelle penne per gettarci il malocchio! La disgrazia incombe su di noi!»

A questo punto il parroco assunse una posa da giustiziere, alzò la testa e fissò Mariano dritto negli occhi. Lui non avrebbe permesso al male di insidiarsi di nuovo nelle terre di Urdax.

«Sta' tranquillo», disse poi con voce più calma. «Il Sant'Uffizio ha assunto un cacciatore di streghe e l'ha mandato proprio dalle nostre parti. Ho visto in che direzione si è incamminata quella ragazza: se quei due aborti del diavolo restano nella provincia di Urdax, il cacciatore di streghe li acchiapperà, puoi starne certo», sentenziò, posando una mano sulla spalla di Mariano con affetto paterno.

## XV

*Di come fare un incantesimo di incombustibilità*

L'arrivo a Elizondo avvenne secondo le regole del protocollo: ingresso della comitiva inquisitoriale al suono delle campane, ricevimento ufficiale strombazzato a destra e a manca dalle autorità locali, pianti e suppliche della popolazione danneggiata dalle streghe che chiedeva ai signori inquisitori di metter fine alla sciagura che aveva indiavolato tutto il villaggio... Non appena si fu installato nella residenza che l'alcalde aveva fatto preparare per lui e i suoi uomini, come prima cosa Salazar andò a verificare se sul portone della chiesa fossero ancora affissi i sambeniti e i cartelli con i nomi delle persone di quella provincia giustiziate dall'Inquisizione. Secondo le regole stabilite per il suo viaggio, Salazar doveva occuparsi personalmente di moltissime questioni burocratiche. Si annotò dunque che due dei nomi del suo elenco non erano affissi alla porta della chiesa e che uno dei cartelli era sciupato e aveva le lettere sbiadite. A volte sambeniti e cartelli erano danneggiati dalle inclemenze del tempo, ma nella maggioranza dei casi erano mani umane a farli sparire: i familiari dei giustiziati preferivano correre il rischio piuttosto che sopportare la vergogna e i mille altri inconvenienti derivanti dal fatto di essere imparentati con un eretico. Le infamie commesse da una persona, infatti, si trasmettevano come una malattia infettiva a figli e nipoti, che per il resto della loro vita erano esclusi da ogni carica di una qualche rilevanza e non potevano più vestirsi di seta, adornarsi d'oro o d'argento, montare a cavallo o possedere un'arma. Inoltre, come se tutto ciò non fosse già abbastanza umiliante, ogni volta che nel villaggio succedeva qualcosa di strano i compaesani cambiavano strada per non incrociarli e li guardavano storto, mormorando. Perciò la necessità di cancellare ogni traccia di un familiare giustiziato dal Sant'Uffizio aveva spinto alcune persone a specializzarsi nel cambiare di posto i sambeniti o nel modificare le lettere che componevano nomi e cognomi sui cartelli: un Fernández poteva facilmente trasformarsi in un Hernández e così via. Perché la gente, com'è ovvio, era d'accordo che quei benedetti elenchi rimanessero affissi al portone della chiesa per essere d'esempio al popolo e di monito ai futuri sacrileghi, purché il nome che vi era scritto non fosse il proprio.

Salazar diede quindi disposizione affinché i sambeniti deteriorati fossero sostituiti e preparò tutto il necessario per cominciare ad ascoltare le dichiarazioni dei penitenti. Ordinò anche che gli interrogatori si tenessero a porte aperte, pensando che gli abitanti del villaggio, se avessero potuto ascoltare le confessioni e constatare con i propri occhi che quelle persone erano davvero pentite e sollecitavano il perdono di Dio, ne sarebbero stati rassicurati. Ma si sbagliava. Quel giorno infatti Salazar ebbe il tempo di ascoltare una sola confessione.

La ragazza aveva sedici anni e diceva di chiamarsi Catalina de Sastrearena. Aveva i capelli rossi, gli occhi verdi e centinaia di lentiggini sul nasino all'insù: sarebbe anche stata carina, se non fosse che gesticolava troppo, strizzava continuamente gli occhi per un tic nervoso e non la smetteva un attimo di grattarsi la testa. Catalina dunque cominciò la sua deposizione raccontando per filo e per segno l'incredibile viaggio che aveva fatto da Arizcún fin lì volando a velocità vertiginosa insieme alle sue amiche streghe. Poi disse che, proprio mentre aspettava seduta su una panca del corridoio di potersi riconciliare con la chiesa, aveva sentito i piedi staccarsi dal suolo e si era messa a volare: con un incantesimo le streghe l'avevano fatta uscire dal camino della sala e portata all'*akelarre* senza che nessuno potesse impedirlo. E aggiunse che il diavolo la considerava una delle sue favorite, che agli akelarre la faceva sedere alla sua destra e che, dopo aver cenato, lei e Belzebù si coricavano insieme e non si separavano più per tutta la notte: cosa che, a suo dire, le procurava un immenso piacere.

Un mormorio generale attraversò la sala delle udienze: Dio mio, che svergognata, chissà dove andremo a finire, è l'inizio della fine, le ragazze d'oggi non hanno più valori, che dispiacere. Una donna seduta nelle prime file, famosa in tutta Elizondo per la sua immacolata virtù, venne colta da un malore e fu portata via di peso passando di braccia in braccia sopra la testa dei convenuti.

In quel preciso istante Salazar si pentì di aver ordinato che l'udienza fosse tenuta a porte aperte. Non avrebbe saputo dire come si era diffusa la voce, ma in meno di cinque minuti il pubblico in sala raddoppiò. Lungi dal tranquillizzare la popolazione, le dichiarazioni di Catalina erano tali da risvegliare nei più una curiosità morbosa. La gente l'ascoltava a bocca aperta raccontare di come avesse volato a suo piacimento da un villaggio all'altro trasformata in corvo, e di come avesse assistito a un finto auto da fe voluto dal diavolo nel quale era stato bruciato vivo Salazar stesso.

A questo punto ci fu un'altra ondata di mormorii, seguita da un silenzio di tomba: tutti aspettavano con il fiato sospeso la reazione dell'inquisitore. Ed effettivamente, per la prima volta, Salazar sembrò provare un qualche interesse per la confessione di Catalina.

«Bene, interessante: racconta.»

«Abbiamo celebrato un auto da fe uguale identico a quelli dell'Inquisizione, e vi abbiamo condannati tutti quanti al rogo, vostra eminenza», disse la ragazza indicando Salazar, «quei due lì», e indicò Íñigo e Domingo, «e il parroco di Arizcún. Tutti e quattro!» concluse poi, orgogliosissima della sua prodezza.

Íñigo, che traduceva le parole di Catalina, sentì un calore soffocante salirgli lungo la spina dorsale e chinò il capo per nascondere alla ragazza la profonda impressione che le sue parole gli avevano fatto. Domingo intanto aveva smesso di scrivere ed era rimasto con la penna a mezz'aria che sgocciolava sul piano del tavolo una piccola pozza rotonda d'inchiostro. L'unico a non sembrare per nulla imbarazzato era Salazar, il quale fece un mezzo sorrisetto e domandò ancora: «Ma se ci avete bruciati sul rogo, come spieghi il fatto che siamo ancora qui, sani e salvi?» Tutte le teste si voltarono per sentire la risposta della ragazza.

«Be'... ecco», tentennò Catalina, vedendo che l'inquisitore stava per rubarle il ruolo da protagonista. «In realtà noi volevamo solo spaventarvi, non proprio uccidervi del tutto: per questo, prima, vi avevamo fatto un incantesimo per evitare che i vostri abiti prendessero fuoco.»

«Ah! E come si fa questo incantesimo?»

«Abbiamo impregnato le vostre tonache con un composto di allume e chiara d'uovo, e poi le abbiamo lavate con acqua salata. A questo punto si fa asciugare la tela, dopo di che si può metterla tranquillamente vicino al fuoco perché non brucia.»

«Ma noi quattro dovremmo ricordarcene, non ti pare? O forse avete fatto un altro incantesimo per cancellarci la memoria?»

A questo punto Catalina, invece di spiegare come mai i malvagi sortilegi delle streghe non avessero danneggiato in alcun modo l'inquisitore e i suoi aiutanti, si scoraggiò, nascose la faccia tra le mani, si mise a piagnucolare con teatralità da commediante, fece delle smorfie, alzò le sopracciglia, indicò il soffitto e cominciò ad agitare le braccia come chi viene attaccato da uno sciame d'api, lasciando intendere che non poteva proseguire perché il demonio e le streghe erano lì presenti in forma impalpabile per impedirle di tradirli ancora con le sue dichiarazioni.

«No... no... non posso! Aaarrrgggh!» Catalina si portò le mani alla gola, come se qualcosa le bloccasse il respiro. «Aiuto! Aiuto, mi ammazzano!» E fu necessario trascinarla di peso fuori dall'aula, perché si buttò a terra strappandosi i capelli e gridando come un'ossessa.

Tutti i convenuti rimasero molto impressionati da quello spettacolo, e Salazar dovette sospendere le confessioni. Da quel momento in poi gli abitanti del villaggio non avrebbero più potuto assistere agli interrogatori. L'inquisitore spiegò quella decisione dicendo che quel genere di aberrazioni raccontate in pubblico avevano l'unico effetto di turbare le persone per bene, portando a loro conoscenza orrori che non avrebbero mai saputo immaginare nemmeno nei loro sogni più tormentosi; e così l'episodio fu annotato nel *diarium* in cui registrava i fatti salienti del viaggio. I dati erano stati organizzati in vari quadernetti suddivisi per persona, età, giorno, villaggio, data... in quei tempi non c'era uccello di ritorno dalla migrazione stagionale il cui passaggio non venisse registrato nei memoriali di Salazar. La ragazza e la sua sceneggiata rientrarono nella categoria dei penitenti megalomani con ansie di protagonismo. A ogni modo Salazar incaricò Íñigo di fare qualche indagine su quella Catalina de Sastrearena, perché, anche se non le credeva sino in fondo, quella ragazza aveva attirato la sua attenzione e voleva sapere chi fossero i suoi genitori, con chi vivesse, che lavoro facesse e se avesse degli amici. L'irruenza della sua esposizione gli impediva di concederle la grazia dell'editto, se non voleva correre il rischio di passare per vigliacco agli occhi di tutti i pettegoli della regione; ma al tempo stesso non voleva che quelle roventi dichiarazioni arrivassero all'orecchio dei suoi colleghi di Logroño, i quali sicuramente avrebbero gettato Catalina nella più profonda delle loro segrete, a pane e acqua per il resto dei suoi giorni. Doveva assolutamente scoprire se quella povera creatura fosse davvero posseduta dal demonio o più semplicemente vittima della pazzia. Qualche giorno prima avrebbe sostenuto la seconda ipotesi senza pensarci due volte; ma le ultime parole di Juana de Sauri non cessavano di rimbombargli nella testa e non voleva rischiare di trarre conclusioni avventate.

Due ore più tardi Íñigo de Maestu si precipitava lungo i corridoi del palazzo per raggiungere la stanza di Salazar, inciampando nelle fioriere e slittando a ogni angolo. Bussò freneticamente alla porta, e non appena la voce dell'inquisitore gliene diede il permesso entrò da lui come un uragano. Senza fiato, il ragazzo si premette una mano sul petto e si appoggiò al bordo del tavolo, inspirando con forza.

«Devo assolutamente raccontarvi una cosa, signore», disse, ancora ansimante. «No, no», si corresse immediatamente, «due, devo raccontarvi due cose!»

«Ma guarda un po': muoio dalla curiosità», lo prese in giro Salazar, sorridendo. «Soprattutto al vederti in questo stato. Ma siccome non voglio che in futuro qualcuno mi accusi di comportarmi da despota insensibile con i miei collaboratori», e intanto lo prendeva per un braccio e lo conduceva verso una sedia, «immagino che queste tue urgentissime novità potranno aspettare qualche minuto, giusto il tempo di riprendere fiato. Ecco, lascia che ti versi un dito di vino: i medici dicono che il vino rosso ha la virtù di aprire i dotti sanguigni facilitando la circolazione e... be', operando il miracolo dell'eloquenza anche nei soggetti più taciturni.»

Íñigo de Maestu bevve un lungo sorso e rimase in silenzio, con il bicchiere stretto fra le mani, mentre l'ansia che gli annodava lo stomaco si placava un po'.

«Su, riprendi fiato», disse ancora Salazar. «Ecco, così. E adesso raccontami pure queste due cose così importanti.»

Il novizio cominciò il suo racconto dicendo che, come l'inquisitore stesso gli aveva ordinato, si era messo a cercare informazioni su Catalina. Ma pareva che a Elizondo nessuno la conoscesse: non aveva preso alloggio nelle case del paese, e di lei si sapeva solo che era arrivata al villaggio insieme a una banda di ragazze più o meno della sua età. Così Íñigo si era informato su dove avrebbe potuto trovarle ed era andato a parlare con loro. Le ragazze erano cinque, e fin dalle prime battute della conversazione gli avevano assicurato di conoscere Catalina fin da piccola confermando le sue dichiarazioni sui voli notturni, i patti e gli incontri amorosi con Satana. Ma lungi dal risultare allarmante, l'atteggiamento burlone con cui avevano arricchito di ulteriori particolari la storia dei voli stregoneschi, degli auto da fe demoniaci e di centinaia di altri tentati omicidi finiti nel nulla gli avevano dato la sensazione chiarissima che fossero tutte menzogne. Poi Íñigo aveva notato che una di loro se ne stava zitta e appartata in un angolo della stanza, evitando il suo sguardo e mangiandosi le unghie. Aveva capito subito che era importante riuscire a parlarle a tu per tu, e aveva aspettato di trovarla da sola per rivolgerle la parola. Messa alle strette, la giovane era scoppiata a piangere e aveva giurato e confermato che Catalina non veniva affatto dal loro villaggio e che in realtà non la conoscevano per nulla. Mentre erano in cammino verso Elizondo per ottenere la grazia dell'editto, lei e le sue amiche avevano incontrato quattro persone che viaggiavano su un carro: due uomini, una donna più grande e Catalina. Quelle persone avevano chiesto loro di accompagnare Catalina al villaggio, di accoglierla nel loro gruppo e di dire a tutti che la conoscevano e che era una loro vicina di casa; in cambio, tutte e cinque avrebbero ricevuto in dono una collana di perle.

«Quattro persone?» lo interruppe Salazar. «Pensi sia possibile che...»

«Molto più che possibile, signore: ne sono sicuro.» Agitatissimo, Íñigo dovette alzarsi dalla sedia. «Ma ecco la seconda cosa che volevo raccontarvi. Vi ricordate la frase di Juana de Sauri?» Salazar annuì. «Mi pareva di averla già letta da qualche parte: "*Il resto dell'umanità che non perì a causa di questi flagelli, non rinunziò alle opere delle sue mani; non cessò di prestar culto ai demòni e agli idoli d'oro, d'argento, di bronzo, di pietra e di legno, che non possono né vedere, né udire, né camminare; non rinunziò nemmeno agli omicidi, né alle stregonerie, né alla fornicazione, né alle ruberie*"», recitò a memoria. «Apocalisse 9, 20-21», concluse.

«Ma certo, è il libro dell'Apocalisse!»

«Già di per sé questo passo comunica un messaggio interessante; ma tenendo conto di ciò che sta accadendo, forse dovremmo approfondirlo un po' di più.»

«Cosa intendi dire?» disse Salazar.

«Poco prima di questo passo dell'Apocalisse, nelle Sacre Scritture c'è la descrizione dei quattro cavalieri che verranno sulla terra a seminare la morte», ricordò Íñigo, alzando gli occhi al soffitto per meglio concentrarsi e contando sulle dita: «Il primo monta un cavallo bianco e ha con sé un arco per vincere e vincere ancora; il secondo galoppa su un cavallo rosso fuoco e ha il potere di portar via la pace dalla terra e di far sì che gli uomini si sgozzino fra loro; il terzo ha un cavallo nero e una bilancia in mano». Poi il novizio si fermò un istante, il tempo necessario per fare la faccia di circostanza: «Ma il quarto cavaliere è il più tremendo di tutti: monta un cavallo verdastro, ha nome Morte e gli viene dietro l'Inferno. Questo cavaliere ha il potere di diffondere lo sterminio sulla quarta parte della terra perché reca fame e pestilenze».

«I quattro cavalieri dell'Apocalisse...» mormorò Salazar. «Forse è proprio questa la pista che stavamo cercando.»

«Lo è, signore, ed è grande e chiara. Perché la ragazza mi ha detto anche che, quando ha incontrato Catalina e i suoi amici, il loro carro era tirato da due cavalli mentre altri due erano legati dietro il carro stesso. Non immaginate di che colore fossero, quei cavalli?»

«Bianco, rosso, nero e baio?» disse Salazar, turbato.

«Esatto!» esclamò Íñigo. «Non vi sembra una coincidenza eccessiva che, ogni volta che capita qualcosa di strano, ci siano di mezzo quattro persone sconosciute?» Poi il novizio spalancò gli occhi e aggiunse in un sussurro: «Quattro cavalieri...».

«Juana ha cercato di descriverli», disse Salazar.

I due uomini però non poterono andare avanti a elucubrare sulla lettera di Juana, sui suoi possibili messaggi impliciti e sulle catastrofi annunciate dall'Apocalisse perché dalla strada arrivò il brusio di una cagnara indiavolata. Il fracasso diventava sempre più forte. Salazar e Íñigo si affacciarono alla finestra e videro un gruppo di villici avanzare lungo la via armati di pali, zappe e coltellacci da macellaio. L'inquisitore domandò a voce alta quale fosse la causa di tanta agitazione.

«Le donne hanno aspettato all'uscita dall'interrogatorio quella ragazza posseduta dal demonio, quella Catalina, e le hanno fatto la prova!» riassunse un uomo, gridando con quanta voce aveva in gola.

«Quale prova?» disse l'inquisitore.

«Sapete, eminenza...» Non sapendo bene come spiegare la cosa a un sacerdote, la persona che parlava fece un'espressione infastidita. «Quella prova che si fa per vedere se una ragazza ha già conosciuto uomo: e sapete cosa vi dico? Che a quanto pare no, Catalina è vergine... dopo tutto quello che ci ha raccontato del demonio e via dicendo. Ci ha presi tutti in giro, compresa vostra eminenza!» precisò.

«Sì, ci ha presi in giro... sì, sì», faceva eco la folla esaltata.

«E adesso dove pensate di andare, benedetti uomini?» domandò Salazar.

«Quella strega bugiarda ci è sfuggita di mano scappando dalla finestra e noi stiamo andando a cercarla», gridò una donna.

«Pare si nasconda nel bosco insieme ad altri tre personaggi della sua risma, come le bestie selvatiche», disse un'altra. «Non li vogliamo nel nostro villaggio.»

Salazar afferrò Íñigo per il braccio e scese di gran carriera la scalinata, poi risalì di corsa la via fino a raggiungere quelli che sembravano i caporioni della folla in tumulto. Temeva di non essere abbastanza astuto da riuscire a convincere quella gente a non massacrare a colpi di mannaia Catalina e i suoi compagni non appena li avesse avuti sottomano. Li voleva interrogare. Non avrebbe ammesso linciaggi durante il suo viaggio di Visita.

Il gruppo procedeva compatto in direzione del bosco. Alcuni uomini erano a cavallo, ma ben presto dovettero legare le cavalcature e lasciarle dietro di sé perché la ramaglia si infittiva sempre di più e chiudeva il sentiero come un retino per le farfalle. Da un certo punto in poi divenne difficile perfino avanzare a piedi. Calava la sera, il sole scivolava dietro le montagne e a questo si aggiungeva l'umidità intrinseca del luogo che faceva del terreno una sorta di pantano in cui si voltolavano i batraci e dal quale spuntavano le giunchiglie. A tratti la palude era nascosta da una leggera crosta di fango secco e foglie putride, fragilissima e odorosa di marciume.

«State bene attento a dove mettete i piedi, eminenza», gli sussurrò un uomo. «Qui il terreno può ingoiare una persona intera in un amen. Quella crosta di fango è sottile e fragile come il ghiaccio che ricopre i laghi d'inverno.»

«Ma pensa un po'... ci mancava solo di morire risucchiato dal fango», protestò Salazar.

I cacciatori di streghe avanzavano a breve distanza l'uno dall'altro, in modo da perlustrare con cura tutta l'area; alcuni, anzi, si tenevano addirittura per mano. Non volevano assolutamente farsi scappare la loro preda. Ben presto sulla squadra calò un pesante silenzio. Si sentiva solo lo scricchiolio dei piedi sulle foglie secche. Avanzavano fra le lamine di luce degli ultimi raggi di sole che filtravano tra le chiome degli alberi bagnando il bosco in una luce azzurrina, incantata, da racconto di fate. L'inquisitore camminava ruminando i suoi dispiaceri: sapeva che la cattura di quei miserabili individui sarebbe servita a calmare solo temporaneamente il popolo inferocito, andando a saziare la sete di vendetta di quella gente e dandole, per un breve istante, una fallace sensazione di risarcimento. A nulla sarebbe servito spiegar loro che il comportamento di streghe e demoni, ammesso che esistessero davvero, doveva essere molto più disinvolto e aristocratico di quello esibito da Catalina, la quale, più che una strega, sembrava essere una volgare imbroglioncella.

Mezz'ora più tardi la squadra di ricerca intravide un' esile voluta di fumo e si avvicinò piano, senza fare rumore. Si udiva il crepitare di un falò, zoccoli di cavallo sul terreno, un mormorio di voci umane; poi gli alberi si diradarono attorno alla radura in cui i presunti stregoni avevano montato il loro accampamento. Se ne stavano seduti rilassati attorno al fuoco.

«Avete visto i cavalli, signore?» mormorò Íñigo all'orecchio di Salazar.

«Li vedo», annuì l'inquisitore. «Bianco, rosso, nero e baio. Sono legati al carro.»

Tutti avevano la gola secca per la paura, i vestiti fradici di sudore e appiccicati alla pelle dal nervosismo. Uno dei caporioni, in un sussurro, fece correre la voce di circondare l'accampamento per intrappolare gli stregoni chiudendo loro ogni via d'uscita: ma quando il cerchio si strinse, all'improvviso, un tintinnio di campanellini esplose dappertutto. Nessuno aveva notato che, appesi agli alberi tutt'attorno all'accampamento, c'erano dei fili sottilissimi con conchiglie e chiocciole di mare che con il loro rumore avvisavano prontamente i presunti stregoni dell'avvicinarsi di ospiti indesiderati. Al suono dei campanellini fece eco il nitrito dei cavalli, e in men che non si dica i quattro saltarono su e corsero verso il carro, al quale erano già attaccate due delle bestie. Gli altri due cavalli erano legati sul retro. Salazar vide la giovane Catalina arrampicarsi sul predellino insieme a un'altra donna mentre i due uomini, coperti di pelo dalla testa ai piedi, correvano a slegare gli altri due cavalli.

Un'ondata di panico percorse la squadra di ricerca. La gente avanzava allo sbando, disordinatamente, gridando e brandendo armi e torce. Salazar faceva del suo meglio per calmare gli animi, esibendo la sua espressione più posata, alzando la voce per sovrastare le urla e sforzandosı di non risultare minaccioso: «Signori, fermatevi! Vogliamo solo parlarvi! L'editto di grazia perdonerà tutti i vostri peccati, se abiurerete e vi pentirete!».

Ma i presunti stregoni non gli davano retta, e si affannavano a slegare i cavalli. L'uomo che aveva messo in guardia Salazar contro la fragilità del terreno riuscì ad afferrare per la caviglia il ragazzo dall'occhio biancastro proprio nel momento in cui prendeva lo slancio per saltare in groppa al cavallo rosso, e gli diede uno strattone così forte da scaraventarlo a diversi metri di distanza. Il ragazzo rimase a terra, sdraiato sulla schiena, fissandolo in preda al terrore e balbettando parole incomprensibili: allora l'altro gli piombò addosso e lo afferrò per il collo. Lottarono. Salazar supplicava che si calmassero, che stessero tranquilli, per l'amor di Dio, o la situazione sarebbe sfuggita loro di mano; ma non lo ascoltavano, le orecchie tappate dal ribollire del sangue, incapaci di pensare a Dio o di lasciarsi guidare dai ragionamenti. Erano ormai sull'orlo dell'abisso.

Rotolando sull'erba si avvicinavano sempre di più al falò, finché l'uomo del villaggio non sentì il calore delle fiamme lambirgli la faccia. Il fuoco ardeva ancora, e allungando una mano avrebbe potuto forse afferrare un tizzone acceso e assestare un bel colpo a quell'aborto del demonio. Salazar sembrò leggergli nel pensiero, quasi avesse già visto ciò che stava per accadere molto tempo prima, e per un istante l'intera scena gli si presentò agli occhi della mente come se l'avesse già vissuta. Vide l'uomo gettarsi da una parte con tutto il suo peso, afferrare un ramo infuocato e usarlo per colpire in faccia il ragazzo. Quest'ultimo, avvertendo il calore rovente dell'oggetto che l'aveva colpito, lanciò un bramito da far rizzare i capelli in testa, spaventando due gufi che erano rimasti a osservare la scena dai rami di un albero vicino e che si levarono immediatamente in volo. Il grido spaventò anche l'aggressore che, scosso, rimase a guardare come il ragazzo sfuggiva alla sua presa e correva verso il carro tenendosi una mano sulla faccia. Con un salto il ragazzo dall'occhio biancastro montò sulla parte posteriore del veicolo, dove Catalina stava respingendo a padellate gli attacchi dei villici, e l'altra donna lanciò i cavalli al galoppo. Il carro partì con un brusco strattone mordendo il ghiaietto della radura, seguito da presso dal più anziano dei presunti stregoni che montava il cavallo nero e si trascinava dietro per le redini quello rosso. Per un po' gli abitanti del villaggio li inseguirono, sbracciandosi e urlando improperi e minacce; ma poi si resero conto che i fuggiaschi li avevano ormai seminati.

La prima sensazione di Salazar fu di sollievo. Vedendo il tizzone ardente colpire in faccia il ragazzo aveva fatto fatica a ricordarsi di come si era arrivati a quella situazione, del momento preciso in cui le cose erano precipitate, del perché mai tutte quelle persone fossero lì impegnate a odiare a morte dei perfetti sconosciuti. Subito dopo però aveva realizzato che quei bizzarri personaggi erano forse l'unica pista che avrebbe potuto portarlo a chiarire la misteriosa morte di Juana, nonché gli unici cui avrebbe potuto chiedere spiegazioni per l'assurda commedia di quella mattina. E allora aveva provato una leggera delusione al pensiero che non sarebbe mai riuscito a catturarli vivi.

Íñigo andò a strapparlo alle sue riflessioni con le braccia cariche di carte e oggetti vari.

«Signore, non ci crederete mai!» disse.

«Mettimi alla prova.»

«Nella fretta di scappare, quei quattro hanno abbandonato alcune cose.» E gliele mostrò ansioso.

Dapprima Salazar guardò quegli oggetti distrattamente, senza dar loro troppa importanza; ma poi qualcosa attirò la sua attenzione e cominciò a strapparli di mano a Íñigo senza troppi complimenti, facendoli passare uno a uno senza quasi credere ai propri occhi. Avevano lasciato accanto al falò la bisaccia che Íñigo aveva perduto il giorno in cui era stato aggredito vicino alla casa di Juana:

dentro c'era ancora la zampa di caprone, insieme a un fazzolettino di seta color avorio con una M ricamata in un angolo, decisamente troppo elegante per essere appartenuto a quelle persone. Avvolto nel fazzoletto, poi, c'era un tubetto di vetro chiuso da un tappo con dentro una polverina color ocra.

«E guardate, signore», aggiunse Íñigo. «Quella gente aveva anche le carte scomparse dalla mia stanza da letto, ricordate?»

«Certo che mi ricordo», rispose Salazar guardando per la seconda volta gli oggetti uno a uno, con la fronte aggrottata e la respirazione accelerata.

Non riusciva proprio a capire come avessero fatto, quelle cose, a finire in mano ai presunti stregoni. C'erano anche le indicazioni per trovare la casa di Juana, e un promemoria dettagliatissimo con lo schema del suo viaggio di Visita, e varie cartine della regione...

«Ma questo è il piano del nostro viaggio!» ruggì Salazar. «Guarda, ci sono le carte, i nomi degli accusati... Perché? Come li hanno avuti?» Íñigo lo guardava senza dire niente, turbato. «Non può essere... non può essere.» Salazar alzò gli occhi dai documenti che teneva tra le dita contratte: «Vedi questa carta? È di un tipo speciale, unico! Il procedimento di cui ci si serve per darle questa tonalità madreperlacea è talmente costoso che in tutto il regno solo due istituzioni possono permettersela».

Íñigo rimase zitto, in attesa.

«Questo tipo di carta è usato solo dalla casa reale e dal Sant'Uffizio», sbottò Salazar, rimanendo poi immerso per qualche minuto in un pensieroso silenzio. «Non è possibile...» gemette.

E ripensò al tormentoso sogno di quella notte, quello in cui la regina Margherita gli era apparsa vestita come una fata nell'atto di versare sangue azzurro dalle mani stigmatizzate. Ricordò chiaramente le parole che lei gli aveva gridato all'orecchio, le sentì esplodere, espandersi per tutto il bosco come un'eco, con tutto il peso dei presentimenti che si avverano: il demonio è a palazzo!

«Il demonio è a palazzo», sussurrò Salazar. Íñigo lo fissava senza capire.

Mayo tornò alla casa di Juanes de Azpilcueta con tre penne bianchissime avvolte in uno scampolo di seta.

«Dovete scusarmi, non so proprio dove ho la testa», disse. L'uomo era ancora seduto sulla panca sotto il salice, tale e quale come l'aveva lasciato, e fissava la bottiglia di vino con espressione rassegnata. «Prima ho dimenticato di darvi una cosa.» Quando alzò gli occhi, Mayo vide che aveva pianto. «Il carrettiere che mi ha dato la ciocca di capelli di vostra moglie... ecco... mi ha raccontato anche di essere stato presente nel momento in cui l'epidemia la strappò da questo mondo, e che proprio in quell'istante... tutti rimasero sorpresi al vedere che sulla schiena le stavano crescendo due protuberanze che le impedivano di stare sdraiata a pancia in su. Pensavano fosse un altro sintomo della sua malattia: ma poi, guardando meglio, videro che all'altezza delle scapole le stava spuntando qualcosa.» Mayo fece una pausa, poi precisò: «Come ai bambini piccoli, quando la gengiva si taglia e spuntano i dentini... a lei, invece, stavano spuntando le ali... piccole, ma pur sempre ali. A quanto dissero gli inquisitori, che di queste cose se ne intendono, ciò dimostrava che Estevanía cominciava a trasformarsi in angelo prima ancora di lasciare questo mondo. Evidentemente le accuse formulate contro di lei non erano vere, e subito dopo morta sarebbe volata dritta in cielo perché era una persona buona. Molto, molto buona. Così dissero». E Mayo gli mostrò le penne aperte a ventaglio. «Il carrettiere allora le ha strappato queste poche penne dalle ali e me le ha date raccontandomi tutta la storia.»

Juanes la fissava, stravolto da un'emozione indescrivibile.

«Lo sapevo... questa è la prova definitiva dell'innocenza della mia Estevanía.»

«Adesso potete ricominciare a fare del vostro meglio per essere una brava persona», gli raccomandò Mayo, soddisfatta. «Perché sicuramente vostra moglie vi sta aspettando nell'alto dei cieli.»

La ragazza girò sui tacchi e s'incamminò, seguita da Beltrán: si sentiva felice come non lo era da molto tempo. Credeva fermamente che il suo stratagemma, del quale non avrebbe parlato ad anima viva, fosse meno peccaminoso di quelle calunnie che si dicono in confessionale, perché in fondo quelle penne venivano dalla canonica e un po' d'indulgenza dovevano pure averla assorbita. Si perdonò in fretta e non ci pensò più. Aveva già anche troppe preoccupazioni senza stare a mortificarsi per una piccola bugia pietosa. In fondo non era affatto sicura che l'ingresso in un qualche paradiso dell'aldilà dipendesse dalla dea Mari, dal Dio dei cristiani o dalle trame di suo padre. Di una cosa invece era assolutamente sicura: di non aver fatto niente di male, perché se quell'azione fosse stata malvagia non si sarebbe sentita tanto in armonia con sé stessa e con il mondo. La sua respirazione coincideva con quella di Beltrán, ma anche con le oscillazioni dei rami degli alberi. Tutto era perfetto: l'arancione del tramonto, l'odore di pino e sciroppo dell'aria, il calmo rumore della felicità che le colpiva i sensi. Era in pace, e finalmente le sembrava di capire cosa intendesse Ederra quando le diceva che le opere buone che si fanno per gli altri prima o poi tornano indietro, perché strada facendo si moltiplicano e finiscono per contagiare tutti quelli che si trovano a passare di lì. Sentiva che l'ordine dell'universo non è poi tanto complicato, e che lo stesso avvenimento che in date circostanze può assestare un colpo funesto può anche aprire una finestra alla speranza. E così diede un bel bacio a Beltrán fra le orecchie e si mise a ballargli attorno come una pazza, raccontandogli tutto ciò che aveva saputo dal parroco. Gli disse anche che a partire da quel momento loro due avrebbero dovuto sforzarsi di fare il maggior numero possibile di buone azioni, così, secondo la legge della compensazione, presto Ederra sarebbe tornata da loro.

«Perché non è affatto necessario lasciare tutto in mano al destino, sai, Beltrán? Non è male guidarlo un pochettino, in modo che non perda la rotta.»

## XVI

*Di come riconoscere una strega dal marchio del diavolo*

Salazar continuava ad arrovellarsi su come avessero fatto quei quattro a impadronirsi della bisaccia e delle carte di Íñigo, dei dati del viaggio di Visita, delle mappe e di quel delicato fazzoletto con la M ricamata usato per avvolgere il tubetto di vetro con dentro la misteriosa polverina ocra. Quella scoperta l'aveva turbato parecchio. Avvertiva in tutto il corpo una sgradevole sensazione d'incertezza. Non voleva nemmeno pensare che quella M maiuscola avesse qualcosa a che fare con il nome della regina, che un malintenzionato fosse riuscito ad avvicinarsi a lei tanto da rubarle un fazzoletto, che davvero qualcuno volesse usare la magia nera per farle del male, e per di più mentre lui, Salazar, era lontano dalla corte e non poteva difenderla. Si sentiva impotente. Per quanto se lo rigirasse in testa, non riusciva a trovare alcun senso a quell'intricato pasticcio.

Sapeva solo che qualcuno lo stava pedinando. Adesso doveva giocare le sue carte con intelligenza, usare tutti i mezzi a sua disposizione per scoprire chi lo stesse seguendo e perché. Quel foglio di carta limitava il numero dei sospettati. Si guardò alle spalle: negli ultimi tempi le persone che avevano più attivamente lavorato contro di lui erano i suoi colleghi di Logroño, Valle e Becerra, offesi dal fatto che l'inquisitore generale avesse scelto proprio lui per portare l'editto di grazia nelle regioni del Nord. Indubbiamente i due avevano accesso a quel tipo di carta, e detestavano i suoi metodi. D'altra parte non si poteva non tener conto del sospetto che la regina aveva formulato contro il duca di Lerma e il suo segretario Rodrigo Calderón, che esercitando su di lei un controllo strettissimo potevano aver violato la sua posta, scoprendo la loro amicizia e decidendo di farle del male colpendo lui. Le malelingue dicevano che al duca e al suo braccio destro piaceva giocare con gli incantesimi. In futuro avrebbe dovuto stare più attento che mai.

Salazar diventò diffidente. Corrugava spesso la fronte, riprese l'atteggiamento rigido e severo dei primi giorni e preparò una nuova tabella di marcia che non commentò con nessuno, guardando in cagnesco chiunque gli si avvicinasse per chiedere informazioni sui suoi programmi. Sapeva che uno dei suoi difetti più gravi era la superbia; e anche se di solito cercava di dominarsi, in quell'occasione vi cedette sempre di più, fino a convincersi che poteva fidarsi solo di sé stesso perché in quel paese d'intriganti chiunque avrebbe potuto pugnalarlo alle spalle. Gli unici con cui continuò a mostrarsi affettuoso erano frate Domingo de Sardo e il novizio Íñigo de Maestu: con loro era sempre a suo agio, gli piaceva la persona che era quando ci stava insieme, mentre la presenza di tanti altri gli faceva l'effetto opposto. In fondo al cuore provava un sentimento di orgoglio paterno per essere riuscito a legare a sé quei due giovani.

Frate Domingo, da quando si erano conosciuti, aveva attraversato varie fasi. Dapprincipio sembrava schiacciato dalla formidabile presenza dell'inquisitore: non riusciva a guardarlo negli occhi, lo osservava pieno d'ammirazione, scattava a ogni suo cenno, sembrava prendere mentalmente nota di ogni sua parola come di una massima filosofica importantissima che non doveva assolutamente lasciarsi sfuggire, anche quando in realtà si trattava di un banale commento sul tempo. Ma dal giorno in cui Salazar l'aveva costretto ad assistere alla dissezione di Juana de Sauri il suo atteggiamento era completamente cambiato. Ancora non se la sentiva di reggere lo sguardo del suo superiore, ma questa ritrosia non era più dovuta al turbamento, bensì a una sorta di ripudio interiore. Qualcosa come un'ombra di sospetto, che Salazar non aveva difficoltà a riconoscere ma non sapeva come dissolvere. Quando l'inquisitore gli domandava cosa avesse, Domingo fissava il pavimento e rispondeva «niente» in un sussurro, in modo assai poco convincente. Salazar aveva deciso di lasciarlo bollire per un po' nel suo brodo, per vedere se a poco a poco, a forza di scoprire cose nuove lavorando al suo fianco, quando gli occhi gli si fossero aperti quanto basta per vedere al di là delle apparenze, avrebbe ripreso fiducia in lui. Giorno dopo giorno, infatti, Domingo si liberava dall'apprensione che Valle aveva seminato in lui e cominciava a ragionare con la sua testa, senza pregiudizi. Aveva addolcito parecchio i sermoni che pronunciava dal pulpito, e non mirava più a terrorizzare i fedeli con le minacce di fuoco eterno e le immagini di bambini rapiti nel cuore della notte che facevano rabbrividire le donne e piangere di paura i più piccoli al momento di coricarsi. Salazar pensava che quei miglioramenti fossero dovuti al suo benefico influsso, e godeva del suo piccolo trionfo. Domingo era un po' opera sua.

Per Íñigo, invece, provava dei sentimenti di tutt'altro genere. Il ragazzo lo aveva accettato così com'era fin dal principio, non dimostrava alcun imbarazzo in sua presenza, non abbassava la voce per parlargli e lo guardava dritto negli occhi: per Salazar, era la dimostrazione che non aveva nulla da nascondere. Quando Íñigo era con lui l'inquisitore, solitamente altero, si addolciva, smetteva la sua espressione severa e diventava addirittura spiritoso. Aveva un debole per quel novizio, e si vedeva. In lui notava con piacere mille piccoli dettagli: non lo sgridava mai e sorrideva delle cose che diceva anche quando la sua conversazione sfiorava il nonsenso, perché Íñigo era per natura un sognatore. Salazar non aveva mai avuto bisogno d'affetto, ma constatava con piacere che il ragazzo gli era molto legato.

Non per questo l'inquisitore era disposto ad aprirsi completamente con loro. Temeva che un giorno, messo sull'avviso da qualcosa che avesse detto o fatto, uno dei due avrebbe potuto scoprire la sua mancanza di fede. Aveva paura che Íñigo o Domingo, se avesse parlato con loro troppo apertamente, sarebbero arrivati a comprendere le ragioni ultime che l'avevano portato a essere ciò che era, magari trovandole convincenti come erano sembrate a lui e finendo con l'esserne contagiati. La cosa migliore, se voleva proteggerli, era lasciarli nella pace dell'ignoranza. Una pace che, per quanto lo riguardava, non ricordava quasi più, ma che l'aveva avvolto e cullato per tutta l'infanzia e l'adolescenza, quando ancora si raffigurava Dio come una grande mano tesa sull'intero creato per difenderlo dall'infuriare del male. In quale momento aveva smesso di sentire la presenza di quella mano? Forse quando si era reso conto che le dita divine non erano abbastanza grandi per offrire riparo e protezione a tutti: in quel momento si era sentito un privilegiato, e quindi colpevole. Perché lui sì e un altro no? Si era sforzato di capire le ragioni per cui quella grande mano paterna faceva delle distinzioni fra i suoi stessi figli, e non trovandole aveva pensato che, forse, era perché in realtà quella mano non esisteva, non esisteva alcun Padre. Perché tutto ciò che accade nel mondo è solo accidente. Ragionamenti che facevano molto male. Per questo l'inquisitore preferiva tenere le sue idee per sé: perché è assolutamente necessario che gli esseri umani possano credere in qualcosa, una cosa qualsiasi, se non vogliono cadere, com'era capitato a lui, nell'abisso della disperazione. Per questo non intendeva lasciar trapelare i suoi pensieri. Non desiderava che i suoi pupilli passassero il resto della loro vita nella sofferenza.

Nelle prime ore del pomeriggio la voce stentorea del banditore risuonò per le strade annunciando che, all'Escorial, la regina Margherita aveva dato alla luce un infante al quale era stato dato il nome di Alfonso.

«Molto bello», commentò frate Domingo, «sonoro e notevole.»

Nessuno ci fece caso, ma fu l'unico momento in tutta la giornata in cui il viso di Salazar si illuminò di un lieve sorriso di felicità.

Di lì a poco tutti avrebbero dimenticato il nobile nome imposto all'infante neonato, perché le circostanze che accompagnarono il suo arrivo in questo mondo lo fecero passare alla storia come «il Caro». E così fu chiamato da tutti.

Soffiava una calda brezza di fine estate quando Pedro Ruiz de Eguino arrivò a Urdax per completare il carico di streghe della settimana. Era stato informato che da quelle parti si aggirava una ragazza sospetta, e quando si recò alla canonica il parroco gli fornì una precisa descrizione di quella strana giovane e del suo asino, aggiungendo pure che poteva aver fatto un incantesimo con alcune penne rubate dal suo pollaio.

«Sarò sincero con voi: gli incantesimi con le penne possono provocare disgrazie terribili», dichiarò Pedro Ruiz de Eguino con voce lamentosa, sotto lo sguardo attento di Morguy che annuiva con aria circospetta.

«Che il Signore ci aiuti!» mormorò il parroco.

«Il Signore e io vi aiuteremo, non preoccupatevi», cercò di tranquillizzarlo il cacciatore di streghe. «Da che parte avete detto che è andata?»

Il parroco gli indicò la collina, e Pedro Ruiz de Eguino si avviò in quella direzione con il suo barroccio traballante guardandosi bene attorno a ogni svolta del sentiero, frugando nelle grotte, in riva al fiume, nelle radure del bosco. Ma non trovò proprio nulla. Per un istante pensò che la strega fosse riuscita a dileguarsi, e una sensazione di fallimento gli inasprì i lineamenti. Non voleva intaccare la sua buona fama: aveva già consegnato al tribunale di Logroño due carichi di streghe e stregoni, e gli inquisitori Valle e Becerra erano molto soddisfatti di lui. Se le cose andavano avanti così, presto avrebbe ricevuto la nomina a commissario inquisitoriale. Dal sommo della collina Pedro osservò a lungo gli andirivieni del villaggio. A quella distanza le persone sembravano uno sciame di moscerini impazziti che volteggiava lungo le strade. Era giorno di mercato: forse la sua strega era là, fra la gente.

«Scendiamo al villaggio e dividiamoci», disse a Morguy, che rimase in silenzio. «La prenderemo.»

Mayo aveva in programma di partire per Elizondo quella mattina stessa di buon'ora, in modo da raggiungere al più presto la comitiva di Salazar: ma poi scoprì che a Urdax era giorno di mercato e decise di fare un giro fra le bancarelle prima di mettersi in marcia. Ogni tanto le piaceva immergersi nella folla, sfiorare i tanti corpi uguali al suo, aspirarne l'odore, l'aroma di tela degli abiti mescolato a quello acre del sudore. L'odore degli uomini è diverso da quello delle donne, ed entrambi sono diversi da quello degli animali. A volte giocava a comportarsi come loro, a far parte dell'insieme, e i mercati le piacevano proprio perché le davano l'opportunità di farlo senza essere notata.

Le bancarelle occupavano le strade principali del villaggio riempiendole delle grida dei commercianti, di passi frettolosi, di venditrici di uova e di galline, di conciatori, di intrecciatori di vimini e di merlettaie al tombolo che realizzavano i loro pizzi sul momento, sotto gli occhi ammirati dei potenziali compratori. C'erano tendoni a perdita d'occhio: sotto, colonne di tonde focacce alle erbe, vasi di miele e colossali formaggi che, a farli rotolare lungo la via spingendoli con un bastone, potevano servire anche per le gare di velocità. In un gran caos di voci si discuteva del prezzo e della qualità della merce, le cifre si contrattavano, si scontravano, salivano e scendevano, i più interessati all'acquisto insistevano e s'incaponivano cercando di convincere il venditore il quale, non appena capiva che il prodotto interessava davvero, si impuntava a sua volta sul prezzo più alto, festeggiando infine la conclusione dell'affare con grandi manate sulle cosce e risa sguaiate. La folla scorreva trascinando via i più lenti e distratti, e l'odore di selvatico e di sterco di cavallo sembrava aver impregnato ormai per sempre i muri esterni delle case

Mayo camminò a lungo fra la gente, fantasticando di essere nata anche lei in una famiglia normale che l'aveva mandata a comprare pane, miele e formaggio; una famiglia che l'aspettava a casa per mangiare tutti insieme raccolti attorno al focolare. Ogni tanto guardava di sottecchi chi le passava accanto per controllare se il suo aspetto da genio dei boschi non attirasse l'attenzione, se qualcuno non trovasse strana la sua presenza in quel posto; ma nessuno sembrava accorgersi della sua natura diabolica Chiuse gli occhi e aspirò profondamente quell'odore di umanità che, se solo fosse stato un po' più intenso, avrebbe potuto spaventarla. Le era già capitato una volta, durante l'auto da fe di Logroño, mentre cercava di individuare una minima traccia della presenza di Ederra: a causa della sua piccola statura era stata sommersa dalla folla, improvvisamente non era più riuscita a vedere nient'altro che la schiena o il petto delle persone che la circondavano e che, nell'angoscia del momento, ai suoi occhi si erano trasformate in gigantesche macchie scure che la spingevano di qua e di là, schiacciandole le viscere e l'anima

Ripensando all'auto da fe, Mayo sentì ancora quell'oppressione al petto. Le tornarono alla mente l'angoscia, la paura, la delusione, l'immenso dolore che gli uomini infliggono ai propri simili, quegli stessi uomini che ora la palpeggiavano passandole accanto, che la sfioravano facendole male. La stavano guardando... sì, guardavano proprio lei, e ridevano. Ridevano così forte che dovette tapparsi le orecchie con le mani. Cercò di allontanarsi, di andare via di lì, avanzò agitando le braccia, nuotando controcorrente, infilandosi nei pertugi fra le gambe, sgusciando tra fianchi e petti e gomiti e ginocchia e piedi e braccia... agonizzando nell'angoscia, finché non riuscì a sbucare nel vicolo isolato e ombroso in cui aveva lasciato Beltrán. Si accucciò accanto all'asino stringendosi le braccia al petto, cercando di calmare le fitte al ventre provocate dal nervosismo e di respirare in modo ritmico per scongiurare l'attacco d'asma. E in quell'istante sentì che qualcuno la stava osservando. Alzò lentamente gli occhi e la vide. Era lì, proprio davanti a lei.

Il gruppo di cacciatori di streghe capeggiato da Pedro Ruiz de Eguino si era diviso all'entrata di Urdax. Ognuno aveva ricevuto precise istruzioni di avvertire gli altri nel caso si fosse imbattuto nella ragazza e nel suo diabolico asino grigio. Per questo Morguy si fece sospettosa quando vide Beltrán nascosto nell'ombra di un vicolo isolato e decise di stare a vedere chi fosse venuto a cercarlo.

Morguy indossava una gonna di tela stampata, marrone, che la copriva fino alle caviglie e una blusa molto aderente alla vita sottile. Aveva i capelli raccolti sulla nuca e gli occhi luminosi, ramati, che fissavano Mayo con un misto di curiosità, felicità e odio. Mayo percepì l'odore di coraggio che emanava la ragazza e notò che stringeva i pugni e la mascella.

«Strega!» gridò improvvisamente la sconosciuta con voce stridula. «Seguace del diavolo! Non riuscirai a farmi del male, maledetta!»

E senza dire altro le sferrò un calcio. La mancò, ma sollevò un polverone tale che Mayo non vide più nulla.

«È qui! Signor de Eguino, è qui!» gridava intanto Morguy. «Aiuto! Aiuto!»

Molto tempo dopo, ricordando quel momento, Mayo non avrebbe saputo dire dove avesse trovato la forza di gettarsi su quella ragazza per cercare di tapparle la bocca. Voleva farla stare zitta, impedirle di attirare l'attenzione della gente. E così le diede uno spintone talmente forte da gettarla a terra e subito le fu sopra, schiacciandole con il gomito la gola per cercare di smorzarne la voce.

«Come fai a sapere che sono una strega?» domandò Mayo con sincera curiosità.

«Per il segno che il diavolo ti ha lasciato nell'occhio sinistro», rispose la ragazza, parlando con difficoltà

Per un po' le due giovani rimasero a fissarsi, esaminandosi a vicenda. Erano vicinissime. Mayo sentiva sotto il petto il ritmo della respirazione accelerata dell'altra e la tensione dei suoi muscoli e sulla faccia la carezza del suo respiro. Calcolò che doveva avere grosso modo la sua stessa età, anche se l'espressione del viso tradiva la serietà e la saggezza di una persona più vecchia. Per un attimo le sembrò che l'altra si stesse calmando un po', come se avesse deciso di non opporre più resistenza.

«È da molto tempo che lotto contro quelli come te», le disse. «Ma alla fine il mio capo, Pierre de Lancre, ci libererà da tutti voi... servitori del diavolo.» Detto ciò le sputò in faccia con tutto il suo disprezzo.

«Adesso però dimmi come fai a sapere che sono una strega.»

«Io sono Morguy», disse l'altra, «esperta nello scoprire lo *stigma diaboli*. Chi credi di ingannare, con questo tuo aspetto insignificante? Sei diversa dagli altri, e lo sai benissimo. Di cosa ti occupi, strega? Incantesimi, malefici, pozioni? Chi sono i tuoi genitori? Dove vivi? Ma guardati un po'», e fece un risolino sarcastico. «Lo vedo, il segno, qui nel tuo occhio sinistro... è un segno piccolissimo, ma l'ho riconosciuto subito. È la macchia a forma di rospo che identifica quelle come te. Tu ti guadagni da vivere gettando il malocchio, invocando la pioggia e provocando disgrazie. Il mio signore mi aveva avvertito: mi aveva detto di stare in guardia, che un giorno o l'altro sareste venute a cercarmi perché ho denunciato le vostre compagne!» Stupita da quelle parole, Mayo aveva allentato un po' la pressione sulla gola della ragazza. Subito Morguy alzò la voce: «Non riuscirai a zittirmi! Lo so che state cercando di passare la frontiera con la Spagna per nascondervi qui da noi, ma non ce la farete! Strega!».

E all'improvviso, approfittando del suo sbigottimento, Morguy ribaltò Mayo in modo da ritrovarsi sopra di lei. La situazione si era ribaltata: adesso era Morguy a bloccare Mayo con il peso del corpo, e le stringeva il collo con entrambe le mani premendo con i pollici al centro della gola. Mayo non poteva più né deglutire né respirare; ormai aveva gli occhi vitrei, e il mondo attorno a lei cominciava a spegnersi. In un lampo pensò che stava per morire.

Cominciò a scalciare e a divincolarsi, cercò di liberarsi attorcigliando le gambe a quelle dell'altra ragazza: e quando riuscì ad agganciare uno dei suoi ginocchi rotolò assieme a lei nel fango della strada, che ben presto ricoprì i loro abiti e capelli con una melma vischiosa. Ma per quanto facesse, Mayo non riusciva a sottrarsi alla terribile presa dell'altra donna: finché, allungando un braccio, non la bloccò proprio sotto il mento, spinse verso l'esterno e l'assalitrice fu costretta ad allentare la presa. Mayo ne approfittò per alzare le mani e ficcarle i pollici negli occhi. Premette con tutta la forza che aveva: l'altra urlò e si tirò indietro, lasciandole finalmente libero il collo. La giovane cacciatrice di streghe si alzò barcollando, coprendosi gli occhi con l'avambraccio.

«Strega maledetta!» gridò, semiaccecata. «Maledetta, maledetta, maledetta...»

Cominciò a palpare il terreno per cercare di riafferrarla, ma non riusciva ad aprire gli occhi: eppure trovò Mayo, e le diede un calcio fortissimo nelle costole. Poi si allontanò di corsa, urlando, chiamando a gran voce Pedro Ruiz de Eguino e chiedendo aiuto ai passanti.

Mayo invece rimase lunga distesa nel fango, boccheggiando come un pesce fuor d'acqua, tossendo, in preda a violente convulsioni. Sapeva che stava per venirle un nuovo attacco d'asma: per questo si mise a quattro zampe, curvò la schiena e si sforzò di svuotare bene i polmoni e di ritmare la respirazione sulla frequenza cardiaca, come le aveva insegnato Ederra. Non appena ebbe ripreso un minimo di fiato pensò che doveva assolutamente andarsene di lì, e in fretta. Saltò quindi in groppa a Beltrán e lo spronò perché si affrettasse, respirando rapidamente e solo con la parte superiore dei polmoni, come una partoriente. Mai in vita sua aveva visto la morte tanto da vicino, ed era stato orribile. Morire era talmente facile che le sembrava un miracolo essere ancora in vita. In un attimo aveva rivisto tutta la sua esistenza, e si era sentita rinfacciare le mille cose che aveva ancora da fare: innanzitutto seguire le tracce di Gracia fino a Rentería, poi trovare Ederra, e sciogliere l'incantesimo di Beltrán... inspiegabilmente però la cosa che le aveva dato più voglia di vivere era stata la speranza di poter condividere ancora una notte con il novizio che viaggiava insieme a Salazar.

Beltrán trottò via il più velocemente possibile. I due si allontanarono da Urdax come una furia, tagliando la pigra afa del mezzogiorno estivo. E mentre scappava, Mayo continuava a ripetersi in testa le parole pronunciate da Morguy: quella ragazza l'aveva chiamata strega, le aveva detto che un segno nel suo occhio sinistro lo dimostrava. Ederra non le aveva mai parlato di segni negli occhi delle streghe. Fino a quel fatidico istante Mayo aveva coltivato la segreta speranza che ci fosse stato un errore: che sua madre si fosse sbagliata, che lei non fosse davvero figlia del diavolo. In fondo non sapeva nemmeno fare dei buoni incantesimi! E invece Morguy l'aveva riconosciuta al primo sguardo.

Forse quella ragazza aveva ragione. Forse era davvero una strega

## XVII

*Di come avere capelli lucenti,*
*di come preparare una polvere per sbiancare i denti,*
*di come confezionare un filtro d'amore*

Attenendosi alla nuova strategia di modificare continuamente i suoi piani di viaggio, Salazar decise di anticipare la tappa a Fuenterrabía: mandò dunque avanti un messo ad annunciare l'imminente arrivo della comitiva inquisitoriale e sul finire del pomeriggio, senza dare troppe spiegazioni, informò i suoi collaboratori del cambio di programma ordinando loro di tenersi pronti a partire la mattina seguente di buon'ora. Il giorno dopo si congedò dagli abitanti di Elizondo con un pomposo discorso e una frettolosa benedizione impartita direttamente dalla carrozza mentre la carovana si metteva in marcia.

Arrivarono a Fuenterrabía poco dopo mezzogiorno e furono accolti dalla solita girandola di ricevimenti, campane, carrozze, cavalli, bauli, tonache, presentazioni ufficiali e ossequi alle autorità locali. Tutto era pronto per annunciare l'editto di grazia nel corso della messa solenne programmata per le prime ore del pomeriggio. La chiesa era affollatissima. La gente del luogo attendeva quel momento da mesi, e nessuno poteva permettersi di mancare all'appuntamento se non voleva finire sulla lista dei sospettati. Il sermone toccò a frate Domingo, che spiegò le regole d'accesso agli interrogatori, chiarì tutti i dubbi e alla fine rimandò a casa i fedeli dando loro appuntamento per la mattina dopo. Le porte di legno massiccio della chiesa si spalancarono. La gente si allontanò controvoglia, quasi avesse bisogno di più tempo per assimilare l'annuncio dell'editto di grazia. Qualcuno rimase inginocchiato a mormorare orazioni, a occhi chiusi. Un gruppo di beghine accendeva candele a sant'Antonio, e alcuni uomini si avvicinarono all'altare e si congratularono con frate Domingo per il suo sermone.

Proprio allora Salazar sentì che qualcuno lo stava fissando. Si voltò di scatto, preoccupato, e dovette stringere un po' gli occhi perché la luce delle molte candele accese impediva di vedere bene in faccia le persone, trasformandole in ombre spettrali. Frugò con lo sguardo ogni angolo, anche dietro le colonne, e alla fine lo vide, all'altro estremo del corridoio fra i banchi, abbastanza lontano da essere solo un'ombra senza volto. Il soffio di una leggera brezza entrava in chiesa dalle porte spalancate, facendo ondeggiare le fiammelle dei ceri e avvolgendo la strana figura in un alone di fumo grigio che le dava un aspetto ancora più irreale. Salazar sentì un brivido giù per la schiena. L'ombra sconosciuta spiccava tra la folla dei fedeli per l'assoluta immobilità che manteneva nel grande viavai di persone lungo la navata. Era vestita di scuro. Se i suoi abiti non fossero stati neri, grigio scuro o marroni, forse Salazar sarebbe riuscito a distinguerla meglio anche nella penombra; a quella distanza, invece, non era altro che una sagoma ritagliata nella vaga luce delle vetrate. Salazar e lo sconosciuto rimasero a fissarsi così per più di un minuto, studiandosi a vicenda, avvolti dal mormorio dei fedeli che ancora si trattenevano in chiesa; poi l'inquisitore decise di porre fine all'incertezza e mosse qualche passo verso l'altro, camminando fra i banchi e benedicendo distrattamente i fedeli che gli prendevano la mano per baciarla. Nel frattempo aguzzava lo sguardo per non perdere di vista l'ombra che, di tanto in tanto, era celata da un muro di schiene, teste e braccia. Per un istante ebbe l'impressione che anche la sagoma si muovesse verso di lui; ma probabilmente fu solo un'illusione ottica perché, quando cercò di capire se era davvero così, la vide voltarsi, per un attimo ne colse il profilo, poi la sua schiena leggermente curva si stagliò in controluce nel vano del portone e si allontanò, uscendo senza fretta dalla chiesa. Solo quando ebbe varcato la soglia, già quasi fuori dal tempio, la figura si voltò a guardarlo. A Salazar parve di intravedere la sfumatura rossastra dei quattro capelli che aveva in testa e il luccichio di due occhietti da roditore che gli diedero la pelle d'oca. Paralizzato da un brivido, si fermò in mezzo alla navata: ma subito, vedendo che l'ombra misteriosa era scomparsa, riprese lo slancio e avanzò a grandi falcate tra i fedeli per cercare di raggiungerla. Uscì dalla chiesa il più in fretta possibile e scese la scalinata del sagrato quasi di corsa, per forza d'inerzia, ansimante, seguito dagli occhi curiosi del paralitico che chiedeva la carità semisdraiato sugli scalini e delle beghine che approfittavano dell'uscita dalla messa per chiacchierare fra loro dei benefici effetti delle reliquie di santa Genoveffa. Guardò rapidamente a destra e a sinistra, raggiunse correndo i primi angoli delle vie per vedere dove lo strano individuo avesse svoltato: tutto invano. Domandò ai passanti, a quelli che si erano trattenuti accanto al portone... nessuno l'aveva visto. La misteriosa figura sembrava sparita nel nulla.

A cena Salazar disse ai suoi assistenti che l'inquisitore generale gli aveva mandato l'elenco di tutte le streghe e gli stregoni scappati dalla Francia per timore delle persecuzioni e che si pensava fossero riparati in Spagna.

«Bisognerà trovarli», disse frate Domingo. «Non possiamo certo permettere a quella gente di fare i comodi suoi sulle nostre terre.» E lanciò a Salazar un'occhiata interrogativa: «O no?».

«Naturalmente sì, li cercheremo: ma penso che, quando li avremo trovati, non dovremo necessariamente consegnarli alle autorità francesi.»

«Allora li manderemo alla sede di Logroño?» domandò Íñigo.

Salazar rimase un istante in silenzio. Ci aveva pensato a lungo, e al momento sentiva di non potersi più fidare dei suoi colleghi Valle e Becerra.

«No, non li manderemo nemmeno a Logroño», disse poi. «Fra i requisiti necessari per accedere alla grazia dell'editto non c'è scritto che possono beneficiarne solo le persone nate e cresciute in Spagna, dico bene?» domandò Salazar, per poi proseguire, senza aspettare risposta. «Ci penserò io a rintracciarli, a farli confessare e a offrir loro la grazia della riconciliazione».

Al calar della notte, quando si trovò solo, Salazar si sentì vagamente defraudato. Aveva il cuore oppresso da una sensazione di vuoto, e si chiedeva cosa realmente si aspettasse di trovare in quel luogo. Decise di uscire a fare quattro passi. Le strade, deserte, erano immerse nella luce di un'enorme luna rossa che conferiva all'intero villaggio la sfumatura ambrata tipica dei sogni. S'incamminò senza una meta precisa e non si accorse che, dal vano del portone di fronte, qualcuno lo stava osservando. L'ombra aspettò che fosse abbastanza lontano da non sentire il rumore dei suoi passi e si mise a seguirlo.

Salazar percorse il perimetro della cittadina rimuginando i suoi dispiaceri e fermandosi ogni tanto ad ascoltare i suoni ovattati provenienti dalle case che denotavano la presenza di una famiglia riunita, il fumo che usciva dai camini, l'aroma dei piatti preparati per la cena, l'abbaiare di un cane, il calore di un focolare. La brezza gli portò il ricordo della regina Margherita, che sicuramente in quel momento si stava occupando del suo nuovo nato; e ripensò all'immagine della *Vergine con il bambino* di Gérard David. Si ricacciò in gola un sospiro: se almeno avesse già incontrato il diavolo, si sarebbe sentito meno indegno nel pensare a lei.

«Anch'io non riesco a dormire, eminenza.» La voce catarrosa sembrava uscire dalle tenebre. «Spero di non avervi spaventato.»

Salazar sussultò: a quell'ora della notte non si aspettava di essere osservato e seguito. Aguzzò la vista, ma la luna era celata dalla folta chioma di un albero e vide solo la metà di un volto nel quale brillavano due occhietti da ratto. Quegli occhi...

«Chi va là?» domandò con una stretta al cuore.

«Vedo che invece sì, vi ho spaventato», disse l'uomo misterioso facendo un passo avanti.

Per un istante Salazar pensò che forse le sue suppliche stavano per essere esaudite, che finalmente si trovava di fronte al diavolo venuto a tentarlo offrendogli un prezzo elevato per la cessione della sua anima peccatrice. Ebbe paura: ma era una paura consolatrice, la cui forza vivificante lo spaventò più ancora della comparsa del demonio. Quando la luce della luna completò il disegno della figura misteriosa, però, Salazar vide che si trattava di un vecchietto alto meno di un metro e mezzo, con la schiena curva, pochi capelli in testa e ancor meno denti in bocca. Portava il collarino e una tonaca marrone un po' stretta sul petto e ridotta sui gomiti a una lucida membrana che lasciava intravedere il bianco delle sue articolazioni ossute. Era sicuramente un religioso.

«Vi riconosco...» sussurrò Salazar. «Vi ho visto, questo pomeriggio, all'uscita dalla chiesa...»

«Sì, ero in chiesa; ma ho avuto timore ad avvicinarmi», rispose il vecchio. «Sono Diego de Basurto, e un paio di giorni fa ho fatto conoscenza con i vostri colleghi di Logroño», si presentò.

Salazar se ne ricordò subito: Valle e Becerra avevano sottolineato con speciale enfasi il nome di quell'uomo elencando i presunti stregoni che Pedro Ruiz de Eguino pensava di catturare. Lo avevano definito un individuo pericolosissimo, talmente lascivo e degenerato che i due avevano chiesto al consiglio della Suprema di fare un'eccezione alle regole dell'editto bandendolo per sempre dal sacerdozio. Il consiglio però aveva dato risposta negativa, riconfermando le condizioni dell'editto che su questo punto erano chiarissime: nessuna rappresaglia contro i rei confessi.

«Diego de Basurto», mormorò Salazar. «Avevo in mente di venire a farvi visita.»

E lo scrutò attentamente dalla testa ai piedi. Era di costituzione fragile e tremebonda, e non sembrava affatto pericoloso. L'inquisitore gli offrì il braccio.

«Venite con me», gli disse. «Andiamo a palazzo, dove potremo parlare senza essere disturbati.»

Ci misero un bel po' ad arrivare, perché Diego de Basurto camminava molto lentamente: a ogni passo si sentiva il fischio della sua respirazione e lo scrocchiare delle ossa. All'inquisitore sembrava di portare al braccio un omino di vetro, che una minima disattenzione sarebbe bastata a far cadere in terra mandandolo in mille pezzi. Si accomodarono nella saletta d'ingresso: Salazar versò due coppe di vino dolce e aspettò che il vecchio avesse bevuto un sorso prima di cominciare con le domande.

«Ditemi, padre, cosa vi ha spinto a venire fin qui per incontrarmi?»

Diego de Basurto chiuse gli occhietti secchi e rugosi, senza più ciglia. Il mento gli tremava.

«Mi sono affrettato il più possibile, e a quanto pare sono riuscito ad arrivare prima della notizia.» Si schiarì la gola, sospirò, guardò fuori dalla finestra. Poi aggiunse: «Sono scappato dalla sede inquisitoriale nel bel mezzo di un interrogatorio».

«Come?»

«Lo so, lo so... non avrei dovuto. Ma avevo paura.»

«Credo mi dobbiate una spiegazione.»

«Ecco... una persona nella quale avevo piena fiducia, un uomo che credevo mio amico... mi ha tradito.»

«Vi capisco sempre meno.»

«Pedro Ruiz de Eguino», disse il vecchio. E bevve un altro sorso di vino.

«Pedro Ruiz de Eguino?» gridò quasi Salazar. «Il cacciatore di streghe è vostro amico? I rapporti che ho letto non ne fanno parola: vostra grazia risulta essere solo uno stregone confesso che de Eguino ha incontrato per pura casualità.»

«Vi sto dicendo la verità, signore: io, di tutte queste storie sulla setta del demonio, non so né ho mai saputo niente di niente.»

E il vecchio chierico gli raccontò che, molto tempo prima, aveva conosciuto Pedro Ruiz proprio a Eguino, dove esercitava il sacerdozio come parroco. Era lì che soleva celebrare la sua messa quotidiana. Un giorno in cui si trovavano insieme, a un certo punto, erano arrivati a parlare delle streghe e ci avevano scherzato sopra; poi però il suo amico, cambiando registro, si era messo a parlare di incantesimi e di patti con il demonio sottolineando che lui, in realtà, doveva saperne in merito più di chiunque altro. E il tutto senza smettere di sorridere.

«Poi spinse la sua beffa ancora più in là», aggiunse Basurto a occhi bassi. «Come vedete io ho una cicatrice sulla tempia sinistra, e lui disse che proprio quella cicatrice era il marchio da cui si poteva capire che ero uno stregone. Gli giurai che era solo il segno di una caduta fatta da bambino, ma lui insisteva... E allora commisi un errore...»

«Quale?»

«Dissi che ero stregone quanto lo era lui. Dopo di che, ogni volta che mi incontrava ricominciava a prendermi in giro; finché io, non potendone più, gli raccontai che una volta, quando ero piccolo, avevo rischiato di essere sedotto da una strega del mio villaggio, anche se poi non era successo niente.»

Anche dopo questo scambio di battute Pedro Ruiz de Eguino aveva continuato a infastidirlo con i suoi scherzi; poi, un giorno, gli aveva chiesto di accompagnarlo in un viaggio. Il vecchio, che si fidava di lui, aveva accettato senza fare domande. Pedro l'aveva portato a Logroño, dove l'aveva ospitato a casa sua trattandolo con ogni riguardo, preparandogli ottimi pranzetti e cedendogli il letto più comodo: ma sempre cercando di convincerlo a confessare di essere uno stregone. Lui però aveva continuato a negare. Alla fine il cacciatore di streghe aveva perso la pazienza e l'aveva minacciato di consegnarlo all'Inquisizione, nelle cui segrete sarebbe marcito per il resto dei suoi giorni, se si ostinava a non confessare. Qualche giorno dopo, insieme a due donne ancor più disorientate di lui, l'aveva portato davanti al tribunale e lo aveva consegnato all'inquisitore Valle, il quale l'aveva coperto di insulti fino a farlo star male.

«Poi sono scappato.»

«Ma come avete fatto? Lo conosco bene, quel posto, ed è praticamente impossibile evadere.»

«Il secondino mi ha portato nel corridoio per prendere un po' d'aria», disse il chierico, che parlava con estrema lentezza. «Mi ha fatto sedere su una panca del patio, poi si è chinato per guardarmi bene in faccia, e allora io...»

«Allora? Allora che?»

«Gli ho dato il pizzicotto che provoca il sonno.»

Salazar lo guardava, attonito. «Il pizzicotto che provoca il sonno?»

L'inquisitore cominciava a pensare che il vecchietto fosse un po' pazzo, o forse davvero pericoloso, o peggio ancora tutte e due le cose insieme.

«L'avevo imparato in seminario, sembra sia passato un secolo... dando un pizzicotto nel posto giusto si può far dormire una persona per una ventina di minuti. È sufficiente stringere un po' la pelle del collo, così...» E il vecchio allungò la mano verso il collo dell'inquisitore, che si scansò.

«Va bene, va bene, non c'è bisogno che me ne diate una dimostrazione», sbottò Salazar, un po' irritato. «E così avete fatto dormire il secondino.» Il vecchio annuì. «Sul portone del palazzo inquisitoriale, però, c'è sempre una sentinella.»

«Cadendo lungo disteso per terra, il secondino ha fatto un gran baccano. Così io, correndo con tutta la fretta che le mie vecchie gambe ancora mi permettono, sono andato a nascondermi nel vano sotto la scalinata, dove la guardia non poteva vedermi; e quando ha lasciato la garitta per soccorrere il collega ne ho approfittato per scappare.»

«Dio mio...» sussurrò Salazar. «Adesso vi staranno cercando, penseranno che...»

«Lo so, lo so... per questo sono venuto da voi, per chiedervi aiuto. Non sono affatto orgoglioso di alcune cose che ho fatto nel corso della mia lunga vita. È vero, a volte ho ceduto alla tentazione della carne; ma vi assicuro che i pettegolezzi sul mio conto sono un'esagerazione, e soprattutto che non ho niente a che fare con le sette demoniache. Non avrei mai immaginato che il castigo per le mie malefatte avrei dovuto scontarlo qui sulla terra, mentre questo involucro mortale è ancora caldo. Pensavo che sarebbe stato il Signore a giudicarmi, quando fosse venuta la mia ora. Perdonatemi, ve ne prego!»

«Non preoccupatevi», lo tranquillizzò Salazar. «Lasciate tutto nelle mie mani. Adesso però dovete dirmi il nome delle due donne che sono state portate al tribunale di Logroño insieme a voi.»

Il mattino dopo Salazar s'informò sull'accaduto e venne a sapere che una delle donne portate al tribunale di Logroño insieme a Diego de Basurto era accusata di aver donato al diavolo tre dita del piede sinistro come pagamento per la sua ammissione nella setta. Era una vecchia con problemi d'udito, un po' rimbambita e che effettivamente aveva perso tre dita di un piede da bambina, quando un cavallo gliele aveva pestate. Allora Salazar volle leggere tutti i verbali firmati da Pedro Ruiz de Eguino e scoprì che, in sei mesi, quell'uomo aveva costretto più di cinquanta persone della zona a confessare peccati di stregoneria. Per quei servigi gli inquisitori Valle e Becerra l'avevano già raccomandato alla Suprema per un posto di commissario inquisitoriale: la degna ricompensa di un lavoro ben fatto.

Salazar appuntò tutto nel suo diario; e contemporaneamente scrisse anche a Bernardo de Sandoval y Rojas, raccontandogli tutti i dettagli del caso e puntando un dito accusatore contro Pedro Ruiz de Eguino, che giudicava un soggetto pericoloso al quale non doveva essere affidato alcun incarico. Scrisse pure che ormai stava arrivando alla conclusione che tutta quella benedetta storia della setta satanica era una pura e semplice menzogna, e aggiunse che l'inquisitore generale non doveva preoccuparsi di niente perché ci avrebbe pensato lui a gettare in faccia la verità a quel sedicente cacciatore di streghe, e non si sarebbe concesso un attimo di riposo finché non avesse scoperto cosa lo spingesse a costringere vecchietti e donne invalide a dichiararsi stregoni. Non era del tutto improbabile, inoltre, che questo Pedro Ruiz de Eguino avesse qualcosa a che fare con i quattro presunti stregoni che lo stavano pedinando fin dalle prime fasi del suo viaggio di Visita. Anche lui, infatti, doveva avere accesso alla raffinata carta da lettere dell'Inquisizione, dato che ormai passava le sue giornate nella sede di Logroño. In chiusura Salazar assicurava all'inquisitore generale di essere perfettamente in grado di far luce su tutto quel caso ingarbugliato: gli serviva solo un altro po' di tempo.

Ormai l'unica cosa che gli rimaneva da fare a Fuenterrabía era accogliere la confessione delle streghe francesi espatriate, comprese alcune persone d'illustre lignaggio originarie della provincia di Lapurdi che si sarebbero recate da lui in gran segreto per ricevere la grazia dell'editto. Alle streghe francesi Salazar riservò lo stesso trattamento delle streghe spagnole. L'atto di riconciliazione fu celebrato senza disordini, e al villaggio tutti furono pienamente soddisfatti del lavoro dell'inquisitore e della sua comitiva.

Due giorni dopo ogni cosa era pronta per la partenza, e ancora Salazar non aveva confidato a nessuno quale sarebbe stata la tappa successiva. Su questo genere di informazioni era ancora estremamente riservato.

Mayo aveva sempre considerato le pratiche di bellezza una gran perdita di tempo. Non capiva come mai tante donne accettassero di impiastricciarsi la testa di uova e miele per avere capelli più lucenti, o la schiavitù di frizionarsi ogni sera i denti con cinque once di alabastro, quattro once di porcellana, sei once di zucchero fine, un'oncia di corallo bianco, un'oncia di cannella, mezza oncia di perle di fiume e mezza oncia di muschio e di sciacquarli con vino bianco tiepido per renderli più bianchi.

Per quanto la riguardava, le sembrava del tutto inutile sforzarsi di apparire bella. La gente non si accorgeva comunque della sua presenza, e lei sapeva bene che l'unica vera bellezza era quella di Ederra. Una bellezza così travolgente da costringere uomini e donne a voltarsi per guardarla il più a lungo possibile può essere solo innata, e non la si può ottenere a forza di intrugli. Nessun uovo, miele, muschio o alabastro, mischiato, distillato o elaborato in alcuna maniera avrebbe mai potuto darle un aspetto paragonabile a quello di Ederra; e comunque era arrivata alla conclusione che la bellezza non è un dono indispensabile per vivere felici.

Eppure dopo la notte passata sul letto accanto all'aiutante di Salazar, i consigli di bellezza non le erano più tanto indifferenti. Per la prima volta in vita sua desiderava ardentemente non passare inosservata, e avrebbe dato qualsiasi cosa per essere bella. Erano ormai parecchi giorni che si guardava, nuda, nell'acqua di fiumi e ruscelli, e si palpava la pelle, faceva smorfie, passando dalla tristezza al riso in meno di un secondo, parlava da sola. Si profumava, si spazzolava i capelli e si lavava i denti con i famosi composti sbiancanti di Ederra. Sapeva bene che la fonte di quell'agitazione era il novizio, oggetto della sua tenerezza. In quei momenti era sicura che se avesse potuto sciogliersi in lacrime con melodrammatica disperazione si sarebbe sentita meglio: ma era sfortunata anche in quello. Aveva bisogno che la saggia Ederra le spiegasse chiaramente perché il vedere una certa persona in ogni suo pensiero, il voler morire nel suo sguardo e rinascere in ciascuno dei suoi respiri le risultasse così dolcemente straziante. Quando il livello della sua malinconia raggiungeva la soglia di guardia, impedendole anche di portarsi alla bocca un pezzo di pane, Beltrán le si avvicinava, la guardava mansueto con i suoi begli occhioni da asino e le dava un musata in segno di solidarietà. Allora lei capiva che non si poteva andare avanti così, che doveva concentrare tutte le sue forze sul ritrovamento di Ederra e riprendere con lei quella vita di serenità che adesso, a volte, le sembrava di aver semplicemente sognato.

Saputo che la comitiva di Salazar sarebbe partita l'indomani, dal nervosismo non riuscì quasi a chiudere occhio. Si alzò prima dell'alba, con una stretta in fondo all'anima. Era così presto che fece in tempo a vedere come il sole smorzava la luce delle ultime stelle, cambiando colore al cielo dal blu profondo al limpido celeste via via che il mattino si affacciava tra le vette delle montagne. Faceva caldo, e Mayo si tolse i vestiti. Tenne solo una leggera camicia bianca che le arrivava a metà coscia e si avviò, scalza, verso il fiume.

Il sole, già tiepido, faceva evaporare la rugiada del mattino, e l'umida freschezza del terreno le si afferrò alla pianta dei piedi, si attorcigliò alle dita, risalì come una nebbia sottile lungo le caviglie; Mayo la sentì fin nelle ginocchia. Era come se avesse tutti i sensi a fior di pelle: avvertiva con istinto da lupo il profumo dorato della terra umida e dello strato di foglie morte che da molte settimane fermentava nel sottobosco, vedeva le gocce di resina, brillanti come perle di miele, scivolare lungo il tronco degli alberi. Smise di prestare orecchio al canto dei grilli per ascoltare il cinguettio dei primi uccelli. Quel giorno riusciva a sentire perfino gli insetti saltare tra i fili d'erba, e tutti gli altri rumori di quel grandioso territorio che cominciava appena a svegliarsi dal suo sonno e sbadigliava come un gigante pigro.

Entrò con i piedi nell'acqua gelida del ruscello e un brivido scosse dalla testa ai piedi il suo corpicino da rondine. Tastò con la pianta del piede la morbidezza delle pietre del fondale, ricoperte da un muschio vellutato. Sentiva la linea fredda dell'acqua salire lentamente lungo il suo corpo: prima i polpacci, poi le cosce, l'ombelico, il petto... sollevò le braccia, lasciandosi cullare dalla corrente. Sentiva di far parte della natura, dell'acqua, della terra, dell'aria, di Beltrán che la guardava dalla riva, di Ederra e di tutte le persone che aveva incontrato nel corso della sua vita e delle quali non avrebbe saputo più nulla. Certo che erano fatti tutti della stessa materia: acqua, terra e aria, perché al mondo non esiste nient'altro. Anche il novizio su cui si concentravano tutti i suoi desideri faceva parte di lei: e quel pensiero di essere in comunione con il corpo dell'amato la scosse sino in fondo all'anima, inondandola di un delizioso tormento. Uscì dal ruscello convinta che solo la preparazione di un filtro d'amore avrebbe potuto allentare un po' il nodo che le serrava la gola.

Ederra era sempre molto prudente in quel genere di incantesimi, che non bisogna mai fare se non si è più che sicuri di poterne accettare gli effetti.

«Questo non serve a curare alcun male», le diceva sempre. «Anzi, può solo far nascere il male, perché sottomette e incatena la volontà altrui.»

Mayo annuiva senza farle troppo caso, perché a quel tempo l'amore di Ederra le bastava. Non sapeva niente dei vari tipi d'amore, e ignorava che si potesse provarne uno talmente doloroso da lenirsi solo se l'amato lo contraccambiava con la stessa passione.

Quando una donna disperata andava da loro per chiedere un filtro d'amore capace di conquistarle le attenzioni dell'amato, Ederra analizzava con cura la situazione e cercava di assicurarsi che la donna fosse davvero innamorata e che non si trattasse di un semplice capriccio, di quel sentimento cioè che a volte si prova quando si conosce una persona nuova e che il più delle volte finisce così com'è cominciato, senza avere nulla a che vedere con il vero amore. Poi controllava che entrambe le persone fossero libere da altri vincoli sentimentali: non sia mai che un bravo padre di famiglia finisca con l'essere sedotto da una compaesana e che alla fine il rimedio risulti peggiore del male. E solo quando era proprio sicura che gli effetti del filtro d'amore portassero solo felicità sia alla donna sia all'amato, Ederra si metteva a prepararlo.

Questi incantesimi possono risultare così potenti che, una volta somministrati, le persone coinvolte non sono più in grado di governarsi da sé e rimangono in balia del seduttore o della seduttrice, incapaci di opporre resistenza. L'anima mortale cade vittima della dolcezza, dell'affetto, dell'ammirazione e della lussuria, ingredienti di base dell'esaltazione amorosa. Un filtro d'amore ben raramente fallisce. Mayo chiuse gli occhi: non voleva riflettere troppo sugli inconvenienti che potevano sorgere dal far innamorare un novizio. Li avrebbe affrontati più tardi, quando si fossero presentati. In quel momento era talmente sicura che il suo amore potesse vincere ogni ostacolo da essere disposta a correre il rischio.

Innanzitutto bisognava colpire, servendosi di un mezzo qualsiasi, l'immaginazione della persona amata: è questo il punto di partenza di un buon filtro d'amore. Dopo aver viaggiato tanto tempo insieme a lui, ormai Mayo era abbastanza sicura che il novizio percepisse chiaramente la sua presenza. Approfittando del fatto che era il primo venerdì di luna nuova comprò dunque una cintura rossa, l'annodò a forma di cappio senza stringere il nodo e recitò il Padre Nostro fino a «e non ci indurre in tentazione», proseguendo con «*sed libera nos a malo per ludea – ludei – ludeo*» mentre stringeva il nodo. Poi recitò altri Padre Nostro, nove in tutto, e a ogni preghiera faceva un altro nodo alla cintura. Infine se la mise al braccio sinistro, quello più vicino al cuore, facendo attenzione a che rimanesse a contatto con la pelle, perché anche quello era un requisito essenziale per la buona riuscita dell'incantesimo. A questo punto, per completare il rito, doveva solo sfiorare con la mano sinistra la mano del suo amato, e i suoi sentimenti si sarebbero infusi in lui per sempre.

Salazar andò a svegliare Íñigo molto presto perché si preparasse alla partenza. Il ragazzo obbedì, ma aveva gli occhi rossi e gonfi per la notte terribile che aveva passato. In sogno aveva rivisto il suo angelo azzurro, ma quella visione angelicale, lungi dal dargli sollievo, l'aveva riempito di turbamento. Nei suoi pensieri lei era così palpabilmente reale che, quasi per magia, gli sembrava di avvertire nella sua carne monastica il tepore della sua pelle e la dolcezza del suo alito, di gustare con frenesia da epicureo tutti i sapori e gli odori dell'intimità con lei, fino a percepire la rosea soavità della sua carne più segreta. L'angelo dei suoi sogni non era portatore di benessere e di calma, anzi, gli agitava il sangue con un calore galoppante che, partendo dalla nuca, si estendeva al ventre fino a imprigionarsi con terribile urgenza fra le cosce; e lui era costretto ad accarezzarsi con ansia, fino allo sfinimento. Poi se ne pentiva: si sentiva colpevole, indegno, sporco, e il buio della notte non lo aiutava certo. Lo spuntare del nuovo giorno lo induceva a promettere solennemente che mai più avrebbe permesso all'angelo azzurro di impadronirsi della sua mente e del suo letto. Doveva procurarsi al più presto una lamina di piombo per fare una di quelle famose croci che proteggono dai sogni voluttuosi.

Íñigo chiuse i bauli, li distribuì sui vari carri e comunicò ai carrettieri le istruzioni per la partenza ricevute da Salazar.

La gente li aspettava poco lontano da lì, in una gran confusione di grida e di saluti colmi di gratitudine. Gli uomini li ringraziavano con le lacrime agli occhi, le donne tendevano i figlioletti a Salazar perché gli posasse la mano sulla testa, le vecchie si affannavano a strappare un brandello di stoffa dai suoi abiti per farsi un reliquiario:

l'inquisitore rischiò di restare in camicia prima di essere riuscito a salire in carrozza.

Fu allora che, inavvertita da tutti, dalla selva di braccia e mani plaudenti sbucò fuori una mano, una piccola mano sinistra con una cintura rossa al polso, che si allungava e si tendeva affannosamente. La folla era fittissima, ma Mayo era decisa a completare il suo rituale magico. La gente la schiacciava da tutte le parti, nascondendole l'oggetto dei suoi desideri, ma lei ne percepiva la presenza: è uno dei vantaggi dell'amore. Mayo allungò al massimo il braccio, lo passò sopra le teste degli altri e per un brevissimo istante riuscì a toccarlo. Gli accarezzò la mano: sentì la morbidezza della sua pelle, l'orografia delicata delle nocche, uguale identica a come se l'era figurata, e subito si ritirò. Tranquilla, sicura che il suo incantesimo avrebbe funzionato. Adesso non rimaneva che aspettare.

Mayo vide chiudersi gli sportelli di legno scuro foderati di pelle marrone della carrozza: per un attimo, fra i lembi di pizzo delle tendine, si profilò l'ombra del novizio che, con una strana espressione sul viso, si accarezzava la mano destra e la portava alle labbra. Mayo rimase immobile in mezzo alla strada, indifferente agli spintoni della gente che continuava a gridare evviva! rincorrendo la carovana, finché anche l'ombra dell'ultimo carro non scomparve dietro un angolo. Poi, a poco a poco, le voci si smorzarono, la folla si disperse e Mayo rimase sola a fissare l'orizzonte. Infine, felice, montò in groppa a Beltrán e lo spronò perché seguisse la comitiva.

Se tutto era andato per il verso giusto, se il suo incantesimo aveva funzionato, lui già l'amava.

## XVIII

*Di come ammaliare una persona*

Don Rodrigo Calderón non era abituato a essere contraddetto. Aveva cominciato come paggio e ora la gente, quando lo incontrava nei corridoi del palazzo reale, doveva inchinarsi al suo cospetto, sventolare i cappelli adorni di piume e chiamarlo signor marchese. La vita gli sorrideva, era un uomo fortunato. Per questo, ascoltando a un tavolo d'osteria il racconto di quei quattro ridicoli individui, borbottava fra sé bestemmie incomprensibili. Non era molto bravo ad accettare il fallimento. Aveva istruito lui stesso la giovane Catalina perché recitasse davanti a Salazar una pantomima ricca di rituali diabolici e sette sataniche che avrebbe fatto rabbrividire chiunque, e quei quattro incompetenti avevano sbagliato tutto, spingendo gli abitanti di Elizondo a organizzare una battuta di caccia che aveva rischiato di finire in un bagno di sangue.

Alzò lo sguardo e incrociò quello del ragazzo dall'occhio biancastro: aveva metà del viso coperta da una crosta scura e purulenta, conseguenza dello sfortunato scontro con un tizzone ardente il giorno della rissa. Il ragazzo gli sorrise, lui fece una smorfia di disgusto.

«Ditemi esattamente cosa avete lasciato laggiù quando siete scappati.» Calderón parlava molto lentamente, nella speranza di farsi capire meglio.

«Ecco, vedete, signore, alcune carte di nessuna importanza...» balbettò l'uomo più anziano, «qualche mappa, la bisaccia che avevamo rubato al novizio, il tubetto con la polvere che ci avevate dato per addormentare Salazar...»

«Tutto quanto!» lo interruppe bruscamente Calderón,

sferrando sul tavolo un pugno terribile che fece accorrere il proprietario della locanda. I quattro sussultarono. «Non siete riusciti a prendere la lettera di Juana e ora avete perso tutto quanto! Siete un branco di incapaci, buoni a nulla!»

«Ma forse sua eccellenza Salazar non le ha nemmeno viste, quelle carte», osò interromperlo l'uomo con la barba. «Magari il vento le ha fatte volare via... c'era una gran confusione. Forse sono andate distrutte.»

«Pregate Iddio che le cose siano andate effettivamente così, perché da quei documenti potrebbero risalire fino al Patrono o a me, non lo capite?» E poi, mormorando fra sé: «Ma cosa vuoi mai che capiscano, questi idioti?».

Calderón rimase a lungo in silenzio, meditando e accarezzandosi il mento. Ormai era tardi per trovare un'altra banda cui affidare l'incarico. Bisognava accontentarsi di quegli idioti, e pregare che strada facendo diventassero un po' più svegli.

«D'ora in poi dovrete fare più attenzione», disse, rassegnato. «Ormai Salazar vi ha visti in faccia, soprattutto Catalina, che quindi non dovrà più mostrarsi.» La ragazza lo guardava svogliata. «Se ci scoprono siamo perduti. Il Patrono non dovrà sapere niente di tutto ciò. E ora ascoltatemi bene: stavolta non voglio errori né sorprese dell'ultimo minuto.»

Così dicendo Calderón tese loro un altro tubetto di vetro pieno di polvere ocra; l'uomo con la barba fece per prenderlo, ma lui tirò indietro la mano e lo afferrò per i risvolti della giacchetta, tirandolo verso di sé. Gli parlò fissandolo negli occhi, e cercando di dare alla sua frase il tono del massimo rigore.

«Il medico dice che stavolta ci vorrà una dose maggiore di quella che avete dato a Salazar: dovrete versargli in bocca tutto il contenuto del tubetto. L'uomo deve morire entro questa settimana.» E Calderón li guardò uno per uno, senza troppa speranza. «Avete capito?» Tutti annuirono.

«Non preoccupatevi, signore. Non falliremo.»

Seguendo alla lettera le istruzioni di Calderón, i quattro si misero a pedinare Pedro Ruiz de Eguino. Studiarono i suoi movimenti, lo seguirono nascondendosi dietro gli angoli, ma un po' goffamente, lasciandosi ogni tanto vedere, perché cominciasse a preoccuparsi e ad avere paura per la vicinanza di streghe e stregoni. Lo assediarono per più di una settimana, e la strategia non mancò di sortire gli effetti sperati. Il cacciatore di streghe non camminava più, correva, voltandosi spesso per guardarsi alle spalle, la mano stretta al petto, al collo uno scapolare con le reliquie di san Tommaso e sulle labbra una preghiera incessante per ottenere la protezione di Nostro Signore. L'angoscia gli impediva di dormire; decise quindi di recarsi alla sede del tribunale per informare gli inquisitori Valle e Becerra di ciò che gli stava accadendo. La setta demoniaca non gli dava tregua. Si sentiva minacciato, in pericolo. Quei figli di Satana volevano fargli del male.

«Sono un nemico troppo forte», disse Pedro Ruiz de Eguino con voce disperata. «E loro lo sanno. Mi hanno avvertito che, poco lontano da casa mia, vive uno stregone specializzato nel lanciare il malocchio: pare sia intenzionato a rovinarmi la vita, e qualche giorno fa l'ho visto che mi guardava. Se riesce a mettere la mano su di me per tre volte potrà farmi del male, grazie al potere malefico trasmessogli da Satana.»

Il cacciatore di streghe era così spaventato che avrebbe preferito rinunciare all'incarico. Valle e Becerra cercarono di farlo ragionare, gli parlarono a lungo della nobile opera che stava portando avanti, del servizio che rendeva alla comunità, della ricompensa sicura che lo attendeva non appena avesse varcato le soglie del regno di Dio; ma lui non se la sentiva di rischiare la vita per un premio celeste del tutto aleatorio e uscì dal palazzo inquisitoriale in preda ai tormenti, ma deciso a licenziare Morguy e tutto il seguito che lo accompagnava nella sua caccia alle streghe. Quanto a lui, voleva solo chiudersi in casa e non uscirne più finché tutte le streghe non fossero state bruciate sul rogo.

Una mattina, alzandosi dal letto, si trovò sulla gamba destra una strana crosta. Cercò di strapparla via con l'unghia, ma non si staccava. Allora si lavò bene con acqua e sapone, sfregò la crosta con un panno umido e la massaggiò con grasso di maiale per ammorbidirla, e dopo averci lavorato per un po' riuscì a liberarsene. Ma si sentiva infinitamente stanco, come se l'anima lo stesse abbandonando a poco a poco, a ogni respiro. Cominciò a gemere pietosamente, con un suono da far venire la pelle d'oca, finché la padrona di casa non decise di chiamare il medico perché con quei lamenti le spaventava gli altri pigionanti. Il dottore arrivò scuotendo le falde dello spolverino lungo il corridoio; scostò le coperte con brio, esaminò con una lente di ingrandimento la macchia lasciata dalla crosta, gli osservò il fondo dell'occhio e il colore della lingua e sentenziò che al massimo poteva trattarsi di indigestione. E come rimedio gli prescrisse infusi di camomilla e assoluto riposo.

Quella notte la salute del cacciatore di streghe non migliorò affatto, anzi, gli salì la febbre ed ebbe dolori a tutte le articolazioni. Il mattino dopo si sentiva in bocca e in gola come una polverina di mattone tritato, affermava di sentire un retrogusto come di formaggio della Mancia e dovette bere litri e litri d'acqua per liberarsene. I lamenti raddoppiarono, e la padrona di casa richiamò il medico, che, pur trovando l'ammalato pallido come un cero, riconfermò la sua diagnosi di indigestione, nonostante Pedro giurasse e spergiurasse di non aver toccato cibo da vari giorni.

«Sono le streghe: mi stanno avvelenando», disse l'ammalato con gli occhi pieni di lacrime, afferrandosi al braccio del dottore e cercando di trattenerlo con una forza che nemmeno lui sapeva di avere, nelle sue miserevoli condizioni. «Dottore, aiutatemi!»

«Indipendentemente dal fatto che vostra grazia stia soffrendo per gli effetti di un veleno o di un'abbuffata, il rimedio resta sempre infuso di camomilla con molto zucchero. Una tazza al mattino, una al pomeriggio e una alla sera», sentenziò il medico, irremovibile.

Lo stomaco però non gli tratteneva più nemmeno l'acqua, figurarsi un infuso zuccherato. Pedro Ruiz de Eguino aveva dei crampi terribili che lo facevano addirittura cadere dal letto, e rimaneva sul pavimento a contorcersi e a chiamare aiuto con le viscere in fiamme. Gli inquisitori Valle e Becerra andarono a fargli visita, e vedendolo in quello stato accettarono subito la spiegazione che le streghe lo avessero avvelenato.

«Mi arrendo», sussurrò Pedro a un certo punto, con gli occhi socchiusi. «Poiché so che sono state le streghe, con l'aiuto del demonio, a farmi venire questo malanno, so anche che per me non c'è speranza. Solo una cosa chiedo alle eminenze vostre: che mi somministrino i sacramenti.»

Pedro Ruiz de Eguino morì tre giorni dopo, spremendo le viscere in una colica interminabile ed esalando l'anima dalla bocca.

Ancora una volta Salazar cambiò i suoi piani di viaggio all'ultimo minuto, decidendo di fare una deviazione: era venuto a sapere che proprio quel venerdì, sul Monte Jaizkibel, nei pressi di Pasajes, ci sarebbe stato un *akelarre*. Non ci fu nemmeno il tempo di avvisare le autorità locali; e così quando la comitiva giunse al villaggio non c'era nulla di pronto. Niente ricevimenti fastosi, niente alloggio predisposto, niente servitori che li aiutassero in tutte le loro necessità. Come soluzione dell'ultima ora furono alloggiati senza troppa ostentazione nel castello di Santa Isabel, un glorioso edificio che Carlo I aveva ordinato di erigere proprio in riva al mare per difendere l'ingresso al porto e che era abbastanza spazioso da contenere tutto il seguito di Salazar. La popolazione li accolse senza fare domande, consapevole delle ragioni di fondo del viaggio di Visita. Tutti immaginarono che il cambio di programma avesse a che fare con i diabolici piani delle streghe e rimasero a osservare con inquietudine i nuovi venuti.

A Salazar non importava di alloggiare in uno scomodo castello senza servitù e senza agi. Lui e i suoi potevano provvedere da soli alle proprie necessità di base, e comunque non si sarebbero fermati più del tempo necessario a controllare di persona se i raduni stregoneschi fossero realtà o allucinazione, come sosteneva qualcuno. Molte persone infatti continuavano a discutere e ad arrovellarsi sul tema delle streghe, compreso il vescovo Antonio Venegas de Figueroa, con cui Salazar aveva avuto una lunga conversazione prima di cominciare il suo viaggio. Il prelato si era rifiutato di assistere all'auto da fe di Logroño perché pensava che la chiesa si stesse macchiando di una terribile barbarie e che tutta quella storia di streghe, incantesimi e *akelarres* non fosse altro che una gran fesseria buona solo a terrorizzare i bambini la sera attorno al fuoco. Venegas de Figueroa si era dato molto da fare per raccogliere prove a sostegno della sua tesi, e le sue indagini avevano sollevato un tale putiferio in tutto il regno di Spagna che l'inquisitore generale era arrivato alla conclusione che Salazar doveva assolutamente incontrarlo. E infatti si erano piaciuti subito.

Antonio Venegas de Figueroa aveva aggiornato l'inquisitore sulle ultimissime correnti di pensiero in tema di streghe, parlandogli fra l'altro di un certo Pedro de Valencia, umanista di finissima intelligenza, che con le sue teorie aveva cercato di gettare un po' di luce sui rapporti fra esseri umani e diabolici. Una delle sue ipotesi era che ci fossero davvero dei gruppi di persone che si riunivano per cantare, ballare, mangiare e soddisfare i loro bassi istinti alla luce della luna, ma senza che il diavolo fosse davvero presente fra loro. Qualcuno fra i partecipanti alla riunione poteva addirittura travestirsi con corna, coda e pelli di animali, e alla vaga luce della luna, sotto gli effetti del sidro e della confusione, qualcun altro poteva prenderlo per un diavolo vero. Un'altra delle ipotesi di Valencia era che gli *akelarres* fossero semplicemente un'allucinazione prodotta da un unguento tossico che, stando a quanto dicevano gli interrogati, si spalmava sulla pianta dei piedi e sulle mani, sotto le ascelle e all'inguine. L'umanista non negava che, a volte, il diavolo potesse trasportare davvero delle persone all'*akelarre* per farle assistere in carne e ossa, ma sosteneva che nella maggior parte dei casi le ingannava facendoglielo vivere solo in sogno. Al di là di tutto, Pedro de Valencia era arrivato alla conclusione che l'esistenza o non esistenza del fenomeno era impossibile da dimostrare e che pertanto bisognava sospendere il giudizio.

Era stato Antonio Venegas de Figueroa a dire a Salazar che, a volte, le curatrici di villaggio potevano fare una vera e propria concorrenza ai medici laureati, che proprio per questo spesso le denunciavano come adepte del demonio.

«Sapete, vostra reverenza», gli aveva spiegato, «a volte sono gli stessi consigli municipali a metter mano al portafogli per mandare il ragazzo più intelligente del villaggio a studiare medicina all'università. Ciò costa parecchi *maravedí*, e tutti considerano questi futuri medici come una specie di investimento a lungo termine: un villaggio può sperare in una maggiore prosperità se ha un medico tutto suo. Non c'è di che stupirsi, quindi, se quei signori si sentono infastiditi, addirittura minacciati dal fatto che un'aggiustaossa schiva e taciturna abbia più pazienti di loro. La forza dell'abitudine, per esempio, al momento di partorire spinge molte donne a fidarsi maggiormente della curatrice che non del medico... perché dopotutto è stata una curatrice ad assistere durante il travaglio le loro madri e le nonne. Tutto ciò rappresenta un notevole danno economico per i medici: per questo molti di loro sono tra i più zelanti collaboratori del Sant'Uffizio, e si specializzano nel riconoscere il marchio del demonio sul corpo delle streghe sottoposte a tortura», aveva detto il vescovo, impostando la voce e alzando teatralmente l'indice. «Lo *stigma diaboli*! Il segno con cui, a quanto dicono, il diavolo marchia i suoi adepti. Per alcuni medici e chirurghi, l'identificazione del marchio diabolico è diventata una professione ben retribuita. A volte riconoscono una strega anche solo guardandola negli occhi; ma se il marchio è ben nascosto lo trovano scrutando da vicino il corpo nudo delle accusate.

«Lo so», aveva risposto Salazar. «Anche noi ci siamo avvalsi della collaborazione di un chirurgo durante il processo di Logroño. Faceva addirittura rasare alle arrestate i peli delle ascelle e del pube, e poi ne studiava la pelle palmo a palmo finché non trovava il marchio diabolico. Che a volte è piccolo e nascosto, a volte invece è grande e molto visibile.»

«E poi, se ci fate caso, fra gli accusati ci sono sempre molte più donne che uomini.»

«È vero.»

«Anche questo ha una spiegazione», aveva continuato Venegas. «Sono stati pubblicati testi con lo scopo precipuo di calunniare le donne: per esempio il *Malleus maleficarum* di Heinrich Krämer e Jacob Sprenger, un'aberrazione che è diventata praticamente il manuale obbligatorio delle attività inquisitoriali. E poi c'è quell'altro libro, quello scritto da Juan Bodino... *Démonomanie des sorciers*, che raccomanda di condannare al rogo una donna anche solo in base al vago sospetto che possa aver partecipato al sabba.»

Poi il vescovo di Pamplona aveva condiviso con Salazar la convinzione che gli *akelarres* non fossero tanto accadimenti reali quanto il frutto di un'immaginazione un po' troppo fervida, stimolata forse dai racconti dei vicini o dagli infuocati sermoni del parroco. Secondo lui, in realtà, molte delle accuse formulate davanti al tribunale del Sant'Uffizio erano riconducibili a vendette personali o al desiderio di essere accettati e stimati dalla società. Salazar e Figueroa erano diventati grandi amici, al punto che, al momento di separarsi, il vescovo aveva prestato all'inquisitore il drappo di damasco sotto cui avrebbe presieduto le udienze del viaggio di Visita.

Salazar chiese a Íñigo de Maestu di recarsi quella stessa notte a dare un'occhiata al Monte Jaizkibel, luogo dell'*akelarre*. Scelse lui perché era il più abile nel seguire le tracce, perché era il meno apprensivo e anche perché negli ultimi tempi aveva mostrato una certa tendenza all'insonnia, caratteristica che forse avrebbe potuto aiutarlo a non addormentarsi mentre era di guardia, con il rischio di non vedere assolutamente nulla.

Íñigo uscì dunque dal castello sul far della sera. In lontananza si vedevano le barchette dondolare all'ancora nel porto di Pasajes, vicino alla bocca dell'insenatura. Il novizio s'incamminò per l'unica strada del villaggio, quella che portava al mare, costeggiata da casette colorate tra le quali spiccava la parrocchiale di San Giovanni Battista, dove riposava il corpo incorrotto di santa Faustina. Uscì dal paese facendosi il segno della croce e raccomandandosi alla santa, mentre la luce diventava sempre più fievole; quindi prese un sentiero poco marcato che portava a un bosco da sogno, con grandi alberi coperti di muschio e funghi grossi come cocomeri. Era là, a quanto si diceva in giro, che le streghe si erano date convegno. Scelse un angoletto appartato e si mise in attesa, con il cuore oppresso, seduto sull'erba con la schiena appoggiata al tronco di un albero, contemplando il sole che si tuffava in mare come una grande palla incandescente. Poi, a poco a poco, il rosso impallidì e il crepuscolo s'impadronì del cielo, sibillino, con una ricca tavolozza di sfumature azzurrine.

Íñigo era abituato a muoversi nei boschi con poca luce, ma l'eventualità di inciampare nel diavolo accoccolato dietro un cespuglio gli dava delle fitte di terrore al ventre. Per fortuna la notte si annunciava chiara, con una bella luna che si stava impadronendo del cielo riflesso con tremuli barbagli di luce sullo specchio di un mare assolutamente piatto. Íñigo si rilassò e si accinse a godersi lo splendore di quella notte deliziosa, rotta appena dal frinire di un grillo impertinente e dal canto di una civetta in amore. La brezza portava fino a lui un intenso aroma di sale e pesce, e davanti a quello spettacolo di calma solenne era difficile credere che, da un momento all'altro, un drappello di streghe indemoniate avrebbe potuto riunirsi proprio lì e rompere l'incanto. Fece un respiro profondo e chiuse gli occhi per impregnarsi della pace divina di quell'attimo. E allora lo udì. Il silenzio. Non si sentivano più né il canto del grillo né la malinconica voce della civetta. Un silenzio che sarebbe risultato assordante se, all'improvviso, Íñigo non si fosse accorto dei propri suoni interiori: l'aria che entrava e usciva dai polmoni, il battere ritmato del cuore. Era immerso già da un po' in quell'assordante quiete quando accadde qualcosa.

Dapprima gli parve di sentire uno scricchiolio di foglie sotto dei passi, poi una specie di raglio ovattato e un rumore come di cinghie. Íñigo si sentiva le ossa molli dalla paura. Aguzzò la vista, frugando il folto del bosco nella direzione da cui gli sembrava provenisse il rumore, con la speranza di assistere all'arrivo del diavolo: ma ben presto si rese conto che non c'era ragione di aver paura. Allora si alzò e si avviò lentamente per andarle incontro.

Era il suo angelo azzurro. Avanzava in groppa alla sua cavalcatura argentata, con passo ritmato, infinitamente nuda. La luce notturna si rifletteva sulla sua pelle e sui suoi capelli, donandole un alone di barbagli metallici. Íñigo la guardò trattenendo il fiato, con un nodo d'ansia stopposa che gli seccava la gola, e lei si avvicinò senza distogliere gli occhi, senza cambiare espressione né rilassare la sua slanciata postura d'amazzone. Gli sembrava di non aver mai visto niente di altrettanto bello. Quando fu così vicina che, allungando la mano, avrebbe potuto sfiorarle un ginocchio, scese agilmente dalla sua cavalcatura e rimase ferma e quieta davanti a lui, serena come l'immensità stessa della notte.

«Tu sei la rugiada dei giardini del mondo», mormorò il ragazzo.

E Mayo sentì un solletico rauco nel ventre, come se quelle parole avessero fatto scattare dentro di lei una molla addormentata. Chiuse gli occhi, buttò indietro la testa e fece un respiro profondo, così febbrile e contagioso che Íñigo cominciò a respirare più in fretta, con un'inquietudine che, dallo stomaco, cominciava a espandersi in ondate brucianti riempiendogli le viscere. La ragazza gli si avvicinò fino ad appoggiare la fronte contro la sua, e senza chiudere gli occhi aspirò l'aroma di sapone di Cipro che emanava dal suo corpo. Poi mosse la testa facendo combaciare i tratti del suo viso con quelli del ragazzo: dapprima i due nasi si sfregarono uno contro l'altro in una tenera carezza; poi la bocca sfiorò il suo mento ancora imberbe imprigionandolo tra le labbra e succhiandolo con delizia. Íñigo cercò di controllare la sua urgenza mentre la lingua umida e calda dell'angelo azzurro percorreva lentamente le forme del suo viso, saliva dal mento fino al centro della bocca, percorreva la curva del naso fino a raggiungere la fronte dove l'angelo si trattenne a lungo, immersa nella sua frangetta dorata. Íñigo non riusciva più a reggersi in piedi, preso da uno strano brivido che gli tagliava le gambe. Poi, vinto dallo sfinimento dell'eccitazione, si appoggiò con la schiena a un albero e si lasciò scivolare giù. Dalla sua nuova posizione poteva vedere la perfezione della pelle nuda di Mayo irradiare tutt'attorno un alone come di seta marina. Il ragazzo tese la mano e con la punta dei polpastrelli le toccò le caviglie, poi risalì i polpacci, sfiorò la pelle squisita dietro le ginocchia e chiuse gli occhi, temendo che tanto piacere potesse finire per ucciderlo. Allora Mayo gli si inginocchiò accanto e gli permise di continuare l'esplorazione, perché sentiva che il ragazzo aveva bisogno di tracciare una mappa completa della sua geografia prima di azzardarsi a scalare le sue montagne, ad attraversare le sue pianure e a impossessarsi delle sue umide grotte.

Anni dopo, ricordando quel magico incontro, Íñigo de Maestu non avrebbe saputo dire chi dei due avesse slacciato la sua tonaca, liberandolo da quegli impacci mondani che, in un istante del genere, sembravano veramente fuori luogo. Avrebbe ricordato solo che il suo angelo azzurro respirava sopra di lui, guardandolo di fronte con le labbra socchiuse, e ondeggiava con il ventre unito al suo in un andirivieni da corrente litoranea che gli faceva girare la testa, che ora rischiava di farlo naufragare, ora invece gli permetteva di galleggiare; e così via per molto, moltissimo tempo. Avrebbe ricordato i seni che fluttuavano davanti ai suoi occhi come due fragranti fiori bianchi, la curva vellutata dei fianchi su cui posava le mani, l'espressione di abbandono del suo angelo nell'ultimo sospiro.

«Non mi hanno creduto», mormorò poi all'orecchio di Mayo che riposava sul suo petto. «Domingo ha detto che eri solo un frutto della mia immaginazione. Non poteva credere che ero stato davvero avvicinato da un angelo... il mio angelo azzurro...»

A queste parole Mayo alzò bruscamente la testa per guardarlo negli occhi, stupita, con i capelli scomposti che le ricadevano in parte sugli occhi. E per la prima volta Íñigo udì la sua voce da passero.

«Mi hai presa per un angelo?» disse, sbalordita all'idea che qualcuno potesse non capire fin dal primo sguardo che era tutt'altro.

Fu come se si fossero svegliati da un sonno durato cent'anni, costretti a reimparare il mondo daccapo. Si osservarono attentamente, ciascuno aspettando dall'altro una rassicurazione che però non arrivava, perché entrambi erano ciò che erano e questo non si poteva cambiare. Mayo provò un aspro dolore al vedere come, sul viso dell'amato, la tenerezza lasciava il posto all'angoscia, e continuò a fissarlo nella speranza di essersi sbagliata... Non era possibile, lei gli aveva fatto un filtro d'amore e lui doveva per forza amarla come lei amava lui... doveva amarla. Prese il viso del novizio fra le mani e lo guardò dritto negli occhi alla ricerca di una risposta. Ma lui non seppe reggere il suo sguardo.

«Dimmi che questo non è l'*akelarre,* che non sono sotto gli effetti di un sortilegio, che tu non sei un succubo», disse Íñigo, ricordandosi all'improvviso della ragione per cui era andato nel bosco. La sua espressione era supplice, gli occhi pieni di lacrime.

Il novizio la spinse delicatamente da parte, si alzò e rimase lì, in silenzio, voltandole le spalle. Lei restò seduta sull'erba, nuda, aspettando da lui una reazione, un gesto di consolazione che le alleviasse un po' il dolore di sentirsi respinta. Desiderava tanto che tornasse accanto a lei per abbracciarla, che il calore proveniente da quell'altro corpo le avvolgesse ancora l'anima. Ma non lo fece: rimase fermo, tremando, e a un certo punto voltò la testa con diffidenza, nella speranza che fosse stato tutto un sogno e che lei fosse scomparsa per sempre. E quando la vide lì, che lo fissava attonita, si afferrò la testa con le mani, cadde in ginocchio e si strinse ciuffi di capelli nei pugni.

«Dio mio! Perdono... perdono!» E cominciò a piangere sconsolatamente, come un bambino, con lacrimoni densi e abbondanti che straziavano l'anima.

Mayo ne fu talmente commossa che decise di mentirgli. Se gli avesse detto la verità, se gli avesse raccontato che era figlia del diavolo, una fattucchiera itinerante, e che gli aveva fatto un incantesimo d'amore affinché lui la vedesse come un angelo azzurro, il giovane ne sarebbe stato sconvolto e sarebbe sprofondato nella disperazione e nel rimorso. Si ricordò che Ederra le diceva sempre che la missione delle curatrici è di alleviare le sofferenze degli esseri umani, fisiche o spirituali che siano. Mentendogli non avrebbe fatto del male a nessuno: semmai il contrario. Non è bene essere sinceri sino in fondo quando la verità serve solo a provocare altra sofferenza.

Mayo si alzò in piedi, reprimendo stoicamente la propria tristezza perché, in fondo, si stava abituando a reggere le legnate della vita, e prese delicatamente Íñigo per il mento costringendolo ad alzare la testa. Poi lo guardò con i suoi grandi occhi di giaietto e l'espressione più severa che le riuscì di fare.

«Ma certo che sono un angelo, come puoi dubitarne? Sono il tuo angelo azzurro, che sempre veglierà su di te.»

E rimase così a lungo, con un dolce sorriso sulle labbra, finché non vide che il ragazzo aveva smesso di piangere e cominciava a rilassarsi un po'. Allora si voltò lentamente, come seguendo il ritmo della notte. Guardò il cielo e vide che dovevano essere stati insieme molto a lungo perché la luna e il suo corteo di stelle avevano già percorso quasi tutto il firmamento. E senza dirgli addio prese Beltrán per le briglie e se ne andò, senza fretta, cercando tra i primi bagliori dell'alba qualcosa che potesse illuminare il suo scoramento.

Íñigo la guardò allontanarsi: la luce azzurrina della luna piena le bagnava i lunghi capelli, la schiena e le natiche, donandole un aspetto di celestiale irrealtà. Poi s'inginocchiò e si mise a pregare.

## XIX

### *Di come preparare un filtro per disinnamorare e un altro filtro per dimenticare un amore*

Le prime frustate dell'alba cominciavano appena ad affacciarsi in un cielo vellutato e plumbeo. La campagna suppurava rugiada, e le nuvole distillavano gocce invisibili che inzuppavano fino al midollo. La giornata si annunciava piovosa, il che non aiutava affatto Íñigo a liberarsi degli umidi sensi di colpa che dentro al suo petto si mescolavano a un senso di fascinazione. Il giovane novizio s'incamminò verso il castello di Santa Isabel, che alle prime luci dell'alba faceva pensare alla prua di una gigantesca imbarcazione che solcasse un mare d'erba. Informò il suo superiore di non aver trovato traccia di un incontro di streghe e si ritirò in camera sua, a testa bassa, trascinando i piedi e l'anima, senza dire niente a nessuno del suo ultimo incontro con l'angelo azzurro. Salazar gli aveva dato il permesso di dormire fino a tardi ma non riuscì a prender sonno, perché ogni volta che chiudeva gli occhi vedeva impresse sulle retine immagini di braccia e cosce, di capelli arruffati e ventri umidi. Non poteva ingannarsi più a lungo: una vocina interiore gli sussurrava che il suo angelo azzurro, in realtà, era tutt'altra cosa. Lui le aveva accarezzato la schiena, le aveva sfiorato le spalle scendendo lungo le scapole, aveva percorso avanti e indietro la trama delle sue costole quasi fosse uno strumento musicale di delicata fattura, fino a incurvare le mani per accogliere con piacevole delicatezza la rotondità delle sue natiche: e una volta arrivato fin laggiù aveva realizzato chiaramente che non aveva ali. Non era un angelo. La cosa più probabile era che, quella notte, il maligno l'avesse tentato con l'unico peccato attraverso il quale poteva soggiogarlo. Il diavolo conosce bene le debolezze della nostra carne mortale: e lui era stato debole, si era dimostrato indegno di portare la tonaca, incapace di resistere alla prima prova seria cui il male avesse voluto sottoporlo. A sua difesa poteva dire soltanto che, quando aveva posato le mani alla fine della sua schiena, quando i loro corpi si erano trasformati in un corpo solo e lui si era lasciato cullare da quel movimento ubriacante di barca alla deriva, per un attimo il mondo intero si era fermato a contemplarli e tutto il resto, tutto ciò che accadeva fuori dal loro cerchio magico, gli era sembrato futile e assurdo: i suoi voti, la sua famiglia, il suo futuro... non significavano più niente. Non gli importava più di nulla.

Adesso invece, con il passare delle ore, Íñigo si sentiva sempre più infelice. Capiva che quel che aveva fatto non era bene, ma in fondo al suo cuore non riusciva a far scattare la scintilla di pentimento di cui avrebbe avuto bisogno per desiderare che l'incontro non fosse mai avvenuto. In quel momento era dominato più dalle viscere che dalla testa. E la cosa peggiore è che il suo piacere nel ricordare l'accaduto non dipendeva tanto dai palpiti della carne, che pure sentiva ancora forti e chiari, quanto da sensazioni più profonde. Ripensava al viso della ragazza, allo splendore dei suoi occhi, alle delicate carezze che gli aveva fatto con la punta del naso. La vedeva risplendere sotto la luna piena e l'unico suo desiderio era sapere qualcosa di più sul suo conto, conoscere il suo nome, intrecciare una corona di margherite per adornarle i capelli e rivestirla di una lunga tunica piena di nastri che gli sarebbe piaciuto annodare uno a uno, eternamente. Desiderava cullarla fra le braccia, cantarle una ninnananna quasi fosse una bambina, proteggerla da ogni male. Ricordava come il suo sorriso aveva illuminato la notte, ed era assolutamente sicuro che, senza di lei, il mondo sarebbe stato un luogo brutto e desolato. Tutto in quella ragazza gli parlava d'amore: e se era davvero diventata uno strumento del demonio, doveva essere accaduto contro la sua volontà. Perché lei era buona, di questo era certo, era pura e dolce. Avrebbe voluto aiutarla a liberarsi di quella schiavitù diabolica, essere il suo paladino, il suo baluardo; voleva vedere il suo viso ogni mattina quando si svegliava e ogni sera prima di addormentarsi; e anche se non avesse potuto mai più toccarla non gliene sarebbe importato, perché ormai aveva superato anche la barriera della carne. Ormai lei era l'universo intero: l'aria che gli riempiva i polmoni e gli accarezzava il viso, i rumori della mattina, il dolce sapore del pane masticato a lungo, tutto era lei. Íñigo avrebbe voluto che gli occhi di quella ragazza illuminassero ogni istante della sua vita, ed era sicuro che sarebbero stati l'ultima cosa che avrebbe visto prima di lasciare questo assurdo mondo.

Senza di lei la vita non aveva più senso; ma con lei non ci sarebbe stata vita, perché per lui avrebbe significato tradire tutti i suoi princìpi, la vita religiosa cui aveva giurato di dedicarsi senza riserve, e la sua anima si sarebbe dannata. Non era forse questo che il demonio si riprometteva, inducendolo in tentazione? Provava un dolore così penetrante che gli occhi gli si riempirono di lacrime dense come il sangue. Uscì dalla sua stanza barcollando e inciampando, con la sensazione che le pareti si stessero richiudendo su di lui come una tomba.

Salazar lo trovò seduto su una panca di pietra, seminascosto fra i meli del patio interno, con i gomiti piantati sulle ginocchia, la testa fra le mani e gli occhi fissi a terra. Sembrava perso in qualche altro mondo. Gli si avvicinò lentamente, finché Íñigo, vedendo i piedi del suo mentore fermi accanto ai suoi, non alzò la faccia.

«Padre... ho peccato», mormorò. «Ricordate il mio angelo azzurro?»

«Sì... certo che sì.»

«Credo che non sia affatto un angelo, padre... credo si tratti di un succubo... mi ha fatto un incantesimo. Sono malato... mi manca l'aria. Dovete aiutarmi.»

«Malato? Dove ti fa male?»

«Non è il corpo a farmi male, signore... è qualcosa che sta in una parte più interna di me, un qualcosa senza forma e che pure mi occupa completamente. È lo spirito a essere infermo, signore. Ho un dolore che mi opprime il petto, non riesco a dormire, vedo la sua immagine in ogni oggetto, riconosco i suoi occhi in quelli di tutte le altre persone, mi sembra di percepire il suo profumo ogni volta che mi muovo, ho sempre l'impressione che mi stia guardando.» Poi precisò: «E io desidero che mi guardi, perché al solo pensiero il cuore mi batte più in fretta e l'anima mi si sconvolge tutta. Sento che mi domina, che l'amore immenso che credevo di provare per Dio è passato in secondo piano, eclissato dalle sensazioni che mi provoca l'idea di rivederla».

Salazar non disse niente. Per un istante temette che tutte le diaboliche confessioni ascoltate giorno dopo giorno, sommandosi a una notte trascorsa tutto solo in un presunto bosco incantato, avessero finito con il mandare definitivamente sulla luna il senno del ragazzo. E pensò che era venuto il momento di dire qualcosa che non fosse di troppo.

«Hai mai sentito la storia di Eugenio de Torralba?» domandò infine.

Íñigo lo fissò senza comprendere.

«No, signore, mai», rispose timidamente.

«Eugenio de Torralba era un giovane castigliano che nei primi anni del secolo scorso studiava medicina e filosofia a Roma. Era nato in una famiglia di cristiani da sempre, i quali non avrebbero mai immaginato di poter assistere, in un giorno non lontano, allo spettacolo tremendo di un loro congiunto processato dal Sant'Uffizio.»

«Cosa gli accadde?» domandò Íñigo, abbandonando per un po' i suoi tristi pensieri.

«Durante uno dei suoi viaggi aveva stretto amicizia con un domenicano, frate Pedro, il quale gli aveva detto che se voleva apprendere le verità del più remoto passato e scoprire ciò che sarebbe accaduto nei tempi a venire, se voleva conoscere i rimedi che salvano la vita guarendo quei mali che la medicina non sa curare e trovare risposta a tutte le sue domande, lui l'avrebbe messo in contatto con un angelo di nome Zaquiel, che poteva fornirgli tutte queste informazioni e fare per lui un gran numero di altre buone cose.»

«Zaquiel? Io non so come si chiama, il mio angelo», mormorò Íñigo, avvilito. Salazar proseguì nel suo racconto.

«La prima volta che Torralba lo incontrò, Zaquiel aveva l'aspetto di un vegliardo tutto bianco, con una specie di omerale rosso su cui indossava una palandrana nera, e parlava in italiano e in latino con uguale scioltezza, senza accento. E non si lasciava toccare da lui.»

«Io sì che lo posso toccare, il mio angelo, e... oh, come sarebbe meglio se non potessi, perché vi assicuro che non somiglia affatto a un vegliardo!» gemette Íñigo. Salazar riprese a parlare.

«Zaquiel predisse a Torralba la morte di Ferdinando il Cattolico prima che questa avvenisse... A quanto dicono, non solo sapeva vedere il futuro, ma era anche in grado di difendere il giovane dalle tentazioni peccaminose. E un giorno, volando, lo portò da Valladolid a Roma e ritorno in un'ora e mezzo solo per farlo assistere all'attacco delle truppe imperiali.»

«Ed è tutto vero?» domandò il novizio, stupito.

«Il Sant'Uffizio era dell'opinione che no, non era vero niente. Gli inquisitori che si occuparono del suo caso lo giudicarono pazzo, e pensarono non valesse la pena di torturarlo, di punirlo o di condannarlo a morte.»

«E la morale di questa storiella sarebbe che anche voi cominciate a credermi pazzo?» disse Íñigo, un po' irritato. «Io ne avrei piacere, signore: purtroppo però ho l'assoluta certezza che non si tratti di delirio. La sua presenza è certa, fisica e reale! Con l'aggravante che oggi non penso più che si tratti di un angelo come quello del signor de Torralba.» Il novizio distolse gli occhi da Salazar e proseguì: «È una donna, una donna minuta, che profuma di foresta verde, con la pelle morbida e le cosce sode...». E chiuse gli occhi, vergognandosi di dover confessare tutti quei particolari proprio a Salazar. «Ho peccato, padre: ho infranto il mio voto di castità. Credo proprio che sia un succubo, e io sono caduto nella sua rete: si è impossessata del mio corpo e della mia anima.»

«Sei proprio sicuro di non averla immaginata, Íñigo?»

«Oh, signore, come sarei felice di poterlo credere!»

E Íñigo raccontò al suo mentore, punto per punto, tutti i contatti fisici che aveva avuto con il suo angelo azzurro. Gli parlò anche della lettera di Juana, e di nuovo giurò di non essere stato lui a far comparire le parole nascoste sul foglio di pergamena, e ribadì che quella notte lei era entrata nella sua stanza per aiutarlo a decifrare il mistero.

«Potrebbero essere stati anche quei quattro personaggi bizzarri», provò a suggerirgli Salazar. «In fondo erano loro ad avere le carte che, quella notte, furono rubate dalla tua scrivania. Potrebbe essere stata quella giovane, Catalina, a...»

«No, signore, no», lo fermò Íñigo, indignato. «Non era lei. Non so come abbiano fatto, quei quattro, a rubare gli appunti dalla mia camera, ma posso garantirvi che non sono stati loro a risolvere il mistero della lettera di Juana. E soprattutto che quella donna non potrebbe in alcun modo turbarmi tanto. Il mio angelo azzurro non ha niente a che vedere con quei quattro farabutti.» E precisò: «Il mattino dopo, prima ancora di vedere la lettera di Juana sul comodino, ho riconosciuto l'odore del mio angelo. Le lenzuola ne erano tutte impregnate... è come un aroma di felci. Coperte e lenzuola avevano il suo profumo, che è balsamico come quello dell'infuso di menta».

Salazar fece un sorrisetto enigmatico.

«Non credo che si tratti di un succubo, Íñigo; e non credo nemmeno che tu sia vittima di un incantesimo. È qualcosa di molto più terreno, anche se in questo momento ti sembra un fenomeno assolutamente unico.» E Salazar lo fissò a lungo negli occhi prima di avanzare la sua proposta: «Potremmo fare un accordo, se lo desideri. Io ti assolverò dai tuoi peccati, se tu in cambio farai lo stesso con me. Così ci libereremmo entrambi di quelle brutture e tutto resterà celato dal segreto della confessione. Che te ne pare?».

«Ma signore, io non ho ancora l'autorità per...»

«Suvvia, Íñigo, non mettiamoci a fare i puntigliosi proprio adesso», lo interruppe l'inquisitore. E cominciò: «Ave Maria purissima...».

Íñigo restò muto. Salazar ripeté: «Ave Maria purissima...».

«Concepita senza peccato...» rispose il novizio, senza molta convinzione.

«Sai perché non credo che il tuo angelo azzurro sia un succubo?» disse l'inquisitore, e il novizio scosse la testa. «Ebbene, perché non credo né ai succubi né agli incubi. Anzi, non credo nemmeno all'esistenza del diavolo, che in fin dei conti dovrebbe essere il creatore di incubi e succubi. Cosicché», concluse Salazar stringendosi nelle spalle, «vedi bene anche tu che...»

«Non credete all'esistenza del diavolo? Ma allora...»

«Allora niente. Intendo continuare a cercarlo in ogni luogo, per sincerarmene. È quello che sto facendo, mio caro Íñigo.»

«Ma allora, se la presenza di cui vi ho parlato non è un succubo, cosa diamine può essere? Perché vi assicuro che non me la sono immaginata.»

«Ti credo... e se non fossimo in questa fase del viaggio di Visita, quando da mille indizi ho capito che qualcuno ci sta pedinando, quando sono arrivato alla conclusione che i cacciatori di streghe s'inventano di sana pianta delle accuse terribili e spaventano a morte la popolazione al solo scopo di complicarci la vita, ti direi che sei semplicemente innamorato e che è una cosa che può capitare a qualsiasi essere umano... almeno una volta nella vita. Che persona triste quella cui non capitasse mai!» Salazar sorrideva. «Sarei felice di poterti assicurare che chi fa voto di castità ne è esente, ma come hai potuto constatare tu stesso non è così. Anzi, la mia esperienza mi insegna che spesso le cose proibite risultano molto più attraenti di quelle autorizzate. Ma voglio sia ben chiara una cosa: ciò non significa affatto che io ti incoraggi a rifarlo. Tu hai fatto voto di castità, ed è proprio questo che rende gli esseri umani diversi dalle bestie: la capacità di prendere un impegno e mantenerlo. Al tempo stesso però non voglio mentirti, Íñigo, dicendo che hai commesso la peggiore delle aberrazioni, perché niente di ciò che farai nel resto della tua vita potrà mai farti sentire più vivo di come ti senti ora. D'ora in poi sarai in grado di percepire il movimento degli insetti tra i fili d'erba, perché sarai sempre in ascolto nella speranza di cogliere il rumore dei suoi passi e annuserai il vento come un segugio in cerca del suo profumo. Il colore del cielo sarà più intenso e il sole più brillante che mai, perché nel guardarli penserai che quello stesso cielo e quello stesso sole li vede anche la tua amata.»

«Ma sentendomi così, non commetto peccato?»

«Dio è amore, giusto?»

«Sì.»

«E il suo amore si trova in ogni dettaglio della creazione: nei fiori, nella terra, nell'acqua, nel nostro prossimo... Sai qual è il bello di questo tipo d'amore?» Íñigo lo guardava con occhi pieni d'attesa. «Che vive nella tua mente e si alimenta di tutti i tuoi desideri, facendo della persona che ami una creatura idilliaca, immacolata, senza difetti. Lei sarà così per sempre, finché il mondo non smetterà di girare o tu non smetterai di respirare. Mio caro Íñigo, ogni essere umano per resistere ha bisogno di un angelo azzurro.» E a Íñigo parve di cogliere un'ombra di tristezza sul viso dell'inquisitore. «Continua a pensare che accanto a te c'è un angelo che ti accompagna e ti protegge, e non ti sentirai mai più solo. Perché l'essere umano è talmente solo...» Salazar sembrava essersi perso nei propri pensieri, ma si riscosse subito: «Adesso recita tre Padre Nostro, uno per la tua anima e due per la mia. Ricordati però», e a questo punto l'inquisitore cambiò espressione, divenne più serio, gli puntò l'indice contro e disse: «Se scopro che la vedi ancora ti caccerò, e farò in modo di impedirti di assumere qualsiasi ruolo all'interno della vita religiosa. Una cosa è immaginarla e godere del suo ricordo, un'altra continuare a vederla. Mai più: sono stato chiaro?». Íñigo annuì, spaventato. «Non possiamo correre rischi... anche quella ragazza potrebbe essere una trappola.»

Mayo finalmente capiva cosa intendeva Ederra quando le parlava dei pericoli connessi alla preparazione di un filtro d'amore: sottomettere la volontà di un'altra persona al fine di soddisfare i propri sensi può creare mille problemi. Eppure il magico istante in cui aveva creduto che il suo novizio l'amasse come lei amava lui, e aveva visto che ammirava la sua bellezza, e l'aveva sentito fremere sotto di sé... tutto ciò valeva bene un pizzico di sofferenza. In fin dei conti sono proprio questi ingredienti, a volte dolci e a volte amari, a dar sapore alla vita. Bisogna accettarlo, se si vuol vivere secondo le regole di questo mondo. L'unico suo dispiacere era che forse anche il suo amato stava soffrendo, e lui sì senza saperne il perché. Era stata lei a decidere per entrambi, gettandolo in uno stato di confusione e di sofferenza che il poveretto non si meritava affatto. Lei l'amava così tanto da non volere assolutamente che soffrisse. E così, pur angustiandosi sino in fondo all'anima, Mayo decise di rimediare al terremoto emotivo che aveva provocato e sotto lo sguardo attento di Beltrán si accinse a preparare un

*Filtro per disinnamorare*

una ciotola d'acqua di fonte
un foglio di carta
una rosa bianca
un cordino
un fazzoletto rosso

Sul foglio di carta Mayo disegnò il più fedelmente possibile il viso del suo novizio; quindi legò la rosa bianca al foglio con il cordino, immerse il tutto nell'acqua fino a farla tracimare e coprì l'acqua versata con il fazzoletto rosso.

«Che l'incantesimo d'amore con cui ho ferito i tuoi sentimenti svanisca», mormorò a occhi chiusi, evocando i lineamenti dell'amato. «*Alicui in amore respondere, termino.*»

Poi strizzò il fazzoletto e sentì che aveva fatto la cosa giusta. La schiavitù sentimentale che aveva imposto al giovane era stata eliminata; adesso però toccava a lei liberarsi da quella dipendenza. Pur avendo sin dalla nascita una titanica capacità di resistere allo scoramento, Mayo pensava che non è necessario crogiolarsi nell'infelicità se si può evitarlo. Nessuno ha mai detto che siamo tenuti a sopportare stoicamente i momenti brutti pur conoscendo la formula precisa per attenuare il dolore. Doveva solo preparare una ricetta magica tale da renderle più sopportabile quella discesa nella valle delle delusioni d'amore.

*Filtro per dimenticare un amore*

una ciocca di capelli della persona che si vuole dimenticare
un quadrifoglio
una rosa rossa appassita
una cintura verde speranza

Preparò un piccolo fuoco e unì tutti gli ingredienti in un fagottino legandoli con la cintura verde e mormorando davanti alle fiamme:

*Mai la fortuna mi toccò*
*uccello di cielo, verme di terra.*
*Uno scambio vi proporrò,*
*sole di notte, luna nuova.*
*Il mio cuore prigioniero*
*per un tranquillo falò.*

Quando gettò il fagottino nel fuoco sentì nel petto un rumore secco, come di ramoscello spezzato, e riconobbe il suono della sua forte determinazione. Cercò nel suo cuore, ma era ancora troppo presto: forse bisognava aspettare che l'incantesimo facesse effetto. Amava ancora Íñigo de Maestu con tutta l'anima. Ma aveva imboccato il sentiero che l'avrebbe portata a non soffrire più per quell'amore.

La notizia scosse profondamente tutto il regno. Pedro Ruiz de Eguino, l'intrepido cacciatore di streghe, l'uomo che aveva aiutato gli inquisitori Valle e Becerra a smascherare i maledetti seguaci del demonio, era morto avvelenato. La popolazione, spaventata, si inalberò al vedere che, nonostante la pressione esercitata dal Sant'Uffizio, nonostante le continue persecuzioni e i roghi purificatori, quei malvagi continuavano a tormentare i buoni cristiani e si dimostravano perfettamente in grado di eliminare chiunque osasse interferire con i loro piani. La paura, rimasta per un certo tempo latente, si impose con forza rinnovata al constatare che le streghe, ormai, prendevano di mira anche gli inquisitori e i loro assistenti. E se non avevano scrupoli a misurarsi con quegli illustri personaggi, chissà cosa potevano fare ai comuni mortali.

Presto corse voce che gli adoratori del demonio avevano rialzato la testa: se prima si aggiravano solo nelle zone boschive, ormai scorrazzavano per tutto il paese senza timore, anzi, con l'allegra spavalderia di chi è sicuro della vittoria. Streghe e stregoni si presentavano perfino nei capoluoghi di provincia con schiamazzi, scandali e grida di giubilo, vantandosi ad alta voce di conoscere nome e indirizzo delle persone più pie e religiose del circondario. E poi inseguivano quelle persone per terra, per mare e per aria, perché gli adoratori del demonio sono famosi per la signoria che esercitano sugli elementi, e facevano loro del male minacciando di mandarle all'altro mondo come avevano fatto con Pedro Ruiz de Eguino.

Valle e Becerra, allarmatissimi, scrissero subito alla Suprema per informare l'inquisitore generale che ormai le creature demoniache facevano i comodi loro in pieno centro di Logroño. La gente mormorava che ogni notte si riunivano in plaza de Santiago, proprio davanti alla sede inquisitoriale, per celebrare l'*akelarre* e ballare come pazze attorno a un grande falò al ritmo di tamburi e ciaramelle, con grande sgomento della popolazione. Gli inquisitori chiedevano rinforzi ed esigevano l'annullamento dell'editto di grazia che, come tutti potevano vedere, non aveva sortito alcun effetto, nonché la pronta celebrazione di un nuovo auto da fe che liberasse finalmente il regno da quella perniciosa degradazione.

Per Salazar, la misteriosa morte del cacciatore di streghe fu un serio inconveniente. Lui stesso si stava preparando a incontrarlo per cercare conferma ai propri sospetti. Dopo la conversazione con l'anziano chierico Diego de Basurto, infatti, era arrivato alla conclusione che Pedro Ruiz de Eguino aveva più interesse a mandare in giro teatranti camuffati da streghe che non a lavorare affinché le persone per bene non potessero più incappare in gente simile. Quell'uomo poteva avere due sole ragioni per organizzare tali messinscene: o voleva mettersi in mostra con la Suprema per farsi nominare commissario inquisitoriale, oppure era complice degli inquisitori di Logroño e dei quattro presunti stregoni che stavano boicottando il viaggio di Visita. Salazar pensava che i suoi collaudati metodi lo avrebbero costretto a confessare i veri motivi che stavano alla base delle sue azioni. Ne aveva scritto anche all'inquisitore generale: sicuramente, interrogandolo con fermezza, sarebbe riuscito a smascherarlo e a scoprire la verità. Ora che il cacciatore di streghe era morto, invece, non poteva più scoprire niente: anzi, le inquietanti circostanze in cui era avvenuto il suo decesso stavano già facendo di lui una sorta di martire.

Quella sera stessa Salazar ricevette una lettera in cui l'inquisitore generale lo lodava per la qualità del lavoro che lui e i suoi assistenti stavano portando avanti e gli rinnovava la sua totale fiducia. Bernardo de Sandoval y Rojas gli scriveva che il consiglio della Suprema era d'accordo con lui sul fatto che, in quella faccenda delle streghe, ci fosse moltissima fantasia e assai poca realtà, e che il suo consiglio era di perseverare in quella direzione, perché era senz'altro quella giusta. L'inquisitore supremo inoltre lamentava che la misteriosa morte di Pedro Ruiz de Eguino gli avesse impedito di indagare più a fondo sulla vicenda dei presunti stregoni che lo pedinavano, ma gli suggeriva anche di non dare troppa importanza alla cosa perché probabilmente si trattava di un gruppetto isolato, di quattro ridicoli commedianti che potevano aver agito senza nessuna particolare ragione.

Cerca di non lasciarti ossessionare da queste storie di cospirazioni e intrighi, caro Alonso, perché ciò può essere controproducente ai fini del tuo meritorio lavoro e per il perseguimento dei nostri interessi.

L'inquisitore generale lo pregava poi ardentemente di andare a parlare con alcuni sacerdoti che, stando alle informazioni in suo possesso, si rifiutavano categoricamente di ammettere alla comunione streghe e stregoni pentiti poiché non credevano sino in fondo che avessero abbandonato la loro fede diabolica. Ciò stava in qualche misura minando il suo lavoro, perché autorizzava la gente a mantenere inalterati i propri pregiudizi contro alcuni compaesani: e se le cose non fossero migliorate c'era il rischio che la comunità aggredisse i malcapitati non appena la comitiva inquisitoriale avesse voltato le spalle. Sandoval chiedeva dunque a Salazar di ricondurre all'obbedienza quei sacerdoti, se necessario mostrando loro le istruzioni per la Visita, dalle quali si evinceva chiaramente la proibizione di qualsiasi rappresaglia contro chi riceveva la grazia dell'editto. E se i parroci si fossero ostinati nella loro posizione, Salazar aveva carta bianca per prendere qualsiasi misura ritenesse necessaria.

Ma la cosa più interessante della lettera era la notizia che l'inquisitore generale aveva deciso di prorogare la vigenza dell'editto di altri quattro mesi, cioè fino al 29 marzo 1612. Nelle sue lettere Salazar non aveva osato accennare al fatto che ci sarebbe voluto più tempo: ma indubbiamente lui e i suoi avevano accumulato un grave ritardo e c'erano ancora molti posti da visitare, soprattutto da quando era risultato evidente che qualcuno stava tentando di boicottare la Visita, e Salazar si era visto costretto a cambiare continuamente i suoi piani di viaggio. Pur credendo alla necessità di una proroga, lui sapeva che Valle e Becerra erano completamente obnubilati dallo sforzo di mettergli i bastoni fra le ruote e pensava fosse troppo rischioso accennare al fatto che non stavano rispettando la tabella di marcia.

La decisione di concedere altri quattro mesi di tempo all'editto di grazia era dunque giusta e sensata; Salazar non era più di tanto preoccupato di come l'avrebbero presa Valle e Becerra, i quali, se già prima gli erano contrari e pensavano che l'inquisitore generale lo stesse favorendo troppo, ora sicuramente l'avrebbero accusato di opportunismo. Decise però di non stare a rimuginarci troppo, poiché c'erano cose molto più importanti di cui occuparsi.

# XX

## *Di come eliminare le verruche*

Nonostante il fitto segreto che Salazar aveva mantenuto sui suoi piani di viaggio, Mayo riuscì a scoprire che la tappa successiva sarebbe stata San Sebastián. La ragazza cercava di convincersi che, se continuava a pedinare la comitiva inquisitoriale, era solo nella speranza di veder prima o poi ricomparire la sua Ederra, che di certo la stava cercando; ma doveva anche ammettere che l'incantesimo per disinnamorarsi non aveva funzionato come si aspettava e che si sentiva ancora legata al novizio. Si sforzava di rimettere insieme il suo cuore spezzato, cercava di sgombrare la mente da idee romantiche ormai del tutto fuori posto, ma invano. Doveva guardare in faccia la realtà, e riconoscere che un filtro d'amore preparato per legare un cuore già consacrato alla causa del Signore non poteva non provocare moltissima infelicità. Avrebbe dovuto immaginare che era una battaglia persa prima ancora di cominciare. Per un istante si vide vagare su quei sentieri sinuosi, per quei boschi che cominciava appena a decifrare, lontana dall'unico uomo che avesse mai amato e completamente sola perché, essendosi intestardita a non perdere il contatto con la comitiva, aveva smarrito anche la traccia per ritrovare Ederra.

Si armò dunque di coraggio e ritornò ai suoi calcoli. Rentería non era lontana; forse avrebbe fatto in tempo ad andarci, trovare i familiari di Gracia Iturralde e far loro qualche domanda su di lei e sulla sua amica María de Echalecu. Una vocetta in fondo al cuore le diceva che in quel villaggio avrebbe trovato un capo del filo che l'avrebbe riportata da Ederra. Se si fosse sbrigata, partendo quella mattina stessa di buon'ora, avrebbe potuto raggiungere la comitiva inquisitoriale a San Sebastián. Non doveva trascurare la ragione prima della sua ricerca, e non voleva lasciare niente di intentato; eppure non poteva... non voleva perdere di vista la comitiva. Mayo era capace solo di affetti duraturi, non sapeva dimenticare, e il fatto stesso di rimandare ancora un po' il momento del distacco dal suo amore la faceva sentire già meglio.

Si arrampicò dunque con Beltrán sui fianchi di un colle poco pronunciato e, una volta in cima, si fermò un attimo per guardare dietro di sé. Vide l'immensità del mare, le casette allineate di Pasajes che dall'alto sembravano fatte di cartone dipinto, e sentì che laggiù, da qualche parte, riposava l'uomo che per un momento l'aveva amata. Provava una stretta al cuore. Avrebbe voluto trovare un'espressione, un ricordo, un qualche piccolo motivo per cominciare a provare indifferenza nei suoi confronti: ma in quel momento non ne era capace. Temeva che l'incantesimo per dimenticare un amore non avrebbe mai fatto effetto, costringendola a trascinarsi dietro per il resto dei suoi giorni quel dolore pungente che aveva smesso di essere dolce e piacevole nel momento stesso in cui aveva deciso di porvi fine. Lo sapeva già da prima che a volte i suoi incantesimi non funzionavano, anche se negli ultimi tempi le sembrava di essere diventata molto più brava. Sarebbe stata davvero sfortunata se proprio l'incantesimo destinato a liberarla del suo sfortunato amore si fosse rivelato inefficace.

Trasse un sospiro così profondo che Beltrán rizzò le orecchie e la guardò con espressione interrogativa; poi si voltò di nuovo per decidere quale sentiero prendere, ripromettendosi di dimenticare il novizio, i suoi occhi azzurri e i suoi capelli da cherubino. Avrebbe dimenticato le sue labbra, le espressioni del suo viso... giurò a sé stessa che, prima o poi, sarebbe riuscita a ripensare a lui senza provare quel delizioso tormento, anzi, a non ripensare affatto a lui, a dimenticarsene del tutto; e solo allora, mentre metteva ordine nei suoi pensieri con la sensazione di conoscere già il futuro sviluppo degli eventi, si sentì in pace. Era bello prendere decisioni, pianificare i propri passi e decidere della propria sorte.

Camminò per tutta la mattinata e arrivò a destinazione poco dopo mezzogiorno. Le case di Rentería, di epoca medievale, erano organizzate attorno a una trama di sette vie convergenti su una piazza adorna di un'antica chiesa gotica e di una casa concistoriale più recente. La città, che dapprima si era chiamata Villanueva de Oiarso, era stata ribattezzata Rentería perché era proprio lì che confluivano tutte le rendite della corona; e i suoi abitanti erano sempre stati orgogliosi della propria capacità di adattarsi ai mutamenti. Un nuovissimo settore commerciale, quello delle ferriere, aveva poi completamente rivoluzionato la vita della popolazione, che storicamente si era dedicata soprattutto al montaggio degli immensi galeoni da ottocento tonnellate dell'Armada Real. A un certo punto la monarchia, allarmata da tutta quella modernità che spingeva gli uomini a devastare i campi riempiendoli di buche alla ricerca del prezioso minerale trascurando gli interessi della marina reale, aveva incaricato il governatore della provincia di indagare a fondo sulla quantità di legname richiesta dalle ferriere: il re non voleva che l'estrazione del ferro danneggiasse l'attività dei cantieri navali, che riteneva assolutamente prioritaria. Il rapporto ufficiale però era arrivato alla conclusione che le due attività potevano benissimo convivere senza ostacolarsi a vicenda, e la manodopera locale aveva finito per polarizzarsi in due gruppi: i sostenitori incondizionati del legno e gli innovatori amanti del ferro.

Negli ultimi tempi Mayo aveva affinato parecchio la sua capacità di trattare con il prossimo, e in un tempo relativamente breve riuscì a scoprire dove vivesse la famiglia Iturralde. La casa era un po' periferica rispetto al centro dell'abitato, in calle Medio. Era fatta interamente di ciottoli bruni resi lucidi dalla perenne umidità dell'aria, che la facevano sembrare un monticello di ceppi di legno con sopra una tettoia di ardesia. Un ridicolo cagnolino a macchie rossicce cercò di fermarla con un'agitazione così frenetica che ogni latrato lo scuoteva tutto e lo sollevava di un palmo dal suolo, finché non rimase afono. Leggermente deluso al vedere che Mayo non si lasciava impressionare affatto dalla sua esibizione, a un certo punto l'animale decise di cambiar tattica e di seguirla annusando l'odore del suo corpo e ringhiando sommesso. Accanto alla casa c'era un piccolo recinto di legno, con un gruppetto di galline che becchettava il terreno. Mayo si armò di coraggio, fece un bel respiro e avanzò fino alla porta d'entrata. Bussò piano. Le aprì una donna molto pallida, tonda come la luna piena, con la faccia coperta di verruche, che la guardò dall'alto in basso asciugandosi le mani nel grembiule.

«Cosa vuoi, bambina?»

«È lei Gracia Iturralde?»

Senza aggiungere parola, la donna verrucosa fece un passo indietro e le sbatté la porta in faccia.

«Signora, per favore», disse Mayo appoggiando la fronte alla porta. «Mi hanno detto che l'avrei trovata qui. È molto importante che io riesca a parlarle. È una questione di vita o di morte... per favore...»

E continuò a mormorare una serie di «per favore» d'intensità decrescente finché non si rese conto che, evidentemente, la donna non era di quelle che si lasciano commuovere con facilità. Il cagnolino con le macchie rosse si era seduto a qualche passo da lei per assistere allo spettacolo, e Mayo ebbe l'impressione di vedergli sul muso un sorrisetto beffardo. Aspettò più di mezz'ora in piedi accanto alla porta, con espressione triste, protestando fra sé e sé contro le persone che dispongono di un'informazione e non vogliono condividerla con nessuno, spezzando così gli esili fili che altri stanno seguendo per ritrovare i propri cari, e non è giusto, no e poi no, non è affatto giusto. Stava quasi per andarsene quando Faccia di Luna ricomparve sulla soglia di casa impugnando una scopa.

«Non mi starai mica gettando il malocchio, vero?» la interrogò con espressione tutt'altro che amichevole. «Cosa stai mormorando, brutta arpia?»

«No, no... io... no...»

Faccia di Luna alzò la scopa con fare minaccioso.

«Vattene di qui o ti caccio via a scopate.»

«Non sono qui per farvi del male, signora, ve lo giuro!» Così dicendo Mayo strinse gli occhi, si accucciò e si riparò la testa con le braccia disponendosi a ricevere il colpo, ma non senza aver prima gridato: «Non me ne andrò senza aver parlato con Gracia!».

«Chi sei, e cosa fai di mestiere?» disse allora Faccia di Luna in tono un po' meno bellicoso.

«Mi chiamo Mayo de Labastide d'Armagnac: curatrice, indovina, aggiustaossa e profumiera, per servire il Signore e vossignoria», disse Mayo tutto d'un fiato.

«Una *astue* dunque...» disse la donna. E i suoi occhi, che parevano due fessure, la guardarono dall'alto in basso carichi di disprezzo.

Mayo rimase in silenzio. Non sapeva proprio cosa dire, perché con i tempi che correvano non era decisamente una buona idea vantarsi di poter sistemare la vita alla gente grazie a magiche combinazioni d'erbe e incantesimi. Forse quella donna aveva paura delle lamie, e se avesse pensato che era una di loro non l'avrebbe aiutata affatto, o peggio ancora si sarebbe messa a chiamare aiuto facendo accorrere quella Morguy, che l'avrebbe arrestata e fatta sparire, anche lei, nelle segrete del Sant'Uffizio. Nel frattempo Faccia di Luna continuava a guardarla in silenzio, misurando la sua figuretta e studiando il suo vestiario, i suoi strani occhi neri, grandi e brillanti, e le sue orecchie puntute da genietto dei boschi, per un tempo che a Mayo sembrò eterno.

«Perdi il tuo tempo, ragazzina: Gracia non è qui. E comunque anche se ci fosse non te lo direi», disse la donna, e si voltò come per sbatterle di nuovo la porta sul muso; ma poi si girò ancora verso di lei e le domandò: «Si può sapere perché la cerchi?».

Intuendo che quella era la sua unica occasione, Mayo fece appello a tutte le sue capacità di persuasione.

«Ecco, vedete, il parroco di Urdax, senza dubbio un'ottima persona...» e diede due colpi di tosse per darsi il tempo di inventare una bugia credibile, poiché la verità era decisamente incredibile, «ha avuto bisogno dei miei servigi per curare un'epidemia di peste aviaria che gli aveva spiumato tutte le galline... voglio dire, sapete come vanno queste cose...»

Mayo sorrise senza troppa convinzione, indicando con un cenno della testa le galline che razzolavano nel minuscolo pollaio. Faccia di Luna non mosse un muscolo, così andò avanti.

«Dopo aver risolto il suo piccolo problema gli ho detto che sarei venuta per qualche giorno in questa vostra città di Rentería, e allora lui mi ha detto che qui era venuta a vivere una delle sue care pecorelle, Gracia Iturralde... e... be', mi ha affidato alcune cose che Gracia ha dimenticato a casa sua quando è partita, e mi ha chiesto se gli facevo il favore di consegnargliele e...» Ma a questo punto, vedendo l'espressione sempre più sospettosa della donna, Mayo si bloccò.

«Certo, certo. Come no... ti ha mandata il parroco, e io sono la regina di Francia», disse poi Faccia di Luna minacciandola con il dito. «Te lo dico io, cosa sei: sei una schifosa bugiarda! E adesso dimmi subito cosa sei venuta a cercare, e vedi di dire la verità se non vuoi che ti riempia di legnate. Ti consiglio di essere sincera, perché io capisco quando la gente mi racconta una frottola da come muove le ciglia.»

Mayo non aveva dubbi sulle capacità della donna: quindi le raccontò per filo e per segno e fin dal principio la sua storia, da quando Ederra l'aveva mandata a cercare certe erbe e lei era tornata a Zugarramurdi e non l'aveva più trovata. Le raccontò della cassettina di legno con gli oggetti personali delle streghe, le parlò di María de Echalecu, del suo incontro con il marito di Gracia, dell'idea che si era fatta che quell'uomo fosse cattivo, molto cattivo, cattivissimo, tanto che non era affatto stupita che Gracia l'avesse lasciato, perché era arrivata alla conclusione che avesse assassinato la moglie, ma poi il parroco le aveva detto che no, Gracia non era stata uccisa e siccome da qualche parte doveva pur essere andata, probabilmente aveva raggiunto la sua pregiatissima famiglia a Rentería e, be', forse Gracia sapeva come era morta María e magari María le aveva detto qualcosa di Ederra, che lei amava come se fosse stata sua madre anche se in realtà non lo era. Poi, rimasta senza fiato, tacque e fece un profondo sospiro di scoramento.

«Insomma, Gracia potrebbe essere l'unica persona in grado di aiutarmi a ritrovare la mia nutrice», concluse.

«È la storia più assurda e aggrovigliata che abbia mai sentito», rise la donna.

«Non mi credete?»

«Al contrario! Ti credo proprio perché la tua storia è così strana. Nessuno sarebbe capace di inventarsi in pochi minuti un romanzo tanto complicato.»

«Allora mi aiuterete?»

«Il fatto che io creda che le sfortune ti siano piovute addosso come un temporale d'agosto non significa di per sé che abbia la benché minima intenzione di aiutarti a risolvere i tuoi problemi. A essere sincera, gli unici dispiaceri che mi commuovano davvero sono i miei. Ormai il corpo mi si è abituato alle pene, sai? E fintanto che *a me* non succede niente di male... le sventure altrui non mi toccano più di tanto. Soprattutto quando capitano a emeriti sconosciuti.»

«Per favore, signora, vi prego, vi supplico...»

«Taci, bambina: non ho ancora finito», la bloccò subito Faccia di Luna guardandola con disprezzo. «E fammi il favore di non cercare di ottenere le cose facendo leva sulla compassione. Se vuoi che qualcuno faccia qualcosa per te, prova a capire se c'è qualcosa che puoi offrirgli in cambio: sennò sarai solo una stracciona mendicante, e tu non vuoi esserlo, vero?»

«No, no, certo che no», tentennò Mayo, insicura, senza capire cosa quella donna potesse volere da lei. «E... vi sarei di molto disturbo se ora vi domandassi cosa posso offrirvi in cambio dell'informazione sull'attuale residenza di Gracia?»

Faccia di Luna gettò indietro la testa ed esplose in una sonora risata, mostrando le gengive sgombre di denti fino all'ugola.

«Vedo che impari in fretta, topolina. Certo che puoi darmi qualcosa.» Poi, confidenzialmente: «La tua bella pelle».

Mayo sentì un brivido lungo la schiena. Per un momento temette che quella donna volesse spellarla viva per farsi un vestito con la sua pelle. Ma intanto Faccia di Luna andava avanti a parlare.

«Ti aiuterò nella misura in cui tu saprai aiutare me. Hai detto di essere un'*astue*, no?» Mayo annuì. «Se mi dai qualcosa per eliminare queste schifose verruche ti dico dov'è andata a vivere Gracia con quell'altra strana donna con cui è scappata.»

«Un'altra donna?» ripeté Mayo, e gli occhi le si illuminarono di gioia. «Non mi avevate detto che c'era anche un'altra donna. E ditemi, com'era? Era bella?»

«Non l'ho vista in viso, perché si nascondeva. Ma è possibilissimo che fosse la tua nutrice, perché era parecchio strana. Si avvolgeva dalla testa ai piedi in un mantello con cappuccio, come per nascondersi al mondo. Io però, che sono tutt'altro che tonta, l'ho guardata bene e ho visto che aveva la testa rapata. Se ne sono andate insieme, e Gracia mi ha detto che probabilmente non le avrei più riviste.»

Per la prima volta da quando aveva cominciato la sua ricerca, Mayo sentiva di aver trovato una pista sicura. Non c'erano dubbi, la strana donna che Faccia di Luna aveva visto insieme a Gracia doveva essere Ederra. Improvvisamente ebbe paura che il mondo si fermasse, di diventare sorda, o che Faccia di Luna cadesse a terra colpita da un fulmine prima di poterle comunicare l'informazione che custodiva tanto gelosamente.

«Sì, posso togliervi le verruche, ma non sarà una cosa istantanea...» disse Mayo, ansiosa. «Bisognerà aspettare qualche giorno e...»

«Benissimo. Le questioni professionali le lascio a te, io ci metto solo le verruche.» E rise ancora. Ma subito dopo riprese il suo atteggiamento scontroso. «Farò la mia parte quando tu avrai fatto la tua, donandomi una pelle proprio come la tua.» E sfiorò il viso di Mayo con occhi pieni di desiderio.

Mayo ci mise tutto il suo impegno a preparare il rimedio contro le verruche. Prese una mela e la divise in quattro spicchi, con ciascuno dei quali sfregò accuratamente le escrescenze che Faccia di Luna aveva sul viso e sulle mani cercando di non tralasciarne nemmeno una, bagnando bene con il succo del frutto anche quelle nascoste nelle pieghe della pappagorgia che aveva sotto il mento. Fatto ciò prese il viso della donna per il mento e lo guardò da una parte e dall'altra socchiudendo un po' gli occhi, come un artista che ha appena terminato la sua opera. E corse via, dicendo alla donna di non seguirla per nessuna ragione e di non cercare di scoprire dove avrebbe nascosto i pezzi di mela con cui le aveva pulito il viso. Quando ritenne di essersi allontanata abbastanza dalla casa gettò i quarti di mela in un luogo che le sembrò abbastanza isolato e scosceso da scongiurare l'eventualità che qualcuno potesse mai ritrovarli. Il tempo che i pezzi di mela avrebbero impiegato a fermentare, disfarsi e scomparire equivaleva al tempo che le verruche avrebbero impiegato a sparire dal viso di Faccia di Luna. Dopo di che Mayo tornò di corsa a casa della donna.

«Fatto!» esclamò ansimante, stringendosi il petto. «Vedrete, fra poco non avrete più nemmeno una verruca.»

«Bene, benissimo. E tu vedrai che fra poco ti dirò l'indirizzo di Gracia.» E Faccia di Luna le chiuse di nuovo la porta sul naso.

Quella notte Mayo dormì malissimo. Sognò di essere in un'enorme caverna buia e di inseguire una donna pustolosa che sapeva dov'era la sua Ederra. La sentiva ridere come una pazza, ma non riusciva a vederla: scorgeva solo la sua ombra che si nascondeva dietro le sporgenze di roccia. Improvvisamente calò il silenzio, e Mayo intuì che la catastrofe stava per abbattersi su di lei: la donna balzò fuori dal suo nascondiglio e le saltò addosso, la gettò a terra, le strappò via in fretta tutti i vestiti e le piantò un coltello sotto la gola, tagliando la pelle dal mento fino al ventre. Poi, senza che lei avvertisse alcun dolore, la spellò. Infine fece altrettanto con la propria pelle, se ne liberò come chi si toglie una camicia vecchia e si rivestì con quella di Mayo, aggiustandosela alle spalle e lisciandola sulle cosce fino a farla aderire perfettamente. E se ne andò fischiettando e saltellando sulle gambe elefantiache. Mayo si svegliò gridando, in un bagno di sudore, bruciante di febbre, e ci mise un po' a capire che era stato solo un brutto sogno e che la sua pelle e le sue speranze erano ancora intatte.

Il terrore provocato da quel sogno sanguinoso si dissolse all'alba, ma solo per lasciare il posto a una profonda inquietudine. Mayo sapeva perfettamente che le mele marciscono e si dissolvono in una settimana circa, ma sapeva anche di non avere tanto tempo a disposizione. La comitiva inquisitoriale non poteva metterci più di due giorni a raggiungere San Sebastián. Non sapeva quanto vi si sarebbe trattenuta, ma non poteva assolutamente correre il rischio di perderla: non era ancora pronta a dire addio ai suoi compagni di viaggio. E così, nonostante la paura che le faceva l'idea di rivedere Faccia di Luna, si armò di coraggio e tornò alla casa degli Iturralde.

«Cosa vuoi, topolina? Non sono ancora andate via», le disse la donna come unico saluto.

«È vero, ma come vedete si sono già un po' seccate. Cadranno di certo, ve lo assicuro. Per favore, ditemi dove posso trovare Gracia e la sua amica... per favore. Devo assolutamente andar via, è questione di vita o di morte.» La donna la guardava con diffidenza. «Vi prego...»

Faccia di Luna sorrise. Quella ragazzina la faceva ridere.

«Ti ho detto di non supplicare: non devi supplicare mai», disse, minacciandola scherzosamente con l'indice. «Me lo giuri, che le verruche cadranno?»

«Sì, lo giuro», disse Mayo baciandosi le dita incrociate.

«Se non funzionerà ti troverò ovunque tu sia, vermiciattola, ti rivolterò come un guanto e ti sculaccerò finché le natiche non ti cadranno e non potrai mai più sederti», disse Faccia di Luna con un occhio mezzo chiuso. «Mi sono spiegata?»

«Chiarissimamente.»

«Gracia e la donna misteriosa con cui viaggiava si sono trattenute da me solo per un momento. Avevano paura del marito di Gracia... temevano che sarebbe venuto a cercarla qui. Così ho dato loro qualcosa da mangiare e un po' di denaro: in prestito, bada bene. E loro hanno detto che sarebbero andate a Vitoria per cominciare una nuova vita insieme. È tutto quel che so.»

## XXI

*Di come implorare santa Barbara affinché ci protegga dalla tormenta*

Íñigo e Domingo si erano informati e avevano scoperto che il modo più piacevole e pittoresco di arrivare a San Sebastián partendo da Pasajes era a bordo di uno dei battelli che ogni giorno collegavano le due località: sfruttando la via d'acqua avrebbero anche evitato alcuni accidenti geografici tali da mettere a dura prova carri e carrozze. Contrattarono dunque con un marinaio locale il prezzo per il trasporto della comitiva e di tutti i suoi bagagli.

Alle cinque del pomeriggio il porto di Pasajes si riempì di aggeggi inquisitoriali: otto pesanti bauli di legno di varie dimensioni contenenti memoriali, libri, carte, penne e calamai; quattordici fiasche piene di intrugli nauseabondi ai quali le streghe attribuivano poteri straordinari, e che Salazar si portava dietro nella speranza che non andassero a male e arrivassero a Logroño in condizioni ottimali per essere analizzati dagli specialisti; una statua di legno dell'*Ecce Homo* a grandezza naturale, completa di parruccone di veri capelli di morto, che l'alcalde di Fuenterrabía aveva tanto insistito che accettassero in segno di gratitudine da parte di tutti gli abitanti del villaggio e che, a forza di trascinarla di qua e di là, aveva perso una parte della corona di spine; due grossi recipienti di vetro contenenti due rospi enormi e pustolosi che, a quanto si diceva, avevano aiutato le streghe nei loro sortilegi, anche se fino a quel momento non avevano fatto altro che aprire e chiudere la bocca e strizzare l'uno o l'altro occhio con pari maestria: con tutto quello che c'era da fare, uno degli assistenti di Salazar doveva occuparsi di loro a tempo pieno, mantenerli sempre umidi e nutrirli di mosche e insetti perché arrivassero anche loro sani e salvi alla sede del tribunale di Logroño. Caricare sul battello tutte quelle cose si rivelò un'impresa talmente complicata che qualcuno fece passare la voce e tutti gli abitanti adulti del villaggio che in quel momento non avevano niente di meglio da fare accorsero sul molo e presero a dire la loro sul modo migliore per stivare i bagagli.

«No, no... prima i bauli, impilati uno sull'altro», diceva uno.

«No, niente affatto, per prima cosa bisogna imbarcare l'*Ecce Homo*, perché fra poco pioverà e se si bagna gli cadranno tutti i capelli... O almeno mettetegli un berretto o qualcos'altro che gli protegga la zucca, ragazzi, perché esporlo alle intemperie in una giornata come questa mi sa che sfiora l'irriverenza», consigliava un altro.

A un certo punto, rendendosi conto che la situazione gli stava sfuggendo di mano, Salazar divenne di pessimo umore e, incapace di dissimulare il suo stato d'animo, si mise a camminare su e giù per il molo berciando ordini: «No, quello non dovete appoggiarlo per terra, si rovina. Il vetro, il vetro va messo sopra tutto il resto, per l'amor di Dio! Attenzione, così lo rompete, mi fate scappare i rospi! No, no, quel baule non va toccato...».

Infine, vedendo che quella gente non era assolutamente in grado di fare le cose come voleva lui, Salazar cominciò a caricarsi in spalla bagagli che avrebbero richiesto almeno due uomini anche solo per essere trascinati e a infilarli ovunque vedesse un buco libero, senza tenere in minimo conto gli utili consigli sulla linea di galleggiamento che il capitano del vascello gli stava fornendo. Poi afferrò per un braccio l'*Ecce Homo* e lo trascinò lungo la passerella con il trono e tutto, piantandolo nel bel mezzo del ponte di coperta: infine prese una sedia e gli si sedette accanto, bofonchiando una litania incomprensibile. Visto il rapido degenerare della situazione, Íñigo e Domingo si incaricarono di far premura agli stivatori: sbrigatevi, prima che venga un colpo al signor inquisitore, e fatemi il favore, per l'amor di Dio e per carità, di non fare schiamazzi e di non rompere niente. Due ore dopo salpavano per San Sebastián senza che ci fossero stati né morti né feriti, con l'*Ecce Homo* che fissava l'orizzonte come un novello Rodrigo de Triana.

Gli abitanti di San Sebastián, tutti vestiti a festa, si riversarono nelle strade adiacenti il porto per ricevere con tutti gli onori i rappresentanti del Sant'Uffizio venuti a liberarli di quel male demoniaco che li turbava profondamente. Tutti i balconi recavano striscioni di benvenuto, e bambine vestite di bianco, con coroncine di fiori d'arancio in testa, aspettavano di poter gettare sulle onde un tappeto di fiori nel momento preciso in cui Salazar sarebbe sceso dal battello. Una passatoia verde collegava il punto previsto per l'attracco a una pedana con baldacchino eretta accanto al coro, che aveva ordine di attaccare con la musica quando la sagoma del battello fosse comparsa all'orizzonte.

Alle undici di sera, finalmente, il vascello suonò il suo fischio ed entrò in porto. Le autorità cittadine, con addosso gli abiti della domenica, aspettavano in piedi dietro le bambine con i fiori, in faccia un'espressione severa e soddisfatta, mentre il battello si avvicinava lentamente, quasi a ritmo con la musica. Fu proprio allora che tutto cominciò, all'improvviso, senza che nessuno potesse prevederlo. Da un falò sul quale si stava cucinando una zuppa per i nuovi arrivati si levò una fontana di alte e fragorose scintille, dalla quale si sprigionava un intenso odore di zolfo. Il fumo del falò, prima grigio chiaro, si raddensò e si rafforzò, levandosi nel cielo in un'enorme colonna ondeggiante che cominciava ad assumere forma umana.

«È una strega che vola via a cavallo della scopa!» diceva qualcuno.

«È il diavolo: guardate, ha le zampe e la barbetta da caprone!» dicevano altri.

La gente gridava, e dagli strumenti musicali usciva una melodia stonata che finì con il trasformarsi in uno strepito assordante. Gli uomini si inginocchiavano levando suppliche a Dio misericordioso, le donne correvano qua e là come galline spaventate, le autorità cittadine persero la loro posa distinta e si dileguarono lungo i vicoli del porto. Le bimbe con le coroncine di fiori piangevano con i visetti gonfi e paonazzi, e per colpa della confusione una di loro cadde in mare; fu tratta in salvo con un forcone che le fu passato sotto le ascelle, e approdò sulla riva con un aspetto da cagnolino bagnato e la corona di fiori fradici calata fin sulle orecchie.

Più tardi gli abitanti di San Sebastián non sarebbero riusciti a mettersi d'accordo su quale aspetto avesse la creatura di fumo che quella notte sorvolò il loro paese sotto gli occhi pieni d'orrore di tutta la popolazione; e siccome i pareri erano discordi, alla fine l'essere misterioso acquistò un aspetto ibrido fra un gigantesco caprone e uno stormo di streghe volanti. Su un punto però erano tutti d'accordo: e cioè che quella mostruosità sembrava veramente furiosa. Lo si capiva dall'espressione del volto, caratterizzato da zigomi prominenti e sopracciglia a punta, dalla smorfia delle labbra sottili, che lasciavano intravedere un paio di affilati incisivi grondanti bava, e dal modo in cui il mostro teneva le mani adunche come artigli. Una simile dimostrazione di potere recava senza dubbio il sigillo del maligno. Il fenomeno durò circa cinque minuti; poi la colonna di fumo cominciò a perdere la consistenza densa e scura che aveva avuto mentre si levava verso il cielo e si sfrangiò lentamente, sfumando i suoi contorni antropomorfi e allargandosi come un mantello sull'imbarcazione che trasportava Salazar. Alla fine sembrava solo un normalissimo nuvolone plumbeo carico di pioggia. Ed effettivamente qualche secondo dopo si aprirono le cateratte del cielo e sulla città si riversò una specie di diluvio universale, mentre tutte le persone che si trovavano ancora per strada giungevano le mani per implorare la protezione di santa Barbara

*Santa Barbara benedetta*
*che nel cielo sei iscritta*
*con la carta e l'acqua santa*
*santa Barbara pulzella*
*liberaci dalla saetta*
*dal lampo e dalle nubi*
*Gesù Cristo è lì inchiodato*
*con i chiodi della croce*
*Pater Noster amen Gesù*

Le persone che viaggiavano nel battello non si erano accorte di niente: i membri della comitiva inquisitoriale seppero dell'accaduto solo dopo essere sbarcati dalla passerella, quando videro con i loro occhi quella povera gente schiacciata dal terrore. Non appena Salazar mise piede a terra, le beghine si tuffarono a cingergli le ginocchia e a recitargli preghiere quasi fosse il loro santo protettore, supplicandolo di aiutarle per amor di Dio, indifferenti al vento e alla pioggia che in pochi secondi infradiciarono i nuovi arrivati fino alle ossa. I notabili della città tornarono al loro posto, cercando di occultare i dettagli della loro ridicola fuga per cancellare dalla testa degli abitanti l'idea che avrebbero reagito allo stesso modo anche di fronte a minacce e disordini più terreni. Fecero la faccia seria, accompagnarono l'inquisitore sotto il baldacchino della pedana, dove avrebbe potuto proteggersi dalla pioggia, e pronunciarono il discorso di benvenuto che si erano preparati aggiungendovi la storia completa di ciò che era appena accaduto e che, a loro parere, non era che un piccolo esempio di ciò che erano costretti a sopportare.

«Tutto ciò è stato organizzato dalle streghe affinché vostra eminenza potesse rendersi personalmente conto dell'opulenza dei loro poteri. Esse vorrebbero spaventare vostra eminenza e indurla ad abbandonarci al nostro triste destino», assicurarono.

«Peccato che io non abbia potuto vederla con i miei occhi, questa benedetta opulenza di poteri...» commentò Salazar, palesemente deluso.

Mayo aveva lasciato Rentería non appena la donna delle verruche le aveva detto dove cercare Gracia e la sua strana compagna, ed era arrivata a San Sebastián giusto in tempo per assistere a quel putiferio. Era andata a mettersi proprio dietro il coro e ci aveva portato anche Beltrán, al quale la musica piaceva molto perché gli ricordava i bei tempi di quando era giullare. Se ne stava lì tranquilla, osservando divertita l'asino che batteva il ritmo ternario della musica con la zampa anteriore destra, quando cominciò lo spettacolo del fumo nero. Mai le era capitato di vedere qualcosa di simile. Non la stupiva affatto che la gente scappasse in tutte le direzioni, con il terrore dipinto negli occhi. Perfino lei, che in fondo era più preparata del resto dei mortali ad accettare senza porsi troppe domande eventi fuori dall'ordinario, trovò la cosa assai inquietante. Ciononostante fu l'unica a rimanere immobile, come pietrificata, gli occhi fissi al cielo, cercando di riconoscere in quella creatura mostruosa i lineamenti del diavolo, un indizio anche piccolissimo che facesse scoccare dentro di lei la scintilla di un sentimento filiale. Ma non provò assolutamente nulla: forse soltanto un po' di freddo quando il fumo si allontanò trasformandosi in un nuvolone nero carico di pioggia.

Eppure non andò a ripararsi quando Salazar scese dal battello, e rimase a osservarlo mentre saliva sulla pedana delle autorità con l'impressione di poter indovinare cosa gli passava per la testa. Nelle settimane in cui l'aveva seguito dappertutto, a forza di studiarlo, Mayo aveva imparato a leggere le espressioni del suo viso... e ormai non aveva più paura di lui. All'iniziale diffidenza si era sostituita un'inspiegabile tenerezza. Quell'uomo severo stava perdonando a destra e a manca tutti coloro che confessavano di aver avuto contatti con il maligno, senza punirli né vendicarsi di loro; e Mayo sentiva di potersi fidare di lui. Intuiva che era buono, compassionevole, dolce; a volte le sembrava di sentirlo anche da lontano, quando lo vedeva solo e taciturno, schiacciato dal peso delle sue responsabilità e dai dubbi che covava nell'animo. Ma sapeva anche che, per arrivare a tale conclusione, bisognava osservarlo per molto, moltissimo tempo; mentre la maggioranza delle persone sceglieva la via più breve e si accontentava dell'immagine superficiale offerta da Salazar, senza nemmeno scalfire la spessa crosta di riserbo e arroganza dietro cui si nascondeva. Mayo capiva di essere una privilegiata, perché sapeva vedere in lui più del resto dei suoi simili. E le sarebbe piaciuto dirglielo, trovare un modo per farglielo sapere: «Io ti conosco di dentro. So come sei fatto». Non avrebbe esitato, se avesse pensato che le sue percezioni personali potessero interessare a qualcuno: peccato che lei non fosse niente, una creatura senza alcuna importanza, uno scherzo della natura, una persona che, a quanto pareva, era già perduta il giorno in cui era venuta al mondo.

Mayo aspettò finché la folla non cominciò a sgombrare il molo per vedere se per caso non accadeva qualche altro evento straordinario. Scrutò il cielo: niente. Aveva smesso di piovere e le stelle ricominciavano ad affacciarsi tra le nubi. Ma poi vide delle figure muoversi all'altro estremo del porto e le parve di riconoscere i due uomini che avevano aggredito il suo amato novizio. Muovendosi lentamente e nascondendosi ogni pochi passi in anditi bui odorosi di pesce e di urina, si avvicinò a quei due senza farsi notare, finché non li riconobbe con certezza: erano bizzarri come la prima volta che li aveva visti, con le chiome foltissime e spettinate e le barbe incolte, ma non indossavano più pelli di animali bensì vestiti normali, da cittadini qualunque. Il più giovane, quello con l'occhio biancastro, aveva una grossa cicatrice che gli deturpava quasi metà faccia. Mayo rimase per un po' a osservare i loro movimenti, cercando di capire cosa ci facessero, di nuovo, così vicino alla comitiva di Salazar, e cosa stessero architettando. E capì che il pentolone da cui si era sprigionato il fumo magico apparteneva a loro: lo stavano infatti portando via reggendolo ciascuno per un manico, e quando furono in riva al mare ne rovesciarono in acqua il contenuto esplodendo in quella risata grossolana che Mayo aveva già sentito al loro primo incontro. Poi arrivarono anche due donne, e i quattro si infilarono tutti insieme in un vicolo. Mayo li osservò finché non furono inghiottiti dal buio.

Ora non aveva più il minimo dubbio: erano stati loro a evocare il demonio.

## XXII

*Di come offrire i denti da latte di un bimbo alle streghe affinché non si offendano*

Dopo il diluvio di demoni, streghe, acqua e terrore della notte precedente, San Sebastián si svegliò sotto un cielo limpido. Splendeva un magnifico sole, e una luce dorata bagnava i tetti delle case lambendone le facciate. Se non fosse stato per le pozzanghere sparse sul selciato ci si sarebbe quasi potuti dimenticare del diluvio e dell'inquietudine che qualche ora prima si erano abbattuti sulla città. Salazar si alzò di buon'ora e chiese subito a frate Domingo de Sardo e al novizio Íñigo de Maestu di aiutarlo nei preparativi per la pubblicazione dell'editto di grazia. E già che c'era, approfittando del fatto che erano soli, domandò loro se avessero visto o sentito qualcosa di strano, la notte precedente, prima o dopo lo sbarco. I due giovani risposero che no, non avevano notato niente, e che semmai a stupirli era proprio quella circostanza, perché la gente affermava che quella benedetta nube a forma di diavolo aveva occupato tutto il cielo proprio quando la loro imbarcazione era stata così vicina al porto che anch'essi avrebbero dovuto vederla. Salazar si sentì subito meglio: per un attimo aveva temuto che fosse stato proprio il suo scetticismo verso l'esistenza delle streghe a impedirgli di vedere qualcosa che era sotto gli occhi di tutti.

Nelle prime ore del mattino, come al solito, la sala delle udienze si riempì di streghe e stregoni pentiti che lo riportarono bruscamente alla realtà concreta della setta. Mariti che non potevano soddisfare le mogli perché le streghe gli avevano gettato un incantesimo, donne che potevano trasformarsi a proprio piacimento in gatto, cane o corvo, genitori che avevano paura dei loro stessi figli perché li sapevano capaci di camminare sulle pareti e di svanire nell'aria a un semplice schiocco di dita. Quest'ultima denuncia tenne molto occupato l'inquisitore che, il giorno dopo, organizzò un'udienza speciale interamente dedicata ai bambini-strega, perché dalle informazioni in suo possesso risultava che da qualche tempo il demonio si era specializzato nel fare proseliti fra i minori di sette anni. A San Sebastián la gente raccontava che quattordici streghe locali si erano vendicate sui bambini perché i loro genitori avevano abbandonato una tradizione vecchia di secoli secondo la quale i denti da latte di un figlio devono essere consegnati alle streghe non appena gli cadono di bocca recitando la formula magica:

*Andra Mari, otson zarra tekatzan berria*
*(Mari, Signora, prendi il vecchio e dammene uno nuovo)*

«Tutto qui? E perché non avete voluto seguire la tradizione?» domandò Salazar sbalordito.

«Ma eminenza, perché è male... in fondo si tratta pur sempre di streghe», disse uno dei genitori, piuttosto stupito dalla reazione dell'inquisitore.

«Be', evidentemente era il male minore», disse Salazar cercando di minimizzare. Ma sapeva che né quei genitori né le autorità cittadine presenti all'udienza sarebbero stati d'accordo con lui nel giudicare quei fenomeni pura autosuggestione. «Perché avete voluto tenere per voi i dentini da latte?»

«A tutti noi sembra più preoccupante domandarsi perché li vogliano le streghe, non credete?» replicò un altro genitore. «Magari li utilizzano per fare un incantesimo sui nostri figli.»

Salazar arrivò alla conclusione che per tranquillizzare i genitori ci volesse un rito equivalente a quello dell'offerta dei denti; quindi fece la faccia solenne, riunì davanti a sé tutti i bambini e recitò su di loro qualche frase in latino tratta da un vecchio libro di esorcismi scovato in biblioteca, scelta in modo da suonare abbastanza categorica. Il rito produsse quasi istantaneamente una sensazione di benessere diffuso: i bambini non avrebbero più camminato sulle pareti né sarebbero spariti a uno schiocco di dita, e i genitori potevano finalmente riabbracciarli senza la paura che fossero indemoniati. Purtroppo però il rimedio si ritorse contro Salazar, perché subito si sparse la voce che il signor inquisitore poteva trasformare in angioletti anche i più discoli, quelli che facevano i capricci, che disobbedivano o che si buttavano a terra scalciando come ossessi. Ben presto fuori dal portone della sala delle udienze si formò una fila interminabile di mocciosi irrequieti e rumorosi che misero a dura prova i nervi di sua eminenza.

Eppure gli abitanti della città continuavano a chiedere vendetta. L'esorcismo dei bambini non poteva bastare perché, secondo loro, non appena la comitiva si fosse rimessa in marcia e a San Sebastián non fosse rimasto nessuno abbastanza esperto di esorcismi latini, le streghe si sarebbero nuovamente impadronite di loro. Per questo le autorità civili procedettero all'arresto delle quattordici donne denunciate dai bambini-strega e le imprigionarono nei sotterranei del palazzo del comune, in lugubri stanzette arredate solo con un pagliericcio gettato in terra e un catino per l'evacuazione.

Quando Salazar andò a parlare con le arrestate, solamente una, sui quarant'anni, si dichiarò colpevole e ottenne il perdono. I problemi seri cominciarono quando l'inquisitore si trovò davanti alla strega più pericolosa, più temuta e più anziana di tutte.

«Vi supplico di concedermi il perdono, padre!» urlò la donna gettandosi a terra con gli occhi pieni di lacrime. «Per favore! Per favore!»

Allora Salazar tirò fuori il suo famoso questionario di quindici domande che, nella maggior parte dei casi, gli forniva la prova infallibile di cosa fosse vero e cosa invece pura menzogna; ma nemmeno una delle risposte che ottenne da quella donna era dotata della benché minima credibilità. Salazar le chiese di dimostrare i suoi poteri, di tirar fuori una qualche capacità stregonesca che si potesse esibire lì, davanti a tutti, di citare un dato concreto a riprova della sua appartenenza alla setta... ma niente, la vecchia strega non fu in grado di sfoggiare alcuna arte diabolica. Più che a una strega faceva pensare a una mezzana di infima categoria. Quando si rese conto che, in assenza di prove certe, l'inquisitore le avrebbe negato la grazia dell'editto, la donna si disperò atrocemente: si buttò a terra, si contorse, scalciò, si fece venire la schiuma alla bocca e si fece la pipì addosso. Ma Salazar, imperterrito, continuò a insistere che quella sceneggiata non dimostrava affatto che avesse avuto rapporti con il demonio.

Le altre dodici donne continuarono fermamente a protestarsi innocenti e furono consegnate al braccio secolare, con l'avvertenza che non c'era alcuna prova della loro appartenenza alla setta del demonio. Autorità e abitanti di San Sebastián si sentirono defraudati. Le stesse persone che qualche giorno prima erano accorse al porto per ricevere Salazar a braccia aperte e supplicarlo di salvarle, sopportando stoicamente la pioggia e i demoni che oscuravano il cielo, tutt'a un tratto si rivoltarono contro di lui accusandolo di difendere le streghe invece di punirle.

Le autorità cittadine, che avevano riposto ogni loro speranza nell'arrivo della comitiva inquisitoriale, decisero che l'unica soluzione a tanta inettitudine fosse esiliare per sempre dal paese la strega più pericolosa e incarcerare tutte le altre. Salazar si trovava di fronte a un dilemma: da una parte avrebbe voluto difendere le donne accusate ingiustamente, dall'altra non voleva essere troppo duro con gli abitanti di San Sebastián i quali, vedendo l'inquisitore stesso schierarsi dalla parte delle streghe, stavano per perdere ogni residua speranza. Decise di chiudere un occhio: ignorò tutti gli indizi secondo cui quelle donne non erano affatto streghe, passò sopra al loro rifiuto di confessare e violando i suoi stessi princìpi dichiarò che tutte le accusate avevano finito con il confessare i loro rapporti con il demonio e pertanto la domenica successiva, durante la messa maggiore, sarebbero state riconciliate con santa madre chiesa.

L'editto fu proclamato in una bella giornata d'autunno. La chiesa di San Vicente era gremita da dozzine di famiglie per bene. Il retablo nuovissimo, ancora fresco di consacrazione, orgoglio della città e invidia di tutti i paesi limitrofi, era velato da un drappo nero in segno di lutto per il male che infestava la regione: sarebbe stato di cattivo gusto esporre alla vista dei fedeli la corte celeste che vi era rappresentata, decisamente sovraccarica di foglia d'oro, argento e rubini, come si faceva nei giorni di festa. Il suono implacabile dell'organo, che Salazar aveva sempre trovato più adatto a spaventare i bambini che ad accompagnare il rito sacro, percosse i timpani dei convenuti facendo sussultare le beghine già immerse nella recita del rosario

L'incarico di pronunciare il sermone era stato affidato a un domenicano del convento di San Telmo, famoso per la sua severa inflessibilità. Varie persone che, senza volere, gli erano capitate fra i piedi si erano beccate una bella scomunica per una sciocchezza qualsiasi. Con lui nessuno poteva sentirsi del tutto al sicuro: ma proprio per questo i suoi sermoni attiravano sempre un pubblico folto e attentissimo. Alla gente piaceva sentirlo descrivere le aberrazioni delle donne viziose che si congiungevano spudoratamente con il demonio utilizzando orifizi corporali che la maggior parte di loro ignorava perfino potessero servire a quello scopo.

«So che ognuno di voi cova pensieri e desideri impuri, per i quali è pronto a violare le leggi del Signore», disse il frate, dando una sonora manata sul leggio del pulpito per svegliare alcuni fedeli delle ultime file che si stavano appisolando. «Non stupitevi dunque se Dio onnipotente ha deciso di punirci per il carico immenso di peccati e di azioni equivoche che abbiamo sulla coscienza. Pentitevi, peccatori!» Seguì una pausa più lunga del necessario, finalizzata a scuotere ogni umana coscienza.

La gente, inquieta, cominciava ad agitarsi nei banchi, e Salazar era un po' preoccupato della piega che il sermone stava prendendo e che prometteva di vanificare tutti i suoi sforzi per ridare serenità al gregge. L'inquisitore lanciò una significativa occhiata a Íñigo e Domingo, i quali, in attesa di un suo segnale, andarono a posizionarsi ai due lati del pulpito.

«Pensate forse che grandine, lampi, tuoni, venti indiavolati e raccolti distrutti siano semplicemente opera della natura?» continuava intanto il domenicano. «Da quattro mesi a questa parte nessuna delle nostre disgrazie ha più origine naturale: ora sono tutte conseguenze del violento attacco delle streghe!» Il frate aguzzò lo sguardo per individuare tra la gente il viso delle quattordici donne accusate di stregoneria, e quando le ebbe trovate le indicò spietatamente con occhi iniettati di sangue. «Sono loro le colpevoli di tutte le nostre disgrazie! Loro!»

Salazar scrollò la testa. Subito Domingo raggiunse il religioso sul pulpito e con molta abilità gli tolse la parola, pronunciando un secondo sermone del tutto scevro da immagini apocalittiche. Intanto, con estrema delicatezza e senza farsi notare da nessuno, Íñigo accompagnava il domenicano in sacrestia dove lo attendeva Salazar, che gli consigliò maggiore prudenza nell'esprimere opinioni tali da aumentare l'inquietudine dei fedeli.

«Io mi limito ad avvertirli affinché il male non li colga impreparati», ribatté il domenicano.

«Ne deduco che avete delle prove concrete a dimostrazione del fatto che i raccolti non sono andati in malora per le inclemenze del tempo, e che la famosa colonna di fumo a forma di diavolo del giorno del mio arrivo non è stata un'allucinazione collettiva provocata proprio dall'aver tante volte ascoltato sermoni infuocati come i vostri», disse Salazar. «Noi uomini di Dio abbiamo una responsabilità precisa: quella di offrire consolazione, non di affliggere ulteriormente le anime. Sermoni come il vostro non fanno altro che riempire di terrore una popolazione che già non vede l'ora di gettare su qualcuno la colpa di tutte le sue disgrazie. Se credete davvero che il male che ha colpito la regione sia opera delle streghe, dimostratelo! Fatelo, e io vi crederò: ma voglio una prova. Una sola, ma certa!»

Il domenicano rimase in silenzio. Sapeva di non poterlo fare, era consapevole di non poter esibire una sola prova concreta. Le sue affermazioni si basavano solo su ciò che aveva sentito dire per strada.

Salazar tornò a palazzo subito dopo la proclamazione dell'editto. Era sfinito, ma mentre cercava di guadagnare la sua stanza fu raggiunto dalla cuoca: in biblioteca qualcuno lo stava aspettando. Quando aprì la porta fu colpito da un forte odore di rancido, segno inequivocabile di ostilità. L'uomo si avvicinò e gli tese la mano.

«Sono il procuratore San Vicente», si presentò. «I vostri colleghi di Logroño mi hanno chiesto un rapporto sul vostro viaggio di Visita.»

«Un rapporto?» replicò Salazar, stupito.

«I signori inquisitori sono molto preoccupati per le notizie che arrivano a Logroño riguardo ai metodi applicati da vostra reverenza nell'affrontare il problema della setta demoniaca. Mi risulta che abbiano già comunicato i loro dubbi alla Suprema, ma ora vorrebbero che una persona terza...» e precisò: «una persona imparziale, stilasse un rapporto completo sul viaggio di vostra reverenza.»

Salazar rimpianse di non aver mai avuto particolare talento per la diplomazia, perché in quel momento ne avrebbe avuto bisogno per dissimulare l'antipatia spontanea che provava per quell'uomo. Il visitatore si disse interessato ai risultati da lui ottenuti in quelle settimane: così l'inquisitore lo accompagnò nella propria camera da letto, dove custodiva i memoriali del viaggio. San Vicente prese a caso il primo foglio che gli capitò fra le mani, lo sollevò tenendolo per un angolo, tirò fuori dal taschino un paio di minuscoli occhiali e cominciò a leggere.

«Quante informazioni...» disse poi, senza nemmeno arrivare in fondo.

«È una domanda o un'affermazione?» replicò Salazar, sulla difensiva.

Il procuratore fece un cinico sorrisetto e cominciò ad aggirarsi per la stanza sfiorando con lo sguardo angoli e pareti e tornando di tanto in tanto a dare un'occhiata ai memoriali, ai quali sembrava non voler attribuire eccessiva importanza.

«Me l'avevano detto, che vostra reverenza è estremamente meticoloso... che prendete nota di ogni cosa e cercate sempre di tenere tutto sotto controllo. Vedo che mi avevano informato bene.»

«Be', credo che proprio in questo consista la mia missione: vedere, verificare, informare... potreste dirmi esattamente cosa siete venuto a cercare?» domandò Salazar.

«Come dico sempre, non c'è peggior cieco di chi non vuol vedere», mormorò il procuratore San Vicente senza togliersi dal viso l'espressione sorniona. «È un male che colpisce anche gli uomini più santi. Perfino uno dei discepoli di Nostro Signore», e qui il procuratore alzò le mani come per chiamare il cielo a testimone, «come se non avesse già avuto prove sufficienti, per credere ebbe bisogno di mettere il dito nella piaga. Sì, sì, io lo dico sempre... non c'è peggior cieco di chi non vuol vedere.»

«Sarà senz'altro vero, se lo dice vostra grazia: ma adesso ditemi, cosa vi ha condotto da me?»

San Vicente si avvicinò a Salazar con espressione addolorata e gli prese una mano avvolgendola fra le proprie, che erano umide e fredde come la pelle dei pesci.

«Sono qui per aiutarvi a vedere», disse poi in tono solenne.

«A vedere cosa?»

«Il male. Il male che aleggia tutt'attorno a voi, e che i vostri occhi non sanno più distinguere.»

«Io ci vedo benissimo, grazie tante», protestò Salazar liberando la mano. «Come potete vedere non ho nemmeno bisogno degli occhiali per leggere: quindi vi sarei immensamente grato se...»

«Dovreste smetterla di giocare al gatto e al topo con me, vostra reverenza.» Il tono paterno di poco prima era diventato ostile, esplicitamente aggressivo. «Sono qui perché i vostri colleghi Valle e Becerra sono inquieti. Il vostro lassismo di fronte alla gravità dell'attuale situazione ci preoccupa molto.»

«Non so di cosa stiate parlando. Io mi limito a indagare e a lavorare su dati oggettivi. Se vostra grazia ritiene che affrontare le confessioni senza farsi influenzare da congetture, pregiudizi e bubbole equivalga a essere lassi, ebbene, allora è vero che sono troppo lasso... *mea culpa*. Assolutamente troppo lasso. Comunque non tutti la pensano come vostra grazia e come i miei colleghi Valle e Becerra... L'inquisitore generale, nell'ultima lettera che mi ha scritto, si complimenta con me per il mio lavoro.»

Salazar si pentì subito di aver citato l'inquisitore generale per avere la meglio sul procuratore. Gli sembrò un atteggiamento infantile, e ne fu sinceramente dispiaciuto. Seguì un lungo silenzio.

«Vi siete mai domandato perché cerchiamo la compagnia di talune persone, mentre altre le respingiamo recisamente?» disse all'improvviso Salazar, cercando di tornare al tono di voce pacato e sereno che utilizzava sempre. San Vicente lo guardò senza capire.

«Be', ecco... in verità no, non direi. Ma non capisco cos'abbia a che vedere con...»

«Ve lo dico subito», tagliò corto Salazar. «Quando affermiamo che una persona ci piace, in realtà non stiamo dicendo il vero. Non è quella determinata persona a piacerci, bensì il nostro modo di essere quando stiamo con lei.» E Salazar ripensò alla riflessione che aveva formulato qualche giorno prima su come lo facessero sentire Íñigo e Domingo. «Ciò che ci piace è che, in compagnia di quelle persone, sappiamo dare il meglio di noi stessi. È una questione di puro egoismo.»

«Continuo a non capire.»

«Lo stesso avviene nel caso contrario. Alcune persone hanno la virtù di tirar fuori il peggio di noi: e per ciò stesso, per la nostra salute spirituale, è meglio tenersene alla larga. È precisamente ciò che mi accade con vostra grazia: quindi, se non vi dispiace troppo, vi prego di lasciare immediatamente questa stanza. Non interferirò in alcun modo con il vostro lavoro, ma con vostra grazia non scambierò ulteriori commenti.»

Detto ciò Salazar, imperturbabile, andò alla porta e l'aprì. Senza dire una parola, ma sfiorando con lo sguardo gli scartafacci che occupavano tavoli e sedie e tracimavano fuori da casse e bauli, il procuratore si avvicinò all'uscita e con un'espressione di totale, assoluto disprezzo lasciò la stanza.

Per tutta la settimana seguente il procuratore tallonò da presso Salazar, e alla fine scrisse un rapporto nel quale illustrava come e perché l'inquisitore non era assolutamente la persona più idonea a occuparsi di un caso tanto grave, in quanto aveva una preoccupante tendenza all'egolatria e alla petulanza. Qualche giorno dopo, al momento di fare le valigie, San Vicente aveva preparato un gran mucchio di appunti che più tardi avrebbe organizzato in un memorandum teso a dimostrare che la decisione della Suprema di prorogare l'editto di grazia era stata un gravissimo errore. A suo parere era venuto il momento di smetterla con le soluzioni all'acqua di rose e di rispondere alla violenza con la violenza.

Valle e Becerra trasmisero quel memorandum alla Suprema insieme a una lettera in cui accusavano Salazar di aver completamente ignorato il loro espresso desiderio che il tribunale di Logroño fosse regolarmente informato dei risultati dell'amnistia concessa alle streghe. Aggiunsero inoltre che desideravano fosse messa a verbale la loro più totale e assoluta contrarietà alla proroga dell'editto di grazia, in quanto erano convinti che il procuratore San Vicente avesse perfettamente ragione quando affermava che l'editto aveva portato qualche beneficio solo ai più giovani fra gli adoratori del demonio, senza estirpare davvero la malvagità saldamente radicata nell'animo delle persone più anziane. Per questo era loro desiderio che l'inquisitore generale prendesse coscienza del grave errore che aveva commesso affidando proprio a Salazar un compito tanto spinoso.

La collera per il memorandum del procuratore San Vicente, però, passò immediatamente in secondo piano quando Salazar ricevette un'altra lettera contenente una notizia terribile: era accaduto un fatto destinato a sconvolgergli completamente la vita. Ancora molti anni dopo l'inquisitore avrebbe ricordato con limpida precisione quell'attimo, nel quale aveva avuto l'assoluta sicurezza che tutti gli elementi della creazione si fossero messi d'accordo per preannunciargli il più disastroso degli accadimenti. Quel giorno infatti il cielo era nascosto da uno spesso manto di nubi e soffiava un vento sibillino che, invece di portare una schiarita, si limitava a spazzare le strade facendo vorticare le foglie brunite che l'autunno aveva staccato dagli alberi. Non erano ancora le quattro del pomeriggio quando, all'improvviso, si era fatto buio e una tempesta era piombata dal mare tagliando il cielo con squarci di luce che per qualche secondo illuminavano la penombra e subito dopo si richiudevano, sprofondando la città dietro una tenda di lacrime nere.

L'inquisitore aveva deciso di ritirarsi nei suoi appartamenti per rivedere alcuni fogli di dati. Le tempeste lo rendevano malinconico. Si era avviato lungo il corridoio in un grande esplodere di lampi che penetravano attraverso le fessure delle imposte conferendo ai contorni dei mobili uno splendore grigiastro. Era ancora presto, eppure sembrava notte fonda. Quando aveva abbassato la maniglia della porta, il battente si era aperto soffiandogli in faccia un alito caldo che in un primo momento non aveva saputo riconoscere. Era in viaggio da così tanto tempo, aveva dovuto adattarsi a così tanti letti e modi di cucinare diversi, era stato così a lungo lontano da qualsiasi cosa potesse chiamar casa, che aveva dimenticato l'aroma particolare che si sprigiona da un rifugio. Per Salazar, la sua stanza era sempre stata una specie di santuario. Lo rassicurava avere sottomano i suoi oggetti che, pur essendo terribilmente mondani, lo tenevano legato a questa valle di lacrime. Gli piaceva il suo scaffale pieno di libri rilegati in pelle dalle tonalità calde, che copriva tutta la parete dal pavimento al soffitto; gli piaceva sfiorare la costa di quei libri percorrendo lentamente tutta la stanza, sceglierne uno, aspirarne l'aroma di cuoio conciato, passare i polpastrelli sul taglio dorato di alcuni volumi, facendo attenzione a non ferirsi con il margine delle pagine. Gli piaceva la sua scrivania di noce con i cassetti laterali in cui teneva la carta, quella carta di un bianco squisito che ormai gli aveva quasi tolto il sonno. Gli piaceva la sua poltrona di pelle nera con lo schienale impunturato, nella quale era così comodo sedersi a leggere o a scrivere. Gli piacevano le pesanti tende di velluto color granata, il tappeto damascato, le travi di legno del soffitto, l'odore di cera e di sicurezza sprigionato dai mobili... Era lì che pensava, concepiva le sue ipotesi, scriveva alla regina o si abbandonava all'amarezza senza temere di essere scoperto nel bel mezzo di una delle sue crisi d'angoscia. In quel momento però tutti quei cari oggetti non erano raggiungibili, il mondo sembrava essersi coalizzato contro di lui e mancava ancora chissà quanto tempo prima che potesse pensare di tornare al suo amato rifugio. Guardò il suo baule, posato in un angolo di quella stanza sconosciuta. Là dentro aveva cercato di preservare un po' del dolce focolare che gli mancava tanto: i suoi libri più preziosi, i calamai d'argento sbalzato, le lettere di Margherita...

Si gettò supino sul letto, sospirò, incrociò le braccia dietro la testa e si mise a osservare il riflesso dei lampi sul soffitto. Poi qualcuno bussò alla porta. Era Íñigo.

«È arrivata una lettera urgente!» gridò.

Non appena l'ebbe fra le mani, Salazar seppe che era accaduta una disgrazia. Ne fu assolutamente certo prima ancora di leggerne il contenuto, prima di arrivare alla parte in cui l'evento era annunciato a chiare lettere. Provò una strana sensazione di rimembranza, come se quell'attimo l'avesse già vissuto, come se quella notizia, quella drammatica certezza fosse esistita da sempre dentro di lui. Ma al tempo stesso la notizia gli sembrò assolutamente incredibile. Dovette leggere la lettera tre volte per convincersi che non era un brutto sogno.

La regina era morta. Morta. Non c'era più. Era sparita da questo mondo: e se, come presentiva, non ce n'erano altri, l'aveva perduta per sempre. Perduta. Non l'avrebbe rivista mai più. Quanto sarebbe durato «mai più»? Aveva pensato tanto a lei: l'aveva pensata felice, incinta, con il suo ultimo nato in braccio, l'aveva pensata mentre ricamava a filo d'oro con le monache, vestita da regina, o senza corona e gioielli... nei suoi pensieri più tormentosi l'aveva vista anche fra le braccia del marito. Ma mai, nemmeno una volta, l'aveva pensata mortale.

Non disse nulla, e rimase in silenzio per tutto il resto della giornata. Ma serio e posato come sempre. A cena si contenne e non espresse alcun parere malgrado tutti attorno a lui non parlassero d'altro, commentando che era stata un'ottima madre e una sposa perfetta, che era stata giusta, prudente, bella e dolce... Lui non disse niente. Si ritirò prestissimo, e non appena fu solo infierì sui libri accatastati sullo scrittoio, sui calamai, sulle penne, sulla sedia... poi, più calmo, si sedette sul letto e si prese la testa fra le mani, piangendo come un bambino. Sentì la propria voce proferire bestemmie, accusare Dio di quel fatto così atrocemente incomprensibile, incolparlo di tutte le disgrazie sue e del resto dell'umanità, finché non gli venne in mente che avrebbe dovuto essere più coerente con ciò che pensava. Da molto tempo non rendeva grazie a Dio per tutte le cose buone e belle che succedono al mondo, perché non credeva più nelle Sue imperscrutabili vie: quindi ora non poteva incolparlo delle cose brutte.

Le sue grida si udivano fino in corridoio. I membri della comitiva si guardavano l'un l'altro, spaventati più da lui che dalla tempesta. A un certo punto decisero di irrompere nella stanza: vuoi vedere che in fin dei conti le streghe esistono davvero, nonostante l'impegno con cui lui stesso ha cercato di dimostrare il contrario, e hanno deciso di dargli una buona legnata o di impossessarsi di lui? Ma quando bussarono alla porta e fecero per girare la maniglia Salazar, fuori di sé, li mandò a quel paese.

«Branco di ignoranti!» gridò. «Voi non sapete nulla della vita! Che non vi venga in mente di entrare o vi caccio a pedate!»

Passò tutta la notte seduto sul letto, rinnegando quella vita effimera e assurda per la quale non trovava più alcuna motivazione. Interrogandosi su dove mai possano stare gli esseri umani prima di venire al mondo, e dove vadano a finire dopo la morte. Domandandosi perché, perché, perché... Dapprima cercò le risposte dentro di sé, poi, rendendosi conto di non averle, si ricordò che proprio per questo si trovava a San Sebastián. Allora decise di domandarlo a lei: perché se la regina aveva ragione, se le cose in cui credeva esistevano davvero, a quell'ora doveva conoscere ormai tutte le risposte. Salazar chiese dunque a Margherita di aiutarlo a vederle e a riconoscerle anche lui. Divenne tenero e malinconico, e le disse tutte le cose che non aveva mai osato confessarle mentre era in vita: che la sua immagine era il vessillo con cui aveva imbandierato la sua scomoda missione, che il pensare a lei gli aveva dato la forza di ascoltare tutte le stupidaggini che era costretto a sopportare durante gli interrogatori delle streghe, e alle quali prestava orecchio solo per vedere se da qualche parte spuntava fuori una prova reale, qualcosa che gli desse un filo di speranza, che lo aiutasse a credere in ciò in cui credeva lei rendendolo degno almeno di stare in sua presenza... perché lui, Salazar, non aspirava a nulla di più.

Fin da quando l'aveva conosciuta aveva dovuto accontentarsi di ricrearla nella mente a partire dagli sguardi fugaci che osava posare sulla sua persona, e che non bastavano mai a registrare con precisione di che colore avesse gli occhi o come fosse la sua pelle; ragion per cui aveva dovuto completare quell'immagine interna contemplando i suoi ritratti appesi nei saloni del palazzo reale. Per farsi un'idea della sua personalità, invece, aveva sempre rubato i commenti delle persone che parlavano di lei, mescolandoli ai vari frammenti di ciò che Margherita gli diceva in confessione. E in quel momento si rendeva conto di non conoscerla affatto, di averla solo immaginata, creando dentro di sé una figura talmente perfetta da risultare insultantemente inavvicinabile. Nessun altro poteva essere pari a lei. E le rimproverò aspramente di aver detto, una volta, che per lei la vita era solo un viaggio verso la morte, l'itinerario benedetto che porta a un mondo migliore.

«Parole che sono solo un inno al suicidio!» gridò. «Speculare su una riflessione così macabra dev'essere per forza peccato!»

Si arrabbiò con lei, le disse che bene, adesso aveva raggiunto il suo obiettivo, finalmente stava percorrendo il suo itinerario benedetto, e che se lui avesse saputo che intendeva restare così poco in questa valle di lacrime avrebbe respinto la nomina a terzo inquisitore di Logroño, incarico che aveva accettato solo per esserle mentalmente più vicino.

Non seppe mai per quanto tempo rimase in balia di quell'altalena di emozioni contrastanti, dalla rabbia alla tristezza e poi daccapo. Finché, esausto, crollò con la testa sul cuscino.

Il giorno dopo si svegliò, si lavò senza tradire il minimo segno d'inquietudine e si comportò esattamente come aveva sempre fatto: portò avanti le indagini, prese nota di tutto, diffidò di tutti e di ciascuno... come al solito. Eppure qualcosa era cambiato, perché Salazar aveva smesso di cercare il demonio. Ormai non poteva avere più dubbi: il diavolo non esisteva, e pertanto non esisteva nemmeno Dio.

Verso sera l'inquisitore andò a sedersi accanto a una finestra per assistere al tramonto. Vide il sole combattere la sua quotidiana, titanica battaglia cercando di afferrarsi alle nubi, graffiando il cielo e affannandosi per resistere a quella forza che lo trascinava lentamente dentro al mare. Ma anche quella volta, sconfitto, il re del cielo fu detronizzato e spinto fra le onde, dove si spense. E il mondo rimase al buio.

Ma non era tanto triste veder illanguidire l'astro celeste perché, in fin dei conti, c'era la certezza di vederlo ricomparire l'indomani, trionfante, in un rinnovamento continuo. Che sia lo stesso anche per gli esseri umani? Presto sarebbe arrivato l'inverno, poi l'inverno sarebbe finito e sarebbe tornata la primavera, e gli uccelli con i loro gorgheggi, e le piante, e i fiori... ma poi tutto sarebbe finito di nuovo, l'inverno sarebbe tornato e il tempo si sarebbe fatto insopportabile e assurdo. Niente aveva più senso: né le leggi di natura né tutte le indagini del mondo possono dare la felicità, semmai il contrario... Tutto ciò che lo circondava e molte altre cose ancora, tutto, non era che un macabro accidente. Non l'avrebbe rivista mai più, mai più... Quanto sarebbe durato «mai più»?

## XXIII

*Di come curare il singhiozzo, di come evitare che i geni del bosco ci gettino il malocchio*

Nella confusione degli ultimi mesi Mayo aveva quasi dimenticato che ci sono persone in grado di sconvolgere le regole fondamentali su cui si regge il funzionamento del mondo, il quale, di solito, si accontenta di restare nei limiti della realtà tangibile. Ederra pensava che tutti gli esseri umani, senza eccezione, abbiano una qualche facoltà extrasensoriale, anche se il più delle volte la trivialità del quotidiano, sommandosi alla mancanza di fiducia in noi stessi, ci fa dimenticare che si può scrutare il futuro seguendo le linee di una mano, osservando il fondo dell'iride o interpretando i sogni, che si può comunicare a distanza con persone che nemmeno si conoscono e curare le più bizzarre malattie con l'imposizione delle mani o utilizzando con cognizione di causa erbe e incantesimi come facevano loro due.

«I medici si rifiutano di accettarlo perché il troppo studio ha guastato loro il cervello e hanno perso ogni contatto con le proprie capacità naturali», diceva spesso a Mayo. «Come il medico di quel villaggio... ho dimenticato il suo nome», e si metteva a ridere. «Ma lui sì, lo ricordo come se fosse ancora qui davanti a me. E tu, lo ricordi?» domandava a Mayo; poi, senza aspettare risposta, continuava: «No, come puoi ricordarlo, eri così piccola. Fatto sta che era tornato dall'università molto serio, tutto vestito di nero, con due pezzi di vetro rotondi posati in equilibrio sulla curva del naso davanti agli occhi. Pare fosse l'ultima moda della capitale: pezzi di vetro per vedere meglio». E precisava: «Io invece credo li usasse per pura stravaganza. Fu accolto come un eroe: la gente gli gettava fiori dalle finestre, lo fecero addirittura salire sul balcone del municipio per tenere un discorso e gli diedero un ambulatorio in cui ricevere gli ammalati. Passò due settimane seduto dietro la sua scrivania a fare la bella statuina, senza che nessuno andasse da lui per farsi visitare. Cominciava a pensare che il suo villaggio fosse il luogo più sano del mondo: ma poi capì che al momento del parto le donne si fidavano più di noi, perché in fondo chi meglio di un'altra donna può sapere da dove e come escono i bambini? Dalla rabbia gli venne il singhiozzo. Dovresti ricordartene, piccola mia». Mayo la guardava divertita. «Ti dico che andò proprio così! Non ridere, tontolina: il pover'uomo non la finiva più di singhiozzare in giro per le strade, né di giorno né di notte... Non ricordi? Dovette addirittura rinunciare ai suoi pezzi di vetro per gli occhi, perché con tutti quei sussulti gli cadevano continuamente dal naso. Gli diedi delle rondelle di limone da masticare lentamente per rendere acido il ventre, poi gli feci ripetere il suo nome sette volte senza respirare, lo guardai fisso negli occhi e gli domandai di che colore sono i quadrifogli, tutto invano... Siccome non si trovava modo di fargli passare quel benedetto singhiozzo, che ormai durava da più di una settimana, il medico arrivò alla conclusione che eravamo state proprio noi a gettargli il malocchio, e fummo cacciate dal villaggio; davvero non te ne ricordi?» Mayo faceva segno di no con la testa. Poi Ederra si portava l'indice alle labbra e le diceva in un sussurro, con espressione misteriosa: «Dicono che ancora oggi visiti i pazienti sobbalzando continuamente sul suo sgabello. Ascolta... se fai attenzione puoi sentirlo anche tu singhiozzare come un disperato». E rimanevano in silenzio per qualche minuto, guardandosi in faccia con espressione tesa; finché Ederra non singhiozzava forte, Mayo si metteva a strillare ed entrambe si buttavano a terra facendosi il solletico, morte dal ridere.

Nonostante avesse assistito con i propri occhi a cose veramente straordinarie, Mayo sapeva per esperienza che dominare gli elementi naturali non è cosa facile. Prima di allora aveva conosciuto una sola persona in grado di farlo con grande maestria, e quella persona era Ederra. La sua nutrice aveva un dono stupefacente, che lei si sforzava di emulare senza perdersi d'animo, forte del pensiero che qualcosa doveva pur avere ereditato dal suo diabolico padre.

Fin da bambina Mayo si era abituata alla presenza di quei traslucidi genietti del bosco che se ne andavano di qua e di là sotto gli occhi suoi, di Ederra e di Beltrán con la tranquillità che nasce dalla più completa fiducia. Quindi non si spaventava se, mentre si bagnava in un fiume, avvertiva il contatto con il corpo freddo e viscido dell'Erensugue, il serpente dorato a sette teste, che le si attorcigliava alle caviglie: sapeva che a quella creatura piaceva fare scherzi, non mangiare la gente dato che si nutriva solo del bestiame che attirava in acqua con il suo alito erboso. Né aveva paura del terribile Torto, del quale si diceva che catturasse le giovincelle che si avventuravano nella sua grotta per squartarle, arrostirle e mangiarsele senza condimento. Perché sapeva che anche quel bizzarro personaggio era relativamente inoffensivo, in quanto aveva un punto debole: era stupido, e con un paio di giochi di parole ben congegnati lo si circuiva facilmente. E comunque, se non si era abbastanza facondi o se, presi dal nervosismo, non si riusciva a spiccicar parola, si poteva sempre ficcargli un dito nell'unico occhio che aveva al centro della fronte e darsela a gambe, lasciandolo a terra a piangere e contorcersi. Non provava alcuna diffidenza nemmeno verso l'Ieltxu, un genio notturno dalle fattezze di uccello che lancia fiamme dal becco e che, pur essendo abbastanza spettacolare, in realtà non rappresenta un pericolo serio: basta non lasciarsi affascinare troppo dalle luci che gli escono dal becco, perché ama guidare i viandanti sperduti verso i precipizi per il puro piacere di vederli cadere.

Evocare il diavolo, però, era un altro paio di maniche. Mayo sapeva che, una volta contattato il demonio, non si può più tornare indietro, perché in men che non si dica si impossessa del corpo e dell'anima dei suoi adepti. Per questo Mayo non l'aveva mai cercato, nemmeno nei terribili istanti in cui si era resa conto di aver perso Ederra, quando per la disperazione le si era obnubilata la vista. Al solo immaginarsi faccia a faccia con il diavolo, con quel padre che, ormai, doveva essersi completamente dimenticato di lei, e costretta a reggere il suo sguardo di fuoco, le veniva la tremarella. A volte, quando lei e Ederra, senza volere, erano incappate in un *akelarre* notturno, l'aveva visto in tutto il suo apocalittico splendore. Era enorme, aveva cinque corni sulla sommità del cranio, ballava goffamente, suonava il tamburo e beveva litri e litri di vino, come se volesse spegnere il fuoco eterno della sua anima. In quei momenti Mayo si domandava che tipo di persona può desiderare di stringere un patto con lui, pur sapendo che in cambio di alcuni dubbi benefici dovrà cedergli il proprio spirito e ogni felicità futura, cadendo per sempre in suo potere.

«È questa la differenza fra noi e le streghe», diceva Ederra. «Le streghe hanno stretto un patto con il diavolo, e i poteri che hanno non li possiedono davvero perché in qualsiasi momento il demonio può arrabbiarsi con loro e riprenderseli. La nostra forza, invece, è davvero nostra, e l'avremo per sempre, fintanto che ci funziona il cervello.»

«Mah...» si scoraggiava Mayo. «Io in realtà non sono nemmeno una prestigiatrice da circo... i miei incantesimi funzionano solo a metà...»

«Funzioneranno, funzioneranno... e comunque non hai bisogno del diavolo per farli funzionare», la rincuorava Ederra. «È solo questione di esercizio.»

Eppure lo sfoggio di poteri stregoneschi cui Mayo aveva assistito quella notte sul molo di San Sebastián era qualcosa che andava molto al di là dell'idea che si era fatta di un semplice patto con il diavolo. Le forme luciferine che quelle persone avevano saputo creare nel cielo a partire dal fumo di un semplice pentolone l'avevano profondamente impressionata. Il potere di cui avevano dato prova era davvero straordinario, portentoso, terrificante. Quei quattro personaggi misteriosi sapevano evocare il diavolo, che con loro si dimostrava obbediente e docile come un cagnolino. Come avevano fatto? Mayo decise di mettere da parte la paura e di indagare un po' sulle loro vere intenzioni. Perché se ciò che stavano architettando aveva lo scopo di nuocere al suo adorato novizio, ebbene no, lei non l'avrebbe permesso.

Mayo guardò le quattro diaboliche figure avviarsi lungo un vicolo del porto con incredibile tranquillità e attese che si fossero allontanate un po', perché con lei c'era Beltrán e non voleva che il rumore degli zoccoli li mettesse in allarme. L'acquazzone aveva reso la notte umida e fredda, con le stelle che si intuivano appena e la luna che si affacciava di tanto in tanto fra le nubi illuminando le strade in un brillio di pozzanghere. L'inquietudine le dava delle fitte terribili al ventre: da un momento all'altro quei quattro avrebbero potuto scoprirla, e le facevano molta più paura di qualsiasi folletto.

«Non fare rumore, Beltrán: se ci vedono, quelli ci ammazzano!» sussurrò all'orecchio dell'asino.

Camminarono così fino a uscire dalla città, quindi imboccarono un sentiero che saliva dietro un declivio in un punto in cui il bosco si infittiva. La foschia notturna avvolgeva i quattro stregoni unendosi al vapore azzurrino che usciva dalle loro bocche. Il suolo era ricoperto di felci che sfioravano le caviglie di Mayo, e i rami degli alberi sembravano una grande rete pronta a cadere su di lei e a intrappolarla.

I quattro arrivarono a una radura circondata da conifere, dove avevano lasciato il carro e i quattro cavalli. Evidentemente avevano montato l'accampamento prima di scendere a San Sebastián, scegliendosi un luogo abbastanza lontano dal paese perché gli abitanti non lo potessero scorgere. Spostarono il carro sul lato nord della radura in modo da proteggersi dalla brezza proveniente dall'oceano, quindi accesero due fuochi: così sarebbero stati al riparo sia dagli animali selvatici sia dalle inclemenze del tempo, racchiusi dentro una specie di triangolo. Mentre gli uomini si occupavano dei falò, le donne tirarono fuori dal carro il gran gomitolo di filo con le conchiglie e lo legarono agli alberi tutt'attorno alla radura. Quando ebbero finito la più giovane tirò un capo del filo e lo lasciò andare per provare lo scampanellio. Pareva andasse bene. Poi la donna più anziana mise una pentola sul fuoco e i due uomini si tolsero gli abiti normali per infilarsi di nuovo quei pellicciotti marroni che li facevano somigliare a due orsi bruni piuttosto che a esseri umani. Il più grosso, dal massiccio collo taurino, prese un'ascia e si addentrò nel bosco, probabilmente per fare legna. La donna più anziana, sulla cinquantina, con il naso aquilino e il corpo coperto in egual misura di rughe e braccialetti, gli gridò dietro qualcosa che Mayo non riuscì a capire.

Poco dopo la pentola cominciò a borbottare, diffondendo in tutta la radura un buon profumo di brodo; nel frattempo la ragazza più giovane riposava, si stiracchiava allungando due braccini magri da far pena, sbadigliava a tutta bocca e scrollava i sottili capelli color paglia bruciata, che poi si annodò sulla nuca. Infine Mayo la vide sedersi accanto alla pentola con aria malinconica, mescolandone svogliatamente il contenuto.

Per un interminabile istante Mayo rimase come paralizzata dal suo stesso tremore. Inconsapevole del passare del tempo, era ipnotizzata da quei due falò che sembravano due stelle scese dal cielo per ammirarsi riflesse nei suoi occhi, scintillando di mille reminiscenze maliarde: poi, sentendo che la paura le tagliava le gambe, si riscosse. Chissà da quanto tempo aveva perso di vista i due uomini; sentì nelle viscere un presentimento di disgrazia. Le budella le si contorsero, cercò di farsi piccola piccola. Aveva le mani bagnate di sudore freddo e la gola secca. Con inquietante certezza percepì nella radura il funesto potere di suo padre, e la sensazione precisa che qualcuno la stesse osservando. Ma non poteva reagire. Non era in grado di scappare, non osava nemmeno guardare da una parte e dall'altra per paura di scoprire che il suo sospetto era fondato. Le tenebre l'avvolgevano come un mantello, si sentiva come intrappolata nelle viscere dell'inferno. Poi udì scricchiolare il tappeto di aghi di pino ai piedi delle conifere, come sotto i passi di qualcuno; tanto bastò per far scattare la molla che fino a quel momento le aveva impedito di muoversi. Con un balzo fu in piedi e si arrampicò in groppa a Beltrán. Ma subito si sentì afferrare per la spalla destra, e dalla bocca le sfuggì un grido di terrore che sentì risuonare fuori dal proprio corpo e che mise in allerta le donne, che subito gridarono: «Chi va là?».

Mayo, a occhi chiusi, agitava rabbiosamente le braccia strillando come un'ossessa e cercando in tutti i modi di liberarsi di quella forza sconosciuta che le impediva di fuggire. Poi si accorse che a trattenerla erano gli artigli nodosi di un semplice ramo di pino, che si era impigliato nella manica del suo vestito mentre saltava in groppa all'asino. Lottando per liberarsi, Mayo si voltò indietro. Fu allora che incrociò lo sguardo di due occhi verdi e lucenti. Gli occhi del demonio, pensò. Non ricordava di aver mai avuto tanta paura in vita sua, e temette di morire soffocata dalla sola pressione di quel terrore.

«Sono tua figlia, padre, non farmi del male... Non farmi del male...» mormorava, come una preghiera.

Tirò più forte, strappandosi tutto il vestito, e spronò Beltrán come non aveva fatto mai. L'asino cominciò a correre più veloce di quanto si potesse presumere dalla sua indole placida, contagiato dalle vibrazioni cariche d'angoscia che gli trasmettevano i muscoli delle gambe di Mayo. I due sparirono nel buio rapidi come il lampo, senza voltarsi indietro. Continuarono a fuggire finché quel bosco maledetto non svanì nel vapore delle prime luci dell'alba, e poi ancora, finché non furono assolutamente certi di non essere inseguiti.

Scendendo dalla sua cavalcatura, Mayo si accorse di

avere la mano destra tutta insanguinata dopo la colluttazione con l'albero, e si rallegrò con sé stessa che quello fosse l'unico male di cui lamentarsi. Non avrebbe saputo spiegare ciò che era accaduto quella notte, e abbracciò forte la testa di Beltrán per immergere il viso nei ricci argentati della sua criniera. Chiuse gli occhi, cercando consolazione.

«Me lo sai dire, tu, cos'è successo?» sussurrò all'asino, esausta.

Ma Beltrán la guardò senza capire. Lui non aveva visto proprio niente.

La morte della regina Margherita colpì profondamente il popolo di Spagna. In una fase in cui la monarchia era diventata oggetto di satira feroce, solo lei aveva saputo toccare il cuore della gente perché, in fondo, tutti si riconoscevano in lei: fragile, monopolizzata, isolata e disprezzata da Lerma e dai suoi seguaci proprio come loro. La sua religiosità, nota in tutto il regno, commuoveva sino in fondo all'anima anche i più recalcitranti; e la sua scomparsa fu pianta ai quattro angoli del regno. Tutti sentivano che, con la regina, era morta anche una parte di loro, compresa la speranza che un giorno la situazione potesse migliorare. Ormai non restava che confidare, come aveva fatto lei, nella ricompensa che attende le persone per bene nell'aldilà, poiché l'aldiqua era irrimediabilmente corrotto. Qualcuno disse addirittura che la regina era morta in odore di santità. Per Margherita la vita era stata solo un compito che bisogna portare a termine prima di ricevere il premio della gloria eterna: e per quanto la riguardava aveva atteso il suo momento con commovente serenità, come chi fa un po' di anticamera prima di essere ricevuto in udienza. Nessuno dubitò che, con precedenti simili, fosse volata direttamente in cielo.

Nei giorni immediatamente successivi al decesso regnò una gran confusione. Per colpa di un ritardo nella consegna della posta proveniente dall'Escorial, le notizie della nascita del nuovo infante e della morte della puerpera si accavallarono nel tempo. A Valladolid, per esempio, arrivarono quasi contemporaneamente: e mentre tutti si preparavano per un gran carnevale in maschera che avrebbe percorso le vie della città per celebrare degnamente la nascita del nuovo bebè reale, le autorità furono informate che c'era un contrordine, che invece di festeggiare bisognava vestirsi di nero e prepararsi a un lungo periodo di lutto per la morte della sovrana. A quanto si diceva, il terzo giorno dopo aver dato alla luce a Margherita era venuta una gran febbre, e i medici non erano riusciti a controllare l'andamento della malattia. Si raccontava che la regina, fra le lenzuola color avorio, avesse delirato, perdendo per lunghe ore ogni lucidità e scambiando la sua dama di compagnia per sua madre, con le guance lucide e rosse come mele mature, le labbra secche e gli occhi pieni di lacrime così dense da non riuscire a staccarsi e a rotolare via.

Don Rodrigo Calderón si era occupato personalmente di ogni cosa e aveva ordinato che si facesse venire il dottor Mercado, un illustre professore di Valladolid. Il medico si era presentato all'Escorial forte di alcune nuovissime tecniche che, a suo dire, aveva imparato durante i suoi frequenti viaggi a Roma, e che contraddicevano completamente le pratiche tradizionali dei medici di corte. Piantato a gambe larghe davanti al letto di Margherita aveva subito fatto togliere le sanguisughe che i suoi colleghi le avevano applicato sulla schiena sentenziando che ormai era assolutamente dimostrato che quella mania di curare gli ammalati a colpi di salassi era un'autentica aberrazione poiché in quel modo, ammesso che il malanno se ne andasse insieme agli umori sanguigni, andavano perdute anche le energie di cui il paziente aveva bisogno per guarire.

«E comunque», aveva spiegato al re, non particolarmente convinto da quelle argomentazioni, «trattandosi di una puerpera possiamo dire che il salasso è già avvenuto in forma naturale.»

Mercado aveva poi chiesto la collaborazione di un farmacista di sua fiducia, un certo Espinar, che aveva massaggiato la regina con linimenti dall'odore di cimice bruciata e le aveva applicato impiastri che bisognava lasciar agire per ore, raccomandandole di non mangiare né bere niente a eccezione di un liquido rossiccio che doveva esserle somministrato ogni due ore. Nonostante tutto quell'affaccendarsi medicamentoso, però, l'inferma non migliorava; anzi, era sempre più debole e pallida. E se non scambiava più la sua dama di compagnia per sua madre era solo perché ormai non apriva più gli occhi.

Una processione continua di sudditi addolorati aveva cominciato a percorrere le strade di Valladolid, supplicando il cielo di salvare la vita alla sovrana. La statua di san Pietro Regalado, che aveva fama di essere particolarmente miracolosa, era stata tirata fuori dalla chiesa e portata in processione dal vescovo in persona, che camminava aggrappato a un enorme bastone con una croce in cima. Tutti lo seguivano con gli occhi semichiusi e l'espressione angosciata, recitando il rosario e mormorando litanie. Ma la statua non aveva fatto nemmeno in tempo a tornare in chiesa che dal monastero dell'Escorial era arrivato l'ordine di prepararsi per la sepoltura.

Pare che tutto fosse accaduto alle nove del mattino, mentre il cielo era squarciato da una tempesta di tuoni e lampi da far rizzare i capelli. Il re si trovava nella cappella, in preghiera, a mani giunte, sforzandosi di concentrare nella supplica le poche forze che gli erano rimaste in corpo. Era lì da un paio d'ore quando i pianti e i gemiti delle dame l'avevano spinto ad alzarsi. Non c'era stato bisogno di comunicargli la notizia, già la sapeva. Aveva percorso i corridoi del palazzo a capo chino, oppresso da un fardello di sofferenza che rendeva le sue gambe pesanti come piombo. Ma arrivato alla porta che immetteva negli appartamenti privati della regina si era fermato, e per un attimo un pensiero puerile si era impossessato della sua mente: se non avesse aperto quella porta, se non avesse sentito con le proprie orecchie che la regina era morta, se non l'avesse vista inerte e senza vita, sarebbe stato come se non fosse mai accaduto. Ma proprio quando stava per girare sui tacchi e correr via, una delle donne rimaste a vegliare Margherita era uscita piangendo, l'aveva guardato con espressione compassionevole e gli aveva porto le condoglianze. E allora tutto era stato irrimediabilmente reale.

Filippo III aveva varcato la soglia e la regina era là, con gli occhi chiusi, addormentata ormai per sempre. Si era avvicinato al letto, le aveva tracciato con il pollice un segno di croce sulla fronte, poi si era chinato su di lei e l'aveva baciata. Il tutto senza dire nemmeno una parola. Poi, tornato alla cappella, era scoppiato a piangere, nelle orecchie l'eco di altri singhiozzi, quelli di un bambino... suo figlio, l'infante appena nato che reclamava le attenzioni di una madre che non c'era più e che non sarebbe tornata da lui.

«Questo bambino, quanto ci è costato caro!» aveva detto una delle balie. E a partire da quel momento, e per sua eterna tortura, il bambino avrebbe portato quel soprannome destinato a ricordargli per tutta la sua breve esistenza il giorno in cui lui era nato alla vita e la regina sua madre aveva perduto la propria.

All'Escorial avevano trascorso la notte a sospirare e a vegliare la salma. Filippo III non aveva voluto che la toccasse nessuno, tranne la contessa di Lemos e donna María de Sidonia. Le due gentildonne avevano fatto uscire tutti quanti dalle stanze di Margherita, avevano scostato le lenzuola color burro, l'avevano spogliata del camicione, ancora impiastricciato degli unguenti con cui il dottor Mercado e il farmacista Espinar avevano cercato di guarirla, e avevano cominciato a preparare la regina per il suo ultimo, lungo viaggio. Avevano lavato il suo corpo fin nei più reconditi anfratti con sapone di rosa, poi l'avevano frizionata dalla testa ai piedi con un profumo alessandrino che lei si faceva spedire dall'Austria. Infine l'avevano vestita con la tonaca delle francescane scalze, le avevano spazzolato i capelli e glieli avevano raccolti in una crocchia. Finito di prepararla, le due dame avevano fatto entrare il marito; e allora il re aveva perso definitivamente la testa, perché la defunta non sembrava morta ma semplicemente addormentata, immersa in un sonno sereno dal quale prima o poi avrebbe dovuto svegliarsi.

«Mia santa morta, e io, per che cosa vivrò?» aveva esclamato Filippo.

Salazar ci pensò sopra tutto il giorno e poi partì approfittando della clandestinità della notte, senza dire niente a nessuno. Lasciò solo un biglietto nel quale si scusava per l'improvvisa partenza, avvertiva i suoi collaboratori che sarebbe stato via una settimana per motivi personali e dava loro precise istruzioni su come procedere. La comitiva doveva trasferirsi a Tolosa e, una volta là, cominciare subito gli interrogatori. Lui l'avrebbe raggiunta al più presto. Responsabili del viaggio di Visita sarebbero stati frate Domingo e Íñigo de Maestu. Poi prese uno dei suoi cavalli migliori e partì al galoppo, sperando che la brezza notturna dissolvesse almeno un po' la sua tristezza.

Una luna enorme, ricca di riflessi metallici, entrava e usciva da dietro le nubi, illuminando a tratti il sentiero buio e misterioso. Siccome negli ultimi giorni non aveva mai smesso di piovere, Salazar doveva fare attenzione alle pozzanghere che, nella semioscurità, sembravano grandi macchie d'inchiostro. L'aria era satura di un'umidità che penetrava fin nelle ossa, e all'inquisitore sembrava che gli impregnasse anche l'anima. Cavalcò ricamando sull'idea che la notizia diffusa in tutto il paese non fosse vera, che un qualche idiota avesse confuso la nascita del nuovo infante con quella di una disgrazia mortale. Poi, lentamente, la notte cominciò a sfumare, e con essa quella sensazione di vivere in un incubo. Salazar fu costretto a guardare in faccia la realtà: e all'improvviso si sentì stanchissimo. Il tempo non era passato invano nemmeno per lui, e il suo corpo non era più abituato, come in gioventù, a sopportare tanto a lungo gli scossoni di un viaggio a cavallo. Vide in lontananza il caldo splendore dei lumi di una locanda di posta e decise di fermarsi.

L'oste lo accolse con un'allegria del tutto fuori luogo, date le circostanze, e Salazar fu sul punto di rinfacciarglielo. Ma poi si trattenne. Nessuno era obbligato a piangere la morte della regina, e poi la triste notizia poteva non essere ancora arrivata in quel luogo isolato. Lui, comunque, non si sarebbe fermato a lungo.

«Voglio solo un cambio di cavallo», disse all'oste.

Dovette fermarsi altre quattro volte prima di arrivare all'Escorial. Sembrava invecchiato di colpo, con la testa incassata fra le spalle e il volto seminascosto da un cappuccio nero. Non l'aveva scelto consapevolmente, quell'abbigliamento, era un semplice riflesso del suo stato d'animo. Camminava come un sonnambulo, intuendo a malapena la presenza di altre persone quanto bastava per non urtarle, ma senza vederle realmente; e i visi, i muri delle case... tutto gli appariva indistinto. Percepiva però che la densità della folla andava aumentando man mano che si avvicinava al palazzo reale: tutti volevano dare l'ultimo addio alla regina. In prima fila alcune donne piangevano disperatamente: nessuno le aveva pagate per questo, erano donne qualsiasi che versavano lacrime vere, con dei sospiri che avrebbero commosso anche il cuore più duro. Salazar capitò vicino a un bambino sui cinque anni, completamente vestito a lutto, che alzò su di lui uno sguardo malinconico.

Il monastero sembrava impregnato di tristezza; le campane suonavano così lentamente che, tra un rintocco e l'altro, il cuore rimaneva come paralizzato. Salazar scopriva che ci sono suoni capaci di comunicare una terrificante sensazione di vuoto, di abbandono. Poi le guardie reali fendettero la folla, creando un corridoio attraverso il patio interno e difendendolo con una specie di barriera umana; in cima alle picche sventolava un drappo nero. Un attimo dopo arrivò una carrozza scoperta, nera anch'essa, con sopra la bara della regina Margherita. La tiravano sei cavalli neri, e alla guida c'erano due cocchieri con la livrea a lutto e gli stivali fino alle ginocchia. L'unica cosa che interrompesse l'uniformità del nero erano i grandi fiori bianchi di cui qualcuno aveva circondato la sovrana. E proprio allora cominciò a piovere.

«Anche il cielo piange la morte della nostra regina», dicevano alcune voci.

Il feretro era chiuso da un coperchio di cristallo, affinché il popolo potesse dirle addio guardandola un'ultima volta. Margherita sembrava molto serena: era morta da tre giorni, ma sembrava pur sempre la giovane donna che era. Ancora più bella del ricordo che Salazar aveva tante volte evocato. Indossava la tonaca delle francescane scalze, e fra le mani intrecciate aveva un rosario d'argento. Dietro il feretro camminavano il duca di Lerma, la contessa di Lemos, Rodrigo Calderón e il re.

«La salma della regina passa dalle mani del duca di Lerma e della contessa di Lemos a quelle del priore di questa comunità», disse Calderón con voce sonante.

Poi qualcuno si avvicinò per sussurrargli qualcosa all'orecchio, e Calderón gli rispose con un sorrisetto sornione. Tutti i presenti ne furono indignati.

«Ma l'avete visto, quello svergognato, che sfacciataggine?» mormorò un uomo poco lontano da Salazar.

«Io ho sentito cos'ha detto: "E un porco l'abbiamo ammazzato: avanti il prossimo"», aggiunse un altro. «Quell'uomo è un assassino.»

«Quel Calderón deve aver stretto un patto con le streghe», disse un terzo. «Ha fatto venire da Valladolid il suo famoso dottor Mercado e un farmacista da quattro soldi perché curassero la regina, e pare li abbia corrotti... sembra che sia stato proprio il medico ad avvelenarla con delle polverine marroni.»

Salazar aveva un groppo in gola, e migliaia di immagini gli si affollavano in testa. Ripensò alla lettera in cui la regina gli confidava i suoi sospetti su Lerma e Calderón, alla morte per avvelenamento di Pedro Ruiz de Eguino, ai presunti stregoni che era stato sul punto di catturare e al tubetto di vetro con dentro la polverina ocra avvolto in un misterioso fazzoletto color madreperla con la M ricamata che, ora lo capiva, doveva essere appartenuto a quel dottor Mercado... un veleno somministrato da un dottore... la M di Mercado. Calderón... i presunti stregoni... Pedro Ruiz de Eguino, il dottor Mercado...

La carrozza con il feretro scomparve oltre il portone del monastero e la folla cominciò a disperdersi; ma Salazar non si mosse, rimase sotto la pioggia battente a inzupparsi fino al midollo, attanagliato dalla certezza che la morte della regina non avesse niente a che fare con la nascita del suo ultimo figlio. Margherita non era morta di una complicanza del parto: era stata assassinata. Salazar si sentiva un idiota: aveva avuto in mano tutti gli indizi per capire cosa stava succedendo, e fino a quel momento non era stato capace di leggerli. Proprio lui, che aveva giurato di proteggerla... Gocce di pioggia gli cadevano negli occhi, impedendogli di distinguere il portone dietro cui era scomparsa la sua regina... per sempre.

Trascorsero molte ore. Scese la notte, e solo allora l'inquisitore tornò a prendere il suo cavallo, ma senza cessare di chiedersi: perché? Che rapporto c'era fra la sua indagine nelle regioni del Nord e la morte della regina? Giurò a sé stesso di portare avanti il lavoro che aveva cominciato, di smascherare i colpevoli e di farlo nel migliore dei modi possibili, affinché non restassero dubbi di sorta. Ormai aveva tutto chiaro.

## XXIV

*Di come viaggiare per mare senza pericolo, di come evitare che un fulmine ti schianti in due, di come curare la stitichezza e i problemi renali, di come sconfiggere la paura e le ossessioni, di come creare stelle artificiali*

Per Mayo era sempre stato così: il sole aveva su di lei un effetto calmante, di riannodamento e inizio. Il suo fulgore in un limpido cielo azzurro le faceva sentire che le era concessa un'altra opportunità. Passò la mattinata a camminare senza una meta precisa, cercando un possibile rifugio che fosse abbastanza lontano dall'accampamento degli stregoni, riflettendo su ciò che aveva visto la notte prima e ripassando le altre volte in cui quegli strani personaggi dal corpo peloso le erano capitati fra i piedi. Passata la paura doveva riconoscere che, fino al momento in cui erano riusciti a evocare il diavolo dal fumo di un pentolone, le erano sembrati solo dei ciarlatani. Ma se chiudeva gli occhi rivedeva ancora quei due puntolini verdi che la fissavano nel buio, e un brivido le correva giù per la schiena.

Si sdraiò sotto un albero, stanchissima per la notte passata in bianco e per la gran corsa che aveva fatto. Guardò un attimo il sole: un nuovo giorno, una nuova opportunità. Ma subito dovette abbassare lo sguardo, perché la mattinata era così splendida da ferire gli occhi. E allora capì. Sulla retina le era rimasto impresso un puntolino verde, che non accennava a sparire ovunque volgesse lo sguardo. Era stata la luce diretta del sole a creare nei suoi occhi quello strano effetto, che sembrava non volere andar via. Evidentemente anche i due puntolini verdi che la notte prima aveva visto brillare nell'oscurità del bosco erano solo la conseguenza dell'aver fissato a lungo, troppo a lungo, come ammaliata, i due falò che gli stregoni avevano acceso a protezione del campo.

«Non erano gli occhi del demonio!» gridò a Beltrán saltando su dal prato. «Quelle due luci verdi non erano gli occhi del demonio! Erano solo l'immagine dei falò, l'ombra che le fiamme avevano lasciato nei miei occhi!» E Beltrán ragliò con un misto di allegria e di assenso.

Da quel momento Mayo, pur continuando a sentire una lieve apprensione al pensiero dei quattro personaggi misteriosi, non ebbe più paura di loro. Anzi, andò spesso a nascondersi nei pressi del loro accampamento per spiarne i movimenti. Imparò che erano stupidi, sporchi e disonesti... imparò a leggere le loro labbra, a decifrare il linguaggio dei loro corpi, capì che l'uomo grosso e la donna adulta stavano insieme e che il ragazzo dall'occhio biancastro e la ragazza con le gambe secche e l'espressione indolente erano i loro figli. Alla luce del giorno non sembravano davvero niente di speciale. Quel che invece non riusciva a capire era perché seguissero la comitiva inquisitoriale, e soprattutto perché volessero fare del male al suo amore.

Tutta concentrata sulla sua nuova indagine, Mayo non notò l'assenza di Salazar. Se ne accorse solo il giorno in cui il gruppo fece i bagagli per rimettersi in marcia in direzione di Tolosa, e l'inquisitore non c'era. Per un attimo pensò che fosse un segno del destino, l'indicazione che era venuto il momento di separarsi da lui. In fondo ormai aveva un'altra pista per ritrovare Ederra: da tutti gli indizi risultava che la sua nutrice doveva essere a Vitoria insieme a Gracia Iturralde, e perciò non c'era più ragione di restare aggrappata a Salazar e alla sua comitiva. Ma subito si tolse quell'idea dalla testa: doveva, voleva stare ancora un po' vicino a loro, cioè a lui, era più forte di lei.

Siccome scoprirsi improvvisamente intrappolata dall'amore era per lei una novità assoluta, Mayo non sapeva di essere una persona sentimentale. L'aveva capito solo in quegli ultimi giorni, da quando aveva dovuto imparare a zittire la vocina che la rimproverava di non sapersi allontanare da Íñigo, di non voler accettare con rassegnazione il dolore di essere respinta da lui, di non essersi ancora abituata all'idea che evidentemente il suo filtro per dimenticare un amore non funzionava. Ma di questo, ormai, non le importava più. Tutti i suoi tormenti erano più che compensati dalla certezza che quel sentimento l'avesse strappata alla mediocrità, rendendola speciale. Ormai teneva più alla vita di un'altra persona che non alla propria. E il novizio era ancora in pericolo. Ne fu sicura quando, tornando all'accampamento, vide che i quattro stregoni si preparavano a riprendere l'inseguimento della comitiva di Salazar. Mayo era certa che non avessero buone intenzioni, e non poteva lasciare Íñigo in loro balia: quei bizzarri personaggi sapevano usare veleni e droghe pericolose che possono risultare letali. Doveva riuscire ad avvertirlo del pericolo che correva prima di andarsene per la sua strada separandosi per sempre da lui. In fondo sentiva di doverglielo: erano stati compagni di viaggio per così tanto tempo. Sarebbe stato il suo regalo d'addio. Gliel'avrebbe dato, e subito si sarebbe messa in cammino per Vitoria, dove avrebbe ritrovato Ederra. Dove avrebbe riavuto indietro la sua vita di prima.

Quando arrivarono a Tolosa, Mayo elaborò un piano. Impiegò un paio di giorni a preparare tutto l'occorrente. Innanzitutto si procurò abbastanza fosforo da confezionare un certo numero di petardi e fuochi d'artificio: nei molti anni in cui aveva viaggiato offrendo i suoi servigi di fiera in fiera aveva incontrato alcuni pirotecnici che le avevano insegnato qualcosa dei loro trucchi. Poi si preparò a diventare una persona completamente diversa: appariscente, straordinaria, portentosa. Si lavò dalla testa ai piedi e si sfregò gomiti e ginocchia con il limone, fino a renderli bianchi e vellutati come quelli di un bebè. Si spazzolò energicamente i capelli mentre si asciugavano, rendendoli morbidi, lisci e brillanti. Li lasciò sciolti: le arrivavano fin sotto la vita. Si colorò leggermente le guance, sottolineò gli occhi con una riga scura tracciata con un carboncino del falò e cercò fra le cose di Ederra qualcosa di bello da mettersi. Scelse una tunica di lino celeste, morbida e vaporosa, quasi del tutto priva di cuciture; quindi intrecciò una coroncina di fiori e se ne adornò il capo. Infine andò a specchiarsi nell'acqua del ruscello, e ciò che vide le piacque. Sembrava proprio un angelo, come diceva il suo novizio. A quel pensiero sentì stringersi lo stomaco, ma fece del suo meglio per non pensarci.

Si sarebbe servita delle virtù della pietra di blenda. Ederra diceva sempre che era un vero portento, un miracolo della natura, molto più stupefacente delle qualità erroneamente attribuite a certe reliquie cristiane che, nella stragrande maggioranza dei casi, sono solo ossi di pollo ben spolpati e brandelli di vecchie camicie da notte dei parroci e funzionano semplicemente per la forza dell'autosuggestione. La blenda invece facilita la navigazione ai marinai che ne portano un po' con sé, protegge dai fulmini se la si stringe nel pugno durante un temporale, ha la proprietà di scongiurare la stipsi e i problemi renali e fa passare la paura e le ossessioni. In quel momento però non erano queste virtù della pietra a interessarla.

Prima che facesse buio Mayo approfittò dello stesso filo con le conchiglie che gli stregoni avevano appeso tutt'attorno al campo e con estrema attenzione vi legò centinaia di piccoli frammenti di blenda: perché è comprovato che quella pietra, se riceve nel buio la luce di una fiamma non troppo lontana, sfolgora come una stella. Approfittando di un attimo di disattenzione degli stregoni collocò poi alcuni petardi e fuochi d'artificio in un angolo dei focolari già preparati per la notte, quindi li collegò ad altri formando una catena che saliva e scendeva dagli alberi tutt'attorno al campo. Dopo l'ultimo petardo piantò in terra un grosso ramo, alto come un uomo, che cosparse di polvere da sparo. E aspettò pazientemente il calar delle tenebre.

Quando le donne cominciarono ad ammucchiare la legna nei due cerchi di pietre in cui avrebbero acceso il fuoco, Mayo si fece il segno della croce. Sapeva che a Ederra quel gesto sarebbe sembrato una sciocchezza, ma rifletté che in una situazione tanto rischiosa non c'era niente di male nel raccomandarsi anche al Dio dei cristiani. In fondo, quanti più esseri onnipotenti avrebbe avuto dalla sua parte, tanto meglio per lei. Le donne avvicinarono dunque le fiaccole ai ciocchi di legna, che presero subito a sfrigolare allegramente. Il calore del fuoco impiegò qualche minuto a raggiungere i petardi e i fuochi d'artificio; ma all'improvviso ci fu un'esplosione di scintille, luci e scoppiettii, che seminò il panico fra gli stregoni. Correvano come impazziti da una parte all'altra della radura, cercando una via di fuga, ma gli scoppi li circondavano con lampi e fiamme intermittenti che non davano tregua, e loro cambiavano direzione e rimbalzavano qua e là come saltimbanchi, gridando e dando in escandescenze. Quando correvano in una direzione, subito da quella parte si verificava un'esplosione di luci e rumori; tornavano sui loro passi e ce n'era un'altra; finché non decisero di stringersi al centro dell'accampamento coprendosi la testa con le braccia, assediati dal frastuono e dal panico.

A un certo punto la fila dei fuochi d'artificio arrivò al ramo che Mayo aveva cosparso di polvere da sparo e che, ricevendo la prima scintilla, si incendiò diffondendo tutt'attorno un calore di fiamme eterne e una spaventosa luce livida. Mayo pensò che suo padre, vedendo quello spettacolo, sarebbe stato orgoglioso della maestria con cui sapeva dominare il fuoco. Nell'ultimo atto le fiamme del grosso ramo colpirono con la loro luce le pietre di blenda, e in un attimo il cerchio d'alberi che racchiudeva la radura degli stregoni si trasformò in una piccola galassia di stelle. Allora Mayo, nervosa e con il cuore stretto per il suo esordio teatrale con tanto di pubblico, uscì da dietro il ramo ardente e si fece vedere mentre avanzava, lenta e maestosa, con gli occhi socchiusi e le braccia tese davanti a sé come una sonnambula.

«Non fateci del male, bella signora... vi supplichiamo!» I quattro erano caduti in ginocchio e giungevano le mani in segno di preghiera.

«Sooono venuta a chiedervi spiegaziooni...» disse Mayo, con una voce da oltretomba che faceva venire la pelle d'oca. «Ditemi la veritààà, signooori stregoni, e non vi farò nuuulla...»

«Non siamo stregoni, signora Mari», disse subito la donna con le rughe e i braccialetti, che evidentemente l'aveva scambiata per la regina dei geni del bosco la quale, stando alle leggende, è sempre elegantissima e amica del fuoco.

«Silenzio!» ordinò Mayo. «Perchééé state seguendo l'inquisitore Salazaaar e la sua comitiiiva?»

«È il nostro lavoro. Qualcuno ci ha assunti per recitare una specie di farsa», disse il più anziano degli stregoni, assumendo il ruolo di portavoce del gruppo.

«Il diavolo?» domandò Mayo, dimenticandosi di fare la voce da oltretomba.

«Oh no, no davvero... con il demonio noialtri non abbiamo niente da spartire», disse subito l'uomo sfoggiando il suo miglior sorriso. «È un personaggio pieno di sé, di quelli che credono di avere il mondo in mano... non so se mi spiego. Chi ci ha assunti lo ha fatto per conto di un altro, uno che lui chiama il Patrono e che noi non abbiamo mai visto. L'abbiamo conosciuto tramite un sacerdote suo amico, un certo Pedro Ruiz de Eguino, che una volta abbiamo incontrato in una locanda. Lui ha detto che aveva un lavoro per noi, e che ci avrebbe pagato bene, e che si trattava di un lavoro facile, senza problemi.»

«Sì, sì, pareva fossimo tutti amici, anzi amiconi... poi però il signorinello ci ha fatto avvelenare questo Pedro», attaccò la donna adulta, palesemente arrabbiata.

«Taci, donna! Non sappiamo nemmeno se quello che gli abbiamo dato era un veleno!» disse l'uomo. Poi tornò a rivolgersi a Mayo con un pio sorriso: «Quel signore ci ha dato una polverina che a sua volta aveva avuto da un dottorone famoso, uno di quelli davvero bravi, ordinandoci di versarla in bocca a Pedro Ruiz de Eguino mentre dormiva». A questo punto l'uomo fece la faccia costernata: «Be', fatto sta che due giorni dopo questo Pedro è andato all'altro mondo... guarda un po'. Ma ciò non significa che sia morto proprio per la polverina che gli abbiamo dato noi, magari è schiattato per qualche altro motivo. Anzi, adesso che ci penso era già da un po' che non aveva una bella cera».

Mayo sentì un brivido lungo la schiena ripensando alle due volte che aveva beccato quella gente nell'atto di avvelenare il suo amato novizio.

«Ma, dico io, cos'altro poteva essere se non veleno?» protestò la donna. «Perché credi che la signora Mari sia venuta fin qui... a chiedercene conto? Dico bene, signora Mari?» aggiunse poi rivolgendosi a Mayo in tono confidenziale. «Lo dicevo, io, che questo affare non ci avrebbe portato niente di buono. Quest'uomo qui non sa far altro che metterci nei guai: me l'aveva detto, mia madre, che non faceva per me. E dire che il panettiere del mio villaggio mi faceva la corte, sapete, signora Mari... ma viene un momento che noi donne siamo come accecate e...»

«Ma si può sapere perché diamine tiri sempre fuori questa vecchia storia? Sei libera di andartene in qualsiasi momento: va', va' pure dal tuo benedetto panettiere!»

«Guarda che un giorno di questi lo faccio per davvero, e allora...»

«Silenzio!» ordinò Mayo vedendo che la situazione le stava fuggendo di mano. «In cooosa consisteva esattamente l'incarico che avete ricevuuuto dal Patrono, signori stregoooni?»

«Vi ripeto che non siamo affatto stregoni», protestò l'uomo. «Anche se il lavoro consisteva precisamente nel far credere al signor inquisitore Salazar e ai suoi uomini che le streghe li stavano perseguitando, capite?»

E l'uomo raccontò che il loro primo incarico era stato di andare a Santesteban e trovare una certa Juana de

Sauri che, dopo aver testimoniato contro alcuni compaesani al processo di Logroño, si era pentita e, a quanto diceva la gente, si era messa in testa di ritrattare e voleva parlare a Salazar per dirgli che in realtà non aveva mai né visto né conosciuto una strega in vita sua. La donna ne aveva già parlato sia con il parroco che con l'alcalde, i quali avevano girato l'informazione al tribunale di Logroño, finché la voce non era giunta all'orecchio di quell'uomo borioso che li aveva incaricati di spaventare Juana quanto basta per convincerla che streghe e stregoni esistono per davvero.

«E voi l'avete uccisa», sbottò Mayo.

«No, certo che no!» ululò la donna. «Noi saremo anche dei contafrottole, ma siamo gente per bene. Si è uccisa da sé: si è legata un gran pietrone alla caviglia e giù... di testa nel fiume. Non abbiamo potuto far nulla per lei.»

E i quattro andarono avanti a raccontare: che ogni due settimane ricevevano nuove istruzioni dallo sconosciuto che parlava a nome del Patrono, e che il loro secondo incarico era stato convincere uno degli assistenti di Salazar che sapeva volare spalmandolo con un unguento a base di mandragora.

«Evidentemente quel signore ha degli amici stregoni che lo riforniscono di intrugli», precisò la donna.

Poi, dissero, avevano dovuto rubare certi documenti che l'inquisitore Salazar teneva sulla scrivania, perché fra quelle carte c'era anche una lettera importantissima che il Patrono voleva assolutamente. Un'altra volta l'uomo borioso aveva detto a Catalina, la figlia, di fingersi una strega e infiltrarsi tra i penitenti per vedere come funzionava tutta la faccenda e fare un po' di scena; la ragazza però si era lasciata prendere la mano, e per poco la gente infuriata non li aveva acchiappati. Infine erano stati obbligati ad avvelenare Pedro Ruiz de Eguino, forse perché conosceva tutti gli affarucci segreti dell'uomo borioso e del Patrono e rischiava di essere smascherato da Salazar.

«Ooora però non dovrete piùùù fare queste brutte cooose, signori stregoooni», disse Mayo.

«Ma certo, sicuramente, come ordinate, signora Mari. Ma come vi stavo dicendo non siamo stregoni.»

«E allooora come spiegate ciò che avete fatto l'altro gioooorno al porto di San Sebastián?»

«Vostra grazia l'ha visto?» disse l'uomo con un'espressione di falsa modestia. «Ecco, era solo qualche foglio di carta solforata gettato nel fuoco... roba da niente.»

«E la figura diabolica che avete fatto uscire dalla zuuuppa?»

«Ecco... be'.» L'uomo barbuto si raschiò due volte la gola e proseguì: «Come voi ben sapete, data la vostra natura divina e sommamente erudita, alcune piante hanno la virtù di farci vedere cose che non esistono». Rimase un istante in silenzio, poi aggiunse: «Abbiamo gettato nel pentolone della belladonna, e il fumo che ne è uscito è penetrato nel naso di tutti quelli che si trovavano lì attorno. Dicono che nella belladonna risieda uno spirito che esce solo una volta all'anno: probabilmente la figura di fumo era lui. Ma non era nient'altro che fumo. Voi non immaginate quanto sia facile convincere la gente a riconoscere oggetti e persone nelle volute di fumo. Mio figlio, qui», e l'uomo indicò il ragazzo dall'occhio biancastro, «si è messo a urlare a gran voce che era una strega, e mia figlia», e indicò Catalina, «ha cominciato a gridare che era il demonio. Tutto qui: e la gente si è convinta di aver visto streghe e demoni come noi ora vediamo voi».

Mayo la trovò una spiegazione molto ragionevole: anche lei, quando giocava con Ederra a riconoscere figure nelle nuvole, in realtà non riusciva quasi mai a vederle finché Ederra non gliele indicava. Ciascuno vede solo ciò che vuole vedere.

Ma non poté domandare altro, perché proprio in quel momento il fuoco proveniente dal ramo, che la illuminava da dietro, si affievolì, le piccole luci della pietra di blenda svanirono una dopo l'altra e la pompa della sua messinscena cominciò a mostrare la corda. Era venuto il momento di dileguarsi. Mayo ripeté ancora una volta che non voleva rivederli mai più nei luoghi frequentati da Salazar e dai suoi uomini, quindi si voltò precipitosamente borbottando qualche parola d'addio non molto signorile, che le uscì un po' forzata e appannò leggermente la sua prestazione d'attrice. E scappò via a gambe levate, inciampando e perdendo la coroncina di fiori: ma riuscì ad addentrarsi nel bosco prima che i quattro avessero il tempo di reagire.

Salazar era assente da una settimana, e tutti i membri della comitiva sentivano che l'impegno collettivo cominciava a risentirne. Il corteo era giunto a Tolosa senza incidenti e subito, seguendo alla lettera le istruzioni dell'inquisitore, Íñigo e Domingo avevano iniziato l'iter delle confessioni e degli interrogatori: ma streghe e stregoni pentiti stavano per esaurirsi e c'era bisogno di Salazar per riconciliarli. I due non sapevano più che fare: quindi adottarono una strategia tesa a celare il più a lungo possibile il fatto che l'assenza di Salazar era ormai ingiustificabile e imbarazzante. Cercando di fare buon viso a cattivo gioco i due giovani si mostravano sempre perfettamente sereni per non soffiare ulteriormente sul fuoco, e ogni volta che le autorità locali chiedevano loro che fine avesse fatto il signor inquisitore si mettevano a parlare dell'autunno pazzo che gli toccava sopportare quell'anno: ma ormai la situazione cominciava a sfuggire loro di mano. Iniziarono dunque a domandarsi se non fosse il caso di avvertire la Suprema, più per la sincera preoccupazione che gli fosse capitato qualcosa di male che non per tradire il loro superiore: se la sparizione di Salazar aveva a che fare con le streghe e con i loro maneggi, forse era un errore tenerla ancora nascosta. Íñigo e Domingo ne discussero a lungo, poi decisero di aspettare ancora una sola settimana: dopo di che avrebbero dato l'allarme. Nel frattempo, per evitare domande imbarazzanti, avrebbero cercato di mostrarsi sempre molto indaffarati, oppure immersi in profonda meditazione.

Íñigo approfittò di quel ritiro forzato per provare a mettere un po' d'ordine nei suoi sentimenti. Nei giorni precedenti il suo cervello aveva fatto la cernita dei ricordi relativi al suo primo e unico incontro con la ragazza del bosco, depurandoli della verità materiale dei corpi nudi e allacciati nonché di tutti gli umori e i brividi carnali, e sublimandoli in un'emozione pura, fortissima, che gli pervadeva ogni atomo del corpo e dell'anima. L'amore gli faceva provare nostalgia perfino del pericolo cui pensava di essere stato esposto. Quella felicità deliziosa, quell'ansia di diventare migliore, quel bisogno di respirare più forte, di vivere ogni istante come se fosse l'unico, non poteva essere peccato. Arrivò alla conclusione che davvero la ragazza potesse essere solo una creatura divina, e tornò alla sua prima idea di un angelo azzurro che lo seguiva per proteggerlo ovunque andasse. Eppure, nella remota possibilità di essersi sbagliato sul suo conto, leggeva e rileggeva i brani delle Scritture dove si parla della donna: lo tormentava soprattutto il fatto che nell'Ecclesiaste si dice esplicitamente che la femmina è più amara della morte.

Quella sera Íñigo andò a rifugiarsi nella solitudine della chiesa, a quell'ora frequentata solo da qualche beghina ritardataria impegnata ad accendere ceri e mormorare litanie. Sedette in un banco appartato e si posò sulle ginocchia la Bibbia aperta, intenzionato a cercarvi un passaggio che contraddicesse quello dell'Ecclesiaste. Personalmente era convinto che, se la donna fosse stata davvero un essere tanto orribile, il Signore non avrebbe scelto la Vergine Maria come strumento del suo farsi uomo sulla terra. E su questo stava riflettendo quando avvertì di nuovo la sua presenza.

Il segreto dei quattro presunti stregoni gonfiava il petto di Mayo come un grido represso. Si rendeva conto che la cosa era troppo grande per tenerla celata ancora a lungo, e capiva di dover comunicare urgentemente tutto ciò che aveva scoperto agli uomini della comitiva inquisitoriale. Studiò le varie possibilità. Pensò di intrufolarsi nella sala delle udienze fingendosi una strega pentita per poi raccontare tutto quanto in pubblico: ma gli altri avrebbero potuto considerare le sue parole come scherzi di una mente indemoniata e gettarla in una lurida segreta per chissà quanto tempo, proprio ora che sapeva che Ederra era viva e si trovava a Vitoria. Ma soprattutto si sentiva terribilmente insicura. Non credeva di poter reggere lo sguardo di Íñigo alla piena luce del giorno. I loro precedenti incontri erano stati assolutamente perfetti perché difesi dall'incanto dei sogni e dalla luna piena, e lei ci teneva moltissimo che lui li conservasse nella memoria proprio così: magici, idilliaci, poetici. La spaventava l'idea che il suo amato, vedendola nel suo ambiente di lavoro quotidiano, potesse reagire con indifferenza, temeva che la sordidezza dell'interrogatorio la mostrasse ai suoi occhi come la persona mediocre che era sempre stata e non come la rugiada dei giardini del mondo, come lui stesso l'aveva definita la notte in cui si erano amati. Forse lui non l'avrebbe nemmeno riconosciuta. Forse il filtro per disinnamorarlo, contrariamente a quello che aveva fatto per sé stessa, aveva funzionato e ormai lui non pensava più a lei. Per tutte queste ragioni Mayo decise di contattarlo in un luogo solitario e appartato, dove sarebbe stata libera di parlargli protetta dall'anonimato.

Tornò dunque a spiare i passi di Íñigo de Maestu, e quando lo vide entrare in chiesa con il suo librone sottobraccio capì che era venuto il momento giusto. Entrò anche lei silenziosamente nel gran tempio di tenebre, che subito l'avvolse ingabbiandola con l'aroma dolciastro dell'incenso. La luce del sole colava dalle vetrate policrome, e l'iridescenza multicolore dei vetri colorati raffiguranti il Signore fra angeli e apostoli, tutti immortalati nell'atteggiamento più pio, scendeva lentamente dall'alto delle navate fino al pavimento. Quella luce ricopriva l'interno della chiesa con un sottile velo di penombra azzurrina, bucato qua e là dalle scintille dorate delle candele che, per un attimo, strappavano il viso dei fedeli a quel crepuscolo di sogno.

Mayo provò ancora una volta quella incredibile sensazione di pace che la commuoveva sino in fondo all'anima, e che a Ederra risultava così urtante. Le note dell'organo, il mormorio delle persone in preghiera, il rigore del retablo sul quale un Cristo sofferente moriva in eterno sulla croce per noi peccatori... Mayo non aveva dubbi: quella era senz'altro la degna dimora di un Dio.

Avanzò lentamente, sentendo il freddo delle lastre di marmo su cui camminava morderle i piedi nudi, e sfiorando con i polpastrelli lo schienale dei banchi: le piaceva la consistenza striata del legno vecchio. Non aveva assolutamente paura; era felice. Scivolò senza far rumore nel banco dietro quello di Íñigo e s'inginocchiò. Il ragazzo udì quel lieve scricchiolio e subito si sentì pervadere da una sensazione di intensa certezza.

«Sei tu?» mormorò, temendo in ugual misura le due risposte possibili.

Mayo non disse nulla. Adesso era sicura che lui non l'aveva dimenticata, intuiva la sua presenza, l'aspettava. Il cuore le batteva all'impazzata e la voce le si seccava in gola.

«Ti prego, non voltarti», disse.

Íñigo si raddrizzò contro lo schienale senza girare la testa e sentì la ragazza respirare vicinissima al suo collo. Un brivido gli attraversò tutto il corpo. Poi Mayo riprese a parlare, in un sussurro.

«Sono venuta per raccontarti una favola», disse. «Ti piacciono, le favole?»

«Preferisco le storie vere», rispose il novizio.

«Allora sei fortunato, perché la mia favola potrebbe benissimo essere vera.»

Íñigo preferì coprirsi il volto con la mano destra, un po' per non destare sospetti, ma anche perché il tono sussurrante di quella conversazione gli sembrava da confessionale. E soprattutto per non cedere alla tentazione di voltarsi a guardarla. Mayo cominciò a raccontare: c'era una volta una bambina insignificante, che però era figlia del diavolo e vagava per i boschi insieme a un uomo trasformato in asino il quale sapeva fare le somme battendo per terra con lo zoccolo. La povera bambina, misera lei, aveva perduto la sua nutrice, una donna molto, molto buona, che sapeva curare tutti i mali del mondo e che proprio per questo era stata scambiata per una strega. Un giorno gli inquisitori erano andati ad arrestarla, ma poi, verificata la sua innocenza, l'avevano lasciata andare; e la bambina non la trovava più. Qualche tempo dopo gli inquisitori si erano messi in viaggio per dare la caccia ad altre streghe, e la ragazzina aveva deciso di seguirli. A un certo punto però si era accorta di non essere la sola a interessarsi al viaggio dei signori del Sant'Uffizio: c'erano anche dei falsi stregoni molto cattivi, pagati da un uomo che si faceva chiamare il Patrono, che seguivano la comitiva inquisitoriale per far vedere ai suoi membri cose che in realtà non esistevano. Questi personaggi cattivi avevano talmente spaventato una povera donna di nome Juana che la sventurata aveva finito con il buttarsi nel fiume; quindi avevano spalmato uno degli assistenti dell'inquisitore con un preparato a base di mandragora per fargli credere che sapeva volare, avevano rubato dei documenti riservati, si erano presentati agli interrogatori giurando di aver avuto rapporti con il demonio, avevano avvelenato un famoso cacciatore di streghe...

«E come finisce, la favola?» sussurrò Íñigo, turbato, riconoscendosi in quelle vicende.

«Come finisce ancora non lo so: sarai tu a deciderlo» disse Mayo. «Troverai i falsi stregoni nel bosco dei pantani, in una radura vicino a una cascata.»

«Ma allora... il finale che dipende da me riguarda solo una parte della storia», protestò Íñigo. «E l'altra parte? Che ne sarà della piccola che cercava la sua nutrice?»

«Lei...» mormorò Mayo. «Un tempo la ragazzina, convinta di provare i sentimenti più buoni e lodevoli del mondo, aveva pensato che quei sentimenti potessero giustificare ogni cosa. Ubriaca di tenerezza, non sapeva immaginare che esistessero cose più elevate cui dedicare la propria vita», aggiunse tristemente. «Ma poi qualcuno le insegnò che era meglio morire piuttosto che vivere tradendo i propri ideali. Perché vivere senza ideali è come morire mille volte.»

«Forse quella persona si sbagliava, forse...»

«No», tagliò corto Mayo, bruscamente. Poi, abbassando di nuovo la voce: «Quella persona aveva ragione».

La ragazza tacque di nuovo. Chiuse gli occhi, avvicinò il naso al collo del novizio e gli fece una piccola carezza. Lui represse un gran sospiro: cercò di pensare alla sua famiglia, ai suoi voti, alla promessa che aveva fatto a Salazar di non incontrare mai più la ragazza, e gli occhi gli si riempirono di lacrime.

«Non mi vergogno di quello che provo», precisò poi, con voce rotta. «Sono più orgoglioso di aver saputo conquistare la tua anima che non di aver posseduto il tuo corpo.»

«Adesso devo andare.»

«Aspetta... un'ultima cosa.» Íñigo doveva fare uno sforzo terribile per non voltarsi. «Dimmi come ti chiami. Solo questo.»

La ragazza stava per dirglielo quando si ricordò che, in realtà, Mayo non era il suo vero nome bensì un nome fittizio, inventato perché nessuno potesse maledirla usando quello vero. L'altro lo conoscevano solo Ederra e Beltrán. Ci pensò sopra un momento e decise che il novizio meritava pienamente di entrare in quella piccola cerchia, composta solo dalle persone di cui si fidava ciecamente. Si avvicinò ancora di più al suo orecchio e lo mormorò piano, temendo quasi di sbagliarsi perché non lo pronunciava mai. Íñigo lo sentì risuonare come un canto di sirena, e lo ripeté con un filo di voce. Scandito lentamente, suonava come una bella preghiera. E in quel momento notò che il respiro della raccontatrice di storie non gli accarezzava più la nuca. Si voltò, ma riuscì a scorgere solo l'ombra di un piccolo piede azzurro che svoltava fuori dal portone della chiesa.

Rimase seduto ancora un po', pensando a ciò che gli era successo e alla storia che aveva sentito. Non appena riuscì a reagire saltò su, uscì di corsa dalla chiesa e si affrettò a raggiungere il palazzo che ospitava la comitiva inquisitoriale. Cercò frate Domingo entrando e uscendo come un uragano dalle stanze da letto, dalla cucina, dai saloni, correndo per il patio e chiamandolo a gran voce; e quando lo trovò, come prima cosa dovette cercare di calmarsi per raccontare tutto ciò che aveva saputo in modo più o meno comprensibile.

«Quelle persone che avevano i piani del nostro viaggio...» ansimò, «i falsi stregoni, ricordi?»

«Certo che mi ricordo, ma che diamine...»

«So dove sono. Sbrigati: se ci affrettiamo, forse riusciremo a catturarli.»

Organizzarono il più in fretta possibile una squadra di ricerca, convocando tutti gli assistenti di Salazar e facendosi prestare dall'alcalde di Tolosa un gruppo di cacciatori esperti. Íñigo e Domingo diffusero una descrizione delle persone che stavano cercando, dicendo a tutti che era difficile prevedere come avrebbero reagito vedendosi circondate e che potevano essere pericolose. Spiegarono poi che bisognava avanzare con la massima prudenza, perché quei malandrini avevano l'abitudine di circondare il proprio accampamento con una sfilza di campanellini che davano l'allarme se qualcuno si avvicinava. Fu preparato un piano, a ciascuno fu assegnata una posizione precisa e finalmente il gruppo si mise in cammino verso il bosco dei pantani, cercando di arrivarci prima che facesse notte.

A un certo punto una luce brillò fra i tronchi degli alberi. Íñigo si portò l'indice alle labbra, imponendo il silenzio. Proseguirono lentamente, circondando l'accampamento, finché non li videro: erano lì, i due uomini e le due donne che tanti problemi avevano creato al viaggio di Visita. Riposavano accanto a uno dei due falò, talmente immersi nei loro pensieri da non accorgersi di essere stati circondati. Non opposero resistenza, sembrava quasi che li stessero aspettando. La squadra li riportò al villaggio legati e li fece rinchiudere nei sotterranei del municipio; ma nessuno sapeva che fare di loro. Adesso bisognava proprio che Salazar ritornasse: senza di lui non erano che un povero drappello senza capitano.

Prima di andare a letto, dopo quella bizzarra giornata di caccia ai falsi stregoni, i due giovani religiosi passeggiarono un po' lungo il corridoio che conduceva alle stanze da letto. All'inizio del viaggio frate Domingo aveva provato un'insofferenza viscerale per Íñigo de Maestu; ma con il tempo, in modo altrettanto inspiegabile, si era affezionato a lui e ormai ricercava la sua compagnia più spesso di quella di ogni altro membro della comitiva. I due camminavano in silenzio, ma Domingo si era accorto che il novizio lo guardava con la coda dell'occhio e un mezzo sorrisetto sulle labbra.

«Perché ridi?»

«Non mi domandi come ho fatto a sapere dov'erano quei quattro?» rispose Íñigo, enigmatico.

«Mi par di capire che stai per dirmelo», replicò Domingo con espressione mortificata.

«Me l'ha detto il mio angelo azzurro», sbottò Íñigo.

«Ci risiamo.»

Il novizio si voltò lentamente per godersi più a lungo la soddisfazione di vedere il sorriso incredulo del suo amico, poi si allontanò verso la propria stanza girandosi ogni due o tre passi per osservare la sua espressione.

«Cosa vorresti dire con quel sorrisetto?» lo sgridava intanto Domingo, fingendosi arrabbiato. «Sei un immaturo, non capisco proprio come abbiamo potuto sceglierti per questo lavoro.»

«Avevo ragione io, e tu avevi torto!»

«Immaturo!»

«Sì, sì... avevo ragione io... sì, sì.»

Íñigo non si era mai sentito tanto felice.

Nessuno avrebbe mai saputo dov'era stato Salazar in quelle due settimane. Íñigo e Domingo continuarono a giustificarlo come meglio potevano, ma ormai erano passati troppi giorni senza che avessero ricevuto nemmeno un rigo, cosa tutt'altro che normale. La situazione intan to si faceva sempre più critica. L'editto era stato pubblicato durante la messa principale, streghe e stregoni pentiti erano stati ricevuti, ascoltati e consolati; ormai non restava che riconciliarli, e quello poteva farlo solamente Salazar. E come se non bastasse l'alcalde di Tolosa cominciava a protestare che quei quattro stregoni, potenzialmente pericolosi e per giunta forestieri, non potevano restare nei sotterranei del municipio.

«Padri, dovete capire che i sotterranei del palazzo municipale non sono un carcere come quelli del Sant'Uffizio», li rimproverava. «È solo un municipio: per giunta non sappiamo nemmeno se quei disgraziati sono o non sono in grado di gettarci il malocchio... Quello con l'occhio biancastro, per esempio, ho l'impressione che mi guardi storto.»

«Non potrebbe fare altrimenti», precisò Íñigo.

Ormai avevano deciso che bisognava assolutamente scrivere all'inquisitore generale per informarlo dell'assenza di Salazar quando, una sera di metà novembre, il capo della comitiva ricomparve all'improvviso, più serio e tremendo che mai. Tutti dissero che sembrava invecchiato di vent'anni, ma nessuno intuì che aveva l'anima piagata e che quelle ferite non si sarebbero rimarginate tanto presto.

Giunto a Tolosa, lungi dal dare una qualche spiegazione, dal fare un commento, dall'esprimere anche solo una vaga allusione a ciò che aveva fatto nei molti giorni in cui era stato via, Salazar si buttò in un'attività frenetica, conducendo le operazioni con una fretta e una severità che sfiniva i suoi collaboratori. Sembrava più che mai intenzionato a mandare a quel paese chiunque fosse andato a parlargli di patti con il diavolo, di sette, di poteri magici, di streghe e di incantesimi. Per la prima volta da quando si era gettato in quell'avventura gli sembrava di avere tutto chiaro: sulla terra ci sono molti brutti diavoli, ma tutti incontestabilmente umani.

L'unica notizia che parve rallegrarlo un po' fu quella dell'arresto dei quattro falsi stregoni. Con l'energia invasata che lo animava, Salazar era sicuro di poterli costringere a confessare per filo e per segno tutti i loro misfatti. Li interrogò uno a uno, poi due a due, poi mettendoli a confronto fra loro. Innanzitutto voleva una descrizione precisa dell'uomo che li aveva assunti, e dalle loro indicazioni risultò subito chiaro che il loro datore di lavoro era Rodrigo Calderón in persona: proprio come Salazar sospettava. Poi volle sapere da dove venisse il fazzoletto con la M ricamata che avvolgeva il tubetto di vetro con la polvere velenosa.

«Noi non sappiamo riconoscere le lettere», rispose l'uomo con la barba. «La persona che ci ha assunti diceva di averlo avuto da un medico importante.»

«Il dottor Mercado», mormorò Salazar.

Interrogati in merito all'identità del Patrono, i quattro dissero di non sapere chi fosse e di non averlo mai incontrato di persona. Degli inquisitori Valle e Becerra, poi, non avevano nemmeno sentito parlare.

Salazar celebrò la riconciliazione dei penitenti di Tolosa e i quattro delinquenti furono consegnati all'autorità civile, che presto li avrebbe processati per l'omicidio di Pedro Ruiz de Eguino. Ormai l'inquisitore poteva tornarsene a Logroño, carico di centinaia di pagine manoscritte piene di dati e di prove. Non vedeva l'ora di parlare delle sue scoperte con l'inquisitore generale: Bernardo de Sandoval y Rojas sarebbe rimasto pietrificato nell'apprendere che le sue indagini portavano alla conclusione che il famoso Patrono e i suoi seguaci dovevano per forza appartenere alla corte o al Sant'Uffizio. Quanto a lui aveva già qualche sospetto.

## XXV

*Di come le streghe trasmettano i loro poteri*

La decisione di separarsi per sempre da Íñigo fu la più difficile che Mayo avesse preso in vita sua. Dopo avergli sussurrato all'orecchio il suo vero nome fece un bel respiro e uscì in fretta dalla chiesa, per non lasciarsi il tempo di cambiare idea. Credeva di aver patito, nel corso della sua esistenza, tutte le ristrettezze che un corpo umano possa sopportare, ma non avrebbe mai immaginato che allontanarsi dalla persona amata potesse fare tanto male. Pensava che ormai quella tristezza l'avrebbe accompagnata per sempre, ed era acutamente consapevole di avere davanti, giovane com'era, moltissimi anni di sofferenza amorosa. La sua unica consolazione era il pensiero che presto avrebbe ritrovato Ederra. Era passato più di un anno dall'ultima volta che l'aveva vista e di tanto in tanto la mente le giocava dei brutti scherzi, aveva l'impressione di non riuscire più a ricordare bene i lineamenti del suo viso.

La notte prima del suo arrivo a Vitoria, Mayo non riuscì a dormire. Ripassò uno dopo l'altro i mesi che aveva attraversato in solitaria, arrivando alla conclusione che non si era comportata da vigliacca, che aveva imparato a difendersi, che al mondo c'era anche della gente per bene e che a volte qualcuno dei suoi incantesimi funzionava eccome. Fra poco avrebbe finito di seguire l'esile filo che l'aveva tenuta legata alla speranza, e all'altro capo avrebbe finalmente ritrovato la sua nutrice. Dopo di che tutto sarebbe andato bene.

La mattina dopo, di buon'ora, si concesse di guardare da lontano la città per un tempo che le sembrò infinito, scrutando oltre la nebbiolina che avvolgeva gli edifici e cercando di indovinare il luogo esatto in cui, in quel momento, riposava Ederra. Fra pochissimo l'avrebbe rivista. Percorse in fretta la salita che portava alla città seguita da Beltrán, e ben presto poté distinguere i pesanti muri della chiesa di Sant'Andrea in mezzo ai prati verdissimi. Osservò le viuzze, spazzate quel mattino da una tagliente brezza d'inizio novembre che formava nuvolette di vapore davanti alle frogie dell'asino, e decise di imboccarne una a caso e di chiedere informazioni alla prima persona che avesse incontrato. In lontananza si vedeva un gruppo di comari che chiacchieravano sulla porta di casa.

«Scusate, sto cercando Gracia Iturralde e una certa...» per un attimo ebbe paura a pronunciare il suo nome, «Ederra.»

«Ah, sì?»

Le donne la scrutavano dall'alto in basso senza dire niente, e Mayo non aveva voglia di dare troppe spiegazioni.

«Sono la sorella minore.»

«La sorella minore di entrambe?» fece quella che sembrava la più impertinente del gruppo.

«Sì... cioè, no, certo che no», disse Mayo, ridendo svogliatamente. «La sorella minore di una delle due.»

«Di quale?» insistette la donna.

«Di Ederra», mormorò Mayo incrociando le dita.

Le donne la studiarono di nuovo, quasi soppesando la possibilità che potesse rappresentare una minaccia per qualcuno; ed evidentemente conclusero che era assai poco probabile, perché un attimo dopo le diedero le informazioni richieste.

Mayo prese un sentiero che portava fuori città. Aveva la vista annuvolata: il nervosismo cominciava ad attanagliarle lo stomaco, e per un attimo temette di dover vomitare. Si fermò per riprendere fiato: la terra esalava un odore di felci morte che le stringeva la gola. Ma doveva andare avanti, ormai era quasi arrivata.

Poi vide la casetta che le comari le avevano indicato, quasi intrappolata tra i meli. Sembrava una casetta delle bambole, bianca, con il tetto rosso e il muschio sugli angoli. Da un lato c'era una piccola tettoia, e più in là un orticello in cui crescevano delle piante che Mayo non conosceva. Si fermò un attimo accanto alla porta a origliare e sentì l'inconfondibile scoppiettio del fuoco e il borbottare di un liquido in una pentola. Le sembrava che il cuore stesse per saltarle fuori dalla bocca. Contò fino a tre e bussò con decisione, sentendo che tutto il sangue del corpo le affluiva alla testa. Le aprì una donna sui quarant'anni, con i capelli delicatamente raccolti in una crocchia e una fine riga nera a sottolineare gli occhi grigi. Aveva un corpo armonioso, con la vita ben modellata.

«La signora Gracia Iturralde?»

La donna la guardò come se il mondo attorno a lei stesse andando in mille pezzi.

«Mi chiamo Mayo de Labastide d'Armagnac», si presentò la ragazza. «Sarebbe lunghissimo spiegarvi cosa mi ha portato fin qui, però...»

«Sì, sì... so chi sei. Vedo che hai portato anche Beltrán», disse la donna, sorridendo. «Ho sentito tanto parlare di voi. Eravamo certe che un giorno sareste arrivati. Entra.»

E spalancò la porta, osservandola con la curiosità di chi incontra una persona che conosce pur senza averla mai vista. In quei lunghi mesi Gracia aveva avuto talmente tanto tempo per ricreare nella mente le fattezze di Mayo che, ora che se la trovava davanti, stentava quasi a riconoscerla.

«Sembri più giovane di quanto immaginassi: hai quindici anni, giusto?» le domandò.

«Sedici... compiuti a maggio.»

«È vero», sospirò la donna. «Come passa il tempo!» Rimase un attimo in silenzio, quindi riprese: «La persona che cerchi è nella stalla. Sarà emozionatissima di vederti».

Mayo uscì di corsa, premendosi una mano sul petto.

Beltrán se la vide passare accanto come una furia e non capì cosa stesse succedendo.

«Ederra è qui, Beltrán... è qui!» disse Mayo, indicando la stalla.

Sembrava che il tempo e lo spazio avessero acquisito la capacità di allungarsi all'infinito al solo scopo di impedirle di finire il giro della casa. La porta della stalla era socchiusa e lei entrò senza far rumore, assaporando l'istante nella convinzione che il piacere del ricongiungimento non stesse tanto nel fatto in sé, e forse nemmeno nel ricordo che ne avrebbe conservato, quanto in quei deliziosi, frementi ultimi attimi di attesa. Ederra le era mancata così tanto... Ederra, Ederra, Ederra...

La stalla era buia, solo un filo di luce penetrava da una finestrella. Gli occhi di Mayo ci misero un po' ad abituarsi all'oscurità, ma poi la ragazza vide una silhouette femminile seduta di spalle e intenta a mungere una mucca. Notò la vita finemente cesellata stretta dal grembiule, la testa coperta da un fazzoletto bianco. Si avvicinò lentamente, guardandola, guardandola, guardandola senza quasi credere ai propri occhi. Si fermò a due passi di distanza: se avesse allungato la mano avrebbe potuto toccarla. Finalmente aveva ritrovato la sua Ederra.

Improvvisamente la donna percepì la sua presenza e si voltò. Mayo impiegò almeno dieci secondi a reagire: cercò gli occhi verdi di Ederra, le sue labbra vermiglie, i suoi denti bianchi, cercò un qualche ricciolo dei suoi capelli di fiamma sfuggito dal fazzoletto, ma non li trovò. Ederra non era lì. Quella donna non era lei.

«Sei Mayo, vero?» le domandò l'estranea per riscuoterla dal suo intorpidimento. Poi, senza aspettare risposta, continuò: «Lo sapevo che un giorno o l'altro mi avresti trovata: la tua nutrice me l'aveva detto. E Dio mi è testimone che sarai anche l'unica persona del mio passato con la quale accetterò di parlare, perché ci sono debiti che bisogna saldare e favori per i quali non si smette mai di provare gratitudine. Per tutti gli altri io sono nata domenica 7 novembre 1610, il giorno dell'auto da fe di Logroño».

«Io... non capisco di cosa stiate parlando. Dov'è Ederra?» mormorò Mayo guardandosi attorno.

«Mi chiamo María de Echalecu, e se in questo momento sono viva lo devo a lei. È di questo che sto parlando.»

«Non capisco...»

«Fin dai primi momenti dopo il nostro arresto, Ederra non si allontanò mai dal mio fianco», cominciò María. «Io non facevo altro che piangere: mi sentivo la più disgraziata delle donne, e non innanzitutto per quello che avrebbero potuto farmi gli uomini del Sant'Uffizio, bensì per essere stata strappata dalle braccia di Gracia e per la paura di non rivederla mai più. Ederra mi consolò con dolci parole per tutta la durata del viaggio. Quando arrivammo a Logroño ci rasarono la testa dicendo che nelle segrete c'erano i pidocchi e ci suddivisero in celle. C'era pochissimo spazio, il carcere era già tutto pieno. E così, siccome eravamo state insieme fin dal principio, non ci separarono e finimmo in una cella già occupata da due donne molto in là con gli anni, madri di due uomini di chiesa arrestati anch'essi. Quelle poverette non avevano più potuto rivedere i loro figli.»

«Juan de la Borda e Pedro de Arburu», mormorò Mayo.

«Sì, credo fossero quelli i loro nomi. Le due vecchiette ci misero subito al corrente di ciò che accadeva là dentro. Dicevano che era più facile essere liberate se si ammetteva di aver fatto parte della setta delle streghe e ci si dichiarava pentite. Loro due, però, si erano rifiutate di farlo perché non volevano rendere falsa testimonianza.»

María de Echalecu continuò dicendo che le urla provenienti dalla sala delle torture attraversavano i muri di pietra come se fossero stati di carta.

«Io non riuscivo né a dormire né a mangiare. Ogni volta che sentivamo dei passi avvicinarsi alla porta della nostra cella cominciavo a tremare finché non cadevo in convulsioni. Allora Ederra mi spiegò che niente dura per sempre, e che non dovevamo far altro che aspettare e anche quello sarebbe passato. E aggiunse che, se era vero che il nostro corpo doveva per forza restare incarcerato là sotto, era anche vero che niente e nessuno poteva imprigionare i nostri pensieri.»

Ederra diceva alle sue compagne di chiudere gli occhi e immaginare di stare camminando in un bel bosco, su un soffice tappeto di foglie. Di respirare gli odori della terra e del muschio, il profumo dei pini, quello dei funghi. Di pensarsi circondate dall'invisibile rete dorata che il sole ricama tra i rami degli alberi, dal silenzio, da una lieve, fresca brezza, dalle tenere carezze che una volta avevano ricevuto, di sentire in bocca il sapore del pane appena sfornato, del limone, del miele.

«E così via, sempre parlando in un sussurro», proseguì María, «mormorando con quella sua voce di velluto, finché i nostri lineamenti si rilassavano perché ormai eravamo lontanissime da quell'inferno. Allora taceva e chiudeva gli occhi anche lei: suppongo per immaginarsi accanto a te», aggiunse, guardando Mayo. «Ederra e io ci mettemmo d'accordo per dichiararci streghe e avere salva la vita, ma poi il nostro piano andò a monte. La gente cominciò ad ammalarsi. L'acqua e il pane che ci davano erano contaminati, e Ederra stava male. Il carceriere, al di là della porta, le diceva di farsi forza perché aveva sentito dire che non c'erano prove contro di lei e che presto sarebbe stata liberata. Ma la poveretta non si reggeva più in piedi. Un mattino mi chiese di avvicinarmi al suo letto e mi parlò di te, di Beltrán e della vostra vita insieme...» María fissava il pavimento, e Mayo ebbe l'impressione che stesse per mettersi a piangere. Ma all'improvviso rialzò la testa e riprese il racconto: «Poi disse che dovevamo scambiarci i vestiti, e volle che le togliessi la benda dalla caviglia e me la mettessi io. Mi consigliò di avvolgermi dalla testa ai piedi nel suo mantello e, una volta effettuato il cambio, mi sussurrò all'orecchio: "Adesso devo andare". Quando vennero a portar via la salma, dissi che si chiamava María de Echalecu.

Le due vecchiette, le madri dei religiosi, mi guardarono in modo strano, ma non dissero niente. Due giorni dopo Ederra fu scarcerata per mancanza di prove, e così me ne andai passando per il portone principale: trasformata in un'altra, ma viva. Tornai immediatamente al mio villaggio per cercare di scambiare una parola con Gracia, ma di nascosto, e scoprii che dopo il mio arresto aveva lasciato il marito. Mi ricordai che aveva dei parenti a Rentería, pensai che forse si era rifugiata da loro... e per fortuna la ritrovai. Decidemmo di stabilirci a Vitoria perché qui nessuno ci conosceva. Eravamo due fuggiasche: lei da quel disgraziato di suo marito, che le aveva rovinato la vita; io dalla persona che un tempo ero stata e che ormai non esisteva più. Non mi restava che ricambiare il favore a Ederra... aspettando te».

Rimasero in silenzio ad ascoltare gli scricchiolii del legno, il ruminare delle vacche e il sibilo quasi impercettibile della respirazione di Mayo. María la guardava con occhi pieni di compassione.

«Mio padre diceva sempre che i vigliacchi muoiono mille volte prima che la morte li afferri davvero», si azzardò a dire. «Gli intrepidi invece vivono per sempre: e Ederra era la persona più intrepida e generosa che abbia mai conosciuto. Con la sua vita ha salvato la mia. Ogni mattina rendo grazie a Dio per averla messa sul mio cammino.»

«Anch'io le devo la vita», sussurrò Mayo.

«Prima di morire mi ha dato una cosa per te.»

María si alzò, uscì dalla stalla e tornò qualche minuto dopo con un fazzoletto rosa annodato agli angoli: dentro c'era un oggetto che Mayo conosceva bene. La donna svolse il fagotto con attenzione.

«Mi ha raccomandato tanto di non toccarlo, perché i poteri magici si trasmettono dalla mano della persona morta a quella di chi lo tocca per prima.»

Era l'agoraio di Ederra: la dimora dei *Famerikelak*, gli omettini a forma di diavolo, con i calzoni rossi, che davano la forza della magia alle fattucchiere. Le quali prima di morire, se non volevano che la magia andasse perduta, dovevano consegnare l'agoraio a un'altra donna. Adesso Mayo, toccando quell'oggetto, avrebbe ereditato l'incredibile potere magico di Ederra. La ragazza lo tenne in mano, ma non osò toglierlo dal fazzoletto rosa.

«Da quando sono uscita dal carcere di Logroño, più di un anno fa, mi faccio chiamare Ederra in suo onore», disse ancora María. «Ma il suo vero nome non l'ho mai saputo.»

Mayo esitò: ma poi pensò che ormai non avrebbe avuto importanza, se anche lo avesse pronunciato ad alta voce. Nessuno poteva più far del male a Ederra, perché si può maledire solo una persona viva. E poi non le dispiaceva che qualcun altro conoscesse il vero nome della sua nutrice, perché in fondo solo ciò che ha nome esiste, e Ederra non era stata un sogno.

«Xacobe», esalò Mayo, abbattuta. «Si chiamava Xacobe.» E poi: «Non so perché, e nemmeno chi l'avesse chiamata così».

Le due donne l'accompagnarono fin sulla porta di casa e Mayo si rimise in cammino stringendo le redini di Beltrán, avvertendo in gola una ruvida matassina di lana, una pesantezza della saliva e una pena dell'anima che la straziava dentro. E per la prima volta si accorse che un umidore sconosciuto le scivolava giù per la guancia, come un piccolo dito tiepido che le sfiorasse il viso. Lo toccò e vide che era una lacrima: semplice e non particolarmente fluida, ma indubbiamente una lacrima, staccatasi goffamente dal suo occhio sinistro senza che lei se ne accorgesse. Quella prima lacrima fu seguita da un'altra, e un'altra, e un'altra ancora... più tardi anche l'occhio destro cominciò a sgocciolare, e Mayo si rallegrò di non avere solo lacrime mancine.

E continuò a camminare piangendo, dapprima stupita, poi sconsolata, più tardi rassegnata, e alla fine pianse e rise insieme mentre Beltrán la guardava senza capire; finché lei non gli spiegò che, alla fine, Ederra era riuscita a guarirla di quella sua stupida assenza di lacrime, proprio come le aveva promesso tanto tempo prima e senza che l'insignificante dettaglio di esser morta le fosse minimamente d'ostacolo.

E già che c'era andò avanti a piangere e piangere e piangere per moltissimo tempo, perché in fatto di lacrime aveva sedici anni di arretrati.

Salazar tornò a Logroño. Ma una volta là si rifiutò recisamente di discutere con Valle e Becerra delle sue scoperte o delle conclusioni cui era giunto, nonostante i due lo inseguissero da mattina a sera per sale e corridoi, bussassero alla sua porta alle ore più inopportune e lo supplicassero di condividere con loro almeno un commento generale su com'era andato il viaggio di Visita. Lui li ignorò nella maniera più assoluta: a quei due intriganti non intendeva comunicare nemmeno il più insignificante dettaglio di ciò che aveva fatto, sapendo che alla prima occasione avrebbero potuto servirsene contro di lui. E andò a chiudersi a doppia mandata nelle sue stanze, dove lavorò giorno e notte per archiviare dati e interviste, tutte le prove che aveva raccolto, sempre circondato da appunti, penne e in folio, finché non ebbe finito di redigere una prima versione del suo rapporto, che intitolò *Relazione ed epilogo su tutto ciò che è emerso dalla Visita realizzata dal Sant'Uffizio nelle montagne del regno di Navarra e in altri luoghi a seguito dell'editto di grazia concesso a tutti coloro che hanno fatto parte della setta delle streghe, conformemente ai rapporti e ai documenti già trasmessi al Consiglio.*

Anche l'inquisitore generale ricevette copia di questo primo rapporto, al quale era allegata la trascrizione completa degli interrogatori dei quattro finti stregoni. Nella lettera d'accompagnamento Salazar informava Bernardo de Sandoval y Rojas che quei loschi figuri erano stati solo uno strumento nelle mani dei veri colpevoli, e gli assicurava che presto avrebbe avuto tutte le prove necessarie a smascherare i mandanti di molti orribili delitti. Salazar era sicuro di aver scoperto non solo l'identità dell'uomo che aveva materialmente trasmesso gli incarichi ai quattro imbroglioni, ma anche quella del Patrono, il più pericoloso di tutti, quello che si teneva tra le quinte manovrando i fili: ma di questo avrebbe preferito parlare a voce, senza affidarsi alla posta. Lo preoccupava il pensiero di come avrebbe reagito il suo mentore quando gli avesse comunicato i suoi sospetti, perché tutte le prove sembravano indicare che dietro la morte della regina e tutti gli incidenti che avevano funestato il suo viaggio c'erano il duca di Lerma e il suo segretario Rodrigo Calderón; e siccome il duca era nipote dell'inquisitore generale era necessario procedere con i piedi di piombo, e al momento di formulare le accuse bisognava essere in grado di produrre prove inoppugnabili. L'unica cosa che ancora non gli era chiara era perché quei due avessero architettato quei piani diabolici. Che interesse avevano a boicottare il suo lavoro, mandando all'aria la serenità spirituale del paese? Se fosse riuscito a capirne il motivo, anche il resto sarebbe andato a posto.

Salazar impiegò quattro mesi a trasmettere le sue conclusioni alla Suprema. Era molto orgoglioso del suo lavoro, e fermamente convinto di trovare il massimo appoggio da parte dell'inquisitore generale e di riceverne le congratulazioni. Con sua grande sorpresa, invece, Bernardo de Sandoval y Rojas non gli rispose nemmeno. Scrisse di nuovo, temendo che le sue preziose conclusioni si fossero perse nel mare della burocrazia inquisitoriale; ma Sandoval gli fece rispondere che al momento era molto occupato e non aveva tempo di leggerle. Passarono altri due mesi, e quando Salazar tornò alla carica l'inquisitore generale gli rispose che era stato fatto tutto molto bene e che gli avrebbe fissato un appuntamento non appena avesse avuto un momento libero da altre questioni che richiedevano tutta la sua attenzione.

Salazar cominciò a sospettare che il suo grande amico, il suo protettore, il suo mentore stesse cercando di evitarlo. Le settimane passavano, lui scriveva altre lettere chiedendo di essere ricevuto in udienza privata, ma poi accadeva sempre qualche fatto nuovo che impediva l'incontro, oppure Valle e Becerra se ne venivano fuori con qualche altra prova che lo costringeva a rivedere daccapo tutta la sua teoria. Ormai si poteva dire che Salazar lavorasse a tempo pieno solo per smontare false accuse: e cominciava ad averne abbastanza. Aveva l'impressione che tutto il suo lavoro e la sua dedizione, tutte le folgoranti scoperte che pensava avrebbero scosso le fondamenta dei procedimenti inquisitoriali contro le streghe, non fossero serviti a niente. Quando protestava con l'inquisitore generale esprimendogli tutta la sua irritazione, quando tornava a scrivergli per chiedere un incontro in modo da poterlo aggiornare sulle sue scoperte e sui suoi sospetti, Sandoval rispondeva con una lettera piena di rassicurazioni scritta nel tono condiscendente che si adopera con i pazzi, e gli chiedeva, in tono cordiale ma fermo, di pazientare ancora un poco.

Dopo l'ennesimo rifiuto Salazar decise di recarsi di persona alla sede della Suprema, stupitissimo del fatto che il suo buon amico si dimostrasse così poco curioso di sentire ciò che aveva da dirgli. Non riusciva proprio a immaginare perché, con il profondo affetto reciproco che li univa, l'inquisitore generale non si occupasse un po' più di lui, che in fondo aveva messo a repentaglio il suo nome e il suo onore in un'impresa che proprio il suo amico e mentore gli aveva affidato. Nella faccenda delle streghe, Salazar si era compromesso più di chiunque altro.

Quando arrivò davanti al palazzo della Suprema, saldamente piantato in mezzo alla piazza, Salazar fu scosso da un brivido. Non era affatto contento di presentarsi a quel modo, senza le dovute formalità e senza essere stato convocato: ma la situazione era diventata insostenibile anche per uno come lui, abituato a sopportare stoicamente i colpi della vita. Avanzò dunque con fare deciso verso il portone del palazzo, custodito da un soldato giovanissimo con l'espressione sbigottita delle reclute, tutto rigido e dall'aria spaventata. Il soldatino lo vide avvicinarsi con la coda dell'occhio e andò a mettersi in mezzo al passaggio. Salazar lo salutò con un lieve cenno del capo e, senza proferir verbo, cercò di varcare la soglia. Allora il ragazzo sembrò riprendere coraggio.

«Non si entra!»

«Devo parlare con l'inquisitore generale», spiegò Salazar. «È molto urgente.»

«Mi spiace, ma non si entra», ripeté il ragazzo.

«Come sarebbe a dire, che non posso passare? Non mi riconosci? O forse...»

Salazar aveva alzato la voce, cercando di schiacciare il giovane pusillanime sotto il peso della sua autorità. Quelle grida attirarono l'attenzione di un domenicano che proprio in quel momento si trovava a passare per il patio, e che si avvicinò al portone per vedere cosa stesse accadendo. Aveva una faccia da ficcanaso, e guardò a lungo Salazar da sopra la spalla.

«Mi dispiace moltissimo, signore», disse poi. «A quanto pare non avete molto senso delle convenienze. In questo momento don Bernardo de Sandoval y Rojas è occupato con affari della massima importanza, che richiedono tutta la sua attenzione. Vi consiglio, la prossima volta, di fissare un appuntamento per un colloquio privato. Arrivederci.»

Sembrava avesse pronunciato tutta d'un fiato una frase imparata a memoria; dopo di che rimase a fissare il vuoto come chi non ha altro da aggiungere.

«Sapete con chi state parlando?» protestò Salazar.

«L'inquisitore di Logroño, Alonso de Salazar y Frías, dico bene?» rispose il domenicano, sostenendo il suo sguardo con espressione davvero impertinente.

«Esatto: quindi fatemi il favore di andare di corsa dall'inquisitore generale e di avvisarlo che sono qui. Sono sicuro che la sua scala di priorità non sarà più la stessa quando gli avrò comunicato ciò che ho da dirgli.» E Salazar indicò con gli occhi il volume che aveva sotto il braccio. «Ho qui dei documenti dai quali risulta senz'ombra di dubbio che le streghe, in alleanza con un folto drappello di creature demoniache, prenderanno a cannonate questa sede entro la prossima mezz'ora.»

A questo punto il giovane soldato di guardia al portone, che fino a un momento prima aveva mantenuto la sua disciplinata posizione con lo sguardo fisso in avanti, fingendo di non prestare assolutamente orecchio alla conversazione dei due religiosi, voltò nella loro direzione la faccia terrorizzata. Allora Salazar tirò fuori la sua voce più misteriosa e gli sussurrò: «Pare abbiano deciso di infierire soprattutto sui più giovani...».

Il domenicano fece una smorfia d'irritazione e gli disse di aspettare un momento. Quando tornò era molto più disponibile e lo pregò di seguirlo. Salazar si ritrovò a percorrere quei corridoi del tribunale che conosceva come le sue tasche, attraversando salotti e sale d'attesa. Accompagnati solo dal rumore dei propri passi i due raggiunsero il gabinetto privato di Bernardo de Sandoval y Rojas, in quel momento deserto. Il domenicano abbassò la maniglia senza bussare e con lo sguardo accennò a Salazar che poteva entrare.

«Aspettate qui, per favore», disse. E la porta si richiuse alle sue spalle.

La sala che l'inquisitore generale utilizzava come studio era davvero immensa. Le pareti di pietra brunita erano coperte di arazzi raffiguranti con gran dovizia di particolari macabri i vari momenti della passione di Cristo. Nel mezzo c'era una scrivania retta da quattro gambe monumentali che terminavano a zampa di leone, con sopra una cartelletta di pelle marrone, un calamaio d'argento cesellato e un'elegante penna di fagiano. Accanto alla scrivania c'erano due sedie tappezzate in velluto rosso sangue con gli schienali scolpiti raffiguranti l'Ultima cena. In quel salone, accuratamente studiato per far chinare il capo a chiunque vi fosse entrato con la benché minima sfumatura d'insolenza, Salazar si sentì terribilmente piccolo.

«Felice di rivederti, caro Alonso.»

L'inquisitore generale entrò senza fare rumore e Salazar, immerso nella contemplazione di un ritratto di Sandoval con le spalle rivolte all'uscio, sussultò.

«Che te ne pare?» disse l'inquisitore generale indicando il quadro. «È un Pantoja de la Cruz, l'ha fatto dipingere mio nipote.» E sorrise. «Quel benedetto pittore mi ha tenuto in posa per un'eternità. Pensavo che quell'espressione mi sarebbe rimasta per il resto della vita.»

«Bello», rispose Salazar, laconico.

E fece il gesto di chinarsi sulla mano dell'inquisitore per baciargli l'anello, ma Sandoval le alzò entrambe per mettergliele ai lati del viso, come un padre. Poi gli indicò una sedia e prese posto davanti a lui.

«Non dovresti fare tanto lo spiritoso con i giovani, Alonso caro: la tua ironia è difficile da capire per chi non ti conosce bene. Hai terrorizzato il povero ragazzo di guardia al portone: credo vivrà nella paura per parecchi giorni.» E l'inquisitore generale rise in modo poco naturale. «Meglio non scherzare sul tema delle streghe, la gente è diventata ipersensibile. E tu dovresti saperlo meglio di chiunque altro.»

«Ah sì?» fece Salazar, sarcastico. «Davvero siete convinto che il tema delle streghe sia in cima alle preoccupazioni della gente? È davvero curioso che, nonostante tutta questa presunta preoccupazione, nessuno si sia preso la briga di parlare con me per approfondire ciò che ho scoperto al riguardo.»

«Vedo che non sei cambiato per niente, sei impetuoso come sempre, tanto che hai deciso di venire senza avvisare.»

«Da sette mesi a questa parte non ho fatto altro che avvisare», replicò Salazar, aspro.

Ma Bernardo de Sandoval y Rojas parve non cogliere l'amarezza delle sue parole: versò due coppe di un vino ambrato e si dilungò a illustrare lo straordinario virtuosismo richiesto dalla preparazione di quella bevanda, dicendo che era necessario farla viaggiare con una scorta armata dalla zona in cui era prodotta, una provincia francese che sembrava essere l'unica ad avere le condizioni di temperatura e umidità necessarie a fare di quel vino la cosa migliore in assoluto da portarsi alle labbra.

«Assaggia. È una delizia, assolutamente sorprendente. Lo fanno con l'uva marcia: non è incredibile?»

E l'inquisitore generale proseguì sullo stesso tono raccontando che dopo la provvidenziale dipartita di Enrico IV, che Dio l'abbia in gloria, i rapporti con il paese confinante erano molto migliorati, il che avrebbe sicuramente giovato moltissimo a entrambe le nazioni. Forse non era quello il momento di approfondire nei dettagli, ma un giorno, quando avessero avuto più tempo, gli sarebbe piaciuto commentare la situazione insieme a lui. E continuò a parlare di questioni irrilevanti finché non intercettò lo sguardo interrogativo del suo ospite. Allora tacque un momento, bevve un sorso dalla sua coppa e sospirò.

«Come ricorderete, vi ho scritto di avere scoperto che due misteriosi personaggi avevano assunto quattro guitti da strapazzo per fingersi stregoni e trarmi in inganno durante gli interrogatori...» disse allora Salazar, guardando l'inquisitore generale dritto negli occhi. «E avevano dato ai loro scagnozzi tutte le informazioni necessarie per trovarmi e starmi alle costole...»

«Sì, mi ricordo... è davvero terribile, Alonso.»

Salazar si alzò e cominciò a camminare avanti e indietro per il salone.

«Come vi ho scritto in una delle mie lettere, credo di aver capito chi sono. Hanno lasciato degli indizi: le informazioni per i presunti stregoni, per esempio, erano scritte su un tipo di carta usato solo dai membri della corte e del Sant'Uffizio. Una carta esattamente come questa.»

E Salazar aprì la cartelletta posata sulla scrivania dell'inquisitore generale, ne trasse un foglio bianco e glielo posò davanti. Bernardo de Sandoval y Rojas impallidì, fissandolo in silenzio.

«Mi sono domandato a lungo per quale ragione vostra grazia non mi volesse incontrare», proseguì Salazar. «Ma adesso sono convinto che, inconsapevolmente, sapevate già di cosa volevo parlarvi e stavate cercando di sottrarvi all'evidenza. Ed è solo per il rispetto che vi porto che ho voluto incontrarvi comunque prima di portare alla luce tutta la questione.» Seguì uno scomodo silenzio, poi Salazar riprese: «Mi dispiace moltissimo dovervi dire che è vostro nipote, il duca di Lerma, il responsabile della morte della regina e dei molti attacchi che ho dovuto subire durante il mio viaggio di Visita».

«Mio caro Alonso.» L'inquisitore generale parlava molto lentamente. «Innanzitutto voglio dirti ancora una volta che per me sei sempre stato come un figlio, e che non vorrei mai causarti un dolore. Ma ci sono cose che vanno al di là di me e di te, cose che contano più delle singole persone: cose destinate a durare nel tempo quanto queste pareti di pietra che ci proteggono.» Anche Sandoval si alzò, incrociando le mani dietro la schiena. «Quando ti scelsi per affidarti la responsabilità di essere il terzo inquisitore di Logroño, lo feci a ragion veduta, perché eri la persona più indicata per un lavoro come quello.» Intanto Sandoval guardava il suo protetto con occhi pieni d'ammirazione. «Sei così riflessivo, così attento, così poco incline a farti incantare dalle frottole. Ti volevo lì perché ero sicuro che, in quel ruolo, avresti agito esattamente come avrei fatto io e pensato le stesse cose che pensavo io, senza lasciarti infinocchiare da tutte quelle assurdità di streghe e malefici.»

«Avete forse cambiato opinione su di me?»

«Ciò che sto per dirti non lo ripeterò una seconda volta. Se mi risolvo a farlo è solo per l'affetto che ancora mi professi, e che io ricambio dal profondo del cuore, anche se quando avrò finito non ci crederai più. Ti chiedo solamente di cercare di capirmi e, se potrai, di perdonarmi.»

Bernardo de Sandoval y Rojas, l'inquisitore generale, il protettore, il mentore e l'amico di Salazar cominciò dicendo che, come tutti sapevano, il regno stava attraversando una crisi economica gravissima e in via di ulteriore peggioramento. Il processo di pace con i paesi confinanti e i matrimoni combinati da suo nipote il duca di Lerma nel tentativo di risollevare la nazione non stavano dando i risultati sperati. Dopo lunga riflessione il consiglio delle Juntas era arrivato alla conclusione che il regno di Castiglia, fino ad allora unica fonte di sostentamento del paese, non poteva dare di più. La gente protestava, bisognava trovare urgentemente nuove entrature.

«E tutto ciò in che modo ci riguarda?» protestò Salazar.

«L'unica soluzione sarebbe aumentare la pressione fiscale su qualche altro regno appartenente alla corona: ma perché ciò sia possibile bisogna far sì che quelle genti sentano fortemente il bisogno di un potere centrale. Fintanto che le varie parti che compongono il regno di Spagna sono perfettamente in grado di risolvere da sé i propri problemi interni... perché mai la popolazione di quei luoghi dovrebbe accettare di pagare più tasse? Capisci cosa sto cercando di dirti, amico mio?»

«Ci provo.»

«Negli ultimi tempi, sia la Navarra che il Paese Basco sembravano non avere alcun bisogno del potere centrale. Le ragioni che hanno portato a questa situazione sono molte, ma una soltanto riguarda da vicino noi due, Salazar: la religione», disse Sandoval con enfasi. «Nonostante tutti i nostri sforzi, per quanto i sacerdoti si affannino a proclamare l'unica verità... nelle regioni del Nord la chiesa sta attraversando un momento difficile. Gli antichi culti sono ancora vivi e vegeti nella mente degli abitanti, i quali insistono a credere che la loro antica divinità Mari e i geni dei boschi e delle montagne possano aiutarli in modo molto più efficace di quanto non faccia il Dio onnipotente da noi predicato. Tutte le argomentazioni della fede cattolica non sono servite a mostrare a quella gente la vera via, e gli abitanti di quelle regioni si tengono stretti antichi culti che li allontanano dalla religione propugnata dal nostro sovrano, il re Filippo III. I loro assunti differiscono talmente tanto dai nostri, che anche in futuro la distanza fra quelle regioni e il centro amministrativo del regno non potrà che aumentare. Non fisicamente, ovvio, ma in senso spirituale. Se le divinità pagane sono in grado di mantenere l'ordine e di vegliare sulla felicità del popolo donandogli serenità e concordia, nessuno avrà più bisogno di noi. Perché mai dovrebbero essere disposti a pagare più tasse, se se la cavano benissimo senza l'aiuto del sovrano?»

«State dicendo che...»

«...Bisogna convincerli che tutti i loro mali sono frutto del potere di Satana, l'angelo caduto, quello di cui parliamo noi cristiani, il quale sa come spargere il male sulla terra e come rovinare la vita alla brava gente. Avevamo bisogno di un personaggio reale e vicino come il diavolo, di un cattivo che si potesse vedere e toccare, e che senza l'aiuto del re e dell'Inquisizione rischiasse di mandare tutti quanti in malora. Se il demonio si aggira liberamente per i campi, se arriva a corrompere i vicini di casa, se la gravità della situazione riesce a instillare in quella gente qualche dubbio rispetto ai vecchi riti pagani, ricollegando in qualche modo le antiche divinità alla presenza del demonio... allora sì che i villici impauriti si convinceranno di avere bisogno di noi e di questo nostro regno abitato dal solo, infallibile, vero Dio.»

«No, no!» gridò Salazar. «Possibile che non ve ne rendiate conto? Vostro nipote vi ha manipolato, vi ha riempito la testa di fandonie! A lui interessa solo insabbiare le sue porcherie, approfittandosi di vostra grazia che è una persona troppo nobile per...»

«Basta così, figliolo», lo interruppe Bernardo de Sandoval con voce pacata. «Il Patrono sono io.»

Salazar rimase a bocca aperta, fissandolo senza capire. Quell'affermazione gli era arrivata addosso come una secchiata d'acqua fredda. Tornò a sedersi, sconfitto, gli occhi fissi a terra.

«Mi avete usato...» mormorò, aspro.

«No, non è vero», sospirò l'inquisitore generale con tenerezza. «Ti ho mandato laggiù per rasserenare gli animi, perché la questione delle streghe ci stava sfuggendo di mano. I tuoi colleghi di Logroño erano un po' troppo irruenti... c'era bisogno della tua severità per controbilanciarli. Il tuo modo di condurre le indagini è stato straordinario, di una minuziosità e di un rigore davvero magnifici. Voglio assicurarti che per me nessun investigatore può starti alla pari.»

«Delle persone sono morte... Juana de Sauri, Pedro Ruiz de Eguino...» balbettava intanto Salazar.

«Non sai quanto me ne rammarico: ma sono stati solo incidenti di percorso, mio caro Alonso, per quanto deplorevoli. La donna avrebbe dovuto prendere solo un bello spavento, ma poi ha perso la testa e si è gettata nel fiume. Quanto a Pedro Ruiz de Eguino... il suo compito era semplicemente quello di arrestare un certo numero di streghe e stregoni per seminare il terrore nei villaggi in cui tu non eri ancora arrivato; ma a un certo punto ha passato il segno. La colpa è anche un po' tua, Alonso.» Salazar scrollava il capo, incapace di credere alle sue orecchie. «Le tue indagini si stavano spingendo così a fondo che si è spaventato e ha minacciato di parlare. Ci aveva visti, ci conosceva, era stato qui con me e Calderón.»

«Volete dire che siete amico di Rodrigo Calderón?» domandò Salazar sbalordito. Gli sembrava di non riconoscere più la persona che aveva davanti.

Comprendendo di avere ormai detto anche troppo, Bernardo de Sandoval y Rojas decise di porre termine alla conversazione.

«Caro amico, al punto in cui sono arrivate le cose è molto più conveniente lasciare tutto come sta. Gli uomini non sono ancora in grado di capire che la vita, a volte, può essere crudele e ingiusta. Bisogna dar loro qualcosa a cui aggrapparsi, qualcuno su cui gettare la colpa di tutte le loro sofferenze e disgrazie. Pestilenze, siccità, grandine, malattie del bestiame... la gente ha bisogno di credere che qualcuno ne sia responsabile, e se non gli si offre un capro espiatorio adeguato è facile che dia la colpa alle persone sbagliate. Mi segui, Alonso carissimo?»

«Ovviamente. Se noi riusciamo a convincerla che è il diavolo a provocare tanti problemi, si dimenticherà che i suoi governanti vivono nel lusso mentre i poveri muoiono di fame.»

«Detto così suona terribilmente brutto», mormorò Sandoval. «Io preferisco pensare che, convincendoli che streghe e stregoni possono essere resi inoffensivi grazie ai riti cristiani celebrati da chi li governa, in realtà noi li stiamo aiutando a riconoscere che Gesù è l'unico, vero Dio onnipotente. E non è forse questo che ci prefiggiamo, quando decidiamo di abbandonare ogni cosa per seguire la nostra vocazione? Non facciamo forse del nostro meglio per sradicare il paganesimo e proclamare a gran voce la grandezza di Dio? La nostra missione non è forse quella di evangelizzare e di correggere la formazione spirituale delle pecorelle smarrite?»

«Dunque era tutta una messinscena... Tutto quanto: gli arresti, le torture, gli auto da fe, l'epidemia, i morti...» Salazar chinò gli occhi, si prese la testa fra le mani e mormorò: «Se non hanno bisogno di noi, perché mai i basconavarresi dovrebbero accettare di pagare più tasse? È così, eminenza?».

«Alonso... Fin dal nostro primo incontro ho capito subito che eri una persona speciale. L'ho capito dal fulgore degli occhi, dall'attenzione con cui ascoltavi ogni mia parola. Queste tue qualità, te lo dico sinceramente, hanno sempre suscitato in me la più fervida ammirazione. Ma a volte, amico mio, è meglio concentrarsi sul lato positivo di ciò che accade. Per quanto mi riguarda preferisco fermare la mente sui dati oggettivi: da quando è cominciata l'emergenza delle streghe, e dopo l'intervento della Santa Inquisizione, gli abitanti di quelle regioni hanno trascurato un po' di più le antiche divinità locali e si avvicinano in maggior numero alla chiesa.»

«E suppongo che di queste meraviglie dovremmo essere grati alla mano invisibile del nipote di vostra grazia, il duca di Lerma...»

Bernardo de Sandoval y Rojas distolse lo sguardo da quello di Salazar.

«Se ti rimane ancora un po' d'affetto nei miei confronti, se ancora credi almeno un po' alla mia parola...» Sembrava abbattuto. «Io ti giuro che più nessuno morirà sul rogo perché accusato di stregoneria, almeno fintanto che io sarò inquisitore generale. Ma non farò niente che possa arrecar danno alla mia famiglia. Faccio appello alla nostra lunga amicizia, a tutti i momenti in cui anche tu sei stato come un parente per me, ma soprattutto... faccio appello alla tua discrezione. Ti chiedo come favore personale di non riferire a nessuno di questa conversazione. Quanto ai memoriali che mi hai mandato, li farò archiviare in un luogo sicuro dal quale non usciranno mai più.»

Guardandolo negli occhi, Salazar capì che per l'inquisitore generale, per il suo amico Bernardo de Sandoval y Rojas, il colloquio era terminato. Si alzò, gli prese la mano e avvicinò le labbra all'anello purpureo. Ma non lo baciò.

«Non preoccupatevi», disse poi, ormai sulla soglia. «Con questa promessa di silenzio avrò saldato tutti i favori di cui così a lungo vi sono stato debitore. Tutto ciò che ho visto e sentito in questi tre anni, farò in modo di dimenticarlo.» E chiuse la porta, con l'assoluta certezza che non l'avrebbe mai più rivisto.

## Epilogo

Salazar non morì solo, deluso e abbandonato da tutti come aveva temuto: Íñigo de Maestu gli rimase sempre accanto, anche quando, poco dopo il ritorno dalle terre del Nord, divenne di un malumore insopportabile. Dopo l'incontro con l'inquisitore generale, infatti, smise bruscamente di cercare di dimostrare le sue teorie, senza che Íñigo e Domingo riuscissero a capirne il perché. L'inquisitore si limitò a consigliar loro di mettere tutta la vicenda delle streghe nel dimenticatoio: spinse in un angolo il baule in cui conservava appunti, note, trascrizioni degli interrogatori ed elenchi di nomi... e non permise mai più a nessuno di aprirlo. Dedicò tutte le sue energie a raccogliere informazioni relative alla morte della regina, sembrava volerne conoscere ogni minimo dettaglio, anche il più insignificante, quasi ne avesse assolutamente bisogno.

Qualcuno gli raccontò che, all'apertura del testamento di Margherita d'Austria, un soffio di fresca innocenza da quindicenne era entrato di colpo nella stanza, colmandola di un profumo di zagare. Dissero che la grafia con cui era vergato il documento somigliava alla sua voce, e che il re si era commosso fino alle lacrime ascoltando, grazie alla portentosa magia della parola scritta, ciò che sua moglie gli diceva dall'oltretomba. Nel testamento infatti la regina gli parlava del suo amore, nato in lei nel momento preciso in cui l'aveva visto per la prima volta indovinando la sua presenza sotto mentite spoglie nel corteo del duca di Denia, dove Filippo si era intrufolato perché non poteva più rimandare e voleva vedere subito la sua sposa. Infatti si erano sposati qualche tempo prima per procura, e dato che lei sarebbe arrivata in Spagna in piena settimana santa, i consiglieri del re avevano deciso che la celebrazione del sacrificio divino era lo sfondo ideale per il primo incontro tra i sovrani. Nel suo testamento Margherita parlava della felicità degli anni vissuti accanto a lui, e di quanto fosse orgogliosa di essere stata scelta, fra tante degnissime dame, per essere amata e stimata dal re e diventare la madre dei suoi figli. Data la sua tensione mistica, la regina chiedeva che fossero celebrate cinquemila messe per il riposo in pace della sua anima. Poi suggeriva al marito di fare un preciso inventario di tutti i suoi oggetti personali di valore, di scegliere fra essi un monile e di conservarlo presso di sé come un bene prezioso: così ogni volta che l'avesse guardato si sarebbe ricordato di lei. L'inventario fu realizzato secondo le ultime volontà della regina: tutti gli oggetti di valore furono valutati, ordinati, classificati ed esposti al pubblico in quattro sale del palazzo, affinché tutti coloro che lo desideravano potessero gareggiare per aggiudicarseli all'asta. Per il giorno fissato si prevedeva un tale afflusso di gente che, al fine di mantenere l'ordine, oltre ai vigilanti e al banditore furono convocati due soldati della guardia spagnola.

Salazar fu il primo ad arrivare. Non cercò di nascondersi alla gente, che lo vide percorrere le stanze dove erano esposti gli oggetti della regina con il suo bizzarro aspetto da corvo imbronciato. Si sforzò di ritrovare il profumo della regina nelle sue spazzole, nei suoi pettini d'argento, nel suo messale di madreperla con gli angoli d'oro, nelle collane di perle grigie, nei guanti di seta color avorio... Rimase a lungo davanti a un suo ritratto firmato da Bartolomé González nel quale appariva in abiti ufficiali, nell'atto di accarezzare con la mano destra il suo cane e di stringere nella sinistra un fazzoletto; nel quadro aveva una bella espressione serena, e Salazar pensò che probabilmente mentre posava per il pittore era felice, e che quella luce le sarebbe rimasta sul viso per sempre, anche se dopo la realizzazione del dipinto la sofferenza si era installata nella sua vita. Obbedendo anche lui alle ultime volontà della sovrana, rilanciò più di tutti per aggiudicarsi una spilla di smeraldi e brillanti con una perla perfetta a forma di lacrima. Anche se Margherita non glielo aveva suggerito esplicitamente, anche lui voleva avere un oggetto che le fosse appartenuto per conservarlo come il suo tesoro più prezioso per il resto della vita. E quando tornò a casa lo mise nel baule d'ebano intagliato, insieme alle lettere che lei gli aveva scritto e ai dati della Visita.

Nessuno aveva potuto rimanere indifferente alla morte della regina. Il popolo, incline a trarre ispirazione musicale anche dagli eventi più scabrosi, compose canzonette sediziose contro il duca di Lerma e il suo segretario Rodrigo Calderón, accusandoli di aver complottato per assassinare Margherita d'Austria perché ficcava un po' troppo il naso nelle loro malversazioni. Il magistrato Gregorio López Madera portò avanti le indagini che la regina, quando era ancora in vita, gli aveva affidato per far luce sulle ambigue attività di Calderón; il quale, stupito dell'interesse che la sua persona stava suscitando, decise di sistemare definitivamente la cosa con un metodo che fino a quel momento gli aveva sempre dato ottimi risultati: diede appuntamento a López Madera in un luogo appartato e gli offrì tutta un serie di posti di lavoro estremamente redditizi e compatibili con la sua professione, nonché una lunga lista di benefici economici e personali per lui e per la sua famiglia. L'onestà del magistrato, però, non era in vendita. Allora Calderón cercò di batterlo sul tempo accusandolo di calunnia; ma a quel punto la sua reputazione era talmente compromessa che non gli riuscì di seminare su di lui nemmeno il più piccolo dubbio. La regina ormai era diventata una sorta di martire della giustizia, e il suo carnefice doveva essere punito.

Rodrigo Calderón fu arrestato nel febbraio del 1619. Il re, non potendo più ignorare le voci che correvano sul suo conto, aveva deciso di andare sino in fondo: voleva sapere cosa ci fosse di vero in una diceria che ormai aveva varcato addirittura le frontiere del regno, e secondo la quale era stato proprio il segretario del suo braccio destro a causare la morte della regina. In tribunale don Rodrigo fu accusato di aver accumulato decine di cariche, titoli, pensioni e proprietà, di aver partecipato al governo del regno senza averne i titoli, di aver corrotto la giustizia, di essersi lasciato corrompere da agenti di altri paesi, di aver trafficato in cariche pubbliche, di aver usato pozioni magiche per fare del male a Luis de Aliaga, al duca di Uceda e al principe Filippo e di aver fatto giustiziare almeno cinque persone colpevoli solo di aver sparlato di lui o del duca di Lerma. Un totale di duecentoquarantaquattro imputazioni, strettamente collegate a un patrimonio personale di due milioni di ducati che Calderón, appena prima di finire in carcere, aveva cercato di occultare. Ma l'accusa più seria che gravava sul suo capo era quella di regicidio, l'unica che stesse veramente a cuore al re. Protetto dall'anonimato, qualcuno aveva lasciato nell'ufficio del procuratore una lettera firmata dalla defunta regina e tagliata laddove, originariamente, doveva esserci il nome del destinatario: in quel frammento mutilo Margherita d'Austria dichiarava di sospettare che Calderón stesse usando la magia nera per farle del male.

Nonostante tutto però i giudici decisero di non tener conto di molte delle accuse formulate contro il segretario di Lerma, e lo dichiararono colpevole solo di corruzione e di essere il mandante dell'assassinio di Francisco de Juara, un uomo che la regina aveva conosciuto poco prima di morire e che probabilmente stava per smascherarlo di fronte al sovrano.

Il procuratore cominciò la sua arringa iniziale dicendo che nel regno tutti sapevano che il duca di Lerma, il suo segretario e il loro partito esercitavano sul popolo una tirannia e un'oppressione intollerabili ed erano sempre stati fortemente avversi alla regina.

«Il loro antagonismo non ha fatto che crescere finché, a un certo punto, questo individuo ha cominciato a cercare un modo per liberarsi di un'oppositrice che stava diventando sempre più pericolosa; e ha deciso di approfittare della nascita del suo ultimo figlio per farla morire. Sono pronto a esibire le prove di quanto dico», affermò il magistrato nella prima parte del suo discorso.

Quindi chiamò al banco dei testimoni varie persone che dissero di ricordare perfettamente che era stato proprio don Rodrigo a scegliere il medico che avrebbe assistito al parto della regina, il famoso dottor Mercado, fatto venire apposta da Valladolid. I servitori di palazzo reale confermarono che il medico le aveva cambiato la terapia, rifiutandosi di proseguire con i salassi ordinati dai medici di corte.

«Dimostrerò che il dottor Mercado si era accordato con il farmacista Espinar per introdurre il veleno nel corpo della sovrana attraverso unguenti e pozioni; e che in cambio di tali macabri servigi don Rodrigo Calderón aveva promesso a lui e ai figli del farmacista l'ordine di Santiago.»

Venne fuori che, dopo la morte di Espinar, Rodrigo Calderón ne aveva accolto in casa la vedova, anche se in precedenza i rapporti fra le due famiglie non avevano affatto lasciato immaginare l'esistenza di un'amicizia così profonda. Come se non bastasse, fra gli oggetti di Calderón fu ritrovato un ritratto della regina fatto eseguire dal re dopo la sua morte: il che, secondo il procuratore, dimostrava chiaramente il carattere morboso dell'imputato. Evidentemente quel ritratto gli piaceva proprio perché gli dava il macabro compiacimento di essere riuscito nei suoi intenti delittuosi. Il re sembrava sbigottito e addolorato da quella pioggia di rivelazioni, e durante una delle udienze svenne e dovette essere portato via di peso.

Nonostante l'accesa oratoria del procuratore, però, nessuna delle accuse formulate contro Calderón poté essere dimostrata con certezza. L'imputato ammise solo di non aver mai amato la regina, che con i suoi amici chiamava insolentemente la franciosa, la franciosona, l'ubriacona.

Se non si riusciva a dimostrare che era colpevole di omicidio, probabilmente Calderón l'avrebbe fatta franca. Il re, minato dal dolore della recente vedovanza, dai rimorsi per non essere stato capace di governare il regno, dalla solitudine e dallo scoramento, deperiva a vista d'occhio senza che i medici riuscissero a capire esattamente che cosa avesse. Un mattino Filippo si intestardì a proibire ufficialmente a qualsiasi dottore di accostarsi ancora al suo letto, perché era stufo marcio di farsi palpeggiare e prosciugare le vene con continui salassi. Lui stesso diagnosticò che il suo corpo stava benissimo, che le radici del suo malessere affondavano nella parte più intima dell'animo e che, standо così le cose, era destinato a lasciare questo mondo in meno di una settimana.

«Oh, non avessi regnato mai! Oh, fossi stato solo un comune, miserabile suddito! Oh, fossi stato un semplice converso, senz'altra responsabilità oltre a quella di badare alla portineria di un convento! Se il cielo mi concedesse ancora abbastanza vita, allora sì che governerei in modo del tutto diverso!» diceva il re tra i lamenti.

Il 31 marzo 1621, a soli quarantadue anni, Filippo III lasciava questa valle di lacrime. Morì circondato da medici e lacchè, fra un brusio di preghiere. Il dolore di andarsene lasciando il regno tanto malmesso aleggiò a lungo nella sua stanza. Filippo III era stato troppo apatico per avere dei vizi propri, e anche per questo la falange dei suoi favoriti aveva potuto fare man bassa delle ricchezze dello stato. Sotto il suo regno il prestigio della corona spagnola presso la comunità internazionale era stato eroso dalla ripetuta firma di accordi svantaggiosi con ribelli, eretici e nemici giurati della Spagna.

Saputo che il re era gravemente malato, il duca di Lerma lasciò il suo esilio di Valladolid per correre al suo capezzale. Nonostante i loro recenti dissapori, il sovrano era l'unica persona al mondo che potesse chiamare amico. Ma nonostante il suo cocchiere frustasse i cavalli a sangue, il cardinale-duca arrivò troppo tardi, due ore dopo la dipartita di Filippo dal mondo dei vivi.

Rodrigo Calderón era ancora in cella quando gli comunicarono che Filippo III non c'era più.

«Il re è morto, io sono morto», sospirò.

Sapeva che il nuovo sovrano, Filippo IV, e il suo braccio destro Olivares, nell'impossibilità concreta di far giustiziare Lerma avrebbero fatto di lui il capro espiatorio da offrire in sacrificio al popolo. Sarebbe diventato il simbolo vivente del livello di degradazione morale cui si era arrivati sotto il precedente monarca. Non si sbagliava. A niente servirono le suppliche dei suoi familiari, che chiedevano clemenza e aspettarono per ore davanti al portone del palazzo reale il nuovo monarca e il suo plenipotenziario per gettarsi ai loro piedi versando copiose lacrime.

Il 21 settembre 1621, alle undici del mattino, Rodrigo Calderón fu giustiziato nella plaza Mayor di Madrid. Si era alzato presto e aveva scelto personalmente l'abito con cui morire: una lunga tonaca di panno, alla quale aveva tagliato lui stesso il colletto per facilitare il compito al boia. Poi aveva pregato e assistito alla messa, perché nei suoi ultimi giorni di vita era cambiato radicalmente, era diventato un vero mistico e cercava nel raccoglimento le forze necessarie ad affrontare il suo destino.

«Signore», gli aveva detto a un certo punto il padre confessore, «dicono che Dio ci chiama e che è ora di andargli incontro.»

«Se Dio chiama, padre, allora affrettiamoci», aveva risposto Calderón.

Poi aveva bevuto un po' d'acqua e un sorso di brodo scambiando qualche parola con il magistrato di corte, don Pedro de Mansilla, che in altri tempi gli era stato amico e al quale chiese di tutelare gli interessi della sua vedova e dei suoi figli. Il carro che lo portava al patibolo percorse traballando calle de San Bernardo, plazuela Santo Domingo, calle de Santa Catalina, calle de las Fuentes, plaza de Herradores, la calle Mayor e infine la calle de Boteros. Al suo passaggio la gente gridava: «Che il Signore abbia misericordia di te!».

«Amen», rispondeva Calderón.

Pare che, una volta arrivato al patibolo, sia andato spontaneamente a sedersi al suo posto e abbia domandato al boia se era quella la posizione corretta, perché non voleva morire in modo indegno. Poi scambiò con lui il bacio della pace in segno di perdono e gli chiese di bendargli gli occhi con una fascia che si era annodato al collo.

«Padri, per l'amor di Dio, non lasciatemi», disse poi ai religiosi che lo accompagnavano.

«Siamo qui, signore. Voglia vostra signoria pronunciare il santo nome di Gesù.»

«Gesù.»

Il nuovo regime non aveva capito l'importanza e il peso politico di quell'idea di clemenza che il duca di Lerma aveva sempre suggerito al re: lungi dal servire da monito, la morte di Calderón provocò un'ondata di costernazione da parte della popolazione, perché nei suoi ultimi istanti di vita il reprobo aveva dimostrato un pentimento così sincero che la gente aveva finito con il passare dalla sua parte.

Il duca di Lerma, invece, non morì sul patibolo come in tanti si erano augurati, bensì tranquillo e in pace nella sua bella dimora di Valladolid, con addosso quella tonaca cardinalizia che, secondo i più, aveva risparmiato al suo collo il capestro. In tutte le strade e le piazze del regno si poteva sentire una canzonetta che diceva:

*Per non morir sulla forca*
*il più gran ladro di Spagna*
*si vestì di porpora.*

Nessuno avrebbe potuto dire con assoluta certezza se il plenipotenziario del re, l'uomo che per tanti anni era stato il bastone cui si appoggiava il paese, avesse avuto il tempo di pentirsi in extremis delle sue molte malefatte. Ma almeno per quanto riguarda il peccato di aver assassinato la regina poteva stare tranquillo: quella donna con l'anima da bambina, infatti, alla fine del suo testamento aveva inserito un paragrafo interamente dedicato a lui e al suo segretario Calderón in cui diceva di averli perdonati.

Quando le casse del regno erano rimaste completamente vuote, senza alcuna prospettiva concreta di tornare a riempirsi, e la miseria e la disperazione del popolo erano arrivate al culmine, proprio allora il duca di Lerma aveva abbracciato la vita religiosa chiedendo al papa il copricapo cardinalizio, nella speranza di recuperare così il rispetto e l'autorevolezza perduti. Nel marzo 1618 Paolo V gliel'aveva concesso. Eppure quell'avvenimento non aveva fatto che precipitare la sua rovina, perché il re, che dalla morte della regina diffidava di tutto e di tutti, aveva colto l'occasione per allontanarlo da sé. Il 2 ottobre di quello stesso anno Filippo III l'aveva fatto chiamare nel suo studio e i due uomini erano rimasti soli a lungo, come già era accaduto infinite volte nel corso della loro vita: ma quel giorno Lerma era uscito dalle stanze del sovrano con gli occhi vitrei. Due giorni dopo, alle cinque del pomeriggio, era salito in carrozza per andarsene in esilio a Valladolid senza nemmeno prender congedo dal sovrano, che l'aveva guardato partire da dietro le tende della finestra senza provare nemmeno una punta di dispiacere. Il duca si allontanava per sempre dalla corte, che l'aveva dichiarato persona non grata, uscendo da una scala segreta del palazzo di San Lorenzo dell'Escorial.

Con il suo nuovo copricapo cardinalizio, il duca di Lerma aveva celebrato la sua prima messa nella chiesa del convento di San Paolo a Valladolid, la cui facciata di pietra aveva fatto costruire lui stesso, davanti a quel palazzo reale che tempo prima aveva venduto al suo re, sotto il

*Cristo morto* di Gregorio Fernández che aveva donato ai domenicani.

Dopo la successione al trono, Olivares consigliò al nuovo re di requisire tutte le proprietà dell'ex plenipotenziario di suo padre: forse, cercando di difendere le ricchezze di cui si era appropriato sotto il regno di Filippo III, Lerma sarebbe uscito allo scoperto. Il nuovo regime voleva metterlo alle corde, spingerlo a lottare per riavere le sue proprietà, costringerlo ad affrontarli a viso aperto per smascherarlo davanti a tutti come corrotto. Si disse che tutte le sue ricchezze e i suoi privilegi erano stati ottenuti con la frode. Lerma però era una vecchia volpe, e contrattaccò con l'ironia e il sarcasmo: si complimentò pubblicamente con il re per la decisione che aveva preso, disse che quel modo di procedere dimostrava quanto il nuovo sovrano fosse saggio e incline al bene e si difese dall'accusa di corruzione, di aver accettato denaro sottobanco, venduto cariche pubbliche, violato la giustizia e commesso mille altre illegalità dicendo di aver sempre agito solo e soltanto al fine di servire al meglio la patria. Non aveva difficoltà ad ammettere che, nei lunghi anni in cui era stato il suo plenipotenziario, il re gli aveva concesso moltissimi benefici e privilegi, ma giurò che quello era stato solo il suo modo di ricompensarlo per i leali servigi che in più di un ventennio aveva reso alla corona. Il nuovo re però non si fece abbindolare dalla facondia del duca, e a poco a poco riuscì a incamerare definitivamente nel patrimonio della corona buona parte delle terre e dei beni immobili che suo padre gli aveva regalato. A ogni modo non ci fu molto tempo per discuterne direttamente con lui, perché il 17 maggio del 1625, nel suo palazzo di Valladolid, il vecchio, onnipotente braccio destro di Filippo III lasciava questo mondo.

Nel 1613 Alonso Becerra fu nominato procuratore della Suprema, incarico che mantenne per quattro anni, finché non fu promosso consigliere della stessa. Juan de Valle Alvarado invece rimase a Logroño a soffrire le pene dell'inferno per i suoi calcoli alla vescica, che più tardi si complicarono in un serio disturbo renale che non migliorò nemmeno con i lunghi periodi di cura e di riposo che il religioso si concedeva in una rinomata località termale francese. I tre inquisitori di Logroño si trattavano l'un l'altro con rispetto formale; ma Salazar, pur essendo giunto alla conclusione che i due non avevano partecipato attivamente alle trame di Calderón, ma erano stati da lui manipolati per i suoi fini personali, rimase in disaccordo con loro sino alla fine dei suoi giorni.

Dopo l'auto da fe di Logroño il sacerdote Juan de la Borda rimase chiuso nel monastero di San Millán fino al 4 novembre del 1613. Quando lo rilasciarono, per prima cosa si recò a Madrid per sollecitare dall'inquisitore generale l'autorizzazione a riprendere le sue funzioni di prete. Trascorse il resto dei suoi giorni in un convento vicino al Passo di Velate. Suo cugino, frate Pedro de Arburu, rimase confinato nel monastero premostratense di Miranda de Ebro fino al settembre del 1614, e una volta liberato saldò i 537 *reales* che doveva al tribunale per le spese del soggiorno forzato nelle segrete dell'Inquisizione e tornò al suo monastero di Urdax, dove viveva prima del terribile processo alle streghe che aveva portato alla morte sua madre e sua zia.

Qualche anno dopo le autorità preposte richiesero la loro presenza all'udienza di Elizondo, dove il carceriere incaricato di vigilarli approfittò della situazione per rubare al sacerdote un costoso piumino, valutato cinque ducati, e al frate una traversa da letto a doppia fodera, del valore di almeno due ducati. In questa sottile maniera i due uomini di chiesa videro restaurato il loro onore ingiustamente macchiato. Entrambi servirono la religione cristiana fino alla morte, e furono sepolti assieme alle Bibbie che le loro madri gli avevano mandato tramite una sconosciuta mediatrice che per anni avevano ricordato ogni giorno nelle loro preghiere.

Salazar mantenne alla lettera la promessa fatta all'inquisitore generale e non rivelò mai a nessuno ciò che Bernardo de Sandoval y Rojas gli aveva detto durante il loro ultimo incontro. Però, con la precisione per cui andava famoso, mise tutto per iscritto, ogni dettaglio scabroso, ogni dato, ogni sotterfugio relativo all'auto da fe di Logroño, e conservò con cura documenti, note, liste di nomi, osservazioni e commenti suoi e di altre persone. La documentazione completa del caso occupava più di milleseicento fogli, che Íñigo de Maestu si incaricò di rilegare in otto tomi. A quel monumentale lavoro Salazar allegò anche un'appendice nella quale cercava di spiegare le ragioni per cui, a suo parere, una società ha bisogno di credere alle streghe: perché per tutti noi è più facile convincersi di non essere pienamente responsabili delle nostre azioni, e anche perché l'idea delle streghe è un vero e proprio balsamo per i problemi che affliggono le relazioni interpersonali. Streghe e stregoni diventano così una sorta di incarnazione fisica del male che, altrimenti, si manterrebbe nella sfera intangibile delle cose impossibili da dimostrare, e che quindi non si può dire se siano o non siano reali. Essi si pongono come esempio da non imitare: le persone fanno del loro meglio per evitare quei comportamenti che potrebbero farle identificare come streghe, e cercano in tutti i modi di rendersi bene accetti al loro gruppo d'appartenenza. Streghe e stregoni, inoltre, tirano fuori il peggio dalle persone, permettendo loro di scaricare da qualche parte tutti gli istinti violenti solitamente repressi. Il bisogno di credere alle streghe si presenta quindi in ogni società, indipendentemente dalla città, dal paese o dalla razza; indipendentemente anche dallo strato sociale d'appartenenza, perché il mito delle streghe si alimenta di passioni umane universali. Insoddisfazione, desiderio, malattia, sete di potere... tutto si può spiegare con un sortilegio. La stregoneria può addirittura essere alla base dello scandalo che scoppia fra un re e il suo braccio destro.

Nonostante tutto, però, Alonso de Salazar y Frías continuò a battersi per la causa delle streghe. Preparò un vademecum per i commissari del Sant'Uffizio, e il suo ex protettore, l'inquisitore generale Bernardo de Sandoval y Rojas, non si oppose a che diventasse il testo di riferimento per tutti i tribunali inquisitoriali. Salazar inviò poi alla Suprema un riepilogo generale delle spese sostenute nei sei anni di durata del processo, e che ammontavano a 39.460 *reales*. Secondo l'uso, un terzo delle spese destinate ai pasti degli arrestati era stato ricavato dalla vendita dei beni mobili e immobili loro confiscati. Ciononostante, le persone incarcerate che ancora non avevano potuto rifondere il costo della loro permanenza in prigione dovevano collettivamente al tribunale 19.276 *reales*; e Salazar sollecitò che il debito fosse loro condonato per ragioni d'umanità. Ma su questo l'inquisitore generale fu irremovibile.

«Una cosa è la clemenza, e un'altra, assai differente, il denaro», sentenziò.

Nel 1622 Salazar tornò a Logroño come primo inquisitore; nel 1628 fu promosso procuratore della Suprema, e nel 1631 diventò membro del consiglio. Ma il tema delle streghe continuò ad appassionarlo, e non si tirò indietro nemmeno davanti a quell'eccelsa assemblea, al cui interno continuò a esprimere le proprie opinioni in assoluta sincerità, tanto nelle cause che gli sembravano degne di maggior impegno quanto in quelle dove gli sembrava fossero state commesse delle ingiustizie. Nel 1632 criticò il nuovo inquisitore generale, Antonio Zapata Mendoza, per aver promesso certe cariche prima ancora che si fossero rese vacanti, e un anno dopo, in occasione di un provvedimento del re in base al quale la Suprema veniva suddivisa in due camere, scrisse un memorandum per Filippo IV nel quale enumerava le molte ingiustizie sorte a causa del nuovo ordinamento a due soli mesi dalla sua introduzione. Il re ne tenne conto, e il sistema a due camere fu solo un breve esperimento nella lunga storia della Suprema.

Con il passare degli anni, l'aspro dolore che gli aveva lacerato l'anima cominciò a dissiparsi come una finissima nebbiolina d'estate. Gli piaceva leggere Aristotele, il quale afferma che la bontà è la virtù cui aspirano tutte le creature razionali e che esiste un qualcosa chiamato *aurea mediocritas*, il punto intermedio fra i due estremi di ogni fenomeno. Con il tempo i bollenti spiriti dell'età giovanile gli si mitigarono un po', e poté installarsi delicatamente nella vecchiaia. Forse trovò anche lui la sua *aurea mediocritas*, un punto intermedio fra le credenze che aveva coltivato nell'infanzia e le certezze della maturità, e raggiunse uno stato di grazia che lo aiutò ad attraversare con serenità il tempo che gli restava da vivere. Approfondì la tesi che l'essere umano abita il mondo solo e soltanto perché Dio ha bisogno di lui: Dio ha bisogno degli uomini per essere Dio proprio come gli uomini hanno bisogno di Lui per essere compiutamente umani. E arrivò alla conclusione che proprio questo è il significato della vita. Accettare tale conclusione gli fece trovare un filo di luce, perché se la vita in quanto tale non è che un accidente dei più inverosimili, a maggior ragione vale la pena di godersela sino in fondo senza opporre resistenza. Se l'uomo nasce dal nulla e al nulla è destinato a tornare, meglio vivere il tempo che ci è dato godendo dell'esistenza stessa. In questo modo Salazar liberò Dio da molte e pesanti responsabilità, perché se già parecchio tempo prima era giunto alla conclusione che l'uomo è ciò che decide di fare di sé stesso, allora non si può scaricare sul Signore la colpa di tutti gli errori commessi dagli esseri umani. Gli sembrava di capire finalmente con chiarezza che la sua verità, ciò che aveva creduto vero in tutti quegli anni, sortiva come unico effetto quello di angosciare l'animo, e che in fondo alla salute spirituale dell'uomo giova molto di più la verità della religione... di qualsiasi religione.

Negli ultimi tempi Salazar passava lunghe ore a rileggere le lettere della regina Margherita. Gliene mancava solo una: quella che aveva lasciato anonimamente sulla scrivania del procuratore che si occupava del caso di Calderón, in cui la sovrana gli confidava i suoi sospetti. Rilesse anche le proprie risposte, fino a comprendere che quando un uomo scrive a una donna delle lettere come quelle non lo fa pensando alla destinataria, bensì a sé stesso. Ma quando venne anche per lui il momento di lasciare questo mondo pensò solamente a lei.

Salazar se ne andò nel 1635, all'età di settantun anni: in quel momento era membro della Suprema e canonico della cattedrale di Jaén.

Domingo de Sardo diventò un religioso esemplare. Alla fine del viaggio di Visita nelle terre del Nord la sua fiducia nei confronti di Salazar era cresciuta moltissimo: qualche anno dopo scrisse anche lui un manuale per inquisitori, nel quale raccomandava di non credere ciecamente alle parole degli indagati perché per prendere una decisione definitiva ci vogliono prove concrete e palpabili. Ma perché Salazar si fosse sigillato le labbra dopo aver parlato con l'inquisitore generale, questo non riuscì mai a capirlo. Un giorno glielo rimproverò: allora Salazar gli chiese di avere ancora fiducia in lui come un tempo e gli suggerì di non angosciarsi troppo, perché il bello del mondo è che si regge sul passare del tempo.

«"Mai" è una parola troppo drastica per essere vera», aggiunse. «Nessuno può sapere quanto durerà un "mai", perché nessuno vive abbastanza da scoprirlo. Sta' sereno: il tempo finisce sempre con il sistemare ogni cosa.»

E Domingo de Sardo ci credette fino al suo ultimo giorno di vita.

Salazar, il suo lavoro, la comitiva inquisitoriale e il viaggio di Visita rimasero sepolti nell'oblio fino al giorno in cui un americano di nome Henry Charles Lea, frugando in un antico sotterraneo, trovò alcuni memoriali: era il 1890. Lo studioso dedicò a quei documenti qualche pagina di un suo libro sull'Inquisizione spagnola, e così il mondo venne a conoscenza del ruolo che quel personaggio aveva svolto come avvocato delle streghe. E proprio con questo soprannome, «l'avvocato delle streghe», Salazar è passato alla storia.

«Mai» era durato circa duecentocinquant'anni.

Íñigo de Maestu fu ordinato prete e continuò a lavorare per Salazar come suo segretario personale. A volte i due sedevano l'uno accanto all'altro e ricordavano gli anni passati a discernere la verità dalle apparenze; entrambi riconoscevano che qualcosa di magico, forse, c'era stato, ma non necessariamente nel senso negativo della parola. Salazar, che lo conosceva bene, aveva imparato a riconoscere i momenti bui che, a volte, rendevano Íñigo pensieroso e incline a fissare a lungo la luna.

«Tutti noi abbiamo bisogno di un angelo per continuare a vivere», gli ricordava allora.

I sacrifici, le preghiere e i digiuni volontari riuscirono a temperare gli ardori giovanili del ragazzo a un'età relativamente precoce; e Íñigo smise di soffrire di quelle urgenze fisiche che l'avevano tormentato durante il viaggio di Visita. Eppure ogni tanto gli piaceva indulgere al ricordo di certi piccoli dettagli, ai quali si concedeva di riandare con la mente perché, in fondo, era arrivato alla conclusione che si trattava solo di peccati veniali. Gli tornavano alla mente cose semplicissime, come la forma delle unghie del suo angelo, il rumorino acquoso dei baci che si erano scambiati, la freschezza della sua pelle all'interno delle cosce... rivedeva quei dettagli senza lascivia, come un miracolo unico e irripetibile del quale era stato l'unico, fortunato testimone. Era entrato in quell'età in cui la tenerezza spegne ogni ardore. In cambio gli erano venute delle foghe artistiche durante le quali dipingeva angeli azzurri su ogni spazio bianco disponibile: alcune delle sue opere si possono ancora ammirare in varie chiesette della regione basco-navarrese. Non si pentì di aver scelto la via della religione, ma continuò a credere con imperterrita fiducia nell'esistenza di una forza buona, essenziale e universale, che nel suo caso si traduceva in una presenza invisibile che per tutta la vita gli avrebbe impedito di cedere allo scoramento, alla tristezza o al male.

Un giorno, quando ormai era un vecchietto con le ossa di cristallo avvolte in una pelle rugosa che ogni cinque passi si dimenticava il proprio nome, il suo angelo azzurro tornò da lui. Gli andò incontro a piedi scalzi, lentamente, vestita di una leggera tunica di lino color avorio, la testa adorna di una coroncina di margherite bianche. Íñigo vide chiaramente i suoi immensi occhi neri, proprio come molti anni prima aveva immaginato che sarebbe accaduto. Era ancora bellissima: nonostante il passare degli anni non era invecchiata per nulla.

«Andiamo», gli sussurrò all'orecchio.

«Lo sapevo che saresti venuta», disse lui, mormorando il nome segreto del suo angelo. «Ho sempre saputo che saresti venuta.»

Quando non lo videro presentarsi alla prima messa del mattino i confratelli andarono a cercarlo nella sua cella e lo trovarono morto nel letto, sulle labbra un sorriso di infinita serenità.

Per molto tempo Mayo pensò alla morte. Alla morte come fine, come inizio, come parte della vita... arrivando alla conclusione che non bisogna averne paura, perché la morte non è niente fintanto che sei vivo. E quando la morte fosse diventata qualcosa, allora sarebbe stata lei a non essere più. Ederra aveva ragione a dire che l'essere umano è egoista fino al midollo e che ciascuno di noi, quando perde una persona amata, soffre più per sé stesso che per quella persona. Andandosene, Ederra si era portata via una parte di Mayo che lei non avrebbe ritrovato mai più, e in realtà era questo a farle tanto male.

Non era triste per Ederra, era triste per sé stessa, perché ormai nessuno avrebbe fatto rivivere quella Mayo che era esistita nel modo di sentire di Ederra. Pensava che, forse, se nessuno pensava più a lei, se nessuno desiderava chiamarla, ascoltarla o consolarla delle sue tristezze, lei avrebbe smesso di esistere: e si compiangeva. Cominciò a domandarsi perché tutte quelle cose fossero capitate proprio a lei, con la disperazione di chi si sente travolto da un cataclisma, e rimase in quello stato d'animo per giorni e giorni; ma poi pensò che non si era mai posta quella domanda quando le capitava qualcosa di bello. Ederra era vissuta con dignità, aveva amato ed era stata amata, si era abbeverata a ogni vento, a ogni fiore, a ogni parola, aveva aiutato tanta gente e aveva vissuto una vita piena di significato. Calcolò il momento esatto in cui aveva cessato di vivere e vide che la luna si trovava in fase crescente. Tutto le sarebbe andato per il verso giusto. Era quella la cosa davvero importante.

Solo quando ebbe preso coscienza di tutto ciò tirò fuori il fagottino contenente l'agoraio di Ederra, lo liberò dal fazzoletto che lo avvolgeva, se lo posò sul palmo della mano e si concentrò per sentire come il potere della sua amica trapassava in lei. Da quel momento in poi sarebbe stata in grado di aiutare gli altri a vivere un po' meglio, e non avrebbe più avuto ragione di temere che i suoi incantesimi si rivelassero inefficaci. Perché adesso aveva i poteri di Ederra.

Qualche tempo dopo capì che la sua notte d'amore nel bosco cominciava a fare effetto. Divenne più tranquilla, si addormentava ogni momento, le si allargò il giro vita, i seni le si ingrossarono e alcuni cibi le davano la nausea. Calcolò che avrebbe dato alla luce in estate e seppe subito che sarebbe stata una bambina, bella e sana, tale e quale a Ederra. Decise di darle subito un nome segreto, un nome che avrebbero saputo solo loro due, affinché nessuno potesse farle del male. E curiosamente, per la prima volta in vita sua, non ebbe affatto paura della novità.

Il sentiero che aveva davanti era stretto e tortuoso, ma la ispirava; sicuramente, all'altro estremo, avrebbe trovato un fiume, un lago, una fonte o un mare in cui immergere Beltrán, nella speranza che fosse finalmente la volta buona. Sicuramente, all'altro capo di quel sentiero, ci sarebbe stato ad attenderla qualcosa di importante: perché è quando si cammina a testa alta che si va incontro al proprio destino.

## Qualche dato da tenere a mente

Papa Gregorio XI creò il Tribunale della Santa Inquisizione nell'anno 1231. Domenicani e francescani divennero il braccio armato dell'organizzazione, nata per ricondurre sulla retta via tutti coloro che si allontanavano dalle regole stabilite dalla chiesa cattolica.

L'Inquisizione spagnola non si sottomise, come quella di altri paesi, alla giurisdizione diretta di Roma, ma ebbe un suo inquisitore generale designato dal re di Spagna. Divenne così uno strumento dello stato che serviva solo lo stato, e i religiosi che vi lavoravano erano funzionari pubblici a tutti gli effetti. L'Inquisizione spagnola non castigava: si limitava a decidere quale castigo fosse da applicarsi e a consegnare i condannati al braccio secolare.

Sul rogo morirono migliaia di persone. Il reato di stregoneria era una preoccupazione seria in tutta Europa, e furono soprattutto le donne a pagarne le conseguenze. Contrariamente a ciò che generalmente si crede, l'Inquisizione non era particolarmente interessata alle streghe: si occupava soprattutto di eretici e di convertiti ebrei e, più tardi, musulmani. Ciononostante domenica 7 novembre 1610, nella città di Logroño, si celebrò quello che sarebbe passato alla storia come «l'auto da fe delle streghe»: undici condannati, originari dei villaggi di Zugarramurdi e Urdax, subirono la pena capitale per aver avuto rapporti con il demonio.

Ancor oggi, camminando per le vie di Zugarramurdi, il viaggiatore ne avverte il carattere di paese frontaliero e osserva incantato le sue case, che sembrano uscite da un libro di fiabe; ma basta avere un minimo d'interesse e di voglia di ascoltare e subito torna a galla la storia di quei famosi compaesani che, qualche secolo fa, il Sant'Uffizio fece giustiziare. Qualcuno può addirittura indicarci dove abitavano, perché alcune di quelle vecchie case sono ancora in piedi.

Le grotte che circondano Zugarramurdi e Urdax non hanno perso nulla della loro inquietante bellezza, e ancora oggi, un paio di volte l'anno, la gente vi si reca per celebrare la magica simbologia di cui la regione è ricca. Il sabato più vicino alla notte di San Giovanni, nella grotta principale, si tiene la gran festa delle streghe; e il 18 agosto, ultimo giorno delle solennità patronali, vi ha luogo la festa del maialino arrosto, rallegrata da un concerto di musica celtica particolarmente prestigioso.

Le date, le descrizioni di luoghi e i particolari storici citati in questo libro sono veri, così come le formule magiche, gli scongiuri e i sortilegi, che a quei tempi erano di uso comune; molti sono tuttora utilizzati, come lascito di una tradizione antichissima della quale non si è persa memoria, anche se nessuno si chiede più da dove venga.

Ringraziamenti

Per concludere non voglio dimenticarmi di ringraziare Mayte Suárez per il suo amore, la sua dedizione, la sua fiducia... nel corso di tutta la mia vita. E Marisol Asensio, che fin dall'inizio si è lasciata coinvolgere in *La ragazza e l'inquisitore* aiutandomi con le ricerche relative alla fase meno nota della vita del duca di Lerma. Hurka e Tundra, ispiratrici di Beltrán e compagne incondizionate che mi confermano nell'idea che c'è molto di umano negli animali che condividono la nostra vita. E Ana Liarás, mia editor, per aver creduto fin dal principio nel mio lavoro. Grazie di cuore.

# Bibliografia

I memoriali di Salazar, insieme a un'abbondante collezione di lettere e documenti relativi al processo di Logroño e al modo in cui il tema fu trattato nei dieci anni successivi all'auto da fe delle streghe, si trovano nel settore dedicato all'Inquisizione dell'Archivo Histórico Nacional di Madrid.


Allen, Paul C., *Philip III and the Pax Hispanica, 1598-1621*, Yale University Press, New Haven-London 2000.

Anonimo, *Las clavículas de Salomón*, Ediciones Vedrá, Barcelona 2003.

Anonimo, *Manual de mujeres en el cual se contienen muchas y diversas recetas muy buenas*, Biblioteca Virtual Miguel Cervantes, 1999.

Barandiarán, José Miguel de, *Mitología vasca*, Editorial Txertoa, San Sebastián 2001.

Caro Baroja, Julio, *Le streghe e il loro mondo*, Pratiche, Parma 1994.

—, *Vidas mágicas e Inquisición*, Ediciones Istmo, Madrid 1992.

Encausse, Gerard (Papus), *Traité elementaire de magie pratique*, Chamuel, Paris 1893.

Feros, Antonio, *El duque de Lerma. Realeza y privanza en la España de Felipe III*, Marcial Pons, Ediciones de Historia, Madrid 2002.

Garmendia Larrañaga, Juan, *Rito y fórmula en la medicina popular vasca. La salud por las plantas medicinales*. Editorial Txertoa, San Sebastián 1991.

Harris, Marvin, *Cows, pigs, wars, and witches. The riddles of culture*, Vintage, New York 1974.

Henningsen, Gustav, *L'avvocato delle streghe. Stregoneria basca e inquisizione spagnola*, Garzanti, Milano 1990

Krämer, Heinrich – Sprenger, Jacob, *Malleus Maleficarum*, 1487 (trad. it. *Il martello delle streghe*, Marsilio, Venezia 1977).
Lancre, Pierre de, *Tableau de l'inconstance des mauvais anges et démons où il est amplement traité des sorciers et de la sorcellerie*, 1612 (Aubier, Paris 1982).
Martínez de Lezea, Toti, *Brujas*, Erein, San Sebastián 2006.
Pérez Martín, María Jesús, *Margarita de Austria, Reina de España*, Espasa-Calpe, Madrid 1961.
Ramponi, Valerio, *La magia bianca*, De Vecchi, Milano 1986.
Saint-Martín, Karmele, *Nosostras las brujas vascas. Relatos y leyendas de Euskal Herria*, Editorial Txertoa, San Sebastián 2003.

## Sommario

Finito di stampare nel mese di agosto 2010
presso Mondadori Printing S.p.A. Stabilimento NSM - Cles (TN)